A ILHA DA INFÂNCIA

A marca FSC® é a garantia de que a madeira utilizada na fabricação do papel deste livro provém de florestas que foram gerenciadas de maneira ambientalmente correta, socialmente justa e economicamente viável, além de outras fontes de origem controlada.

KARL OVE KNAUSGÅRD

A ilha da infância

Minha luta 3

Tradução do norueguês
Guilherme da Silva Braga

1ª reimpressão

Copyright © 2009 by Forlaget Oktober A/S
Todos os direitos reservados.

Esta tradução foi publicada com o apoio financeiro de NORLA.

Grafia atualizada segundo o Acordo Ortográfico da Língua Portuguesa de 1990, que entrou em vigor no Brasil em 2009.

Título original
Min Kamp 3

Capa
Raul Loureiro/ Claudia Warrak

Imagem de capa
© Lise Sarfati,1993

Revisão
Jane Pessoa
Marise S. Leal

Dados Internacionais de Catalogação na Publicação (CIP)
(Câmara Brasileira do Livro, SP, Brasil)

Knausgård, Karl Ove
   A ilha da infância : minha luta 3 / Karl Ove Knausgård ; tradução do norueguês Guilherme da Silva Braga. — 1ª ed. — São Paulo : Companhia das Letras, 2015.

   Título original : Min Kamp 3
   ISBN 978-85-359-2549-4

   1. Literatura norueguesa 2. Romance autobiográfico I. Título.

15-00172   CDD-839.823

Índice para catálogo sistemático:
1. Romances : Literatura norueguesa 839.823

[2016]
Todos os direitos desta edição reservados à
EDITORA SCHWARCZ S.A.
Rua Bandeira Paulista, 702, cj. 32
04532-002 — São Paulo — SP
Telefone: (11) 3707-3500
Fax: (11) 3707-3501
www.companhiadasletras.com.br
www.blogdacompanhia.com.br
facebook.com/companhiadasletras
instagram.com/companhiadasletras
twitter.com/cialetras

PARTE 4

Num dia encoberto e de tempo ameno em agosto de 1969, por uma estradinha próxima à margem de uma ilha em Sørlandet, entre jardins e rochas, prados e florestas, subindo pequenos morros e fazendo curvas fechadas, ora com árvores nos dois lados, como num túnel, ora com o mar bem à frente, chegou um ônibus. O veículo pertencia à Arendal Dampskibsselskab e, como todos os ônibus da companhia, era marrom-claro e marrom-escuro. Atravessou uma ponte, seguiu ao longo de uma baía, dobrou à direita e parou. A porta se abriu, uma pequena família desceu. O pai, um homem alto e magro de camisa branca e calças claras de tergal, tinha consigo duas malas. A mãe, que vestia um casaco bege e tinha um lenço azul-claro por cima dos longos cabelos, empurrava um carrinho de bebê com uma das mãos e segurava um garotinho com a outra. Uma fumaça cinza e espessa permaneceu alguns instantes sobre o asfalto depois que o ônibus se afastou.

— Temos um pedaço a caminhar — disse o pai.

— Você acha que consegue, Yngve? — a mãe perguntou ao menino, que respondeu com um aceno de cabeça.

— Claro — ele disse.

O menino tinha quatro anos e meio, cabelos loiros, quase brancos, e a pele bronzeada depois de um longo verão ao sol. O irmão, que mal tinha completado oito meses, estava no carrinho, olhando para o céu, sem compreender onde a família estava ou para onde ia.

Aos poucos, todos começaram a subir o morro. A estrada era de cascalho e estava cheia de pequenos e grandes buracos em função da chuva que havia caído. Campos estendiam-se nos dois lados da estrada. No fim da planície, que devia ter por volta de quinhentos metros, começava uma floresta, que aos poucos descia rumo às praias de pedra e tornava-se cada vez mais baixa, como se os ventos marítimos a comprimissem.

Uma casa recém-construída erguia-se à direita. Além dela não havia mais nenhuma construção à vista.

As grandes molas do carrinho rangiam. Passado algum tempo o bebê fechou os olhos e adormeceu com aqueles movimentos rítmicos e gloriosos. O pai, que tinha cabelos curtos e escuros e uma barba preta e cerrada, largou uma das malas para enxugar o suor da testa com a mão.

— Que mormaço — disse.

— É — a mãe respondeu. — Mas talvez esteja mais agradável perto do mar.

— Vamos torcer — o pai disse, e então tornou a pegar a mala.

Essa família comum em todos os aspectos, com pais jovens, como eram quase todos os pais naquela época, e dois filhos, como quase todos os pais tinham naquela época, havia se mudado de Oslo, onde tinha morado na Thereses Gate, perto do Bislett Stadion, durante cinco anos, para Tromøya, onde uma casa fora construída para eles num loteamento. Enquanto aguardavam que a casa ficasse pronta, alugariam uma outra, mais velha, no acampamento Hove. Em Oslo o pai tinha estudado durante o dia, inglês e norueguês, e trabalhado como guarda-noturno durante a noite, enquanto a mãe havia frequentado a escola de enfermagem em Ullevål. Mesmo que ainda não houvesse terminado a formação, o pai tinha procurado e conseguido um emprego como professor no ginásio de Roligheden, enquanto ela trabalharia no hospital psiquiátrico de Kokkeplassen. Os dois haviam se conhecido em Kristiansand quando ela tinha dezessete anos, ela engravidara aos dezenove, e os dois se casaram aos vinte, na pequena fazenda em Vestlandet onde ela havia crescido. Ninguém da família do noivo compareceu ao casamento, e mesmo que aparecesse sorrindo em todas as fotografias, nota-se uma zona de solidão ao redor dele, percebe-se que não está no próprio ambiente em meio aos irmãos e irmãs, aos tios e às tias, aos primos e às primas da noiva.

Hoje os dois têm vinte e cinco anos, e têm a vida inteira pela frente. Trabalho próprio, casa própria, filhos próprios. Os dois estão juntos, e o futuro que almejam pertence a eles.

Será mesmo?

Os dois nasceram no mesmo ano, 1944, e pertenciam à primeira geração do pós-guerra, o que por diversos motivos representava uma certa novidade, em boa parte porque a trajetória de vida deles era uma das primeiras no país a desenrolar-se em uma sociedade planejada em grande escala. Os anos 1950 foram a época de desenvolvimento dos departamentos — o departamento educacional, o departamento de saúde, o departamento social, o departamento de estradas — e também dos escritórios e indústrias, e promoveram um grande processo de centralização que, num curto espaço de tempo, teve grandes consequências na forma como as vidas eram vividas. O pai dela, nascido no início do século XX, tinha sido criado na fazenda onde ela cresceu, em Sørbøvåg, Ytre Sogn, e não tinha formação nenhuma. O avô dela vinha de uma das ilhas no mar um pouco além, provavelmente como o pai e o avô dele. A mãe dela tinha sido criada em uma fazenda em Jølster, a uns cem quilômetros de distância, ela também não tinha formação nenhuma, e a árvore genealógica da família na região remontava até o século XVI. A família dele encontrava-se num lugar um pouco mais elevado da escala social, no sentido de que tanto o pai como o tio haviam completado o ensino superior. Mas eles também moravam no mesmo lugar onde os pais tinham nascido, ou seja, em Kristiansand. A mãe dele, que não tinha formação nenhuma, era de Åsgårdstrand, o pai era prático, e também havia policiais na família. Quando conheceu o marido, os dois mudaram-se para a cidade natal dele. Esse era o padrão. A mudança que se operou nos anos 1950 e 1960 foi uma verdadeira revolução, mas não teve a violência e a irracionalidade tão comuns nas revoluções. Não apenas os filhos de pescadores e agricultores, trabalhadores da indústria e do comércio passaram a frequentar a universidade e a diplomar--se professores e psicólogos, historiadores e sociólogos, mas também a fixar residência em lugares muito distantes da região onde a família morava. O fato de que agiam como se essa fosse a coisa mais natural do mundo diz um bocado sobre o espírito da época. O espírito de uma época vem de fora, mas influencia o lado de dentro. Todos são iguais para ele, mas ele não é igual para todos. Para uma jovem mãe dos anos 1960 pareceria totalmente absurda a ideia de casar-se com um rapaz da vizinhança e passar o resto da vida no mesmo lugar. Ela queria sair! Queria ter uma vida *própria*! A mesma coisa valia para os irmãos e as irmãs dela, e assim era nas famílias por todo o país. Mas por que essa vontade? De onde vinha essa convicção? Enfim, de onde vinha *a novidade*? Na família dela não havia nenhuma tradição parecida; o único que tinha viajado era Magnus, o irmão do pai, que tinha ido para os Estados Unidos em função da pobreza na pátria natal, mas a vida que tinha vivido por lá era praticamente a mesma que tinha vivido em Vestlandet. Para o jovem pai dos anos 1960 a situação era outra, na família dele esperavam que terminasse os estudos, mas não talvez que se casasse com a filha de um pequeno agricultor de Vestlandet e fosse morar em um loteamento nos arredores de uma pequena cidade em Sørlandet.

Mas, naquele dia quente e encoberto em agosto de 1969, os dois seguiam em direção ao novo lar, ele arrastando duas malas apinhadas de roupas dos anos 1960, ela empurrando um carrinho de bebê dos anos 1960 onde estava um bebê vestido com roupinhas de bebê dos anos 1960, ou seja, brancas e cheias de rendas, e entre os dois, balançando de um lado para o outro, feliz e curioso, empolgado e cheio de expectativa, ia Yngve, o filho mais velho. Seguiram pela planície e atravessaram o estreito cinturão da floresta até chegar ao portão, que estava aberto, e entraram na enorme área do acampamento. À direita ficava a oficina mecânica de um certo Vraaldsen, à esquerda, grandes cabanas vermelhas ao redor de um descampado coberto por cascalho, e mais atrás uma floresta de pinheiros.

Um quilômetro a leste ficava a igreja de Tromøya, uma igreja de pedra construída em 1150, mas que tinha partes ainda mais antigas e provavelmente era uma das igrejas mais antigas do país. Ficava em um pequeno monte e em tempos imemoriais tinha sido usada como ponto de referência para navios, marcada em todos os mapas marítimos. Em Mærdø, uma pequena ilha no arquipélago mais além, a velha fazenda de um comandante de navio servia de testemunho à época de grandeza na região, os séculos XVIII e XIX, quando o comércio com o mundo ao redor, e em especial o comércio de madeira, floresceu. Nas excursões ao Aust-Agdermuseet as classes escolares viam objetos holandeses e chineses que remontavam a essa época e a tempos ainda mais remotos. Em Tromøya havia plantas incomuns e estranhas, elas tinham vindo junto com os navios que esvaziavam a água do lastro, e, segundo ensinavam na escola, foi em Tromøya que as batatas foram cultivadas pela primeira vez. Nas sagas dos reis escritas por Snorre a ilha era mencionada diversas vezes, na terra sob os pátios e gramados podiam se encontrar pontas de flecha da Idade da Pedra, em meio às pedras arredondadas das longas praias de cascalho havia fósseis.

Mas quando a família em mudança atravessou lentamente aquela região aberta cheia de tralhas, não era o século XVIII nem o século XIII, o século XVII nem o século XIX que predominava nos arredores. E a responsável era a Segunda Guerra Mundial. A região tinha sido usada pelos alemães durante a guerra; as cabanas e muitas das casas tinham sido construídas por eles. Na floresta havia um bunker de tijolos totalmente intacto, e no alto das encostas ao longo das praias havia diversas bases de canhão. Existia até uma pequena base aérea alemã na região.

A casa onde haviam de morar nos anos vindouros ficava afastada, no meio da floresta. Era pintada de vermelho com as janelas brancas. Do mar, que não era visível daquele lugar, embora ficasse poucas centenas de metros mais para baixo, vinha um murmúrio constante. O lugar cheirava a floresta e a água salgada.

O pai largou as malas, pegou a chave e abriu a porta. Lá dentro havia um corredor, uma cozinha, uma sala com um forno a lenha, um banheiro com lavanderia e, no segundo andar, três quartos. As paredes não tinham isolamento, a cozinha era simples. Não havia telefone, não havia lava-louça, não havia máquina de lavar e não havia TV.

— Chegamos — disse o pai, carregando as malas para o quarto enquanto Yngve corria de uma janela a outra olhando para a rua e a mãe estacionava o carrinho com o bebê adormecido no lado de fora da porta.

É claro que eu não me lembro de nada dessa época. É totalmente impossível para mim identificar-me com o bebê de colo que os meus pais fotografaram, na verdade é tão difícil que parece até errado usar a palavra "eu" para falar dele, em cima do trocador, por exemplo, com a pele muito vermelha, os braços e as pernas estendidos e o rosto contorcido em um grito que ninguém mais lembra o que poderia ter ocasionado, ou em uma pele no chão, vestido com um pijama branco, ainda com o rosto vermelho e grandes olhos pretos levemente estrábicos. Será que aquela criatura é a mesma que agora está em Malmö escrevendo estas palavras? E será que a criatura que agora está em Malmö escrevendo estas palavras, aos quarenta anos, num dia encoberto de setembro em um cômodo repleto do murmúrio do tráfico no lado de fora e do vento de outono que uiva no antigo sistema de ventilação, há de ser o mesmo velho grisalho e encolhido que daqui a quarenta anos talvez vá estar tremendo e babando em uma casa de repouso no meio das florestas suecas? Para não falar do corpo estendido que um dia há de se estender em cima da mesa de um necrotério? Mesmo assim, as pessoas vão se referir a ele como "Karl Ove". Não é totalmente inacreditável que um único nome possa abranger tudo isso? Que possa abranger o feto no ventre, o bebê de colo no trocador, o homem de quarenta anos atrás do PC, o velho na cadeira, o cadáver no necrotério? Não seria mais natural operar com nomes distintos, uma vez que as identidades e as percepções de si mesmo apresentam diferenças tão profundas? Que o feto pudesse chamar-se Jens Ove, por exemplo, e o bebê de colo Nils Ove, e o menino dos cinco aos dez anos Per Ove, o menino dos dez aos doze anos Geir Ove, o rapaz dos treze aos dezessete anos Kurt Ove, o rapaz dos dezessete aos vinte e três anos John Ove, o homem dos vinte e três aos trinta e dois anos Tor Ove, o homem dos trinta e dois aos quarenta anos Karl Ove — e assim por diante? Assim o primeiro nome representaria o que há de único em cada idade, o segundo representaria a continuidade, e o sobrenome representaria a família.

    Não, eu não me lembro de nada dessa época, não sei nem ao menos em que casa morávamos, mesmo que o meu pai uma vez a tenha mostrado para mim. Tudo que sei em relação a essa época eu aprendi com o que os meus pais me contaram e com as fotografias que vi. Naquele inverno houve um acúmulo de neve com vários metros de altura, como acontece às vezes em Sørlandet, e o caminho até a casa parecia um pequeno desfiladeiro. Yngve chega me empurrando num carrinho de bebê, lá está ele com os esquis curtos nos pés, sorrindo para o fotógrafo. Dentro da casa ele aponta para mim e ri, ou então fico sozinho agarrado às grades do berço. Eu chamava o meu irmão de "Aua", foi a minha primeira palavra. Ele também era o único que entendia o que eu falava, segundo me disseram, e assim traduzia o que eu dizia para o meu pai e a minha mãe. Também sei que Yngve andou pela vizinhança tocando as campainhas para perguntar se havia alguma criança por lá, minha avó sempre contava essa história. "Tem alguma criança aqui?", ela dizia com uma voz infantil e em seguida dava uma risada. E eu sei que caí da escada e sofri um tipo de choque, parei de respirar, fiquei com a cara roxa e senti cãibras, minha mãe correu me levando no colo até a casa mais próxima onde havia um telefone. Ela achou que era epilepsia, mas não era, não era nada. Sei também que meu pai gostava de ser professor, que ele era um pedagogo dedicado e que num desses anos levou uma turma a uma excursão na montanha. Existem fotos dessa viagem, ele parece jovem e feliz em todas elas, sempre rodeado por adolescentes vestidos da maneira suave tão característica dos primeiros anos na década de 1970. Blusões de lã, calças largas, botas de borracha. Os cabelos deles eram grandes, não grandes e arrumados como nos anos 1960, mas grandes e macios, caindo por cima do rosto suave de adolescentes. Minha mãe uma vez disse que talvez ele nunca tenha sido tão feliz como nessa época. E também existem fotos da minha avó, de Yngve e de mim — duas tiradas em frente a um lago congelado, eu e Yngve com grandes blusões de lã, os dois feitos pela nossa avó, o meu amarelo-mostarda e marrom — e duas tiradas na varanda da casa deles em Kristiansand, numa ela aparece com o rosto colado no meu, é outono, o céu está azul, o sol baixo, estamos olhando em direção à cidade, eu devia ter dois ou três anos.

 Talvez pareça que essas fotografias representam uma espécie de lembrança, uma espécie de memória, porém sem o "eu" de onde as memórias em geral emergem, e a questão é naturalmente o que significam nesse caso. Já vi incontáveis fotografias das famílias de amigos e de namoradas e elas são praticamente todas idênticas. As mesmas cores, as mesmas roupas, os mesmos ambientes, as mesmas atividades. Mas eu não associo essas fotografias a nada, de certa forma são desprovidas de sentido, e esse aspecto torna-se ainda mais evidente quando vejo as fotografias da geração anterior, nas quais vejo apenas um grupo de pessoas vestidas com roupas estranhas fazendo qualquer coisa que me parece incompreensível. Tiramos fotografias de uma época, e não das pessoas, que não se deixam capturar. Nem mesmo as pessoas mais próximas de mim. Quem era a mulher que posava em frente ao fogão no apartamento na Thereses Gate com um vestido azul, os joelhos unidos e as pernas separadas, nessa postura típica dos anos 1960? A mulher com os cabelos arrumados? Com os olhos azuis e o sorriso discreto, tão discreto que não era sequer um sorriso? Aquela que tinha uma mão na alça do bule reluzente com tampa vermelha? Era a minha mãe, claro, a minha própria mãe, mas quem era ela? No que estava pensando? Como encarava a própria vida, a mesma vida que vivia até agora, e tudo o que viria pela frente? Era simplesmente ela, mas nesse sentido a fotografia não diz coisa nenhuma. Uma mulher estranha num lugar estranho, nada mais. E o homem que dez anos mais tarde está numa montanha bebendo café da mesma tampa vermelha, já que tinha esquecido de colocar as canecas na mala antes da viagem, quem era? Aquele com a barba preta e bem-feita e cabelos grossos e bastos? Com lábios sentimentais e olhar alegre? Ah, claro, era o meu pai, o meu próprio pai. Mas quem ele era para si mesmo, naquele instante e em todos os outros, já ninguém mais sabe. E é assim com todas essas fotografias, e também com as minhas. São completamente vazias, o único significado que pode ser lido é aquele que o tempo conferiu. De qualquer modo, essas fotografias são uma parte de mim e da minha história mais íntima, assim como a foto das outras pessoas também é parte delas. Sentido, falta de sentido, sentido, falta de sentido, eis a onda que atravessa nossa vida e instaura a tensão fundamental. Tudo o que recordo dos primeiros seis anos da minha vida, todas as fotografias e coisas que restaram daquela época eu trago para perto de mim, porque são uma parte importante da minha identidade, porque conferem ao recôndito de outra forma vazio e desmemoriado do "eu" significado e continuidade. A partir desses pedaços e fragmentos eu construí para mim um Karl Ove, um Yngve, uma mãe e um pai, uma casa em Hove e uma casa em Tybakken, uma avó paterna e um avô paterno, uma avó materna e um avô materno, uma vizinhança e um monte de crianças.

Essa vida improvisada num lugar que mais parecia um cortiço é o que posso chamar de minha infância.

A lembrança não é uma grandeza confiável ao longo de uma vida. Mas não simplesmente porque o valor maior da lembrança não seja a verdade. A exigência da verdade nunca é o fator que determina se a lembrança vai reproduzir um acontecimento da maneira correta ou não. Esse fator é o egoísmo. A lembrança é pragmática, é insidiosa e astuta, mas não de forma inamistosa ou maligna; pelo contrário, ela faz de tudo para agradar o próprio anfitrião. Alguma coisa a lança em direção ao vazio do esquecimento, alguma coisa a distorce até torná-la irreconhecível, alguma coisa a interpreta mal com modos corteses, sempre alguma coisa, e essa coisa pode ser quase nada, e ela se lembra de maneira clara, nítida e correta. O que é lembrado de maneira correta, veja bem, jamais nos é dado escolher.

No que me diz respeito, as memórias dos meus primeiros seis anos praticamente inexistem. Não me lembro de quase nada. Não tenho a menor ideia de quem tomava conta de mim, o que eu fazia, com quem eu brincava, tudo foi como que varrido da minha lembrança, e os anos 1969-1974 são um grande nada e um grande vazio na minha vida. O pouco que consigo recordar não vale muita coisa: estou em uma ponte de madeira em uma floresta esparsa que sugere uma montanha alta, aos meus pés encontram-se as águas de um grande córrego, a água é verde e branca, começo a pular, a ponte balança e eu dou risada. Ao meu lado está Geir Prestbakmo, o filho do vizinho, ele também pula enquanto dá risada. Estou no banco de trás de um carro, paramos em um semáforo, o meu pai se vira e diz que estamos em Mjøndalen. Estamos indo assistir a um jogo do Start, mas não lembro nada a respeito da ida, da partida ou da volta. Subo em um morro em frente à nossa casa e empurro um grande caminhão de plástico verde e amarelo, e aquilo me dá uma sensação incrível de riqueza, bem-estar e alegria.

Isso é tudo. São os meus seis primeiros anos.

Mas essas são memórias canônicas, já estabelecidas nos meus sete ou oito anos, a magia da infância: as primeiras coisas que eu lembro! No entanto, também existem outros tipos de lembranças. Aquelas que não são fixas e que não se deixam evocar mediante a vontade, mas que às vezes dão a impressão de se desprender e subir até a superfície da consciência por si mesmas e por um tempo parecem flutuar como uma espécie de medusa transparente, despertada à vida por um certo cheiro, um certo gosto, um certo som... E com elas vem sempre uma sensação profunda e imediata de felicidade. Existem também as lembranças associadas ao corpo, quando fazemos um gesto que outra vez fizemos, como erguer a mão a fim de proteger o rosto contra o sol, pegar uma bola no ar, correr pelo campo com o fio de uma pipa na mão e os próprios filhos correndo logo atrás. São memórias que despertam sentimentos: a fúria repentina, o choro repentino, o medo repentino, e assim nos vemos no mesmo lugar onde estávamos, damos por assim dizer uma volta em nós mesmos, jogados anos para trás a uma velocidade alucinante. E existem também as lembranças associadas às paisagens. Pois as paisagens da infância não são como as paisagens que vêm depois, elas têm uma carga totalmente diferente. Nessas paisagens infantis, cada pedra, cada árvore é repleta de significado, e como tudo aquilo foi visto pela primeira vez, e também porque foi visto tantas vezes depois, a imagem se aloja nas profundezas da consciência, não apenas de maneira vaga e aproximada, como a paisagem em frente à casa de um adulto se apresenta quando fecha os olhos e tenta evocá-la, mas com uma precisão e uma riqueza de detalhes quase grotesca. Nos meus pensamentos, basta abrir a porta e sair para que as imagens me inundem. O cascalho na estradinha, que no verão ganhava uma cor quase azulada. Nada mais, apenas as estradinhas da infância! E os carros dos anos 1970 que andavam nelas! Fuscas, Citroëns DS, Taunus, Granadas, Asconas, Kadetts, Consuls, Ladas, Amazonas... Mas tudo bem, no cascalho, ao longo da cerca manchada de marrom, por cima dos sulcos superficiais que ficavam entre a nossa estrada, a Nordåsen Ringvei, e Elgstien, que atravessava toda a região e passava por outros dois loteamentos sem contar o nosso. O barranco de terra escura e gorda que começava na beira da estrada e descia até a floresta! O nascimento quase instantâneo de caules finos e verdes no asfalto: frágeis e solitários em meio àquela nova imensidão preta, e depois a duplicação quase brutal no ano seguinte, que deixou o barranco totalmente coberto por arbustos exuberantes. Pequenas árvores, grama, dedaleiras, dentes-de-leão, samambaias e arbustos que apagaram por completo o nítido limite entre a estrada e a floresta. E ao subir o morro, ao longo da calçada com a pequena mureta de cimento, e, ah, a água que escorria e fluía e inundava quando vinha a chuva! O caminho à direita, um atalho até o novo supermercado B-Max. O pequenino pântano ao lado, não maior do que duas vagas de estacionamento, as bétulas que davam a impressão de estar sedentas logo acima. A casa de Olsen no alto do pequeno outeiro, e a estrada que o cortava por trás. Chamava-se Grevlingveien. Na primeira casa à esquerda moravam John e Trude, a irmã dele, a casa ficava em um terreno que era mais ou menos um talude. Eu sempre sentia medo quando tinha que passar por aquela casa. Em parte porque John às vezes jogava pedras ou bolas de neve nas crianças que passavam, em parte porque eles tinham um pastor-alemão... Aquele pastor... Ah, agora lembrei! Aquele cachorro era um monstro enorme. Ele ficava preso na varanda ou perto da estrada, latindo para todo mundo que passava, correndo de um lado para o outro no espaço em que a correia permitia enquanto gritava e uivava. Era magro e tinha olhos amarelos e doentes. Uma vez ele desceu o monte correndo em minha direção, com Trude logo atrás e a correia solta no chão. Eu tinha ouvido falar que não se deve correr quando um bicho vem em nossa direção, por exemplo um urso na floresta, o correto era ficar parado e agir como se nada estivesse acontecendo, então foi o que eu fiz, me detive assim que o vi. Não adiantou nada. O cachorro nem sequer levou em conta que eu estava imóvel, simplesmente abriu a bocarra e cravou os dentes no meu antebraço, perto do pulso. Trude o alcançou no instante seguinte, pegou a correia e puxou com tanta força que ele foi arrastado para trás. Saí correndo e chorando. Tudo naquele bicho me dava medo. Os latidos, os olhos amarelos, a baba que escorria da boca, os dentes redondos e afiados que haviam marcado o meu braço. Em casa eu não disse nada sobre o que tinha acontecido por medo de levar uma bronca, porque num caso desses havia muitas possibilidades para reprimendas: eu não devia estar por lá naquele instante, ou então não devia ter chorado, que motivo haveria para ter medo de um cachorro? Daquele dia em diante uma onda de medo tomava conta de mim toda vez que eu via o pastor. E era fatal, porque eu tinha não apenas ouvido falar que o certo era ficar parado durante o ataque de um animal perigoso, mas também que os cachorros sentiam o cheiro do medo. Não sei quem me disse, mas era uma das coisas que se costumava dizer, e que todos sabiam: os cachorros sentem o cheiro do medo. E assim eles ficam com medo ou então agressivos e partem para o ataque. Se você não tem medo, eles são bonzinhos.

Como pensei a respeito disso! Como eles podiam sentir o *cheiro* do medo? Que *cheiro* teria o medo? Será que não daria para fingir que eu não estava com medo para que, mesmo que o cachorro sentisse o cheiro do medo, não percebesse o *verdadeiro* sentimento por trás de tudo?

Kanestrøm, que morava a duas casas de nós, também tinha um cachorro. Era um labrador que se chamava Alex, e era manso como um cordeiro. Ele andava atrás do sr. Kanestrøm onde quer que fosse, mas também atrás dos quatro filhos dele se fosse preciso. Olhar manso e tranquilo, movimentos amistosos. Mesmo assim eu tinha medo. Porque quando você aparecia no alto do morro e se aproximava para tocar a campainha, ele latia. Não um latido cauteloso, amigável ou pensativo, mas latidos fortes, profundos e ribombantes. Nessas horas eu parava.

— Oi, Alex — eu dizia às vezes se não houvesse ninguém por perto. — Eu não estou com medo, entendeu? Não estou.

Se houvesse mais alguém eu tinha que continuar, fazer de conta que não estava acontecendo nada, abrir caminho por entre os latidos e, quando Alex surgia na minha frente de boca aberta, eu me abaixava e dava uns tapinhas nas costas dele enquanto o meu coração batia forte no peito e todos os meus músculos amoleciam de medo.

— Pare quieto, Alex! — Dag Lothar às vezes dizia, quando o cachorro subia depressa a estradinha de cascalho que saía do porão ou então quando saía correndo pela porta da frente.

— O Karl Ove tem medo dos seus latidos, cachorro idiota!

— Não tenho — eu dizia. Dag Lothar me encarava com um sorriso estático, que pretendia dar a entender que eu não precisava me dar àquele trabalho.

Depois seguíamos caminho.

Para onde?

Para a floresta.

Descíamos até Ubekilen.

Descíamos até os trapiches.

Subíamos até a ponte.

Descíamos até Gamle Tybakken.

Seguíamos até a fábrica que moldava botes plásticos.

Subíamos a montanha.

Íamos até o Tjenna.

Subíamos até o B-Max.

Descíamos até o Fina.

Isso quando simplesmente não corríamos pela estrada onde morávamos, ou ficávamos de bobeira em frente a uma das casas, ou nos sentávamos nas muretas ou no alto da grande cerejeira que não era de ninguém.

Isso era tudo. Esse era o mundo.

Mas que mundo!

* * *

Os loteamentos não têm raízes no passado, e tampouco ramificações no céu do futuro, como as cidades-satélite tinham em outra época. Vinham apenas como uma resposta pragmática a uma questão pragmática, onde todas as pessoas que estavam se mudando iam morar, na floresta, claro, podemos lotear uns terrenos e colocar tudo à venda. A única casa que já existia antes pertencia a uma família chamada Beck, o pai era dinamarquês e tinha construído a casa com as próprias mãos, no meio da floresta. Eles não tinham carro, nem máquina de lavar ou televisão. Também não tinham jardim, apenas um pátio de terra socada entre as árvores. As pilhas de lenha debaixo de lonas e, durante o inverno, um barco de ponta-cabeça. As duas irmãs, Inga Lill e Lisa, frequentavam o ginásio e cuidaram de mim e de Yngve durante os primeiros anos em que moramos lá. O irmão delas se chamava John, ele era dois anos mais velho do que eu, andava com roupas estranhas feitas pela mãe, não tinha nenhum interesse pelas coisas que nos interessavam e concentrava-se em alguma outra coisa que não sabíamos o que era. John construiu um barco quando tinha doze anos. Não como nós, não as jangadas que tentávamos construir motivados por nossos sonhos e por nossa sede de aventura, mas um barco a remo de verdade. Ele era o tipo de menino que seria alvo fácil de gozações, mas não foi, a distância era de certa forma grande demais. Ele não era um de nós, e não tentava ser. O pai, o dinamarquês ciclista, que talvez houvesse nutrido o desejo de morar sozinho no meio da floresta desde a época em que morava na Dinamarca, deve ter sofrido uma grande decepção quando os planos para o loteamento foram apresentados e aprovados e as primeiras máquinas subiram até a floresta em frente à casa dele. As famílias que se mudavam para lá vinham de todos os cantos do país, e todas tinham filhos. Na casa do outro lado da estrada morava a família Gustavsen, o pai era bombeiro, a mãe era dona de casa, eles vinham de Honningsvåg, os filhos se chamavam Rolf e Leif Tore. Na casa em frente à nossa morava a família Prestbakmo, o pai era professor do ginásio, a mãe era enfermeira, eles vinham de Troms, os filhos se chamavam Gro e Geir. Mais além morava a família Kanestrøm, o pai era funcionário do correio, a mãe era dona de casa, eles vinham de Kristiansand, os filhos se chamavam Steinar, Ingrid, Anne, Dag Lothar e Unni. Do outro lado a família Karlsen, o pai era marinheiro, a mãe era vendedora, eles eram de Sørlandet, os filhos se chamavam Kent Arne e Anne Lene. Mais além a família Christensen, pai marinheiro, a profissão da mãe eu não sabia, as filhas se chamavam Marianne e Eva. Do outro lado morava a família Jacobsen, o pai era tipógrafo, a mãe era dona de casa, os dois vinham de Bergen, os filhos se chamavam Geir, Trond e Wenche. Mais além, os Lindland, de Sørlandet, os filhos se chamavam Geir Håkon e Morten. A certa altura eu comecei a me perder, pelo menos em relação ao nome dos pais e à profissão que exerciam. Bente, Tone Elisabeth, Tone, Liv Berit, Steinar, Kåre, Rune, Jan Atle, Oddlaug, Halvor, esses eram os nomes das crianças naquela parte. A maioria regulava de idade comigo, os mais velhos eram sete anos mais velhos, os mais novos, quatro anos mais novos. Cinco deles seriam meus colegas de classe.

Nos mudamos para lá no verão de 1970. Na época a maioria das casas no loteamento ainda estava sendo construída. A sirene estridente que soa antes de uma explosão foi um som familiar durante a minha infância, e o sentimento especial de ocaso que sentimos quando as ondas de choque atingem as fundações e fazem o piso da casa tremer era para mim um sentimento familiar. Que existissem ligações acima da terra — estradas e fiações e florestas e mares — parecia natural, mas que também existissem debaixo da terra era mais perturbador. Afinal, o lugar que nos sustentava não deveria ser absolutamente imóvel e impenetrável? Ao mesmo tempo todas as aberturas na terra exerciam um estranho fascínio sobre mim e sobre as outras crianças. Não foram poucas as vezes que nos amontoamos ao redor de um dos muitos buracos escavados pela vizinhança, fosse a instalação de dutos cloacais ou de cabos elétricos, fosse a construção de um porão, e olhamos para aquelas profundezas, amarelas onde havia areia, pretas, marrons ou marrom-avermelhadas onde havia terra, cinzentas onde havia barro e com um fundo que mais cedo ou mais tarde sempre acabava coberto por uma superfície impenetrável de água amarelo-acinzentada, talvez interrompida pelo topo de uma ou duas rochas. Acima do buraco erguia-se uma escavadeira amarela ou laranja, que não deixava de ter certa semelhança com um pássaro, a pá como um bico na extremidade de um longo pescoço, ao lado de um caminhão estacionado, com faróis como olhos, a grelha como a boca e a caçamba coberta de lona como a espinha dorsal. Se fossem grandes projetos, podia acontecer também de haver tratores de lâmina e tombadores, quase sempre amarelos, com enormes pneus cujos sulcos tinham a profundidade das nossas mãos. Se déssemos sorte, encontrávamos pavios de detonação no buraco ou nas proximidades, e então os pegávamos, porque pavios de detonação tinham um alto valor prático e também de troca. No mais, sempre nos deparávamos com rolos compressores, construções no formato de um carretel de onde saíam cabos e pilhas de canos plásticos lisos e marrons que tinham mais ou menos o diâmetro dos nossos braços. Depois, pilhas de canos de cimento e poços de cimento pré-moldados, ásperos e bonitos, um pouco mais altos do que nós, perfeitos para subir em cima; longas proteções feitas com pneus velhos recortados usadas nas explosões; pilhas de postes telefônicos de madeira, todos verdes por causa do produto usado para impregná-los; caixas de dinamite; e as cabanas onde os operários comiam e trocavam de roupa. Quando os operários estavam lá, mantínhamos uma distância respeitosa e observávamos o trabalho. Quando não estavam, descíamos no buraco, subíamos nas rodas do tombador, nos balançávamos nas pilhas de canos, experimentávamos as maçanetas das cabanas e espiávamos pelas janelas, subíamos nos poços de cimento, tentávamos empurrar os rolos compressores, enchíamos os bolsos com sobras de fio, pegadores de plástico, pavios de detonação. Ninguém em nosso mundo tinha um status mais importante do que esses operários, nenhum trabalho parecia mais importante que o deles. Os detalhes técnicos não me interessavam, tampouco a marca das máquinas. Para mim o mais impressionante, além da transformação que estavam operando na paisagem, eram os rastros das vidas particulares que os seguiam. Como o momento em que tiravam um pente do uniforme laranja ou das calças azuis folgadas e quase informes e começavam a se pentear, com o capacete debaixo do braço, em meio a todas as máquinas de construção e ao trabalho barulhento, por exemplo, ou o instante místico e quase incompreensível em que saíam das cabanas à tarde, trajando roupas comuns, entravam nos próprios carros e saíam dirigindo como homens comuns.

    Também havia outros trabalhadores que acompanhávamos com atenção e desvelo. Se aparecia um funcionário da Televerket nas proximidades, a novidade se espalhava como fogo de palha entre as crianças. Lá estava o carro, lá estavam os trabalhadores, um técnico de telefonia e os INCRÍVEIS sapatos para escalar postes! Com aqueles sapatos nos pés e um cinto de ferramentas ao redor da cintura ele prendia uma cinta que dava a volta nele e no poste e assim, com movimentos lentos e calculados, mas TOTALMENTE incompreensíveis para nós, começava a escalar. COMO aquilo era possível? Com as costas retas, sem nenhum esforço visível, sem nenhum uso aparente da força, ele DESLIZAVA até o topo do poste. Ficávamos observando com os olhos esbugalhados enquanto ele trabalhava lá em cima, ninguém cogitava ir embora naquele momento, porque logo ele desceria do poste, tão leve, tranquilo e incompreensível como havia subido. Imagine ter sapatos como aqueles, com uma haste de metal em formato de tromba que envolvia o poste, quanta coisa você não poderia fazer?

Havia também os funcionários do departamento de água e esgoto. Eles paravam o carro ao lado de uma das muitas cisternas ao longo da estrada, ou então ficavam no asfalto mesmo ou em pequenas elevações num outro lugar, e depois de calçar botas que iam até a CINTURA!, com uma barra de aço espetada na pesadíssima tampa de metal, abriam-na e começavam a descer. O jeito como primeiro as pernas desapareciam naquele buraco sob a estrada, depois as coxas, depois a barriga, depois o peito, por fim a cabeça... O que haveria lá embaixo, senão um túnel? Um túnel por onde a água corria? Até onde se poderia ir? Ah, aquilo era incrível. Talvez ele estivesse ao lado da bicicleta de Kent Arne, que estava jogada na calçada a uns vinte metros de nós, só que *embaixo* da terra! Ou será que as cisternas eram como estações, como poços onde se podia controlar os canos e buscar água quando havia um incêndio? Ninguém sabia, e sempre nos diziam para ficar longe quando eles descessem. Quanto a perguntar aos funcionários, ninguém tinha coragem. Quanto a erguer uma das pesadas tampas de metal em formato de moeda com as próprias mãos, ninguém tinha força. E assim aquilo permaneceu como um mistério, como tantas outras coisas naquela época.

Mesmo antes de começarmos a frequentar a escola tínhamos liberdade para ir aonde quiséssemos, com duas exceções. Uma era a estrada que vinha da ponte e seguia em direção ao posto Fina. A outra era o mar. Nunca vá sozinho para o mar!, os adultos nos doutrinavam. Mas por que não, por acaso achavam que cairíamos na água? Não, não era isso, nos explicou um amigo certa vez em que estávamos na montanha um pouco além do pequeno gramado onde às vezes jogávamos futebol, olhando para a água que ficava na parte mais baixa da encosta íngreme uns trinta metros abaixo. Era por causa do *nøkken*. O monstro que pega as crianças.

— Quem disse?

— A minha mãe e o meu pai.

— Mas o *nøkken* está *aqui*?

— Está.

Olhamos para a superfície cinzenta das águas em Ubekilen. Não parecia inverossímil que um monstro se escondesse por lá.

— Mas é só aqui? — perguntou um outro. — Porque então podemos ir para outro lugar! Quem sabe o Tjenna?

— Ou Lille-Hawaii?

— Lá tem outros *nøkker*. Eles são perigosos. E é tudo verdade. A minha mãe e o meu pai que disseram. Eles pegam as crianças e as afogam.

— E ele não pode subir até aqui?

— Não sei. Não, acho que não. Não. É longe demais. Só é perigoso perto da água.

Comecei a ter medo do *nøkken* desde então, mas não tanto medo quanto eu tinha das raposas, só de pensar numa raposa eu ficava apavorado, e se eu visse uma moita se mexer e alguma coisa passar, o único jeito era correr até um lugar seguro, ou seja, até uma clareira na floresta, ou de volta até o loteamento, onde as raposas nunca tinham coragem de aparecer. Ah, eu tinha tanto medo de raposas que Yngve só precisava dizer, Eu sou uma raposa, eu vou te pegar quando estava no beliche acima de mim para que eu gelasse de pavor. Não, você não é raposa coisa nenhuma, eu dizia. Sou sim, ele respondia, e se esticava para além da beirada da cama e me golpeava com a mão. Mesmo que fosse assim, mesmo que às vezes Yngve me assustasse, senti falta dele quando ganhamos cada um o nosso quarto e de repente tive que passar a dormir sozinho. Tudo ia bem, afinal o quarto novo também era *dentro* de casa, mas não tão bem quanto seria tê-lo comigo, na cama de cima. Antes eu podia perguntar, por exemplo, Yngve, você está com medo agora?, e ele podia responder, nã-ão, medo do quê? Não tem nada do que ter medo aqui, e eu saberia que ele tinha razão e conseguiria me acalmar.

O medo de raposas desapareceu aos meus sete anos. O vazio que deixou, no entanto, logo foi preenchido por diversas outras coisas. Certa manhã passei em frente à televisão, que tinha ficado ligada sem que ninguém assistisse, estavam passando um filme na matinê, e no filme, ah, não, essa não, um homem sem cabeça subia uma escada! Aaah! Corri para dentro do meu quarto, mas não adiantou nada, eu estava sozinho e indefeso lá dentro, então o jeito foi procurar a minha mãe, se ela estivesse em casa, ou então Yngve. A imagem do homem sem cabeça começou a me perseguir, e não apenas no escuro, como as minhas outras ideias assustadoras faziam. Não, o homem sem cabeça podia aparecer em pleno dia, e se eu estivesse sozinho, não adiantava nada que o sol estivesse brilhando e os passarinhos cantando, o meu coração disparava e o pavor chegava até os meus nervos mais escondidos. Talvez fosse ainda pior que a escuridão também existisse em plena luz. Ah, se havia uma coisa da qual eu realmente tinha medo, era da escuridão na luz. O mais terrível era que não havia nada a fazer. Não adiantava gritar por socorro, não adiantava correr até um lugar aberto, não adiantava correr. Havia também a capa da *Detektivmagasinet* que o meu pai tinha me mostrado, um número que ele tinha quando eu era pequeno, a capa tinha um esqueleto com um homem nas costas, e o esqueleto tinha a cabeça virada e olhava direto para mim com as órbitas vazias. Também comecei a ter medo daquele esqueleto, e ele também começou a aparecer em todos os contextos possíveis e imagináveis. Eu também tinha medo da água quente no banheiro. Quando eu abria a torneira de água quente, um barulho cortante atravessava os canos, e pouco depois, se eu não tornasse a fechá-la de imediato, vinham os sons de batidas. Esses sons, tão altos e tão estranhos, deixavam-me apavorado. Havia uma forma de evitá-los, bastava abrir a torneira da água fria primeiro, e depois fazer a água quente escorrer aos poucos. A minha mãe, o meu pai e Yngve faziam assim. Eu tinha tentado, mas o barulho estridente que varava as paredes e era logo seguido pelas batidas em ritmo cada vez mais rápido, como se houvesse alguém enfurecido lá embaixo, começava no mesmo instante em que eu abria a torneira de água quente, então eu a fechava o mais depressa possível e saía correndo com o medo palpitando em todo o meu corpo. O resultado era que ou eu tomava banhos frios ou aproveitava a água suja mas ainda morna que Yngve deixava na banheira.

Os cachorros, as raposas e o encanamento hidráulico eram ameaças físicas e concretas, o que de certa forma as restringia, porque ou estavam presentes ou não estavam. Mas o homem sem cabeça e o esqueleto risonho pertenciam ao reino dos mortos, e por esse motivo não se deixavam tratar da mesma forma, afinal eles podiam estar em toda parte, no armário que eu abria no escuro, na escada onde eu estava, na floresta e até mesmo embaixo da cama ou no banheiro. Eu associava o meu próprio reflexo nas janelas a essas criaturas da morte, talvez porque aparecesse somente quando estava escuro na rua, mas de qualquer modo era um pensamento terrível ver o meu próprio reflexo na vidraça da janela e pensar que aquele não era eu, mas um morto que estava me olhando.

No ano em que entramos para a escola já não acreditávamos mais em *nøkker*, duendes ou *trolls*, e ríamos das outras crianças que acreditavam, mas as ideias a respeito de fantasmas e mortos-vivos ainda nos acompanhavam, talvez porque não tivéssemos coragem para desconsiderá-las; afinal de contas, todos nós sabíamos que existiam pessoas mortas. Outras ideias nossas que vinham dessa mesma região complexa, a saber, a mitologia, eram mais luminosas e mais inocentes, como por exemplo a ideia de que no fim do arco-íris havia um tesouro. No fim do outono em que estávamos na primeira série, nossa crença foi suficiente para nos fazer embarcar em uma busca ao tesouro. Acho que foi num sábado em setembro, a chuva tinha peneirado durante toda a manhã, estávamos brincando na estrada em frente à casa de Geir Håkon, ou talvez fosse mais correto chamar aquilo de vala, já que tudo estava cheio d'água. Bem naquele ponto a estrada passava ao lado de uma encosta que tinha sido explodida, de cujo topo coberto por musgo, grama e terra a água escorria e pingava. Estávamos vestidos com botas de borracha, calças grossas de lona e capas de chuva das mais variadas cores, com os capuzes atados ao redor do rosto, e assim todos os sons eram abafados; a respiração e os movimentos da cabeça, quando as orelhas roçavam o forro do capuz, eram ouvidos sempre em alto e bom som, enquanto todo o resto era abafado e dava a impressão de estar acontecendo a uma grande distância. Em meio às árvores no outro lado da estrada e no topo da montanha pairava uma densa neblina. Os telhados cor de laranja nos dois lados da estrada lá embaixo reluziam na luz cinzenta. Acima da floresta, junto ao pé do morro, o céu parecia uma barriga inchada, o tempo inteiro atravessada pela chuva que peneirava e que não parava de tamborilar contra os nossos capuzes e os nossos ouvidos, excessivamente sensíveis para a ocasião.

Construímos um dique, mas a areia que tínhamos juntado com as pás era levada pela água o tempo inteiro, e quando vimos o carro dos Jacobsen subir o morro, não hesitamos nem por um instante, simplesmente jogamos as pás no chão e fomos correndo até a casa deles, onde o carro parou assim que chegamos. Uma listra de fumaça azulada pairava no ar logo atrás do escapamento. De um lado saiu o pai, magro como um palito, com uma bagana de cigarro no canto da boca, ele se inclinou para frente, acionou a alavanca debaixo do banco e empurrou o banco para a frente, para que assim os dois filhos, Store-Geir e Trond, pudessem sair, ao mesmo tempo que a mãe, pequena e rechonchuda, ruiva e pálida, abria espaço para a filha, Wenche, do outro lado.

— Oi — nós dissemos.
— Oi — Store-Geir e Trond responderam.
— Onde vocês estavam?
— Na cidade.
— Olá, meninos — o pai nos disse.
— Olá — dissemos.
— Vocês querem saber como se diz setecentos e setenta e sete em alemão? — ele nos perguntou.
— Queremos.
— *Siebenhundertsiebenundsiebzig!* — ele disse com a voz resfolegante.
— Ha ha ha!

Nós também rimos. A risada do pai se transformou em tossidos.

— Muito bem — ele disse quando passou, e então enfiou a chave na fechadura e a girou. Os lábios dele e um dos olhos tremiam o tempo inteiro.

— Para onde vocês vão? — Trond perguntou.
— Não sei — eu disse.
— Posso ir junto?
— Claro.

Trond regulava de idade comigo e com Geir, mas era menor. Os olhos dele eram perfeitamente redondos, o lábio inferior era grosso e vermelho, o nariz era pequeno. Acima deste rosto quase de boneca cresciam os cabelos loiros e ondulados. O irmão era diferente; os olhos dele eram estreitos e astutos, o sorriso era muitas vezes zombeteiro, o cabelo era liso e trigueiro, a base do nariz era sardenta. Mas ele também era pequeno.

— Não esqueça de pôr uma capa de chuva — disse a mãe.
— Eu só vou pôr uma capa de chuva — Trond disse, e então saiu correndo para dentro de casa. Ficamos esperando em silêncio, com os braços

pendendo ao lado do corpo como dois pinguins. Tinha parado de chover. Um vento suave fez com que a copa dos pinheiros altos e esbeltos que se erguiam aqui e acolá pelos jardins mais abaixo balançasse. Um pequeno riacho corria junto à beira da estrada, levando consigo pequenos montes de agulhas de pinheiro, os Vs amarelos ou as pernas amarelas que se espalhavam por toda parte.

No céu atrás de nós o tapete de nuvens tinha se aberto. A paisagem onde nos encontrávamos, com todos os telhados, pátios, árvores, morros e encostas, adquiriu um certo brilho. Do outeiro em frente à nossa casa, que chamávamos simplesmente de "montanha", ergueu-se um arco-íris.

— Veja — eu disse. — Um arco-íris!

— Ah! — Geir exclamou.

Trond fechou a porta de casa. Veio correndo em nossa direção.

— Tem um arco-íris na montanha! — Geir disse.

— Vamos procurar o pote de ouro?

— Vamos! — Trond respondeu.

Saímos correndo lá para baixo. No gramado dos Karlsen, Anne Lene, a irmã menor de Kent Arne, seguiu-nos com os olhos. Estava usando uma espécie de cinta presa a uma correia, para que não fugisse. O carro vermelho da mãe estava na estradinha do pátio. Uma luz brilhava na parede. Em frente à casa de Gustavsen, Trond diminuiu a marcha.

— O Leif Tore vai querer ir com a gente — ele disse.

— Acho que ele não está em casa — respondi.

— Mas vamos tentar mesmo assim — Trond insistiu, e então deixou para trás os dois marcos de tijolo, que no entanto não tinham portão nenhum, o que era um eterno motivo de zombaria para o meu pai, e subiu até a estradinha. No alto de cada marco havia uma esfera oca de metal, de onde saía uma flecha, tudo carregado por um homem nu com as costas recurvadas. Eram relógios de sol, e meu pai zombava daquilo também, afinal para que *dois* relógios de sol?

— Leif Tore! — gritou Trond. — Venha!

Em seguida ele olhou para nós. Gritamos os três juntos.

— Leif Tore! Venha!

Passaram-se alguns segundos. Então a janela da cozinha se abriu, e a mãe dele enfiou a cabeça para fora.

— Ele já está indo. Só vai terminar de vestir as roupas de chuva. Não precisam mais gritar.

Eu tinha absoluta convicção quanto a encontrarmos o tesouro. Um grande caldeirão preto com três pés de apoio, cheio de objetos reluzentes. Ouro, prata, diamantes, rubis, safiras. Junto ao pé do arco-íris, um caldeirão em cada ponta. Outra vez já tínhamos procurado o tesouro, sem sucesso. O importante era agir depressa, porque os arco-íris nunca duravam muito tempo.

Leif Tore, que por algum tempo havia permanecido como um vulto atrás do vidro amarelo na porta da casa, por fim a abriu. Uma lufada de ar quente o acompanhou. A calefação era sempre muito quente na casa deles. Senti um cheiro ao mesmo tempo azedo e doce. Era o cheiro da casa deles. Todas as casas, a não ser a nossa, tinham cheiros característicos, e aquele era o cheiro da casa deles.

— O que vamos fazer? — ele perguntou e bateu a porta com força suficiente para que o vidro fizesse barulho.

— Tem um arco-íris na montanha, e vamos procurar o tesouro — Trond explicou.

— Vamos lá, então! — Leif Tore disse, e logo saiu correndo. Corremos atrás, descemos o morro até a estrada e começamos a subir em direção à montanha. Vi que a bicicleta de Yngve ainda não estava no lugar, mas tanto o Fusca verde da minha mãe como o Kadett vermelho do meu pai estavam no pátio. A minha mãe estava passando o aspirador quando saí, aquilo era a pior coisa que podia existir, eu detestava aquele barulho, era como se uma parede estivesse se fechando em cima de mim. Eles sempre abriam as janelas para limpar a casa, entrava um ar gelado, e era como se o frio se transmitisse para a minha mãe também, ela ficava irreconhecível quando se inclinava por cima do balde para torcer o esfregão, ou quando passava a vassoura ou o aspirador de pó no chão, e como era apenas nas características reconhecíveis dela que havia lugar para mim, eu também me tornava frio nessas manhãs de domingo, e a bem dizer tão frio que o ar gelado entrava na minha cabeça e tornava difícil até mesmo ler histórias em quadrinhos deitado na minha cama, o que eu adorava fazer, e assim não me restava outra alternativa senão me vestir e sair correndo pela rua na esperança de que alguma coisa acontecesse.

Tanto a minha mãe como o meu pai limpavam a casa, o que não era muito comum; até onde eu sabia, nenhum outro casal dividia as tarefas daquela forma, a não ser talvez os Prestbakmo, mas eu nunca tinha visto o pai limpar a casa, e na verdade até duvidava que ele fizesse coisas daquele tipo.

Mas nesse dia o meu pai foi de carro até a cidade e comprou caranguejos na Fiskebrygga, depois ficou sentado no escritório, fumando cigarros e talvez corrigindo redações, talvez lendo periódicos, talvez mexendo na coleção de selos, talvez lendo histórias do Fantasma.

Em frente ao portão escurecido do nosso jardim, onde o caminho até o B-Max começava, a água de uma cisterna tinha inundado o chão da floresta. Rolf, o irmão de Leif Tore, dias atrás tinha dito que aquilo era responsabilidade do meu pai. "Responsabilidade" não era o tipo de palavra que ele costumava usar, então imaginei que tivesse ouvido esse comentário do pai dele. O meu pai participava do governo do município, eram eles que decidiam tudo na ilha, e era a isso que Gustavsen, o pai de Leif Tore e de Rolf, havia se referido ao fazer o comentário. O meu pai tinha que fazer um comunicado a respeito da inundação para que pudessem solicitar um reparo. Quando subimos e mais uma vez deixei os olhos repousarem sobre aquela quantidade anormal de água entre as pequenas e finas árvores, onde também flutuavam pedaços brancos de papel higiênico, decidi que eu avisaria o meu pai assim que surgisse uma oportunidade. Que ele precisaria comunicar o incidente na assembleia de segunda-feira.

Só podia ser ele. Vestindo a capa de chuva azul, sem o capuz, com as calças de jeans azul que usava para trabalhar no jardim e as botas verdes que iam até o joelho, ele apareceu dando a volta no canto da casa. O corpo estava um pouco curvo, porque enquanto andava pelo jardim ele levava nas mãos uma escada que no instante seguinte plantou no chão, endireitou e apoiou contra o telhado.

Me virei mais uma vez e aumentei a velocidade para alcançar os outros.

— O arco-íris continua lá! — gritei.

— Também estamos vendo! — Leif Tore gritou de volta.

Eu os alcancei no ponto em que o caminho começava e segui atrás das costas amarelas de Trond por entre as árvores, que espalhavam gotas d'água toda vez que alguém erguia um galho, até a casa marrom da família Molden, onde não havia nenhuma criança, apenas um rapaz de cabelos compridos, óculos grandes, roupas marrons e calças boca de sino. Não sabíamos nem ao menos o nome dele, e o chamávamos simplesmente de Molden.

O melhor caminho até o topo da montanha passava no meio do jardim deles, então subimos ao longo do terreno devagar, porque era íngreme, e a alta grama amarela que crescia por lá era escorregadia. De vez em quando eu me agarrava a uma árvore para apoiar o corpo e seguir adiante. Pouco antes do topo a montanha era de rocha nua, impossível de escalar, pelo menos quando estava úmido como naquele dia, mas havia uma rachadura entre a montanha e uma pequena rocha protuberante onde dava para apoiar os pés e vencer com facilidade os últimos metros antes do topo.

— Para onde foi o arco-íris? — Trond perguntou como o primeiro a chegar lá em cima.

— Ele estava aqui! — disse Geir, apontando para o minúsculo platô alguns metros à frente.

— Essa não — Leif Tore disse. — Ele foi lá para baixo. Vejam!

Todos se viraram e olharam para baixo. O arco-íris estava acima da floresta, lá embaixo. Uma das pontas estava acima das árvores um pouco mais abaixo da casa de Beck, e a outra mais ou menos na encosta que descia até a baía.

— Vamos descer até lá? — Trond perguntou.

— Mas talvez o tesouro ainda esteja por aqui — Leif Tore disse. — A gente pode ao menos procurar um pouco.

Ou, como disse no dialeto que falávamos: *"Mi kan jo leite litt, iaffal"*.

— O tesouro não está aqui — eu disse. — Ele está sempre onde o arco-íris está.

— Mas quem o teria levado embora? Eu gostaria de saber — disse Leif Tore.

— Ninguém — eu disse. — Será que você é burro? E também não tem ninguém que traz o tesouro, se é isso que você está pensando. É o arco-íris.

— Você que é burro — Leif Tore protestou. — O tesouro não pode desaparecer sozinho!

— Claro que pode — eu disse.

— Não pode — Leif Tore respondeu.

— Pode sim — eu insisti. — Veja se por acaso você o encontra por aqui!

— Eu também quero procurar — Trond concordou.

— Eu também — Geir disse.

— Mas eu não — disse eu.

Os outros se viraram e começaram a andar olhando de um lado para o outro. Fiquei com vontade de acompanhá-los, mas naquela situação eu não poderia mais. Em vez disso me afastei. Aquele lugar era o melhor mirante que existia. Dava para ver a ponte surgir por entre as copas das árvores, dava para ver o estreito, onde sempre havia barcos, e dava para ver os grandes tanques de gás brancos do outro lado. Dava para ver Gjerstadholmen, a nova estrada, a ponte baixa de concreto, e um pouco antes Ubekilen. E dava para ver o loteamento. Todos os telhados vermelhos e alaranjados em meio às árvores. A estrada. O nosso jardim, o jardim de Gustavsen; o resto estava oculto.

O céu acima do loteamento estava quase totalmente azul. As nuvens mais próximas da cidade estavam brancas. Mas do outro lado, atrás de Ubekilen, continuavam cinzentas e pesadas.

Pude ver o meu pai lá embaixo. Uma figura pequena, muito pequena, não maior do que uma formiga, no alto de uma escada apoiada no telhado.

Será que ele podia me ver lá em cima?

O vento soprou.

Me virei para olhar em direção aos outros. Duas manchas amarelas e uma verde-clara que se movimentavam de um lado para o outro em meio às árvores. A montanha no platô era cinza-escura, mais ou menos como o céu mais além, com grama amarela e às vezes quase branca nas fendas. Lá havia um galho caído que não tocava o chão, ele repousava apenas sobre as muitas ramificações finas como agulhas. Era estranho.

Eu mal tinha estado na floresta que começava mais além. O ponto mais distante aonde eu tinha chegado por aquele caminho era uma grande árvore caída, talvez uns trinta metros floresta adentro. De lá se via uma encosta onde não crescia nada além de urze. Com os longos e esbeltos pinheiros nos dois lados e os espruces um pouco mais próximos uns dos outros, como uma parede, o cenário lá embaixo parecia um cômodo enorme.

Geir disse que tinha visto uma raposa naquela vez. Não acreditei, mas raposas não eram motivo para brincadeiras, então resolvemos levar nosso piquenique e nossas garrafas de suco para o sopé da montanha, de onde podíamos ver todo o mundo conhecido abaixo de nós.

— Está aqui! — Leif Tore gritou. — Caramba! O tesouro!

— Caramba! — Geir exclamou.

— Vocês não me enganam! — gritei de volta.

— Minha nossa! — Leif Tore gritou. — Estamos ricos!

— Caramba! — Trond gritou.

Depois tudo ficou em silêncio.

Será que tinham mesmo encontrado o tesouro?

Não podia ser. Estavam tentando me enganar.

Mas o fim do arco-íris tinha aparecido exatamente naquele lugar.

E se Leif Tore tivesse razão e o caldeirão não desaparecesse com o arco-íris?

Dei alguns passos adiante e tentei ver através dos arbustos de zimbro que os encobriam.

— Ah! Vejam só! — Leif Tore disse.

Mudei de ideia e me apressei naquela direção, correndo por entre os tocos e deixando os arbustos para trás, e então parei.

Os três olharam para mim.

— Enganamos você! Ha ha ha! Enganamos você!

— Eu já sabia — tratei de explicar. — Só vim buscar vocês. O arco-íris vai desaparecer se a gente não andar depressa.

— Enganamos — Leif Tore repetiu. — Enganamos você. Admita.

— Geir, venha logo — eu disse. — Vamos procurar o tesouro lá embaixo.

Ele olhou para Leif Tore e Trond, um pouco desconfortável. Mas Geir era o meu melhor amigo e me acompanhou. Trond e Leif Tore vieram atrás.

— Preciso mijar — Leif Tore disse. — Vamos mijar aqui do promontório? Lá para baixo? Vai ser um jato muito comprido!

Mijar na rua enquanto o meu pai estava lá embaixo e podia ver tudo?

Leif Tore já tinha baixado as calças de lona e estava com a mão no fecho. Geir e Trond estavam um de cada lado dele, e também baixaram as calças de chuva com movimentos rápidos dos traseiros.

— Eu não vou mijar — falei. — Acabei de dar uma mijada.

— Não mesmo — Geir disse enquanto virava a cabeça na minha direção, com as duas mãos segurando o pau. — Passamos o dia inteiro juntos.

— Eu mijei enquanto vocês procuravam o tesouro — eu disse.

No instante seguinte o vapor do mijo surgiu ao redor dos três. Dei mais alguns passos à frente para ver quem ia ganhar. Surpreendentemente foi Trond.

— O Rolf torceu a pelezinha do pau — Leif Tore protestou enquanto fechava o zíper. — Assim ele pôde mijar por bem mais tempo.

— O arco-íris desapareceu — Geir disse enquanto balançava o pinto pela última vez antes de guardá-lo.

Olhamos todos lá para baixo.

— O que vamos fazer agora? — Trond perguntou.

— Não sei — Leif Tore respondeu.

— Vamos para a oficina de barcos? — sugeri.

— O que vamos fazer lá? — Leif Tore perguntou.

— Subir no telhado, por exemplo — eu disse.

— Vamos! — Leif Tore concordou.

Descemos a encosta na diagonal, abrindo caminho em meio à densa floresta de pinheiros, e cinco minutos depois chegamos à estrada de cascalho que seguia ao longo da baía. No inverno costumávamos andar de esqui no morro verdejante do outro lado. No verão e no outono raramente íamos até lá, afinal o que teríamos a fazer? A baía era rasa e lamacenta, não era um bom lugar para tomar banho, o cais era decrépito e a pequena ilha do outro lado era imunda por causa da colônia de gaivotas que morava lá. Quando andávamos por lá geralmente não tínhamos nenhum objetivo, como naquela manhã. No alto, entre o barranco e a orla da floresta, havia uma antiga casa branca onde morava uma senhora de cabelos brancos. Não sabíamos nada a respeito dela. Não sabíamos como se chamava nem o que fazia. De vez em quando olhávamos para dentro da casa, com as mãos na janela e o rosto contra o vidro. Não por qualquer razão especial, tampouco por curiosidade, mas simplesmente porque podíamos fazer aquilo. Nesses momentos víamos uma sala com móveis antigos, ou uma cozinha cheia de coisas antigas. Ao lado da casa, do outro lado da pequena estrada de cascalho, havia um galpão vermelho e decrépito. E no fundo, junto ao córrego que saía da floresta, havia uma antiga oficina de barcos, sem nenhuma pintura e com papelão alcatroado no telhado. Ao longo do córrego cresciam samambaias e plantas com folhas enormes em relação aos finos caules; quando você as afastava com as mãos, com os movimentos natatórios usados para ver através das coisas que se deixavam envergar, o chão parecia estar nu, como se as plantas nos enganassem, como se fingissem ser verdes e exuberantes, quando na verdade, sob a densa folhagem, não havia quase nada além de terra. Mais para baixo, próximo da água, a terra ou o barro ou o que quer que aquilo fosse tinha uma cor avermelhada, mais ou menos como ferrugem. De vez em quando diferentes coisas iam parar lá, um pedaço de sacola plástica ou uma camisinha, mas não em dias como aquele, em que a água se derramava como uma cascata pelo cano sob a estrada e só parava de fazer barulho quando chegava à pequena região em forma de delta onde a água se espalhava antes de chegar à baía.

A oficina de barcos estava totalmente cinza devido à idade. Em certos pontos dava para enfiar a mão por entre as tábuas, então sabíamos como era por dentro, mesmo que nenhum de nós tivesse estado lá. Depois de espiar por essas frestas durante um curto tempo, nossa atenção voltou-se ao telhado, onde tentaríamos subir. Para conseguir, tínhamos que encontrar algo em que pudéssemos ficar em pé. Não havia nada que servisse nas proximidades, então andamos um pouco mais para cima, rumo ao galpão, e olhamos ao redor. Primeiro nos asseguramos de que não havia nenhum carro na parte mais alta, às vezes tinha um, o dono era um homem, talvez o filho da senhora, às vezes ele nos proibia de andar de esqui no pátio quando construíamos uma pista mais comprida, o que ela nunca fazia. Então o procuramos por alguns instantes.

Nenhum carro.

Uns galões brancos largados junto à parede. Eu os reconheci da fazenda da minha avó e do meu avô; era ácido fórmico. Um tonel enferrujado. Uma porta tirada das dobradiças.

— Ah, mais além! Um *pallet*!

Juntos o erguemos. Estava quase preso ao chão. Cheio de tatus-bolas e pequenos insetos parecidos com aranhas que se arrastaram para todos os lados quando o levantamos. Depois o levamos conosco por todo o caminho até o pátio e a oficina de barcos. Escoramos o *pallet* contra a parede. Leif Tore, conhecido por ser o mais corajoso entre nós, foi o primeiro a tentar. Depois de subir no *pallet*, apoiou um dos cotovelos no telhado. Mas com a outra mão agarrou a borda do telhado com força, e então *jogou* uma das pernas para o alto. Ele conseguiu ultrapassar a borda e por um breve instante colocou-a em cima do telhado, mas assim que o peso do corpo aumentou a mão escorregou, e ele caiu como um saco, sem ter nada em que se segurar. Leif Tore caiu de lado em cima do *pallet* enviesado e depois escorregou até o chão.

— Ai! — exclamou. — Ai, puta merda! Aahhh. Ah! Ah! Ah!

Ele se levantou devagar, olhou para as mãos, esfregou uma das coxas.

— Ah, essa doeu! Agora é a vez de vocês!

Ele olhou para mim.

— Eu não tenho força nos braços — falei.

— Eu posso tentar — Geir disse.

Se Leif Tore era conhecido por ser corajoso, Geir era conhecido por ser louco.

Não por conta própria, afinal se pudesse fazer o que queria, passaria o dia inteiro em casa desenhando e peidando, mas quando era incentivado. Talvez ele fosse um pouco ingênuo. Naquele verão nós dois havíamos construído um carrinho de rolimã com a ajuda do pai dele, e quando tudo ficou pronto eu o convenci a me empurrar simplesmente dizendo que assim ele ficaria mais forte. Ingênuo, mas também ávido por idiotices, às vezes ele ultrapassava todos os limites, e nessas horas era capaz de fazer qualquer coisa.

Geir escolheu um método diferente para subir. De pé no *pallet*, agarrou-se à beira do telhado com as duas mãos e tentou *dar uns passos* na parede, com todo o peso apoiado nos dedos que usava para se segurar. Era uma idiotice completa. Se tivesse conseguido, acabaria na horizontal, *debaixo* do telhado, numa posição muito pior do que aquela em que havia começado.

Os dedos escorregaram e Geir caiu de bunda no *pallet*, e depois bateu a parte de trás da cabeça.

Em seguida deixou escapar um grunhido. Quando se levantou, vi que a pancada tinha sido forte. Ele deu uns passos determinados para a frente e para trás, grunhiu mais um pouco. *Nghn!* Então subiu de novo. Dessa vez adotou o método de Leif Tore. Quando conseguiu passar uma das pernas para além da borda, foi como se uma sequência de descargas elétricas tivessem atravessado o corpo dele, a perna bateu contra o papelão alcatroado, o corpo se contorceu e no instante seguinte ele estava de joelhos lá em cima, olhando para nós.

— Foi bem fácil! — disse. — Venham! Eu consigo puxar vocês!

— Não consegue. Você não tem força suficiente — Trond disse.

— Mesmo assim podemos tentar — Geir respondeu.

— Você tem que descer — Leif Tore disse. — Eu preciso voltar para casa daqui a pouco.

— Eu também — eu disse.

Mas Geir não parecia decepcionado lá em cima. Parecia determinado.

— Então vou pular aí para baixo — ele disse.

— Não é meio alto demais? — Leif Tore perguntou.

— Não — Geir respondeu. — Eu só preciso me concentrar um pouco.

Por um longo tempo ele ficou agachado olhando para baixo enquanto respirava profundamente, como se estivesse se preparando para mergulhar. Chegou um momento em que toda a tensão desapareceu do corpo dele, ele devia ter mudado de ideia, mas em seguida ficou tenso mais uma vez e pulou. Caiu, rolou, pôs-se de pé como uma mola e por pouco não começou a limpar a calça com a mão para sinalizar que estava relaxado antes mesmo de ficar de pé.

Se eu tivesse sido o único a subir no telhado, teria sido um grande triunfo. Mas não quando Leif Tore havia desistido. Mesmo que tivesse subido e caído a noite inteira, ele continuaria tentando para eliminar o desequilíbrio que de repente haveria surgido. Mas com Geir era diferente. Ele realmente conseguia fazer coisas extraordinárias, como saltar em cima de um monte de neve cinco metros abaixo durante o inverno, o que ninguém mais se atrevia a fazer, sem que isso tivesse qualquer tipo de consequência para ele. Não importava muito. Geir era Geir, independente do que inventasse.

Sem mais delongas, subimos o morro. Em alguns pontos a água tinha levado partes da estrada, em outros havia longos trechos afundados. Paramos um pouco e enfiamos os calcanhares em um trecho particularmente encharcado, o cascalho deslizava pelas laterais das botas, era uma sensação boa. Minhas mãos estavam frias. Quando eu as apertava, meus dedos deixavam marcas brancas na pele vermelha. Mas as verrugas, três num dos polegares, duas no outro, uma no indicador e três nas costas da mão, não mudavam de cor, estavam avermelhadas como sempre, e cheias de pequenas bolinhas que dava para arrancar na parte de cima. Então chegamos à segunda parte do pátio, que terminava num muro de pedra, e à floresta que começava do outro lado e parecia emoldurada por uma longa escarpa coberta de pinheiros e um tanto íngreme, com uns dez metros de altura, que em certos pontos dava vez à rocha nua da montanha. Quando eu ia até lá ou a lugares parecidos, eu me alegrava ao pensar que o cenário parecia uma paisagem marítima. Que o prado era a superfície do mar, de onde as montanhas e ilhas se erguiam.

Ah, poder singrar a floresta num barco! Poder nadar entre as árvores! Seria uma *façanha* e tanto!

Às vezes costumávamos ir até o litoral da ilha quando o tempo estava bom, estacionar o carro no velho campo de tiro e descer até os escolhos, onde tínhamos um lugar cativo, não muito longe da praia de Spornes, que naturalmente era o meu lugar favorito, já que era uma praia de areia e assim eu podia entrar na água até onde dava pé. Nos escolhos o chão afundava de repente. Havia uma pequena baía por lá, uma pequena fenda cheia d'água, onde podíamos entrar e tomar banho, mas o lugar era pequeno demais e o fundo era irregular, cheio de cracas, algas e conchas. As ondas quebravam na montanha um pouco além, e assim a água subia lá dentro, às vezes até o pescoço, e as placas de isopor no meu colete salva-vidas se erguiam até as minhas orelhas. Os paredões a pique amplificavam os ruídos da água que chapinhava e gorgolejava, e davam a impressão de torná-los ocos. De repente eu me sentia horrorizado, sem condições de respirar a não ser através de profundos arquejos trêmulos. Era igualmente sinistro quando vinha o repuxo e o nível da água lá dentro baixava de repente com um barulho roufenho. Quando o mar estava calmo, às vezes o meu pai enchia o colchão inflável azul e verde, que eu usava para me deitar e flutuar próximo à margem, onde, com a pele nua grudada ao plástico úmido e as costas ressequidas pelo sol abrasador, eu remava com a ajuda de pequenos movimentos das mãos na água fresca e salgada, olhava para as algas que ondulavam devagar de um lado para o outro ao longo dos escolhos a que estavam presas, tentava enxergar peixes ou caranguejos e seguia um barco ao longe com os olhos. À tarde chegava o ferry da Dinamarca, nós o víamos no horizonte quando chegávamos e depois no estreito quando partíamos, assomando branco e grandioso em meio às ilhas baixas e aos rochedos. Seria o *Venus*? Ou o *Christian Quart*? As crianças ao longo de todo o sul e de todo o oeste da ilha, e provavelmente também as crianças que moravam do outro lado de Galtesundet, na para nós desconhecida Hisøya, costumavam tomar banho quando o navio chegava, porque as ondas da esteira eram grandes e famosas. Numa dessas tardes em que eu remava no colchão inflável as ondas me levantaram de repente e eu caí na água. Afundei como uma pedra. Talvez a água tivesse uns três metros de altura naquele ponto. Bati os braços e as pernas, gritei em pânico, engoli água, o meu pânico aumentou, mas não durou mais do que vinte segundos, porque o meu pai tinha visto tudo. Ele mergulhou e me levou de volta para terra. Cuspi um pouco d'água, eu estava com frio e fomos para casa. Nunca tinha havido qualquer perigo antes, e aquilo não deixou nenhuma marca em mim, a não ser o sentimento que tomou conta de mim quando cheguei em casa e subi o morro para contar o que tinha acontecido a Geir: o mundo era um lugar onde eu andava pelo topo, impenetrável e duro, um lugar onde era impossível afundar, mesmo que se erguesse em montanhas íngremes ou despencasse em vales profundos. Eu já sabia de tudo aquilo, mas nunca tinha sentido que vivíamos na superfície.

Apesar desse episódio e do desconforto que às vezes sentia ao me banhar naquela pequena fenda, eu sempre dava um valor enorme a esses passeios. Ficar sentado numa toalha ao lado de Yngve e olhar para o mar azul-claro e espelhado que se perdia no horizonte, onde grandes navios sempre deslizavam lentamente, como se marcassem o tempo, ou então para os dois faróis em Torungen, com os contornos delineados contra o céu azul-profundo: não havia quase nada melhor. Tomar o refrigerante guardado na bolsa térmica vermelha, comer biscoitos, talvez seguir nosso pai com os olhos enquanto ele caminhava pela borda da montanha, com a pele bronzeada e o corpo musculoso, para no instante seguinte mergulhar no oceano dois metros abaixo. A maneira como ele balançava a cabeça e tirava os cabelos de cima dos olhos quando reaparecia, o barulho das bolhas ao redor, a rara alegria no olhar quando nadava em direção à margem com as braçadas lentas e pesadas, ondulando com o movimento da água. Ou então ir até os dois enormes buracos na montanha ou pouco mais além, um deles alto como um homem, com marcas em forma de espiral, repleto de sal da água do mar, coberto pelo verde das plantas marinhas e grandes amontoados de algas no fundo, o outro um pouco mais raso, porém não menos belo. Ou subir até os diques baixos, quentes e extremamente salgados que enchiam as depressões da montanha e só recebiam água fresca quando vinha uma tempestade, motivo pelo qual a superfície pululava de pequenos insetos que zumbiam e o fundo era coberto por algas amareladas de aspecto doente.

Num dia desses o meu pai resolveu me ensinar a nadar. Pediu que eu o seguisse até a beira do mar. Havia uma pequena elevação lisa e coberta de algas sob a água, a talvez meio metro da superfície, onde eu devia ficar de pé. Meu pai nadou até um rochedo que ficava a quatro, talvez cinco metros da margem. Se virou em minha direção.

— Agora venha nadando para cá — ele disse.

— Mas é muito fundo! — eu protestei. E era mesmo, o fundo mal se deixava vislumbrar entre os dois pequenos recifes e devia estar a uns três metros de profundidade.

— Eu estou aqui, Karl Ove. Você acha que não consigo salvá-lo se você afundar? Vamos, nade! Não tem o menor perigo. Eu sei que você consegue. Jogue o corpo para a frente e dê as braçadas. Se você fizer assim, vai saber nadar, entendeu? Assim você vai saber nadar!

Me agachei dentro d'água.

O fundo verde cintilava lá embaixo. Será que eu conseguiria flutuar?

Meu coração batia no meu peito como só fazia quando eu tinha medo.

— Não consigo! — eu gritei.

— Claro que consegue! — o meu pai gritou de volta. — É fácil! É só você flutuar, dar umas braçadas e logo vai estar aqui.

— Eu não consigo! — repeti.

Meu pai me olhou. Soltou um suspiro e nadou na minha direção.

— Tudo bem — ele disse. — Vou nadar do seu lado. Eu posso apoiar a sua barriga com a mão. Assim você *não tem como* afundar!

Mas eu *não conseguia*. Será que ele não entendia?

Comecei a chorar.

— Eu não consigo — disse.

As profundezas estavam na minha cabeça, e também no meu peito. As profundezas estavam nos meus braços e nas minhas pernas, nos dedos dos pés e das mãos. As profundezas preenchiam todo o meu corpo. Seria possível tirar *aquilo* dos meus pensamentos?

Não houve muitos sorrisos a partir daquele instante. Com uma expressão austera, meu pai foi até a margem, caminhou até as nossas coisas e voltou com o meu colete salva-vidas.

— Vista isso aqui, então — ele disse, atirando o colete para mim. — Assim você *não tem como* afundar, nem que tente.

Fiz como ele pediu, mesmo sabendo que aquilo não mudava nada.

Ele nadou mais uma vez para longe. Se virou para mim.

— Agora tente! — disse. — Venha para cá!

Me agachei mais uma vez. A água bateu nos meus calções. Estendi os braços para a frente por baixo d'água.

— Assim! — disse o meu pai.

Bastava impelir o corpo para a frente no mar, dar umas braçadas e aquilo estaria acabado.

Mas eu não conseguia. Nunca em toda a minha vida eu conseguiria flutuar acima daquelas profundezas.

As lágrimas corriam pelo meu rosto.

— Vamos, garoto! — meu pai gritou. — Não temos o dia inteiro!

— EU NÃO CONSIGO! — gritei de volta. — VOCÊ ESCUTOU?

Meu pai enrijeceu o corpo e de repente olhou para mim com os olhos tomados de fúria.

— Você quer teimar comigo? — ele perguntou.

— Não — eu respondi, e não pude conter um soluço. Meus braços tremiam.

Ele nadou de volta e me segurou pelo braço.

— Venha cá — disse. Então tentou me puxar mar adentro. Eu torci o meu corpo em direção à terra.

— Não quero! — eu disse.

Ele me soltou e tomou um longo fôlego.

— Tudo bem então — disse. — Agora já sabemos.

Então meu pai foi até onde estavam as nossas coisas, pegou a toalha com as duas mãos e esfregou-a no rosto. Eu tirei o colete salva-vidas e o segui, mas parei a uns metros de distância. Ele ergueu um braço e secou-o por baixo, e em seguida secou o outro. Inclinou o corpo e secou as coxas. Atirou a toalha no chão, pegou a camisa e a abotoou enquanto olhava em direção ao mar plácido. Quando terminou, vestiu as meias e calçou os sapatos. Era um par de sapatos de couro marrom sem cadarços, que não combinavam nem com as meias nem com o calção de banho.

— O que você está esperando? — ele perguntou.

Enfiei a cabeça na camiseta azul-clara do Las Palmas que eu tinha ganhado de presente dos meus avós e amarrei os tênis de corrida. Meu pai guardou as duas garrafas vazias de refrigerante e a casca de maçã na bolsa térmica, pendurou-a no ombro e começou a andar, com a toalha molhada enrolada na outra mão. Foi até o carro sem dizer mais nada. Abriu o porta-malas, guardou a bolsa térmica, tirou o colete salva-vidas das minhas mãos e o largou de lado, junto com a toalha dele. Nem pareceu notar que eu também tinha uma toalha, e de qualquer modo eu não queria incomodá-lo naquele momento.

Mesmo que ele tivesse estacionado na sombra, o carro estava no sol. Os assentos pretos estavam pelando e queimavam as minhas coxas. Por alguns instantes pensei em cobri-los com a minha toalha úmida. Mas o meu pai notaria. Em vez disso coloquei as mãos espalmadas contra o assento e sentei em cima delas, o mais próximo possível da beirada.

Meu pai deu a partida no carro e começou a andar, mantendo um ritmo lento; toda a planície de cascalho que chamavam de campo de tiro era cheia de pedras grandes. O caminho que ele pegou a seguir era cheio de buracos, e assim continuou na mesma lentidão. Galhos verdes e arbustos roçavam a lataria e o teto do carro, e às vezes surgiam acompanhados de um pequeno impacto, quando o próprio galho batia. A palma das minhas mãos continuavam queimando, mas um pouco menos a essa altura. Somente naquele instante me ocorreu que o meu pai também estava sentado com o calção de banho no assento pelando. Olhei depressa para o rosto dele no espelho. O rosto estava sério e fechado, e jamais seria possível imaginar que ele estivesse sentado com as coxas queimando.

Quando chegamos à estrada junto da igreja ele acelerou com vontade e dirigiu os poucos quilômetros até nossa casa acima do limite de velocidade.

— Ele tem medo de água — o meu pai disse à minha mãe naquela tarde. Não era verdade, mas eu não disse nada, afinal não era idiota.

Uma semana mais tarde recebemos a visita dos meus avós. Foi a primeira vez que nos visitaram em Tybakken. Na fazenda em Sørbøvåg não havia o menor resquício de estranheza neles, lá se adaptavam perfeitamente ao ambiente, meu avô com os uniformes azuis e as boinas escuras de pala curta, longas botas de borracha marrom e as cusparadas intermitentes de tabaco, minha avó com as saias puídas mas limpas, cabelos grisalhos e corpo largo e o minúsculo mas eterno tremor nas mãos. Mas quando os dois saíram do carro em frente à nossa casa, depois que o meu pai os buscou em Kjevik, percebi que não se adaptavam. Meu avô estava usando as melhores roupas, uma camisa azul-escura e um chapéu cinza, na mão segurava o cachimbo, não pela piteira, como o meu pai fazia, mas com os dedos ao redor do próprio fornilho. A piteira era usada para apontar, conforme notei mais tarde, quando mostramos o nosso pátio. Minha avó estava usando um casaco cinza-claro, sapatos cinza-claros e tinha uma bolsa pendurada no braço. Ninguém se vestia daquele jeito por lá. Nem mesmo na cidade viam-se pessoas vestidas daquela forma. Era como se viessem de uma outra época.

Os dois enchiam os ambientes com aquela estranheza. De repente a minha mãe e o meu pai também começaram a se comportar de maneira diferente, em especial o meu pai, que ficou como costumava ficar na época do Natal. O "não" constante transformou-se em "por que não?", o olhar vigilante tornou-se amistoso, por vezes ele até colocava a mão no meu ombro ou no ombro de Yngve como sinal de camaradagem. Porém mesmo que tentasse demonstrar interesse ao falar com o meu avô, eu percebia que na verdade não estava interessado, o tempo inteiro ele desviava o olhar, e nesses instantes os olhos dele pareciam totalmente mortos. Meu avô, sempre alegre e entusiasmado, mas de certa forma um pouco mais desprotegido em nossa casa do que na casa dele, pareceu nunca perceber essa característica no meu pai. Ou simplesmente resolveu ignorá-la.

Numa das noites em que meus avós estavam conosco o meu pai comprou caranguejos. Para ele caranguejos eram a comida festiva por excelência, e mesmo que a safra estivesse no início, os que ele conseguiu estavam bem carnudos. Mas a minha avó e o meu avô não comiam caranguejo. Se acontecesse de o meu avô pegar caranguejos na rede, ele os jogava de volta na água. Mais tarde meu pai contaria histórias a esse respeito, para ele era cômico, uma espécie de superstição, achar que os caranguejos eram menos limpos que os peixes simplesmente porque corriam pelo fundo em vez de nadar livremente como os peixes. Os caranguejos talvez comam cadáveres, pois afinal comem tudo o que chega até o fundo do mar, mas qual seria a chance de que justamente *aqueles* caranguejos tivessem *naquela* noite encontrado um cadáver nas profundezas do Skagerrak?

Uma vez passamos a tarde no pátio bebendo café e suco, e depois fui para o meu quarto, onde me deitei para ler histórias em quadrinhos, quando de repente ouvi os meus avós subindo a escada. Eles não disseram nada, galgaram os degraus com passos pesarosos e entraram na sala. A luz do sol que batia na parede do meu quarto era dourada. O gramado lá fora tinha grandes espaços amarelos e marrons, mesmo que o meu pai ligasse o irrigador no mesmo instante em que tinha recebido permissão para ligá-lo. Me ocorreu que tudo o que eu via ao longo da estrada, todas as casas, todos os pátios com móveis e brinquedos de jardim, todos os carros e todas as pequenas ferramentas que ficavam junto às paredes e às escadinhas davam a impressão de estar dormindo. Meu peito suado grudava-se à capa do edredom. Me levantei, abri a porta e entrei na sala, onde os meus avós estavam sentados cada um numa poltrona.

— Vocês querem ver televisão, por acaso? — perguntei.

— Já está quase na hora do *Dagsrevyen*, não? — perguntou o meu avô.

— Você sabe que gostamos de assistir.

Fui até a televisão e a liguei. Passaram-se uns poucos segundos até que a imagem aparecesse. Aos poucos a tela se iluminou, o N do *Dagsrevyen* ficou cada vez maior ao mesmo tempo que a melodia simples que parecia tocada por um telefone soou, *ding-dong-ding-dooong*, a princípio também fraca, mas depois cada vez mais alta. Dei um passo para trás. O meu avô se inclinou para a frente na poltrona com a piteira do cachimbo apontando na mão.

— Ótimo — disse.

Na verdade eu não tinha permissão para ligar a televisão sozinho, nem tampouco o grande rádio que ficava na prateleira, e sempre precisava pedir à minha mãe ou ao meu pai que os ligasse para mim quando eu queria ver ou ouvir alguma coisa. Mas naquele instante eu tinha ligado a televisão para os meus avós, e portanto os meus pais não teriam nada a dizer.

De repente a imagem oscilou com força. As cores se retorceram. Foi como uma rajada de luz, depois veio um *pof!* alto e a tela ficou preta.

Essa não.

Essa não, essa não, essa não.

— O que houve com a televisão? — perguntou o meu avô.

— Estragou — eu respondi com os olhos cheios de lágrimas.

Eu a tinha estragado.

— Essas coisas acontecem — disse o meu avô. — E além do mais, preferimos ouvir as notícias no rádio.

Ele se levantou da poltrona e andou com passos curtos até o rádio. Voltei para o meu quarto. Gelado de medo, com o estômago revirado, deitei na minha cama. A capa do edredom estava fria contra a minha pele nua e quente. Peguei um gibi da pilha que estava no chão. Mas não consegui ler. Logo o meu pai chegaria, iria até a televisão e tentaria ligá-la. Se a tivesse estragado comigo sozinho em casa eu poderia fazer de conta que nada havia acontecido, e assim ele acharia que tinha se estragado sozinha. Mesmo assim o meu pai talvez entendesse que havia sido eu, porque ele tinha um faro para essas coisas, não era preciso mais do que um olhar na minha direção para notar que havia alguma coisa errada, e depois bastaria somar dois mais dois. Mas naquela situação não havia como fazer de conta que nada tinha acontecido, minha avó e meu avô tinham visto tudo, contariam o que aconteceu, e se eu tentasse esconder as coisas acabariam muito, muito pior.

Me sentei na cama. Eu sentia uma pressão na minha barriga, mas sem o calor e a maciez da doença, era uma sensação fria e dolorosa, e estava tão arraigada em mim que nem mesmo todas as lágrimas do mundo poderiam dissolvê-la.

Passei um tempo sentado, chorando.

Se ao menos Yngve estivesse em casa! Assim eu poderia ficar com ele no quarto dele pelo maior tempo possível. Mas Yngve tinha saído para tomar um banho de mar com Steinar e Kåre.

Uma sensação de que eu estaria mais próximo dele se entrasse no quarto dele, mesmo que o quarto estivesse vazio, fez com que eu me levantasse. Abri a porta, atravessei discretamente o corredor e entrei no quarto dele. A cama de Yngve era pintada de azul, a minha era pintada de laranja, e as portas do armário dele eram pintadas de azul e as minhas de laranja. O quarto tinha o cheiro de Yngve. Fui até a cama e me sentei.

A janela estava entreaberta!

Aquilo superou todas as minhas expectativas. Assim eu poderia ouvir as vozes deles no pátio sem que notassem a minha presença. Se a janela estivesse fechada, eu acabaria por me revelar ao abri-la.

A voz do meu pai subia e descia tranquila, como fazia quando ele estava de bom humor. Nesse meio-tempo ouvi a voz mais clara e mais suave da minha mãe. Da sala vinha o som do rádio. Por um motivo qualquer imaginei que os meus avós teriam adormecido e estariam sentados, cada um numa poltrona, com a boca aberta e os olhos fechados, talvez porque às vezes eu os visse assim durante as nossas visitas a Sørbøvåg.

Ouvi o tilintar da louça no pátio.

Será que estavam levando as coisas para dentro?

Sim, porque logo depois ouvi as sandálias da minha mãe estalando pela casa.

Assim eu a teria para mim! Assim poderia contar primeiro a ela!

Esperei até que eu ouvisse a porta de baixo se abrir. Assim que a minha mãe subiu a escada com uma bandeja repleta de xícaras e pratos e copos onde também estava a cafeteira lustrosa de tampa vermelha, usando o colar de prendedores de roupa que Yngve tinha feito para ela na oficina de trabalho manual, saí para o corredor.

— Você está dentro de casa num dia lindo desses? — ela perguntou.

— Estou — respondi.

Ela fez menção de passar por mim, mas de repente parou.

— Aconteceu alguma coisa? — ela perguntou.

Olhei para baixo.

— Aconteceu?

— A TV estragou — eu disse.

— Essa não! — ela exclamou. — Realmente você fez uma besteira. O seu vô e a sua vó estão lá dentro?

Fiz um gesto afirmativo com a cabeça.

— Eu tinha pensado em chamá-los para o pátio. Está uma tarde linda. Você não quer vir com a gente? Não quer tomar um pouco mais de suco?

Balancei a cabeça e voltei ao meu quarto. Parei bem defronte à porta. Talvez a coisa mais inteligente fosse acompanhá-los? Meu pai não faria nada enquanto os meus avós estivessem na nossa casa, mesmo que descobrisse que eu tinha estragado a TV.

Mas esse detalhe poderia deixá-lo ainda mais furioso. Na última visita que tínhamos feito a Sørbøvåg, todos estavam sentados para o jantar e Kjartan contou que Yngve tinha brigado com Bjørn Atle, o garoto da fazenda ao lado. Todos riram, inclusive o meu pai. Mas quando a minha mãe saiu comigo para fazer compras e os outros tiravam um cochilo, e Yngve se deitou na cama com um gibi, meu pai entrou, pegou-o e o jogou de um lado para o outro porque ele tinha brigado.

Não, seria melhor ficar dentro de casa. Se o meu avô ou a minha avó dissesse que a televisão havia estragado, talvez a raiva dele passasse enquanto ficava na companhia deles.

Me deitei na cama outra vez. Um tremor correu descontrolado no meu peito, acompanhado por uma nova torrente de lágrimas.

Aaaah. Aaaah. Aaaah.

Não faltava muito para ele chegar.

Eu sabia.

Logo ele estaria em casa.

Tapei os ouvidos com as mãos e fechei os olhos e tentei fazer o mundo inteiro desaparecer. Me concentrei apenas na escuridão e na minha respiração.

Mas logo me senti indefeso e fiz o contrário, me ajoelhei na cama e olhei para fora da janela, para a luz que inundava o morro, os telhados reluzentes e as janelas iluminadas.

A porta de baixo se abriu e em seguida bateu.

Olhei desesperado ao redor. Me levantei, puxei a cadeira da escrivaninha, me sentei.

Ouvi passos na escada. Pesados — era ele.

Eu não podia continuar de costas para a porta, então me levantei e sentei na beira da cama.

Meu pai abriu a porta de supetão. Deu um passo à frente e parou, olhou para mim.

Os olhos dele estavam apertados, os lábios estavam comprimidos.

— O que você está fazendo? — ele perguntou.

— Nada — respondi, olhando para baixo.

— Olhe para mim quando você fala comigo! — ele disse.

Eu olhei para ele. Mas não aguentei e tornei a olhar para baixo.

— Você não está ouvindo direito? — ele disse. — OLHE PARA MIM!

Olhei para ele. Mas aqueles olhos eu não tinha como enfrentar.

Ele deu três passos rápidos no quarto, pegou a minha orelha e a torceu ao mesmo tempo que me puxava para cima.

— O que eu tinha dito a respeito de ligar a TV? — ele perguntou.

Desatei a chorar e não consegui responder.

— O QUE EU TINHA DITO? — ele repetiu enquanto torcia a minha orelha ainda mais forte.

— Que eu... que eu nã... ãã... não devia ligar a TV — respondi.

Nesse ponto ele soltou a minha orelha, me pegou pelos dois braços e começou a me sacudir.

— AGORA OLHE PARA MIM! — ele gritou.

Levantei a cabeça. Ele limpou as minhas lágrimas.

Os dedos me apertaram com mais força.

— Eu não tinha dito que era para você ficar longe da TV? Não tinha? Eu não tinha dito? Agora precisamos comprar uma TV nova, e de onde vamos tirar o dinheiro? Você pode me dizer?

— Nã-ã-ã-ão — eu disse aos soluços.

Ele me atirou em cima da cama.

— Agora fique aqui no quarto até eu dizer que você pode sair. Entendido?

— Entendido — eu disse.

— Você está de castigo hoje, e também está de castigo amanhã.

— Tá.

Então o meu pai foi embora. Eu chorava tanto que não ouvi para onde ele tinha ido. Minha respiração estava entrecortada, como se eu estivesse subindo uma escada. Meu peito arquejava, minhas mãos tremiam. Fiquei lá chorando, talvez por vinte minutos. Depois começou a passar. Me ajoelhei na cama e olhei para fora. Minhas pernas ainda tremiam e minhas mãos ainda tremiam, mas notei que aquilo estava passando, era como se eu tivesse entrado em um cômodo tranquilo após uma tempestade.

Da janela pude ver a casa dos Prestbakmo e toda a frente do pátio deles, que dava para o nosso, a casa dos Gustavsen e a frente do pátio, um pedaço da casa dos Karlsen e um pedaço da casa dos Christensen mais para o alto. Eu tinha uma visão da estrada que chegava até a caixa postal. O sol, que deu a impressão de tornar-se um pouco mais intenso à tarde, pairava no céu sobre as árvores no alto da colina. Tudo estava imóvel, nenhuma árvore e nenhum arbusto se mexia. As pessoas nunca sentavam em frente às casas, porque seria "colocar-se em exposição", como o meu pai costumava dizer quando alguém ficava à vista de todos; era nos fundos que ficavam os móveis de jardim e as grelhas da vizinhança.

De repente uma coisa aconteceu. Da porta dos Karlsen saiu Kent Arne. Só vi a cabeça dele por cima do carro estacionado, os cabelos brancos e coruscantes afastaram-se como se ele fosse um boneco num teatro de bonecos. Desapareceu por alguns instantes, mas depois reapareceu de bicicleta. Ficou de pé em cima dos pedais, freou com movimentos bruscos, entrou na estrada e subiu numa velocidade razoável até frear de repente e parar em frente à casa dos Gustavsen. Kent Arne perdera o pai dois anos atrás, ele havia sido marinheiro, eu mal conseguia me lembrar dele, na verdade só tinha uma lembrança, uma vez descemos o morro com ele, era um dia frio e ensolarado, mas não tinha neve, na mão eu carregava os patins cor de laranja com lâmina de madeira e tiras que se prendiam aos sapatos, então devíamos estar a caminho do Tjenna. Me lembro também de quando fiquei sabendo que ele tinha morrido. Leif Tore estava em frente à mureta que separava as duas estradas uma da outra, pouco além da nossa casa, e disse que o pai de Kent Arne tinha morrido. Quando terminou de falar, olhamos para a casa deles. O pai havia tentado salvar uma pessoa de um tanque que estava sendo limpo, o tanque estava cheio de gás e a pessoa tinha desmaiado, e no fim ele mesmo acabou morto. Nunca falávamos sobre o pai de Kent Arne quando ele estava por perto, tampouco sobre a morte. Um outro homem tinha acabado de se mudar para a casa da família, e por mais estranho que fosse o nome dele também era Karlsen.

Se Dag Lothar era o número um, Kent Arne era o número dois, mesmo que fosse um ano mais novo que nós e dois anos mais novo que Dag Lothar. Leif Tore era o número três, Geir Håkon o número quatro, Trond o número cinco, Geir o número seis e eu o número sete.

— Leif Tore, venha! — Kent Arne gritou em frente à casa. Pouco depois Leif Tore apareceu, vestindo apenas uma bermuda curta de jeans e tênis de corrida, sentou-se na bicicleta de Rolf e então eles desceram o morro e sumiram de vista. O gato dos Prestbakmo nem se mexeu na diminuta parte nivelada da montanha entre a propriedade dos Gustavsen e a dos Hansen.

Me deitei mais uma vez na cama. Li uns gibis, me levantei e colei o ouvido à porta para ouvir o que estava acontecendo na casa, mas não havia ruído nenhum, todos continuavam na rua. Meu avô e minha avó estavam nos visitando, então era impensável que eu não fosse jantar. Ou será que não?

Meia hora depois eles subiram a escada. Alguém entrou no banheiro, que dividia a parede com o meu quarto. Não era o meu pai, notei graças aos passos, mais leves que os dele. Mas eu não sabia dizer se era a minha mãe, o meu avô ou a minha avó, porque o barulho no banheiro foi seguido por fortes batidas nos canos de água quente, que apenas o meu avô ou a minha avó seriam capazes de provocar.

Eu estava com fome de verdade.

As sombras caíram sobre o morro mais além, e pareceram tão longas e distorcidas que não tinham mais quase nenhuma semelhança com as formas que as projetavam. Como se nascessem de si mesmas, por direito, como se existissem numa realidade paralela de escuridão, com portões de escuridão, árvores de escuridão, casas de escuridão habitadas por pessoas de escuridão, e estivessem por assim dizer presas à luz, onde pareciam deformadas e indefesas, tão fora do próprio elemento quanto um escolho com algas e conchas e caranguejos de onde a água se afastou, era o que parecia. Ah, não será por isso que as sombras tornam-se cada vez mais longas à medida que a noite cai? Estendem-se em direção à noite, essa maré noturna que se derrama sobre a terra e por algumas horas satisfaz os anseios mais profundos das sombras.

Olhei para o relógio. Eram nove e dez. Mais vinte minutos e seria hora de se deitar.

O pior de ficar de castigo à tarde era não poder sair enquanto eu ficava na janela e via todos os outros na rua. À noite, o pior era que não havia nenhuma diferença entre as diferentes fases que em geral compõem a noite. Que depois de ter passado um tempo sentado eu simplesmente tinha que tirar a roupa e me deitar na cama. A diferença entre os dois estados, que em geral era grande, no caso do castigo era praticamente apagada, e o resultado era que eu me percebia de uma forma como não costumava me perceber. Era como se tudo o que eu fosse, *por baixo* das coisas que eu fazia, como jantar, escovar os dentes, lavar o rosto e vestir o pijama, não apenas se revelasse, mas preenchesse todo o meu ser, já que de repente *não havia* mais nada. Que eu era exatamente o mesmo, sentado na cama com roupa ou deitado sem roupa. Que na verdade não havia nenhuma diferença e nenhuma transição.

Era um sentimento incômodo.

Fui até a porta e mais uma vez colei o ouvido na madeira. Primeiro tudo estava em silêncio, depois ouvi vozes e então tudo ficou em silêncio mais uma vez. Chorei um pouco, depois tirei a camiseta e a bermuda e me deitei na cama com o edredom puxado até o queixo. O sol continuava a brilhar contra a parede do outro lado. Li uns gibis, depois os larguei no chão e fechei os olhos. Meu último pensamento antes de adormecer foi que não tinha sido culpa minha.

Acordei, olhei para o relógio de pulso. As duas cobras cintilantes marcavam duas e dez. Passei um tempo na cama sem me mexer, numa tentativa de descobrir o que tinha me acordado. Afora as palpitações que eu sentia nos ouvidos, tudo estava em silêncio. Não havia carros nas estradas, não havia barcos no estreito, não havia aviões no céu. Não havia passos, não havia vozes, nada. Tampouco em nossa casa.

Levantei um pouco a cabeça para que as minhas orelhas não roçassem em nada e prendi a respiração. Passados alguns segundos ouvi um barulho no pátio. Um barulho tão alto e claro que a princípio eu não o tinha percebido, mas que no mesmo instante em que o notei me pareceu terrível.

Iiiii-iiiii-iiiiiii-iiiii. Iiiiiiii-iiiii-iiiiiiii. Iiiiiiii.

Me sentei de joelhos na cama, afastei as cortinas e olhei para fora da janela. O gramado estava banhado por uma luz tênue: a lua cheia brilhava acima da casa. Uma rajada de vento deu a impressão de que a grama estava se afastando. Uma sacola de plástico branca que havia se prendido à cerca viva se agitava, e pensei que se eu não soubesse que o vento existia, talvez achasse que a sacola estivesse se mexendo por vontade própria. Como se eu estivesse a uma grande altura, meus dedos das mãos e dos pés começaram a tremer. No meu peito o coração batia depressa. Os músculos da minha barriga se contraíram, engoli em seco e tornei a engolir. A noite era a hora dos fantasmas e dos mortos-vivos, a noite era a hora do homem sem cabeça e dos esqueletos sorridentes. E tudo que me separava dessas coisas era uma parede fina.

O som voltou!

Iiii-iiiiiiiii-iii-iiiiiiiiiiiiiiiiii-iii-iiiiiiii.

Deixei meu olhar correr por sobre o gramado lá fora. Do outro lado da cerca viva, talvez a cinco metros, avistei o gato dos Prestbakmo. O gato tinha o corpo estendido em cima da grama e estava batendo com a pata em alguma coisa. A coisa em que batia, um montinho cinza com jeito de pedra ou de barro, foi jogada alguns metros em direção à janela. O gato se levantou e foi atrás. O montinho permaneceu imóvel no gramado. O gato bateu nele mais algumas vezes com a pata, inclinou a cabeça para a frente e deu a impressão de empurrá-lo com o focinho antes de abrir os dentes e pegá-lo na boca. Quando os gritos recomeçaram, percebi que era um rato. Aquele barulho súbito dava a impressão de enlouquecer o gato. No fim ele fez um movimento brusco com a cabeça e atirou o rato longe. Dessa vez o rato não ficou parado, mas disparou o mais depressa que podia pelo gramado. O gato permaneceu imóvel, seguindo-o com os olhos. Quase dava a impressão de querer deixar que o rato fosse embora. Mas em seguida, assim que o rato alcançou o canteiro em frente ao portão que dava acesso ao pátio dos Prestbakmo, o gato saiu correndo atrás. Três saltos e tinha apanhado o rato mais uma vez.

No cômodo ao lado de repente ouvi a voz do meu pai. Ele falava com uma voz baixa e balbuciante, como se o que dizia não tivesse começo nem fim, como em geral fazia quando falava durante o sono. No instante seguinte ouvi alguém se levantar da cama lá dentro. Pela leveza dos passos concluí que era a minha mãe. Lá fora o gato tinha começado a pular para cima e para baixo. Parecia uma dança. Uma nova rajada de vento fez com que o gramado ondulasse. Olhei para o pinheiro e vi os delicados galhos balançarem, pretos e esbeltos com a lua amarela e pesada ao fundo. Minha mãe abriu a porta do banheiro. Quando ouvi o barulho do assento do vaso sendo baixado, apertei as mãos contra a minha cabeça e comecei a cantarolar. Os barulhos que saíam dela naquelas horas, os chiados, como se ela estivesse soltando vapor, eram das piores coisas que existiam. Eu também costumava bloquear os chapinhares quase tonitruantes do meu pai, mesmo que fosse menos impossível suportá-los. *Aaaaaaaaaaah*, eu disse enquanto ao mesmo tempo contava devagar até dez e seguia o gato com os olhos. Parecendo cansado de brincar, ele pegou o rato na boca e correu para o outro lado da cerca viva, atravessou a estrada e foi até o pátio dos Gustavsen, onde largou-o no morro em frente ao trailer de acampar. Por um tempo o gato ficou apenas olhando. O rato permanecia tão imóvel quanto era possível. O gato pulou para cima da mureta e se equilibrou contra um dos relógios de sol esféricos que ficavam em cima, no marco. Tirei as mãos da cabeça e parei de cantarolar. No banheiro a cisterna gorgolejou. O gato virou de repente e olhou para o rato, que permanecia imóvel. O jato d'água da torneira bateu contra a porcelana da pia. O gato desceu da mureta com um salto, caminhou até a estrada e se deitou como se fosse um leãozinho. No exato instante em que a minha mãe baixou a maçaneta para abrir a porta, o rato foi varado por um estertor, como se o barulho tivesse despertado um impulso qualquer, e no momento seguinte estava mais uma vez fugindo em desespero do gato, que provavelmente já contava com essa possibilidade, uma vez que não precisou mais do que uma fração de segundo para sair do repouso e dar início à perseguição. Mas dessa vez foi tarde demais. Uma placa de Eternit que estava jogada no gramado foi a salvação do rato, que conseguiu se enfiar embaixo dela no segundo que o gato levou para alcançá-lo.

Foi como se os movimentos bruscos daqueles bichos continuasse em mim; depois que voltei a me deitar, meu coração continuou a bater depressa por um bom tempo. Talvez porque também fosse um bicho? Um pouco mais tarde mudei de posição, coloquei o travesseiro no pé da cama e afastei um pouco as cortinas para que eu pudesse ver o céu coalhado de estrelas, que mais pareciam os grãos de areia de uma praia em cuja orla, invisível para nós, o mar batia.

Mas o que havia para além do mundo?

Dag Lothar disse que não havia nada. Geir disse que havia chamas enormes. Era o que eu também achava, esse negócio de mar era simplesmente porque o céu estrelado tinha o aspecto que tinha.

No quarto dos meus pais tudo voltou a ficar em silêncio.

Fechei a cortina e cerrei os olhos. Preenchido aos poucos pelo silêncio e pela escuridão da casa, logo entreguei-me a um sono profundo.

Quando me levantei na manhã seguinte, meus avós estavam tomando café na sala com a minha mãe. Meu pai estava no gramado com o irrigador na mão. Largou-o na lateral do gramado, para que os finos jatos d'água, parecidos com uma mão que abanava, não apenas caíssem sobre o gramado, mas também sobre o canteiro de verduras mais abaixo. Os raios do sol, que naquele momento estava do outro lado da casa, acima da floresta a leste, derramavam-se por todo o pátio. Tudo parecia estar imóvel como no dia anterior. O céu estava velado, era assim quase todas as manhãs. Yngve estava sentado à mesa posta do café da manhã, comendo. Os ovos cozidos nos porta-ovos marrons lembraram-me de que era domingo. Sentei no meu lugar.

— O que foi que aconteceu ontem? — Yngve me perguntou em voz baixa. — Por que você estava de castigo?

— Eu estraguei a TV — respondi.

Yngve me lançou um olhar curioso enquanto segurava a fatia de pão logo abaixo da boca.

— Fui ligar para o vô e a vó. A TV simplesmente fez poft. Eles não disseram nada?

Yngve deu uma grande mordida no pão, que tinha em cima uma fatia de queijo com especiarias, balançou a cabeça. Bati a faca na parte de cima do ovo, abri o topo como se fosse uma tampa, retirei a clara macia lá de dentro com a colher, me estiquei para alcançar o saleiro e bati nele de leve com o indicador para que alguns grãos caíssem. Passei margarina em uma fatia de pão, servi leite num copo. Lá embaixo meu pai abriu a porta. Comi a clara e enfiei a colher mais fundo no ovo para ver se a gema estava dura ou mole.

— E também estou de castigo hoje — eu disse.

— O dia *inteiro*? Ou só durante a tarde?

Dei de ombros. A gema estava dura e se esfarelou na borda da colher.

— Acho que o dia inteiro — respondi.

A estrada estava vazia, brilhando ao sol. Mas perto da vala, sob os galhos densos dos espruces, tudo estava envolto nas sombras e na escuridão.

Uma bicicleta desceu o morro a toda a velocidade. O garoto atrás do guidom, que podia muito bem ter quinze anos, dirigia com uma única mão, a outra segurava o galão vermelho de gasolina que vinha amarrado ao bagageiro. Os cabelos dele eram pretos e esvoaçavam ao vento.

Da escada veio a voz do meu pai. Me endireitei na cadeira e olhei de relance para a mesa a fim de conferir se estava tudo em ordem. Pedacinhos do ovo esfarelado tinham caído fora do prato, então tratei de puxá-los até o canto da mesa e derrubá-los na palma da minha outra mão, que em seguida largou tudo em cima do prato. Yngve quase esperou até que fosse tarde demais antes de puxar a cadeira para junto da mesa e endireitar as costas, mas no fim conseguiu, pois quando o nosso pai atravessou a porta ele estava todo empertigado e tinha os pés firmemente plantados no chão.

— Preparem as sacolas de praia, meninos — ele disse. — Vamos dar um passeio em Hove.

"Eu também?", pensei em dizer, mas consegui me segurar, porque talvez ele tivesse esquecido que eu estava de castigo, e a pergunta serviria de lembrete. Mesmo que ele se lembrasse mas tivesse mudado de ideia, o melhor seria não falar nada, porque qualquer comentário poderia dar a entender que não tinha razão, e eu não queria que ele pensasse assim. Então peguei o meu calção de banho e a minha toalha do varal no quartinho do aquecedor, coloquei-os numa sacola plástica junto com a máscara de mergulho, que poderia ser útil se fôssemos para uma determinada praia em Hove, e fiquei pronto, esperando a hora de sair.

Quando meia hora mais tarde saímos de carro rumo à orla da ilha, naquele que talvez fosse o dia mais bonito do ano, em que o mar estava tão plácido que mal fazia barulho, e portanto conferia ao panorama, aos silenciosos escolhos e à silenciosa floresta mais à frente uma aura irreal, onde cada passo na montanha e cada tilintar das garrafas soava como se fosse a primeira vez, e o sol, que ardia no céu em pleno zênite, surgia como uma entidade primitiva ao extremo e alheia a qualquer criatura, nesse dia, em que era possível ver o mar curvar-se e desaparecer nas profundezas do horizonte, onde o céu, com um matiz claro, delicado, quase nebuloso de azul, pairava com leveza, e Yngve e eu e o nosso pai e a nossa mãe, trajando roupas de banho, deixamos, cada um à sua maneira, que a água morna envolvesse nossos corpos aquecidos pelo sol, nesse dia nossa avó e nosso avô continuaram usando as melhores roupas, por assim dizer indiferentes ao panorama e a tudo que nele acontecia, como se o elemento dos anos 1950 e de Vestland nesses meus avós não apenas os marcasse de maneira superficial, nas roupas, nos modos e no dialeto, e portanto como algo externo, mas como se, pelo contrário, tivesse uma origem interna, nas profundezas da alma de cada um deles, no âmago da personalidade de cada um deles. Era muito estranho vê-los sentados no escolho, apertando os olhos contra a luz forte que vinha de todas as direções, os dois pareciam muito deslocados.

No dia seguinte eles voltaram para casa. Nosso pai levou-os até Kjevik e aproveitou a chance para visitar nossos avós paternos na mesma viagem enquanto nossa mãe nos levou para dar um passeio em Gjerstadsvannet, a ideia era tomar banho no lago e comer biscoitos e nos divertir, mas em primeiro lugar a nossa mãe não encontrou o caminho para o lago, então tivemos que andar por um bom tempo no meio de uma floresta cheia de moitas e arbustos, em segundo lugar a parte do lago a que chegamos estava verde por causa das algas e a montanha estava lisa e escorregadia, e em terceiro lugar começou a chover quase no mesmo instante em que largamos a bolsa térmica e a cesta com laranjas e biscoitos no chão.

Fiquei com muita pena da nossa mãe, ela queria nos levar para dar um passeio agradável mas não conseguiu. Não havia jeito de se comunicar com ela. Era uma daquelas coisas que devem simplesmente ser esquecidas o mais depressa possível. E não foi nem um pouco difícil, porque aquelas semanas prometiam um grande número de acontecimentos fora do comum. Eu começaria a frequentar a escola, e portanto uma série de coisas novas seria minha. Em especial a mochila, que fui comprar na cidade com a minha mãe durante a manhã do sábado seguinte. A mochila era quadrada, o exterior azul era brilhante e reluzente e as alças eram brancas. Por dentro havia dois compartimentos, onde na mesma hora guardei o estojo que eu também tinha ganhado, com um lápis, uma caneta, uma borracha e um apontador, e o único caderno de rascunho que havíamos comprado, com listras marrons e laranja na capa, exatamente como as que Yngve tinha no caderno dele, junto com algumas folhas que também guardei para enchê-la. Todos os dias a mochila estava junto ao pé da escrivaninha quando na hora em que eu me deitava, não sem me atormentar um pouco, porque ainda faltavam muitos dias para o grande dia, quando eu, junto com todas as crianças que conhecia, começaria a frequentar a primeira série. Já tínhamos estado juntos na escola durante o outono, cumprimentamos a nossa futura professora e desenhamos um pouco, mas a próxima vez seria diferente, não haveria faz de conta, seria tudo para valer. Havia quem odiasse a escola, claro, quase todos os garotos mais velhos diziam que odiavam a escola, e a rigor sabíamos que devíamos fazer a mesma coisa, porém tudo que estava prestes a acontecer parecia encantador demais, o que sabíamos era pouco e a expectativa era muita, sem falar que o simples fato de entrar para a escola nos elevaria de um dia para o outro ao mesmo nível dos garotos mais velhos, de repente seríamos como eles, e *depois* teríamos sempre o direito a dizer que odiávamos a escola, mas não naquele momento... Se falávamos a respeito de outras coisas? Praticamente não. A escola da nossa vizinhança, Roligheden, onde o meu pai e o pai de Geir trabalhavam, e onde todos os garotos mais velhos estudavam, não tinha vaga para nós, as classes eram grandes demais, os recém-chegados eram muitos, então frequentaríamos uma escola no leste da ilha, a cinco, talvez seis quilômetros de distância, junto com as crianças desconhecidas que moravam naquela região, e seríamos levados de ônibus até lá. Era um grande privilégio e uma grande aventura. Todos os dias um ônibus apareceria para nos buscar!

Também ganhei uma calça azul-clara, uma jaqueta azul-clara e um par de tênis de corrida azul-escuros com listras brancas na parte de cima. Muitas vezes, quando meu pai não estava em casa, eu vestia as roupas novas e me olhava no espelho do corredor, às vezes até com a mochila nas costas, então quando o grande dia enfim chegou e eu me postei na estradinha de cascalho em frente à nossa casa para que a minha mãe batesse uma foto minha, não foram apenas a empolgação e a incerteza que me deram um frio na barriga, mas também o sentimento único e quase triunfal que às vezes tomava conta de mim quando eu vestia roupas particularmente bonitas.

Na tarde anterior eu tinha tomado banho e a minha mãe havia lavado o meu cabelo, e quando acordei pela manhã encontrei uma casa ainda silenciosa e adormecida, com o sol ainda a subir por trás dos espruces mais abaixo na estrada. Ah, que alegria poder enfim tirar as roupas novas do armário e vesti-las! Lá fora os passarinhos cantavam, ainda era verão, por trás do véu de névoa o céu estava azul e imenso, e as casas que se erguiam silenciosas de ambos os lados da estrada mais acima logo se encheriam de impaciência e expectativa com as comemorações do Dezessete de Maio. Tirei as folhas da mochila, pendurei-a nas costas, ajustei as alças, coloquei-a de volta no lugar. Abri e fechei o zíper da jaqueta e comecei a pensar: era mais elegante com o zíper fechado, mas assim não se via a camiseta por baixo... Entrei na sala, olhei para fora da janela, para o sol vermelho e flamejante por trás das árvores viçosas, entrei na cozinha sem tocar em nada e olhei para a casa dos Gustavsen, onde não havia nenhum sinal de vida. Postei-me em frente ao espelho no corredor e abri e fechei o zíper da jaqueta mais algumas vezes... a camiseta também era muito bonita, seria uma pena se não estivesse à vista...

Eu ainda podia escovar os dentes!

Entrei no banheiro, tirei a escova do copo, molhei-a com um pouco d'água e coloquei a pasta de dentes branca em cima. Me escovei com vontade e por um longo tempo enquanto me olhava no espelho. O ruído da escova contra os dentes parecia encher minha cabeça de dentro para fora, e só notei que o meu pai tinha acordado quando ele abriu a porta. Ele estava apenas de cueca.

— Você está escovando os dentes antes de tomar o café da manhã? Que besteira é essa? Largue isso tudo e vá para o seu quarto!

Assim que coloquei os pés no tapete vermelho do corredor, que ia de uma parede à outra, meu pai bateu a porta do banheiro e começou a mijar ruidosamente no vaso. Me ajoelhei em cima da cama e olhei para a casa dos Prestbakmo. Seriam duas cabeças o que eu via na escuridão da janela da cozinha? Podia ser. Estavam se aprontando. Eu devia ter um walkie-talkie naquele instante para falar com Geir! Teria sido perfeito!

Meu pai saiu do banheiro e voltou para o quarto. Ouvi a voz dele, e em seguida a da minha mãe. Ela tinha acordado!

Fiquei no quarto até que ela tivesse se levantado e estivesse a caminho da cozinha, onde o meu pai já tinha feito barulho durante um certo tempo. Protegido atrás das costas dela, ocupei o meu lugar à mesa. Eles tinham comprado Corn Flakes, quase nunca tínhamos aquilo em casa, e quando a minha mãe alcançou uma tigela funda e uma colher para mim e derramou o leite sobre os flocos dourados, levemente perfurados e um pouco irregulares, decidi que era no momento em que os Corn Flakes ainda estavam crocantes, e portanto antes que o leite conseguisse umedecê-los, que eram mais gostosos. Mas depois que eu já tinha comido por alguns instantes e os flocos começaram a amolecer, a encher-se com o próprio gosto e também com o gosto do leite, além do gosto do açúcar, que eu tinha acrescentado em uma dose generosa por cima, mudei de opinião; era *naquele momento* que eram mais gostosos.

Será mesmo?

Meu pai foi para a sala com uma xícara na mão, ele não costumava comer nada pela manhã, simplesmente saía para fumar e beber café. Yngve entrou na cozinha, sentou-se sem dizer uma palavra, serviu-se de leite e Corn Flakes, acrescentou açúcar e começou a devorar aquilo.

— Você está feliz? — perguntou depois de um tempo.

— Um pouco — respondi.

— Não tem nenhum motivo para estar — ele disse.

— Claro que tem, e você sabe — nossa mãe disse. — Você também ficou feliz quando começou a frequentar a escola. Eu lembro muito bem. Você lembra?

— Le-embro — Yngve respondeu. — Claro que lembro.

Yngve ia de bicicleta para a escola e em geral saía antes que o nosso pai pegasse o carro, a não ser que tivesse coisas a fazer antes da primeira aula, como às vezes acontecia. Ele não podia ir de carona, a não ser em dias especiais, como por exemplo se tivesse nevado muito durante a noite, porque não podia ter nenhum tipo de vantagem simplesmente porque o pai dele era professor da escola.

Quando o café da manhã terminou e os dois saíram, fiquei mais um tempo com a minha mãe na cozinha. Ela lia o jornal enquanto eu falava.

— Você acha que no início vamos escrever, mãe? — perguntei. — Ou o mais comum é aprender a fazer contas? O Leif Tore disse que vamos começar devagar e desenhar no início, porque afinal nem todo mundo sabe escrever. Nem fazer contas. Na verdade eu sou o único. Pelo menos que eu saiba. Aprendi aos cinco anos e meio. Você lembra?

— Se lembro que você aprendeu a ler? No que você está pensando? — minha mãe perguntou.

— Aquela vez em frente à rodoviária, quando eu li o que estava escrito? "Refe-feitório"? Você riu. O Yngve também riu. Hoje eu sei que o certo é "refeitório". Quer que eu leia umas manchetes?

Minha mãe acenou a cabeça. Eu li. Minha leitura ainda era um pouco entrecortada, mas tudo estava certo.

— Muito bem — ela disse. — Você vai se sair bem na escola.

Enquanto lia, minha mãe coçou a orelha daquele jeito só dela, com a mão segurando a orelha e se movimentando numa rapidez incrível para a frente e para trás, exatamente como um gato.

Ela largou o jornal e olhou para mim.

— Você está feliz? — ela perguntou.

— Tenho um bom motivo — eu respondi.

Ela sorriu e afagou minha cabeça, se levantou e começou a tirar a mesa. Eu fui para o meu quarto. A escola só começava às dez horas, já que era o primeiro dia. Mesmo assim, saímos com pouco tempo de sobra, o que muitas vezes acontecia com a minha mãe, ela era muito distraída no que dizia respeito a esse tipo de coisa. Da janela vi a empolgação espalhar-se em frente às casas onde moravam as crianças que começariam a frequentar a escola naquele dia, ou seja, em frente às casas das famílias de Geir, Leif Tore, Trond, Geir Håkon e Marianne, cabelos eram penteados, vestidos e camisas eram ajeitados, fotografias eram tiradas. Quando chegou a minha vez de ficar de pé olhando para a minha mãe, com uma mão protegendo o rosto contra o sol, que àquela altura estava acima da copa dos espruces, todos já tinham partido. Éramos os últimos, e de repente notamos que estávamos atrasados, então a minha mãe, que não tinha ido trabalhar por conta da ocasião, me apressou, eu abri a porta do Fusca verde, levantei o banco e sentei no banco de trás enquanto ela tirava a chave da bolsa e a enfiava na ignição. Acendeu um cigarro, olhou depressa por cima do ombro e deu ré, engatou a primeira, subiu uma pequena elevação no morro e então começou a descer. O barulho clangoroso do motor ecoava nas paredes das casas. Me ajeitei no meio do banco traseiro, para conseguir ver por entre os dois assentos à minha frente. Os dois tanques de gás no outro lado do estreito, a cerejeira silvestre, a casa vermelha de Kristen e depois a estrada que seguia até a marina, por onde quase nunca passávamos, ao longo do caminho em que, durante os seis anos seguintes, eu haveria de me familiarizar com cada clareira e cada muro de pedra, para enfim chegar aos lugarejos na parte leste da ilha, onde a minha mãe não conhecia os caminhos, o que a deixou um pouco tensa.

— Era para descer nessa direção, Karl Ove? Você lembra? — ela perguntou, apagando o cigarro no cinzeiro enquanto me olhava pelo espelho.

— Eu não lembro — respondi. — Mas acho que sim. Era para a esquerda.

Lá embaixo havia uma loja junto a um cais e um amontoado de casas ao redor, mas nenhuma escola. O mar tinha um matiz azul-profundo, estava quase preto com a sombra das construções em meio àquela exuberância ainda intocada pelo calor que o diferenciava de quase todas as outras cores no panorama esmaecido pela onda de calor que já durava semanas. Amarelo e marrom e verde-pálido, eis as cores que contrastavam com o frio azul do mar.

Minha mãe entrou por uma estrada de cascalho. Levantamos uma nuvem de poeira ao nosso redor. Quando a estrada se estreitou e nada de muita importância parecia acontecer mais adiante, ela fez o retorno e voltou. Do outro lado, ao longo da água, havia um outro caminho que ela então pegou. Tampouco nos levou a qualquer escola.

— Vamos nos atrasar? — perguntei.

— Talvez — ela disse. — Não sei como esqueci de trazer um mapa!

— Você nunca esteve nesse lugar? — perguntei.

— Já estive — ela me disse. — Mas não tenho a memória tão boa quanto a sua.

Subimos o morro que dez minutos atrás tínhamos descido e entramos na estrada principal, que passava junto a uma capela. A cada placa e a cada cruzamento a minha mãe diminuía a velocidade e se inclinava para a frente.

— Mãe, é ali! — gritei apontando o dedo. Ainda não era possível enxergar a escola, mas eu me lembrava do gramado à direita; a escola ficava no alto da encosta suave que vinha a seguir. Do alto do morro descia uma pequena estrada de cascalho onde havia uns quantos carros estacionados, e quando a minha mãe fez a curva pude ver que o pátio da escola estava cheio de gente e que um homem gesticulava no alto de um pequeno monte junto ao mastro da bandeira, para onde todos estavam olhando.

— Temos que nos apressar! — eu disse. — Já começou! Mãe, já começou!

— Eu sei — minha mãe respondeu. — Mas primeiro temos que encontrar um lugar para estacionar. Ali, talvez. Muito bem.

Acabamos junto à sala combinada de ginástica e carpintaria, uma construção grande e branca dos velhos tempos, e minha mãe estacionou o carro em um trecho asfaltado logo em frente. Não conhecíamos muito bem o lugar, então em vez de descer até o fim e atalhar pelo campo de futebol, seguimos o caminho pelo outro lado até o pátio da escola. Minha mãe andava com passos ligeiros e me puxando a reboque pelo braço. Enquanto eu corria a mochila batia de maneira deliciosa contra o meu corpo, lembrando-me do objeto brilhante e lustroso que eu tinha pendurado nas costas, e no instante seguinte eu pensava nas calças azul-claras, na jaqueta azul-clara, nos sapatos azul-escuros.

Quando finalmente chegamos ao pátio, a multidão se deslocava rumo à construção baixa da escola.

— Com certeza perdemos a cerimônia de boas-vindas — minha mãe disse.

— Não tem problema, mãe — eu disse. — Venha!

Vi Geir e a mãe dele, corri em direção aos dois levando a minha mãe pela mão, as duas se cumprimentaram com um sorriso e subimos a escada em meio àquela multidão de pais e filhos. A mochila de Geir era exatamente igual à minha, e também à de quase todos os outros meninos, enquanto as meninas tinham mochilas de vários tipos, conforme pude notar ao longo do trajeto.

— Para onde vamos agora, você sabe? — minha mãe perguntou a Martha, a mãe de Geir.

— Não, não sei! — Martha respondeu com uma risada. — Vamos seguir a professora dos meninos.

Olhei para a direção que ela apontou com o rosto. E lá estava a nossa professora. Ela parou em frente à escada, pediu que todos os que estavam na classe dela descessem, e eu e Geir corremos pelos degraus em meio às outras pessoas e continuamos até o fim do corredor. Mas a nossa professora parou logo depois da escada, e assim não fomos os primeiros, como havíamos imaginado, mas praticamente os últimos.

A sala estava cheia de crianças vestidas com roupas bonitas e também de mães. As janelas davam para um gramado estreito; e logo atrás uma densa floresta se erguia. Nossa professora foi para trás da cátedra, que ficava em cima de um pequeno pódio; no quadro-negro atrás dela estava escrito "BEM-VINDOS À CLASSE 1B" em giz cor-de-rosa com uma borda florida ao redor. Na parede acima da cátedra estavam pendurados mapas e gráficos.

— Bom dia a todos! — disse a professora. — E sejam todos bem-vindos à escola primária de Sandnes! Meu nome é Helga Torgersen, e vou ser a professora de vocês. Para mim é uma grande alegria estar aqui! Tenho certeza de que vamos nos divertir muito juntos. E querem saber de uma coisa? Vocês não são os únicos recém-chegados por aqui hoje. Esta também é a minha primeira vez na escola. Vocês são a minha primeira turma!

Olhei ao redor. Todos os adultos estavam sorrindo. Quase todas as crianças olhavam de relance umas para as outras. Eu conhecia Geir Håkon, Trond, Geir, Leif Tore e Marianne. E também o menino que costumava jogar pedras na gente e que tinha aquele cachorro terrível. Os outros eu nunca tinha visto.

— Agora vamos fazer a chamada — disse a professora do alto da cátedra. — Vocês sabem o que é uma chamada?

Ninguém respondeu.

— Você chama um nome e a pessoa com aquele nome responde — eu disse.

Quase todo mundo olhou para mim. Eu abri um sorriso largo com meus dentes saltados para fora.

— Isso mesmo! — a professora disse. — E vamos começar pelo A, a primeira letra do alfabeto. Mais tarde vamos aprender tudo a respeito do alfabeto. Mas agora vamos à letra A. Anne Lisbet!

— Aqui — disse uma voz de menina, e todos se viraram para vê-la, inclusive eu.

Era uma menina magra com cabelos pretos e lustrosos. Parecia quase uma índia.

— Asgeir? — a professora chamou.

— Aqui! — respondeu um menino com dentes grandes e cabelo comprido.

Quando a chamada terminou, nos sentamos cada um na sua carteira enquanto nossos pais aguardavam de pé junto à parede. Cada um recebeu da professora uma flauta doce, um caderno de rascunho e um caderno de passar a limpo e uma tabela com os horários das nossas aulas, junto com um cofrinho e um livreto que tinha o desenho de uma formiga amarela, oferecidos por um banco local. Depois ela falou um pouco sobre tudo que aconteceria durante o outono, e entre outras coisas sobre um curso de natação que aconteceria na piscina de uma escola do outro lado do estreito, já que não havia nenhuma piscina em Tromøya. Ela distribuiu cópias mimeografadas que traziam uma parte que devíamos preencher e entregar para ela se estivéssemos interessados. Em seguida desenhamos um pouco, enquanto nossos pais continuavam olhando, e então a aula acabou. No dia seguinte seria tudo para valer, no dia seguinte pegaríamos o ônibus sozinhos e passaríamos três horas na escola sem pais nem mães por perto.

Quando saímos da sala eu continuava muito empolgado com aquelas novidades, e esse sentimento perdurou mesmo depois que todos haviam entrado no carro junto com os pais, afinal era somente no Dezessete de Maio que se viam tantos carros partindo ao mesmo tempo naquela quantidade, que um lugar era abandonado simultaneamente por um número tão grande de crianças, mas quando tomamos o caminho de volta a decepção tomou conta de mim e fui me sentindo cada vez mais aborrecido à medida que nos aproximávamos de casa.

Não tinha acontecido nada.

Eu sabia ler e escrever, e tinha esperanças de poder mostrar essas habilidades já no primeiro dia. Pelo menos um pouco! E eu queria muito que tivéssemos um recreio, que o sinal batesse para anunciar o início e depois o fim do intervalo. Queria muito ter usado o meu estojo novo e os compartimentos da minha mochila.

Não, o dia não tinha correspondido às minhas expectativas, e precisei tirar as roupas que ficavam tão bonitas em mim e guardá-las no armário, à espera de outras ocasiões solenes. Passei um tempo sentado no banquinho da cozinha falando com a minha mãe enquanto ela preparava a comida, era raro tê-la só para mim no meio do dia, e como se não bastasse ela tinha estado comigo quando eu mais precisava, então aproveitei a oportunidade ao máximo e tagarelei o quanto pude.

— A gente devia ter um gato para eu brincar — eu disse. — Posso ter um?

— Parece uma boa ideia — a minha mãe disse. — Eu gosto de gatos. Eles são uma ótima companhia.

— Então é o pai que não gosta?

— Não sei — a minha mãe respondeu. — Acho que ele simplesmente não se interessa. E ele também acha que pode dar um pouco de trabalho.

— Mas eu posso cuidar dele! — eu disse. — Para mim não é nenhum problema.

— Eu sei — disse a minha mãe. — Vamos ver.

— Vamos ver, vamos ver — eu disse. — Mas se o Yngve também quiser vamos ser três a favor do gato, não?

Minha mãe riu.

— Não é assim tão simples — ela disse. — Primeiro trate de arranjar um pouco de paciência. Depois vamos descobrir o que acontece.

Ela largou as cenouras descascadas na tábua de cortar e começou a picá-las, e em seguida inclinou a tábua e deixou que tudo escorregasse para dentro da grande panela onde já estavam grandes ossos e pedaços de carne. Olhei para a rua. Por entre os furinhos na cortina de crochê laranja que a nossa mãe tinha feito, vi que a estrada lá fora estava vazia, como quase sempre estava durante a tarde.

De repente senti um cheiro forte de cebola e olhei para a minha mãe, que com os olhos cheios de lágrimas descascava uma com os braços estendidos.

Olhei para a rua mais uma vez e vi Geir descer o morro correndo. Ele também havia vestido as roupas de sempre. No instante seguinte o rumor dos passos dele entrou pela janela entreaberta, assim que pisou na estradinha de cascalho em frente à nossa casa.

— Karl Ove, venha para a rua! — ele gritou.

— Vou dar uma volta — eu disse para a minha mãe enquanto escorregava do banco.

— Tudo bem — ela disse. — Para onde vocês vão?

— Não sei.

— Não vá muito longe, tudo bem?

— Tudo bem — eu disse, então me apressei em descer a escada e abrir a porta, para que Geir não achasse que a casa estava vazia e fosse embora, cumprimentei-o e calcei meus tênis de corrida.

— Eu tenho uma caixa de fósforos — ele disse em voz baixa enquanto batia com a mão no bolso da bermuda.

— Ah! — eu disse, também em voz baixa. — Onde você conseguiu?

— Na minha casa. Estava na sala.

— E você surrupiou?

Geir fez um gesto afirmativo com a cabeça.

Me pus de pé, saí de casa e tranquei a porta.

— Temos que botar fogo em alguma coisa — eu disse.

— Claro — ele respondeu.

— Mas no quê?

— Não importa. É só a gente encontrar qualquer coisa. A caixa está cheia. Podemos botar fogo num monte de coisas.

— Mas temos que ir para um lugar onde ninguém possa ver a fumaça — eu disse. — No alto da montanha, quem sabe?

— Pode ser.

— E precisamos ter alguma coisa para apagar o fogo, também — eu disse. — Espere um pouco. Vou pegar uma garrafa d'água.

Abri a porta, tirei os sapatos sem desamarrar os cadarços e subi a escada para encontrar a minha mãe, que se virou na minha direção quando entrei.

— Vamos dar um passeio — eu disse. — Tenho que levar uma garrafa d'água.

— Você não prefere levar um suco? Pode levar se quiser. Afinal, ainda é o seu primeiro dia de aula!

Hesitei um pouco. Tinha que ser água. Mas esse detalhe podia deixá-la ressabiada, porque eu sempre preferia suco. Então olhei para a minha mãe e disse:

— Não, o Geir trouxe água, então vou levar a mesma coisa.

Meu coração bateu mais forte quando eu disse essas palavras.

— Como você quiser — ela disse. Encontrou debaixo da pia uma garrafa de suco vazia, de vidro verde-escuro, quase opaco, encheu-a de água, fechou a tampa e entregou-a para mim.

— Você também quer levar umas fatias de pão?

Refleti a respeito.

— Não — eu disse. — Ou melhor, quero. Duas, com patê de fígado.

Enquanto ela pegava o pão e cortava as fatias, abri mais um pouco a janela e enfiei a cabeça para fora.

— Eu já vou! — gritei. Geir olhou para mim com uma expressão séria e acenou a cabeça.

Quando a minha mãe terminou de preparar as fatias de pão e as enrolou em papel-manteiga, coloquei-as junto com a garrafa numa sacola plástica e desci a escada correndo mais uma vez. Logo estávamos subindo o morro juntos. O calor tinha deixado a beira da estrada macia e farelenta. Nos pontos onde os carros passavam, estava mais dura. Às vezes nos deitávamos no asfalto como gatos e deixávamos o calor nos assar um pouco. Mas naquele momento estávamos ocupados com outra coisa.

— Posso ver? — perguntei.

Geir parou e tirou a caixa de fósforos do bolso. Peguei-a e a sacudi um pouco. A caixa estava cheia. Então eu a abri. Todos os palitos eram vermelhos.

Tocar fogo, tocar fogo.

— Está nova — eu disse, entregando a caixa para Geir. — Não vão notar que você pegou?

— Acho que não — ele respondeu. — E se notarem vou dizer que não fui eu. Eles não têm como *provar*.

Tínhamos chegado à casa dos Molden e começado a seguir o caminho. A grama estava seca e amarelada, quase marrom em alguns pontos. Na casa de Geir era a mãe que era durona e o pai que era gentil. Na casa de Dag Lothar os dois eram gentis, embora o pai talvez fosse um pouco mais durão. Na casa de todas as outras crianças o pai era durão e a mãe era gentil. Mas nenhum era tão durão como o meu pai, com certeza.

Geir parou e se inclinou para a frente com a caixa de fósforos na mão. Tirou um palito e estava prestes a riscá-lo.

— O que você está fazendo? — perguntei. — Aqui todo mundo pode nos ver!

— Nah — ele bufou. Mesmo assim endireitou o corpo, enfiou o palito de volta na caixa e continuou andando.

No alto da montanha nos viramos e olhamos para longe como em geral fazíamos. Contei três pequenos triângulos brancos no estreito. Um barco maior com o que parecia ser uma escavadeira no convés. Perto de Gjerstadholmen dois barcos estavam amarrados.

Tocar fogo, tocar fogo.

Quando entramos na floresta eu tremia por dentro, tamanha a minha empolgação. Os raios de sol eram como pequenos bichos de luz entre as sombras que os galhos projetavam no chão da floresta. Paramos atrás da enorme raiz da árvore caída, eu tirei a garrafa d'água de dentro da sacola e fiquei a postos com ela enquanto Geir se inclinava para a frente, acendia um fósforo e segurava a pequena chama quase invisível perto de uma folha da grama fina e seca que crescia por lá. A folha pegou fogo no mesmo instante. E o fogo se espalhou pelas folhas ao redor. Quando atingiu o tamanho da mão espalmada de um adulto, joguei água em cima. Uma diminuta pluma de fumaça se ergueu no ar, como que por vontade própria, independente do que tinha acabado de acontecer.

— Você acha que alguém pode ter visto? — Geir perguntou.

— Dá para ver fumaça de muito longe — eu disse. — Os índios viam os sinais de fumaça a dezenas de quilômetros.

— Queimou depressa — Geir disse. — Você viu?

Ele sorriu, passou a mão depressa pelos cabelos.

— Vi — eu disse.

— Vamos tentar mais uma vez em outro lugar?

— Vamos. Mas dessa vez eu quero acender.

— Está bem — ele disse, me entregando a caixa de fósforos enquanto olhava ao redor em busca de outro lugar adequado.

Geir sempre ficava impaciente quando estava fora de um acontecimento qualquer, e sempre era totalmente engolido pelos acontecimentos em que participava. De todas as pessoas que eu conhecia, Geir era a mais influenciável pela fantasia. Quando brincávamos de qualquer coisa, de exploradores, marinheiros, índios, pilotos de corrida, astronautas, piratas, contrabandistas, príncipes, macacos ou curandeiros, ele se entregava durante horas, ao contrário por exemplo de Leif Tore ou Geir Håkon, que logo se aborreciam e queriam fazer outra coisa, sem demonstrar nenhum interesse pela luz que o faz de conta podia jogar sobre todas as coisas, mais do que satisfeitos com as coisas da maneira como eram, mesmo que fosse o velho carro abandonado no meio da pequena floresta de salgueiros na planície entre o parquinho e o campo de futebol, com assentos, volante, alavanca de mudança, pedais, painel, porta-luvas e portas ainda intactos, onde tantas vezes brincávamos, e nas brincadeiras deles aquilo era sempre um carro, o que de fato também era, eles pisavam na embreagem, mexiam na alavanca de mudança, giravam o volante, ajustavam os retrovisores quebrados e pulavam nos assentos para criar a ilusão de velocidade, enquanto Geir também se deixava encantar por tudo que podia ser acrescentado, como por exemplo a ideia de que estávamos fugindo depois de um assalto a banco, quando os vidros quebrados, que ainda se espalhavam na forma de caquinhos pelos tapetes de borracha preta que revestiam o assoalho, tinham sido estilhaçados à bala; assim um de nós podia dirigir enquanto o outro saía pela janela e subia no teto do carro para atirar contra os nossos perseguidores, uma brincadeira que podia durar até que estacionássemos numa garagem para dividir o butim, ou até mais, afinal nossos perseguidores talvez ainda estivessem por perto, e assim nos esgueirávamos em meio às árvores no caminho de volta para casa, banhados pela luz do sol baixo, ou a ideia de que estávamos num carro lunar e todo o cenário ao nosso redor era na verdade um cenário lunar, e portanto, ao sair do carro, não podíamos caminhar normalmente, mas precisávamos avançar aos saltos — ou ainda por um dos muitos córregos ao nosso redor, que somente Geir, dentre todas as crianças que eu conhecia, tinha interesse em seguir para encontrar o ponto exato onde começava. O que fazíamos com mais frequência juntos era sair em busca de novos lugares, ou então ir até os lugares que já tínhamos descoberto. Podia ser o tronco oco de um velho carvalho; a piscina natural de um córrego; o porão inundado em uma obra inacabada; as fundações de cimento do enorme mastro da ponte ou os primeiros metros dos grossos cabos de metal que corriam de um ponto de fixação na floresta em direção ao topo, onde podíamos subir; o barraco prestes a desabar entre o Tjenna e a estrada do outro lado, que funcionava como posto avançado temporário de nossas andanças, nunca tínhamos ido mais longe, cheio de tábuas lisas, escurecidas e podres; os dois carros abandonados; o pequeno lago com três ilhas que não eram maiores do que tufos de grama, uma delas quase totalmente ocupada por uma árvore, onde a água era escura e funda, mesmo que ficasse junto a um barranco na beira da estrada; a montanha branca e cristalina ao lado do caminho que ia até o Fina, que podíamos lascar com um martelo; a fábrica de pequenos barcos no outro lado da ponte na saída de Gamle Tybakken, com as várias salas, o esqueleto dos barcos, os blocos e as máquinas enferrujados, o cheiro delicioso de óleo e alcatrão e água salgada. Por toda aquela região, que se estendia por um ou dois quilômetros em todas as direções, fazíamos passeios quase diários, e o principal objetivo de tudo que procurávamos ou encontrávamos era que fosse secreto, e que fosse nosso. Mas com as outras crianças brincávamos de *vippe pinne* ou de esconde-esconde, jogávamos futebol ou andávamos de esqui; quando ficávamos sozinhos, procurávamos lugares que exercessem uma certa atração sobre nós. Era assim com Geir e comigo.

Mas naquele dia a mágica estava no que fazíamos, não no lugar onde nos encontrávamos.

Tocar fogo, tocar fogo.

Fomos até um espruce a poucos metros. Os galhos estendiam-se acima da montanha e estavam cinzentos e nus e pareciam infinitamente velhos. Quebrei um pedaço entre o polegar e o indicador. A madeira estava quebradiça e se esfarelava fácil. No pequeno morro onde as árvores se erguiam também havia uma grama mirrada entre a área de terra seca e um amontoado de agulhas de pinheiro secas e alaranjadas. Me ajoelhei, risquei a cabeça vermelha do fósforo contra a superfície áspera e coloquei a chama em contato com a grama, que pegou fogo no mesmo instante. A chama a princípio era invisível, um mero tremor no ar acima da folha de grama, que depressa se encarquilhou. Mas logo queimava o tufo, e então a chama começava a se espalhar, a um só tempo depressa e devagar, mais ou menos como um bando de formigas assustadas que se movem depressa quando as vemos individualmente, porém devagar quando as vemos todas ao mesmo tempo. E de repente o fogo me chamou de volta à vida.

— Apague! Apague! — gritei para Geir.

Ele balançou a garrafa de um lado para o outro em cima do fogo, que crepitava e diminuía de tamanho, enquanto eu batia com a palma da mão contra a grama em chamas.

— Ufa! — suspirei no instante em que terminamos.

— Essa foi por pouco! — disse Geir com uma risada. — Queimou muito depressa!

Me levantei.

— Você acha que deu para ver? Será que voltamos até a encosta para ver se alguém está olhando para cá?

Sem esperar pela resposta, corri pela floresta macia, repleta de musgo e urze em meio às árvores. O medo súbito tomou conta do meu âmago, e toda vez que eu pensava sobre o que tinha acontecido um abismo se abria dentro de mim. Um abismo sem fundo. Ah, o que teria acontecido? O que aconteceria?

No pé da montanha parei e coloquei a mão espalmada na testa. O carro do meu pai estava parado em frente à casa. Ele não estava em nenhum lugar à vista. Mas podia estar na rua e ter entrado. Gustavsen atravessou o pátio. Ele podia ter visto e contado para o meu pai. Ou talvez pudesse contar mais tarde.

Bastava eu imaginar o meu pai, imaginar que ele existia, para que o medo começasse a tomar conta de mim.

Olhei para Geir, que vinha com a minha sacola plástica balançando numa das mãos. Um menino que parecia ser o irmão mais novo de Geir Håkon estava sentado na areia junto à mureta que separava as duas estradas mais abaixo, brincando. Um carro subiu o morro, fechado em si mesmo como um inseto, o para-brisa como olhos vazios, fez uma curva à esquerda e desapareceu.

— Não podemos descer agora — eu disse. — Se alguém viu a fumaça, vai ligar os pontinhos.

Por que fizemos uma coisa dessas? Ah, por quê, por quê?

— Aqui também podem nos ver — eu disse. — Venha!

Descemos a escarpa coberta de árvores que estava logo abaixo de nós. Quando chegamos ao fundo, cambaleamos de volta pela floresta, talvez uns dez metros para dentro da estrada. Paramos junto ao grande espruce com a casca cheia de resina pegajosa, que tinha uma cor parecida com a de açúcar queimado e um cheiro forte de zimbro, que ficava próximo ao córrego baixo, largo e turvo, onde todas as cores eram verdes e escuras. Por entre os galhos finos das tramazeiras um pouco mais além dava para ver a nossa casa. Olhei para as minhas mãos a fim de conferir se não estavam sujas de fuligem. Não havia nada. Mas tinham um leve cheiro de coisa queimada, então as mergulhei na água e as sequei nas pernas das calças.

— O que você vai fazer com os fósforos? — perguntei.

Geir deu de ombros.

— Esconder, acho.

— Se descobrirem, não diga nada a meu respeito — eu pedi. — A respeito do que a gente fez.

— Não — Geir disse. — Tome, não se esqueça da sacola.

Começamos a subir em direção à estrada.

— Você vai tocar fogo em mais coisas hoje? — perguntei.

— Acho que não — ele disse.

— Nem com o Leif Tore?

— Talvez amanhã — Geir respondeu. De repente ele ficou radiante. — Você acha que eu levo os fósforos para a escola amanhã?

— Você está louco!

Geir riu. Chegamos à estrada e atravessamos para o outro lado.

— Tchau! — ele se despediu, correndo morro acima.

Passei pelo Fusca da minha mãe, estacionado em frente ao portão, ao lado da lixeira cinza, e cheguei à estradinha de cascalho. O pavor retornou. O carro do meu pai reluzia vermelho sob a forte luz do sol. Olhei para baixo, avesso a encontrar o olhar que talvez me esperasse mais acima, na janela da cozinha. Bastava pensar naquilo para que o desespero tomasse conta de mim. Quando cheguei à escada e saí do campo de visão da janela, enlacei as mãos e fechei os olhos.

Deus, pensei. Não deixe que nada aconteça, e assim eu prometo nunca mais fazer nada errado. Nunca, nunca, eu juro por tudo que é mais sagrado. Amém.

Abri a porta e entrei.

Estava mais frio no corredor do que na rua, e tudo parecia escuro para quem vinha da luz forte do sol. O cheiro de *lapskaus* enchia a casa. Me inclinei para a frente e desamarrei os cadarços dos sapatos, guardei-os junto à parede e subi a escada ao mesmo tempo que tentava pôr uma expressão normal no meu rosto, mas parei hesitante no corredor do segundo andar. O que pareceria mais natural, ir direto para o meu quarto ou entrar na cozinha para ver se o jantar estava pronto?

Vozes, tilintar de talheres contra louça.

Será que eu tinha chegado tarde demais?

Será que todos já tinham comido?

Essa não, essa não.

O que eu faria?

A ideia de dar meia-volta, subir tranquilamente a montanha e me embrenhar na floresta para nunca mais voltar surgiu como uma trombeta jubilosa.

Assim eles teriam do que se arrepender.

— Karl Ove, é você? — o meu pai perguntou da cozinha.

Engoli em seco, balancei a cabeça, pisquei os olhos várias vezes seguidas, tomei fôlego.

— Sim, sou eu.

— Estamos comendo! — ele disse. — Venha para cá!

Deus tinha ouvido a minha prece e feito como eu tinha pedido. Meu pai estava de bom humor, percebi assim que entrei na cozinha, estava sentado com as pernas estendidas, inclinado para trás, o espaço entre os braços era grande e os olhos dele tinham um brilho astuto.

— O que você estava fazendo, que se esqueceu da hora? — ele perguntou.

Sentei-me ao lado de Yngve. Meu pai estava sentado na ponta direita da mesa, a minha mãe na esquerda. A mesa da Respatex, com uma estampa branca e cinza que imitava mármore e um acabamento cinza ao longo das bordas, com pernas lustrosas e protetores emborrachados nas extremidades, estava posta com os pratos marrons do jantar, os copos verdes que tinham Duralex escrito no fundo, uma cesta com pão e a grande panela, onde havia uma concha de madeira.

— Dando uma volta com o Geir — eu disse, inclinando-me à frente para me certificar de que havia um pedaço de carne na concha que ergui no instante seguinte para me servir.

— E onde vocês foram? — meu pai quis saber, erguendo o garfo em direção à boca. Um pedacinho amarelo-pálido de comida, talvez de cebola, estava grudado na barba dele, na altura do queixo.

— Na floresta.

— É mesmo? — ele disse, e então mastigou e engoliu, sempre com o olhar fixo em mim.

— Achei que eu tinha visto vocês subindo a montanha.

Fiquei paralisado.

— A gente não foi para lá — eu disse por fim.

— Que bobagem — ele disse. — O que vocês aprontaram por lá, já que você não quer admitir?

— Mas a gente não foi para a montanha — eu insisti.

A minha mãe e o meu pai se olharam. Meu pai não disse mais nada. Recuperei o uso das mãos, servi o meu prato e comecei a comer. Meu pai se serviu mais uma vez e continuou com os movimentos expansivos. Yngve já havia terminado de comer e estava sentado ao meu lado olhando em frente com uma mão na coxa e a outra na borda da mesa.

— E como foi o dia do nosso mais novo aluno? — o meu pai perguntou. — Você já trouxe uma lição de casa?

Balancei a cabeça.

— A professora foi legal?

Acenei a cabeça.

— Como é mesmo o nome dela?

— Helga Torgersen — eu disse.

— Isso mesmo — o meu pai concordou. — E ela mora... ela chegou a dizer?

— Em Sandum — eu disse.

— Ela pareceu ser uma ótima pessoa — a minha mãe disse. — Jovem e feliz por estar lá.

— Mas nós chegamos atrasados — eu disse, mais leve ao perceber o rumo que a conversa havia tomado.

— É mesmo? — o meu pai disse, olhando para a minha mãe. — Isso você não tinha contado.

— Pegamos o caminho errado — ela disse. — E chegamos uns minutos atrasados. Mas acho que estávamos lá para o mais importante. Não é mesmo, Karl Ove?

— É — balbuciei.

— Não fale de boca cheia — o meu pai disse.

Engoli.

— Está bem — eu disse.

— E você, Yngve? — o meu pai perguntou. — Alguma surpresa no primeiro dia?

— Não — Yngve respondeu. Ele se endireitou na cadeira.

— Você tem treino de futebol hoje, não? — minha mãe perguntou.

— Tenho — Yngve respondeu.

Ele tinha mudado de time, saído do Trauma, que era o time da ilha onde todos os amigos dele jogavam com um uniforme incrível, camisas azuis com uma listra branca na diagonal, calções brancos e meias azuis e brancas, e entrado para o Saltrød, o clube de uma pequena cidade que ficava mais ou menos do outro lado do estreito. Aquele seria o primeiro treino dele no time novo. Yngve atravessaria a ponte de bicicleta sozinho, o que nunca tinha feito antes, e depois faria todo o caminho até o campo de treinamento. Cinco quilômetros, ele tinha dito.

— E não aconteceu mais nada na escola, Karl Ove? — o meu pai perguntou.

Acenei a cabeça e engoli.

— Vamos ter um curso de natação — eu disse. — Seis aulas. Numa outra escola.

— Muito bem — disse o meu pai, passando as costas da mão em cima da boca, mas sem limpar o pedacinho de cebola que estava na barba. — É uma ótima ideia. Você não pode morar numa ilha sem saber nadar.

— E além de tudo o curso é grátis — minha mãe emendou.

— Mas eu preciso levar uma touca de natação — eu disse. — É obrigatório. E quem sabe talvez um calção novo também? Não uma bermuda, mas um daqueles...

— Vamos providenciar a touca. Mas a bermuda vai servir por enquanto — disse o meu pai.

— E óculos de natação — acrescentei.

— Óculos de natação também? — meu pai perguntou, olhando para mim com uma provocação no olhar. — Vamos ter que ver.

Ele empurrou o prato para dentro da mesa e se inclinou para trás na cadeira.

— A comida estava ótima! — ele disse para a minha mãe.

— Estava mesmo — disse Yngve, e então se escapuliu. Cinco segundos mais tarde ouvi o barulho da porta do quarto dele se fechando.

Continuei sentado por mais um tempo, caso o meu pai quisesse falar mais um pouco comigo. Ele passou alguns instantes olhando para a rua, em direção às quatro crianças de bicicleta no outro cruzamento, e então se levantou, largou o prato na pia, pegou uma laranja da geladeira e desceu para o escritório com o jornal debaixo do braço sem dizer mais nada para ninguém. Minha mãe começou a tirar a mesa, e eu fui para o quarto de Yngve. Ele estava arrumando a bolsa. Me sentei na cama dele e fiquei olhando. Yngve tinha um par de chuteiras de verdade da Adidas, com travas e tudo, um par de calções de futebol de verdade da Umbro e um par de meias amarelas e pretas do Start. Primeiro nossa mãe tinha comprado meias pretas e brancas do Grane; mas ele não as quis, então eu fiquei com elas. Mas o melhor de tudo que ele tinha era o uniforme da Adidas, que era azul com listras brancas, confeccionado em um tecido liso e brilhante, e não com o tecido opaco, parecido com crepe, elástico e típico de salas de ginástica com que todos os outros uniformes costumavam ser feitos. Às vezes eu cheirava aquilo, enfiava o nariz no material liso, porque o cheiro era maravilhoso. Talvez fosse porque eu também queria demais ter um uniforme daqueles, e o fato de que o cheiro viesse acrescido do meu próprio desejo talvez fosse porque o cheiro, sintético ao extremo, não lembrasse nenhum outro, e por isso dava a impressão de não pertencer a este mundo. E assim de certa forma trazia uma promessa em relação ao futuro. Além desse uniforme Yngve também tinha um conjunto de chuva da Adidas.

Ele não disse nada enquanto arrumava a bolsa. Fechou o grande zíper vermelho e sentou-se junto à escrivaninha. Olhou para a tabela que estava em cima.

— Vocês tiveram lição de casa? — eu perguntei.

Ele balançou a cabeça.

— Nós também não — eu disse. — Você já encapou os livros?

— Não. Temos a semana inteira.

— Eu vou encapar os meus hoje à noite — eu disse. — A mãe vai me ajudar.

— Que bom! — ele disse. — Mas agora estou indo. Se eu não voltar até a meia-noite é porque o homem sem cabeça me comeu. Venha o que vier!

Ele riu e desceu a escada. Eu o segui com os olhos pela janela do quarto desde o momento em que colocou um pé em cima do pedal, deu impulso com o outro para jogá-lo por cima do quadro e pedalou o mais forte que podia na marcha mais pesada, até chegar ao morro numa velocidade tão alta que poderia ter alcançado o cruzamento simplesmente no embalo.

Quando Yngve desapareceu, fui até o corredor e permaneci completamente imóvel por um instante a fim de localizar a minha mãe e o meu pai. Mas tudo estava em silêncio.

— Mãe? — chamei sem erguer muito a voz.

Não houve resposta.

Entrei na cozinha, ela não estava lá, olhei na outra sala, ela não estava lá. Será que tinha ido para o quarto?

Fui até lá, permaneci um instante parado em frente à porta.

Não.

No jardim, talvez?

Pelas diferentes janelas eu olhei para os quatro lados da casa sem encontrar nenhum resquício dela.

E o carro continuava estacionado lá fora, não?

Continuava.

Não saber para onde ela tinha ido fez com que eu de certa maneira perdesse a minha ligação com a casa, que de repente pareceu confusa, quase perturbadora, e para enfrentar a situação entrei no quarto e me sentei na cama para ler gibis quando me ocorreu que ela devia estar no escritório do meu pai.

Eu quase nunca colocava os pés naquele cômodo. Nas raras vezes em que acontecia era para fazer uma pergunta, para saber por exemplo se eu podia subir e assistir a um determinado programa de TV, depois de bater na porta e ouvi-lo dizer que eu podia entrar. Era muito custoso bater naquela porta, às vezes tão custoso que eu acabava nem assistindo ao programa. Duas ou três vezes ele também tinha nos chamado para o escritório para nos mostrar uma coisa qualquer, como por exemplo envelopes com selos, que deixávamos na pia da segunda cozinha que, até onde eu sabia, era usada exclusivamente para aquele fim, para que a cola se soltasse e assim, depois de esperar algumas horas para que tornasse a secar, pudéssemos guardá-los em nossos álbuns.

No mais eu não ia nunca até lá. Mesmo quando estava sozinho em casa, nunca me ocorria entrar no escritório. O risco de que o meu pai descobrisse era grande demais, ele sempre descobria tudo que acontecia fora da normalidade, de um jeito ou de outro conseguia sempre farejar, independente do quanto eu me esforçasse para esconder.

Como por exemplo no caso da montanha durante o jantar. Mesmo que não tivesse visto nada, a não ser que estávamos subindo a encosta, ele compreendeu que tínhamos feito alguma coisa errada. Se não fosse pelo bom humor, teria descoberto tudo.

Me deitei de bruços e comecei a ler um exemplar de *Tempo*. Era de Yngve, que tinha pegado emprestado de Jan Atle, e eu já tinha lido aquele mesmo exemplar muitas vezes. Aquele gibi era para crianças mais velhas, e para mim tinha uma forte aura de pertencer a um mundo distante, porém mesmo assim luminoso. Eu não fazia nenhuma distinção entre os cenários em que as histórias se desenrolavam — se era na Segunda Guerra Mundial, como em *På vingene* ou *Kampserien*, nos Estados Unidos do século XIX, como em *Tex Willer*, *Jonathan Hex* ou *Blueberry*, no entreguerras inglês, como em *Paul Temple*, ou em realidades completamente fantasiosas, como aquelas em que as histórias do Fantasma e do Super-Homem, do Batman e do Quarteto Fantástico aconteciam — mas os meus sentimentos eram diferentes assim mesmo, despertavam coisas diversas em mim, e algumas das séries na *Tempo*, como por exemplo a que se passava em uma pista de corrida, ou ainda outras na *Buster*, como por exemplo *Johnny Puma* e *Benny Gullfot*, eram mais envolventes do que as outras, talvez porque se aproximassem mais de uma realidade que eu sabia existir. As roupas justas e os capacetes com viseira dos pilotos de Fórmula 1 podiam ser vistos nos motociclistas durante o verão e os carros baixos e cheios de *spoilers* apareciam na TV, onde de vez em quando batiam nos *guardrails* ou nos outros carros, rodavam e pegavam fogo, e então o piloto queimava e morria ou se erguia no meio das chamas e saía caminhando tranquilamente.

Em geral eu mergulhava por completo nessas histórias sem nem ao menos pensar a respeito, o importante era justamente não pensar, ou pelo menos não com pensamentos próprios, mas apenas seguir o que acontecia. Mas naquela tarde eu larguei os gibis depressa, por um motivo ou outro eu não conseguia parar quieto, e o relógio não marcava mais do que cinco horas, então resolvi sair para mais um passeio. Parei junto à escada, não ouvi nenhum ruído, ela continuava lá embaixo. O que estaria fazendo, afinal? A minha mãe nunca ficava lá embaixo. Pelo menos não àquela hora, pensei abaixado enquanto eu pegava e amarrava os meus sapatos no corredor de entrada. Depois bati na porta do escritório do meu pai. Ou melhor, a porta levava a um corredor que se dividia em três diferentes cômodos: um banheiro, o escritório e a cozinha com mais um pequeno cômodo no fundo. Aquela parte da casa podia ser alugada, mas nunca tinha morado ninguém lá.

— Estou saindo! — eu gritei. — Vou para a casa do Geir!

Tinham me dito para sempre avisar quando eu saísse, e também dizer para onde eu estava indo.

Mesmo assim foi a voz do meu pai que soou lá dentro passados alguns instantes de silêncio.

— Tudo bem, tudo bem! — ele gritou de volta.

Passaram-se mais alguns instantes silenciosos.

Depois ouvi a voz da minha mãe, mais suave, como se quisesse corrigir a do meu pai.

— Tudo bem, Karl Ove!

Saí depressa, fechei a porta atrás de mim e corri até a casa de Geir. Parei na frente do pátio e gritei até que a mãe dele surgisse no canto da casa. Ela usava luvas de trabalho manual, e além disso estava vestida com shorts cáqui, uma camisa azul e um par de tamancos pretos. Na mão trazia uma pá vermelha.

— Olá, Karl Ove! — ela disse. — O Geir saiu com o Leif Tore um tempo atrás.

— Para onde eles foram?

— Não sei. Ele não disse.

— Está bem. Tchau!

Me virei e subi a estradinha de cascalho em nosso pátio devagar, com os olhos úmidos de lágrimas. Por que não tinham me chamado?

Parei em frente à mureta que separava as duas estradas. Fiquei parado em silêncio tentando ouvi-los. Não havia um único ruído. Me sentei numa das pedras. O cimento áspero espetou minhas coxas. Na vala mais abaixo cresciam dentes-de-leão que estavam completamente cobertos de poeira. Ao lado havia uma grade caída, enferrujada e com uma carteira de cigarros presa entre as barras.

Para onde eles podiam ter ido?

Para Ubekilen?

Até os cais?

Até o campo e o parquinho?

Será que Geir tinha levado Leif Tore para um dos nossos lugares secretos?

Para o alto da montanha?

Corri os olhos ao redor. Não havia nem sinal deles. Me levantei e comecei a descer. No cruzamento com a cerejeira havia três opções de caminho a seguir caso se incluíssem os trapiches flutuantes. Dobrei à direita, atravessei o portão, segui pelo caminho cheio de terra e de gravetos sob as profundas sombras projetadas pelas enormes copas dos carvalhos, fui até o campo onde costumávamos jogar futebol, mesmo que tivesse uma queda para os dois lados e em meio à grama, que batia em nossos joelhos, também crescessem pequenas árvores, desci a encosta com outeiros por vezes cobertos de musgo, ou ainda nus, e segui pela floresta até chegar à estrada. Do outro lado estava a recém-construída marina para pequenos barcos, com três cais idênticos, todos com pontes revestidas em madeira e flutuadores cor de laranja.

Eles também não estavam lá. Mas segui até um dos cais mesmo assim; um barco pesqueiro tinha acabado de aportar, era o barco de Kanestrøm, e fui ver o que estava acontecendo. Kanestrøm estava sozinho a bordo, mal levantou a cabeça e eu parei junto à proa.

— Está dando um passeio por aí? — ele me perguntou. — Eu fui pescar um pouco, como você pode ver.

O sol brilhava nos óculos dele. Kanestrøm tinha bigode, cabelos pretos, uma pequena careca, estava de bermudas de brim e camisa xadrez e tinha sandálias nos pés.

— Você quer ver?

Ele levantou um balde vermelho na minha direção. Estava cheio de carapaus magros e lisos, azulados e lustrosos. Alguns se debateram, e o movimento deu a impressão de se espalhar por aqueles outros corpos, tão juntos uns aos outros que davam a impressão de ser uma única criatura.

— Opa! — eu disse. — Você pegou todos esses?

Ele acenou a cabeça.

— Em poucos minutos. Tinha um cardume grande aqui perto. Assim eu garanti o jantar por uns dias!

Ele largou o balde no trapiche estreito. Pegou um velho tanque de gasolina e o largou bem ao lado. Depois largou uns espinhéis e uma caixa com anzóis e iscas. Durante o tempo inteiro ele cantarolou uma canção antiga.

— Você sabe onde o Dag Lothar está? — perguntei.

— Não, infelizmente não — Kanestrøm respondeu. — Você o está procurando?

— É, mais ou menos — eu disse.

— Quer esperar um pouco lá em casa?

Balancei a cabeça.

— Acho que não. Tenho muita coisa a fazer.

— Tudo bem, então — ele disse, e em seguida pisou no cais, se abaixou e juntou as coisas. Andei em direção a terra para não ficar ao lado dele. Corri pelo estacionamento e fui me equilibrando em cima da mureta até a estrada principal, onde um caminho bastante íngreme descia rumo à floresta. Aquele caminho descia até Nabben, a praia onde todos da vizinhança iam para tomar banho de mar e de onde era possível saltar de um morro de dois metros e nadar até Gjerstadholmen, que ficava do outro lado do canal, talvez a dez metros de distância. Mesmo que a água fosse funda e eu não soubesse nadar, às vezes ia até lá, já que muita coisa acontecia por aquelas bandas.

De repente ouvi vozes na floresta. Uma voz aguda de menino e uma voz um pouco mais grave de um garoto já crescido. Um instante mais tarde Dag Lothar e Steinar apareceram em meio aos troncos de árvore banhados pelos raios do sol. Tinham os cabelos molhados, e cada um tinha uma toalha debaixo do braço.

— Oi, Karl Ove! — Dag Lothar gritou ao me ver. — Acabei de encontrar uma víbora!

— É mesmo? — perguntei. — Onde? Aqui?

Ele acenou a cabeça e parou na minha frente. Steinar também parou e adotou uma postura que deixava claro que não tinha nenhuma intenção de conversar, mas queria dar continuidade à caminhada o mais depressa possível. Steinar frequentava o ginásio e era aluno do meu pai. Ele tinha cabelos compridos e escuros e uma sombra de pelos escuros acima dos lábios. Tocava baixo e tinha um quarto com entrada própria no porão de casa.

— Eu corri lá para baixo, sabe? — Dag Lothar disse, apontando o dedo. — Corri o mais depressa que eu pude, e quando cheguei na curva a víbora estava bem no meio do caminho. Quase não consegui parar a tempo!

— E o que aconteceu? — perguntei.

Se havia uma coisa que me dava medo nesse mundo eram cobras e víboras.

— Ela foi depressa como um raio para o meio dos arbustos.

— E você tem certeza de que era uma víbora?

— Absoluta. Ela tinha os riscos em zigue-zague na cabeça.

Dag Lothar olhou sorrindo para mim. O rosto dele era triangular, os cabelos eram claros e macios, os olhos eram azuis e em geral tinham uma expressão ávida e intensa.

— Você acha que tem coragem de descer até lá?

— Não sei — eu disse. — Geir e os outros estão lá embaixo?

Ele balançou a cabeça.

— Só o Jørn e o irmão mais novo dele, e também o pai e a mãe da Eva e da Marianne.

— Posso subir com vocês então? — perguntei.

— Claro — Dag Lothar respondeu. — Mas não posso brincar agora, porque vamos jantar.

— Eu também tenho que ir para casa — eu disse. — Tenho que encapar meus livros.

Quando chegamos à estrada em frente à nossa casa e Dag Lothar e Steinar continuaram em direção à casa deles, não entrei, mas fiquei parado durante um tempo olhando ao redor em busca de Geir e de Leif Tore. Não os vi em lugar nenhum. Um pouco hesitante, avancei mais um pouco. O sol, que estava um pouco acima da colina, queimava os meus ombros. Lancei um último olhar em direção à estrada, para ver se não tinham aparecido, e depois corri pelo caminho atrás da casa. Primeiro corri ao longo da cerca do nosso jardim, depois ao longo do muro de pedra dos Prestbakmo, meio escondido por entre os vários choupos jovens que cresciam por lá e que durante todo o verão tremulavam no fim da tarde com a brisa do pôr do sol. Um pouco mais adiante o caminho se afastava do loteamento e seguia por um lugar cheio de árvores decíduas até chegar a um pântano, e mais além havia um gramado sob uma enorme bétula que crescia torta na escarpa e deixava tudo o que estava mais abaixo envolto em sombra.

Era estranho ver que cada árvore tinha uma personalidade diferente, expressa através da postura única que cada uma delas adotava, e também pela aura criada pelo conjunto de troncos e raízes, cascas e galhos, luz e sombra. Era como se falassem. Não com vozes, claro, mas com aquilo que eram, como se *estendessem os galhos* em direção à pessoa que as observava. E era somente a respeito disso que falavam, a respeito daquilo que eram, e de nada mais. Independente de como andasse pelo loteamento ou pela floresta ao redor, eu sempre ouvia aquelas vozes, ou ao menos percebia a expressão daqueles vultos que cresciam infinitamente devagar. Havia o espruce junto ao córrego perto da nossa casa, com um diâmetro inacreditavelmente largo na base do tronco, mas ao mesmo tempo de casca úmida e com raízes que se revelavam como rolos de corda *muito abaixo*. A maneira como os galhos dispunham-se em pirâmides cada vez mais largas em direção à base, à primeira vista densos e lisos, mas em um exame mais aprofundado cheios de pequenas agulhas verde-escuras e perfeitamente formadas. Todos os galhos secos, cinza-escuros e porosos que conseguiam crescer *sob* a cobertura dos espruces, cujos galhos *não eram* cinzentos, mas quase pretos. O pinheiro no terreno dos Prestbakmo, comprido e esbelto como um mastro de navio, com a casca vermelho-fogo e pequenos brotos verdes na ponta dos galhos, que começavam a crescer já quase no topo. O carvalho atrás do campo de futebol, com o tronco que na base mais parece uma pedra do que uma árvore, mas onde não se vê nem resquício da natureza compacta do espruce, porque os galhos do carvalho se espalham por toda parte, criando uma pequena abóbada de folhas sobre o chão da floresta, tão suave que *jamais* se poderia imaginar que existe qualquer relação entre a base do tronco e os galhos mais finos e afastados, embora aquela também fosse a origem e o nascedouro deles. No meio da árvore havia uma espécie de gruta, a árvore dava a impressão de ter se dobrado em um oval suave, porém mesmo assim duro e nodoso, cujo espaço interno era do tamanho de uma cabeça pequena. E todas as folhas, independente do lugar onde brotassem, repetiam o mesmo padrão belo, em parte arqueado e em parte farpado, independente de estarem suspensas num dos galhos verdes, grossos e lisos, ou então caídas no chão da floresta meses depois, avermelhadas e quebradiças. Ao redor desta árvore o chão estava sempre coberto por um grosso tapete de folhas no outono, a princípio amarelo flamejante e verde, porém cada vez mais escuro e úmido à medida que o tempo passava.

E também havia a árvore na escarpa em frente ao pântano. Não sei que tipo de árvore era aquela. Não era compacta como as outras árvores grandes, mas crescia em quatro troncos distintos em igual proporção, eles ondulavam e estendiam-se como se fossem cobras, com uma casca verde-acinzentada cheia de sulcos compridos, e assim cobria a mesma área que o carvalho ou o espruce, embora a impressão não fosse tão grandiosa, tudo era um pouco mais discreto. Num dos galhos havia um balanço, provavelmente instalado lá por uma das crianças na estrada mais acima, que moravam à mesma distância daquele lugar que nós. Não havia ninguém por lá naquele instante, e subi o barranco por sob os galhos, onde então me segurei num pedaço da árvore com as duas mãos para dar impulso. Fiz assim duas vezes. Depois fiquei de pé sob a copa da árvore pensando sobre o que eu poderia inventar. Da casa em frente ao barranco, onde morava um casal e uma criança minúscula, vieram vozes e o tilintar de talheres. Não vi ninguém, mas pressenti que deviam estar no jardim. Ao longe ouvi o ruído de um avião. Dei alguns passos sobre o pântano seco enquanto eu olhava para o céu. Um pequeno hidroavião se aproximou pelo mar, voando baixo, o sol reluzia na fuselagem branca. Quando o avião sumiu por trás das colinas voltei a correr em direção à sombra na gandra do outro lado, onde estava um pouco mais fresco. Olhei para cima, em direção à casa de Kanestrøm, e pensei que sem dúvida estavam todos sentados à mesa comendo os carapaus naquele exato instante, pois não havia ninguém no pátio, e depois olhei para baixo em direção ao caminho, onde eu conhecia cada pedra, cada recôndito, cada tufo de grama e cada outeiro. Se fizessem uma corrida por lá, pelo caminho que ia da nossa casa ao B-Max, ninguém ganharia de mim. Eu podia correr aquele trajeto de olhos fechados. Não precisava parar nunca, sabia sempre onde começava a próxima curva, sabia sempre qual era o melhor lugar para apoiar os pés. Quando apostávamos corridas na estrada, Leif Tore ganhava sempre, mas naquele lugar eu venceria, tinha certeza. Era um pensamento bom, uma sensação boa, e tentei mantê-lo comigo pelo maior tempo possível.

 Muito antes de chegar ao campo de futebol ouvi vozes por lá, gritos e berros e gargalhadas, que ouvidos ao longe, através da floresta, pareciam ganhar uma nota simiesca. Parei na clareira. O campo de futebol à minha frente fervilhava com crianças de todas as idades, muitas das quais eu mal tinha visto outras vezes, a maioria se amontoava ao redor da bola, que todos tentavam chutar, e assim aquele tumulto se deslocava o tempo inteiro de um lado para outro com pequenos arrastos e sobressaltos. O campo era de terra escura e batida, ficava no meio da floresta e tinha um leve aclive para um dos lados, onde muitas raízes se erguiam do chão. Em cada uma das pontas havia um pequeno gol feito de troncos de madeira e sem rede. Uma das laterais era bastante encurtada por uma rocha nua, enquanto a outra estendia-se ao longo de uma superfície irregular coberta por tufos de grama dura. Quase todos os meus sonhos vinham daquele lugar. Correr por lá era uma alegria enorme.

— Posso jogar? — perguntei com um grito.

Os chutes na bola soavam abafados pela encosta da montanha.

Rolf, que estava no gol, se virou na minha direção.

— Você pode ficar aqui no gol se quiser — ele disse.

— Tudo bem — eu disse, e então corri até o gol, que Rolf abandonou com passos lentos e cambaleantes.

— O Karl Ove está no gol do nosso time! — ele gritou.

Postei-me mais ou menos no meio do espaço entre os dois troncos e comecei a acompanhar o jogo mais adiante, aos poucos distingui quem fazia parte do meu time, me inclinei para a frente e fiquei a postos para quando a bola chegasse, e quando o primeiro chute veio, uma bola lenta e rasteira, me agachei para segurá-la, quiquei-a três vezes no chão e chutei. A bola cedeu um pouco no contato com o meu pé, era uma bola grande e macia e gasta, a cor era de terra crestada pelo sol. Por baixo de uma costura rasgada via-se a câmara laranja. O arco que a bola descreveu no céu não foi muito alto, mas ela voou longe e quicou no lado direito, e era uma alegria ver aquele bando de crianças correr atrás. Eu queria ser goleiro. Eu ficava no gol sempre que dava, nada se comparava ao sentimento de se jogar em direção à bola e evitar um gol. O problema era que eu só conseguia me jogar para um lado, o esquerdo. Me jogar para a direita parecia ir contra a minha natureza, eu não conseguia, e se a bola fosse para aquele lado eu me via obrigado a estender a perna.

As árvores projetavam sombras compridas no campo, e revoadas de pássaros escuros seguiam as crianças, que o tempo inteiro batiam-se umas contra as outras e separavam-se mais uma vez. Porém muitas tinham começado a caminhar em vez de correr, outras estavam inclinadas para a frente com as mãos apoiadas nos joelhos e, para a minha decepção, compreendi que a partida se aproximava do fim.

— Não, eu tenho que ir para casa — uma voz disse.

— Eu também — disse outra.

— Vamos jogar mais um pouco — disse uma terceira.

— Eu também tenho que ir.

— Vamos fazer times novos, então?

— Eu estou indo.

— Eu também.

Em poucos minutos todo aquele cenário estava desfeito, e o campo estava vazio.

O papel de encapar que a minha mãe tinha comprado era azul e translúcido. Estávamos na cozinha, eu desenrolava um pedaço e cortava; se a borda ficasse muito irregular e repicada, a minha mãe a endireitava. Depois eu colocava o livro em cima, abria as duas abas da capa, que mais pareciam asas, dobrava o papel de encapar por cima e prendia os cantos com fita adesiva. Minha mãe ajustava tudo que precisava ser ajustado enquanto eu trabalhava. Quando não era preciso, tricotava o que viria a ser um blusão para mim. Eu mesmo tinha escolhido o modelo numa das revistas de tricô dela, era um blusão branco com detalhes marrom-escuros, uma roupa meio especial, porque a gola era totalmente reta, e a parte de baixo tinha uma fenda em cada lado, o que dava à peça um caimento bem solto, quase como uma tanga. Eu gostava muito desse detalhe indígena, e acompanhava de perto o progresso que ela fazia a cada hora.

Minha mãe fazia muitos trabalhos manuais. Tinha tecido em crochê as cortinas da cozinha e da sala, e também costurado as cortinas dos nossos quartos, a de Yngve com detalhes marrons e estampa de flores marrons, a minha com detalhes vermelhos e estampa de flores vermelhas. Além disso ela tricotava luvas e toucas, cerzia meias, remendava calças e jaquetas. Quando não estava fazendo nada disso, nem cozinhando, lavando a louça ou assando pão, ela lia. Tínhamos uma estante cheia de livros, os pais das outras crianças não tinham nada parecido. Ao contrário do meu pai, minha mãe também tinha amigos, na maior parte eram mulheres da mesma faixa etária que ela havia conhecido no trabalho, às vezes ela as visitava e às vezes recebia-as em nossa casa. Eu gostava de todas as amigas da minha mãe. Havia Dagny, mãe de Tor e de Liv, que tinham sido meus colegas no jardim de infância. Havia Anne Mai, que era gorda e alegre e sempre nos levava chocolate, dirigia um Citroën e morava em Grimstad, e que uma vez eu tinha visitado com a minha turma do jardim. Havia Marit, que tinha um filho, Lars, com a mesma idade de Yngve, e uma filha, Marianne, dois anos mais nova. Não recebíamos visitas com frequência, o meu pai não gostava, mas talvez uma vez por mês uma ou mais visitas apareciam; e nessas ocasiões eu gostava de me sentar ao lado das pessoas e de me banhar na luz que traziam. Às vezes saíamos juntos à tarde para ir ao Arbeidsstuen em Kokkeplassen, que era uma espécie de oficina de trabalhos manuais onde se podia fazer todo tipo de coisa, as crianças iam até lá procurar os empregados e era lá que fazíamos por exemplo os nossos presentes de Natal.

O rosto da minha mãe era delicado, mas estava sério. Ela tinha ajeitado os longos cabelos atrás das orelhas.

— O Dag Lothar acabou de ver uma víbora! — eu disse.

— É mesmo? — ela perguntou. — Onde?

— No caminho que desce até Nabben. Ele quase passou por cima dela! Mas por sorte a víbora também se assustou e desapareceu no meio dos arbustos.

— Que bom — ela disse.

— Tinha víboras quando você era menina?

Minha mãe balançou a cabeça.

— Não existem víboras em Vestlandet.

— Por que não?

Ela deu uma leve risada.

— Eu não sei. Talvez seja frio demais para elas?

Balancei as pernas e tamborilei os dedos em cima da mesa enquanto eu cantarolava *kisses for me, all of the kisses for me, by, by, baby, by by*.

— O Kanestrøm pescou um monte de carapaus hoje — eu disse. — Eu vi quando ele estava no barco. Ele me mostrou o balde. Estava cheio. Você acha que vamos comprar um barco logo?

— Você não acha que está querendo demais? — ela me perguntou. — Um barco e um gato! Vamos pensar a respeito. Este ano com certeza não vai dar. Mas quem sabe ano que vem? Essas coisas custam um bom dinheiro. Quem sabe você não pede para o seu pai?

Ela me devolveu a tesoura.

Que tal pedir você mesma?, eu pensei, mas não disse nada, simplesmente tentei fazer com que a tesoura deslizasse até o outro lado, sem cortar, mas a lâmina emperrou, então apertei o cabo e o corte ficou repicado.

— O Yngve está atrasado — ela disse, olhando para fora da janela.

— Ele está em boas mãos — eu respondi.

Minha mãe sorriu para mim.

— Com certeza — ela disse.

— O papel do curso de natação! — eu disse. — Você pode assinar agora?

Ela fez um gesto afirmativo com a cabeça. Me levantei e atravessei depressa o corredor, entrei no quarto, peguei a cópia mimeografada na mochila e estava prestes a voltar depressa quando a porta lá embaixo se abriu e eu percebi com uma batida extra do coração o que eu tinha acabado de fazer.

Os pesados passos do meu pai soaram na escada. Fiquei parado em frente ao banheiro quando o olhar dele encontrou o meu, ainda no patamar.

— Não corra dentro de casa! — ele disse. — Quantas vezes preciso repetir? Assim a casa inteira bate e sacode. Entendido?

— Entendido.

Então ele passou por mim, com as costas largas e a camisa branca. Quando vi que entrou na cozinha, toda a alegria me abandonou. Mas eu também precisava entrar lá.

Minha mãe estava sentada como antes. Meu pai estava de pé, olhando para fora da janela. Larguei a cópia mimeografada em cima da mesa com todo cuidado.

— Aqui — eu disse.

Ainda faltava um livro. Me sentei e comecei a encapá-lo. Apenas as minhas mãos se mexiam, todo o restante do corpo estava parado. Meu pai estava mastigando qualquer coisa.

— O Yngve ainda não voltou para casa? — ele perguntou.

— Não — disse a minha mãe. — Estou começando a ficar preocupada.

Meu pai olhou para a mesa.

— O que é essa folha que você trouxe? — ele perguntou.

— É para o curso de natação — eu respondi. — A mãe vai assinar para mim.

— Vamos ver — o meu pai disse, e então pegou a folha e leu. Em seguida ele pegou a caneta que estava na mesa, assinou e devolveu a folha para mim.

— Pronto — disse, fazendo um gesto com o rosto em direção à mesa. — E agora leve essas coisas para o seu quarto. Você pode acabar o que está fazendo por lá. Vamos jantar agora.

— Está bem — eu disse. Empilhei os livros, enrolei o papel e coloquei o rolo debaixo do braço, peguei a tesoura e a fita adesiva com uma mão, a pilha de livros com a outra e saí.

Enquanto eu estava na minha escrivaninha cortando a capa do último livro ouvi o barulho de uma bicicleta no cascalho do jardim. Pouco depois a porta se abriu.

Quando Yngve terminou de subir os degraus, nosso pai estava à espera dele no alto da escada.

— O que significa isso? — ele perguntou.

A resposta de Yngve foi baixa demais para que eu pudesse ouvir, mas a explicação deve ter sido boa, porque no instante seguinte ele entrou no quarto. Larguei o livro em cima do papel que eu tinha cortado e o dobrei, e então larguei outro livro em cima para usá-lo como peso enquanto eu tentava achar a ponta da fita, que tinha se colado no rolo. Quando enfim a encontrei e comecei a puxar a fita se rasgou, e tive que começar outra vez.

A porta do meu quarto se abriu às minhas costas. Era Yngve.

— O que você está fazendo? — ele perguntou.

— Encapando os meus livros, como você pode ver — eu respondi.

— Ganhamos bolo e refrigerante depois do treino — disse Yngve. — No clube mesmo. E também tem garotas no time. Uma delas joga muito bem.

— Meninas? — eu repeti. — E pode?

— Claro que pode. E o Karl Fredrik foi muito legal.

Pela janela aberta entraram vozes e o som de passos no morro. Colei o pedaço de fita que eu havia pendurado no indicador e fui ver quem era.

Geir e Leif Tore. Os dois pararam em frente à casa de Leif Tore e riram de alguma coisa. Em seguida se deram tchau e Geir atravessou correndo o pequeno trecho até a casa dele. Quando entrou no pátio e enfim pude ver o rosto dele, percebi que tinha um sorrisinho nos lábios. A mão estava fechada no bolso da bermuda.

Olhei para Yngve.

— Em que posição você vai jogar, afinal?

— Ainda não sei — ele disse. — Mas vai ser na defesa.

— E quais são as cores do uniforme?

— Azul e branco.

— Como o uniforme do Trauma?

— Quase — ele disse.

87

— Venham comer! — nosso pai gritou na cozinha. Quando entramos, havia um prato com três fatias de pão e um copo de leite em nossos lugares. Queijo com especiarias, queijo marrom e geleia. Nossos pais estavam na sala assistindo TV. A estrada lá fora estava cinzenta, e os galhos das árvores na beira da estrada estavam quase cinzentos, enquanto o céu acima das árvores no outro lado do estreito ainda estava azul e aberto, como se pairasse acima de um mundo diferente daquele onde nos encontrávamos.

Na manhã seguinte acordei quando o meu pai abriu a porta do meu quarto.
— Vamos! De pé, seu dorminhoco! — ele disse. — O sol brilha lá fora, e os passarinhos estão cantando!
Afastei o edredom e coloquei os pés no chão. Afora os passos do meu pai, que se perderam no corredor, a casa inteira estava em silêncio. Era terça-feira. Minha mãe ia cedo para o trabalho e Yngve ia cedo para a escola, mas o meu pai só começava a lecionar no segundo período.
Fui até o armário e mexi nas pilhas de roupa, escolhi a camisa branca, que era a mais bonita que eu tinha, e as calças de veludo azul. Mas achei que a camisa era arrumada demais, o meu pai com certeza notaria, talvez perguntasse por que eu estava me embonecando daquele jeito, talvez me mandasse trocar de roupa. Era melhor vestir a camiseta branca da Adidas.
Entrei no banheiro com as roupas debaixo do braço. Por sorte Yngve tinha lembrado de deixar a água na pia. Fechei a porta atrás de mim. Levantei a tampa do vaso e mijei lá dentro. O mijo estava amarelo-esverdeado, e não amarelo-escuro, como às vezes acontece pela manhã. Mesmo que eu tomasse o máximo cuidado para que todas as gotas caíssem dentro do vaso na hora de balançar, algumas sempre acabavam caindo no chão, pequenos montinhos transparentes de líquido no piso cinza-azulado. Sequei tudo com uma tira de papel higiênico, que joguei dentro do vaso antes de dar a descarga. Com o barulho da água ao lado, postei-me em frente à pia. A água tinha uma cor levemente esverdeada. Nela flutuavam pequenos flocos transparentes de uma coisa que eu não sabia o que era. Juntei as duas mãos em concha, enchi-as de água, inclinei a cabeça para a frente e mergulhei o rosto. A água estava um pouco mais fria do que eu. Um calafrio desceu pelas minhas costas quando

a água tocou minha pele. Ensaboei as mãos, esfreguei-as com força no rosto de olhos fechados, me enxaguei e sequei as mãos e o rosto na toalha felpuda marrom-amarelada que estava pendurada no meu gancho.

Pronto!

Afastei a cortina e olhei para fora. As árvores da floresta, acima das quais o sol reluzia, projetavam sombras compridas e profundas sobre o asfalto, que nos demais pontos brilhava com a luz do dia. Depois me vesti e fui para a cozinha.

No meu lugar havia um prato fundo cheio de Corn Flakes, e ao lado uma caixa de leite. Meu pai não estava lá.

Será que tinha ido ao escritório preparar as coisas dele?

Não. Ouvi movimentação na sala.

Me sentei e derramei o leite em cima dos Corn Flakes. Enfiei a colher no prato e levei-a em direção à boca.

Ah, puta que pariu!

O leite estava azedo, e aquele gosto, que tinha preenchido toda a minha boca, fez com que uma convulsão atravessasse o meu peito. Mesmo assim engoli, porque naquele instante o meu pai tinha aparecido na porta. Cruzou o patamar, atravessou a cozinha e se escorou no balcão. Ele olhou para mim e sorriu. Enfiei a colher no prato, levei-a em direção à boca. A simples ideia do gosto que estava por vir foi o bastante para me embrulhar o estômago. Mesmo assim, respirei pela boca e engoli depois de mastigar por duas ou três vezes.

Puta merda!

Meu pai não dava nenhum sinal de que pudesse ir embora, e assim continuei comendo. Se ele tivesse descido até o escritório eu poderia ter jogado os Corn Flakes na lixeira e coberto tudo com outras coisas que já estivessem no lixo, mas enquanto ele continuasse na cozinha ou no segundo andar não me restava outra alternativa.

Depois de um tempo ele se virou, abriu uma porta do armário, pegou um prato como o meu, achou uma colher na gaveta e sentou-se do outro lado da mesa.

Ele nunca fazia aquilo.

— Vou comer um pouco com você — disse. Ele virou os flocos dourados e crocantes da caixa com o galo verde e vermelho e estendeu a mão para pegar o leite.

Parei de comer. Eu sabia que aquilo estava tomando um rumo catastrófico. Meu pai enfiou a colher na tigela e a levou, cheia de Corn Flakes e leite, em direção à boca. No instante seguinte o rosto dele se contorceu. Ele cuspiu tudo de volta na tigela sem nem ao menos mastigar.

— Pff! — disse. — Esse leite está azedo! Puta que pariu!

Em seguida olhou para mim. O olhar dele naquele instante me acompanharia pelo resto da vida. Os olhos não estavam bravos, como eu havia esperado, mas surpresos, como se ele estivesse diante de um fenômeno que era absolutamente incapaz de compreender. Como se estivesse me vendo pela primeira vez.

— Você comeu Corn Flakes com leite *azedo*? — ele perguntou.

Acenei a cabeça.

— Você não pode fazer uma coisa dessas! — ele disse. — Eu vou pegar um leite novo para você!

Meu pai se levantou, derramou o leite azedo na pia com movimentos amplos e trêmulos, enxaguou a caixa, amassou-a, jogou-a no lixo debaixo da pia e pegou uma caixa de leite nova na geladeira.

— Preste atenção — ele disse, então pegou o meu prato, virou todo o conteúdo na pia, esfregou-o com a escova de lavar, enxaguou mais uma vez e o largou à minha frente na mesa.

— Pronto — disse. — Agora você pode continuar comendo Corn Flakes com leite fresco. Está bem?

— Está bem — eu disse.

Ele fez a mesma coisa com o prato dele, e comemos em silêncio.

Tudo na escola era novidade nessa época, mas todos os dias tinham o mesmo formato, e nos familiarizamos com a rotina tão depressa que ao fim de poucas semanas já não havia mais nada que pudesse nos surpreender. O que se dizia na cátedra era sempre verdade, e o fato de que era dito na cátedra fazia com que até mesmo as coisas mais improváveis se tornassem prováveis. Era verdade que Jesus tinha andado sobre a água. Era verdade que Deus havia se revelado como um arbusto em chamas aos pés de Moisés. Era verdade que as doenças eram causadas por criaturas tão pequenas que ninguém conseguia vê-las. Era verdade que tudo aquilo que existia, inclusive nós mesmos, era feito de grãos menores até do que as bactérias. Era verdade que as árvores viviam da luz do sol. Mas não era apenas em relação ao que os professores diziam que nos comportávamos dessa forma, tudo aquilo que faziam também era aceito sem nenhum questionamento. Muitos dos nossos professores eram velhos, nascidos antes ou durante a Primeira Guerra, e estavam na profissão desde a década de 1930 ou 1940. Com cabelos grisalhos e sempre trajando roupas elegantes, nunca aprendiam os nossos nomes, e o que tentavam nos oferecer em termos de conhecimento e sabedoria nunca chegava até nós. Um dos professores chamava-se Thommesen e costumava ler para nós uma vez por semana durante a hora da merenda, sempre cabisbaixo em frente à cátedra, com a voz pouco clara, a tez pálida, quase amarela, e os lábios roxos. O livro que lia era sobre uma mulher que morava no deserto, impossível de entender, então aquele momento que deveria ser agradável, um gesto amistoso para com as crianças da escola, era para nós uma agonia e um tormento, porque tínhamos que ficar em silêncio enquanto ele tossia e balbuciava aquela história incompreensível.

Outro professor devia ter cinquenta e poucos anos, o nome dele era Myklebust e ele vinha de algum lugar em Vestlandet, morava em Hisøya e conduzia as aulas com punho de ferro. Antes das aulas dele, não bastava que nos organizássemos numa fila e entrássemos na sala marchando; depois também precisávamos nos postar de pé junto às carteiras, enquanto ele, de pé ao lado da cátedra, nos observava lentamente até que tudo estivesse no mais absoluto silêncio. Então se erguia na ponta dos pés, fazia uma mesura e dizia bom dia, classe, ou boa tarde, classe, ao que respondíamos com o bom-dia ou a boa-tarde correspondente. Ele não se furtava a bater nos alunos quando se irritava, nem a jogá-los contra a parede. Muitas vezes tirava da sala os alunos de quem não gostava. A aula de educação física não era nada menos do que um treino militar. Havia professores da mesma idade que também eram formais e exigentes, rodeadas por uma aura que não conhecíamos, mas que automaticamente respeitávamos e por vezes temíamos. Lembro que uma delas certa vez me levantou pelos cabelos quando fiz um comentário impróprio, mesmo que na maioria das vezes se contentassem em mandar uma mensagem para os nossos pais, já que nos deixar de castigo ou nos convocar para aulas complementares estava fora de cogitação devido aos horários dos ônibus. Em meio a essa multidão de velhos, alguns dos quais haviam trabalhado na escola durante a vida inteira, havia também uma nova geração de professores com a idade dos nossos pais ou até mais jovens. Nossa professora, Helga Torgersen, estava nesse grupo. Ela era o que se costuma chamar de "boazinha", ou seja, nunca dava castigos pesados para os bagunceiros, nunca ficava brava, nunca gritava, nunca batia nem sacudia a cabeça dos alunos e resolvia todos os problemas conversando, sempre tranquila e contida, e apresentando-se mais como uma pessoa do que como uma professora, no sentido de que havia pouca diferença entre a pessoa que era na vida particular, quando estava em casa entre amigos ou com o marido, com quem tinha acabado de se casar, e a pessoa que era na sala de aula. E não estava sozinha, todos os professores mais jovens nos tratavam dessa forma, e era deles que gostávamos. O diretor da escola era um desses jovens, chamava-se Osmundsen e devia ter cerca de trinta anos, usava barba e tinha um porte robusto, não muito diferente do porte do meu pai, mas tínhamos medo dele, talvez mais do que de qualquer outro professor. Não porque tivesse feito qualquer coisa, mas pelo que representava. Era para a sala dele que os alunos eram mandados quando faziam coisas realmente erradas. O fato de que não dava nenhuma aula, mas estava sempre presente na escola, como uma espécie de sombra, não fazia nada para diminuir nosso medo. Por um motivo ou outro, ele também era rodeado de histórias míticas. No ano anterior haviam encontrado um navio de escravos a poucos metros dos escolhos a leste da ilha, o navio tinha afundado em 1768 e a descoberta foi noticiada em todos os jornais e até mesmo na TV. O diretor Osmundsen era um dos três mergulhadores que tinham participado da expedição. Para um menino como eu, que achava mergulho a coisa mais emocionante que podia existir, a não ser talvez pelos navios a vela, o diretor era o homem mais grandioso que eu podia imaginar. Era como ter um astronauta na direção da escola. Quando desenhava, além dos navios a vela eu não desenhava nada além de mergulhadores e naufrágios, peixes e tubarões nos dois lados da folha. Quando assistia aos programas sobre natureza que passavam na TV da época, sobre mergulhos em recifes de corais ou mergulhos nas moradas dos tubarões, eu passava semanas inteiras falando a respeito depois. E lá estava ele, aquele homem de barba que no ano anterior tinha voltado à superfície tendo nas mãos uma presa de elefante que fazia parte do tesouro de um dos naufrágios intactos dos navios de escravos recém-encontrados.

    O diretor Osmundsen entrou na classe já no segundo dia para falar sobre a escola e as regras que devíamos obedecer, e quando foi embora nossa professora disse que ele voltaria logo para falar sobre o naufrágio que tinha ajudado a descobrir. Ela tinha ficado ao lado da janela com as mãos nas costas e um sorriso no rosto durante todo o tempo que o diretor passou conosco, e fez a mesma coisa quando ele voltou conforme o prometido duas semanas mais tarde. Eu estava tomado de empolgação para ouvir a história dele, mas fiquei um pouco decepcionado quando descobri que o naufrágio estava a poucos metros de profundidade. Assim a proeza era diminuída de maneira considerável, eu tinha esperado algo como cem metros de profundidade, com mergulhadores que precisassem fazer paradas ao longo de um cabo durante a subida, que levaria no mínimo uma hora em função da alta pressão lá embaixo. Uma escuridão imensa, fachos de luz das lanternas submarinas e talvez até um pequeno submarino ou batiscafo. Mas logo no fundo, pouco além dos pés dos banhistas, ao alcance de um garoto qualquer com pés de pato e máscara de mergulho? Por outro lado ele mostrou fotos da descoberta, eles tinham um barco de mergulho amarrado na baía, roupas de mergulho e cilindros de mergulho, e a expedição tinha sido planejada nos mínimos detalhes, com mapas antigos e documentos e várias outras coisas.

O meu pai quase tinha aparecido na TV uma vez, tinham feito uma entrevista com ele e tudo mais, era sobre um assunto político qualquer, mas quando assistimos ao *Dagsrevyen* a matéria não apareceu, e tampouco no dia seguinte, quando também nos sentamos para assistir. Uma vez ele tinha dado uma entrevista no rádio a respeito de uma exposição de filatelia, mas eu esqueci, e quando cheguei em casa no dia a transmissão já tinha acabado e o meu pai me xingou.

Muitos professores surpreendiam-se com o meu nome no início, afinal eram colegas do meu pai e imaginavam que eu tinha o mesmo nome dele, e eu gostava de saber que me conheciam, que sabiam que eu era filho do meu pai. Desde o primeiro dia me esforcei ao máximo na escola, acima de tudo para ser o melhor aluno da classe, mas também porque eu tinha esperanças de que meu pai ouvisse comentários sobre como eu era aplicado.

Eu adorava ir à escola. Adorava tudo que acontecia por lá, e também as salas onde tudo acontecia.

As nossas cadeiras, baixas e velhas, feitas de tubos de ferro, com uma placa de madeira no lugar do assento e no espaldar, as nossas carteiras, cheias de tintas e arranhões de todos os alunos que as haviam usado antes de nós. O quadro-negro, o giz e a esponja de apagar; as letras que surgiam da ponta do giz na mão da professora, um O, um U, um I, um E, um Å, um Æ, sempre brancos, como as mãos dela também ficavam. A esponja seca que ficava escura e inchada quando ela a enxaguava na pia, o sentimento agradável de quando a esponja apagava tudo deixando listras de umidade no quadro-negro, que perduravam por uns poucos minutos até que o quadro mais uma vez estivesse verde e limpo como antes. Nossa professora, que falava no dialeto de Karmøya, usava óculos grandes e tinha cabelos curtos, vestia-se com blusas e saias e conversava a respeito de tudo conosco. Tivemos que aprender a não interromper os outros quando estivessem falando, e também a não sair falando quando desse vontade, mas a erguer a mão e a falar apenas quando ela apontasse ou meneasse a cabeça em nossa direção. No início uma verdadeira floresta de mãos costumava se erguer, e então balançavam impacientes para a frente e para trás enquanto os colegas gritavam *eu, eu, eu*, porque as perguntas que ela fazia não eram difíceis. Depois havia os recreios, tudo que acontecia durante aqueles minutos, todas as crianças que estavam lá, as esperanças que surgiam e desapareciam, as atividades que começavam e aos poucos morriam. Os ganchos no corredor em frente à sala de aula onde pendurávamos as nossas jaquetas, o cheiro de dez anos de limpeza com sabão líquido, o cheiro de mijo nos banheiros, o cheiro de leite nos armários de leite, o cheiro de vinte lancheiras com sanduíches de diferentes sabores que eram abertas ao mesmo tempo na mesma sala. O sistema com os monitores de classe, em que toda semana um aluno ficava encarregado de distribuir o que precisasse ser distribuído, apagar o quadro depois das aulas e buscar as caixas de leite na hora da merenda. O sentimento de ser um escolhido. E o sentimento especial ao andar nos corredores quando todos estavam sentados dentro das salas de aula, nessas horas ficavam totalmente vazios, apenas com as jaquetas penduradas nos ganchos à esquerda e à direita, o murmúrio baixo das salas que ficavam para trás, a luz que fazia o piso de linóleo brilhar de leve e, se fosse um dia ensolarado, milhares de partículas de poeira cintilarem como uma miniatura da Via Láctea. A maneira como uma porta era aberta ou um menino aparecia correndo podia mudar a atmosfera do corredor inteiro, como se concentrasse toda a atenção e todo o significado em si: de repente nada mais contava além daquilo. A impressão era que todos os cheiros, toda a poeira, toda a luz, todas as jaquetas e todos os murmúrios eram arrancados do lugar, como quando um cometa atravessa o firmamento e tudo por onde passa é tragado para dentro da cauda infinitamente longa em relação ao núcleo luminoso e pálido.

    Eu adorava o instante em que Geir tocava a nossa campainha e caminhávamos depressa até o supermercado, a competição que havia surgido, onde o importante era chegar cedo para deixar a mochila o mais na frente da fila possível e assim escolher os melhores lugares no ônibus. Eu adorava ficar parado naquele lugar e ver as outras crianças chegando de todas as direções. Umas moravam mais acima, no loteamento atrás do supermercado, outras vinham de baixo porque moravam em Gamle Tybakken e ainda outras vinham dos loteamentos na planície do outro lado da montanha. E mais do que tudo eu adorava ver Anne Lisbet. Ela não apenas tinha cabelos pretos e lustrosos, mas também olhos escuros e uma grande boca vermelha. Ela estava sempre alegre, ria muito, e os olhos dela não eram apenas escuros, mas também brilhavam, como se tivesse tanta alegria dentro de si que os olhos também sempre estavam repletos daquele sentimento. A amiga ruiva dela chamava-se Solveig, as duas eram vizinhas e andavam sempre juntas, exatamente como eu e Geir. Solveig era pálida e tinha sardas, não falava muito, mas o olhar dela era cheio de bondade. As duas moravam no loteamento mais alto em Tybakken, num bairro onde eu só tinha estado poucas vezes e onde não conhecia ninguém. Anne Lisbet tinha uma irmã um ano mais nova, foi o que disse quando chegou a vez dela de falar sobre si mesma para a classe, e um irmão quatro anos mais novo. Um outro garoto da turma também morava por lá, ele se chamava Vemund, era gorducho e precavido, talvez meio retardado também, ele corria sempre por último, era o mais fraco de todos, fazia lançamentos como uma menina, era ruim no futebol e não sabia ler, mas gostava de desenhar e de fazer quase tudo que se podia fazer sentado dentro de casa. A mãe dele era uma mulher grande, forte e cheia de energia com olhar bravo e voz cortante. O pai era magro e pálido e andava com muletas, ele sofria de uma doença muscular, e além disso era hemofílico, conforme Vemund nos contou cheio de orgulho. Hemofílico, o que é isso?, alguém perguntou. Quer dizer que ele não para de sangrar, Vemund respondeu. Quando o meu pai se machuca e a ferida começa a sangrar ela não para mais, continua sangrando e sangrando, e aí ele precisa tomar um remédio ou ir para o hospital, senão ele morre.

A vizinhança de Anne Lisbet, Solveig e Vemund, onde muitas outras crianças um ou dois anos mais novas ou mais velhas do que nós também moravam, surgiu de repente em nosso mundo quando entramos para a escola. A mesma coisa valia para todas as outras vizinhanças onde as crianças da escola moravam. Era como se uma cortina tivesse se aberto e aquilo que tínhamos imaginado ser o palco inteiro fosse apenas o proscênio. A casa na encosta da montanha, por exemplo, que tinha o jardim plano que avistávamos do topo e parecia equilibrar-se sobre um muro que mergulhava talvez cinco metros para baixo, com uma cerca de tela na parte mais alta, deixou de ser apenas mais uma casa e passou a ser a casa onde Siv Johannesen morava. Cinquenta metros abaixo, por trás da floresta densa, terminava a estrada onde moravam Sverre, Geir B. e Eivind. Um pouco mais abaixo, porém num loteamento totalmente diferente, num mundo totalmente diferente, moravam Kristin Tamara, Marian e Asgeir.

Cada um tinha o seu lugar e cada um tinha os seus amigos, e tudo isso se revelou para nós ao longo de poucas semanas no final do verão. Era a um só tempo uma sensação nova e familiar, afinal nos parecíamos uns com os outros, fazíamos as mesmas coisas e estávamos por assim dizer abertos uns aos outros. Ao mesmo tempo, cada um tinha características únicas. Sølvi, por exemplo, era tão tímida que mal conseguia falar. Unni trabalhava no mercado junto com os pais e os irmãos todos os sábados, vendendo as verduras e legumes que eles mesmos cultivavam. O pai de Vemund andava com muletas. Kristin Tamara tinha óculos que tapavam um dos olhos. Geir Håkon, sempre durão, de repente começou a se retorcer de vergonha na frente do quadro-negro. Dag Magne ria o tempo inteiro. Geir tinha recebido a extrema-unção ao nascer, acharam que não sobreviveria. Asgeir sempre tinha um leve cheiro de mijo. Marianne era forte como um garoto. Eivind entrou na escola sabendo ler e escrever e era ótimo no futebol. Trond era pequeno e ligeiro como um raio. Solveig desenhava muito bem. O pai de Anne Lisbet era mergulhador. E John tinha mais tios do que qualquer outra criança.

Certo dia, ao fim dos três primeiros períodos na escola, quando o ônibus nos largou ao lado do supermercado ao meio-dia, eu e Geir resolvemos acompanhar John até em casa. O sol brilhava, o céu estava azul e o caminho estava seco e empoeirado. Quando chegamos à casa dele, John nos convidou para entrar e tomar um pouco de suco. Aceitamos o convite. Subimos até a varanda, largamos nossas mochilas e nos sentamos nas cadeiras de plástico. Ele abriu a porta da casa e gritou lá para dentro.

— Mãe, a gente quer suco! Eu trouxe meus amigos da escola!

A mãe dele apareceu na porta. Estava usando um biquíni branco, tinha a pele bronzeada pelo sol e cabelos loiro-escuros. Toda a parte superior do rosto estava coberta por um par de enormes óculos de sol.

— Que bacana, filho! — ela disse. — Vou ver se temos suco para vocês.

Ela foi até a sala e desapareceu atrás de uma porta. A sala dava uma impressão de vazio. Parecia a nossa, porém com menos móveis e sem nenhum quadro nas paredes. Duas meninas da nossa turma passaram na estrada mais abaixo. John se inclinou por cima do parapeito e gritou que as duas pareciam macacos.

Eu e Geir rimos.

As meninas não deram bola e continuaram andando pelo caminho. Marianne era mais alta do que todos os meninos, tinha uma testa alta, maçãs do rosto altas, longos cabelos loiros que se dependuravam como se fossem cortinas de ambos os lados do rosto. Às vezes, quando estava brava ou desesperada, a testa se franzia e nos olhos dela surgia um olhar especial, que eu gostava de ver. Ela também ficava brava e dava respostas de um jeito como nenhuma outra menina da turma fazia.

A mãe de John reapareceu com três copos e uma jarra de suco numa bandeja, pôs um copo na frente de cada um de nós e os encheu. Os cubos de gelo flutuavam amontoados por cima do suco vermelho. Olhei para ela quando ela se afastou mais uma vez. Não era bonita, mas assim mesmo havia alguma coisa que me levou a prestar atenção nela e a olhar para ela.

— Você está olhando para o rabo da minha mãe? — John me perguntou com uma sonora risada.

Eu não entendi o que ele queria dizer. Por que eu olharia para o rabo da mãe dele? Foi bem constrangedor, porque ele falou tão alto que ela com certeza também tinha ouvido.

— Não, não estou! — respondi.

John começou a rir ainda mais.

— Mãe! — ele gritou. — Venha aqui!

Ela veio, ainda de biquíni.

— O Karl Ove ficou olhando para o seu rabo! — John disse.

Ela deu um tapa no rosto dele.

John continuou rindo. Olhei para Geir, que olhava para o nada e cantarolava uma melodia qualquer. A mãe de John entrou em casa. Esvaziei o copo de suco com um longo gole.

— Vocês querem ver o meu quarto? — John perguntou.

Fizemos um gesto afirmativo com a cabeça e o seguimos pela sala escura em direção ao quarto. Havia um pôster com uma moto numa das paredes, e outro com uma mulher quase nua de pele bronzeada na outra.

— É uma Kawasaki 75 — ele disse. — Vocês querem mais suco?

— Não, obrigado — eu disse. — Tenho que ir para casa jantar.

— Eu também — disse Geir.

O cachorro rosnou para nós quando saímos. Descemos o morro sem dizer nada. John acenou para nós da varanda. Geir acenou de volta. Por que eu teria olhado para a bunda da mãe de John? Será que havia alguma coisa a respeito das bundas que eu ainda não tinha captado? Por que ele tinha gritado aquilo na minha cara? Por que tinha dito para ela? E por que ela tinha batido nele? E por que mesmo assim ele tinha continuado a rir depois? Como alguém poderia rir depois de levar um tapa na cara da própria mãe? Aliás, depois de levar um tapa na cara de qualquer um?

Eu tinha olhado para a mãe dele e me sentido um pouco culpado porque ela estava quase nua, mas não tinha olhado para a *bunda* dela, por que eu faria uma coisa dessas?

Foi a minha primeira vez na casa de John, e seria também a última. Costumávamos jogar futebol e tomar banho de mar com John, mas não frequentávamos a casa dele. Todo mundo tinha um pouco de medo de John, porque embora a gente dissesse que ele tentava se passar por durão, mesmo não sendo, todo mundo sabia que na verdade ele *era*. John se metia com os meninos da classe mais velha, era o único de nós que se envolvia em brigas e o único que respondia para os professores e se recusava a fazer o que pediam. Estava sempre cansado pela manhã, porque os pais o deixavam ir para a cama na hora que quisesse, e quando falava sobre a vida em família nas aulas, como todos nós fazíamos, sempre havia um ou outro tio passando um tempo na casa. Nem ele nem nós fazíamos perguntas quanto à situação desses homens, e por que faríamos isso? John tinha mais tios do que qualquer outra pessoa que conhecêssemos, e era assim que funcionava.

Dias mais tarde, em um sábado no início de setembro, um daqueles dias de outono em que o verão se intromete e toma conta de tudo, quando o chão está empoeirado e quente e o céu azul-escuro e as primeiras folhas murchas rodopiam com o vento de maneira quase contrária à natureza, já que o vento não passa de uma brisa e todos os rostos brilham de suor, eu e Geir saímos para dar um passeio no loteamento. Levamos nossos pacotes de piquenique e nossas garrafas de suco. Tínhamos pensado em seguir por um caminho que conhecíamos e que entrava à esquerda no fim da planície, mais ou menos onde começava o caminho até o Fina. Para chegar lá era preciso atravessar o terreno de uma casa sobre a qual não sabíamos muita coisa, a não ser que o dono ficava furioso, porque num domingo de primavera naquele mesmo ano juntamos uma turma para jogar futebol no terreno dele, em uma parte isolada por uma rocha, do outro lado de um córrego, e meia hora depois o homem veio andando com passos apressados e começou a nos xingar praticamente antes de estar próximo o suficiente para que pudéssemos ouvi-lo enquanto brandia o punho, e assim tratamos de correr o mais depressa possível. Mas daquela vez o plano não era jogar futebol, só queríamos atravessar o terreno dele e seguir ao longo do córrego até chegar ao caminho, que na verdade era uma pequena estrada coberta de pedrinhas achatadas e na maioria brancas. Havia um portão, nós o abrimos e de repente estávamos num lugar onde nunca tínhamos estado. O caminho ficava todo na sombra por causa das enormes árvores nos dois lados, era quase como andar por um túnel. Um pouco mais abaixo o caminho fazia uma curva, e logo adiante uma montanha branca reluzia à luz do sol. Devia ser a montanha de onde vinham as pedrinhas nas quais estávamos pisando. Paramos. A montanha não era despedaçada nem por assim dizer apodrecida como outras montanhas porosas onde faziam explosões com dinamite, e tampouco era íngreme ou escarpada, como os escolhos e muitas das rochas nuas que se encontravam na floresta; não, essa montanha era completamente lisa, quase como vidro, e consistia em várias camadas enviesadas. Será que tínhamos encontrado um veio de pedras preciosas? Era o que parecia. Ao mesmo tempo o lugar era muito perto do loteamento, não podíamos ter descoberto nada que outras pessoas já não tivessem descoberto, mas assim mesmo enchemos nossas mochilas com pedras de lá. Depois continuamos em frente. O córrego seguia o caminho, na parte mais alta corria para dentro de uma garganta, e mais abaixo, no ponto onde a encosta começava, escorria por cima de terrenos em diferentes níveis. Num ponto em que o córrego ficava mais ou menos na mesma altura do caminho, tentamos represá-lo. Colocamos várias pedras no caminho da água, cobrimos as frestas com musgo e talvez meia hora mais tarde conseguimos fazer a água transbordar e escorrer por cima do caminho. De repente ouvimos tiros. Olhamos um para o outro. Depois juntamos nossas mochilas e começamos a descer correndo. Tiros — seriam caçadores? Passadas algumas centenas de metros o caminho se nivelava. Era coberto por densas sombras verde-escuras, causadas pelos renques cerrados de espruces que cresciam nos dois lados. Talvez cem metros adiante vimos uma estrada asfaltada e nos detivemos, porque os tiros soavam mais próximos e vinham da esquerda. Nos embrenhamos na floresta, atravessamos a cobertura macia de arbustos de mirtilo e urze e musgo, subimos uma encosta suave e, à nossa frente, talvez vinte metros abaixo, havia uma enorme região desbastada cheia de lixo, banhada pelo sol.

Um lixão!

Um lixão no meio da floresta!

Acima da parte mais distante havia umas gaivotas. Elas gritavam e voavam ao redor do lixo como se aquilo fosse o mar. O cheiro adocicado e enjoativo fazia o nariz arder. Ouvimos os tiros mais uma vez. Os estampidos eram secos, quase como uma crepitação. Aos poucos olhamos para baixo, em direção à orla do lixão, e lá, a um tiro de pedra, vimos dois homens, um deles em pé junto a um carro abandonado, o outro deitado no chão. Os dois tinham espingardas apontadas em direção ao lixão. As espingardas disparavam com segundos de intervalo. O homem deitado se levantou e os dois avançaram em direção ao lixo com as espingardas nas mãos. Fomos até o lugar de onde os homens tinham acabado de sair. Em meio aos montes de lixo, que ondulavam como se fossem montes e colinas, estava o que quer que fosse que estivessem seguindo. Os homens estavam com uniformes de caça, botas e luvas. Eram adultos, mas não velhos. Ao redor havia carros batidos, geladeiras, freezers, televisões, armários e cômodas. Eu vi sofás, cadeiras, mesas e abajures. Vi esquis e bicicletas, varas de pesca, lustres, pneus de carro, caixas de papelão, caixotes de madeira, isopores e pilhas e mais pilhas de sacos plásticos gordos e inchados. O que tínhamos à nossa frente era um panorama de coisas jogadas fora. A maior parte deste panorama consistia em sacos com restos de comida e embalagens, coisas que todas as casas jogavam nas lixeiras todos os dias, mas na parte onde estávamos, por onde os dois homens caminhavam, talvez um quinto da área total, havia objetos maiores.

— Eles estão caçando ratos — disse Geir. — Veja!

Os homens tinham parado mais adiante. Um deles levantou um rato pela cauda. Um dos lados parecia estraçalhado. O homem o balançou algumas vezes e o largou, de maneira que voou um pouco e caiu em cima de uns sacos antes de escorregar para baixo. Os dois riram. O outro homem chutou outro cadáver, encaixou a ponta da bota debaixo do rato e o jogou para longe.

Em seguida eles fizeram o caminho de volta. Com os olhos apertados contra o sol claro, nos cumprimentaram. Eram como irmãos.

— Dando um passeio, meninos? — um deles perguntou. Tinha cabelos ruivos e crespos por baixo de uma boina azul, rosto largo e lábios grossos com uma barba cerrada por cima, também ruiva.

Respondemos com um aceno de cabeça.

— Um passeio no lixão! É o que parece — disse o outro. A não ser pelos cabelos, que eram loiros, quase brancos, e pelos lábios, que não estavam rodeados de pelos, ele era igual ao outro homem. — Vieram fazer um piquenique por aqui? No alto daquela montanha de lixo?

Eles riram. Nós também rimos um pouco.

— Querem ver a gente atirar nuns ratos? — o primeiro homem perguntou.

— Queremos — Geir respondeu.

— Então fiquem atrás de nós. Isso é muito importante. Entendido? E não se mexam, para não desconcentrar a gente.

Acenamos a cabeça.

Então os dois se deitaram. Passaram um bom tempo absolutamente imóveis. Eu tentava ver o que eles viam. Mas só quando o tiro soou eu vi o rato, que foi arrastado de repente, como que atingido por uma rajada de vento súbita e desmedida.

Os dois homens se levantaram.

— Vocês querem ir ver com a gente? — um deles perguntou.

— Não que tenha muita coisa para ver! — disse o outro. — Um rato morto!

— Eu quero ver — Geir respondeu.

— Eu também — falei.

Mas o rato não estava morto. Ainda estava se contorcendo no chão. A parte de trás do corpo tinha sido quase toda arrancada pelo tiro. Um dos homens bateu o cabo da espingarda com força em cima da cabeça, ouvimos um baque macio, e então o rato parou de se mexer. Depois ele olhou preocupado para o cabo da espingarda.

— Ah, por que eu fiz isso? — ele se perguntou.

— Você quis bancar o durão — o outro respondeu. — Mas agora vamos. Você pode limpar a espingarda quando a gente voltar até o carro.

Os dois voltaram "a terra" enquanto nós dois corríamos atrás.

— Os pais de vocês sabem que vocês estão aqui? — um deles nos perguntou.

— Sabem — eu disse.

— Muito bem — ele respondeu. — E avisaram para vocês não comerem nada por aqui? Esse lugar é cheio de bactérias e de outras porcarias, sabiam?

— Avisaram — eu disse.

— Ótimo! Até a próxima então, meninos!

Minutos depois ouvimos um carro dar a partida na estrada e ficamos sozinhos. Por um tempo corremos por aquele lugar olhando para as coisas, esvaziamos sacos, viramos armários para ver o que havia por trás enquanto gritávamos o tempo inteiro para avisar um ao outro das nossas descobertas. Um saco cheio de revistas em quadrinhos praticamente novas foi o meu grande achado, eram exemplares de *Tempo* e de *Buster*, um *Tex Willer* em edição de bolso e outras daquelas revistas pequenas e compridas de caubói dos anos 1960. Geir encontrou uma lanterna de bolso, um bordado com um pequeno cervo e duas rodas de carrinho de bebê. Quando nos cansamos daquela busca, nos sentamos na urze com nossos achados e comemos nossos piqueniques.

Geir amassou o papel que envolvia o lanche e o jogou o mais longe que pôde. A intenção era que fosse parar mais ou menos no meio do lixão, mas um vento soprou bem naquela hora e o papel era tão leve que foi parar na parte mais baixa da urze.

— O que você acha de cagar? — ele perguntou.

— Pode ser — eu disse. — Onde?

— Não sei — Geir respondeu, dando de ombros.

Demos uma volta na floresta à procura de um lugar adequado. Por um motivo ou outro cagar no lixão era inadequado, para mim aquilo pareceria sujo, mas era estranho, afinal estávamos rodeados por lixo. Mas o lixo consistia em sacos plásticos e caixas, eletrodomésticos velhos e pilhas de jornal. Tudo que era macio e úmido estava acondicionado em sacos de lixo. O jeito seria entrar na floresta.

— Veja aquela árvore! — Geir exclamou.

Um grande pinheiro estava caído uns dez metros adiante. Subimos no tronco, baixamos as nossas calças e pusemos a bunda para fora enquanto nos segurávamos cada um no seu galho. Geir balançou o traseiro bem na hora que o cocô saiu, e assim quase jogou tudo para o lado.

— Você viu isso? — ele me perguntou, rindo.

— Ha ha ha! — eu ri enquanto tentava fazer o contrário, deixar tudo cair reto como a bomba de um avião cai em cima de uma cidade. Foi um sentimento maravilhoso ver aquilo sair de dentro de mim, ficar pendurado e balançar por um instante até enfim despencar no chão.

Eu costumava me segurar por dias a fio, tanto para fazer um cocô enorme como também porque era uma sensação boa. Quando eu precisava mesmo cagar, a ponto de mal conseguir me aguentar de pé e ser obrigado a andar com o corpo inclinado para a frente, eu sentia o meu corpo inteiro arder com uma sensação maravilhosa se, em vez de ceder ao impulso, eu apertasse os músculos do cu com toda a força e por assim dizer *empurrasse* toda a merda para dentro outra vez. Mas era uma brincadeira perigosa, porque depois de algumas vezes o cocô ficava tão grande que era quase impossível cagar. Ah, como doía quando um daqueles toletes gigantes tinha que sair! Era insuportável, a dor preenchia todo o meu corpo, era como uma explosão de dor, AAAAAAHHH!!, eu gritava, AAAAAHHH, e depois, quando a maior parte já tinha saído, o resto simplesmente deslizava para fora.

Meu Deus, como aquilo era bom!

Que sensação maravilhosa!

A dor que havia passado.

O tolete no vaso.

Tudo estava na mais absoluta paz e tranquilidade dentro de mim. Era uma paz tão grande que eu quase não sentia vontade de me limpar nem de me levantar, só queria continuar lá sentado.

Mas será que valia a pena?

Esses toletes enormes podiam me atormentar por um dia inteiro. Eu não queria ir ao banheiro, porque sabia que ia doer, mas se eu não fosse, doeria ainda mais depois.

O jeito era sentar na privada. Sabendo que aquilo ia doer pra caramba!

Uma vez eu me atormentei tanto que tentei encontrar outro jeito de tirar o cocô de mim. Fiquei meio de pé e enfiei o dedo no rabo, até o fundo. Ah! Lá estava o cocô. Duro como uma pedra! Depois que o localizei, comecei a mexer o dedo para a frente e para trás, numa tentativa de abrir um pouco a passagem. Ao mesmo tempo eu fazia um pouco de força, e assim, devagar e sempre, consegui manobrar o cocô até a borda. Mesmo assim doeu na hora de soltar a última parte, mas não *muito*.

Eu tinha descoberto um método!

Que o meu dedo estivesse todo marrom pouco importava, não seria nenhum problema lavá-lo. O pior mesmo era o cheiro, por mais que eu lavasse e esfregasse, sempre ficava um leve cheiro de cocô no meu dedo o dia inteiro e a noite inteira, e até mesmo no dia seguinte quando eu acordava.

Todas essas vantagens e desvantagens precisavam ser medidas e pesadas em relação umas às outras.

Quando eu e Geir terminamos, nos limpamos com folhas de samambaia e depois fomos ver o resultado. O meu tinha uma cor meio esverdeada, e estava tão mole que já tinha escorrido um pouco pelo chão. O de Geir era marrom-claro e tinha uma mancha preta numa das pontas, mais dura e compacta.

— Você não acha estranho que o meu tem cheiro bom e o seu fede? — perguntei.

— O que fede é o seu! — Geir retrucou.

— Não mesmo — eu disse.

— Puta que pariu! — ele disse, tapando o nariz com os dedos enquanto usava um galho comprido para revirar o meu cocô.

As moscas já zumbiam em volta. Elas também tinham uma cor esverdeada.

— Chega — eu disse. — Vamos embora? Podemos voltar para ver como eles estão no sábado que vem, de repente.

— Eu não vou estar aqui — ele disse.

— Para onde você vai?

— Para Risør — ele disse. — Acho que vamos ver um barco.

Corremos para buscar as nossas coisas e depois fomos para casa, Geir com uma roda em cada mão, eu com o meu saco cheio de revistas. Ele me prometeu que em casa não diria nada sobre onde tínhamos estado, porque eu achava que nossos pais não nos deixariam voltar se soubessem. Também pensei numa explicação para as revistas, diria que as tinha pegado emprestadas de Jørn, um menino que morava no outro loteamento, caso o meu pai as visse e tivesse qualquer reação.

Quando cheguei em casa, tudo ficou em silêncio por um instante. Não ouvi nada fora do comum, e me abaixei para desamarrar os sapatos.

Alguém abriu uma porta dentro de casa. Tirei um dos sapatos e o coloquei junto à parede. A outra porta se abriu e o meu pai surgiu à minha frente.

Guardei o outro sapato e me levantei.

— Por onde você andava? — perguntou ele.

— Na floresta.

De repente me lembrei da minha própria explicação e acrescentei, olhando para o chão:

— E depois fui até o alto do morro.

— O que você tem aí na sacola?

— Gibis.

— De onde você os tirou?

— Peguei emprestados de um colega meu, Jørn. Ele mora no alto do morro.

— Vejamos — disse o meu pai.

Entreguei a sacola, ele olhou para dentro e tirou um exemplar de *Tex Willer*.

— Vou ficar com este — ele disse, e então voltou para o escritório.

Entrei no outro corredor e comecei a subir as escadas quando ele me chamou.

Será que tinha descoberto tudo? Talvez pelo cheiro de lixo?

Me virei e desci a escada com as pernas tão bambas que mal me aguentava de pé.

Meu pai estava no patamar da porta.

— Você ainda não ganhou a sua semanada — ele disse. — O Yngve acabou de ganhar a dele. Tome.

Ele largou uma nota de cinco coroas na minha mão.

— Ah, obrigado! — eu disse.

— Mas o B-Max está fechado — ele acrescentou. — Você vai ter que ir até o Fina se quiser comprar doces.

O Fina era longe. Primeiro havia um morro comprido, depois uma planície comprida, depois um caminho comprido pelo meio da floresta e a estrada de cascalho que acabava na estrada principal, onde se localizava o incrível e igualmente malévolo posto de gasolina. O morro e a planície não representavam nenhum problema, porque eram cheios de casas e carros e pessoas de ambos os lados. O caminho era mais complicado, porque depois de poucos metros desaparecia entre as árvores, onde não se via nenhuma pessoa e nenhuma construção feita pelo homem. Eram apenas folhas, arbustos, troncos, flores, um que outro charco, uma que outra encosta com árvores derrubadas, um que outro prado. Eu cantava ao andar por lá. Cantava *Gikk en tur på stien. Fløy en liten blåfugl, Bjørnen sover, Jeg gikk meg over sjø og land.* Quando eu cantava era como se não estivesse sozinho, mesmo que estivesse. Era como se a canção fosse um outro menino. Quando não cantava eu falava comigo mesmo. Eu queria saber se mora alguém do outro lado, eu dizia. Ou se a floresta continua por toda a eternidade. Não, não pode ser, a gente mora numa ilha. Depois vem o mar. Talvez o ferry para a Dinamarca agora esteja por lá? Vou querer um Nox e um Fox. Fox e Nox, Nox e Fox. Fox e Nox, Nox e Fox.

À direita havia uma espécie de salão sob a copa das árvores. Eram árvores decíduas, altas, e as copas formavam uma cobertura tão densa que havia pouca vegetação no chão da floresta.

Pouco depois cheguei à estrada de cascalho, passei em frente à antiga casa branca e ao antigo galpão vermelho, ouvi o rumor dos carros na estrada principal mais abaixo e, quando cheguei, vi o esplendoroso posto de gasolina se erguer cinquenta metros adiante.

Os quatro frentistas me cumprimentaram erguendo as mãos até a fronte, como de costume. A grande placa branca com o nome FINA escrito em letras azuis cintilava no topo do poste mais alto. Uma carreta estava parada lá, o caminhoneiro estava sentado com o braço para fora da janela falando com uma pessoa que estava logo abaixo, no chão. Em frente ao quiosque havia três *mopeds* estacionados. Um carro parou em frente a uma das bombas, um homem com o bolso de trás estufado pela carteira saiu, pegou uma das bombas e a enfiou no tanque. Parei na frente dele. A bomba começou a fazer barulho, os números na parte que parecia um rosto começaram a subir depressa. Era como se os olhos piscassem a uma velocidade alucinante. O homem olhava para o outro lado, e para mim pareceu um gesto grandioso não acompanhar o que estava acontecendo. Era um homem que sabia o que estava fazendo, sem dúvida.

Fui até o quiosque e abri a porta. Meu coração batia forte, eu nunca sabia o que podia estar à minha espera lá dentro. Será que alguém faria qualquer comentário? Uma brincadeira para que todos os outros rissem?

"Aqui está o pequeno Knausgård", podiam dizer, por exemplo. "Por onde anda o seu pai hoje? Está em casa, corrigindo redações?"

Os garotos que frequentavam o quiosque eram do ginásio. Tinham jaquetas de brim e até jaquetas de couro, muitas vezes com *patches* costurados. Podia ser o logotipo de um Pontiac, de uma Ferrari ou de um Mustang. Alguns deles usavam lenços no pescoço. Todos tinham os cabelos caídos por cima dos olhos. Quando queriam afastar o cabelo, faziam um movimento brusco com a cabeça. Quando estavam do lado de fora, cuspiam o tempo inteiro enquanto bebiam Coca-Cola. Alguns dos rapazes punham amendoim dentro das garrafas, porque assim podiam comer e beber ao mesmo tempo. Quase todos fumavam, mesmo que não tivessem permissão. Os mais novos tinham bicicletas, os mais velhos *mopeds*, e às vezes apareciam rapazes ainda mais velhos que tinham carros.

Aquela era a malevolência. Os *mopeds*, os cabelos compridos, os cigarros, a cabulação de aula, o jogo, tudo que acontecia naquele posto de gasolina era malévolo.

As gargalhadas, que sempre davam a impressão de serem motivadas pelo fato de que eu era o pequeno Knausgård, eram uma das piores coisas que existiam. Eu não tinha como responder, só podia baixar a cabeça e correr rápido como uma flecha até o balcão para comprar o que eu quisesse.

— O pequeno Knausgård está com medo! — gritavam às vezes, quando estavam a fim. Porque na metade das vezes eles simplesmente me deixavam em paz. Não havia como saber.

Dessa vez me deixaram em paz. Três estavam ao redor de uma máquina de jogo, quatro estavam sentados ao redor de uma mesa bebendo Coca-Cola e também havia três garotas de rosto maquiado que davam risadinhas na mesa mais afastada.

Gastei todo o meu dinheiro em Fox e Nox, deu para comprar uma quantia considerável, eu recebi os bombons numa sacola plástica transparente e fui embora às pressas.

Subi a estrada de cascalho, onde a temperatura era mais baixa porque o sol já não brilhava mais por lá, peguei o caminho. Até que não foi tão ruim, eu disse enquanto deixava meus olhos correrem pelos troncos das árvores no salão para ver se havia qualquer movimento lá dentro. Mas o que vou fazer?, perguntei a mim mesmo. Comer um por vez, ou comer todos os Fox primeiro, e depois todos os Nox?

De repente ouvi um farfalhar nos arbustos à minha direita.

Parei, olhei naquela direção. Me afastei um pouco, por via das dúvidas.

Ouvi mais um farfalhar.

O que podia ser aquilo?

— Olá — eu disse. — Tem alguém aí?

Silêncio.

Me abaixei e peguei uma pedra. Joguei-a com toda a minha força nos arbustos e saí correndo o mais depressa que eu podia. Quando parei e vi que não havia nada correndo atrás de mim, dei uma risada.

— Bem feito! — eu disse, e então continuei a subir correndo.

No que dizia respeito aos mortos, o mais importante era não pensar neles. Eu pensava o tempo inteiro em outra coisa. Porque quando começava a pensar sobre os mortos, quando começava a pensar que estavam perto de mim, por exemplo atrás daquele espruce, de repente se tornava impossível pensar em outra coisa, e eu ficava cada vez mais assustado. No fim não restava alternativa senão correr, com o coração batendo como um martelo no peito e um grito ecoando por todo o corpo.

Então, mesmo que tudo houvesse dado certo naquele passeio, me senti aliviado quando o caminho se abriu e a planície com o loteamento surgiu à minha frente.

O dia, que estava claro quando saí, pareceu um pouco mais cinzento quando percorri aquele trecho em meio às casas na beira da estrada.

Eu corri um pouco.

Em frente a uma das casas ao longo da estrada havia duas meninas. Elas olharam para mim quando pisei na grama. Em seguida vieram correndo na minha direção.

O que podiam querer?

Olhei para elas, mas continuei andando.

As duas pararam na minha frente.

Uma era a irmã de Tom, um dos rapazes mais velhos no loteamento, ele tinha um carro só dele, vermelho e lustroso. A outra eu nunca tinha visto antes. Ela tinha pelo menos dez anos.

— Onde você estava? — uma delas perguntou.

— No Fina — eu disse.

— O que você estava fazendo lá? — perguntou a outra.

— Nada — eu respondi, e então recomecei a caminhar.

As duas pararam na minha frente.

— Se cuidem — eu disse. — Estou indo para casa.

— O que você tem na sacola?

— Nada.

— Tem, sim. Fox e Nox, a gente viu.

— E daí? Eu comprei para o meu irmão. Ele tem onze anos.

— Dê um para a gente.

— Nã-ão — eu disse.

Uma delas, a irmã de Tom, estendeu a mão em direção à sacola. Eu a afastei para o lado. A outra menina estendeu os braços e me derrubou no chão.

— Passe essa sacola para cá! — ela disse.

— Não! — respondi, passando o braço em volta de uma delas ao mesmo tempo que tentava me levantar.

Ela me empurrou mais uma vez. Caí de cara no chão e comecei a chorar.

— Esses bombons são meus! — eu disse. — Vocês não podem roubá-los!

— Não eram do seu irmão? — perguntou uma das meninas enquanto pegava a sacola e a arrancava das minhas mãos. Então as duas atravessaram o gramado correndo o mais depressa que podiam e seguiram em direção à estrada rindo alto.

— São meus! — eu gritei. — Esses bombons são meus!

Chorei durante todo o trajeto até em casa.

Elas tinham roubado os meus doces. Como uma coisa daquelas era possível? Como elas podiam simplesmente ter aparecido na minha frente e *levado* os meus doces? Eram meus! Eu tinha ganhado o dinheiro do meu pai e tinha feito todo o caminho até o Fina! E elas simplesmente apareceram e pegaram tudo! Me empurraram! Como podiam ter feito aquilo?

Quando cheguei perto de casa, enxuguei o rosto com as mangas do blusão, pisquei algumas vezes e sacudi a cabeça para que ninguém percebesse que eu havia chorado.

Quando eu tinha cinco anos, Wenche, a irmã mais nova de Trond, jogou uma pedra enorme bem na minha barriga. Eu comecei a chorar e fui correndo até a cerca do nosso pátio, porque o meu pai estava dentro de casa trabalhando. Eu tinha certeza que ele ia me ajudar, mas ele disse que Wenche, além de ser uma menina, era um ano mais nova do que eu, então não havia por que choramingar. Ele disse que estava com vergonha de mim, e que eu tinha que dar o troco, era o jeito. Mas para mim não era o jeito, por acaso as pessoas não sabiam que era errado atirar pedras umas nas outras? Que era uma péssima ideia?

Não, o meu pai não. Ele ficou me encarando com um olhar severo e os braços cruzados, e depois olhou para onde todas as crianças estavam brincando, acenou a cabeça e disse que eu tinha que estar na rua brincando, não em casa incomodando.

E os meus doces tinham sido roubados por duas meninas. Não havia nada a esperar do meu pai.

Parei no corredor, apurei o ouvido, tirei os sapatos, coloquei-os junto da parede, subi discretamente a escada e entrei no quarto de Yngve ao mesmo tempo que a lembrança de todos os Fox e Nox que haviam sido perdidos me atingiu com força e as lágrimas mais uma vez começaram a escorrer pelo meu rosto.

Yngve estava deitado de bruços, lendo um exemplar da *Buster* com as pernas levantadas. Ele tinha esvaziado um pacote de balas em cima da cama.
— Por que você está chorando? — ele perguntou.
Contei o que tinha acontecido.
— E você não podia sair correndo? — ele perguntou.
— Não, elas ficaram na minha frente.
— Elas empurraram você. Você não podia ter empurrado de volta?
— Não, elas eram bem maiores e bem mais fortes do que eu — disse aos soluços.
— Não precisa chorar desse jeito — Yngve disse. — Ajuda se eu der um pouco para você?
— Aju-u-uda — choraminguei.
— Mas não pegue muito. Só algumas. Essa e essa e essa, por exemplo. E talvez essa outra aqui. Isso. Está melhor assim?
— Está — eu disse. — Posso ficar aqui com você um pouco?
— Até você terminar de comer as balas. Depois vá para o seu quarto.
— Está bem.

Quando terminei de comer as balas e lavei o rosto com água fria, tive a impressão de estar recomeçando. Pelo barulho percebi que a minha mãe estava na cozinha, preparando comida, eu ouvi que o depurador estava ligado. Eu não tinha ouvido nenhum barulho do meu pai desde que havia subido, então era quase certo que ele estaria no escritório.
Entrei na cozinha e me sentei numa cadeira.
— Conseguiu comprar os seus doces de sábado? — quis saber a minha mãe. Ela estava em frente ao fogão, mexendo o que parecia ser carne moída na frigideira. A carne fritava e chiava. Na outra boca estava uma panela que bufava de maneira quase inaudível sob o ruído feito pelo depurador.
— Comprei — eu disse.
— Você foi até o posto Fina?
Ela sempre dizia "posto Fina", e não simplesmente Fina, como a gente.
— Fui — respondi. — O que vamos ter hoje?
— Cozido de carne e arroz, eu acho.
— Com abacaxi?

Minha mãe sorriu.

— Não, nada de abacaxi. É um cozido mexicano.

— Ah.

Fez-se uma pausa. Minha mãe abriu um pacote e virou o conteúdo em cima da carne moída, e em seguida mediu um pouco de água no medidor e despejou em cima. Na mesma hora a água começou a borbulhar, e então ela despejou o arroz dentro da panela. Depois sentou na cadeira do outro lado da mesa, apertou as mãos contra as costas e se alongou um pouco.

— O que você faz no Kokkeplassen? — perguntei.

— Você sabe, não? Já levei você comigo umas quantas vezes.

— Você cuida das pessoas que moram lá.

— É, dá para dizer que sim.

— Mas por quê? Por que aquelas pessoas não moram na casa delas?

Minha mãe passou um longo tempo pensando. Um tempo tão longo que eu mesmo já tinha começado a pensar em outras coisas quando ela por fim respondeu.

— Muitas das pessoas que moram lá sofrem de ansiedade. Você entende o que é isso?

Balancei a cabeça.

— É quando você sente medo, mas não sabe do quê.

— E as pessoas sentem medo o tempo inteiro?

Ela fez um gesto afirmativo com a cabeça.

— O tempo inteiro. E eu converso com elas. Faço várias coisas junto com elas, para que não sintam tanto medo.

— Mas... — eu disse. — Elas não têm medo de nada em especial? Simplesmente medo?

— Isso mesmo. Elas simplesmente têm medo. E quando o medo passa elas voltam para casa.

Fez-se uma pausa.

— Por que você perguntou? Andou pensando em alguma coisa?

— Não. Foi a nossa professora. A gente tinha que falar sobre o que os nossos pais fazem. Eu disse que você trabalhava no Kokkeplassen, e ela me perguntou o que você fazia por lá. E eu não sabia direito. Mas você sabe o que o Geir disse? Que a mãe dele ensina as pessoas do lugar onde ela trabalha a amarrar os sapatos!

— É verdade. As pessoas com quem ela trabalha não sentem medo. Mas elas têm problemas para fazer coisas que para nós são uma obviedade. Como por exemplo fazer comida e lavar a louça. E também se vestir. A Martha está lá para ajudar as pessoas com essas coisas.

Minha mãe se levantou e mexeu a panela.

— Essas pessoas são mongoloides, né? — perguntei.

— São deficientes mentais — ela disse, olhando para mim. — Chamá-las de mongoloides é feio.

— É mesmo?

— É.

No andar de baixo a porta se abriu.

— Vou falar com o Yngve — eu disse, e então me levantei.

— Tudo bem — a minha mãe respondeu.

Andei o mais depressa que eu podia sem correr. Caso saísse ao ouvir a primeira porta eu chegava ao quarto de Yngve antes que meu pai começasse a subir a escada e pudesse me ver. Caso eu saísse ao ouvir a segunda porta, ele me via.

Ouvi o primeiro passo na escada assim que fechei a porta atrás de mim. Yngve continuava deitado, lendo. Era uma revista sobre futebol.

— A comida já está quase pronta? — ele perguntou.

— Acho que está — respondi. — Posso pegar uma das suas revistas emprestada?

— Claro — ele disse. — Mas tome cuidado.

Nosso pai atravessou o corredor. Me inclinei para ver a pilha de revistas em quadrinhos na estante. Yngve colecionava aquelas revistas, as do Fantasma por exemplo ele guardava em pastas, enquanto as minhas ficavam espalhadas de qualquer jeito. Ele também era membro do fã-clube do Fantasma.

— Posso levar toda a pasta? — eu perguntei.

— De jeito nenhum — ele disse.

— O álbum, então?

— Pode levar — ele disse. — Mas traga de volta assim que você terminar!

Aos sábados comíamos o tradicional arroz de leite no almoço e no jantar quase sempre um cozido, sempre na sala de jantar, e não na cozinha, como fazíamos nas demais ocasiões. Na mesa havia um guardanapo para cada um. Nossa mãe e nosso pai bebiam cerveja ou vinho para acompanhar a refeição, e tinha refrigerante para nós. Quando terminávamos de comer, assistíamos juntos à tv. Quase sempre transmitiam um ou outro programa no estilo da Broadway feito num estúdio em Oslo, no qual mulheres com meias-calças e casacos elegantes e bengalas e chapéus e homens de smoking com lenços brancos e bengalas e chapéus desciam uma escada branca cantando uma música qualquer. "New York, New York" era uma das mais frequentes. Sølvi Wang, muito admirada pela nossa mãe, costumava estar no elenco. Leif Juster, Arve Opsahl e Dag Frøland eram outros nomes que apareciam com frequência na programação de sábado. Wenche Myhre costumava apresentar um quadro em que fazia uma menina no jardim de infância quando não havia transmissão do Grand Prix, que, depois da final da Copa da Inglaterra, da final da Liga dos Campeões da uefa e do Torneio de Wimbledon, era o ponto mais alto do ano na tv.

    Naquela noite um homem vestido com trapos em cima de um telhado cantava com uma voz incrivelmente grave. Ele cantava *Oul man rivå*. Fiquei cantarolando a música durante o resto da tarde. *Oul man rivå*, eu cantei escovando os dentes, *Oul man rivå*, eu cantei tirando a roupa, *Oul man rivå*, eu cantei ao me deitar na cama para dormir.

    Nossa mãe e nosso pai tinham fechado a porta de correr da sala e estavam conversando, fumando, ouvindo música e bebendo o vinho que havia sobrado do jantar. Entre uma música e outra eu ouvia a voz grave do meu pai, e percebia que a minha mãe também dizia alguma coisa entre as pausas, mas não conseguia ouvir a voz dela.

    Dormi. Quando acordei mais tarde eles continuavam na sala. Será que passariam a noite inteira conversando?, pensei antes de pegar no sono mais uma vez.

    Os dias quentes e claros de setembro marcaram os últimos esforços do verão, porque acabaram de repente e deram lugar à chuva. As camisetas e bermudas foram substituídas por blusões e calças, as jaquetas eram vestidas já pela manhã e, quando vinham as chuvas torrenciais de outono, o jeito era usar galochas, calças de chuva e capas de chuva. Os córregos se enchiam, as estradas de cascalho ficavam repletas de diques e ao longo dos meios-fios a água escorria, levando areia, pedrinhas e agulhas de pinheiros. A vida na água praticamente desaparecia, as pessoas não faziam mais passeios de barco nos fins de semana, toda a movimentação nos trapiches dizia respeito à pesca. O meu pai também pegou o equipamento de pesca, a vara, o molinete, as iscas e os ganchos, se vestiu com o uniforme de chuva verde e dirigiu em direção ao mar, onde às vezes passava umas horas sozinho nos fins de semana, tentando fisgar os bacalhaus que nadavam por lá no semestre de inverno. Que o meu curso de natação começasse justamente nessa época parecia adequado, porque me parecia contrário à natureza nadar em uma piscina quando na rua havia um sol escaldante. As aulas seriam nas tardes de terça-feira durante todo o outono, e todas as crianças da turma haviam se inscrito. Como a minha mãe saía para o trabalho antes que eu acordasse pela manhã, na véspera da primeira aula lembrei-a de comprar uma touca de natação para mim quando voltasse para casa. Devíamos ter feito isso muito antes, mas por um motivo ou outro acabamos sempre deixando para depois. Quando ouvi o carro dela no pátio, fui depressa até o corredor e fiquei esperando. Ela entrou de casaco, com a bolsa pendurada no ombro, e deu um sorriso cansado ao me ver. Não havia nenhuma sacola de nenhuma loja de artigos esportivos à vista. Será que a touca de natação estaria na bolsa? Não era nada muito grande, afinal.

— Você trouxe a minha touca de natação? — perguntei.

— Essa não — ela disse.

— Você esqueceu? Não me diga que você esqueceu. A primeira aula é hoje!

— Eu sei. Fiquei distraída com os meus pensamentos enquanto voltava do trabalho. Me diga uma coisa... que horas a aula começa?

— Às seis — eu disse.

Ela olhou para o relógio.

— Agora são três e meia. As lojas fecham às quatro. Ainda consigo chegar a tempo se eu sair agora. É o que vou fazer. Diga ao seu pai que vou estar de volta daqui a uma hora, tudo bem?

Fiz um gesto afirmativo com a cabeça.

— Depressa! — eu disse.

Meu pai estava na cozinha, fritando costeletas. Uma nuvem de fumaça pairava acima do fogão. A tampa da panela cheia de batatas tilintava com a pressão do vapor. O rádio estava ligado e ele tinha as costas voltadas para mim, com uma mão segurava a espátula e com a outra se apoiava no balcão.

— Pai? — eu disse.

Ele se virou de repente.

— O que foi? — ele perguntou. E quando me viu: — O que você quer?

— A mãe vai chegar em casa daqui a uma hora — eu disse. — Ela me pediu para avisar você.

— Ela veio até em casa e saiu outra vez?

Acenei a cabeça.

— Por quê? O que ela queria?

— Comprar a minha touca de natação. As aulas começam hoje.

A irritação no olhar dele era inconfundível. Mas a situação ainda não estava esclarecida, eu não podia simplesmente virar as costas e ir embora.

Então ele fez um gesto com a cabeça na direção do meu quarto e eu fui para lá, feliz por ter escapado com tanta facilidade.

Dez minutos mais tarde ele nos chamou. Saímos dos nossos quartos e nos esgueiramos até a cozinha, puxamos as cadeiras dos nossos lugares com todo cuidado, nos sentamos e esperamos até que o nosso pai tivesse servido as batatas, um pedaço de costeleta, um montinho de cebolas douradas e umas cenouras cozidas nos pratos antes de começar a comer, com as costas empertigadas e o corpo inteiro imóvel, a não ser pelos antebraços, a boca e a cabeça. Ninguém disse nada durante toda a refeição. Quando nossos pratos estavam limpos, à exceção dos ossos roídos e das cascas de batata, agradecemos pela refeição e voltamos para os nossos quartos. Nosso pai fez café na cozinha, conforme percebi graças ao borbulhar cada vez mais intenso que vinha de lá. Pouco depois que os ruídos cessaram ele desceu ao escritório com uma xícara de café na mão, como eu tinha imaginado. Fiquei na cama lendo com toda a minha atenção voltada aos sons no lado de fora da casa, ao ruído do motor dos carros que passavam, e reconheci o ruído do carro da minha mãe assim que ela entrou no pátio, o barulho do Fusca era inconfundível, e mesmo que eu tivesse me confundido, meu palpite se confirmou quando, poucos segundos mais tarde, o carro entrou na Ringveien. Me levantei e fui até o corredor. Como o meu pai estava no escritório, era o melhor lugar para esperar.

Havia barulhos na porta, ouvi minha mãe tirar as botas e depois a jaqueta, logo pendurada no cabideiro que ficava no canto, e também os passos no tapete do corredor lá embaixo, que, ao soar na escada, deram a impressão de fundir-se à visão dela.

— Conseguiu? — eu perguntei.

— Consegui, deu tudo certo — ela disse.

— Posso ver?

Ela me entregou a sacola branca da Intersport que trazia na mão. Abri-a e peguei a touca de natação.

— Mas, mãe, essa touca tem flores! — eu disse. — Não posso usar uma touca com flores! Não tem como! É uma touca de mulher! Você comprou uma touca de mulher!

— Você não gostou, então? — ela me perguntou.

Olhei para a touca de natação com lágrimas nos olhos. Era branca, e as flores decorativas não eram apenas uma estampa, mas pequenas imitações plásticas em alto-relevo.

— Você precisa voltar e trocar para mim o mais depressa possível! — eu disse.

— Mas, querido, a loja já fechou. Não tem como.

Ela pôs a mão na minha cabeça enquanto olhava para mim.

— Você achou tão feia assim? — ela perguntou.

— Eu não posso ir para a aula de natação com essa touca. Não dá. Vou ficar em casa.

— Mas, Karl Ove — ela disse.

As lágrimas escorriam pelo meu rosto.

— Você estava tão feliz com esse curso de natação! — ela disse. — Será que faz tanta diferença assim se a sua touca tiver flores? Você não acha que podia usá-la? Prometo que vamos comprar uma outra para a próxima aula. Eu fico com essa para mim. Preciso de uma touca de natação. E eu achei as flores bonitas.

— Você não entende *nada* — eu disse. — Não dá! Essa touca é *de mulher*! — eu disse, quase aos berros.

— Acho que você está sendo teimoso — disse a minha mãe.

No mesmo instante a porta do escritório do meu pai bateu. Ele farejava uma situação como aquela a quilômetros de distância. Com a rapidez de um raio, sequei os olhos e guardei a touca de natação de volta na sacola. Mas era tarde demais, ele já estava no patamar da escada.

— O que houve? — perguntou.

— O Karl Ove não gostou da touca de natação que eu comprei — a minha mãe disse. — E agora não quer mais ir para o curso de natação.

— Que bobagem! — disse o meu pai. Ele subiu a escada e ergueu o meu queixo com a mão.

— Você vai para a aula de natação com a touca que a sua mãe comprou para você. Entendido?

— Sim — respondi.

— E não chore por tão pouco. Quem vê acharia que você é um coitado.

— Está bem — eu disse, enxugando o rosto com a mão outra vez.

— Agora vá para o seu quarto e fique lá até a hora de sair. Vamos.

Fiz como ele mandou.

— Mal acredito que você voltou até a cidade para comprar essa touca — ouvi ele dizer enquanto os dois iam para a cozinha.

— Mas ele estava tão feliz com esse curso — a minha mãe respondeu.
— A touca não podia faltar. Eu tinha prometido para ele. Mas acabei esquecendo.

Uma hora depois minha mãe apareceu para me pegar. Descemos até o corredor, eu tinha me decidido a não falar com ela, e não disse nada, simplesmente calcei as botas e vesti a capa de chuva. Na mão eu segurava a sacola com os calções de banho, a toalha e a touca de natação. Quando abri a porta, Geir e Leif Tore estavam na frente da nossa casa, cada um com uma sacola plástica na mão. O tempo havia fechado, e também estava chuviscando. O cabelo deles estava úmido, as jaquetas refletiam o brilho da lâmpada acima da porta.

Os dois cumprimentaram minha mãe, minha mãe os cumprimentou de volta e depois começou a andar depressa pela estradinha de cascalho enquanto nós seguíamos atrás. Ela abriu a porta e levantou o banco da frente, nós sentamos no banco de trás.

Ela colocou a chave na ignição e deu a partida.

— Problemas no escapamento? — perguntou Leif Tore.

— É, esse carro é velho — disse a minha mãe, engatando a ré.

Os limpadores balançavam devagar de um lado para o outro por cima do para-brisa. Os faróis iluminaram os espruces no outro lado da estrada, que pareceram dar um passo em nossa direção.

— O Geir já sabe nadar — eu disse. De repente me lembrei que eu não devia falar nada.

— Que ótimo! — disse a minha mãe. Ela empurrou a alavanca da seta para baixo e olhou de relance para a direita antes de entrar na estrada e subir até o cruzamento seguinte, onde tudo se repetiu, embora ao contrário: a alavanca da seta foi levantada e ela olhou para a esquerda.

— E você, Leif Tore, já sabe nadar? — ela perguntou.

O ruído do motor começou a ecoar no paredão da montanha dinamitada assim que aceleramos em direção à ponte. As luzes vermelhas no alto do poste brilhavam vermelhas na escuridão. Alguém que não conhecesse o lugar poderia imaginar que estavam flutuando, pensei.

Leif Tore balançou a cabeça.

— Só um pouco — disse.

Quando atravessamos a ponte notei que a escuridão prenhe de chuva tinha começado a aproximar o estreito e os morros. Ainda era possível distingui-los, porque a escuridão na terra era um pouco mais profunda e mais densa do que na água, onde ainda se podia notar um certo brilho. As luzes estavam mais longe nos dois lados e davam a impressão de estar suspensas em pleno ar, quase como as estrelas de um céu estrelado, enquanto as mais próximas, que permitiam distinguir o ambiente imediato em que se encontravam, estavam incorporadas ao panorama de maneira totalmente diferente. Aqui e acolá via-se o brilho verde e vermelho dos semáforos ou de pequenos faróis. Avançamos até a intersecção do outro lado, havia casas e jardins desse lado, prédios industriais do outro, amarelos e vazios sob a luz da iluminação pública, com as lonas da escuridão gotejante logo acima. Os limpadores corriam depressa em cima do para-brisa, de repente começou a chover mais forte. Leif Tore disse que Rolf tinha frequentado a mesma escola de natação. A professora era uma mulher de quarenta anos, que segundo Rolf era muito rígida. Mas Rolf dizia coisas demais. Nunca perdia uma chance de enganar Leif Tore ou qualquer outro de nós. Eu disse que ainda não tinha óculos de natação, mas que conseguia abrir os olhos debaixo d'água, e que então não seria problema. Geir mostrou os dele. Eram da Speedo, com lentes azuis e tiras brancas.

— E a touca? — perguntou Leif Tore.

— Peguei a do meu pai. Ficou meio grande! — Geir disse com uma risada.

— O seu pai tem uma touca de natação? O meu não. O seu pai tem? — Leif Tore me perguntou.

— Acho que não — respondi. — Mãe, que horas são? Vamos chegar a tempo?

Minha mãe ergueu o braço esquerdo e olhou para o relógio.

— Vinte e cinco para as seis. Temos tempo de sobra.

— Por que só mulheres e crianças têm toucas de natação? — prosseguiu Leif Tore.

— Não é verdade — eu disse. — Os nadadores profissionais também usam.

— Eu vou comprar uma branca com uma bandeira da Noruega quando entrar mais dinheiro — Geir disse. — O meu pai me prometeu hoje. E ele também disse que eu podia entrar para um clube de natação depois que aprendesse a nadar de verdade. Um clube na cidade.

— Mas a gente não vai fazer aulas de futebol juntos? — perguntei.

— Va-amos. Dá para fazer as duas coisas — Geir emendou.

Minha mãe saiu da via principal e entrou numa estrada de cascalho que seguia até uma escola, onde ela parou o carro.

— Acho que é lá — ela disse, apontando para uma construção baixa um pouco mais adiante.

— Deve ser — disse Leif Tore. — O Trond e o Geir Håkon estão lá.

— Então volto para buscar vocês daqui a uma hora — disse a minha mãe. — Boa aula!

Saímos do carro com as nossas sacolas e corremos até a entrada enquanto o Fusca verde manobrava e voltava pelo mesmo caminho por onde havíamos chegado.

O vestiário era frio, o chão era esverdeado, as paredes eram brancas e as luzes no teto eram fortes. Havia filas de bancos de madeira pintados de branco ao longo de três das quatro paredes, todas com uma fileira de cabides logo acima. Cinco colegas já estavam lá, eles conversavam e riam enquanto tiravam a roupa. Todos nos cumprimentaram.

— A água da piscina está fria! — disse Sverre.
— Gelada — completou Geir B.
— Vocês já entraram para experimentar? — Leif Tore perguntou.
— Claro — Sverre respondeu.

Eu me sentei no banco e tirei o meu blusão. Me levantei e tirei as calças. O leve cheiro de cloro me encheu de alegria. Eu adorava cloro, adorava piscinas, adorava tomar banho de piscina. Geir B., Sverre e Dag Magne entraram pelados na ducha. Trond e Geir Håkon foram logo atrás. Tinham nos avisado que era obrigatório tomar uma ducha antes de entrar na piscina. Vi que todos se posicionavam um pouco longe da ducha, estendiam um braço e abriam a torneira cheios de cautela, como se estivessem perto de um animal selvagem, enquanto usavam a outra mão para experimentar a água que corria. Quando a água ficava quente o bastante, todos entravam de costas para a parede. O cabelo de todos se grudava no rosto. Tirei as minhas cuecas, larguei as roupas num montinho em cima do banco e esperei até que Geir e Leif Tore estivessem prontos. A porta se abriu e mais quatro garotos chegaram, um deles era John. Não gostei de ficar pelado na frente de um grupo de garotos enroupados, então tirei a saboneteira e a toalha da minha sacola e entrei na ducha mais afastada, que era uma das três que estavam livres. Geir e Leif Tore por sorte não foram atrás de mim.

Ah, como era bom ficar debaixo da água quente no cômodo que aos poucos se enchia de vapor! Eu podia ficar lá para sempre. Mas havia também a minha pele, que ficava muito vermelha quando eu tomava aquelas duchas, especialmente a bunda, dez minutos debaixo da água quente eram o suficiente para que o meu traseiro parecesse o de um daqueles macacos de bunda vermelha. Era impossível não perceber ou não comentar, então passados uns poucos minutos, depois de conferir a cor lá atrás, fechei a torneira, me sequei e voltei ao vestiário para vestir os calções. E não era só a cor, a minha bunda também era um pouco saltada para fora. Meu pai costumava dizer que eu tinha a bunda empinada. Era verdade, e era importante que ninguém soubesse. Essas notícias se espalhavam depressa.

Passei um tempo com o corpo inclinado para a frente no banco e as mãos em cima dos joelhos, olhando para os outros meninos que saíam da ducha, todos com cabeças grandes, cabelos loiros, embora um pouco escurecidos pela água, pele clara, de onde as marcas dos calções de banho e camisetas visíveis poucas semanas atrás já estavam desaparecendo, e corpos magros, porque não tínhamos nenhum colega gordo na turma, nem mesmo Vemund, ele só era um pouco gorducho e tinha queixo redondo, porém assim mesmo o chamavam de gordo, o mais gordo da turma. Alguém teria de ser essa pessoa. A pele dos meus braços se enrijeceu com o ar frio, eu a esfreguei forte com as mãos. Tentei evocar a sensação que o cheiro de cloro tinha me feito sentir, mas de repente era como se eu não conseguisse mais encontrá-la, como se tivesse se desfeito ou se diluído em meio a tudo que acontecia.

Do outro lado da porta entreaberta, vi que a luz da piscina foi acesa.

— Vai começar! — alguém gritou.

Os poucos que ainda estavam na ducha se apressaram. Os outros pegaram os calções de banho, os óculos de mergulho, as toucas de natação.

Um apito soou lá dentro. Tirei a minha touca de banho da sacola, apertei-a na mão e fui até a piscina, atrás de Geir e na frente de John. As meninas saíram do vestiário delas, que ficava no outro lado, exatamente ao mesmo tempo. A professora de natação estava na borda da piscina, gesticulando com a mão para que chegássemos mais perto. O apito estava pendurado num cordão ao redor do pescoço. Na mão ela tinha uma folha de papel envolta numa capa plástica transparente.

Ela soprou o apito mais uma vez. Os últimos garotos saíram do vestiário rindo e correndo.

— Não corram! — ela gritou. — Aqui dentro ninguém corre. O chão é duro e escorregadio.

Ela endireitou os óculos.

— Sejam todos bem-vindos ao curso de natação! — disse. — Vamos nos encontrar seis vezes ao longo do outono, e o nosso objetivo aqui é que todo mundo aprenda a nadar. Como hoje é a primeira vez, podemos ir um pouco mais devagar. Primeiro vamos brincar um pouco na piscina, e depois vamos treinar as braçadas naqueles colchonetes que vocês estão vendo.

— No chão? — perguntou Sverre. — A gente vai aprender a nadar fora d'água?

— É exatamente o que vamos fazer. Enquanto estivermos aqui, temos regras simples a seguir. Todo mundo tem que tomar uma ducha antes de entrar na piscina. Alguém aqui não tomou a ducha?

Ninguém respondeu.

— Ótimo! Além disso, todo mundo tem que usar touca de natação. Ninguém pode correr, nem mesmo quando a aula terminar. Ninguém pode empurrar a cabeça dos colegas para debaixo d'água. Nunca! Ninguém pode saltar para dentro da piscina, vamos sempre usar aquelas escadas que vocês estão vendo.

— Então não podemos mergulhar? — perguntou John.

— Você sabe mergulhar? — a professora quis saber.

— Um pouco — John respondeu.

— Não, ninguém pode mergulhar — ela disse. — Nem que seja "um pouco". Nada de saltos, nada de mergulhos e nada de correrias. E sempre que eu soprar este apito vocês têm que vir até mim. Entendido?

— Entendido.

— Então vamos começar fazendo a chamada. Respondam quando eu chamar o nome de vocês.

Anne Lisbet quase sempre era a primeira a ser chamada. Ela estava bem atrás com um maiô vermelho e sorriu, na verdade quase gargalhou, quando respondeu. Eu soltei um suspiro. Ao mesmo tempo eu me sentia contrariado ao saber que o meu nome seria lido, também odiava a forma como os outros nomes eram todos por assim dizer cortados como uma fatia de pão e deixados de lado até que chegasse a minha vez. Em geral eu gostava daquilo, quando estávamos em aula e a atenção de todo mundo por um instante se concentrava em mim, nessas horas eu respondia em alto e bom som... Mas aquela situação era diferente.

— John! — a professora chamou.

— Aqui — respondeu John, abanando a mão.

Ela mal olhou para ele antes de voltar o rosto mais uma vez para o papel.

— Karl Ove! — ela chamou.

— Presente — eu disse.

A professora olhou para mim.

— Onde está a sua touca de natação? Você não trouxe?

— Está aqui — eu disse, levantando a mão o mínimo possível para que ela pudesse ver.

— Mas então coloque-a na cabeça, menino! — ela pediu.

— Prefiro esperar a hora de entrar na água — eu respondi.

— Aqui não existe "prefiro". Coloque a touca agora!

Eu abri a touca, separei as laterais com as mãos e a rosqueei na cabeça, por assim dizer. Mas daquele ponto em diante não havia mais como passar despercebido.

— Olhem para o Karl Ove! — alguém gritou.

— Ele tem uma touca de mulher!

— Uma touca com flores! É uma touca de velha!

— Já chega, já chega! — disse a professora de natação. — Aqui todas as toucas são igualmente boas. Marianne!

— Presente — Marianne respondeu.

Mas a atenção dos outros colegas não desapareceu tão fácil. Ao meu redor havia sorrisos e cutucões e olhares insolentes. Eu sentia como se a touca estivesse queimando na minha cabeça.

Quando a chamada acabou, todos foram o mais depressa que podiam em direção às duas escadas nos cantos da piscina. A água estava fria, o jeito era molhar o corpo inteiro de uma vez, então me abaixei, impulsionei o corpo para a frente e dei o maior número de braçadas possível, avançando pelo fundo da piscina. Eu sabia nadar debaixo d'água, o problema era nadar por cima. Que sentimento maravilhoso ter o corpo a poucos centímetros do fundo, com toda aquela água por cima! Quando voltei à superfície e me levantei, procurei Geir com o olhar.

— Você pegou essa touca emprestada da sua mãe? — Sverre perguntou.

— Não — eu disse.

Geir e Leif Tore tinham pegado uma prancha de flutuação cada um e se atiravam para a frente com aquilo nas mãos, batendo os pés com toda a força. Fui até eles.

— Vamos mergulhar um pouco mais para o fundo? — sugeri.

Os dois acenaram a cabeça e avançamos com os passos lentos e pesados de quem caminha na água até que ela batesse pouco abaixo do nosso peito.

— É verdade que você sabe nadar de olhos abertos? — perguntou Leif Tore.

— É — eu respondi. — É só você abrir os olhos.

— Mas arde demais! — ele disse.

— Não para mim — eu disse, feliz por ter me saído bem. Por um tempo tentamos mergulhar como fazem os mergulhadores, primeiro boiando na superfície e depois virando o corpo para baixo, deixando os pés fora d'água.

Ninguém conseguiu, mas Geir chegou perto. Ele era bom em tudo que dizia respeito à água.

Quando o apito soou e nos reunimos próximo aos finos colchonetes azuis para treinar as braçadas, eu já tinha quase esquecido a touca. Mas de repente Marian se aproximou.

— Por que você está usando uma touca de mulher? — ela perguntou. — Você achou essas flores bonitas?

— Já chega de falar sobre a touca — nossa professora disse. — Tudo bem?

— Tudo bem — Marian respondeu.

Por um tempo ficamos deitados de bruços nos colchonetes mexendo as pernas e os braços como se fôssemos grandes sapos pálidos. A professora de natação andava de um lado para o outro corrigindo nossos movimentos. Depois entramos na piscina outra vez com as pranchas de flutuação para treinar as pernadas. Passamos um tempo fazendo aquilo e de repente a aula terminou. Depois de uma breve despedida junto à borda da piscina, em que a professora nos elogiou, explicou como seria a aula seguinte e nos lembrou de sempre tomar uma ducha, entramos no vestiário. Me sentei no banco e estava prestes a guardar a touca de natação na minha sacola quando Sverre deu um pulo e arrancou-a das minhas mãos.

— Me deixe ver! — ele disse.

— Não — eu respondi. — Me devolva.

Estendi a mão na direção dele, mas ele deu um pulo para trás. Colocou a touca e começou a andar rebolando.

— Ah, que lindas as flores da minha touca! — ele disse fazendo uma voz de menina.

— Me devolva! — eu disse enquanto me levantava.

Ele deu mais alguns passos enquanto rebolava.

— A touca do Karl Ove é de mulher, a touca do Karl Ove é de mulher — ele repetiu. Quando corri na direção dele, Sverre tirou a touca, segurou-a na minha frente e deu uns passos para trás.

— Me devolva! — eu disse. — Essa touca é minha!

Tentei pegá-la mais uma vez. Sverre a jogou para John.

— A touca do Karl Ove é de mulher! — ele cantou. Me virei e tentei pegar a touca. John me segurou pelos braços e me apertou enquanto segurava a touca de natação a poucos centímetros do meu rosto.

Comecei a chorar.

— Eu quero a touca de volta! — gritei. — Me dê!

Meus olhos estavam quase cegos por conta das lágrimas.

John a jogou de volta para Sverre.

Ele a segurou na ponta dos dedos e olhou para ela.

— Que lindas flores! — disse. — Ah, como são bonitas!

— Devolva a touca para o Karl Ove — uma voz disse. — Ele está chorando.

— Ah, coitadinho, você quer a sua touca de volta? — Sverre perguntou antes de jogá-la para o lugar onde eu estava. Fui até lá, guardei a touca na sacola, peguei a toalha e entrei na ducha, fiquei um tempo debaixo da água quente, me sequei, me vesti e fui o primeiro a sair do vestiário, calcei minhas botas, que estavam no meio das outras no vestíbulo, abri a porta de vidro e saí em direção ao estacionamento, onde as poças grandes e profundas, visíveis somente por serem um pouco mais brilhosas do que o asfalto ao redor, eram o tempo inteiro atravessadas pelas gotas de chuva. Não havia ninguém por lá. Fui até o prédio da escola, que era praticamente igual ao da nossa, e vi o Fusca verde estacionado no mesmo lugar onde a minha mãe tinha nos deixado pouco mais de uma hora atrás.

Abri a porta e me sentei no banco de trás.

— Olá! — ela disse se virando para mim. O rosto dela estava levemente banhado pelo brilho da luminária que ficava pendurada numa das laterais da escola como um urubu.

— Olá — eu respondi.

— A aula estava boa?

— Estava.

— E onde estão o Geir e o Leif Tore?

— Eles já vêm.

— E você já sabe nadar agora?

— Quase — eu disse. — Mas a maior parte do tempo a gente nadou no seco.

— No seco?

— É, em cima de uns colchonetes. Para aprender as braçadas.

— Ah, entendi — disse a minha mãe, e então virou o corpo para a frente outra vez. A fumaça do cigarro que ela tinha na mão formava uma nuvem pesada e cinzenta em frente ao para-brisa inclinado. Ela deu mais uma tragada, depois abriu o minúsculo cinzeiro de metal e apagou o cigarro. Da porta da piscina saiu um bando de crianças. Um farol de carro varreu o asfalto, depois outro. Os dois carros avançaram quase até a entrada.

— Acho melhor avisar que estamos aqui — eu disse, abrindo a porta.

— Geir! Leif Tore! — gritei. — O carro está aqui!

Os dois olharam para mim, mas continuaram junto com a turma que havia se reunido na porta de saída.

— Geir! Leif Tore! — gritei mais uma vez. — Venham!

Dessa vez eles me ouviram. Primeiro disseram alguma coisa um para o outro, depois começaram a andar lado a lado pelo estacionamento. As sacolas brancas que tinham nas mãos, a única coisa neles que refletia luz, pareciam cabeças.

— Olá, sra. Knausgård — os dois falaram antes de sentar no banco de trás.

— Olá — a minha mãe respondeu. — A aula estava boa?

— Esta-ava — eles responderam. Os dois olharam para mim.

— Estava divertido — eu disse. — Mas a professora é bem exigente.

— É mesmo? — a minha mãe perguntou enquanto dava a partida no carro.

— É — eu disse.

— Ah — disse a minha mãe.

Quando quatro dias mais tarde eu estava andando pela floresta com Geir e Leif Tore e Trond, depois da breve e malfadada caça ao tesouro no fim do arco-íris, a fantástica ideia de um dia poder nadar por entre as árvores daquele lugar me levou a pensar, no instante seguinte, se eu poderia mesmo aprender a fazer aquilo um dia. Meu avô materno não sabia nadar, e mesmo assim tinha sido pescador durante um tempo. Eu não sabia se a minha avó materna sabia, mas era difícil para mim imaginá-la nadando.

Por trás dos pinheiros balançantes as nuvens *corriam* no céu.

Que horas seriam?

— Você está de relógio, Geir? — perguntei.

Geir balançou a cabeça.

— Eu estou — disse Trond, e então jogou a mão para cima e para a frente, para que assim a manga se afastasse por conta própria e o relógio se revelasse.

— Uma e vinte e cinco, não, duas e vinte e cinco — ele disse.

— Duas e vinte e cinco? — eu perguntei.

Ele fez um gesto afirmativo com a cabeça e senti o meu estômago se retorcer. Comíamos o mingau de sábado à *uma hora*.

Essa não.

Comecei a correr, como se aquilo pudesse resolver qualquer coisa.

— Você está com bicho-carpinteiro no rabo? — Leif Tore me perguntou.

Virei o rosto.

— O almoço era à uma hora — eu disse. — Tenho que ir.

Subi o morro de terra macia e coberta pelas agulhas dos pinheiros, atravessei o riacho esverdeado, deixei para trás o grande espruce e subi a encosta até a estrada. O carro da minha mãe e o do meu pai estavam lá. Mas a bicicleta de Yngve não estava. Será que ele tinha passado em casa para comer e depois saído outra vez? Ou será que também estava atrasado?

Essa ideia, por mais impossível que fosse, me deu um pouco de esperança.

Atravessei a estrada, entrei no pátio. Meu pai podia estar atrás, nos fundos da casa, podia aparecer a qualquer instante. Podia estar à minha espera no corredor, podia estar no escritório e abrir a porta assim que ouvisse os meus passos. Podia estar na janela da cozinha, esperando que eu subisse.

Fechei a porta atrás de mim sem fazer barulho e permaneci completamente imóvel por alguns instantes. Ouvi passos na cozinha, logo acima de mim. Eram os passos do meu pai. Tirei as botas, coloquei-as junto da parede, desabotoei a capa de chuva, tirei as calças de chuva, levei-as comigo até o quartinho do aquecedor e pendurei-as no varal que havia lá dentro. Parei e olhei de relance para o meu reflexo no espelho da cômoda. Minhas bochechas estavam vermelhas, meus cabelos desgrenhados, meu nariz um pouco ranhento. Os dentes estavam saltados, como sempre. Eram dentes de coelho, como se costumava dizer. Subi a escada e entrei na cozinha. Minha mãe estava lavando a louça, meu pai estava sentado à mesa comendo garras de caranguejo. Os dois olharam para mim. A panela de mingau estava em cima do fogão, com a grande concha laranja dentro.

— Esqueci a hora — eu disse. — Me desculpem. Fui para a floresta com os meninos e estava muito divertido.

— Sente-se — disse o meu pai. — Você deve estar com fome, não?

Minha mãe pegou um prato do armário, encheu-o de mingau e colocou ao lado o açucareiro, a embalagem de margarina e o potinho de canela, que ainda não tinham sido guardados.

— Onde vocês foram, afinal? — ela perguntou. — Ah, faltou a colher.

— Demos uma volta — eu disse.

— Você e...? — o meu pai perguntou sem olhar para mim. Ele tirou os pedacinhos brancos que saíam da garra alaranjada e peluda e a levou à boca. Começou a chupar com movimentos rápidos e ruidosos. Eu podia ouvir quando a carne se desprendia e entrava na boca dele.

— O Geir e o Leif Tore e o Trond — eu disse. Ele quebrou a garra oca na altura do pulso e começou a chupar outra. Coloquei um naco de margarina no mingau, mesmo que não estivesse quente o bastante para derretê-la, polvilhei com açúcar e canela.

— Eu limpei a calha — o meu pai disse. — Você devia estar aqui para me ajudar.

— Ah, é verdade — eu disse.

— Mas depois vou rachar lenha. Assim que terminar de comer você pode vir comigo.

Acenei a cabeça e tentei parecer alegre, mas ele conseguia ler os meus pensamentos.

— E depois vamos assistir à partida, claro — ele disse. — Quem vai jogar hoje?

— O Stoke e o Norwich — eu disse.

— Nóritch — ele me corrigiu.

— Nói-itch — eu disse.

Eu gostava do Norwich, do uniforme verde e amarelo. E também gostava do Stoke, que tinha uma listra vermelha nas camisas brancas. Mas o meu time favorito era o Wolverhampton, que jogava com um uniforme laranja e preto que tinha um lobo no escudo. O Wolves era o meu time.

O que eu mais queria era ficar lendo em casa até a hora da partida, mas não podia dizer para o meu pai, e em vista do que tinha acontecido eu tinha que me dar por satisfeito.

O mingau estava tão frio que terminei de comer em dois ou três minutos.

— Satisfeito? — perguntou meu pai.

Acenei a cabeça.

— Então vamos — ele disse.

Ele derrubou as cascas vazias de caranguejo no lixo, largou o prato em cima do balcão e saiu enquanto eu o seguia logo atrás. No quarto de Yngve havia música. Olhei confuso para a porta. *Como* aquilo seria possível? Afinal, a bicicleta não estava no lugar!

— Venha — disse meu pai, já no patamar da escada. Eu o segui. Vesti a jaqueta e as botas, saí para o pátio e o esperei por alguns minutos, até que saísse com o machado na mão e um brilho divertido no olhar. Atravessamos as encostas e então descemos pela grama alagada. Não podíamos andar pelo gramado, mas quando eu estava com o meu pai essas proibições eram ignoradas.

Um bom tempo atrás ele tinha derrubado uma bétula quase no portão da horta. Tudo o que havia restado era uma pilha de tocos que ele queria partir. Eu não faria nada, simplesmente ficaria lá olhando, para "fazer companhia", como ele costumava dizer.

Ele afastou a lona, pegou um toco e o largou em cima do cepo.

— E então? — perguntou, erguendo o machado acima do ombro, concentrando-se por um instante e desferindo o golpe. A lâmina entrou na madeira branca. — Você está gostando da escola?

— Estou — respondi.

Meu pai levantou o toco com o machado e o bateu mais umas vezes contra o cepo até que rachasse ao meio. Pegou as duas partes e as partiu mais uma vez, largou-as no chão, secou a testa com a mão e endireitou as costas. Vi que ele estava satisfeito.

— E a professora? — ele perguntou. — O nome dela é Torgersen, não?

— É — eu disse. — Ela é legal.

— Legal? — ele perguntou enquanto pegava mais um toco e repetia o procedimento.

— É — eu disse.

— Tem alguém que não seja legal por lá? — ele perguntou.

Hesitei um pouco antes de responder. Meu pai interrompeu os movimentos por um breve instante.

— Ora, se você está dizendo que a professora é legal, deve ter alguém que não é. Se não for assim a palavra perde totalmente o significado. Você entende?

Ele continuou a rachar lenha.

— Acho que entendo — eu disse.

Houve um intervalo. Me virei e olhei para a água que encharcava a grama do outro lado do caminho.

— O Myklebust não é tão legal — eu disse, me virando de volta.

— O Myklebust! — repetiu meu pai. — Eu o conheço, sabia?

— É mesmo? — perguntei.

— Ah, conheço, sim. Eu o encontro sempre nas reuniões da associação de professores. Na próxima vez vou dizer que você disse que ele não é legal com vocês.

— Não, por favor, não diga nada! — eu disse.

Ele sorriu.

— Claro que não vou dizer — meu pai respondeu. — Fique tranquilo.

Então se fez silêncio outra vez. Meu pai trabalhava e eu ficava parado, olhando com os braços estendidos ao longo do corpo. Comecei a sentir frio nos meus pés, que não estavam protegidos por meias grossas no interior das botas. E comecei a sentir frio nos dedos.

Não havia ninguém na rua. A não ser por um ou outro carro que passava, não se via ninguém. As luzes das casas aos poucos começaram a brilhar com mais força, como se fossem realçadas e tornadas mais nítidas pela chegada da noite, que dava a impressão de subir da terra rumo à imensidão do céu. Como se ao nosso redor houvesse um reservatório de escuridão que no fim de todas as tardes começasse a escapar através de milhares, milhões de pequenos buracos no chão.

Olhei para o meu pai. A testa dele estava banhada em suor. Esfreguei as mãos algumas vezes. Ele se inclinou para a frente. No momento em que pegou mais um toco e fez menção de endireitar as costas, ele peidou. Não havia dúvida.

— Você disse que a gente só deve peidar no banheiro — eu disse.

Num primeiro momento ele não respondeu.

— É diferente quando você está fazendo uma atividade ao ar livre — ele disse, sem olhar para mim. — Nesse caso não tem problema peidar à vontade.

Ele deu um golpe de machado no toco, que rachou na primeira tentativa. O barulho do golpe ecoou na parede da casa e na montanha mais além, e esse segundo eco veio com um estranho atraso, como se um homem no alto desse uma machadada exatamente um segundo depois de cada machadada do meu pai.

Ele desferiu mais um golpe com o machado e jogou os quatro pedaços de lenha no monte. Pegou mais um toco.

— Será que você pode começar a empilhar tudo, Karl Ove? — ele disse.

Eu acenei a cabeça e fui até o pequeno monte.

Como eu faria aquilo? Como ele tinha imaginado a pilha? Ao longo da rocha ou se afastando dela? Alta ou baixa?

Meu pai olhou para mim mais uma vez. Ele não percebeu o que estava acontecendo. Eu me sentei e peguei um pedaço de lenha na mão. Coloquei-o junto à rocha. Coloquei mais um ao lado. Quando eu tinha enfileirado cinco pedaços, coloquei um sexto atravessado por cima deles. Esse pedaço tinha exatamente o mesmo comprimento que a soma das larguras dos outros cinco. Depois coloquei mais quatro pedaços em cima, formando assim dois quadrados de tamanho idêntico. A partir daquele ponto eu podia fazer mais dois quadrados idênticos ao lado ou começar uma nova camada.

— O que você está fazendo? — meu pai disse. — Por acaso você é um idiota completo? Não é assim que se empilha lenha!

Ele se abaixou e derrubou os pedaços de lenha com os punhos enormes. Fiquei olhando com os olhos cheios de lágrimas.

— Você empilha tudo ao comprido! — ele disse. — Você nunca viu uma pilha de lenha antes?

Ele me olhou.

— Karl Ove, não fique aí chorando como uma menina. Será que você não sabe fazer nada direito?

Então ele voltou a cortar lenha. Eu comecei a fazer uma pilha conforme ele tinha dito. De vez em quando eu soluçava. Minhas mãos e meus pés estavam gelados. Pelo menos não era difícil fazer a pilha ao comprido. A única questão era saber que altura a pilha devia ter. Quando terminei de empilhar tudo, me levantei e fiquei com os braços estendidos ao longo do corpo e olhei para meu pai como antes. O brilho no olhar dele tinha desaparecido, foi a primeira coisa que notei quando me olhou de soslaio. Mas aquilo não teria nenhuma consequência, bastava eu não dizer nem fazer nada que pudesse irritá-lo. Ao mesmo tempo a vontade de assistir à partida de futebol me consumia por dentro. Devia ter começado um bom tempo atrás. Ele tinha esquecido, mas eu não podia lembrá-lo, essa era a situação. Minhas mãos e meus pés começaram a doer de frio. Meu pai continuou rachando lenha. Depois parou e afastou o cabelo do rosto com o gesto típico, no qual a cabeça seguia a mão por alguns instantes, num movimento vagaroso.

Tínhamos acabado de ganhar uma caixa postal em Pusnes, e assim as cartas não eram mais entregues em nossa caixa postal no alto do morro, só o jornal chegava até lá, e o meu pai tinha que dirigir para buscar nossa correspondência. No sábado anterior eu tinha ido com ele, e ele se penteou no espelho do carro, talvez por um minuto inteiro, em seguida bateu a mão de leve contra os cabelos grossos e lustrosos e saiu. Eu nunca tinha visto aquilo. Quando ele entrou, uma mulher se virou para olhá-lo. Ela não sabia que alguém que o conhecia tinha ficado no carro e estava vendo tudo. Mas por que ela tinha se virado? Será que o conhecia? Eu nunca a tinha visto antes. Talvez fosse a mãe de um aluno na turma dele?

Ajeitei os pedaços de lenha recém-cortados na pilha. Nas botas, comecei a mexer os dedos dos pés para a frente e para trás, mas não adiantou, eles continuaram doendo de frio.

Estive prestes a dizer que estava congelando, cheguei a tomar fôlego e tudo, mas no último instante me segurei. Me virei mais uma vez e olhei para a poça que não devia estar lá. Vi que o tempo inteiro uma grande bolha transparente rompia a superfície logo acima da cisterna. Quando me virei mais uma vez, avistei Steinar caminhando pela estrada. Ele tinha um estojo de guitarra nas costas e andava cabisbaixo; os longos cabelos pretos caíam-lhe por cima dos ombros e balançavam de um lado para o outro.

— Olá, Knausgård! — ele disse ao passar.

Meu pai se levantou e acenou.

— Olá — ele respondeu.

— Cortando lenha na rua, então? — disse Steinar, sem diminuir a marcha.

— É o jeito — meu pai respondeu.

Em seguida retornou ao trabalho. Comecei a andar para a frente e para trás, para a frente e para trás.

— Pare com isso — meu pai disse.

— Mas estou congelando! — eu disse.

Ele me lançou um olhar gelado.

— Você está com fguio? — ele disse.

Meus olhos se encheram de lágrimas mais uma vez.

— Você não pode me imitar — eu disse.

— Ah, é? Então eu não posso imitar você?

— NÃO! — gritei.

Ele enrijeceu o corpo. Largou o machado e veio em minha direção. Pegou a minha orelha e a torceu.

— Você vai continuar respondendo para mim? — perguntou.

— Não — eu disse, olhando para o chão.

Ele torceu com mais força.

— Olhe para mim quando eu falo com você!

Ergui o rosto.

— Nada de responder para mim, entendido?

— Entendido — eu disse.

Então ele me largou, se virou e colocou mais um toco em cima do cepo. Eu estava chorando e não conseguia respirar direito. Meu pai continuou a cortar lenha sem perceber. Só faltavam mais dois ou três tocos para ele terminar.

Fui mais uma vez até a pilha de lenha e coloquei os pedaços recém-cortados em cima dos outros. Continuei mexendo os dedos dos pés para a frente e para trás nas botas. O choro passou, restavam apenas reverberações que surgiam de vez em quando sob a forma de soluços desconexos e totalmente incontroláveis. Enxuguei os olhos na manga, meu pai me jogou mais quatro pedaços de lenha e eu os coloquei no lugar quando me ocorreu um pensamento capaz de me tirar daquela miséria. Eu não assistiria à partida. Entraria direto para o meu quarto e o deixaria assistir à partida com Yngve.

Claro.

Claro.

— Muito bem — ele disse, jogando os quatro últimos pedaços na minha direção. — Terminamos.

Eu o acompanhei de volta para casa sem dizer uma palavra, ao chegar tirei minhas roupas de inverno e guardei-as no lugar, subi a escada, notei pelos ruídos da sala que Yngve estava lá dentro assistindo à partida e entrei no meu quarto.

Me sentei na escrivaninha e fiz de conta que estava lendo.

Para que ele compreendesse.

Ele compreendeu. Poucos minutos depois a porta se abriu.

— A partida começou — meu pai disse. — Venha.

— Não quero mais ver — eu disse sem olhar para ele.

— Resolveu ficar teimoso agora? — ele perguntou.

Em seguida entrou no quarto, me pegou pelo braço e me pôs de pé.

— Venha — ele repetiu. Largou o meu braço.

Fiquei de pé sem me mexer.

— EU NÃO QUERO ASSISTIR À PARTIDA! — eu disse.

Sem dizer mais uma palavra sequer o meu pai agarrou o meu braço mais uma vez e me arrastou chorando para fora do quarto, ao longo do corredor e para dentro da sala, onde me jogou no sofá ao lado de Yngve.

— Agora você vai ficar aí sentado e assistir à partida com a gente — ele disse. — Entendido?

Eu tinha pensado em fechar os olhos se ele me obrigasse a entrar na sala, mas não aguentei.

Meu pai tinha comprado um pacote de balas de menta e um outro de caramelos ingleses com cobertura de chocolate. Aqueles caramelos eram o melhor doce que existia, mas as balas de menta também eram boas. Como sempre, os pacotes estavam ao lado dele, em cima da mesa. De vez em quando ele atirava um para mim e um para Yngve. Naquele dia foi a mesma coisa. Mas eu não comi os doces, simplesmente os deixei em cima da mesa na minha frente. Passado um tempo ele se irritou.

— Coma os seus doces — disse.

— Não estou com vontade — respondi.

Ele se levantou.

— Coma os seus doces agora — ele repetiu.

— Não — eu disse, e então comecei a chorar mais uma vez. — Eu não quero. Eu não quero!

— Coma os seus doces AGORA! — meu pai gritou. Então me agarrou pelo braço e me apertou.

— Eu-não-quero-comer... doces — solucei.

Ele colocou a mão atrás da minha cabeça e a empurrou para a frente, até que o meu rosto quase encostasse na mesa.

— Os doces estão na sua frente — ele disse. — Você está vendo? Você vai comer tudo. Agora.

— Está bem — eu disse, e então ele me soltou. Ficou parado ao meu lado até que eu abrisse um dos caramelos com cobertura de chocolate e o colocasse na boca.

No dia seguinte fomos a Kristiansand visitar meus avós paternos. Era um programa comum nos domingos em que o Start jogava em casa. Primeiro jantávamos na casa deles e depois Yngve, meu pai e meu avô iam para o estádio, às vezes minha mãe também ia junto, enquanto eu, por ser pequeno demais, ficava em casa com a minha avó.

Tanto a minha mãe quanto o meu pai vestiam roupas um pouco mais arrumadas do que o normal. Meu pai usava uma camisa branca, uma jaqueta de tweed com reforços nos cotovelos e uma calça de algodão marrom-clara, minha mãe usava um vestido azul. Yngve e eu usávamos camisas e calças de veludo, as de Yngve marrons, as minhas azuis.

O tempo estava encoberto, mas as nuvens eram daquele tipo leve e de coloração cinza-esbranquiçada que tapava completamente o céu mas não trazia chuva. O asfalto estava seco e cinza, o cascalho estava seco e cinza-azulado, e os troncos dos pinheiros, que permaneciam imóveis acima do loteamento, estavam secos e avermelhados.

Eu e Yngve sentamos no banco de trás e nossa mãe e nosso pai sentaram na frente. Meu pai acendeu um cigarro antes de dar a partida no carro. Eu estava sentado atrás dele, então não conseguia me ver no espelho a não ser que me inclinasse para o lado. Quando chegamos ao cruzamento junto ao pé do morro que levava à ponte, enlacei as mãos e pensei comigo:

Deus, por favor não nos deixe bater hoje.

Amém.

Eu sempre fazia essa oração quando fazíamos passeios um pouco mais longos de carro, porque meu pai corria demais, andava sempre acima do limite de velocidade e sempre ultrapassava os outros carros. Minha mãe dizia que ele era um motorista experiente, o que sem dúvida era verdade, mas toda vez que o carro acelerava e pegávamos a pista da esquerda eu sentia um grito explodir dentro de mim.

A velocidade e a raiva são irmãs. Minha mãe dirigia com prudência, era cautelosa, nunca se incomodava se o carro da frente estava andando mais devagar, mas apenas seguia calmamente. Em casa ela também era assim. Não ficava brava, sempre dispunha de tempo para nos ajudar, não se importava quando as coisas quebravam, porque afinal isso acontece, ela gostava de falar conosco, demonstrava interesse pelo que tínhamos a dizer, muitas vezes fazia comidas que não eram exatamente necessárias, como waffles, bolos, chocolate e pão, enquanto meu pai tentava purificar nossa vida de tudo aquilo que não tinha relevância imediata: comíamos porque era necessário, e o tempo que usávamos para comer não tinha nenhum valor em si mesmo; quando assistíamos à TV, era hora de assistir à TV, e não devíamos falar sobre mais nada; quando saíamos ao pátio, havia estradinhas que tínhamos de seguir, enquanto no gramado, tão grande e tão convidativo, não podíamos andar nem correr nem deitar. Por força dessa mesma lógica, eu e Yngve nunca tínhamos feito uma festa de aniversário em casa, era desnecessário, um bolo com a família depois do jantar era o bastante. Também não podíamos levar nossos amigos para casa, afinal, para que ficar entre quatro paredes, fazendo bagunça e promovendo a desordem, quando existia a rua? Nossos amigos podiam falar em casa sobre a maneira como vivíamos, o que também pesava e fazia parte da mesma lógica. Na verdade isso explicava tudo. Não podíamos nem ao menos tocar nas ferramentas do meu pai, fosse um martelo, uma chave de fenda, um alicate ou uma serra, uma pá de neve ou um pincel, tampouco fazer comida na cozinha, nem sequer cortar uma fatia de pão, ou ligar a TV ou o rádio. Se pudéssemos fazer essas coisas, a casa estaria numa situação constante de caos, enquanto graças àquela organização tudo ficava em paz, como devia, e quando as coisas eram usadas por ele ou pela nossa mãe, tudo acontecia de forma ordeira e de acordo com a devida finalidade. Com o carro era a mesma coisa, ele queria ir o mais depressa possível, com o menor número de contratempos possível, de um ponto a outro. Nesse caso era de Tromøya a Kristiansand, a cidade natal daquele professor do ginásio com trinta anos de idade.

O tempo nunca passa tão depressa como na infância, nunca uma hora é tão curta como então. Tudo está aberto, podemos correr ora para um lado, ora para outro, fazer ora uma coisa, ora outra, e quando percebemos o sol já se pôs e nos vemos em meio à escuridão, com o tempo à nossa frente como uma espécie de barreira: essa não, já são *nove horas*? Mas o tempo também nunca passa tão devagar como na infância, nunca uma hora é tão longa como então. Se essa abertura desaparece, desaparecem junto as possibilidades de correr ora para um lado, ora para outro, seja nos pensamentos ou na realidade física, e cada minuto passa a ser uma barreira, o tempo se transforma num lugar onde estamos presos. Existe coisa pior para uma criança do que passar uma hora inteira num carro, percorrendo um trajeto que conhece de trás para a frente, a caminho de um lugar que promete várias alegrias? Com o carro cheio da fumaça dos cigarros dos adultos e um pai que bufa de irritação cada vez que ela se ajeita no banco, o que a leva a bater com o joelho no banco onde o pai está sentado?

Ah, como o tempo passava devagar! Ah, como os pontos de referência custavam a surgir do outro lado da janela! Subir a escarpa desde o centro de Arendal, cruzar a zona residencial em direção à ponte de Hisøya, ao longo de todo o interior da ilha, atravessar o hospital psiquiátrico de Kokkeplassen, onde minha mãe trabalhava, e descer o morro deixando as lojas para trás, atravessar a ponte sobre o Nidelva e depois as intermináveis planícies cheias de casas e pátios e florestas em direção a Nedenes. Não tínhamos sequer chegado a Fevik! E de lá ainda teríamos que seguir até Grimstad, para não falar na distância de Grimstad a Lillesand, e de Lillesand a Timenes, e de Timenes a Varoddbroa, e de Varoddbroa a Lund...

Ficamos sentados em silêncio no banco de trás, olhando para o cenário montanhoso e variado por onde a estrada serpenteava. Deixamos para trás o estreito com ilhas e escolhos, as densas florestas, os rios e corredeiras, as zonas residenciais e industriais, as fazendas e pastos e tudo aquilo era tão familiar que eu sempre sabia o que viria a seguir. Somente ao passar pelo zoológico acordamos do nosso estupor, porque talvez um ou outro bicho aparecesse por trás da alta cerca de tela, totalmente de graça! Mas assim que passamos sucumbimos mais uma vez ao estupor. Por uma hora permanecemos imóveis no banco de trás, por uma hora inteira e interminável, até que a cidade começasse a ganhar forma ao nosso redor, e o ponto de equilíbrio entre a esperada visita aos nossos avós e a viagem de carro mudasse. Entrar na cidade era como reentrar no tempo, fazer com que o relógio voltasse a tiquetaquear, lá estava a loja Oasen, mais abaixo moravam nossos primos, Jon Olav e Ann

Kristin, filhos de Kjellaug, a irmã da nossa mãe, e de Magne, o marido dela; lá estavam as castanheiras ao longo da estrada, as paredes sujas das casas mais atrás, a farmácia, o quiosque Rundingen, lá estava o cruzamento, lá estava a loja de instrumentos musicais, lá estavam as casas de madeira pintadas de branco, a estradinha, e por fim, no lado esquerdo, surgiu de repente a casa amarela dos nossos avós.

Meu pai dirigiu alguns metros além da casa, morro abaixo, para então engatar uma ré e subir pela faixa oposta. Só assim era possível subir o terreno íngreme do pátio.

O rosto da nossa avó apareceu na janela da cozinha. Quando saímos do carro, que meu pai tinha estacionado junto à porta laqueada da garagem com detalhes em ferro lavrado, e estávamos subindo os degraus de alvenaria pintados de vermelho, ela abriu a porta.

— Vocês chegaram! — ela disse. — Entrem!

E quando entramos no vestíbulo estreito:

— Vocês nem imaginam a saudade que eu estava, meninos!

Ela deu um abraço demorado em Yngve e o balançou de um lado para o outro. Ele afastou um pouco o rosto, mas estava gostando mesmo assim. Depois ela me deu um abraço demorado e me balançou de um lado para o outro. Eu também afastei um pouco o rosto, mas estava gostando mesmo assim. As bochechas dela eram quentinhas, e ela tinha um cheiro bom.

— Eu acho que vimos um lobo no zoológico! — eu disse quando ela me largou.

— Não me diga! — ela respondeu, desgrenhando os meus cabelos.

— Não vimos nada — Yngve disse. — Isso só aconteceu na fantasia do Karl Ove.

— Não me diga! — ela respondeu, desgrenhando os cabelos dele. — Como estou feliz de ver vocês, meninos!

Penduramos as jaquetas no interior do vestíbulo, onde havia um armário embutido, atravessamos o tapete azul que cobria todo o espaço entre as duas paredes e subimos a escada. No segundo andar a sala de visitas ficava à direita, a cozinha à esquerda. A sala de visitas só era usada na véspera de Natal e em outras ocasiões solenes. Havia um piano junto à parede mais curta, em cima dele havia três fotos dos filhos da casa usando barretes de formatura, mais acima havia duas pinturas. Ao longo da parede mais longa erguiam-se estantes de madeira escura com portas de vidro, em cima havia suvenires de viagem, entre outros uma gôndola que brilhava e uma chaleira de vidro amarelo-escuro com um bico assustadoramente comprido, ornado com o que eu imaginava serem rubis e diamantes. Na parte mais distante do cômodo havia dois sofás em couro preto, entre os dois uma pequena estante de canto e logo em frente uma mesa baixa. As grandes janelas davam para o rio e a cidade mais atrás. Mas, durante uma visita corriqueira como aquela, não entrávamos lá, mas pegávamos a porta da esquerda, que levava à cozinha e às duas salas abaixo, sendo que a última se ligava à sala de visitas graças a uma porta de correr no alto de uma pequena escada. Lá, metade da parede mais comprida era tomada pela janela, por onde se via primeiro o jardim, depois o rio que se estendia para desaguar no mar e, por fim, o farol branco de Grønningen, que assomava no horizonte.

A casa tinha um cheiro bom, não apenas por causa da cozinha, onde a minha avó estava preparando almôndegas com molho, o que fazia melhor do que a maioria das pessoas, mas também por causa do cheiro constante que se escondia por trás de todos os demais, um aroma doce e levemente frutado que eu associava à casa mesmo quando o encontrava em outros lugares, como por exemplo quando os meus avós nos visitavam, porque nessas ocasiões levavam o cheiro consigo, nas roupas, e eu o percebia assim que atravessavam a porta.

— E então? — disse o meu avô na cozinha. — Pegaram tráfego no caminho?

Ele sentou-se na cadeira habitual com as pernas um pouco afastadas, trajando uma jaqueta de tricô cinza com uma camisa azul por baixo. A barriga dependurava-se logo acima da cintura das calças cinza-escuras. O cabelo era preto e estava sempre lambido para trás, a não ser por um cacho que ele deixava cair por cima da testa. Um cigarro apagado e já meio fumado estava pendurado entre os lábios dele.

— Não, deu tudo certo — respondeu meu pai.

— E como foram as apostas ontem? — meu avô perguntou.

— Nada de mais — meu pai disse. — Não acertei mais do que sete.

— Eu acertei dez em duas apostas diferentes — disse meu avô.

— Nada mau — comentou meu pai.

— Eu me dei mal com o sete e o onze — meu avô disse. — O onze foi terrível. O gol veio depois que a partida tinha acabado!

— É — meu pai disse. — Eu também não acertei esse.
— Vocês ficaram sabendo o que um aluno disse para o Erling esses dias? — minha avó perguntou do fogão.
— Não — meu pai respondeu.
— Ele chegou pela manhã e o aluno perguntou: "Você por acaso ganhou dinheiro nas apostas?". "Não", o Erling respondeu, "por quê?" "Porque você parece estar feliz", o aluno respondeu.
Ela riu.
— "Porque você parece estar feliz!" — ela repetiu.
Meu pai abriu um sorriso.
— Vocês não querem uma xícara de café? — minha avó perguntou.
— Eu aceito — minha mãe disse.
— Vamos nos sentar na sala, então — disse minha avó.
— Podemos subir e pegar uns gibis? — Yngve perguntou.
— Claro que podem — disse a nossa avó. — Só não façam bagunça lá em cima!
— Pode deixar — Yngve respondeu.

Com passos cuidadosos, porque aquela também não era uma casa onde se podia correr, voltamos e subimos a escada até o terceiro andar. Afora o quarto dos nossos avós, lá também havia um grande sótão, e ao longo da parede enfileiravam-se caixas e mais caixas de papelão com gibis antigos, da época de infância do nosso pai na década de 1950. Havia também várias outras coisas, entre elas uma ferramenta usada para alisar toalhas de mesa e roupas de cama, uma máquina de costura antiga e alguns brinquedos antigos, entre os quais se encontrava um pião de lata e um outro negócio que pretendia ser um robô, também de lata.

Mas eram os gibis que nos encantavam. Não podíamos levá-los para casa, tínhamos que ler tudo na casa dos nossos avós, então foi isso que fizemos mais de uma vez entre a hora de chegar e a hora de ir embora. Descemos a escada, cada um com uma pilha na mão, nós nos sentamos e não olhamos mais para cima até que a comida estivesse na mesa e nossa avó dissesse sirvam-se.

Após a refeição minha avó lavou a louça enquanto minha mãe ficou ao lado dela secando. Meu avô continuou sentado à mesa, lendo jornal, enquanto meu pai se postou em frente à janela e ficou olhando para a rua. Depois minha avó entrou e perguntou se ele não queria acompanhá-la até o jardim, ela queria mostrar uma coisa. Minha mãe e meu avô sentaram-se à mesa, os dois conversaram um pouco, mas na maior parte do tempo permaneceram em silêncio. Me levantei para ir ao banheiro. O banheiro ficava no primeiro andar, o que não me agradava nem um pouco, eu tinha me segurado por um bom tempo, mas já não dava mais. Fui até o corredor, desci a escada rangente, atravessei depressa o tapete no chão do vestíbulo, que dava a impressão de estar cercado pelas três peças vazias que ficavam atrás das portas trancadas, e fechei a porta do banheiro. Estava escuro lá dentro, e tremi por dentro nos instantes que a luz demorou para se acender. Mesmo quando ela se acendeu, o medo não passou. Mijei na lateral do vaso, para que o jato não chapinhasse na água lá embaixo e eu pudesse ouvir qualquer barulho. Também lavei as mãos antes de dar a descarga, porque assim que acionava a alavanca na lateral do vaso eu tinha que sair lá de dentro o mais depressa possível, já que o barulho da cisterna era tão alto e tão assustador que eu não aguentava estar lá dentro. Por dois ou três segundos fiquei com a mão a postos ao redor da pequena bolinha preta. Então acionei a alavanca, corri depressa até o corredor, que também parecia assustador porque tudo dava a impressão de "se espalhar" em silêncio lá dentro, e comecei a subir a escada, onde eu logicamente não podia correr, com o sentimento de que alguma coisa lá embaixo me seguia até o momento em que eu entrava na cozinha e à presença dos outros acabava com aquilo.

Na estradinha do lado de fora o tráfego de pessoas a caminho do estádio tinha aumentado, e logo meu pai, minha mãe e Yngve também estavam prontos. Meu avô sempre ia de bicicleta e saía um pouco depois dos outros. Estava usando um sobretudo cinza, um cachecol vermelho-ferrugem, uma boina acinzentada e luvas pretas, como pude ver da janela quando ele desceu a encosta com a bicicleta. Minha avó tirou do freezer uns bolinhos que íamos comer quando os outros voltassem e deixou-os em cima do balcão.

Ela me lançou um olhar astuto.

— Tenho uma coisa para você — ela disse.

— O quê? — perguntei.

— Espere e você logo vai descobrir — ela disse. — Feche os olhos!

Fechei os olhos e ouvi-a remexer nas gavetas. Ela parou na minha frente.

— Pode abrir! — disse.

Era um chocolate. Um daqueles chocolates estranhos e triangulares que eram deliciosos.

— É para mim? — perguntei. — Inteiro?
— É — minha avó respondeu.
— E não tem um para o Yngve?
— Não, dessa vez não. Afinal, ele foi assistir à partida. Você também precisa se divertir!
— Obrigado — eu disse, e então abri a embalagem de papel para revelar a barra envolta em papel laminado.
— Mas não diga nada para o Yngve — ela me disse, piscando o olho. — Esse vai ser nosso segredo.
Comecei a comer o chocolate enquanto ela resolvia palavras cruzadas.
— Logo a gente vai ter um telefone — eu disse.
— É mesmo? — ela perguntou. — Assim vamos poder nos falar!
— É — eu disse. — Na verdade estamos bem no fim da fila, mas vamos conseguir mesmo assim porque o pai se envolveu com política.
Ela riu.
— Política, é? — ela repetiu.
— É — eu disse. — Não é?
— É, sim. O seu pai se envolveu com política.
— Você está gostando da escola? — ela perguntou.
Acenei a cabeça.
— Estou. Muito!
— Do que você mais gosta?
— Do recreio — disse, porque eu sabia que minha avó daria uma risada, ou pelo menos um sorriso.
Quando terminei de comer o chocolate e ela voltou a se concentrar nas palavras cruzadas, subi até o sótão e peguei uns brinquedos lá de cima.
Passado algum tempo minha avó olhou para mim e me perguntou se eu não achava que nós também devíamos ir à partida. Respondi que sim. Nos vestimos, ela tirou a bicicleta da garagem, eu me sentei no bagageiro e a minha avó no selim, mas ela manteve um pé no chão e virou o rosto na minha direção.
— Você está pronto? — ela perguntou.
— Estou — eu disse.
— Então segure firme, porque lá vamos nós!
Enlacei-a com os braços, ela deu o empurrão inicial com o pé no chão,

em seguida colocou-o no pedal e desceu a pequena encosta, dobrou à direita e começou a pedalar.

— Você está bem acomodado? — ela perguntou, e eu acenei a cabeça, até que me dei conta que ela não podia me ver, e então disse:

— Sim, estou superbem acomodado.

E era verdade. Era bom me segurar na minha avó, e era divertido andar de bicicleta com ela. Minha avó era a única pessoa que pegava em mim e em Yngve, a única pessoa que nos dava abraços e passava a mão em nossos braços. Ela também era a única pessoa que brincava com a gente. Meu pai chegava quase a brincar conosco quando era Natal, mas eram sempre coisas que ele queria, como jogar Senha ou xadrez ou xadrez chinês ou general ou oito maluco ou pôquer com palitos de fósforo. Nossa mãe também jogava, mas com ela nós fazíamos coisas, fosse na cozinha, em casa, ou na oficina de trabalhos manuais em Kokkeplassen, e era divertido, mas não era a mesma coisa do que com a nossa avó, que sempre queria fazer o que a gente queria e demonstrava interesse quando Yngve mostrava o kit de química, por exemplo, ou então me ajudava a montar um quebra-cabeça.

As rodas começaram a girar cada vez mais devagar até que parassem quase por completo e a minha avó pudesse descer da bicicleta para empurrá-la até o alto do morro.

— Pode continuar sentado se você quiser — ela disse.

Olhei para a cidade enquanto minha avó empurrava a bicicleta, com o fôlego um pouco curto. Quando chegamos ao topo e ela tornou a sentar no selim não restava nada além de uma descida suave até o estádio. De repente ouvimos um rumor enorme vindo daquela direção, como se fosse um bicho gigantesco, e em seguida aplausos. Poucos sons eram tão emocionantes. Minha avó pedalou até o estádio, deixou a bicicleta apoiada contra uma parede de madeira e me deixou ficar em pé no bagageiro por alguns minutos enquanto me segurava, para que eu pudesse ver a pista e tudo que acontecia por lá. A distância era grande e todos os detalhes me escapavam, a não ser o amarelo e o branco das camisas contra a grama verde e toda a multidão ao redor, preta e ondulante, mas a atmosfera me arrebatou, eu a assimilei e passei a cultivá-la nos dias seguintes.

Ao voltar para casa ela começou a preparar a comida que comeríamos antes de ir embora, e pouco depois a porta lá embaixo se abriu, era o meu avô que estava chegando, ele tinha uma expressão séria, e quando minha avó percebeu ela disse:

— Vocês perderam?

Ele acenou a cabeça, sentou-se no lugar de sempre, ela serviu café. Eu nunca entendi ao certo qual era a relação de poder entre a minha avó e o meu avô. Por um lado ela sempre o servia, preparava todas as refeições, lavava toda a louça e se encarregava de todos os afazeres domésticos, como se fosse uma criada, mas por outro ela muitas vezes estava brava ou irritada com ele, e então o xingava ou fazia graça, às vezes de maneira humilhante, enquanto ele ficava praticamente quieto, sem responder. Seria porque ele não precisava? Seria porque nada do que ela dissesse poderia afetá-lo? Ou seria porque ele não podia? Se eu e Yngve estivéssemos perto nessas horas, minha avó piscava o olho para nós, como se quisesse dar a entender que aquilo não era sério, ou então nos usava como parte da indignação, dizendo por exemplo "O avô de vocês não sabe nem trocar uma lâmpada direito", enquanto nosso avô olhava para nós, sorria e balançava a cabeça ao ouvi-la. Nunca vi entre os dois uma proximidade que não fosse verbal ou então a que se evidenciava quando minha avó o servia.

— Pelo que fiquei sabendo, vocês perderam? — ela repetiu quando minha mãe, meu pai e Yngve subiram a escada dez minutos depois.

— Perdemos. Mas as perdas são as únicas coisas que temos para sempre — disse meu pai. — Você não acha, pai?

Meu avô balbuciou qualquer coisa.

Quando fomos embora naquele fim de tarde, ganhamos um saco cheio de ameixas e outro cheio de peras, e além disso um saco cheio de bolinhos. Meu avô se despediu da gente, ele não quis se levantar da cadeira, enquanto minha avó, que desceu conosco, deu um longo abraço em cada um, nos acompanhou até a porta e acenou até que desaparecêssemos na estrada.

Por estranho que fosse, a viagem de volta passava sempre mais depressa que a viagem de ida. Eu adorava viajar à noite, com o painel do carro aceso, as vozes abafadas nos bancos da frente, o brilho das luzes que iluminavam a estrada, que dava a impressão de passar por cima de nós como ondas ou como vagas de luz, os longos trechos completamente às escuras que surgiam de vez em quando, onde tudo que se via, tudo que existia, era o asfalto sob a luz dos faróis e o pouco do cenário que se revelava nas curvas. De repente copas de árvore, de repente rochas nuas, de repente braços de mar. E havia também a alegria especial de chegar em casa no escuro, ouvir os nossos passos no cascalho e o baque das portas do carro, o tilintar das chaves, a luz no corredor que se acendia e revelava a presença de todas as coisas familiares. Os sapatos com os furos dos cadarços como olhos e a lingueta como testa, o olhar frio das tomadas logo acima dos rodapés, o cabideiro que dava a impressão de ter virado a cara para o canto. E no quarto: as canetas e os lápis reunidos em um bando escolar no porta-lápis, uns deles apoiados contra a borda, prontos para soltar um catarro e demonstrar a falta de interesse por tudo e por todos a qualquer momento. O edredom e o travesseiro, que estavam rigorosamente arrumados e davam a impressão de que não se podia tocá-los, como se fossem um sarcófago ou a cápsula de uma nave espacial, ou então marcados pelos meus últimos movimentos, alegres por ter essa liberdade, mesmo que não tivessem nenhum anseio por se mexer. O olhar fixo das lâmpadas. A boca da fechadura, os dois olhos no espelho, o longo e estranho nariz da maçaneta.

Escovei os dentes, gritei um boa-noite para os meus pais e me deitei para ler por meia hora. Eu tinha dois livros favoritos que tentava deixar em quarentena pelo tempo necessário para que pudesse relê-los como se fosse a primeira vez, mas nunca dava certo, eu acabava pegando-os muito antes. Um era *Doktor Dyregod*, sobre um médico que conseguia falar com os bichos e que um dia embarcava numa viagem com eles para a África, onde, depois de ser perseguido e capturado por hotentotes, finalmente encontrava o que estava procurando, o raro bicho-salsicha, que tinha duas cabeças, uma em cada ponta. O outro era *Fresi Fantastika*, sobre uma menina que se equilibrava na água de um chafariz, deixava o jato d'água envolvê-la e, depois de enfrentar muitas outras adversidades, se equilibrava no jato de uma baleia enorme no oceano. Mas naquela noite eu peguei outro livro da pilha, *Den vesle heksa*, que contava a história de uma bruxinha pequena demais para acompanhar o sabá das bruxas em Bloksberg, mas que mesmo assim dava um jeito de comparecer às escondidas. Ela fazia muitas coisas proibidas, como praticar bruxaria aos domingos, era quase insuportável ler a história, ela não devia fazer aquilo, alguém acabaria descobrindo... e acabava mesmo, mas no fim a bruxinha se dava bem. Li algumas páginas, mas como eu já conhecia bem a história comecei a olhar as figuras. Quando terminei de folhear o livro, apaguei a luz, ajeitei a cabeça no travesseiro e fechei os olhos.

Eu tinha quase dormido, e talvez já tivesse dormido até, porque foi como se de repente eu voltasse para a minha cama no quarto, despertado pela campainha da porta.

Bliim-blom.

Quem poderia ser? Nunca tocavam na nossa porta, a não ser quando tínhamos convidados, que em nove de cada dez vezes eram os avós que tínhamos acabado de visitar, e às vezes eram vendedores ou um dos amigos de Yngve. Mas nenhuma dessas pessoas tocaria a campainha numa hora daquelas.

Me sentei na cama. Ouvi minha mãe atravessar o corredor e descer a escada. Vozes abafadas lá embaixo. Em seguida ela subiu outra vez, trocou umas palavras que não entendi com meu pai, desceu e deve ter se vestido no andar de baixo, porque logo depois ouvi barulho na fechadura da casa e o motor do carro dela.

O que podia ter acontecido? Para onde ela estaria indo *numa hora daquelas*? Eram quase *dez horas*!

Poucos minutos depois meu pai também desceu a escada. Mas ele não saiu, apenas foi para o escritório. Quando ouvi, me levantei, abri a porta do meu quarto com todo cuidado, me esgueirei pelo corredor e entrei no quarto de Yngve.

Ele estava lendo na cama. Continuava vestido. Ele sorriu ao me ver e sentou-se na cama.

— Você veio só de cuecas? — ele me perguntou.

— Quem foi que tocou a campainha?

— A sra. Gustavsen, eu acho — ele disse. — E todas as crianças.

— Agora? Por quê? E por que a mãe saiu de carro? Para onde ela foi?

Yngve deu de ombros.

— Acho que levá-los à casa de algum parente.

— Por quê?

— O Gustavsen está bêbado. Você não ouviu os gritos dele agora mesmo?

Balancei a cabeça.

— Eu estava dormindo. Mas o Leif Tore estava junto? E o Rolf também?

Yngve acenou a cabeça.

— Diacho! — exclamei.

— O pai com certeza vai subir em seguida — Yngve disse. — É melhor você se deitar. Eu também vou me deitar agora.

— Tá bem. Boa noite.
— Boa noite.

Quando entrei no meu quarto, afastei a cortina e olhei em direção à casa dos Gustavsen. Não vi nada fora do normal. Tudo estava em silêncio lá fora.

O sr. Gustavsen já tinha estado bêbado outras vezes, era um problema conhecido. Num fim de tarde daquela primavera correu um boato de que ele estava bêbado, e resolvemos entrar em três ou quatro no jardim da casa para espiar pela janela da sala. Mas não havia nada para ver. Gustavsen estava sentado no sofá, olhando para o nada. Outras vezes tínhamos ouvido os gritos e os berros dele, tanto dentro da casa como no pátio. Leif Tore achava graça. Mas talvez naquela vez fosse diferente? Afinal, a família nunca tinha fugido antes.

Quando acordei outra vez já era de manhã. Ouvi que alguém estava tomando banho, provavelmente Yngve, e da estrada lá fora, ao longo do muro de três metros de altura que rodeava a casa dos Gustavsen e sustentava o jardim horizontal, vinha o barulho do carro da minha mãe. Ela tinha que trabalhar cedo naquele dia. Yngve fechou a porta do banheiro, entrou no quarto dele e em seguida desceu a escada.

A bicicleta!

Onde estava a bicicleta?

Eu tinha esquecido completamente de perguntar.

Mas devia ter sido o motivo que o levou a sair tão cedo; não podia andar de bicicleta, mas tinha que ir à escola.

Me levantei, levei minhas roupas para o banheiro, me lavei na água que ele mais uma vez tinha lembrado de deixar para mim, me vesti e entrei na cozinha, onde meu pai tinha preparado três sanduíches abertos que estavam servidos em um prato no meu lugar, junto com um copo de leite. A caixa de leite, o pão, a manteiga e os frios já estavam guardados. Ele estava sentado na sala, ouvindo rádio e fumando.

Na rua chovia. Uma chuva fina e constante que de vez em quando era golpeada por uma rajada de vento e batia nas janelas com um barulho que parecia o tamborilar de dedos.

Segunda-feira era o único dia em que não tinha ninguém em casa quando eu voltava da escola. Por isso eu tinha ganhado a minha própria chave da casa, que carregava num cordão ao redor do pescoço. Mas tinha um problema com aquela chave, eu não conseguia abrir a porta com ela. Na primeira segunda-feira, quando estava chovendo e atravessei o pátio de botas e capa de chuva, correndo com a mão agarrada à chave, alegre e orgulhoso com aquela situação, eu consegui enfiar a chave na fechadura, mas ela não girou. Não havia jeito, por mais força que eu usasse. A chave estava totalmente emperrada. Passados dez minutos comecei a chorar. Minhas mãos estavam vermelhas e frias, a chuva continuava a cair forte e todas as outras crianças estavam no conforto de casa. Bem nessa hora chegou uma das vizinhas que eu não conhecia direito — uma senhora que morava com o marido na casa mais alta, perto da floresta acima do campo de futebol —, ela estava descendo a estrada, e quando eu a vi, não hesitei em pedir ajuda, porque ela não tinha ligação nenhuma com os meus pais, então saí correndo e perguntei, com lágrimas escorrendo pelo rosto, se ela podia me ajudar com a fechadura. A senhora disse que podia. E para ela não foi nenhum problema! Ela mexeu um pouco na chave e conseguiu girá-la. Vupt, no instante seguinte a porta estava aberta. Agradeci a senhora e entrei. Descobri que não havia nada de errado com a chave, mas comigo. Na vez seguinte não estava chovendo, então simplesmente larguei a mochila junto da porta e corri até a casa de Geir. Meu pai fez um comentário sobre a mochila ao chegar em casa, disse que não podia ficar lá jogada, e na segunda-feira seguinte, quando o tempo estava mais uma vez seco, eu simplesmente levei a mochila junto, com o pretexto de que faria os deveres de casa com Geir, e assim precisaria dela.

    Nesse meio-tempo eu tinha descoberto um método para quando fizesse tempo ruim no outono ou no inverno, como naquele dia. No quartinho do aquecedor havia uma pequena janela, praticamente uma fresta, mas não era pequena o suficiente para me impedir de passar. Do pátio, a janela ficava cerca de meio metro acima da minha cabeça. Eu tinha pensado que, se destrancasse a janela pela manhã, o que não envolvia nenhum grande risco, já que continuava fechada mesmo com as travas abertas, eu podia levar a lixeira até lá quando chegasse em casa, subir em cima, entrar no quartinho do aquecedor, abrir a porta por dentro, colocar a lixeira de volta no lugar, fechar a janela e assim estar dentro de casa sem ninguém saber que eu não tinha conseguido usar a chave. A única incerteza era o momento de abrir as travas da janela. Mas se estivesse chovendo, a coisa mais natural do mundo era descer até o quartinho do aquecedor, porque era lá que as nossas roupas de chuva quase sempre ficavam guardadas, e então bastava abrir as travas, era impossível notar a não ser de muito perto. E eu não seria burro a ponto de tentar qualquer coisa do tipo com o meu pai no corredor!

Comi os três sanduíches abertos e bebi o copo de leite. Escovei os dentes no banheiro, peguei a mochila no quarto, desci os degraus até o quartinho estreito e quente com as duas caldeiras. Por alguns segundos mantive-me completamente imóvel. Como não ouvi nenhum barulho nos degraus, estendi o corpo para a frente e abri as travas. Depois vesti minhas roupas de chuva, ajeitei a mochila nas costas, saí para o corredor, onde estavam as minhas botas, um par azul e branco da Viking, que eu tinha escolhido mesmo que na verdade quisesse botas totalmente brancas, me despedi do meu pai com um grito e corri para a rua, até a casa de Geir, que enfiou a cabeça para fora da janela e disse que ainda estava tomando café da manhã mas já ia descer.

Fui até uma das poças cinzentas que haviam se acumulado no pátio deles e comecei a jogar pedrinhas lá dentro. A estradinha deles não era de cascalho, como a de quase todas as outras casas, nem de laje, como na casa dos Gustavsen, mas de uma terra batida e avermelhada, cheia de pedrinhas arredondadas. Não era a única coisa diferente naquela família. Na parte de trás da casa eles não tinham um gramado, mas um pequeno canteiro onde plantavam batata, cenoura, nabo, rabanete e várias outras verduras e legumes. No lado da floresta eles não tinham uma cerca de madeira, como nós, nem uma cerca de tela, como muitas outras famílias, mas um muro de pedra que Prestbakmo tinha construído sozinho. Também não jogavam todo o lixo na lixeira, como nós, mas guardavam por exemplo as caixas de leite e de ovos, que usavam para outras coisas, e jogavam os restos de comida numa composteira junto ao muro de pedra.

Endireitei as costas e olhei para a betoneira. A cuba redonda e vermelha estava parcialmente coberta por uma lona branca, que parecia um xale. Ela tinha a boca aberta, uma bocarra enorme e desdentada, o que a teria surpreendido daquela forma?

O pai de Geir Håkon desceu a encosta dirigindo o Taunus verde. Eu o cumprimentei, ele levantou a mão do volante para devolver o cumprimento.

De repente pensei em Anne Lisbet. A ideia saiu da minha barriga e se espalhou como uma explosão de alegria no meu peito.

Ela não tinha ido à aula na sexta-feira. Solveig disse que estava doente. Mas era segunda-feira, e com certeza ela já teria melhorado.

Ah, ela tinha que ter melhorado!

Eu ardia de vontade de chegar ao B-Max e vê-la.

Ver aqueles olhos pretos e cintilantes. A voz alegre.

— Geir! Venha logo! — eu gritei.

A voz dele soou abafada por trás da porta. No instante seguinte a porta se abriu.

— Vamos pelo caminho? — ele perguntou.

— Pode ser — respondi.

Então corremos para trás da casa, pulamos o muro de pedra e corremos ao longo do caminho. Antes um monte de gravetos com pequenos canais secos entre si, naquele dia o pântano estava encharcado de água, era quase impossível atravessá-lo sem molhar os pés, mesmo com botas, porque via de regra o pé acabava numa poça com a água mais alta do que o cano, mas tentamos mesmo assim, nos equilibrando em cima dos gravetos frágeis, pulando de um monte para o outro, escorregando e tateando para sentir onde o fundo poderia ceder: a água dava a impressão de *subir* por baixo das mangas da jaqueta. Rimos enquanto gritávamos um para o outro o que estava acontecendo, atravessamos o campo de futebol embarrado e escorregadio, subimos a passagem larga entre as árvores à direita que em outra época tinha sido uma estrada de carreta, pelo menos aquele trecho era mais largo do que o restante do caminho, e estava totalmente coberto por um tapete de folhas. Eram folhas amarelas, avermelhadas e marrons, com um ou outro traço de verde. No alto havia um pequeno terreno, a grama estava alta e amarelada e grudada no chão. Na parte mais alta do terreno se erguia uma rocha nua, e no alto dela havia um poste de eletricidade. A antiga estrada continuava um pouco mais naquela direção e depois sumia, engolida pela nova estrada principal, que corria a uns vinte metros para além do prado. Na parte mais baixa ficava a floresta, quase toda de carvalhos, e entre duas árvores havia um antigo carro abandonado em condições um tanto piores do que o outro carro abandonado onde costumávamos brincar, que ficava uns cem metros abaixo, mas nem por isso menos atraente, bem pelo contrário: por lá quase nunca aparecia ninguém.

Ah, o cheiro de carro abandonado na floresta! O cheiro do material sintético no estofamento dos bancos rasgados, bolorentos e manchados, que mesmo assim era marcado e quase fresco em comparação ao cheiro pesado e obscuro de folhas podres que subia do chão por toda parte. O acabamento preto da janela, que se desprendeu e se dependurou no teto como uma espécie de tentáculo. Todo o vidro que se quebrou em pedacinhos e desapareceu quase por completo no chão da floresta, mas que surge aqui e acolá nos tapetes ou nas aberturas das portas como pequenos diamantes opacos. E, ah, os tapetes pretos de borracha! Bastava sacudi-los um pouco e uma horda de insetos saía correndo para todos os lados. Aranhas, opiliões, tatus-bolinha. A resistência oferecida pelos três pedais, que já quase não se deixam mais pressionar. As gotas que caem através do para-brisa direto em nosso rosto toda vez que o vento desvia-lhes o trajeto em pleno ar ou as arranca das folhas nos galhos balançantes mais acima.

Às vezes encontrávamos coisas por lá, muitas garrafas, sacos com revistas automotivas e pornográficas, carteiras de cigarro vazias, garrafas plásticas vazias de limpa-vidros e uma ou outra camisinha, e certa vez encontramos uma cueca toda cagada. Rimos por muito tempo, imaginando que alguém tinha se cagado e ido até lá para jogar as cuecas fora.

Mas é claro que também cultivávamos o hábito de cagar na floresta durante nossos passeios. Às vezes subíamos numa árvore e cagávamos lá de cima, às vezes ficávamos na beira de uma encosta e cagávamos lá para baixo, ou ainda nos ajeitávamos na beira de um córrego e cagávamos lá dentro. Só para ver o que acontecia, e também para saber como era. Qual era a cor dos toletes, se eram pretos, verdes, marrons, marrom-claros, qual era o comprimento e a largura deles, e também o que acontecia quando ficavam reluzindo no chão da floresta, em meio ao musgo e à urze, se atrairiam moscas ou rola-bostas. O cheiro da merda também era mais forte, pungente e marcante no meio da floresta. Às vezes procurávamos os velhos lugares de nossas cagadas para ver o que tinha acontecido. Às vezes tinham desaparecido, às vezes sobravam apenas restos secos, outras vezes era como se tivessem derretido.

Mas naquele momento tínhamos de ir à escola e não tínhamos mais tempo para essas coisas. Descemos a encosta, atravessamos o parquinho, que não consistia em mais nada além de uma armação enferrujada, um balanço enferrujado e uma caixa de areia podre e já praticamente sem nenhuma areia. Subimos o barranco íngreme, atravessamos o cordão da calçada e o B-Max surgiu à nossa frente, do outro lado da rua. O número de mochilas enfileirada já era grande. Umas meninas estavam pulando elástico, apesar da chuva, enquanto outras estavam protegidas na marquise da loja. Mas onde estava Anne Lisbet? Será que não estava lá?

No mesmo instante o ônibus apareceu subindo a encosta. Eu e Geir atravessamos a estrada correndo e chegamos ao ponto no exato instante em que o ônibus entrou na área asfaltada em frente ao supermercado. Fomos os últimos a entrar e nos sentamos em um banco bem na frente. Os grandes vidros se embaçaram com a umidade que levamos conosco. Muitas crianças começaram no mesmo instante a desenhar nos vidros. O motorista fechou a porta e começou a avançar rumo à estrada principal enquanto eu estava de joelhos no assento, olhando para trás. Ela não estava lá, e de repente foi como se todo sentido tivesse escorrido por um buraco no mundo. Eu teria que passar o dia inteiro sem vê-la, e talvez o dia seguinte também. Solveig também não tinha aparecido, então não havia como descobrir se Anne Lisbet estava muito doente nem quanto tempo teria que ficar em casa.

Dez minutos mais tarde o ônibus parou em frente à escola, atravessamos o pátio correndo e entramos no galpão das roupas de chuva, onde ficamos junto com praticamente todas as outras crianças da escola até que o sinal batesse e formássemos uma fila. Eu conhecia quase todos os colegas de vista, mas alguns também pelo nome e pela reputação. Tínhamos aula de educação física junto com a outra turma da mesma série, eles eram melhores do que nós, já que moravam por lá mesmo e estavam mais acostumados a toda aquela situação. Era a escola deles, os professores eram os professores deles, para eles nós éramos quase como forasteiros sem nenhum direito. Mas esses colegas também eram mais durões que nós, ou seja, brigavam mais, provocavam mais e davam respostas mais atravessadas, pelo menos alguns deles, e apenas os mais durões entre nós, ou seja, Asgeir e John, se insurgiam contra aquilo. Nós, os outros, éramos jogados de um lado para o outro ao bel-prazer deles. De repente você sentia um braço ao redor do pescoço, em seguida uma guinada brusca, e no instante seguinte você estava caído no chão. De repente um punho fechado batia no seu ombro na fila ou no corredor a caminho da sala de aula, bem no lugar onde mais ardia. De repente você levava um pisão no calcanhar ou nos dedos durante uma partida de futebol. Mas com John e Asgeir todos aprenderam depressa que não podiam mexer, porque os dois revidavam e podiam ser tão descontrolados quanto eles próprios. Esses meninos, que moravam no oeste da ilha, também usavam roupas diferentes das nossas, pelo menos alguns deles. As roupas eram mais antigas e pareciam mais gastas, como se usassem somente roupas herdadas, e não apenas de um irmão, mas talvez dois ou três... O maior temor meu e de Geir era que um desses meninos nos encontrasse em um de nossos lugares secretos. Mas isso não representava nenhum grande problema, bastava estar alerta quando saíamos, e quase sempre tudo corria bem. A consequência mais importante foi que assim nos aproximamos mais uns dos outros, sentíamos que formávamos um todo coeso e que nossa classe era um lugar totalmente seguro.

O sinal bateu, formamos a fila e a nossa professora, alta e magra como sempre, surgiu no alto da escada com os passos angulosos e movimentos nervosos da mão, e assim marchamos até a sala de aula, onde, depois de pendurar nossas roupas de chuva nos ganchos do lado de fora, sentamos em nossos respectivos lugares.

— A Anne Lisbet está doente outra vez hoje! — alguém disse.

— E a Solveig também.

— E o Vemund.

— E o Leif Tore — disse Geir.

Nesse instante me lembrei do que tinha acontecido durante a noite anterior.

— O Vemund está doente da cabeça! — disse Eivind.

— Ha ha ha!

— Não, não, não — disse a nossa professora. — Não vamos falar mal de ninguém aqui nesta classe. Muito menos quando as pessoas não estão aqui!

— O pai do Leif Tore estava bêbado ontem! — eu disse. — A minha mãe teve que levar toda a família para a casa de parentes. Foi por isso que ele não veio hoje!

— Psst! — a professora fez com o dedo nos lábios enquanto me encarava balançando a cabeça. Em seguida anotou qualquer coisa antes de olhar mais uma vez para a classe.

— Tem mais alguém faltando? Não? Então vamos começar.

Ela sentou-se na beira da cátedra. Naquela semana aprenderíamos sobre o trabalho no campo. Alguém já tinha visitado uma fazenda?

Ah, eu levantei o braço o mais alto que pude, quase me levantei da cadeira gritando *Mæ, mæ, mæ! Æ har!*

Não fui o único a ter comentários sobre o assunto. E não foi para mim que a professora apontou, mas para Geir B.

— Eu andei de cavalo na Legolândia! — ele disse.

— Mas isso não é uma *fazenda*! — gritei. — Eu já estive numa fazenda de verdade um monte de vezes! O meu vô e a minha vó...

— Agora é a sua vez de falar, Karl Ove? — a professora me interrompeu.

— Não — eu disse, olhando para baixo.

— É verdade que a Legolândia não é uma fazenda — ela continuou. — Mas o lugar dos cavalos é na fazenda, e nisso você está certo, Geir. Unni?

Unni? Quem era Unni?

Eu me virei. Ela estava rindo baixinho. Gorducha, com cabelos loiros.

— Eu moro numa fazenda — ela disse com o rosto vermelho. — Mas a gente não tem bichos! Cultivamos legumes e verduras. E depois o meu pai vende tudo no mercado da cidade.

— Mas eu estive numa fazenda *com bichos*! — eu disse.

— Eu também! — disse Sverre.

— E eu também! — disse Dag Magne.

— Vocês têm que esperar a vez de vocês — a professora disse. — Todo mundo vai falar.

Ela apontou para outros cinco colegas antes que eu pudesse baixar a mão e contar o que estava no meu coração. Meu vô e minha vó tinham uma fazenda, era uma fazenda grande, eles tinham duas vacas e um terneiro, e também galinhas. Eu tinha colhido os ovos várias vezes, e tinha visto o meu vô ordenhar as vacas pela manhã. Primeiro ele limpava o esterco, dava feno para as vacas e depois as ordenhava. Às vezes elas também levantavam o rabo e mijavam ou cagavam.

Nesse momento uma onda de gargalhadas quebrou em mim. Instigado por aquilo, continuei minha história. E uma vez, eu disse sentado no meu lugar com o rosto corado, uma das vacas tinha mijado em mim!

Olhei ao redor e me deixei banhar pelas risadas que vieram a seguir. A professora não disse nada e passou a palavra aos outros colegas, mas eu vi no rosto dela que não acreditava em mim.

Quando todos que tinham alguma coisa a dizer terminaram de falar, ela leu um trecho da cartilha sobre Ola-Ola Heia. A professora fez perguntas sobre o que havíamos lido, me ignorando completamente, e quando o sinal bateu para o recreio ela pediu que eu esperasse um pouco.

— Karl Ove — ela disse. — Espere, eu preciso falar um pouco com você.

Fiquei parado ao lado da cátedra enquanto os meus colegas saíam correndo para o pátio. Quando ficamos a sós, ela sentou na beira da cátedra e olhou para mim.

— Não podemos dizer tudo que sabemos a respeito dos outros — ela me explicou. — O que você disse a respeito do pai do Leif Tore, por exemplo... Você não acha que o Leif Tore está triste com o que aconteceu?

— Acho — disse.

— Ele não gostaria que as outras pessoas ficassem sabendo. Você entende?

— Entendo — eu disse, e comecei a chorar.

— Existe uma coisa chamada vida particular — ela disse. — Você sabe o que é isso?

— Não — eu disse, fungando.

— A vida particular é tudo que acontece na casa das pessoas, tanto na nossa quanto na dos outros. Se você fica sabendo o que acontece na casa dos outros, nem sempre é uma boa ideia contar o que você sabe. Você entende?

Acenei a cabeça.

— Muito bem, Karl Ove. Não fique triste. Você não sabia. Mas agora sabe! Pode sair para o recreio.

Subi a escada correndo, atravessei o corredor e saí no pátio da escola. Deixei meu olhar correr por todos os grupos de crianças que estavam por lá. Umas meninas estavam pulando elástico, outras estavam pulando corda, outras corriam umas atrás das outras. No campo de futebol vi que estavam todos amontoados próximo ao gol. Todo o meio do campo estava coberto por uma poça de lama quase amarela. Geir, Geir Håkon e Eivind estavam em frente ao banco próximo à pequena rocha com o mastro da bandeira, e fui correndo até eles. Estavam jogando com as cartas de barco de Geir Håkon.

— Você andou chorando? — Eivind perguntou.

Balancei a cabeça.

— É o vento — eu disse.

— O que a professora queria falar com você?

— Nada em especial — respondi. — Posso jogar com vocês?

— Você chorou — Eivind disse.

Junto comigo e com Sverre, Eivind era o melhor aluno da classe. Ele era quem melhor fazia cálculos, Sverre era o segundo melhor e eu era o terceiro melhor. Eu era quem melhor lia e escrevia, Eivind era o segundo melhor e Sverre era o terceiro melhor. Mas Eivind era muito mais rápido que eu e, de todos os meninos na classe, só Trond era mais rápido que ele. Eu era o sexto mais rápido. E além do mais ele era mais forte do que eu. Eu era o mais fraco, só Vemund era mais fraco do que eu, e como ele também era o mais gordo e o mais burro, ninguém o contava, o que era ruim para mim. Até Trond, o mais baixo da turma, era mais forte do que eu. Eu era o terceiro mais alto da classe, um pouco mais alto do que ele. No futebol eu era o quarto melhor, com Asgeir, Trond e John na minha frente, enquanto Eivind era o quinto melhor. Eu desenhava melhor do que ele e só ficava atrás de Geir, que sabia desenhar qualquer coisa, e de Vemund. Mas no lançamento de bolas eu era o segundo pior, e só Vemund ficava atrás de mim.

— O vento soprou nos meus olhos quando desci a escada — eu disse. — Eu não chorei. Posso jogar com vocês, também?

A primeira carta que peguei foi o SS *France*, o maior barco de passageiros do mundo, que ganhava dos outros em todas as outras categorias.

Passamos a hora seguinte escrevendo letras em nossos cadernos de rascunho: A de "vaca", E de "lebre", O de "potro". A lição de casa era passar tudo a limpo. A professora perguntou se alguém morava perto dos colegas que tinham faltado para levar a lição de casa para eles.

Mas eu só percebi a oportunidade que havia surgido naquele momento durante a aula de educação física, que era o período seguinte e também o último, enquanto corríamos no estreito ginásio. Eu podia ir até a casa de Anne Lisbet para dizer qual era a nossa lição de casa! A ideia me deixou entusiasmado e confuso de alegria. Assim que terminamos de vestir nossas roupas e saímos do vestiário, a caminho do lugar onde aguardávamos o ônibus, contei o meu plano a Geir. Ele torceu o nariz, ir até a casa de Anne Lisbet, para quê? Em primeiro lugar, nunca tínhamos ido até lá. Em segundo lugar, Vemund também morava por lá. Será que ele não podia levar? Você não entende nada mesmo, eu disse. A moral da história é que a gente vá até lá!

Geir tentou resistir, mas depois que falei mais um pouco ele se dispôs a ir comigo.

Em vez de deixar todo mundo em frente ao B-Max, naquela manhã o ônibus subiu pelo loteamento e foi nos deixando no meio do caminho. Às vezes a volta era assim, e aquilo sempre parecia estranho, porque o ônibus colossal parecia deslocado em meio às estradinhas por onde passava como se fosse um cruzeiro num canal estreito. Ficamos parados junto ao meio-fio quando seguiu viagem morro acima, dando a impressão de sofrer com o esforço e deixando grossas nuvens de fumaça para trás.

— Eu subo ou você desce? — eu perguntei.

— Você sobe — Geir respondeu.

— Está bem — eu disse, subindo pela estradinha, que por sorte estava vazia. Não estava mais chovendo, mas tudo que eu via estava molhado. Na parede marrom-escura da casa a umidade se revelava através de grandes manchas escuras, no chão em frente à porta todas as pequenas depressões na parede estavam cheias d'água e a pá apoiada na parede estava repleta de gotas que balançavam no cabo. Abri o fecho da minha jaqueta e peguei a chave para ver se eu me sairia melhor. Mas aconteceu a mesma coisa que na outra vez, a chave entrou, mas o pequeno miolo que devia girar não se mexeu. Olhei para a estrada. Não havia ninguém. Fui até a lixeira próxima à grade, tirei o saco de lixo preto cheio até a metade e o coloquei no chão, segurei a lixeira pelas alças e a levantei. A lixeira era mais pesada do que eu tinha imaginado, e precisei largá-la diversas vezes no trajeto até a casa. Ainda não havia ninguém à vista no morro. Um carro passou, mas não era nenhum conhecido, então carreguei a lixeira pelo pátio e a coloquei debaixo da janela. Subi em cima, abri a janela e enfiei a cabeça e os ombros para dentro de casa. A sensação de perder o controle, uma vez que eu não podia ver se alguém estava me vendo, mas apenas o cômodo vazio à minha frente, quente e escuro, me encheu de pânico. Torci e retorci o corpo para avançar, e quando a metade do meu corpo estava dentro de casa, eu segurei o cano de metal da caldeira para terminar de me arrastar ao longo do último trecho.

Já no chão, tirei as botas, que levei nas mãos enquanto atravessava o corredor e coloquei mais uma vez no vestíbulo para então abrir a porta e sair de casa outra vez. Tomado de medo e de entusiasmo, olhei para o morro. Não havia nenhum carro, nada. Se ele não aparecesse nos dois minutos seguintes, se não voltasse para casa porque tivesse esquecido qualquer coisa, ou porque estivesse doente, o que nunca acontecia, meu pai não adoecia nunca, daria tudo certo.

Deixei escapar um soluço de alegria. Fui depressa até a lixeira, levei-a de volta para o lugar, recoloquei o saco de lixo lá dentro, dobrei-o para baixo nas bordas e corri de volta para a janela. Para meu desespero vi que a lixeira tinha deixado marcas no gramado. E eram marcas profundas. Passei a mão por cima para ver se a grama cobria os pontos onde as laterais tinham afundado e feito a terra úmida aparecer. Me levantei para conferir o resultado.

Ainda dava para ver.

Mas talvez para quem não tivesse ideia do que tinha acontecido fosse mais difícil?

Meu pai via tudo. Com certeza ele perceberia.

Me agachei de novo e mexi na grama uma vez mais.

Assim.

Deu para disfarçar.

Se meu pai descobrisse, a única coisa a fazer seria negar. Afinal, ele não teria motivo para imaginar que eu tinha levado a lixeira até a janela para entrar em casa. Não, se ele percebesse aquilo seria um mistério totalmente inconcebível, e se eu conseguisse negar com a voz normal e uma expressão normal no rosto não haveria nenhum motivo para insistir.

Limpei as minhas mãos úmidas e sujas nas pernas das calças e subi para o meu quarto com a mochila, abri a porta do guarda-roupa e estava prestes a vestir minha camisa branca, na esperança de que Anne Lisbet a achasse elegante, quando recobrei o juízo e resolvi deixar aquilo de lado porque meu pai talvez quisesse saber por que eu havia trocado de roupa, e nesse caso eu acabaria me atrapalhando e ele descobriria tudo.

Depois fechei a porta do vestíbulo, subi na caldeira, me virei, enfiei os pés para fora e deslizei para baixo até que pudesse me largar e cair no gramado com um ploft.

Bastava correr, bastava descer a estradinha e fazer de conta que nada tinha acontecido.

Mas não havia nenhum carro à vista. No cruzamento estavam John Beck, Geir Håkon, Kent Arne e Øyvind Sundt. Quando me viram, todos vieram pedalando em minha direção. Fiquei parado, esperando.

— Você ficou sabendo? — Geir Håkon perguntou enquanto freava à minha frente.

— Do quê?

— Um homem que trabalhava em Vindholmen foi cortado ao meio por um cabo de aço hoje cedo.

— Cortado ao meio?

— É — disse John Beck. — O cabo de um rebocador arrebentou. Uma das pontas acertou o homem e o cortou ao meio. Foi o meu pai que disse. Todos foram dispensados por hoje.

Imaginei um homem partido ao meio num rebocador, tendo a parte superior do corpo, com a cabeça e os braços, ao lado da parte inferior, com as pernas.

— O pneu da sua bicicleta ainda está furado? — Kent Arne me perguntou.

Acenei a cabeça.

— Você pode vir comigo.

— Eu vou para a casa do Geir — eu disse. — Para onde vocês estão indo?

Geir Håkon deu de ombros.

— Talvez ver os barcos.

— E vocês, vão para onde? — Kent Arne perguntou.

— Vamos entregar a lição de casa para alguém da nossa turma — eu disse.

— Posso saber para quem? — Geir Håkon perguntou.

— Para o Vemund — respondi.

— Vocês andam com *ele*?

— Não — eu disse. — É só por hoje. Mas agora tenho que ir.

Subi o morro correndo e chamei por Geir, que pouco depois apareceu segurando uma fatia de pão.

Vinte minutos depois passamos em frente ao B-Max mais uma vez e atravessamos uma planície que depois da curva subia em direção ao ponto mais alto do loteamento, onde começava a estrada que seguia até as casas de Anne Lisbet, Solveig e Vemund. Também era possível chegar lá indo pela direção contrária, porque a estrada que ligava todas as vias e todas as regiões do loteamento era circular, e dentro dela ficava a nossa própria Ringvei. Como se não bastasse, a estrada principal que ficava ao redor de tudo era também um círculo que dava a volta em toda a ilha. Em outras palavras, morávamos num círculo dentro de um círculo dentro de um círculo. Cem metros depois do supermercado as duas estradas corriam em paralelo, mas não dava para ver, porque eram separadas por uma encosta rochosa com talvez dez metros de altura que tinha sido escavada e mais parecia um muro. No alto desse muro havia uma cerca de tela verde e mais acima um monte de pedras, e acima disso tudo ficava a estrada por onde seguimos. Mas, se não podíamos ver os carros que passavam depressa mais abaixo, podíamos ouvi-los mesmo assim. Os barulhos dos carros despertaram nosso entusiasmo e descemos até a cerca. Primeiro ouvíamos um leve rumor quando subiam o morro vindos do posto Fina, aos poucos o barulho tornava-se cada vez mais alto e por fim os carros passavam zunindo abaixo de nós com o barulho do motor amplificado pelo muro de pedra. Concordamos em jogar pedras lá para baixo. Como não podíamos ver os carros, era importante prestar o máximo de atenção nos barulhos. Pegamos cada um uma pedra e esperamos pelo carro seguinte. As pedras eram grandes, maiores do que as nossas mãos, mas não tão pesadas que não conseguíssemos jogá-las por cima da cerca, de onde cairiam dez metros em linha reta até a faixa. Geir seria o primeiro. Ele jogou exatamente quando o carro estava abaixo de nós, e portanto errou, nós ouvimos o estalo seco quando a pedra bateu no asfalto e rolou um pouco mais. Quando chegou a minha vez, joguei a pedra cedo demais; quando atingiu o asfalto, o carro ainda devia estar a uns cinquenta metros de distância.

Pela calçada vinha uma mulher que carregava uma sacola em cada mão. Ela parou e falou conosco, mesmo que nunca a tivéssemos visto antes.

— O que vocês estão fazendo aí? — ela perguntou.

— Nada de especial — Geir disse.

— É melhor vocês saírem daí — ela disse. — Essa encosta é íngreme e perigosa.

A mulher recomeçou a andar, mas continuou nos observando, então achamos melhor fazer como ela tinha pedido e por fim subimos.

Fomos até a casa de Vemund nos equilibrando no meio-fio. Em frente à casa, a irmã dele estava ajoelhada na caixa de areia, brincando. As roupas de chuva dela eram amarelas, o balde era azul, a pazinha era verde.

— Vamos passar na casa do Vemund primeiro? — Geir perguntou.

— Não, não — eu disse. — Vamos começar pela casa da Anne Lisbet.

O som daquele nome era elétrico, milhares de passagens elétricas se abriam dentro de mim quando eu o tomava na minha boca.

— O que foi? — Geir perguntou.
— O que foi o quê? — eu perguntei de volta.
— Você está muito estranho.
— Estranho, eu? Estou perfeitamente normal.

Depois de mais uns passos subindo a estrada, que de um lado estava coberta por uma película d'água que descia, tão fino que mais parecia vibrar do que escorrer, vimos a casa onde Anne Lisbet morava. A casa ficava no alto de um monte, com um gramado na frente e resquícios da floresta na parte mais baixa. Uma das janelas no andar de cima estava acesa, seria ela no quarto? Do outro lado da estrada ficava a casa de Myrvang e a casa onde Solveig morava, e mais abaixo estava a floresta, verde e escura e úmida. Continuamos andando e a estrada terminou em um retorno de cascalho junto à orla da floresta. Naquele ponto começava a estradinha que levava até a casa de Anne Lisbet. Havia uma lâmpada acesa logo acima da porta de entrada.

— Você toca? — eu perguntei quando paramos em frente à porta.

Geir espichou o corpo e apertou o botão da campainha. Meu coração palpitava. Passaram-se alguns segundos. De repente a mãe dela abriu a porta.

— A Anne Lisbet está? — eu perguntei.
— Está — ela disse.
— A gente é da classe dela — Geir explicou. — Viemos trazer as lições de casa.
— Quanta gentileza! — ela disse. — Vocês querem entrar um pouco?

A mãe tinha cabelos loiros e olhos azuis, totalmente diferentes dos cabelos e dos olhos de Anne Lisbet, mas foi bom vê-la.

— Anne Lisbet! — ela gritou. — Você tem visitas da sua classe!
— Já estou indo! — Anne Lisbet gritou do andar de cima.
— Ela não está doente? — perguntei.

A mãe balançou a cabeça.

— Já não está mais. Mesmo assim, passou um dia a mais em casa, por segurança.
— Ah, claro — eu disse. Ouvi passos na escada, e então Anne Lisbet apareceu. Ela tinha uma fatia de pão numa das mãos e sorriu para nós com a boca cheia de comida.
— Olá! — ela nos cumprimentou.
— A gente achou que você estava doente — eu disse.

— Trouxemos as lições de casa — Geir disse.

Ela estava usando uma blusa branca de gola alta com estampa vermelha e calças azuis. A pele acima dos lábios estava branca de leite.

— Vocês não querem sair para brincar um pouco? — ela perguntou. — Hoje eu passei o dia inteiro em casa. E ontem também!

— Pode ser — eu disse. — Pode ser, não é mesmo, Geir?

— Pode — Geir disse.

Ela calçou as botas brancas e a capa de chuva vermelha. A mãe subiu os degraus.

— Tchau, mãe! — Anne Lisbet gritou, e então saiu correndo para fora de casa. Nós corremos atrás.

— O que vamos fazer? — ela perguntou depois de parar no ponto onde a estradinha de cascalho terminava e de olhar de repente para nós. — Vocês querem ir até a casa da Solveig?

Foi o que fizemos. Solveig apareceu no pátio, Anne Lisbet perguntou se ela não queria pular elástico, e eu e Geir ficamos lá, com um elástico ao redor das pernas enquanto Solveig e Anne Lisbet pulavam e dançavam de um lado para o outro nos padrões complexos que dominavam à perfeição. Quando chegou minha vez, Anne Lisbet me mostrou o que eu tinha que fazer. Ela pôs a mão no meu ombro e um arrepio se espalhou pelo meu corpo. Os olhos escuros dela brilhavam. Anne Lisbet riu alto quando eu consegui, e, ah, senti o cheiro dos cabelos dela quando roçaram o meu rosto!

Foi absolutamente incrível. Tudo aquilo foi absolutamente incrível. Ao nosso redor o céu começou a se fechar, um tom azul-escuro se misturou ao cinza, por um tempo aquilo pairou como uma muralha acima da floresta e pouco depois começou a chover. Vestimos os capuzes das capas de chuva e continuamos a brincadeira. As gotas caíam e escorriam pelos nossos rostos, o cascalho estalava sob os nossos pés, a luz da lâmpada no alto do poste que ficava no final do retorno de repente se acendeu. Pouco depois um carro veio subindo o monte.

— É o meu pai! — disse Anne Lisbet.

O carro, uma caminhonete da Volvo, parou junto à estradinha e um homem grande e forte com barba preta desceu. Ele acenou para Anne Lisbet, ela correu em direção ao pai, ele se abaixou e deu um abraço nela e em seguida entrou em casa.

— Agora nós vamos jantar — ela disse. — Qual é a nossa lição de casa?

Eu expliquei para ela. Anne Lisbet acenou a cabeça, despediu-se de nós e desapareceu do outro lado da porta.

— Eu também preciso ir — disse Solveig, que estava com aqueles olhos tristes dela enquanto enrolava o elástico.

— Nós também — eu disse.

Quando chegamos ao cruzamento, sugeri a Geir que corrêssemos por todo o trajeto até a loja, e foi o que fizemos. Quando chegamos, Geir sugeriu que voltássemos para casa pela Grevlingveien, sem atravessar a floresta, mas seguindo pela estrada principal até Holtet. Foi o que fizemos. De lá um caminho subia e atravessava uma pequena gandra até chegar à Ringveien, por onde voltamos até em casa. Mas assim que começamos a caminhar por lá uma coisa estranha aconteceu. O ônibus veio descendo, me virei por instinto e na janela, a poucos metros de mim, na mesma altura, estava Yngve!

O que poderia estar fazendo? Será que ia para a cidade? Numa hora daquelas? O que faria na cidade?

— Você viu o Yngve? — eu disse. — Ele estava no ônibus.

— Ah, vi — disse Geir, sem demonstrar muito interesse. Atravessamos o pátio da casa que ficava naquele ponto do trajeto e chegamos à estrada.

— Estava bem divertido lá em cima — Geir disse.

— É — concordei. — Outra hora podemos voltar, o que você acha?

— Claro — Geir respondeu. — Mas talvez seja melhor não contar para ninguém. Afinal, elas são meninas.

— Não precisamos contar nada.

Do alto do morro vi o carro do meu pai estacionado em frente à nossa casa. O pai de Geir também já tinha voltado para casa. Os dois eram professores e terminavam o expediente mais cedo do que os outros pais.

Me lembrei da lixeira que eu tinha usado para entrar em casa.

— Vamos fazer mais alguma coisa? — sugeri. — Ir para um outro lugar? Descer até a árvore com o balanço?

Geir balançou a cabeça.

— Está chovendo forte. E eu estou com fome. Vou para casa.

— Tudo bem — eu disse. — Tchau!

— Tchau — disse Geir, correndo em direção à casa da família. Ele bateu a porta com tanta força que o vidro chegou a chacoalhar. Olhei em direção à casa dos Gustavsen. A luz da cozinha estava acesa. Será que tinham voltado ou era o pai que ainda estava sozinho em casa? Eles tinham uma garagem, então era impossível saber se o carro estava ou não em casa.

Me virei para trás e olhei para o alto do morro. O pai de Marianne abriu a tampa da lixeira e jogou lá dentro um saco de plástico amarrado. Estava usando um blusão de lã e não tinha se barbeado. Ele sempre parecia muito bravo, mas eu não sabia se era mesmo, eu nunca tinha falado com ele nem ouvido nada a respeito dele. Ele era marinheiro e passava a maior parte do ano fora de casa. E quando voltava, não saía da casa.

Ele fechou a porta sem prestar atenção em mim.

No cruzamento surgiu um enorme caminhão amarelo com pedras na caçamba. O morro estremeceu de leve quando ele passou. Uma grossa fumaça saía do escapamento próximo à cabine.

Yngve uma vez tinha me mostrado uma fotografia do maior veículo do mundo. Estava num livro sobre o projeto Apollo que ele tinha retirado da biblioteca. Tudo naquele livro era o maior do mundo. Foi um veículo construído especialmente para transportar o foguete por uns poucos quilômetros até a plataforma de lançamento. Mas Yngve me contou que, se por um lado o veículo era muito grande, por outro era também muito lento, e praticamente se arrastava.

O mais emocionante era o lançamento em si. Eu não me cansava nunca de ver aquelas fotografias. Uma vez eu também vi imagens na TV. O foguete talvez desse a impressão de que podia disparar a uma velocidade alucinante, mas não era assim, pelo contrário, ele subia um tanto devagar no começo; o fogo e a fumaça criavam uma espécie de almofada por baixo, e por um instante o foguete parecia repousar nessa almofada para então começar a subir de forma lenta, quase hesitante, com um estrondo gigantesco que podia ser ouvido a quilômetros de distância. E depois ele subia cada vez mais depressa até que a velocidade atingisse níveis alucinantes, e por fim disparava como uma flecha ou como um relâmpago rumo ao céu azul e cristalino.

Às vezes eu imaginava que estavam lançando um foguete da floresta perto da minha casa. Às escondidas, por trás da montanha, ele decolava em segredo, subia devagar acima das árvores logo abaixo, branco e reluzente com o verde e o cinza ao fundo, com uma nuvem de fumaça e fogo mais abaixo, para então se livrar de tudo aquilo, pairar logo acima durante um breve momento e por fim acelerar e disparar cada vez mais depressa rumo ao céu, enquanto o estrondo dos enormes motores serpenteava em meio às nossas casas.

Era um pensamento bom.

Corri até a casa, atravessei o cascalho até a porta, abri-a e comecei a tirar os sapatos no tapete da porta quando meu pai saiu do escritório e apareceu no corredor.

Olhei depressa para ele.

Não parecia especialmente bravo.

— Onde você estava? — ele me perguntou.

— Brincando com o Geir — eu disse.

— Não foi o que eu perguntei — ele disse. — *Onde* você estava?

— Estávamos no B-Max — eu disse. — Atrás da loja.

— Muito bem — ele disse. — E o que vocês estavam fazendo por lá?

— Nada de especial — eu disse. — Brincando.

— Você vai ter que voltar lá — o meu pai disse. — Estamos sem batatas. Você acha que consegue comprar?

— Consigo — eu disse.

Ele pegou a carteira do bolso de trás das calças e puxou uma cédula.

— Vamos dar uma olhada nos seus bolsos — ele disse.

Eu me levantei e joguei o quadril para a frente.

Ele me entregou a cédula.

— Guarde isso no bolso — ele disse. — E não demore.

— Está bem — eu disse. Então meu pai voltou ao escritório, eu calcei as botas mais uma vez, fechei a porta e comecei a correr morro acima.

Yngve voltou para casa pouco antes do jantar e entrou no quarto dele um segundo antes que o meu pai gritasse que a comida estava pronta. Ele tinha feito bife acebolado com couve-flor e batatas. Minha mãe disse que teríamos uma faxineira, uma senhora que viria uma vez por semana, ela se chamava sra. Hjellen e viria já naquela mesma tarde. Minha mãe tinha ligado para ela do trabalho e nos disse que ela parecia muito simpática. Eu sabia que meu pai não queria ter uma faxineira em casa, uma vez ele tinha dito, mas naquela hora ele não disse nada, então compreendi que devia ter mudado de ideia.

Me alegrei com a chegada da faxineira. Nas poucas vezes em que recebíamos visitas, as pessoas eram sempre divertidas, talvez porque enchessem a casa de um elemento novo e diferente. E também porque sempre davam atenção a mim e a Yngve. "Ah, esses são os filhos de vocês", diziam às vezes, quando nunca tinham nos visto antes, ou "Como vocês cresceram" quando já tinham nos visto antes, e às vezes também acontecia de puxarem conversa, perguntando como estávamos nos saindo na escola ou nas partidas de futebol, por exemplo.

Quando terminamos de comer, fui até o quarto de Yngve. Ele pegou uma fita do porta-fitas, era o *Piledriver* do Status Quo, e a pôs para tocar.

— Hoje eu vi você no ônibus — eu disse. — Para onde você estava indo?

— Para a cidade — Yngve respondeu.

Estava deitado na cama, lendo um gibi.

— E o que você foi fazer na cidade?

— Seria melhor se você não fizesse tantas perguntas — ele disse. — Mas eu fui comprar uma peça para a bicicleta.

— A bicicleta *quebrou*?

Yngve respondeu com um aceno de cabeça. E em seguida olhou para mim.

— Não conte para ninguém. Nem mesmo para a mãe — ele disse.

— Juro que não vou contar — eu disse.

— A bicicleta está na casa do Frank. A parte onde o guidom fica preso simplesmente quebrou. Mas o pai dele prometeu consertar para mim. Amanhã ela vai estar pronta.

— Já imaginou se o pai tivesse encontrado você na cidade? — eu disse. — Ou então um outro conhecido?

Yngve deu de ombros e voltou a ler. Eu fui para o meu quarto. Em seguida alguém tocou a campainha. Esperei até que minha mãe estivesse no corredor lá embaixo antes de sair do quarto. Pouco depois uma senhora meio rotunda ou talvez simplesmente robusta de cabelos grisalhos e óculos subiu a escada.

— Este é o Karl Ove — a minha mãe disse. — O mais novo.

Eu a cumprimentei com um aceno de cabeça. Ela sorriu.

— Eu sou a sra. Hjellen — a senhora disse. — E acho que vamos ser bons amigos.

Ela colocou a mão no meu ombro. Todo o meu corpo se aqueceu.

— O Yngve, o mais velho, está no quarto dele — minha mãe explicou.
— Você quer que eu o chame? — perguntei.
Minha mãe balançou a cabeça.
— Não precisa.

Ela começou a mostrar a casa para a sra. Hjellen e eu voltei para o meu quarto. Lá fora o dia começava a escurecer. A chuva tamborilava no telhado e nas paredes. As calhas murmuravam e gorgolejavam. Grandes pingos de chuva batiam contra a janela e escorriam por caminhos imprevisíveis. As luzes de um carro iluminavam o espruce acima da caixa postal. Era Jacobsen voltando do trabalho para casa. As caixas verdes e o suporte de metal que as sustentava refletiram o brilho em silêncio. *Não, não*, diziam. *Nada de luz, nada de luz.* Me deitei na cama e pensei em Anne Lisbet. No dia seguinte voltaríamos à casa dela. Mas antes eu a encontraria na escola! E vê-la era o bastante, eu não precisava nada mais para que a alegria se espalhasse por cada fibra do meu corpo. Um dia eu ainda perguntaria a ela se não queria ser minha namorada. Um dia eu estaria no quarto dela, e ela estaria no meu quarto. Mesmo que eu não tivesse permissão para levar ninguém ao meu quarto, ela poderia entrar, eu daria um jeito. Nem que precisássemos entrar pela janela na parede!

Me sentei junto à escrivaninha, tirei os livros da mochila e fiz as lições de casa. A sra. Hjellen foi embora e depois ouvi a voz de Yngve desaparecer na cozinha. Era uma segunda-feira, e às segundas-feiras ele tinha começado a fazer *scones* ou waffles à noite. Eu costumava ficar na cozinha com a minha mãe enquanto ele cuidava de tudo, era quente lá dentro, o cheiro dos *scones* ou dos waffles era bom e nós falávamos sobre tudo que se pode imaginar. Quando Yngve terminava, comíamos *scones* com manteiga derretida e queijo marrom ou waffles com manteiga e açúcar, que também derretia, e tomávamos chá com leite. Às vezes, mas não com muita frequência, o nosso pai também aparecia. E mesmo assim em geral costumava voltar depressa para o escritório.

Terminei as lições em seguida, eu conhecia bem as letras, então bastou rabiscar umas quantas e depois fui para a cozinha também. O forno vazio estava iluminado. Yngve tinha as mangas da camisa arregaçadas e um avental cobrindo o peito enquanto mexia uma tigela com uma espátula. Minha mãe estava sentada, tricotando.

— Quanto tempo ainda vai demorar? — eu perguntei enquanto me sentava.

— Mais um ou dois dias — minha mãe respondeu puxando a linha, como se estivesse pescando num barco. — Depende do quanto render.

— Eu e o Geir fomos à casa da Anne Lisbet e da Solveig hoje — eu disse.

— É mesmo? — ela perguntou. — Quem são essas? Colegas de classe?

Acenei a cabeça.

— Então agora você começou a brincar com as meninas? — Yngve perguntou.

— É — eu disse.

— Você por acaso está apaixonado?

Lancei um olhar hesitante em direção à minha mãe e em seguida olhei para Yngve.

— Acho que estou — eu disse.

Yngve começou a rir.

— Você só tem sete anos! Não pode estar apaixonado!

— Yngve, não tem graça nenhuma — minha mãe disse.

Yngve corou e fixou o olhar na tigela de massa.

— Sentimentos são sentimentos, não importa se a pessoa tem sete ou setenta anos. Eles são sempre importantes, entende?

Fez-se uma pausa.

— Mas isso não vai dar em nada! — Yngve disse.

— Pode ser que você tenha razão — minha mãe disse. — Mesmo assim, as pessoas não podem deixar de sentir o que sentem.

— Você era apaixonado pela Anne — eu disse.

— Não era — Yngve respondeu.

— Você disse que era.

— Está bem, está bem — disse a minha mãe. — Como vai essa massa? Vai estar pronta logo?

— Acho que vai — Yngve respondeu.

— Posso dar uma olhada? — minha mãe perguntou, largando o tricô na cesta que tinha junto dos pés enquanto se levantava.

— Karl Ove, você unta a forma?

Ela tirou a panelinha de derreter manteiga do fogo, me deu um pincel e retirou a assadeira da gaveta embaixo do fogão. A manteiga tinha cozinhado, dava para ver pela cor; no amarelo-claro havia baías e lagunas de marrom-claro. Quando a manteiga era aquecida devagar, a cor era mais rica e mais pura. Mergulhei o pincel na panelinha e passei-o em toda a assadeira. A manteiga aquecida depressa às vezes grudava as cerdas do pincel, então era preciso arrastá-lo mais do que pincelar, enquanto untar com a manteiga líquida e amarronzada era mais fácil. Em dez segundos a assadeira estava pronta. Me sentei mais uma vez e Yngve começou a dar forma aos *scones*. No andar de baixo a porta se abriu. Um instante mais tarde os passos pesados do meu pai soaram na escada. Endireitei as costas na cadeira. Minha mãe sentou-se mais uma vez, pôs o tricô no colo e olhou para o marco da porta assim que o meu pai apareceu.

— As coisas por aqui estão a toda! — ele disse, enfiando os polegares nos furos do cinto e puxando as calças para cima. — Pelo que estou vendo a comida vai ficar pronta em seguida?

— Daqui a uns quinze minutos — respondeu minha mãe.

— Você está fazendo *scones*, Yngve? — ele perguntou.

Yngve simplesmente acenou a cabeça, sem olhar para ele.

— Muito bem — disse meu pai. Ele deu meia-volta e foi para a sala. O chão estalava sob aquele peso. Então meu pai se deteve em frente à televisão, ligou-a e sentou-se na poltrona de couro.

Eu conhecia aquela voz. Era o apresentador do programa de medicina. Um pouco rouca, como que enferrujada, saída de um rosto que estava sempre inclinado para trás, como se estivesse falando com o teto, enquanto os olhos permaneciam o tempo inteiro voltados para baixo, como que para conduzir a voz na direção certa.

Me levantei e fui até a sala.

A tela mostrava uma incisão, sangue e carne em meio a panos azuis.

— É uma operação? — perguntei.

— Claro — disse o meu pai.

— Posso ver?

— Pode, não vejo nenhum problema.

Me sentei na ponta do sofá. Dava para ver o interior do corpo. Era como um túnel, mantido aberto por vários instrumentos de metal e com várias camadas de carne de onde o sangue parecia ter acabado de sair, e um órgão brilhante e membranoso na parte inferior, também manchado de sangue, tudo iluminado por uma luz forte, quase branca. Duas mãos com luvas de borracha mexiam-se lá dentro como se estivessem num ambiente familiar. E às vezes aparecia uma imagem maior. Nesses momentos ficava claro que a incisão tinha sido feita numa pessoa que estava deitada numa mesa de cirurgia, totalmente coberta por um material azulado e plástico, e que as mãos pertenciam a um médico que era o ponto central num círculo de cinco pessoas, todas vestidas de verde, as duas mais próximas do centro curvadas por cima do corpo sob uma lâmpada que parecia um lagarto, e as outras três com bandejas cheias de instrumentos e de outras coisas que eu não sabia o que eram logo ao lado.

Meu pai se levantou.

— Não, não dá para assistir a uma coisa dessas — ele disse. — Imagine, mostrar isso na televisão numa noite de segunda-feira!

— Posso ver mesmo assim? — eu perguntei.

— Pode — meu pai disse enquanto se dirigia à escada.

A membrana mais abaixo pulsava. O sangue corria para dentro daquilo e a membrana batia para bombeá-lo, parecia se erguer, e então o sangue a banhava de novo e a membrana tinha de bater mais uma vez para bombeá-lo e então se erguer mais uma vez.

De repente compreendi que eu estava vendo um coração.

Que coisa mais triste.

Não porque o coração batia e não conseguia escapar, não era isso. Era porque o coração não podia ser visto, porque tinha de bater em segredo, longe dos nossos olhos, claro, era fácil de entender ao vê-lo, um pequeno bicho sem olhos que pulsava e palpitava sozinho no fundo do nosso peito.

Mas eu continuei assistindo. Os programas de medicina eram uma das coisas que eu mais gostava na TV, em especial os programas em que mostravam cirurgias. Já fazia tempo que eu tinha me decidido a ser cirurgião quando crescesse. Minha mãe e meu pai contavam para as outras pessoas, era para ser engraçado, porque afinal eu era muito pequeno, mas para mim era sério, era o que eu queria fazer quando crescesse, abrir as pessoas e fazer cirurgias dentro delas. Muitas vezes eu desenhava e pintava operações com sangue e bisturis e enfermeiras e lâmpadas, e minha mãe perguntou umas quantas vezes por que eu desenhava e pintava tanto sangue, se eu não podia desenhar e pintar outra coisa, como por exemplo uma casa e um gramado e um sol, e eu podia, claro, mas não era o que eu *queria*. O que eu queria desenhar e pintar eram mergulhadores, marinheiros, foguetes e operações, não casas e gramados e sóis.

Quando Yngve ainda era bem pequeno e a minha família morava em Oslo ele disse que queria ser lixeiro quando crescesse. Minha avó riu muito, e com frequência contava essa história. No mesmo fôlego ela contava que o meu pai queria ser faz-tudo quando era pequeno. Ela ria muito dessas coisas, às vezes até que as lágrimas escorressem pelo rosto, mesmo que já tivesse repetido tudo aquilo centenas de vezes. Meu desejo de ser cirurgião causava uma impressão diferente, não era engraçado do mesmo jeito, mas por outro lado eu era bem mais velho do que Yngve quando ele disse que queria ser lixeiro.

Pouco a pouco todos os tubos e todas as pinças foram retirados da cavidade naquele corpo. A seguir o apresentador do programa apareceu na tela e começou a falar sobre as imagens. Me levantei e fui para a cozinha, onde os *scones* estavam esfriando numa bandeja em cima do fogão, uma caçarola com água para o chá fumegava logo ao lado e a minha mãe dispunha os talheres, canecas, facas e potes de coisas para passar no pão.

No dia seguinte a temperatura caiu e a chuva parou. As botas de inverno do ano passado estavam pequenas demais, e assim minha mãe teve que encontrar meias grossas que usei com as minhas botas de chuva. A jaqueta estofada azul ainda me servia, e a vesti pela primeira vez desde o inverno anterior. O mesmo aconteceu com uma touca azul que, assim que saí de casa, afundei na testa até que aparecesse como um teto preto no meu campo de visão. Anne Lisbet estava usando uma jaqueta estofada azul-clara de material liso e reluzente, ao contrário da minha, que era fosca e áspera, uma touca branca de onde saíam os cabelos pretos dela, um cachecol branco, calças azuis e um par de botas de inverno vermelhas e novas em folha. Ela estava junto com as outras meninas e não olhou para mim quando olhei para elas.

A cor da jaqueta dela era incrivelmente bonita.

Eu também queria uma jaqueta como aquela.

Quando chegamos à escola e todos haviam deixado as mochilas em fila, convidei Geir para tirar as toucas das meninas. Ele pegaria a de Solveig e eu a de Anne Lisbet. Ela estava de costas, e quando eu puxei a touca ela se virou na minha direção com um gritinho. Esperei até que os olhos dela encontrassem os meus e comecei a correr para longe. Não corri depressa o bastante para que ela não conseguisse me alcançar, mas também não devagar o bastante para que os outros vissem que eu esperava por ela.

Eu ouvi os passos de Anne Lisbet no asfalto logo atrás de mim.

E no instante seguinte ela me enlaçou com os braços!

Ah! Ah! Ah!

A jaqueta estofada incrivelmente grossa dela roçou contra a minha, ela sorriu e gritou *me dá, me dá*, e assim eu não consegui estender aquele momento segurando a touca acima da cabeça dela, a alegria que eu sentia era grande demais, então simplesmente devolvi a touca para ela e fiquei parado enquanto ela a recolocava na cabeça e depois se afastava.

E depois ela se virou e sorriu para mim!

E os olhos dela, ah, os olhos dela, tão pretos e tão bonitos, estavam brilhando! Foi como entrar numa zona clara e reluzente, onde todo o resto empalidecia e perdia o sentido.

O sinal bateu, subimos a escada e marchamos pelo corredor, nós nos sentamos junto às carteiras e pegamos nossos livros. E eu fiz o que devíamos fazer, prestei atenção no que devíamos prestar atenção, falei como de costume, desenhei meus naufrágios e meus homens-rã, comi meu lanche e bebi meu leite, joguei futebol no recreio, sentei ao lado de Geir e cantei no ônibus durante o caminho de volta para casa, desci a última encosta em meio aos meus colegas com a mochila balançando nas costas, o tempo inteiro presente de corpo e alma, mas ao mesmo tempo ausente, porque em mim havia surgido um novo céu, e sob essa abóbada até mesmo as ações e os pensamentos mais familiares pareciam novos.

Quando fomos até a casa de Anne Lisbet naquele dia ela estava no meio de um bando de crianças no retorno em frente à casa. Duas delas batiam uma corda entre si com movimentos mecânicos, a corda batia no chão como um chicote, e as crianças entravam uma atrás da outra e ficavam pulando para cima e para baixo por uns instantes antes de saírem para dar lugar à próxima. Ela estava usando a mesma touca e o mesmo cachecol, e sorriu para nós quando paramos em frente a elas.

— Venham pular com a gente! — disse.

Entramos na fila. Eu queria muito impressioná-la, simplesmente deslizar para dentro do cilindro desenhado pela corda, mas não consegui dar mais do que dois pulos antes que ela batesse na minha perna e eu estivesse fora. Geir, que não tinha uma coordenação motora muito boa, mas pernas e braços que voavam de um lado para o outro sem nenhum controle, saiu-se melhor do que eu. Um, dois, três, quatro, cinco — e depois deu um impulso tão forte e tão obstinado para sair que precisou dar uns passos apressados para não tropeçar, como um corredor que se lança rumo à fita na linha de chegada.

Assim Anne Lisbet acharia que Geir era melhor do que eu.

Mas esse pensamento escuro desapareceu no instante seguinte, porque era a vez dela. Ela entrou na corda e dançou lá dentro com movimentos absolutamente virtuosos, lançando o peso ora para uma, ora para a outra perna enquanto mantinha o olhar fixo à frente, como se a cabeça não tivesse nenhuma relação com o que o corpo estava fazendo. Mas assim que saiu e não precisou mais se concentrar, foi para mim que ela olhou e sorriu. *Você viu só?*, disse o sorriso dela. *Você viu o que eu acabei de fazer?*

A água que cobria os maiores buracos ao longo do retorno era quase amarela. Nos buracos menores era verde-acinzentada, quase como o cascalho ao redor, mas um pouco mais clara. E mais reluzente, óbvio. Na floresta um córrego gorgolejava. Também se ouvia o ruído de uma máquina. Eu nunca tinha estado naquele lugar, então avancei um pouco e olhei para baixo. Da casa mais acima, que ficava junto à orla da floresta, se erguia um monte de pedras largo e um tanto íngreme. Logo abaixo havia um pântano amarelo. Mais atrás ficava uma densa floresta de pinheiros. Em meio aos troncos vi uma cabana pintada de verde e um gerador amarelo. O ruído vinha do gerador.

De repente alguém começou a fazer uma perfuração. Eu não conseguia ver nada, mas o barulho, repetitivo e monótono, com o timbre seco e quase melodioso do metal contra a rocha, que pairava logo acima como um véu, era inconfundível, eu reconheceria aquilo em qualquer situação.

Me virei e vi Geir acenar a cabeça no andamento da corda para assimilar o ritmo antes de entrar. Mas dessa vez ele não conseguiu, o pé se atrapalhou já de cara, e assim que as duas meninas que batiam recomeçaram aquela tarefa monótona ele veio na minha direção. Logo atrás Anne Lisbet entrou na vez dela. Mas assim que começou a pular a corda acertou-a no braço. Foi quase como se ela tivesse feito aquilo de propósito.

— Você vem junto, Solveig? — ela perguntou.

Solveig acenou a cabeça e saiu da fila. As duas se aproximaram de nós.

— O que vamos fazer? — perguntou Anne Lisbet.

— Vamos procurar garrafas? — sugeri.

— Vamos! — Geir respondeu entusiasmado.

— Mas onde? Onde vamos encontrar garrafas? — Anne Lisbet perguntou.

— Na beira da estrada principal — Geir respondeu. — E na floresta atrás do parquinho. Perto das cabanas. Às vezes até em Nabben. Mas não durante o outono.

— No ponto de ônibus — eu completei. — E debaixo da ponte.

— Uma vez encontramos uma sacola *cheia* — Geir contou para as meninas. — No barranco abaixo da loja. Nós as trocamos por quatro coroas no vasilhame!

Solveig e Anne Lisbet olharam impressionadas para ele. Mas a ideia de procurar garrafas tinha sido minha! Eu que tinha sugerido aquilo, não Geir!

Sem que eu percebesse, começamos a descer a encosta. O céu estava cinza como cimento seco. Não havia nenhum vento nas árvores, todas estavam totalmente imóveis e melancólicas, por assim dizer fechadas em si mesmas. Ou melhor, os pinheiros não, estavam abertos e livres e apontavam para o céu como de costume. Era mais como se fosse um intervalo. Mas os espruces pareciam fechados em si mesmos, tragados pela própria escuridão. As árvores decíduas, com os troncos finos e os galhos estendidos, pareciam angustiadas e atentas. Os velhos carvalhos que cresciam no barranco do outro lado da estrada para onde estávamos indo não pareciam assustados, mas apenas solitários. Mas suportavam bem aquela solidão, pois estavam lá havia muitos anos e lá haviam de permanecer por outros tantos anos.

— Tem um cano que passa por baixo de toda a estrada — disse Anne Lisbet, apontando para o barranco à beira da estrada. Estava coberto de terra preta recém-colocada, porque nenhuma flor havia germinado.

Descemos até lá. E ela estava certa: por baixo da estrada havia um cano, era um cano de concreto, com pouco mais de meio metro de diâmetro.

— Vocês já passaram aqui por dentro? — perguntei.

Elas balançaram a cabeça.

— Vamos atravessar? — Geir sugeriu. Ele já estava inclinado para a frente, com a mão na borda do cano, olhando para dentro da escuridão.

— Imagine ficar entalado aí! — disse Solveig.

— Nós vamos atravessar — eu disse. — Vocês podem nos esperar do outro lado da estrada.

— Vocês têm coragem? — Anne Lisbet perguntou.

— Claro — Geir respondeu. Ele olhou para mim. — Quem vai ser o primeiro?

— Pode ser você — eu disse.

— Tudo bem — ele disse, e então se abaixou e enfiou a parte superior do corpo para dentro do cano. Era estreito demais para engatinhar lá dentro, mas não estreito demais para se arrastar como uma minhoca. Passados alguns instantes de torções e giros, todo o corpo de Geir desapareceu lá dentro. Eu olhei para Anne Lisbet, me inclinei para a frente e enfiei a cabeça no cano. Um cheiro de podre e de mofo encheu minhas narinas. Apoiei os cotovelos na borda do cano e deslizei o meu corpo fazendo movimentos como os de um verme. Quando o meu corpo inteiro estava lá dentro, tentei estendê-lo o máximo possível e, apoiando os antebraços, os joelhos e os pés contra o cimento, me arrastei pela escuridão. Ao longo dos primeiros metros pude ver Geir à minha frente, como uma sombra, mas depois a escuridão tornou-se muito profunda e ele desapareceu.

— Você está aí? — gritei.

— Estou — Geir respondeu.

— Está com medo?

— Um pouco. E você?

— Eu também, um pouco.

De repente tudo estremeceu. Um carro ou um caminhão devia ter passado acima de nós. E se aquele cano cedesse? E ficasse mais estreito, e nós dois entalados?

Uma leve sensação de pânico começou a vibrar na ponta dos meus dedos, tanto nas mãos como nos pés. Eu conhecia aquela sensação, que às vezes surgia enquanto eu escalava uma montanha e de repente sentia que era impossível fazer qualquer movimento. Apavorado, eu permanecia completamente imóvel, incapaz de subir ou descer, mesmo sabendo que nada além dos meus próprios movimentos poderia me tirar daquela situação. Eu não conseguia me mexer, precisava me mexer, mas não conseguia, precisava, não conseguia, precisava, não conseguia.

— Você ainda está com medo? — perguntei.

— Um pouco. Você ouviu o carro? Está vindo mais um!

Mais uma vez senti um leve tremor ao meu redor.

Fiquei completamente imóvel. Em vários lugares o cano estava molhado, e a água tinha começado a molhar minhas calças.

— Estou vendo uma luz! — Geir deu um grito.

Pensei no peso enorme que pressionava o cano. Pensei que aquilo não tinha mais do que uns poucos centímetros de espessura. Meu coração batia forte. De repente eu quis me pôr de pé. O impulso cresceu depressa, mas se chocou contra o pensamento de que não era possível, o cano envolvia o meu corpo como um casulo. Eu não conseguia me mexer.

Às vezes Yngve sentava em cima de mim com as pernas abertas enquanto eu estava na cama debaixo do edredom. Ele me apertava com tanta força que eu não conseguia me mexer, por mais que tentasse. O edredom pressionava o meu peito, minhas mãos estavam presas nas mãos dele, as pernas estavam presas sob o peso do corpo dele e o edredom esticado. Ele fazia aquilo porque sabia que para mim era a pior coisa que existia. Fazia aquilo porque sabia que depois de alguns segundos eu entrava em pânico. Que eu tentaria reunir todas as minhas forças numa tentativa de me libertar e, se não desse certo, se ele continuasse me prendendo, começaria a gritar com toda a minha força. Eu gritava e gritava, como se estivesse possuído, e na verdade estava, possuído pelo medo, eu não conseguia me libertar, continuava preso, totalmente preso, e gritava até esvaziar os meus pulmões.

O mesmo sentimento tomou conta do meu coração.

Eu não conseguia me mexer.

O pânico aumentou.

Eu sabia que não adiantaria pensar que não podia me levantar, e que para resolver tudo bastaria me arrastar pacientemente. Mas não consegui. A única coisa em que eu conseguia pensar era que não podia me mexer.

— Geir! — gritei.

— Já estou quase saindo! — ele gritou de volta. — Onde você está?

— Eu estou preso!

Fizeram-se instantes de silêncio.

Então Geir gritou:

— Eu posso voltar e ajudar você! Só preciso sair e entrar mais uma vez pelo outro lado!

O pânico foi quase como um fôlego, pois naquele momento havia saído de mim. Coloquei o antebraço para a frente e arrastei meus joelhos. Minha jaqueta estofada raspou contra o cano ao meu redor. Poucos centímetros acima estavam toneladas de pedras e terra. Parei. Meus braços e minhas pernas estavam moles. Me deitei.

O que Anne Lisbet e Solveig pensariam de mim?

Essa não!

De repente o pânico voltou. Eu não conseguia me mexer. Eu estava preso. Eu não conseguia me mexer! Eu estava preso! Eu não conseguia me mexer!

Notei um movimento na escuridão à minha frente. Um tecido roçou contra o cimento. Ouvi a respiração de Geir, que era inconfundível, ele costumava respirar pela boca.

E então o vi, um rosto branco na escuridão.

— Você ficou entalado? — ele perguntou.

— Não — eu disse.

Geir pegou a manga da minha jaqueta e me puxou. Ergui as costas e mexi primeiro um braço, depois o outro, depois um joelho, depois o outro. Geir deslizava para trás, o tempo inteiro agarrado à manga da minha jaqueta, e mesmo que não estivesse me puxando, afinal era eu quem estava fazendo o esforço necessário para me arrastar, a impressão que eu tinha era essa, e a visão do rosto dele, astuto como uma raposa e totalmente concentrado, fez com que eu parasse de pensar no cano, na escuridão e na impossibilidade de me mexer, e assim pude me mexer, passo a passo ao longo do cimento úmido, que se tornava cada vez mais claro, até que por fim Geir colocasse os pés para fora do buraco, deslizasse o tronco para fora e eu conseguisse pôr a cabeça para fora, de volta à luz do dia.

Anne Lisbet e Solveig estavam perto da abertura, olhando para mim.

— Você entalou? — Anne Lisbet me perguntou.

— Entalei — respondi. — Mas foi rápido. O Geir me ajudou.

Geir esfregou as mãos. Depois esfregou os joelhos das calças. Eu me endireitei. O espaço sob o céu encoberto parecia enorme. Todas as formas pareciam nítidas.

— Vamos para Lille-Hawaii? — Geir sugeriu.

— Boa ideia — eu disse.

Foi maravilhoso correr no meio da floresta. A superfície da água no pequeno lago estava totalmente preta. As árvores que se erguiam nas duas pequenas ilhas permaneciam totalmente imóveis. Pulamos cada um para a sua ilha. Eu e Anne Lisbet numa, Geir e Solveig na outra.

Os lábios de Anne Lisbet davam a impressão de ser um tanto móveis, tinham muita facilidade para se abrir e sorrir, e às vezes chegavam a sorrir por conta própria enquanto os olhos permaneciam indiferentes. Para mim estava claro que seguiam todos os impulsos do pensamento. De repente os lábios vermelhos e macios deslizavam por cima dos dentes brancos e duros, às vezes acompanhados por um gritinho ou uma concentração de alegria também nos olhos, às vezes sem qualquer ligação com outra coisa.

— Vocês são marinheiros — ela disse de repente. — E vocês vieram nos visitar. Faz tempo que a gente não se vê. Vamos brincar disso?

Eu acenei a cabeça. Geir também acenou a cabeça.

As duas meninas pularam de volta para a margem e andaram um pouco mais em direção à floresta.

— Agora vocês podem vir! — Anne Lisbet gritou.

Jogamos as amarras para terra e em seguida pulamos a água e começamos a andar em direção a elas. Mas não fomos rápidos o suficiente, Anne Lisbet estava dando pulinhos na ponta dos pés, depois correu na minha direção e, quando me alcançou, enlaçou-me com os braços e me abraçou e apertou o rosto contra o meu.

— Senti tanta saudade! — ela disse. — Ah, meu querido esposo!

Ela deu um passo atrás.

— Mais uma vez!

Corri até o lago, pulei de volta para a pequena ilha, esperei até que Geir estivesse na outra e então repetimos aqueles movimentos, mas nesta segunda vez nós também corremos o mais depressa que podíamos ao encontro das meninas.

Mais uma vez Anne Lisbet enlaçou-me com os braços.

Meu coração batia forte, porque eu não apenas estava nas profundezas de uma floresta com o céu acima da minha cabeça, mas estava também nas profundezas de mim mesmo com uma visão brilhante, aberta e feliz.

O cabelo dela tinha cheiro de maçã.

Senti o corpo dela do outro lado da grossa jaqueta estofada. O rosto frio e liso contra o meu, quase em chamas.

Repetimos aquilo três vezes. Depois continuamos a caminhar floresta adentro. Depois de mais uns poucos metros o terreno começava a descer, e como a maioria das árvores que cresciam por lá eram decíduas, o chão da floresta estava repleto de folhas vermelhas, amarelas e marrons que formavam um tapete sob os troncos esparsos. Um riacho murmurava um pouco mais além, a floresta tornava-se menos densa e dava lugar a um caminho que descia em direção à estrada principal, que permanecia oculta até que a alcançássemos.

Do outro lado estendia-se um terreno inclinado, e mais além ficava o estreito, cinza como barro, enquanto a abóbada do céu tinha uma cor um pouco mais clara.

Os carros passavam depressa, e seguimos caminhando ao longo da vala. As garrafas que em geral encontrávamos por lá eram sempre novas e brilhosas, enquanto as que encontrávamos na floresta com frequência estavam cobertas de palha e de folhas que se grudavam a elas, às vezes também cheias de pequenos animais, e levantá-las era como erguer um punhado de terra.

Mas dessa vez não encontramos garrafa nenhuma. Quando chegamos à casa de Larsen, uma construção decrépita e improvisada que em outra época tinha pertencido a uma fazenda mas acabou espremida num canto entre a floresta e a estrada, cujos donos eram professores na mesma escola onde o meu pai trabalhava e, segundo os boatos, tinham aparecido bêbados diversas vezes no trabalho, atravessamos a estrada e seguimos o caminho de cascalho em direção a Gamle Tybakken. Procuramos garrafas ao longo do caminho, porém cada vez com menos afinco. Logo chegamos à região habitada. Casas velhas e brancas no fundo de antigos jardins cheios de árvores e arbustos frutíferos. As cores intensas em nosso caminho, todas as folhas que reluziam em amarelo e fulguravam em vermelho e a opacidade no cinza frio e suave do céu davam-me a sensação de estar no fundo de uma caixa fechada com a tampa do céu, apoiada em todos os lados sobre as paredes de gandra.

Depois de alguns metros passamos por uma grande propriedade com um gramado que se estendia até a floresta mais acima. A casa, que ficava no alto do terreno, era surpreendentemente pequena em vista do tamanho da propriedade. Uma estradinha de cascalho seguia até lá, e paramos junto à caixa postal, porque no alto, em frente à casa, ao lado de um córrego que descia da floresta, uma senhora tentava arrastar uma árvore que tinha ficado presa.

A árvore era umas três vezes maior do que a mulher, e tinha um grande emaranhado de galhos ao redor.

Por um motivo qualquer ela percebeu que estávamos lá embaixo e no instante seguinte olhou em nossa direção. Ela acenou para nós. Mas não foi um cumprimento, a senhora tinha a palma da mão voltada para o corpo, e portanto queria que nos aproximássemos.

Corremos o mais depressa possível ao longo da estradinha de cascalho, atravessamos o pátio de terra úmida e macia e paramos em frente a ela.

— Vocês parecem fortes — ela disse. — Será que podem ajudar uma velha senhora? Eu quero tirar essa árvore do córrego. Mas ela está presa.

Lisonjeados, nós nos pusemos a trabalhar. Geir chegou o mais próximo que podia da água e agarrou um dos galhos e eu fiz a mesma coisa do outro lado, enquanto Anne Lisbet e Solveig puxavam o tronco. No início a árvore nem se mexeu, porém logo Geir começou a gritar upa!, upa! para que todos nós puxássemos ao mesmo tempo e aos poucos ela se desprendeu. Quando estava solta, a correnteza arrastou a árvore para o nosso lado, mas conseguimos segurá-la e puxá-la de volta para terra firme.

— Ah, que maravilha! — disse a senhora. — Muitíssimo obrigada! Eu não teria conseguido se não fosse pela ajuda de vocês. Como vocês são fortes! Essa é a verdade. Esperem um pouco aqui; vou buscar um pequeno agradecimento.

Com a cabeça baixa, a mulher foi andando em direção à casa e desapareceu do outro lado da porta.

— O que vocês acham que ela vai nos dar? — eu perguntei.

— Uns biscoitos, talvez — disse Geir.

— Ou um saco cheio de bolinhos — disse Anne Lisbet. — Pelo menos a minha vó sempre tem um saco de bolinhos em casa.

— Acho que ela vai nos dar maçãs — Solveig disse. E quando ela disse aquilo eu tive a mesma impressão, porque do outro lado da estrada havia macieiras carregadas de fruta.

Mas quando tornou a sair da casa a mulher veio em nossa direção, cabisbaixa e de mãos vazias. Será que não tinha encontrado nada?

— Aqui está — ela disse. — Um pequeno agradecimento pela ajuda de vocês. Quem vai cuidar disso? É para vocês todos.

Ela nos entregou uma moeda. Era uma moeda de cinco coroas.

Cinco coroas!

— Eu posso cuidar — eu disse. — Obrigado!

— Eu que agradeço — a senhora respondeu. — E se cuidem por aí!

Empolgados, descemos a encosta correndo. Por instinto, voltamos ao caminho que estávamos seguindo enquanto discutíamos o que fazer com o dinheiro. Eu e Geir queríamos ir na mesma hora até a loja comprar doces. Anne Lisbet e Solveig também queriam comprar doces, mas não naquele momento, já era quase hora do jantar e elas tinham que ir para casa. Combinamos de guardar o dinheiro até o dia seguinte e comprar doces juntos.

Anne Lisbet e Solveig tomaram o caminho de casa. Eu e Geir continuamos em direção à estrada principal, rumo à loja. Quando chegamos, não conseguimos esperar como havíamos combinado, aquela moeda estava queimando um furo no meu bolso, não conseguíamos pensar em outra coisa. Não havia como esperar até o dia seguinte para gastá-la, então decidimos comprar os doces naquela mesma hora, guardá-los e fazer uma surpresa para Anne Lisbet e Solveig no dia seguinte.

E assim foi.

Porém mal havíamos comprado os doces e começado a seguir pela estrada quando o pai de Geir apareceu no Fusca da família. Ele parou o carro ao nosso lado, se inclinou por cima do banco do carona e abriu a porta.

— Entre — disse.

— O Karl Ove pode vir junto?

— Não, agora não. Não estamos indo para casa. Nós vamos para a cidade. Fica para a próxima, Karl Ove!

— Tudo bem — Geir respondeu. Então ele se virou na minha direção e sussurrou de maneira dramática: — Não coma nenhum doce!

Balancei a cabeça e fiquei parado até que Geir entrasse e o carro partisse. Depois pulei a mureta, desci correndo a encosta onde ficava a pracinha, passei pelo carro abandonado, cruzei o campo de futebol, atravessei a floresta e segui ao longo da orla até deixar o pântano para trás. Antes de entrar no campo de visão da nossa casa, parei e guardei todos os doces, até então guardados em uma sacola, nos quatro bolsos da minha jaqueta. Joguei a sacola fora e corri pela estrada até chegar à lateral da minha casa, onde a janela da sala estava iluminada, e segui pela estradinha que ia até a porta. O carro do meu pai estava lá, e ao lado, no lugar habitual, a bicicleta de Yngve!

A peça de metal que segurava o guidom no lugar tinha um brilho diferente e mais intenso do que o metal ao redor. Com certeza o nosso pai não deixaria de notar.

Abri a porta e entrei. Se topasse com meu pai, eu simplesmente penduraria a jaqueta como de costume. Se ele estivesse no escritório ou na sala, eu subiria com a jaqueta, esconderia os doces no meu quarto e desceria outra vez com a jaqueta vazia. Se ele me encontrasse durante esse trajeto e perguntasse o que eu estava fazendo com a jaqueta dentro de casa, eu responderia que estava com tanta vontade de ir ao banheiro que não podia esperar.

Tudo estava em silêncio.

Ou melhor, quase. Ele estava na sala.

Tirei os sapatos com todo cuidado e atravessei o corredor, subi a escada e entrei no banheiro. Abri o zíper, tirei o pinto para fora e mijei. Puxei a cordinha da descarga, lavei as mãos com água fria, sequei-as e esperei até que o barulho da água parasse antes de abrir a porta. Olhei de relance para a sala, não vi nada, entrei no meu quarto, afastei o edredom para o lado, tirei os doces que estavam nos meus bolsos e os larguei em cima da cama, tapei-os com o edredom e saí para o corredor.

— Karl Ove, é você? — meu pai perguntou da sala.

— Sou eu — respondi.

Ele apareceu no corredor.

— Por onde você andou? — ele quis saber.

— Em Gamle Tybakken, com o Geir — eu disse.

— E o que vocês estavam fazendo por lá?

Os lábios dele estavam fixos. Os olhos pareciam frios.

— Nada de especial — respondi com a voz mais alegre que consegui. — Ficamos dando umas voltas.

— Por que você está com essa jaqueta?

— Eu estava com muita vontade de ir ao banheiro. Vou tirá-la agora.

Desci a escada. Meu pai voltou para a sala. Pendurei a jaqueta e subi depressa, preocupado com a ideia de que os doces estivessem desprotegidos no meu quarto. Acendi a luminária redonda de metal que ficava em cima da minha escrivaninha. A lâmpada comprida e fina preencheu todo o espaço vazio onde morava com uma luz amarelada. Me sentei na cama. Estendi o edredom por cima dos doces.

O que fazer então?

Fui invadido pelos mais variados sentimentos. Num instante eu estava prestes a chorar, no instante seguinte eu quase transbordava de alegria.

Abri um livro sobre o universo que tinha sido do meu pai e que eu pegara emprestado na última vez em que tinha adoecido. O livro era cheio de ilustrações que mostravam como seriam as viagens espaciais no futuro. Os autores tinham previsto como seriam os equipamentos dos astronautas, o formato dos foguetes e a superfície dos planetas, e tudo aparecia nos desenhos.

Ouvi os passos do meu pai no corredor.

Ele abriu a porta e olhou para mim.

Não fez menção de entrar nem me dirigiu a palavra. Eu fechei o livro e endireitei as costas. Olhei de relance para os doces.

Era impossível perceber qualquer coisa.

— O que você tem ali? — perguntou meu pai.

— Onde? — eu disse. — O que você quer saber? Eu não tenho nada.

— Debaixo do edredom — ele disse.

— Não tem nada debaixo do edredom!

Meu pai olhou para mim.

Em seguida caminhou até a cama e puxou o edredom para o lado.

— Você mentiu para mim, garoto! — ele disse. — Você mentiu para o seu pai!

Ele pegou a minha orelha e a torceu.

— Foi sem querer! — eu me defendi.

— De onde vieram esses doces? De onde você tirou o dinheiro para comprá-los?

— Uma senhora me deu! — eu disse, e então comecei a chorar. — Eu não fiz nada de errado!

— Uma senhora? — meu pai repetiu. Ele torceu minha orelha com mais força. — Por que uma senhora daria dinheiro para você?

— Ai! Ai! — gritei.

— Quieto! — disse o meu pai. — Você mentiu para mim. Não é verdade?
— É. Mas foi sem querer!
— Olhe para mim enquanto eu falo com você. Você mentiu?
Ergui a cabeça e olhei para ele. Os olhos ardiam de raiva.
— Menti! — eu disse.
— Então me diga de onde você tirou esse dinheiro. Você entendeu?
— Entendi, mas foi uma senhora que me deu! Nós a ajudamos!
— Quem?
— Eu e o Geir e a A...
— Você e o Geir e quem mais?
— Ninguém. Só eu e o Geir.
— Seu mentiroso. Venha cá.

Ele torceu minha orelha mais uma vez ao mesmo tempo que puxou a mão em direção ao próprio corpo para que eu me levantasse. Eu chorava e soluçava e me sentia completamente vazio.

— Vá para o escritório — ele disse, sem largar a minha orelha.
— Eu... não... fiz... nada... de errado — eu disse. — A gente... ganhou... o... dinheiro.

Ele abriu a primeira porta com tanta força que ela chegou a bater contra a parede. Depois me empurrou para dentro da outra e me largou no chão.

— Como foi que você conseguiu aquele dinheiro? — ele perguntou. — Não minta para mim!
— A gente ajudou... uma senhora.
— Ajudou como?
— Com... uma árvore. Uma árvore... que estava presa no córrego. A gente... tirou a árvore da água.
— E por isso ela deu dinheiro a vocês?
— Deu.
— Quanto?
— Cinco coroas.
— Você está mentindo, Karl Ove. De onde você tirou o dinheiro?
— EU NÃO ESTOU MENTINDO! — gritei.

A mão dele voou depressa até o meu rosto e me acertou com um tapa.
— Não grite! — ele bufou.
Em seguida endireitou as costas.

185

— Mas existe um jeito de descobrir — ele disse. — Vou ligar para essa senhora e perguntar se é verdade.

Ele olhou fundo nos meus olhos enquanto falava.

— Onde ela mora?

— Em... Gamle Ty... bakken — eu disse.

Meu pai olhou para o telefone em cima da mesa, tirou-o do gancho e discou um número. Ajustou o fone junto à orelha.

— Olá — ele disse. — O meu nome é Knausgård. Estou ligando por causa do meu filho. Ele disse que hoje ganhou cinco coroas da senhora. É verdade?

Fez-se um silêncio.

— Não? A senhora não recebeu a visita de dois meninos hoje? Não deu cinco coroas para eles? Claro, claro, eu entendo. Muito obrigado e desculpe o incômodo. Até mais.

Então ele desligou.

Eu não podia acreditar no que tinha acabado de ouvir.

Meu pai me encarou.

— A senhora não viu nenhum menino por lá. E além do mais não deu cinco coroas para ninguém.

— Mas é verdade! A gente *ganhou* cinco coroas.

Ele balançou a cabeça.

— Não foi o que ela disse. Mas, enfim. Já chega de mentiras. De onde você tirou o dinheiro?

Uma nova onda de choro convulsivo atravessou o meu corpo.

— Da... senhora... em... Gamle... Tybakken! — respondi soluçando.

Meu pai olhou para mim.

— Já chega dessa história — disse o meu pai. — Trate de jogar aqueles doces no lixo. E depois pode ir para o seu quarto até de noite. Mais tarde vou ter uma conversa com o Prestbakmo.

— Mas os doces não são meus! — eu disse.

— Não? Mas você não insistiu o tempo inteiro em dizer que tinha ganhado cinco coroas? E agora os doces não são seus?

— São do Geir também — eu disse. — Não posso jogá-los fora.

Meu pai olhou para mim com a boca entreaberta e um olhar furioso.

— Trate de fazer como estou dizendo — ele disse por fim. — E não quero ouvir mais NENHUMA palavra de você. Entendido? Você roubou, mentiu e ainda por cima está sendo teimoso! Já chega. Levante.

Com meu pai logo atrás de mim, subi a escada, entrei no meu quarto e então juntei todos os doces, joguei-os na lixeira da cozinha e voltei para o meu quarto.

Naquele outono e naquele inverno visitamos Anne Lisbet e Solveig sempre que podíamos. Andávamos no escuro e brincávamos com as capas de chuva brilhando de umidade sob o facho das nossas lanternas, que abriam pequenos túneis de luz na floresta abaixo da casa delas, passávamos horas no quarto de uma delas desenhando e ouvindo música, caminhávamos até a fábrica de barcos e o grande cais lá perto, subíamos a gandra mais atrás, onde nunca tínhamos estado, e descíamos pela floresta até chegar debaixo da ponte, onde ficavam as enormes fundações de concreto.

Num sábado descemos até o lixão secreto. As meninas sentiram o mesmo entusiasmo que nós quando descobrimos o lugar, e eu e Geir arrastamos quatro cadeiras e uma mesa, uma luminária e uma cômoda para o meio da floresta, tudo ficou lá como se fosse uma sala, era incrível, porque estávamos na floresta, sob a luz do sol, mas assim mesmo no interior de uma sala, e além do mais estávamos com Solveig e Anne Lisbet.

O tremor que eu sentia ao olhar para ela não passava nunca, ela era tão linda que chegava a doer. A jaqueta estofada grossa e azul-clara de material liso. A touca branca. O detalhe em lã na parte de cima das botas dela. O rosto dela, quando por um motivo ou outro olhava brava para nós. O sorriso dela, que reluzia como um bilhão de diamantes.

Quando a neve começou a cair, saímos à procura de lugares onde pudéssemos pular, escorregar ou cavar buracos. O rosto vermelho e quente dela, o cheiro suave mas inconfundível de neve, que mudava de acordo com a temperatura mas estava sempre ao nosso redor; todas as possibilidades que existiam. Certa vez havia uma neblina densa entre as árvores, a atmosfera estava repleta de vertigem e nossas roupas de chuva faziam tão pouco atrito contra a neve que podíamos deslizar como focas. Subimos até o monte de pedras, eu me deitei, Anne Lisbet sentou nas minhas costas, Solveig nas costas de Geir e assim deslizamos até chegar ao fim da descida. Aquele tinha sido o melhor dia em toda a minha vida. Repetimos aquela descida muitas e muitas vezes. A sensação das pernas dela nas minhas costas, o jeito como se agarrava aos meus ombros, os gritos que dava quando ganhávamos velocidade, a incrível capotagem quando chegávamos ao fim da descida e rolávamos com nossos braços e pernas misturados. Tudo enquanto a neblina permanecia imóvel entre os espruces verde-escuros e úmidos e a vertigem no ar parecia uma grossa camada sobre a pele dos nossos rostos.

Descobrimos muitos lugares novos durante aquele inverno, como por exemplo a floresta de árvores decíduas abaixo da estrada que dava a volta em todo o loteamento e acima do posto Fina, dois lugares que antes eram totalmente separados para nós, mas que de repente passaram a ter uma ligação. A antiga estrada de cascalho que descia, e cujo último trecho havíamos desbravado a caminho do Fina, também tinha uma parte mais elevada, onde moravam crianças que nunca tínhamos visto antes, elas também tinham um campo de futebol na floresta, pequeno, claro, mas com gols decentes. Ou mesmo a estrada abaixo do lugar onde Anne Lisbet e Solveig moravam, cheia de casas que não ficavam a mais que um tiro de pedra das casas delas. Descobrimos que Dag Magne, nosso colega de classe, era vizinho de Solveig. Que as casas deles fossem tão próximas foi uma surpresa e tanto, porque os dois habitavam mundos diferentes, e um cinturão de floresta os separava. Tudo indicava que a floresta havia nos enganado. Ela não devia ter mais do que vinte ou trinta metros naquele ponto, mas representava coisas tão distintas de casas que a distância subjetiva era de centenas de metros. Assim era por todo o loteamento, e não somente naquele ponto, com o lixão era a mesma coisa, porque se alguém viesse pela estrada de Færvik e não dobrasse à direita para entrar na estrada que ia a Hove, mas continuasse reto, o que quase ninguém fazia, acabaria lá. E se alguém dobrasse à direita no fim da longa planície na estrada que seguia a oeste e levava à escola, era uma questão de poucas dezenas de metros para que o lixão se revelasse em todo o seu esplendor em meio às árvores. As regiões que até então tinham sido lugares isolados, por assim dizer mundos à parte, de repente ligaram-se umas às outras. Quanta gente sabia que o Tjenna na verdade ficava perto do Gjerstadsvannet? Do Gjerstadsvannet, para onde se costumava ir a pé desde Sandum, no outro extremo da ilha! Ou então por um atalho na estrada que saía da escola!

Outra surpresa foi que a sra. Hjellen, nossa faxineira, era vizinha de

Anne Lisbet, e morava na casa ao lado com o marido. Eles não tinham filhos, ela sempre se alegrava ao receber visitas, e eu a visitava sozinho e com os outros três. Quando a sra. Hjellen fazia a faxina na nossa casa eu contava para ela tudo que se pode imaginar, e até mesmo coisas que eu não contava para o meu pai nem para a minha mãe. Ela me ensinou a abrir a porta da frente com a minha chave — o segredo era puxá-la *um pouquinho* depois de tê-la enfiado na fechadura até o fundo, e *então* girar.

Assim, foi para a sra. Hjellen que fiz minha confidência quando uma das pedras que atirávamos a intervalos regulares contra os carros na estrada lá embaixo finalmente atingiu o alvo. Fui eu que a joguei. Estávamos junto à cerca de tela verde, Geir tinha acabado de errar o carro dele quando eu ergui uma pedra e esperei até que outro aparecesse. A pedra era maior do que a minha mão, e tão pesada que eu teria que empurrá-la mais do que jogá-la para baixo. De repente um carro apareceu na curva. Veio descendo a planície. Agora!

A pedra deslizou pelo ar. Assim que ela começou a cair tive certeza de que acertaria o carro. Mas eu não tinha imaginado que o barulho da batida contra o teto seria tão alto. Nem que no instante seguinte eu ouviria o barulho dos freios e os pneus cantando no asfalto lá embaixo.

Geir me encarou com um olhar apavorado.

— Vamos embora! — ele disse.

Ele escalou as pedras, atravessou a estrada correndo, subiu na pequena rocha nua e desapareceu.

Fiquei totalmente paralisado. Eu simplesmente não conseguia me mexer. Estava apavorado demais. Mesmo quando ouvi o barulho da porta se fechando lá embaixo, a partida do motor e o movimento do carro em direção ao lugar onde eu estava, continuei paralisado.

Trinta segundos depois o carro subiu a estrada. Com lágrimas escorrendo pelo rosto e as pernas tão bambas que eu quase não me aguentava em pé, vi o carro parar três metros acima de mim. O motorista não abriu a porta e desceu, ele a atirou longe e deu um salto para fora, com o rosto vermelho de raiva.

— Foi você que atirou aquela pedra? — ele berrou, já descendo o barranco.

Acenei a cabeça.

O homem agarrou os meus dois braços e me sacudiu.

— Eu podia ter morrido, sabia? Eu podia ter morrido se aquela pedra acertasse o para-brisa! Você entende? E independente de qualquer outra coisa o carro ficou DESTRUÍDO! Você tem ideia de quanto dinheiro custa mandar consertar um teto? Ah, mas isso vai sair caro para você!

Ele me largou.

Eu chorava tanto que não conseguia enxergar nada.

— Como é o seu nome? — ele me perguntou.

— Karl Ove — respondi.

— Sobrenome?

— Knausgård.

— Você mora aqui?

— Não.

— Mora onde, então?

— Na Nordåsen Ringvei — eu disse.

O homem endireitou as costas.

— Você ainda vai ter notícias minhas — ele disse. — Ou melhor, o seu pai ainda vai ter notícias minhas.

O homem subiu o barranco num único impulso com as longas pernas dele, se acomodou no carro, bateu a porta com força e subiu o morro acelerando.

Me sentei no morro, chorando e soluçando. Não havia mais nenhuma esperança.

No instante seguinte ouvi um grito de Geir na propriedade mais acima. Ele veio correndo, cheio de perguntas sobre o que tinha acontecido e sobre o que o homem tinha me dito. Eu sabia que ele estava feliz por ter sido eu a jogar a pedra, e eu a dar o meu nome. Mas o que ele mais queria saber era por que eu não tinha corrido. O tempo foi mais do que suficiente para nós dois escaparmos. Se eu tivesse corrido, o motorista nunca me encontraria e nunca teria descoberto que tinha sido eu a jogar a pedra.

— Eu não sei — respondi, secando as lágrimas. — Mas não consegui. De repente não consegui me mexer.

— Você vai contar o que aconteceu em casa? — Geir me perguntou.

— É a melhor coisa a fazer. Se você contar o que aconteceu os seus pais vão ficar bravos, mas depois vai passar. Se você não disser nada e o homem ligar vai ser pior.

— Eu não vou conseguir — respondi. — Não posso contar o que aconteceu.

— Você deu o nome do seu pai?

— Não. Só o meu.

— Mas o seu nome não consta na lista telefônica! — ele disse. — É para o seu pai que ele tem que ligar. Mas você não deu o nome do seu pai!

— Não — concordei, e assim recuperei um pouco da esperança.

— Então não conte — Geir me aconselhou. — Pode ser que não aconteça nada!

Quando cheguei em casa a sra. Hjellen estava lá. Ela notou que eu havia chorado e perguntou o que tinha acontecido. Pedi a ela que me prometesse não contar para ninguém. Ela prometeu. Então contei tudo. Ela acariciou o meu rosto e disse que a melhor coisa a fazer era contar tudo para os meus pais. Mas eu disse que não ia conseguir, e então deixamos o assunto de lado. No dia seguinte, cada vez que o telefone tocava eu me sentia paralisado por um medo mais profundo do que qualquer outro que já tivesse sentido até então. Uma escuridão profunda toldava o dia. Mas nunca era o motorista, era sempre outra pessoa, e assim comecei a achar que tudo simplesmente passaria.

Até que ele ligou.

O telefone tocou, meu pai atendeu no andar de baixo e passaram-se uns três minutos até que o telefone do andar de cima fizesse um clique, indicando que ele havia desligado. Meu pai subiu a escada, os passos dele pareciam decididos e cheios de convicção. Foi conversar com a minha mãe. As vozes lá dentro estavam exaltadas. Sentei na minha cama e comecei a chorar. Minutos depois a porta do meu quarto se abriu. Os dois entraram. Aquilo nunca acontecia. Os rostos deles estavam graves e sombrios.

— Eu recebi o telefonema de um homem — disse meu pai. — Ele disse que você jogou uma pedra enorme em cima do carro dele e que o teto ficou destruído. É verdade?

— É — eu respondi.

— COMO você pôde fazer uma coisa dessas? — ele me perguntou. — Qual é o seu problema? Esse homem podia ter morrido! Você entende? Entende que o que você fez é muito grave, Karl Ove?

— Entendo — eu disse.

— Se essa pedra tivesse atingido o para-brisa — minha mãe disse —, o carro podia ter saído da pista, ou mesmo batido contra um outro carro. Esse homem podia ter perdido a vida.

— Eu sei — eu disse.

— E agora eu tenho que pagar o conserto. Vai custar milhares de coroas! E esse é um dinheiro que simplesmente não temos! — disse meu pai. — De onde vamos tirar?

— Não sei — eu disse.

— Pirralho dos infernos! — meu pai disse, virando-se de costas.

— E você não nos disse nada — minha mãe continuou. — Já faz mais de uma semana que aconteceu. Você tem que nos contar quando essas coisas acontecem, sabia? Você tem que prometer.

— Eu prometo — respondi. — Mas eu contei tudo para a sra. Hjellen.

— Para a *sra. Hjellen*? — perguntou meu pai. — E não para nós?

— É.

Ele me encarou com um olhar frio e cheio de raiva.

— Por que você fez uma coisa dessas? — minha mãe perguntou. — Por que você resolveu jogar pedra num carro? Você sabia que era perigoso, não?

— A gente achou que não ia acertar — expliquei.

— A gente? — meu pai perguntou. — Então você não estava sozinho?

— O Geir estava junto — eu disse. — Mas fui eu que joguei a pedra que acertou o carro.

— Parece que vou ter que conversar com o Prestbakmo também — disse meu pai, olhando para a minha mãe. Depois ele me encarou mais uma vez.

— Você está de castigo hoje, amanhã e depois. E não vai ganhar nenhum dinheiro nesta semana e na próxima. Entendido?

— Entendido — eu disse.

Então os dois saíram.

Tudo passava. Aquilo também. O terrível eram as trevas entre o acontecimento e a revelação, quando tudo parecia familiar, mesmo não sendo. O momento em que as coisas estremeciam por trás da superfície impassível e trivial. Cerca de um ano atrás uma situação parecida tinha me levado a fugir. Foi uma faca, e não uma pedra, o que causou o acidente. Todas as outras crianças tinham uma faca de escoteiro, menos eu. Eu era pequeno e irresponsável demais. Porém um dia, numa cena que mais parecia uma cerimônia, meu pai me deu uma faca. Disse que confiava em mim. Escondi minha decepção por ele ter comprado uma faca de menina; que a ilustração de escoteiro na bainha estivesse de saia, e não de calças, era um detalhe que adulto nenhum perceberia, e assim deixei que a minha alegria com a faca vencesse, porque a partir daquele momento eu poderia cortar e lascar e entalhar e atirá-la com as outras crianças. Tudo que eu precisava fazer era manter a bainha longe dos outros. No mesmo dia eu fiz uma espada com Leif Tore. Um longo pedaço de madeira que eu tinha afiado como se fosse uma sovela, e um outro pedaço curto pregado ao cabo. De espadas em punho, começamos a andar pelo loteamento. Encontramos duas meninas, cada uma com um carrinho de boneca, e as seguimos por um tempo antes de partir para o ataque, imaginando que éramos piratas e que aqueles eram navios mercantes, e assim espetamos nossas espadas por diversas vezes na capota dos carrinhos de boneca. As meninas gritaram, nos afastamos um pouco, elas disseram que iam nos dedurar, sentimos medo pelo que havíamos feito e ficamos de olho nelas. Primeiro voltaram para casa, depois saíram e em seguida foram para a casa dos Gustavsen e depois para a minha. Apavorados com as possíveis consequências, decidimos fugir. Subimos a montanha, entramos na floresta quando chegamos ao topo e seguimos o caminho até onde dava, ou seja, até a saliência rochosa acima das águas do Tjenna. Nem eu nem Leif Tore tínhamos estado naquele lugar antes. Era longe de casa, e pensei que podíamos dormir por lá mesmo e continuar nossa caminhada no dia seguinte. Nos sentamos na beira da montanha e olhamos para o horizonte. O sol pairava baixo, o panorama que se descortinava à nossa frente estava quase dourado pelo brilho do fim da tarde. Ficamos lá sentados por cerca de meia hora. Depois Leif Tore quis voltar para casa. Disse que estava com fome. Tentei convencê-lo a não voltar, nós tínhamos fugido, não podíamos mais voltar, mas ele não cedeu, não queria de jeito nenhum dormir ao relento, e eu, que tinha medo do escuro, não conseguiria de jeito nenhum dormir ao relento sozinho, então voltei junto com ele. Meu pai estava no jardim à minha espera quando cheguei em casa. Me agarrou pelo braço e arrastou-me até o meu quarto, onde me pôs de castigo. Tomou a minha faca, mesmo que eu tivesse usado a espada. Meus pais não entendiam a diferença. Desferir estocadas com uma faca era impensável. Mas a espada era de madeira, foi aquilo que usamos e era aquilo que devia ter sido confiscado. Mas eles pegaram a faca.

Ouvi a conversa dos meus pais. Olhe bem para isso aqui, disse meu pai, olhe para essa bainha, está completamente destruída. Ele se referia aos vários buracos que eu tinha feito na bainha para esconder o fato de que a ilustração de escoteiro usava uma saia e não calças, o que interpretou como um sinal do meu descuido e da minha imaturidade. Durante o meu castigo naquela tarde e também na tarde seguinte, fiquei na janela, vendo Leif Tore brincar na rua. Ele tomou um cascudo do pai e pronto. E Leif Tore não se importava com os cascudos.

Mas passou. Tudo passou. As meninas arranjaram carrinhos de boneca novos, o motorista arranjou um teto novo, meu castigo acabou, as semanadas voltaram, à tarde a estrada em frente à nossa casa se enchia de crianças e a floresta mais abaixo estava sempre aberta, dia e noite, durante o inverno e a primavera. Anne Lisbet e Solveig nunca desciam até lá, éramos sempre nós que subíamos até a casa delas, e assim tínhamos dois mundos, um em frente à nossa casa, onde nos juntávamos aos numerosos grupos que surgiam todas as tardes, jogávamos futebol, brincávamos na estrada, construíamos cabanas na floresta mais abaixo, corríamos de um lado para o outro enfiando a cabeça em todos os cantos do loteamento e, quando o frio chegava e o gelo aparecia, patinávamos no Tjenna, onde os estranhos barulhos das lâminas contra o gelo, ecoados pela montanha baixa próxima ao rinque, enchiam cada dia passado naquele lugar de uma intensa alegria — e outro perto da casa delas, onde tudo era à primeira vista idêntico ao que tínhamos em casa, porque lá também havia crianças que aprontavam tudo que se pode aprontar, lá também jogavam futebol na estrada, lá também brincavam no escuro, lá também pulavam corda e elástico, lá também patinavam nos lagos congelados e esquiavam quando a neve caía, mas assim mesmo era diferente. A alegria parecia estar em outro lugar, não naquilo que fazíamos, mas em nossas companhias. Essa alegria era tão intensa que muitas vezes surgia também quando elas não estavam lá. Uma tarde jogávamos pingue-pongue na garagem de Dag Lothar, uma tarde ficávamos rondando as cabanas próximas a uma nova estrada na floresta, uma tarde jogávamos xadrez chinês na casa de Geir, uma tarde eu tirava a roupa em frente à cama e de repente a imagem de Anne Lisbet e de tudo que ela representava me atingia com uma força tão grande que eu chegava a sentir vertigem de felicidade e anseio. E havia mais do que apenas ela nesse sentimento, havia também a bela mãe dela e o pai de ombros largos, que era mergulhador e tinha um par de cilindros de oxigênio amarelos no banheiro do porão, a irmãzinha e o irmãozinho dela, todos os cômodos da casa dela e o cheiro bom que os preenchia. Havia todas as coisas que ela tinha no quarto, tão diferentes daquelas que enchiam o meu, várias bonecas, roupinhas de boneca, muito cor-de-rosa e muitos frufrus. E havia também as coisas que fazíamos juntos, coisas que a alegria e o entusiasmo dela reforçavam e faziam brilhar. Acontecia em especial na escola, onde nos mantínhamos um pouco afastados até que uma situação nos aproximasse, podia ser o círculo que fazíamos para brincar de passa anel e ela o entregava para mim, ou quando ela me segurava na última linha de passa-passará e me enlaçava com os braços, ou quando era eu quem a perseguia na brincadeira de pega-pega e ela diminuía a velocidade de propósito para que eu pudesse alcançá-la. Ah, se dependesse de mim, correria atrás de Anne Lisbet a minha vida inteira, bastaria apenas que eu pudesse abraçá-la no final.

Se eu sabia que aquilo não poderia durar?

Não, não sabia. Eu achava que continuaria para sempre. A primavera chegou, e com ela a leveza: um dia calcei meus tênis de corrida novos, e correr na rua com eles, depois de ter passado seis meses usando botas e botinas, era como voar. As calças e jaquetas estofadas, que tornavam os movimentos difíceis e desajeitados, deram lugar a calças e jaquetas leves. Luvas, cachecóis e toucas foram guardados. Esquis e patins, trenós e tobogãs foram colocados em galpões e garagens, bolas de futebol e bicicletas foram redescobertas e o sol, que por tanto tempo havia pairado baixo no céu, e cujos raios serviam apenas para fornecer luz, alçou-se cada vez mais alto a cada dia que passava, e logo estava tão quente que as jaquetas que usávamos pela manhã já estavam guardadas na mochila quando voltávamos da escola. Mas o símbolo máximo da primavera era o cheiro de grama e de folhas queimadas que se espalhava por todo o loteamento durante aquelas semanas. As tardes frescas, a escuridão azulada, o frio que soprava da vala onde ainda se acumulavam montes de neve, duros como gelo e cheios de pedras incrustadas, o murmúrio constante de todas as crianças que estavam na rua, umas correndo atrás da bola pela estrada, outras pedalando para cima e para baixo dos barrancos ou dando piruetas na calçada, todas fervilhando cheias de vida e leveza, bastava correr, bastava pedalar, bastava gritar, bastava rir, tudo com o cheiro pungente mas assim mesmo agradável da grama do ano passado que as pessoas queimavam por toda parte enchendo as nossas narinas. Às vezes também subíamos correndo para ver: as chamas baixas e concentradas que pareciam ondas alaranjadas, quase úmidas graças à intensidade que as cores adquiriam na escuridão do fim da tarde, vigiadas por uma mãe ou um pai orgulhoso, muitas vezes com um ancinho apoiado no ombro e as mãos enluvadas, como uma espécie de cavaleiro da classe média baixa. Às vezes também acendiam verdadeiras fogueiras, nas quais todo o lixo que se acumulava no pátio ao longo do inverno era queimado.

O que havia de especial no fogo?

Era um elemento muito estranho àquele lugar, tão arcaico que nada a respeito dele parecia ter qualquer ligação com o ambiente ao redor: o que o fogo fazia lado a lado com o trailer dos Gustavsen? O que o fogo fazia lado a lado com a escavadeira de brinquedo de Anne Lene? O que o fogo fazia lado a lado com os móveis de jardim molhados e desbotados pelo sol na casa dos Kanestrøm?

Em todos os matizes de amarelo e vermelho o fogo se erguia rumo ao céu, consumia gravetos crepitantes, derretia plásticos chiantes, surgia ora aqui, ora acolá, em padrões totalmente imprevisíveis que pareciam tão belos quanto inacreditáveis, pois o que fazia em meio a noruegueses comuns nessas tardes da década de 1970?

Com o fogo, um outro mundo se descortinava e em seguida desaparecia. Aquele era o mundo da água e do ar, da terra e das montanhas, do sol e das estrelas, das nuvens e do céu, de todas as coisas velhas que sempre haviam estado lá e nas quais ninguém pensava. Mas o fogo surgia, e não havia como deixar de notá-lo. E depois que você o via, não havia mais como deixar de vê-lo por toda parte, nas lareiras e estufas, nas fábricas e nas indústrias, e também nos carros que andavam pelas estradas e ficavam estacionados nas garagens ou em frente às casas no final da tarde, pois neles o fogo também queimava. Os carros também eram profundamente arcaicos. Essa idade enorme se encontrava em todas as coisas, desde as casas, que eram feitas de pedra ou de madeira, até a água que corria por canos e jorrava deles, mas, como tudo acontece como se fosse pela primeira vez a cada nova geração, e como essa geração usa tudo como a geração anterior havia usado, esse conhecimento permanece oculto, e isso se de fato existisse, porque em nossas cabeças não apenas éramos pessoas modernas da década de 1970, mas nosso ambiente também era um ambiente moderno da década de 1970. E nossos sentimentos, os sentimentos que corriam e permaneciam dentro de cada um de nós nesses fins de tarde, eram sentimentos modernos, sem nenhuma outra história a não ser a nossa própria. E para nós, que éramos crianças, isso era o mesmo que não ter história. Tudo acontecia pela primeira vez. E mesmo que os sentimentos fossem antigos, talvez não antigos como a água e a terra, mas antigos como os homens, jamais pensávamos nessas coisas. Ah, não — por que haveríamos de pensar? Os sentimentos que palpitavam em nosso peito, que nos levavam a gritar e a berrar, a rir e a chorar, eram simplesmente nossos, eram simplesmente um atributo nosso, mais ou menos como as geladeiras tinham uma luz que se acendia quando a porta era aberta ou as casas tinham uma campainha que soava quando o botão era apertado no lado de fora.

Será que eu acreditava mesmo que aquilo poderia durar?

Sim, eu acreditava.

Mas ao mesmo tempo não acreditava. Um dia no fim de abril eu disse a Anne Lisbet que eu e Geir faríamos uma visita depois da escola, mas ela disse que não podíamos.

— Por que não? — perguntei.

— Vamos receber outras pessoas — ela disse.

— Quem? — eu quis saber. Pensei que talvez fosse um tio, uma tia ou coisa parecida.

— É segredo — ela disse, e deu um sorriso maroto.

— É alguma colega nossa? — perguntei. — A Marianne ou a Sølvi ou a Unni?

— É segredo — ela repetiu. — E vocês não podem nos visitar hoje. Tchau!

Falei com Geir e contei o que tinha acontecido. Ficou decidido que íamos segui-las. Quando as aulas do dia terminaram e deixamos nossas mochilas em casa, tomamos o outro caminho que subia até a casa das meninas, atravessamos a área em construção na floresta mais abaixo, onde as fundações das primeiras casas já estavam prontas, e continuamos a nos esgueirar por entre as árvores e através do pântano até chegar ao retorno entre as casas delas.

Não havia ninguém.

Será que estavam dentro de casa?

Não podíamos tocar a campainha, afinal não era para estarmos lá. Descemos um pouco mais. Geir teve a brilhante ideia de bater na casa de Vemund. Ele abriu e ficou parado no patamar com uma expressão estúpida no rosto arredondado. Sim, as meninas tinham descido o morro um tempo atrás.

Sozinhas?

Não, com mais duas crianças.

Quem?

Ele não tinha visto.

Meninos ou meninas?

Meninos, ele achava. Primeiro ele achou que éramos nós, já que costumávamos passar um bom tempo por lá, mas naquele instante percebeu que eram outros garotos!

Vemund riu. Geir riu também.

Quem poderiam ser?

E o que as meninas estariam aprontando com eles?

— Vamos procurá-las! — eu disse a Geir.

— Mas elas não queriam que a gente viesse — ele disse. — Não seria melhor ficar um pouco na casa do Vemund?

Eu o encarei com os olhos arregalados.

— Tudo bem — Geir concordou.

— Não conte nada para ninguém — eu pedi a Vemund. Ele fez um gesto positivo com a cabeça, atravessamos o pátio da casa e descemos pela estrada.

Para onde podiam ter ido?

Imaginamos que pudessem ter descido até a loja. Mas alguma coisa me dizia que estariam próximos às casas. Fomos até a primeira estrada mais abaixo. Não devia ser difícil encontrá-los, já que andavam num grupo de quatro.

— Vamos subir aqui? — sugeri ao parar no cruzamento da estrada que subia até a casa de Dag Magne e das meninas.

Geir deu de ombros.

Subimos pela estradinha de cascalho. A casa de Dag Magne ficava em uma parte um pouco mais baixa do terreno. Ao lado havia uma garagem, cheia de bicicletas, ferramentas e pneus. Debaixo da varanda havia pilhas de madeira.

Quando chegamos ao topo do pequeno morro, Dag Magne estava na janela lateral da casa, olhando para nós. Para que não achasse que estávamos indo à casa dele, atravessamos o pátio sem olhar para ele e descemos a floresta pelo outro lado. A primavera estava a caminho, a grama até então praticamente branca tinha começado a verdejar, mas as folhas das árvores ainda não tinham brotado, então podíamos enxergar longe mesmo no meio da floresta.

Notamos que havia alguém. Na encosta junto à casa de Solveig eu percebi um vulto azul e vermelho se mexendo.

— Estão todos lá! — disse Geir.

Detivemos o passo e ficamos em absoluto silêncio.

Os quatro riam e falavam cheios de entusiasmo.

— Você consegue ver quem está lá? — perguntei.

Geir balançou a cabeça.

Chegamos um pouco mais perto. Permanecemos escondidos atrás das árvores o maior tempo possível, e quando chegamos a cerca de vinte metros, nos agachamos atrás de uma pedra.

Levantei a cabeça para espiá-los.

Eram Eivind e Geir B. que estavam com as meninas.

Eivind e Geir B.

Ah, diacho! Eivind e Geir B. eram nossos colegas! Eram vizinhos e ótimos amigos, e moravam um pouco depois da casa de Sverre, que ficava um pouco além da casa de Siv, que enxergávamos da estrada próxima à nossa casa.

Qual era a diferença entre eles e nós?

Não havia diferença nenhuma!

Eles eram ótimos amigos, nós também. Eivind era um dos melhores alunos da classe, eu era um dos melhores alunos da classe. Geir B. e Geir simplesmente nos acompanhavam.

Mas Eivind era mais bonito do que eu. Tinha cabelos crespos, maçãs do rosto altas, olhos pequenos. Eu tinha os dentes saltados e a bunda arrebitada. E ele era mais forte do que eu.

Ele estava pendurado numa árvore seca, tentando quebrá-la. Geir B. estava do outro lado, empurrando-a com toda a força. Anne Lisbet e Solveig olhavam.

Os dois estavam se exibindo para elas.

Ah, diacho, diacho!

O que podíamos fazer? Ir ao encontro deles como se nada tivesse acontecido? Juntar-nos os seis?

Olhei para Geir.

— O que vamos fazer? — sussurrei.

— Não sei — ele respondeu. — De repente bater neles?

— Ha ha! — eu ri. — Eles são mais fortes do que nós.

— De qualquer jeito, não vamos passar o dia inteiro aqui — ele sussurrou de volta.

— Vamos embora, então?

— Vamos.

Nós nos afastamos com o mesmo cuidado que havíamos empregado ao chegar. Quando estávamos mais uma vez no cruzamento Geir me perguntou se eu não queria passar um tempo na casa de Vemund.

— Eu não! — respondi.

— Mas eu vou para lá de qualquer jeito — ele disse. — Tchau!

— Tchau.

Andei mais um pouco, me virei e olhei para Geir. Ele tinha encontrado um graveto e o usava para bater alternadamente nos joelhos enquanto seguia ao longo do muro junto à calçada. Chorei durante quase todo o trajeto de volta, e tomei o caminho que passava pelo campo de futebol para que ninguém me visse.

Era uma sexta-feira. No sábado pela manhã eu corri até a casa de Geir, mas ele estava de saída com os pais. Minha mãe e meu pai limpavam e aspiravam a casa e Yngve tinha pegado o ônibus para a cidade junto com Steinar, então fiquei entregue a mim mesmo. Entrei no banheiro e tranquei a porta, remexi o cesto de roupa suja e encontrei as feias calças de veludo marrom, que estavam completamente encardidas de sujeira nos joelhos. Vesti-as, entrei no quarto e peguei meu blusão de lã amarelo e feio, vesti-o, aproveitei um instante em que ninguém estava olhando e desci a escada até o quartinho do aquecedor, onde as botas que eram os meus calçados mais horríveis ficavam guardadas, levei-as até o corredor e as calcei. Faltava apenas a jaqueta. Do gancho, peguei a fina jaqueta cinza que eu tinha ganhado na primavera anterior, que já estava pequena demais, e também um pouco suja, sem falar que o zíper não funcionava mais, e então eu tinha que usá-la aberta. Era até melhor, porque assim o blusão amarelo ficava exposto.

 E assim, vestido do jeito mais feio possível, comecei a percorrer o trajeto até o loteamento onde Anne Lisbet morava. Eu olhava o tempo inteiro para o chão, queria que as pessoas que me vissem percebessem o quanto eu estava triste. E se eu encontrasse Anne Lisbet, que era justamente o objetivo do meu passeio, ela entenderia o que tinha feito comigo. As roupas sujas e feias que eu estava usando, a postura cabisbaixa, tudo aquilo era para que ela entendesse.

 Eu não tocaria a campainha, porque nesse caso teria que falar com ela. Não, o objetivo era que ela me visse por acaso, e sentisse por conta própria como eu estava infeliz por causa do que ela tinha feito.

 Quando cheguei à casa de Vemund sem que ela tivesse me visto, peguei a estrada que levava até a casa dela, mesmo que aquilo pudesse destruir o meu plano, afinal o que eu estaria fazendo por lá senão procurando as meninas?

 Talvez fazendo uma visita a Bjørn Helge?

 Bjørn era um ano mais novo do que eu, e na verdade seria impensável brincar com ele. Mas ele jogava futebol e era um tanto precoce para a idade.

 Fiz uma parada junto ao retorno e pensei em ir à casa de Bjørn Helge. Mas só de ver a casa onde Anne Lisbet morava encheu-me de tristeza, então passado um tempo desci até a floresta, passei pelos terrenos recém-implodidos, onde as máquinas de construção e as cabanas dos trabalhadores erguiam-se impassíveis e olhavam para a frente com janelas vazias e pretas, segui pela estrada ao longo da planície, onde me detive para observar a nova casa paroquial que estava sendo construída, depois o terreno onde costumávamos jogar futebol e o portão do caminho que levava ao lixão que começava cem metros mais abaixo. Aos poucos comecei a descer. No meio da gandra por onde eu passava, atrás de árvores e rochas, moravam Eivind e Geir B. Uma vez eu e Geir tínhamos subido até lá para brincar com eles, e no inverno, antes que a neve caísse, nós os levamos para patinar no Tjenna. Uma vez também fomos convidados para a festa de aniversário de Geir B. E outra vez para a de Sverre. Nessa vez eu perdi as dez coroas que seriam o presente dele, o envelope estava vazio quando cheguei, vestindo as minhas melhores roupas, eu comecei a chorar, aquilo não era nada bom, nada bom, mas havia uma razão, dez coroas era muito dinheiro. O pai dele por sorte me ajudou a procurar, nós voltamos pelo caminho que eu tinha feito e, reluzindo contra o asfalto preto, encontramos a nota de dez coroas. Assim eles podiam ter certeza de que eu não havia tentado enganar ninguém, certeza de que não tinha pegado o dinheiro para mim e fingido que tinha perdido.

No gramado de um jardim estava o garoto com longos cabelos pretos e feições indígenas, treinando embaixadinhas com uma bola.

— Oi — ele disse.

— Oi — eu disse.

— Quantas você consegue fazer? — ele perguntou.

— Quatro — respondi.

— Ha ha! — ele riu. — Quatro é a mesma coisa que nada.

— Quantas você consegue?

— Acabei de fazer dezesseis.

— Quero ver — eu disse.

Ele colocou a bola no chão e apoiou o pé em cima. Um rápido movimento do pé fez a bola subir. Um, dois, três, mas em seguida a bola se afastou demais, e o último toque, que pegou apenas de raspão, mandou a bola para a cerca viva.

— Foram quatro — eu disse.

— Porque você estava olhando — ele disse. — Eu perdi a concentração. Mais uma vez. Você espera?

— Espero.

Nessa segunda vez ele levantou a bola à altura dos joelhos, e assim foi simples, a bola foi de um joelho para o outro cinco vezes antes que ele mais uma vez perdesse o controle.

— Oito — eu disse.

— É — ele concordou. — Mas agora preste atenção!

— Tenho que ir — eu disse.

— Tudo bem — ele respondeu.

O pai do menino, um gordo de óculos que tinha cabelos bastos e grisalhos, nos olhava da janela. Corri até a calçada do outro lado, mas de repente me lembrei das roupas feias que eu estava usando e voltei a andar com a cabeça baixa.

No instante em que cheguei ao pé do morro, meu pai estava manobrando o carro no pátio da nossa casa. Acenou para mim, se inclinou por cima do banco e abriu a porta.

— Entre — disse. — Estamos indo dar um passeio na cidade.

— Mas eu estou com roupas feias — respondi. — Posso me trocar?

— Que bobagem — o meu pai disse. — Entre de uma vez!

Puxei a pequena alavanca na lateral do banco e tentei levantá-lo.

— Sente no banco da frente — ele disse.

— No banco da frente? — repeti.

Aquilo não acontecia nunca.

— É — ele disse. — Mas não temos o dia inteiro! Vamos!

Fiz como ele pediu. Quando fechei a porta meu pai engatou a marcha e o carro começou a andar.

— Você está meio sujo mesmo — ele disse. — Mas vamos dar um passeio curto. Não tem problema.

Comecei a mexer no cinto de segurança e não consegui ver muita coisa antes que eu estivesse afivelado e nós avançássemos a caminho da ponte.

— Pensei em dar uma volta até o cais — ele disse. — E depois conferir os instrumentos musicais na Musikkhjørnet. Você quer ir junto?

— Quero! — eu disse.

Meu pai dirigia com uma única mão no volante. A outra estava na alavanca de mudança, com um cigarro fumegante entre os dedos. Ele andava depressa, como sempre.

Por muito tempo não dissemos nada.

À esquerda estava Vindholmen, o estaleiro cheio de enormes gruas que mais pareciam lagartos e uma construção em fibra de vidro. Quase a metade das vagas no estacionamento em frente estavam ocupadas. Uma gigantesca plataforma se erguia no estreito mais além. Era uma plataforma da Condeep, que seria rebocada para alto-mar em uma semana.

Quando passamos pelo pequeno túnel e nos aproximamos de Songe, meu pai lançou um olhar para mim.

— Você saiu com o Geir hoje? — ele me perguntou.

— Não — eu disse. — Toda a família dele foi para a cidade.

— Pode ser que a gente os encontre — ele disse.

Depois tudo ficou em silêncio outra vez.

Aquilo me incomodava, meu pai estava de ótimo humor e não merecia que eu ficasse quieto. Mas o que eu poderia dizer?

Depois de um tempo eu falei.

— Onde você vai estacionar?

Ele olhou para mim.

— Já vamos encontrar um lugar — disse.

— Não vai ser no campo de tiro, então? Lá sempre tem lugar aos sábados.

— Você sabe que o campo de tiro é o nosso último recurso.

Ele encontrou um lugar em Tyholmen. Começou a andar com passos largos por entre as altas casas de madeira, eu tive que andar depressa para não ficar para trás. Eu estava envergonhado por causa das minhas roupas feias, sem dúvida parecia um idiota usando aquilo, e fiquei de olho nas pessoas que passavam para ver se me olhavam ou se riam de mim.

No cais meu pai deixou os olhos correrem pelas bancadas de vidro enquanto esperava a vez dele.

— Vamos pedir camarão, certo?

Acenei a cabeça.

— E quem sabe um bacalhau também?

Não respondi.

Meu pai sorriu e olhou para mim.

— Eu sei que você não gosta de bacalhau. Mas faz bem para você. Quando crescer você vai tomar gosto.

— Acho difícil! — respondi.

Tive vontade de conversar e contar histórias, como fazia com minha mãe, porém com meu pai não era tão simples começar. Mesmo assim, me senti feliz por ele ter me levado junto, e era importante que ele percebesse.

Quando chegou a vez dele e ele mostrou para a garçonete os pratos que queria, uma das outras mulheres olhou para ele. Quando viu que eu tinha percebido, a mulher baixou os olhos e continuou a empacotar o peixe que estava na tábua à frente dela. Alguma coisa no jeito do meu pai, no aperto em frente ao balcão, na maneira como apontava e falava, me levou a pensar que ele queria tirar dos pensamentos tudo o que estava ao redor. Não era a aparência, nem o rosto barbudo, os olhos azuis ou os lábios torcidos de leve, tampouco o corpo esguio — era diferente, algo que ele "emanava".

— Muito bem — ele disse ao receber o troco e a sacola branca com nosso camarão e nosso bacalhau. — Até a próxima!

Naquele dia cinzento, em que as pessoas ocupavam todas as calçadas e todas as ruas fechadas para os pedestres, como sempre acontecia aos sábados, e nós caminhávamos ao longo de Pollen em direção à Musikkhjørnet, dei pulinhos ao lado do meu pai, para que ele soubesse que eu estava feliz. Quando ele olhou para mim eu sorri. O vento que soprava do estreito desgrenhou os cabelos dele, e ele os ajeitou de volta.

— Você pode segurar essa sacola para mim? — ele me pediu quando entramos na Musikkhjørnet. Eu acenei a cabeça e segurei a sacola enquanto ele passava os discos com movimentos ágeis dos dedos.

Meus pais costumavam ouvir música depois que nos deitávamos, em especial nas noites de sexta-feira e sábado. Com frequência a música era a última coisa que eu escutava antes de adormecer. Meu pai também gostava de ouvir discos quando estava sozinho no escritório. Steinar tinha me dito que uma vez ele tinha tocado Pink Floyd para a turma durante a aula. Ele tinha me contado essa história com um profundo respeito na voz.

— Você não quer escolher uma fita para você? — meu pai falou de repente, sem desgrudar os olhos dos discos na caixa à frente.

— Mas eu não tenho toca-fitas — eu disse.

— Você pode usar o do Yngve — meu pai respondeu. — E além do mais vamos providenciar um para você de Natal. Então é bom ter umas fitas por perto. Afinal, para que serve um toca-fitas quando você não tem nenhuma fita?

Fui hesitante até onde estavam as fitas, que não ficavam em caixas, como os discos, mas penduradas em mostruários na parede. Um deles estava cheio de fitas do Elvis. Escolhi uma em que ele aparecia usando uma roupa de couro e tinha uma guitarra no colo e um sorriso no rosto.

Meu pai comprou dois discos e, quando os largou em cima do balcão, disse ao vendedor que eu tinha escolhido uma fita. Com uma chavezinha na mão, o vendedor foi até o mostruário. Eu apontei para a fita do Elvis, ele destrancou a porta, tirou-a do mostruário e colocou-a numa sacolinha própria ao lado da sacola maior do meu pai.

— Nada mau! — disse o meu pai quando estávamos voltando para o carro. — O Elvis foi o grande músico da minha juventude, sabia? Elvis the

Pelvis, como se costumava dizer. Eu ainda tenho uns discos antigos dele. Estão na casa dos seus avós. O que você acha de trazê-los para a nossa casa uma hora dessas? Para que você possa ouvi-los?

— Seria ótimo — eu disse. — Talvez o Yngve também goste.

— Esses discos devem valer um bom dinheiro hoje — ele disse. Então parou e tirou o chaveiro do bolso. Olhei para os enormes navios-tanque que estavam atracados em Galtesund, no lado de Tromøya. Eram tão enormes que aqueles próximos às gandras mais baixas pareciam vir de outro mundo.

Meu pai destrancou a porta do meu lado.

— Posso voltar no banco da frente hoje? — perguntei.

— Pode. Mas só hoje. Combinado?

— Combinado — eu disse.

Ele largou a sacola no banco de trás e acendeu um cigarro antes de afivelar o cinto de segurança, que eu já tinha afivelado, e então deu a partida no carro. No caminho de volta para casa fiquei olhando para a capa da minha fita e para fora da janela. Havia uma fila ao longo de Landbrygga, que se desfez mais ou menos na altura da baía do outro lado, onde a estação Bai de rádio e TV ficava de um lado e o mercado de peixes, com as construções brancas e atarracadas e as bandeiras tremulantes, do outro. Do outro lado do estreito, onde as ondas quebravam, ficava Skilsø, um grupo de casas de madeira ao longo de uma gandra que tinha uma estação de ferry na parte mais baixa, um pouco além ficava a indústria mecânica Pusnes e depois a maior parte da ilha era coberta pela floresta, enquanto no lado do continente, para onde a estrada dava uma guinada antes de descer, havia casas e marinas ao longo de toda a estrada até o posto de gasolina, de onde saía o caminho para Songe, para Vindholmen e para a ponte. Tudo parecia estremecer com o vento que soprava do sul. Ao longo do caminho os pensamentos a respeito de Anne Lisbet voltaram e mais uma vez obscureceram meus sentidos. Talvez fosse por causa da plataforma da Condeep, porque eu tinha pensado em ir até a ponte com Geir e as meninas para ver o rebocamento. Mas já não seria mais possível. Ou seria? Anne Lisbet ainda não tinha estado no meu quarto, e toda noite eu pensava, já deitado, que um dia ela estaria lá comigo, na minha cama, rodeada por todas as minhas coisas, e esse pensamento era como um festival de fogos de artifício dentro de mim, Anne Lisbet comigo, na minha casa!

Por que de repente Eivind podia se aproximar dela e eu não? Era tão bom quando estávamos juntos!

Eivind tinha que se afastar. Precisávamos nos reaproximar um do outro. Mas como?

Abaixo do carro, o estreito se abria a leste e a oeste. Um barquinho estava voltando, bem próximo à margem, percebi um vulto de pé na popa com o leme na mão.

Meu pai deu sinal para a esquerda e reduziu a velocidade, esperou outros dois carros passarem antes de trocar de faixa e assim chegou ao último morro antes da nossa casa. Leif Tore, Rolf, Geir Håkon, Trond, Store-Geir, Geir e Kent Arne estavam jogando futebol na estrada. Eles olharam para nós quando passamos e entramos no pátio de casa.

Cumprimentei-os com a mão quando desci do carro.

— Você quer jogar com a gente? — Kent Arne gritou.

Balancei a cabeça.

— Vou comer agora.

A caminho de casa, no exato momento em que saímos do campo de visão dos meninos, meu pai pegou a minha mão.

— Vejamos — disse. — Essas verrugas ainda não desapareceram?

— Não — respondi.

Ele me soltou.

— Sabe como você pode se livrar delas?

— Não.

— Vou contar para você. Tenho um método à moda antiga. Apareça na cozinha depois que eu conto para você. Você quer se livrar delas, não?

— Quero.

A primeira coisa que fiz depois de subir foi jogar as calças e o blusão no cesto de roupa suja e vestir as mesmas roupas que tinha usado pela manhã. Depois larguei a fita em cima da escrivaninha com a capa para a frente, apoiada contra a parede, para que eu pudesse vê-la independente de onde eu estivesse no quarto, antes de ir para a cozinha, onde o meu pai já estava sentado com uma tigela cheia de camarões. O mingau cozinhava no fogão e minha mãe estava na sala regando as flores.

— Podemos dar um jeito nas suas verrugas antes de comer — disse o meu pai. — É quase um passe de mágica. Era assim que minha vó fazia comigo quando eu era pequeno. E dava certo. Eu tinha as mãos cheias de verrugas. Em poucos dias elas desapareciam.

— Mas o que ela fazia?

— É o que você vai descobrir — meu pai respondeu, e então se levantou e tirou um pacote branco da geladeira e o abriu em cima da mesa. Era bacon.

— Primeiro vamos besuntar o seu dedo com bacon. Depois vamos enterrar o bacon no pátio. Assim essas verrugas vão desaparecer em poucos dias.

— E funciona?

— Claro! Essa é a parte mais estranha! Mas as verrugas somem de verdade. Espere e você vai ver! Me dê essas patas.

Estendi uma das mãos. Meu pai a segurou, pegou um naco de bacon e o esfregou com todo cuidado por cima de todos os dedos, nas costas e na palma da mão.

— Agora a outra. — Estendi a outra e ele pegou outro naco de bacon e fez tudo outra vez.

— Todas as verrugas estão besuntadas? — ele me perguntou.

Fiz um gesto afirmativo com a cabeça.

— Então é hora de ir para o pátio. Mas preste atenção, é você que tem que levar o bacon para fora e enterrá-lo.

Eu desci as escadas atrás do meu pai, calcei as botas sem tocá-las com as mãos, já que estavam cheias de bacon, e fui atrás dele, que carregava uma pá numa das mãos, até o canteiro de verduras, na parte onde a cerca separava o nosso pátio da floresta.

Meu pai fincou a pá na terra, empurrou-a para dentro com o pé e começou a cavar. Minutos depois ele parou.

— Agora você põe o bacon aí dentro — ele me disse.

Fiz como ele pediu, ele tapou o buraco e voltamos para dentro de casa.

— Posso lavar as mãos agora? — perguntei.

— Pode — ele disse. — O que faz as verrugas desaparecerem é o bacon que enterramos.

— Quanto tempo leva?

— Ah... uma ou duas semanas. Depende do quanto você acredita.

Depois do jantar fui até a estrada. Não tinha mais ninguém jogando futebol, mas Geir Håkon, Kent Arne e Leif Tore continuavam na rua, correndo em direção ao muro da calçada para ver quem conseguia chegar mais alto antes de cair. Se a arrancada fosse rápida o bastante, conseguiam dar três, às vezes quatro passos no muro antes que a gravidade os puxasse mais uma vez para baixo. Mas quem subisse demais podia cair de costas, então aquele era um exercício em que o importante era saber equilibrar as coisas. Fui cuidadoso da primeira vez, que foi também a única, já que Geir Håkon logo em seguida foi corajoso demais e caiu na vala com um baque que esvaziou completamente os pulmões, e ele tornou a enchê-los com um uivo trêmulo enquanto lutava contra as lágrimas, o que acabou com a nossa vontade de prosseguir com a brincadeira.

Geir Håkon se pôs de pé e virou de costas, recobrou o fôlego e, quando tornou a se virar em nossa direção, todos vimos que ele tinha chorado, mas não dissemos nada.

Por que não?

Se tivesse sido eu a cair, com certeza teriam dito.

— O que vamos fazer agora? — perguntou Kent Arne.

No mesmo instante Kleppe descia o morro de bicicleta. Gingava o corpo de um lado para o outro e estava usando uma jaqueta preta e uma boina preta, e os traços vermelhos e inchados do rosto davam a impressão de balançar como as duas sacolas do B-Max que trazia penduradas nos dois lados do guidom. Ele era o pai de Håvard, um garoto que morava na casa mais longe da nossa e já tinha dezessete anos, era um garoto por quem tínhamos uma grande admiração, mas com quem raramente falávamos. O pai, segundo os boatos, era alcoólatra. Quando ele dobrou na estrada onde estávamos vi a minha chance. Corri ao lado dele por um tempo enquanto fingia tentar ver o que havia nas sacolas penduradas no guidom.

— São latas de cerveja! — eu gritei para os outros e parei.

Kleppe não disse nada, simplesmente me olhou. Mas os meninos deram risada.

No dia seguinte eu estava no quarto de Geir escrevendo uma carta de amor para Anne Lisbet. A casa deles era idêntica à nossa, tinha exatamente os mesmos cômodos, que tinham exatamente as mesmas orientações solares, mas eram assim mesmo quase infinitamente diferentes, porque na casa deles a utilidade era superordenada, as cadeiras eram acima de tudo boas de sentar, não apenas bonitas de ver, e o aspecto de limpeza aspirada e quase matemática que se revelava nos cômodos da nossa casa era totalmente ausente na casa deles, onde as mesas e o assoalho estavam sempre repletos de qualquer coisa que estivesse sendo usada naquele instante. A vida deles parecia integrar-se à casa. Na nossa acontecia a mesma coisa, mas vivíamos de outra maneira. Para o pai de Geir era inconcebível dispor de todas as ferramentas sozinho, pelo contrário, uma parte muito importante da maneira como educava Geir e Gro consistia em envolvê-los o quanto fosse possível nas coisas que fazia. Eles tinham uma mesa de carpinteiro no andar de baixo, onde pregavam e aplainavam, colavam e lixavam, e se tivéssemos vontade de construir um carrinho de mão, por exemplo, ou um carrinho de rolimã, era o pai dele que procurávamos. O jardim deles não era bonito e simétrico como o nosso havia se tornado depois de todo o tempo que meu pai usou para arrumá-lo, mas evidenciava um princípio de utilidade, e assim a composteira, por exemplo, ocupava bastante espaço, apesar da aparência pouco atrativa, e o mesmo faziam os pés de batata, que mais pareciam inço e cresciam num grande canteiro atrás da casa, enquanto no mesmo lugar nós tínhamos um gramado perfeitamente plano e canteiros redondos com rododendros.

    O quarto de Geir ficava no mesmo lugar que o meu, e Gro, a irmã dele, tinha o quarto no mesmo lugar do quarto de Yngve, e os pais tinham o quarto entre os dois, exatamente como na nossa casa. Geir tinha livre trânsito em todos os cômodos, corria à vontade nas escadas e, se estivesse a fim de comer uma fatia de pão, abria a geladeira ele mesmo e escolhia o que passar nela. O mesmo valia para mim, eu também podia correr entre os cômodos o quanto quisesse, ou preparar minha fatia de pão junto com Geir. Muitas vezes ficávamos na sala ouvindo o disco de Knudsen e Ludvigsen que ele tinha, rindo das músicas engraçadas, ou então de Geir, que não apenas sabia todas as letras de cor mas também cantava exatamente como no disco. Geir não jogava futebol, ele era ruim em todos os esportes de bola, tinha algum problema de coordenação motora, e também com o interesse que demonstrava, ele nunca morria de vontade de jogar, como acontecia comigo, e jogar futebol durante uma tarde inteira e sentir um profundo anseio por mais quando a noite caía e todos iam embora era uma situação desconhecida para ele. Também não tirava notas boas na escola. Ele lia mal, era ruim em matemática, quase não conseguia repetir coisas que tinha lido ou ouvido nas aulas, mas assim mesmo conseguia se virar, no que dizia respeito a ele nada dependia do futebol ou da escola. Ele sabia fazer imitações muito boas e tinha começado a juntar colegas ao redor que queriam ouvi-lo na escola. Ele gostava daquilo, as risadas levavam-no a continuar, a ousar cada vez mais, eram como uma espécie de combustível, mas ele não chegava a depender delas. E Geir também tinha pequenos mundos particulares. Como por exemplo os desenhos. Ele às vezes passava um dia inteiro no quarto desenhando. Ou então construindo modelos de avião, o que também gostava de fazer. Ele tinha uma risada sonora, que às vezes parecia quase histérica. Talvez mais do que tudo, gostava de peidar, e fazia muitos experimentos nesse campo.

Por ter uma irmã mais velha, talvez não se interessasse tanto quanto eu pelo universo das meninas. Mas a ideia de uma carta de amor também chamou a atenção dele. Eu escreveria a carta e ele faria um desenho. O desenho mostrava um menino pisoteando um coração e dois outros meninos mais longe, olhando. Abaixo escrevi com um pincel atômico vermelho *Eivind está partindo os nossos corações*. A carta em si tinha cinco linhas.

Querida Anne Lisbet
Nossos corações estão partidos
Volte para nós
Ouça bem
Nós te amamos demais

Não podíamos entregar essa carta e esse desenho para Anne Lisbet, porque ela podia mostrá-la para os outros, talvez até mesmo na escola, o que levaria todos a rir de nós. Em vez disso resolvemos *mostrá-la* para ela. Com a carta e o desenho enrolados como se fossem tratados nas mãos, fomos até a casa dela. Subimos a rocha onde ficava a casa da sra. Hjellen e entramos no terreno sob a janela de Anne Lisbet. Jogamos pedrinhas no vidro e ela apareceu. Primeiro mostramos os desenhos, ela sorriu para nós, depois nós os rasgamos, pisamos em cima dos pedaços e fomos embora. Pelo menos ela saberia como estávamos nos sentindo. O resto era com ela.

Geir parou quando chegamos ao cruzamento.

— Vou passar um tempo na casa do Vemund — ele disse. — Você quer vir junto?

Balancei a cabeça. Mas enquanto descia pelo caminho pensei que também devia bater na casa de um amigo. Talvez Dag Magne? Não, essa visita pareceria estranha, então simplesmente peguei o caminho de casa. Me deitei na cama e li um pouco, até que Yngve aparecesse e me perguntasse se eu não queria jogar futebol na estrada. Aceitei o convite. Eu adorava fazer coisas com Yngve. Quase sempre fazíamos companhia um ao outro dentro de casa, jogando um jogo ou escutando música juntos, enquanto na rua nos dividíamos, ele ficava com os amigos dele e eu com os meus, a não ser nas férias, quando tomávamos banho de mar juntos e jogávamos futebol ou pingue-pongue ou badminton, ou em casos como aquele, quando ele se aborrecia e não tinha ninguém além de mim por perto.

Por mais de uma hora ficamos chutando a bola de um lado para o outro entre nós dois. Yngve treinou uns chutes a gol contra mim e eu treinei umas cobranças de tiro de meta. Depois continuamos a trocar passes.

Minhas verrugas desapareceram como que por milagre. Ficaram cada vez menores, e cerca de três semanas depois tinham sumido por completo. A pele das minhas mãos ficou tão lisa que de repente parecia difícil imaginar que já tivesse sido diferente.

Mas Anne Lisbet não voltou. Se antes ela ficava radiante de felicidade quando eu tirava-lhe a touca, puxava o cachecol ou tapava os olhos dela com as mãos depois de me aproximar por trás, de repente passou a ficar simplesmente irritada ou até mesmo furiosa. Para mim era doloroso ver Anne Lisbet e Solveig indo com Eivind e Geir B. para o ponto de ônibus, e todas as noites antes de dormir eu me imaginava em situações onde as salvava ou fazia outra coisa que as levava a perceber o erro que haviam cometido e voltar, e às vezes chegava a sonhar com a minha própria morte e com a enorme tristeza e o arrependimento que tomavam conta de Anne Lisbet quando notava que tudo que realmente queria, ou seja, namorar comigo, não era mais possível porque eu estava num caixão decorado com flores. A morte era um pensamento doce nessa época, porque não apenas Anne Lisbet teria arrependimentos, mas também o meu pai. Ficaria chorando em frente ao caixão do filho morto antes do tempo. Pessoas de todo o loteamento estariam presentes, e tudo que pensavam a meu respeito teria de ser reavaliado, porque eu já teria morrido, e assim a pessoa que eu tinha sido apareceria pela primeira vez de maneira clara. Ah, a morte era doce e boa e um grande conforto. Mas embora eu me lamentasse por Anne Lisbet, ela continuava lá, eu a via todos os dias na escola, e enquanto ela estivesse lá ainda restava esperança, por menor que fosse. Assim, a escuridão que qualquer pensamento relacionado a Anne Lisbet desencadeava em mim pertencia a uma categoria totalmente distinta da outra escuridão que vez ou outra tomava conta de mim, aquela escuridão que fazia tudo parecer obscuro e pesado, e que Geir também conhecia. Numa tarde estávamos no quarto de Geir e ele me perguntou o que eu tinha.

— Não é nada — eu disse.
— Mas você não disse uma palavra! — ele respondeu.
— Ah — eu disse. — Estou tão triste!
— Por quê?
— Não sei. Não tem nenhum motivo definido. Simplesmente estou triste.
— Às vezes eu também me sinto assim — ele me disse.
— É mesmo?
— É.
— E você simplesmente fica triste, sem que nada de especial tenha acontecido?
— É. Eu também me sinto assim.
— Eu não sabia — respondi. — Não sabia que as outras pessoas também se sentem assim.
— Podemos chamar por esse nome — ele disse. — "Assim". Desse jeito podemos explicar quando nos sentimos assim. Podemos dizer "Estou me sentindo assim" e vamos nos entender na mesma hora.
— É uma boa ideia — eu disse.

Muitas palavras novas também surgiam, como por exemplo a que Yngve tinha me ensinado, e que era nome de verdade para *foder*, o nome era "relação sexual", e esse conhecimento era tão revolucionário que levei Geir comigo até o alto da montanha antes de tomar coragem e contar para ele. "O nome é *relação sexual*", eu disse, "mas não conte para ninguém que fui eu que disse! Você tem que prometer!" Ele prometeu. Geir também começou a passar cada vez mais tempo na casa de Vemund, e Vemund começou a visitá-lo em casa às vezes. Eu disse que simplesmente não entendia aquilo. Por que você vai para a casa do Vemund? Ele é gordo e burro e o pior aluno da turma! Geir não soube responder direito, falou apenas que gostava de estar lá. Por quê?, eu perguntei. O que vocês fazem juntos que é tão incrível? Ah, disse Geir, a gente passa a maior parte do tempo desenhando... Nas aulas Geir também começou a fazer trabalhos em dupla com Vemund, e não comigo, como vinha fazendo automaticamente até então. Por duas ou três vezes eu fui com ele até a casa de Vemund, também para estar perto de Anne Lisbet, mas eu achava aquilo chato, o que eles faziam, e quando eu falava, sugeria fazer uma outra coisa, os dois se juntavam contra mim e decidiam continuar o que estavam fazendo. Mas para mim não havia problema, se Geir quisesse ficar com o menino mais burro da classe, por mim tudo bem. Além disso, continuávamos sendo vizinhos, e ele continuava a me chamar durante as tardes, e naquela primavera começamos a fazer aulas de futebol juntos. Quase todos os meninos na estrada onde morávamos faziam. Os treinos eram em Hove, e a minha mãe e a mãe de Geir se revezavam para nos levar até lá. Minha mãe comprou um uniforme para mim logo que comecei. Era o meu primeiro uniforme, e eu tinha grandes expectativas, imaginei um uniforme azul e brilhoso da Adidas como o que Yngve tinha, ou, melhor ainda, um uniforme da Puma, ou pelo menos um Hummel ou um Admiral. Mas o uniforme que ela comprou não tinha marca nenhuma. Era marrom com listras brancas, e mesmo que eu achasse a cor feia, o pior não era isso. O pior era que o tecido não era brilhoso, mas opaco, um pouco áspero, e não deixava quase nenhuma folga quando eu o vestia, mas ficava apertado demais, e assim a minha bunda chamava ainda mais atenção do que o normal. Quando eu vestia aquele uniforme, não conseguia pensar em mais nada. Mesmo quando corria pelo campo durante o treino, não conseguia pensar em mais nada. Minha bunda deve estar parecendo um balão, eu pensava enquanto corria atrás da bola. Meu uniforme é marrom e feio, eu pensava. Eu pareço um idiota, eu pensava. Idiota, idiota, idiota.

Mas nunca disse nada para a minha mãe. Fiz de conta que eu tinha ficado alegre quando ganhei o uniforme, porque aquilo tinha custado um bom dinheiro, ela tinha ido até a cidade escolher para mim, e se eu dissesse que não tinha gostado ela pensaria em primeiro lugar que eu era um ingrato, e em segundo lugar que ela não tinha sabido escolher um presente para o filho. E eu não queria que isso acontecesse. Então disse ah, que bonito! Muito bonito mesmo. Exatamente como eu queria.

O mais estranho a respeito dos treinos naquela primavera era essa grande diferença entre o que acontecia dentro de mim e o que acontecia no campo. Por dentro eu estava transbordando de pensamentos sobre gols e dribles, sobre o meu uniforme horrendo e a minha bunda enorme e, por extensão, sobre os meus dentes saltados — enquanto no campo, onde eu corria de um lado para o outro, eu estava na prática invisível. Eram muitos garotos, um amontoado de braços e pernas e cabeças que seguiam a bola como um enxame de mosquitos, e os treinadores não sabiam o nome de mais do que meia dúzia, daqueles que vinham da vizinhança onde moravam, provavelmente filhos e amigos dos filhos. A primeira vez que me destaquei na multidão foi numa tarde em que alguém chutou a bola para a floresta atrás do gol, onde ela desapareceu, e o treinador mandou todo mundo procurá-la. Passaram-se dois ou três minutos de intensas buscas. Ninguém encontrou a bola. De repente eu a vi à minha frente, com um brilho claro e bonito na sombra de um arbusto. Eu sabia que aquela era a minha chance, sabia que devia gritar "Encontrei!" e voltar para o campo com a bola na mão para colher as honras que me eram devidas, mas não consegui. Em vez disso, simplesmente chutei a bola de volta para o campo. "A bola está aqui!", alguém gritou. "Quem foi que encontrou?", outra voz quis saber. Eu saí da floresta junto com todos os outros e não disse nada, e aquilo permaneceu sendo um mistério.

A segunda vez foi numa situação parecida, embora fosse ainda mais lisonjeadora para mim. Eu estava correndo no meio de um grupo que estava a dez, doze metros do gol, a bola foi parar lá, era um caos de braços e pernas, e quando a bola de repente caiu desimpedida na minha frente eu chutei com toda a minha força e a bola voou direto por entre as traves.

— Gol! — alguém gritou.
— De quem foi?
Eu não disse nada, não fiz nada, simplesmente fiquei parado.

— Quem foi que marcou? Ninguém? — gritou o treinador. — Muito bem, então! Vamos continuar!

Podem ter achado que fora um gol contra, e que por isso ninguém queria assumir a autoria. Porém mesmo sem a coragem de dizer que o gol tinha sido meu, aquele foi meu primeiro gol na vida, e uma grande satisfação me acompanhou por todo o restante do treino e também no carro quando voltamos para casa. A primeira coisa que eu disse quando fomos correndo até o carro, onde minha mãe estava nos esperando, foi que eu tinha feito um gol.

— Eu fiz um gol! — gritei.

— Que bom! — disse a minha mãe.

Quando chegamos em casa e me sentei para o jantar, eu disse aquilo mais uma vez.

— Hoje eu fiz um gol!

— Vocês jogaram contra outro time? — Yngve perguntou.

— Não — eu respondi. — Ainda estamos começando. Foi um treino.

— Então não valeu nada — ele disse.

Duas lágrimas desprenderam-se dos meus olhos e escorreram pelas minhas bochechas. Meu pai me encarou com um olhar duro e irritado.

— Você não vai chorar por causa DISSO! — ele disse. — Pelo menos UM POUCO você tem que aguentar!

Foi então que comecei a chorar de verdade.

Que eu chorasse com muita facilidade era um grande problema. Eu chorava toda vez que alguém me xingava ou me repreendia, ou quando esperava que alguém pudesse fazer uma dessas coisas. Em geral era o meu pai, bastava ele erguer a voz para que eu começasse a chorar, mesmo que soubesse que a minha reação era para ele uma das piores coisas que existiam. Eu não tinha como evitar. Se ele erguesse a voz, o que fazia com frequência, eu começava a chorar. Na frente da minha mãe eu não chorava nunca. Aconteceu somente duas vezes na minha infância. As duas foram na primavera em que comecei a treinar futebol. A primeira vez foi a mais traumática. Eu tinha ido até a floresta com um bando de gente, estávamos numa espécie de círculo, Yngve estava lá e Edmund, o colega dele, também, além de Dag Lothar, Steinar, Leif Tore e Rolf. Todo mundo estava conversando.

Ouvíamos os gritos das gaivotas em Ubekilen, o céu ainda estava claro, mesmo que começasse a escurecer acima do morro e sob as árvores no fundo da floresta. Estávamos falando sobre a escola e os professores, sobre cabular aula e tarefas extras por mau comportamento. Depois começaram a falar sobre um garoto muito dedicado que era colega de Yngve. Eu tinha passado um bom tempo simplesmente ouvindo, feliz por estar junto com os garotos mais velhos, mas de repente surgiu uma oportunidade para que eu entrasse na conversa.

— Sou o melhor aluno da minha turma — eu disse. — Pelo menos em leitura e escrita, ciências e estudos sociais. E em história local.

Yngve me encarou.

— Karl Ove, pare de se exibir.

— Eu não estou me exibindo, é verdade! — eu disse. — É a mais pura verdade! Eu aprendi a ler aos cinco anos. Antes de todos os meus colegas. Já sei ler sem tropeçar nas palavras. O Edmund, por exemplo, é quatro anos mais velho do que eu e não sabe ler! Foi você mesmo que disse! Isso significa que sou mais dedicado que ele.

— Cale a boca e pare com esse exibicionismo — Yngve disse.

— Mas é verdade! — eu insisti. — Não é mesmo, Edmund? Por acaso não é verdade que você não sabe ler? Que você faz aulas de reforço? A sua irmã é minha colega. Ela também não sabe ler. Ou pelo menos lê bem pouco. Não é mentira, certo?

Foi estranho, mas de repente os olhos de Edmund se encheram de lágrimas. Ele se virou com um movimento brusco e começou a subir o morro.

— O que você fez? — Yngve bufou para mim.

— Mas é verdade! — eu disse. — Sou o melhor aluno da minha turma, e o Edmund é o pior aluno da turma dele.

— Vá para casa — Yngve mandou. — Agora. Não permito que você fique aqui com a gente.

— Não é você quem decide — respondi.

— Cale a boca e vá para casa! — ele bufou mais uma vez, colocando as mãos nos meus ombros e me empurrando para longe.

— Tudo bem, tudo bem — eu disse, e então comecei a subir o morro. Atravessei a estrada, entrei em casa, tirei o casaco e os sapatos. O que eu tinha dito era verdade, por que Yngve tinha me empurrado?

Meus olhos estavam rasos de lágrimas quando me deitei na cama e comecei a ler, aquilo era injusto, eu tinha dito a verdade, era injusto, injusto!

Minha mãe voltou do trabalho, fez chá e preparou o jantar. Yngve continuou lá fora, então comemos juntos só nós dois. Ela perguntou se eu tinha chorado, eu respondi que sim, ela perguntou por quê, eu disse que Yngve tinha me empurrado, ela disse que depois ia falar com ele. Mostrei para ela a carta que eu tinha escrito para o meu avô, ela disse que ele ficaria muito contente, me deu um envelope, eu coloquei a carta lá dentro, ela escreveu o nome e o endereço e me prometeu colocá-la no correio no dia seguinte. Depois fui me deitar. Ouvi a voz de Yngve em casa enquanto eu lia, os passos subindo os degraus e andando em direção à cozinha, onde a minha mãe estava sentada. Naquele instante ela diria para ele que não podia me empurrar nem me mandar calar a boca, pensei deitado, imaginando Yngve cabisbaixo. Em seguida ouvi as vozes deles no corredor e a porta do meu quarto se abriu.

Vi na mesma hora que minha mãe estava brava, e me sentei na cama.

— É verdade o que o Yngve disse? — ela me perguntou. — Que você zombou do Edmund porque ele não sabe ler?

Acenei a cabeça.

— Mais ou menos.

— E você não entende que o Edmund deve ter ficado triste? Você não entende que não pode falar sobre as outras pessoas desse jeito?

Ela deu uns passos à frente e se aproximou de mim. Os olhos eram pequenos, mas a voz era alta e clara. Yngve estava mais atrás, olhando para mim.

— Karl Ove, você ouviu o que eu disse? — ela perguntou.

— O Edmund chorou — Yngve disse. — E foi por sua causa. Você entende?

De repente eu entendi. As palavras da minha mãe lançaram uma luz implacável sobre o que havia acontecido. Eu tinha *magoado Edmund*, mesmo que ele fosse quatro anos mais velho. Ele estava triste, e por minha causa.

Comecei a chorar como nunca tinha chorado.

— Buááááááááá! — eu soluçava. — Buááááááááá!

Minha mãe se inclinou para a frente e passou a mão no meu rosto.

— Me desculpe, mãe! — eu solucei. — Nunca mais vou fazer o que eu fiz. Nunca mais. Eu prometo com todo o meu coração.

Que eu chorasse tanto e pedisse desculpas praticamente aos gritos serviu para enternecer a minha mãe, mas não Yngve; para ele foram necessários vários dias até que aquilo passasse. E Edmund nem ao menos era uma pessoa especialmente importante para ele, não era um dos melhores amigos dele nem um colega de classe. Eu ao mesmo tempo compreendia e não compreendia aquilo.

A outra vez que minha mãe me fez chorar foi quando saímos para um passeio à tarde, ela ia comprar alguma coisa no Fina, mas queria ir a pé em vez de dirigir, e eu, que tanto queria ficar a sós com ela, resolvi ir junto. Peguei a minha lanterna, já que o caminho estava escuro, mas antes de chegarmos eu direcionei o facho de luz para a janela escura de uma casa por onde passamos.

— Não faça assim! — ela bufou de repente. — Outras pessoas moram nessa casa! Você não pode sair iluminando as casas das outras pessoas!

Apontei a lanterna para o chão o mais depressa que pude e por alguns segundos lutei contra as lágrimas, mas acabei não resistindo e logo vieram o choro e os soluços.

— Você ficou tão triste assim? — minha mãe disse enquanto olhava para mim. — Eu simplesmente tive que dizer, você entende? O que você fez não foi legal.

Não comecei a chorar por ter sido repreendido, mas porque tinha sido ela a me repreender.

Mas ela pelo menos não ficou brava por eu ter começado a chorar.

Eu quase nunca chorava na rua. Ou melhor, chorava quando me machucava, nessas horas meus olhos se enchiam de lágrimas e não havia como evitar. O fato de que ninguém ia correndo à porta da nossa casa para me procurar estava relacionado a outras coisas que não dependiam de mim. Eu brigava muito com os meninos, e especialmente com Leif Tore, discordávamos em quase tudo, inclusive quando chegava a hora de escolher quem tomaria as decisões, e mesmo que nenhum de nós dois aceitasse ceder, era com ele que todo mundo queria brincar, e não comigo. Quando estávamos em uns quantos, como por exemplo quando construíamos cabanas na floresta de espruces ou jogávamos futebol no campo de terra batida, não dava para notar, mas quando estávamos em três ou quatro era muito evidente. Quando eu estava com os meninos que eram maiores do que eu, como por exemplo

Dag Lothar, também não era problema nenhum, porque eu por assim dizer me aferrava a ele, seguia cada movimento, não reclamava de nada, não discordava de nada e tudo aquilo parecia natural, porque afinal de contas ele era um ano mais velho. Uma vez eu chamei a atenção de Geir para esse detalhe, que Dag Lothar decidia por mim, que eu decidia por Geir e que Geir decidia por Vemund. Ele ficou chateado, disse que eu não decidia por ele. Mas eu decido!, insisti. Sou eu que decido o que a gente vai fazer. Mas você *não decide por mim*, Geir retrucou. O que importa?, eu perguntei. Eu não acabei de dizer que o Dag Lothar decide por mim? E que você decide pelo Vemund? Não tem problema nenhum se eu decido por você! Mas com certeza tinha algum problema, o rosto de Geir adotou a expressão dura e os movimentos dele passaram a expressar uma grande insatisfação, e pouco tempo depois ele foi embora. Outros garotos ficavam chateados por coisas ainda menores, como por exemplo no dia em que estávamos juntos na estrada e sozinhos no loteamento depois da aula, eu, Geir Håkon, Kent Arne e Leif Tore, e um enorme caminhão passou com a caçamba cheia de pedras de uma explosão em um ou outro lugar mais acima.

— Vocês viram? — eu perguntei. — Era um Mercedes!

Eu não dava a mínima para carros, barcos ou motocicletas, não entendia nada a respeito, mas como todos os outros meninos se importavam eu às vezes tinha que fazer um comentário para mostrar que também estava antenado.

— Não era — Geir Håkon respondeu. — A Mercedes não faz caminhões.

— Você não viu a estrela? — eu disse.

— Você por acaso é idiota? Não era a estrela da Mercedes — ele disse.

— Era, sim — eu insisti.

Geir Håkon soltou ar pela boca. Por um instante as bochechas dele ficaram ainda maiores do que o normal.

— E além do mais a Mercedes faz caminhões. Eu li a respeito. Num livro que eu tenho.

— Eu gostaria muito de ver esse livro — Geir Håkon disse. — Porque você está mentindo até não poder mais! Você não entende nada a respeito de caminhões.

— E por acaso você entende, só porque o seu pai trabalha com máquinas de construção? — eu perguntei.

— Sim, por acaso eu entendo — ele disse.

— Oooh! — eu exclamei com um jeito irônico. — E você também acha que entende de *slalom* só porque o seu pai comprou um par de esquis para você. Mas você nem ao menos sabe andar com eles. Você é um desastre no esqui. De que adianta todo aquele equipamento? Se você não sabe usar nada? Todo mundo diz que você é mimado. E você é mesmo. Para você conseguir qualquer coisa, basta apontar o dedo.

— Não é verdade — ele disse. — Você está com inveja.

— Por que eu teria inveja disso? — perguntei.

— Karl Ove, desista — pediu Kent Arne.

Geir Håkon não apenas tinha virado a cara, mas o corpo inteiro.

— Por que *eu* tenho que desistir, e não o Geir Håkon? — eu perguntei.

— Porque o Geir Håkon tem razão — disse Kent Arne. — Não era um Mercedes. E ele não é o único que tem esquis de *slalom*. Eu também tenho.

— Mas só porque o seu pai morreu — eu disse. — E agora a sua mãe compra tudo que você quer.

— Não é por isso! — Kent Arne protestou. — É simplesmente porque ela quis me dar. E porque temos dinheiro.

— Mas a sua mãe trabalha como vendedora — eu disse. — Ela não deve ganhar muito bem.

— Por acaso ser *professor* é melhor? — perguntou Leif Tore, que também quis entrar na discussão. — Você acha que não vimos as paredes da casa de vocês? Estão cheias de rachaduras e praticamente desabando porque o seu pai não sabia que elas precisavam de armação! Ele fez as paredes com cimento puro! Como pode alguém ser tão burro?

— E além do mais ele se acha importante só porque participa do conselho do município — disse Kent Arne. — Nos cumprimenta com um dedo quando passa de carro e tudo mais. Então trate de calar a boca.

— Por que eu tenho que calar a boca? — perguntei.

— Você não é obrigado. Se quiser pode ficar aí tagarelando sem parar como você costuma fazer. Mas nós não queremos mais brincar com você.

E então todos foram embora correndo.

Essas discordâncias nunca duravam muito tempo, poucas horas depois eu já podia brincar com eles se quisesse, mas assim mesmo havia alguma coisa, cada vez mais eu acabava em situações nas quais de repente me via contra a parede, com frequência cada vez maior os outros se afastavam de mim quando eu me aproximava, e também Geir, sim, às vezes eu percebia que ele chegava a se esconder de mim. No loteamento acontecia que, quando alguém dizia alguma coisa sobre alguém, todos começavam imediatamente a repetir aquilo. A meu respeito, diziam que eu sempre queria saber mais do que os outros e que eu sempre queria me exibir. Mas a verdade era que eu sabia mais do que os outros mesmo, bem mais do que os outros, então por que eu fingiria que era de outra forma? Quando eu sabia alguma coisa, era porque *era daquele jeito*. Quanto ao meu exibicionismo, a verdade era que *todo mundo* se exibia o tempo inteiro. Dag Lothar, por exemplo, que era amigo de todo mundo, por acaso não tinha o hábito de começar frases com "Não quero me exibir, mas..." para a seguir emendar uma história sobre uma coisa que ele tinha feito bem ou então sobre um elogio que alguém tivesse feito a ele?

Era exatamente isso que ele fazia. Então não se tratava do que eu fazia, mas de quem eu era. Por que Rolf começou a me chamar de "profissa" quando jogávamos futebol na estrada? Eu não tinha feito nada de especial. Você acha que joga futebol muito bem, não é mesmo, "profissa"? Eu não tinha feito nada além de dizer as coisas como elas eram, e por que não agir dessa forma quando eu fazia aulas de futebol e *sabia* do que eu estava falando? Não devíamos correr juntos em um grupo, tínhamos que nos espalhar e fazer passes entre nós ou então partir para o drible, e não fazer a bagunça que vínhamos fazendo.

Mas eu tive a última palavra naquela primavera também. Quando os horários da escola foram reestruturados em função dos preparativos para o encerramento de verão e a nossa professora distribuiu cadernos com a peça de teatro que havíamos de encenar para todos os pais no grande dia do ano escolar, ou seja, o último, quem ficou com o papel principal, senão eu?

Não foi Leif Tore, não foi Geir Håkon, não foi Trond e não foi Geir.

Fui eu.

Eu, eu, eu.

Nenhum deles conseguiria decorar tantas falas, entre os garotos somente eu e Eivind e talvez Sverre conseguíssemos, e a escolha da nossa professora não tinha sido nenhum acaso.

Fiquei tão feliz quando ela deu a notícia que eu quase não cabia dentro de mim.

Ensaiamos todos os dias na última semana, todos os dias eu estava no centro das atenções da classe, e também da atenção de Anne Lisbet, e quando chegou o dia do encerramento, um dia lindo e ensolarado, todos os pais apareceram também. Estavam bem vestidos e sentados em cadeiras dispostas junto da parede, tiraram fotos com as câmeras fotográficas e mantiveram-se em absoluto silêncio enquanto encenávamos a peça cheios de entusiasmo, e aplaudiram muito quando terminou.

Depois tocamos flauta doce e cantamos, recebemos nossos boletins, a professora nos desejou um bom verão e saímos correndo rumo ao pátio e a todos os carros que esperavam por nós.

Com o boletim na mão e impaciente, eu esperava minha mãe em frente ao Fusca, junto com Geir. Ela veio caminhando ao lado de Martha, as duas conversavam e riam e só nos viram quando chegaram muito perto de nós.

Minha mãe estava usando uma calça bege e uma blusa vermelho-ferrugem com as mangas dobradas para trás. Os cabelos dela caíam pelas costas. Nos pés ela tinha um par de sandálias marrom-claras. Ela tinha acabado de completar trinta anos, enquanto Martha, que usava um vestido amarronzado, era dois anos mais velha.

Eram mulheres jovens, mas nós não sabíamos.

Minha mãe passou um bom tempo procurando a chave do carro na bolsa.

— Vocês foram ótimos! — disse Martha.

— Obrigado — eu respondi.

Geir não disse nada, simplesmente apertou os olhos e virou o rosto em direção ao sol.

— Finalmente encontrei — disse a minha mãe. Ela destrancou a porta e nós todos nos sentamos, os adultos na frente e as crianças atrás. Minha mãe e Martha acenderam um cigarro cada uma. E assim voltamos para casa naquele dia ensolarado.

Naquela tarde fiquei na porta vendo a minha mãe secar os cabelos no quarto dos meus pais. Às vezes, quando meu pai não estava em casa, eu a se-

guia e tagarelava sem dar trégua. Naquele momento estava tudo em silêncio, o ruído do secador impedia-nos de conversar, e em vez disso fiquei olhando para ela, para a maneira como inclinava a cabeça e com uma escova numa das mãos erguia o cabelo à altura do secador que segurava na outra. De vez em quando ela olhava para mim e␣sorria. Entrei no quarto. Na mesinha junto à parede havia uma carta. Eu não queria me intrometer, mas de longe pude ver que o primeiro nome era Sissel, o nome da minha mãe, porém o nome era mais longo que o da minha mãe, porque entre Sissel e Knausgård, que eu mais reconheci do que li, havia um terceiro nome. Cheguei mais perto. "Sissel Norunn Knausgård", constava no envelope.
Norunn?
Quem seria?
— Mãe! — eu disse.
Ela baixou o secador, como se assim a minha voz ficasse mais clara, e olhou para mim.
— Mãe — eu repeti. — O que tem naquele envelope? Que nome é aquele?
Ela desligou o secador.
— O que você disse?
— Que nome é aquele?
Acenei a cabeça na direção do envelope. Ela se inclinou para a frente e o pegou na mão.
— É o meu nome, ora.
— Mas aí está escrito Norunn! Você não se chama Norunn!
— Me chamo, sim. É o meu segundo nome. Sissel Norunn.
— Esse sempre foi o seu nome?
O desespero batia forte no meu peito.
— Sempre. Desde que nasci. Você não sabia?
— Não! Por que você nunca me disse?
As lágrimas escorriam pelo meu rosto.
— Querido! — ela disse. — Não achei que você pudesse ficar magoado! Sissel é o nome que eu uso. Norunn é apenas um segundo nome. É como se fosse um nome extra.
Fui abalado em todo o meu íntimo. Não pelo nome em si, mas porque eu não o conhecia. Porque a minha mãe tinha um nome que eu não conhecia.

Será que havia mais coisas que eu não sabia?

Um mês depois, mais ou menos no meio das longas férias de verão, fomos de carro a Sørbøvåg, perto de Åfjorden, em Ytre Sogn, onde moravam os meus avós maternos, e passamos duas semanas lá. Eu tinha aguardado a viagem com tanta expectativa e fui acordado tão cedo que aquela manhã parecia quase sobrenatural para mim. O porta-malas estava abarrotado, minha mãe e meu pai estavam sentados na frente e eu e Yngve atrás, mas a viagem duraria todo o dia e toda a tarde, e mesmo os locais mais conhecidos, como o caminho até o cruzamento e a subida em direção à ponte, apresentavam-se de maneira diferente. Naquele instante esses lugares não pertenciam à nossa casa e à nossa existência nela, mas à grande viagem na qual havíamos embarcado, que conferia a cada rocha e a cada penhasco, a cada ilha e a cada escolho uma aura de emoção e expectativa.

Quando chegamos ao cruzamento junto à ponte, enlacei as mãos como costumava fazer e fiz a breve oração que sempre havia funcionado:

Deus.
Por favor faça com que a gente não bata o carro.
Amém.

Avançamos em direção ao continente, atravessamos a enorme e monótona floresta de coníferas, atravessamos Evje, repleta de acampamentos militares e grandes planícies cheias de pinheiros, atravessamos Byglandsfjord e o camping, subimos até Setesdalen, cheia de velhos campos e fazendas e muitas placas de joalheiros, sempre ao longo de uma estrada que em certos pontos quase invadia os pátios das pessoas. Aos poucos as construções foram desaparecendo, era como se as casas nos largassem e caíssem uma atrás da outra, mais ou menos como os meninos caíam um atrás do outro da enorme câmara de pneu que tinham amarrado a um barco naquele mesmo verão à medida que a velocidade do barco aumentava, até que no fim restasse apenas a câmara vazia. Vi bancos de areia reluzente nas margens do rio, as gandras verdejantes que ondulavam cada vez mais íngremes enquanto se alçavam rumo ao céu e uma ou outra encosta nua e gigantesca, com todas as nuances de cinza e pinheiros vermelho-fogo no alto. Vi quedas-d'água e cachoeiras, lagos e planícies, tudo banhado pelo sol claro e forte que, enquanto avançávamos, subia cada vez mais alto no céu. A estrada era pouco larga e acompanhava de maneira suave e imperceptível todas as quedas e subidas do panorama, rochedos e curvas, em certos lugares com renques de árvores que pareciam muralhas em ambos os lados, em outros pontos mais alta do que qualquer outra coisa em súbitos e inesperados mirantes.

A intervalos irregulares surgiam paradouros, pequenos recuos cobertos de cascalho ao lado da estrada, onde às vezes famílias inteiras faziam uma refeição nas rústicas mesas de madeira com o carro ao lado, muitas vezes com o porta-malas ou as portas abertas, à sombra das árvores, e na maioria das vezes próximo a um lago ou um rio. Todas as famílias tinham uma garrafa térmica em cima da mesa, muitas tinham uma bolsa térmica, outras também tinham um fogareiro. "Vamos parar daqui a pouco?", eu perguntava depois de ver um paradouro, porque essas paradas, junto com as viagens de ferry, eram o ponto alto da viagem. Nós também tínhamos uma bolsa térmica no porta-malas, também tínhamos uma garrafa térmica, suco e uma pequena pilha de copos plásticos, xícaras plásticas e talheres plásticos conosco. "Pare de tagarelar", dizia meu pai, que sempre tentava vencer a maior quilometragem possível sem fazer nenhuma parada. Assim, eu sabia que no mínimo andaríamos até o fim de Setesdalen, atravessaríamos Hoven e Haukeligrend e subiríamos por Haukelifjellet antes que a questão da parada fosse pertinente. E mesmo assim seria preciso encontrar um lugar adequado. Porque não queríamos parar no primeiro que aparecesse, não mesmo; como fazíamos poucas paradas, era importante escolher lugares especialmente bonitos.

No alto da montanha tudo era plano. Não se via uma árvore ou um arbusto que fosse. A estrada seguia em linha reta como a linha de um prumo. Certas regiões eram repletas de pedras espalhadas pelo chão, recobertas por uma camada que eu imaginava ser líquen ou musgo. Outras regiões não passavam de rocha nua e plana. Aqui e acolá um lago cintilava, a neve reluzia. Meu pai andava mais depressa nessa parte, já que o trajeto oferecia maior visibilidade. Ao longo do acostamento às vezes surgiam enormes varetas de demarcação, e quase não acreditei quando Yngve disse que eram altas daquele jeito porque de outra forma a neve podia enterrá-las durante o inverno. Eram vários metros de altura!

O sol brilhava, a montanha se estendia em todas as direções e nós avançávamos depressa. Deixamos para trás um paradouro atrás do outro, até que meu pai, sem nenhum aviso, acionou o pisca-pisca, freou e entrou num deles.

Bem ao lado havia um lago. Tinha um formato oval e era totalmente preto. Na outra margem a montanha se erguia um pouco mais, enquanto ao lado havia um enorme monte de neve, quase azul e oco por baixo, com uma abertura por onde a água desaparecia.

Ao nosso redor tudo estava em silêncio. Após tantas horas com o ruído monótono do motor, aquele silêncio todo parecia artificial, como se não pertencesse ao panorama, mas a nós.

Meu pai abriu o porta-malas, tirou a bolsa térmica e a largou em cima da mesa rústica de madeira, onde a minha mãe no mesmo instante começou a esvaziá-la enquanto ele buscava a garrafa térmica e a sacola com as canecas e os talheres. Yngve e eu fomos correndo até a beira do lago, nos abaixamos e conferimos a temperatura da água. Estava gelada!

— Não vamos tomar um banho aqui, garotos?

— Não, a água está gelada! — eu disse.

— Vocês por acaso são maricas? — ele perguntou.

— Mas a água está gelada! — eu disse.

— Claro, claro, eu sei. Só estava brincando. E de qualquer modo não temos tempo para tomar um banho aqui.

Eu e Yngve fomos até o monte de neve. Estava tão duro que não dava para fazer bolas de neve, como pretendíamos. E andar por cima dele, com o lago pouco abaixo, estaria fora de cogitação com o nosso pai e a nossa mãe por perto.

Quebrei um pedaço de gelo e atirei-o no lago, onde flutuou como um pequeno iceberg. Assim eu pelo menos poderia dizer que tínhamos feito bolas de neve em pleno verão quando voltasse para casa.

— Venham comer! — minha mãe gritou.

Nos sentamos. Cada um de nós tinha um pacote de piquenique. Três fatias de pão com ovos cozidos. Além disso havia um pacote de biscoitos em cima da mesa. Nossos copos estavam cheios de suco. O plástico alterava o sabor, mas eu gostava daquilo, me fazia pensar nos passeios de carro que fazíamos para colher frutinhas silvestres e também nos acampamentos de férias. Ou melhor, não tínhamos estado em tantos assim, na verdade fora apenas um, no verão anterior, quando fomos para a Suécia com o meu avô e a minha avó. Ouvi o rumor de um carro às minhas costas, era como se aquele som vibrasse ao ganhar força, e depois, com uma espécie de explosão, começasse a perder força mais uma vez, até desaparecer por completo. Saía fumaça das xícaras de café da minha mãe e do meu pai. Um carro com trailer veio da outra direção. Eu o segui com os olhos enquanto terminava de beber o suco. O carro avançava devagar. De repente acionou o pisca-pisca. Quando entrou no paradouro, meu pai se virou.

— O que esse cretino está fazendo? — ele perguntou. — Só tem uma mesa aqui. Será que ele não viu?

Em seguida tornou a virar o corpo para a frente, largou a xícara de café em cima da mesa e tirou um pacote de tabaco com uma raposa estampada do bolso da camisa.

O carro com o trailer estacionou a poucos metros de nós. A porta se abriu e um gordo com bermuda bege, camiseta amarela e chapéu de pescador marrom saiu. Ele abriu a porta do trailer e desapareceu lá dentro, ao mesmo tempo que uma mulher saiu da outra porta do carro. Ela também era gorda e estava usando calças cinza-claras e elásticas com dobras ao longo das pernas e um blusão de lã. Dos lábios dela pendia um cigarro, o cabelo era volumoso e loiro-acinzentado, e nos olhos ela tinha um grande par de óculos de sol. Ela parou em frente ao lago, acendeu um cigarro e olhou para o horizonte enquanto fumava.

Comecei a comer a minha última fatia de pão.

O homem saiu do trailer com uma mesa de camping nas mãos. Ele a armou entre o carro e a nossa mesa. Meu pai se virou mais uma vez.

— Essa gente não tem modos? — perguntou. — Estamos aqui sentados, fazendo uma refeição, e eles se intrometem desse jeito?

— Não tem problema — disse a minha mãe. — Está ótimo aqui.

— Estava ótimo aqui — disse meu pai. — Até esse idiota aparecer.

— Ele está ouvindo — a minha mãe disse.

O homem largou uma bolsa térmica tilintante ao lado da mesa. A mulher chegou perto dele.

— Eles são alemães — meu pai disse. — Não entendem nada do que eu falo. Podemos dizer o que bem entendermos.

Ele tomou o último gole da caneca e se levantou.

— Hora de pegar a estrada mais uma vez.

— Os meninos ainda não terminaram de comer — minha mãe disse. — Não estamos com tanta pressa.

— É verdade — meu pai respondeu. — Terminem de comer, então. Depressa.

Ele jogou o cigarro meio fumado para longe, levou os copos e as canecas para enxaguá-los no lago e guardou-os com os talheres e a garrafa térmica na sacola. Fechou a sacola térmica e colocou tudo no porta-malas. O homem e a mulher disseram alguma coisa que não entendi enquanto olhavam para a encosta suave na outra margem. O homem apontou com o dedo. Tinha alguma coisa se mexendo ao longe. Minha mãe enrolou o papel que havia usado para embalar nosso piquenique, enfiou tudo numa sacola e se levantou.

— Vamos embora — ela disse. — Os biscoitos ficam para a nossa próxima parada.

Era o que eu temia.

Meu pai levantou o banco para mim e eu entrei. Depois do ar fresco da montanha, o cheiro de fumaça no interior do carro era marcante. Yngve entrou pela outra porta. Ele torceu o nariz.

— Acho que os comprimidos contra enjoo não estão mais fazendo efeito — ele disse.

— Se você sentir enjoo, avise — a minha mãe pediu.

— Ajudaria se vocês dois não fumassem o tempo inteiro — ele disse.

— Quieto — retrucou meu pai. — Pare agora mesmo de reclamar. Estamos de férias.

Aos poucos o carro retornou à pista. Olhei para longe, para além do lago, em direção ao ponto que o homem tinha apontado. Tinha alguma coisa lá. Um ponto cinza em meio ao verde, que se movia lentamente. O que poderia ser aquilo?

Cutuquei Yngve e apontei para fora da janela quando consegui a atenção dele.

— O que é aquilo? — perguntei.

— Renas, talvez — ele disse. — A gente também viu no ano passado. Você não lembra?

— Lembro — eu disse. — Mas a gente estava bem mais perto. Aquelas são pequenas como ratos!

Depois continuamos a viagem naquele estado que parece um transe. Atravessamos o restante da montanha, descemos até Røldal e chegamos a Odda, o lugarejo sujo no fundo de Hardangerfjorden, que apesar do aspecto poluído e decrépito ainda fazia parte daquela magia representada pela outra encosta da montanha em vista das diferenças vertiginosas e elementares em relação ao mundo que havíamos deixado poucas horas atrás. Enquanto Sørlandet consiste em boa parte em rochas e penhascos baixos e florestas desordenadas com as mais variadas árvores lado a lado em um panorama ao mesmo tempo aberto e limitado, e a montanha mais alta da ilha onde eu morava não passava de cento e vinte metros de altura, aquele panorama, ao qual se chegava sempre de repente, era repleto de montanhas *enormes*, imbuídas de uma simplicidade e de uma pureza tão dominantes que todos os outros detalhes viam-se obrigados a dobrar-se perante elas e simplesmente desaparecer: pois quem se importaria com uma bétula, por maior que fosse, quando estava sob uma daquelas montanhas infinitamente belas e eternamente impassíveis? Porém mesmo assim a diferença mais notável não eram as dimensões, mas as cores, que naquele lugar pareciam mais profundas — não existe lugar onde o verde seja tão profundo como em Vestlandet — e também mais nítidas, inclusive o céu, o próprio azul do céu era mais profundo e mais nítido do que o azul do céu no lugar de onde eu vinha. As encostas do vale eram verdes e cultivadas, na primavera e no início do verão as flores das árvores frutíferas tinham um branco japonês, o topo das montanhas era azul-névoa, aqui e acolá nevados, e, ah, em meio a essas montanhas, que se erguiam em longas fileiras de ambos os lados, ficava o próprio fiorde, esverdeado em certos pontos, azulado em outros, mas em toda parte reluzindo ao sol, tão profundo quanto as montanhas eram altas.

Chegar de carro àquele cenário era sempre uma surpresa, porque nada do que se passava antes servia como preparação para o que se encontrava naquele ponto. E assim, enquanto descíamos pela encosta norte, todos os estranhos detalhes se revelavam, como as grades elétricas, os galpões vermelhos, as antigas casas de madeira pintadas de branco, as vacas no pasto e as longas fileiras de estacas para secar feno ao longo do vale. Tratores, forrageiras, porões de esterco, longas botas marrons em frente à porta das casas, as árvores tradicionalmente plantadas no centro dos pátios, cavalos, lojas nos porões de casas ordinárias. Crianças que vendiam framboesas ou morangos em pequenas tendas com placas escritas à mão ao longo do caminho. A vida naquele lugar era diferente da vida onde eu morava; de repente eu percebia uma senhora curvada de saia florida e xale que não existia no lugar de onde eu vinha, ou um senhor curvado com um macacão azul e uma boina com pala em um terreno ou outro, ou então caminhando ao longo de uma ou outra estrada de cascalho. Mas independente de quantas impressões o lugar causasse, e os nomes eram naturalmente parte dessa impressão — Tyssedal, Espe, Hovland, Sekse, Børve, Opedal, Ullensvang, Lofthus e Kinsarvik, que por conta da sonoridade estranha era o meu favorito, afinal o *que* poderia significar a palavra "kinsar"? —, independente do quanto as cores fossem nítidas, e do quanto os inúmeros detalhes fossem diferentes, também pairava um sentimento de extravagância sobre aqueles vilarejos, não sobre as pessoas e os afazeres delas, mas sobre o espaço onde se movimentavam, como se aquilo tudo fosse grande demais para elas — talvez fosse a exuberante luz do sol, talvez fosse o enorme azul do céu, ou talvez fosse a fileira de montanhas que se erguiam do chão — ou então talvez fosse simplesmente o fato de que estávamos apenas de passagem, sem parar em lugar nenhum, a não ser no ponto de ônibus onde Yngve desceu do carro para vomitar, sem conhecer ninguém, e sem estabelecer nenhum tipo de relação com tudo aquilo que víamos. Pois quando enfim chegamos ao cais em Kinsarvik e descemos do carro que meu pai tinha estacionado na fila, aquele traço exuberante já não era mais notado, pelo contrário, tudo parecia agradável e aconchegante, com o barulho dos rádios que saía dos carros, das portas que se abriam e fechavam, das pessoas que se espreguiçavam, andavam de um lado para o outro, das crianças que chutavam cuidadosamente uma bola ao lado da fila ou então faziam como eu e Yngve e iam até o quiosque do outro lado para ver se havia qualquer coisa em que pudéssemos gastar uma parte do nosso dinheiro de férias.

Um sorvete?

Ah, claro.

Yngve comprou um sorvete de cascão, eu comprei um sorvete de copinho com uma pequena espátula vermelha, e com os doces nas mãos caminhamos devagar até o cais, nos sentamos na borda do muro e olhamos para a água e para as algas que se acumulavam em montes úmidos e gordos pela montanha. Mais longe vimos o ferry se aproximando. O lugar tinha cheiro de maresia, algas, grama e fumaça de escapamento, e o sol abrasava os nossos rostos.

— Você ainda está enjoado? — perguntei.

Yngve balançou a cabeça.

— Uma pena que a gente se esqueceu da bola — ele disse. — Mas pode ser que tenham uma em Våjen.

Yngve dizia "Våjen" como a nossa avó.

— É — eu disse, apertando os olhos e olhando para o sol. — Você acha que vamos conseguir?

— Não sei. É o que espero.

Balancei um pouco as minhas pernas. Peguei um enorme pedaço de sorvete com a colher e o coloquei na boca. O pedaço era tão grande e estava tão gelado que precisei jogá-lo de um lado para o outro com a língua para que a sensação não fosse insuportável. Enquanto eu fazia isso, me virei e olhei em direção ao nosso carro. Meu pai estava sentado com uma das pernas fora da porta, fumando. O sol reluzia nos óculos dele. Minha mãe estava ao lado, ela tinha colocado uma cesta cheia de cerejas no teto, e de tempos em tempos pegava uma.

— O que vamos fazer amanhã? — eu perguntei.

— Eu vou para o galpão com o vô. Ele disse que ia me ensinar tudo, para que no futuro eu possa tomar conta da fazenda.

— Você acha que dá para tomar banho aqui?

— Você está louco? — ele perguntou. — A água aqui no fiorde é fria como a água da montanha.

— Por quê?

— Porque estamos muito ao norte, ora!

Alguns carros deram a partida no motor. Mais além o portão de proa do ferry se abriu. Yngve se levantou e começou a andar em direção ao carro. Terminei de comer o sorvete o mais depressa que pude e fui atrás.

Depois da travessia de ferry, que nos levou a Kvanndal, o ponto alto do passeio seria a subida a Vikafjellet. A estrada serpenteava de um lado para o outro na encosta, e em certos pontos era tão íngreme que eu tinha medo de que o carro pudesse virar e cair para trás.

— Muitos turistas levam um susto aqui — disse meu pai enquanto subíamos a montanha, e eu tremia só de olhar para o abismo mais abaixo. — Eles controlam a velocidade com o freio. Isso pode ser fatal.

— E como a gente controla a velocidade? — eu perguntei.

— Com as marchas — ele disse.

Não éramos turistas, sabíamos como tudo aquilo funcionava e nunca era um de nós que estava por trás da fumaça de um capô aberto na beira da estrada. Mas logo depois as coisas mesmo assim começaram a dar errado, pois na curva seguinte apareceu um carro com trailer, poucos metros nos separavam de uma colisão, mas meu pai pisou no freio e o motorista do carro com o trailer fez a mesma coisa. Meu pai deu ré até que a estrada fosse larga o suficiente para os dois carros. O motorista do outro carro acenou ao passar.

— Pai, você conhece esse homem? — perguntei.

Pelo espelho eu vi que ele sorriu.

— Não, não conheço. O aceno foi para me agradecer por eu ter dado espaço para ele passar.

Depois subimos mais uma montanha, e então descemos até o fiorde. As montanhas naquele lugar eram tão altas como as de Hardangerfjorden, mas eram de certa forma mais suaves, não pareciam tão íngremes, e além do mais o fiorde era mais largo e em certos pontos mais parecia um lago. O que está acontecendo?, perguntavam as montanhas em Hardangerfjorden. Vá com calma, elas aconselhavam. Tudo está bem.

— Vamos nos revezar para dormir? — Yngve sugeriu.

— Pode ser — eu respondi.

— Tudo bem — ele disse. — Posso começar?

— Tudo bem — eu concordei. Então Yngve deitou a cabeça no meu colo e fechou os olhos. Era bom tê-lo dormindo junto de mim, a cabeça dele era quente e me dava uma sensação agradável, era como se as coisas estivessem acontecendo em dois lugares ao mesmo tempo, tanto o panorama do outro lado da janela, que se transformava o tempo inteiro e era observado ininterruptamente por mim, e a cabeça de Yngve que repousava no meu colo.

Quando paramos na fila em frente ao ferry seguinte ele acordou. Saímos para o deque superior e aproveitamos o vento que soprava em nossos rostos. Meia hora mais tarde tornamos a nos sentar no carro, e dessa vez fui eu que deitei minha cabeça no colo de Yngve.

* * *

    Eu acordei e senti que estávamos próximos. Quanto mais perto do mar nós chegávamos, mais baixas as montanhas e mais densa a vegetação, embora o panorama limpo e a natureza retorcida de Sørlandet estivessem ausentes. Aquelas estradas não diziam nada para mim, fiquei olhando para fora da janela na tentativa de relacionar o que eu via a qualquer outra coisa, até que de repente tive a mesma impressão que costumava ter em Lihesten, graças aos paredões verticais que despencavam centenas de metros no outro lado do fiorde desde a casa dos meus avós. Por muito tempo a montanha tinha estado à nossa frente, mas ela era irreconhecível de todos os ângulos em que a víamos quando começamos a subi-la. Senti um aperto no peito de tanto entusiasmo. Enfim tínhamos chegado! Ah, claro, lá estava a cachoeira! Lá estava a capela! Lá estava o hotel! Lá estava a placa da Salbu! E lá estava a casa! A casa dos meus avós!

    Meu pai reduziu a velocidade e entrou na estrada de cascalho. Primeiro era preciso passar em frente ao terreno do vizinho, depois pelo portão, que tinha o galpão de lenha à direita, e por fim subir o último trecho íngreme da encosta para então chegar em frente à casa. Mal esperei o carro parar antes de descer. Vi o meu avô do outro lado da fazenda. Estava junto às caixas de abelha com a roupa de apicultor. Um macacão branco e um chapéu branco com um longo véu branco ao redor da cabeça. Todos os movimentos dele eram muito lentos, inclusive o aceno de mão com que nos recebeu. Era quase como se estivesse dentro d'água, ou em um planeta estranho com uma gravidade diferente. Levantei a mão e acenei para ele, e depois corri em direção à casa. Minha avó estava na cozinha.

    — Quase batemos num outro carro em Vikafjellet! A gente estava subindo assim — eu disse, desenhando com os dedos na toalha de mesa encerada enquanto ela me olhava sorrindo com aqueles olhos ternos e escuros.

    — E de repente apareceu um carro puxando um trailer aqui...

    — Que bom que vocês chegaram inteiros! — ela disse. Minha mãe entrou pela outra porta. No corredor ouvi um barulho que devia ser meu pai trazendo a bagagem. Onde estava Yngve? Será que tinha ido encontrar o nosso avô? Com aquele monte de abelhas zumbindo ao redor?

    Corri até o pátio mais uma vez. Não. Yngve estava ajudando o meu pai a carregar a bagagem. Nosso avô continuava lá com aquele traje quase romano. Com gestos infinitamente lentos ele tirou algumas melgueiras da caixa. O sol havia deixado a fazenda, mas continuava a brilhar nos espruces que cresciam na gandra atrás do lago. Uma brisa soprava pela casa e fazia a copa das árvores farfalhar. Kjartan saiu do galpão. Estava de macacão e botas. Cabelos pretos, um pouco compridos, óculos de armação quadrada.

— Boa noite — ele disse, parando em frente ao carro.
— Ah, olá, Kjartan — respondeu meu pai.
— Fizeram boa viagem? — Kjartan perguntou.
— Fizemos. Deu tudo certo.

Kjartan era dez anos mais novo do que a minha mãe, e portanto tinha pouco mais de vinte anos naquele verão. Ele tinha uma aura séria e quase agressiva, e mesmo que aquilo nunca tivesse me afetado de nenhuma forma, eu tinha medo dele. Kjartan era o único dos irmãos da minha mãe que ainda morava na casa dos pais: Kjellaug morava em Kristiansand com Magne, o marido dela, e os dois filhos do casal, Jon Olav e Ann-Kristin, que em pouco tempo chegariam à fazenda, enquanto Ingunn, a irmã mais nova, estudava em Oslo e morava com Mård e com Yngvild, a filha de dois anos. Kjartan e meu avô discutiam muito, e eu já tinha entendido que ele não correspondia às expectativas do pai em relação ao único filho homem. A ideia era que ele se encarregasse da fazenda quando a hora chegasse. Ele estava fazendo um curso de encanador de navio e pretendia trabalhar num estaleiro em outra parte do condado. Mas o mais importante a respeito de Kjartan, e a característica mencionada com mais frequência quando se falava a respeito dele, era que Kjartan era comunista. Um comunista ferrenho. Quando discutia política com a minha mãe e o meu pai, o que fazia com frequência quando estávamos juntos, já que por um motivo ou outro o assunto sempre aparecia, aquele olhar tímido e evasivo se incendiava. Quando falávamos sobre Kjartan em casa, às vezes meu pai ria dele, em geral na tentativa de provocar minha mãe, que não era exatamente comunista, mas assim mesmo discordava do meu pai em quase tudo que dizia respeito à política. O meu pai era um professor e um homem de esquerda.

— Preciso tirar essas roupas e tomar um banho, para que eu não esteja cheirando a galpão na frente das visitas — disse Kjartan. — Acho que tem jantar para vocês lá dentro.

Mesmo da rua eu pude ouvir os degraus rangerem quando ele subiu para o banheiro no segundo andar. Os degraus naquela casa rangiam muito!

Na sala a mesa estava posta à nossa espera. Havia uma pilha de panquecas quentinhas e uma bandeja com *lefser*, além de pão e acompanhamentos. Minha mãe andava da sala para a cozinha e da cozinha para a sala. Mesmo que tivesse saído de casa aos dezesseis anos, se casado com meu pai e tido Yngve aos vinte, e vivido com a própria família desde então, ela se reaclimava à antiga casa assim que chegávamos. Até a maneira como falava era diferente e ficava ainda mais parecida com o jeito de falar dos pais dela. Com meu pai acontecia o contrário, ele quase sempre parecia mais distante lá. Quando sentava com o meu avô, que adorava uma conversa e sempre tinha um causo para contar, qualquer que fosse a ocasião, uma formalidade desconhecida em outras situações tomava conta dele, mas eu a reconhecia assim mesmo, porque era daquele jeito que ele conversava com outros pais e colegas. Meu avô não era cortês desse jeito, ele sentia-se muito à vontade sendo quem era, então por que o meu pai ficava acenando a cabeça e dizendo sim, claro, não diga, é mesmo? Minha mãe também se transformava, ela ria e falava mais do que o normal, e em suma essas mudanças todas eram uma vantagem para nós, e por que não dizer uma enorme vantagem: nosso pai desaparecia, nossa mãe tornava-se mais vivaz e na casa não havia nenhuma regra, podíamos fazer o que bem entendêssemos. Se um de nós virava um copo de leite não era nenhuma catástrofe, nossos avós entendiam que esse tipo de coisa acontece, e podíamos até pôr os pés em cima da mesa, desde que nosso pai não estivesse no mesmo cômodo no mesmo instante, claro, e também podíamos nos sentar no sofá marrom com listras laranja e bege do jeito mais atirado possível, como quiséssemos, e até mesmo nos deitar se fosse o caso. E todos os afazeres de casa que os nossos avós desempenhavam nós também desempenhávamos, em nossa pequena escala. Nossa presença não era indesejada. Pelo contrário, eles ficavam surpresos ao ver que nos dispúnhamos a ajudar com o que estivesse ao nosso alcance. Juntar grama para o feno, botar tudo para secar, buscar ovos no galinheiro, levar pás de esterco até o porão de adubo, pôr a mesa para as refeições e colher cassis e groselha quando as frutas estavam maduras. As portas ficavam abertas e as pessoas entravam e saíam sem nem ao menos bater, simplesmente chamavam os donos da casa quando chegavam ao corredor e já entravam para a sala, acomodavam-se na cadeira e começavam a beber um café com o nosso avô, que não fazia nenhum alvoroço em relação a essas chegadas e começava a falar como se a conversa tivesse sofrido apenas uma breve interrupção. Essas pessoas que chegavam eram muito curiosas, em especial um homem com uma barriga enorme, um jeito meio desleixado e um cheiro meio ruim, de voz alta, que costumava chegar pela encosta num *moped* durante o fim da tarde. Ele falava um dialeto tão carregado que eu não entendia nem a metade do que dizia. Os olhos do meu avô brilhavam quando esse homem chegava, mas não era fácil dizer se era porque tinha um apreço especial por ele, já que todas as pessoas que chegavam faziam os olhos dele brilhar. Mas eu tinha certeza de que o nosso avô gostava de nós, mesmo que nunca tivesse elaborado esse pensamento de maneira consciente; nós existíamos, e isso era o suficiente para ele. No caso da nossa avó era um pouco diferente, porque tínhamos a impressão de que o interesse que tinha por nós também incluía as coisas que dizíamos.

Minha mãe estava parada, olhando para a mesa e conferindo se tudo estava no lugar. Minha avó pegou a cafeteira na cozinha e o assovio cada vez mais alto parou de repente com um breve suspiro. Meu pai largou a bagagem no quarto praticamente acima da nossa cabeça. Meu avô apareceu no corredor depois de pendurar a roupa de apicultura no porão.

— Vejo que a nova geração de noruegueses está crescendo! — ele disse ao nos ver. Então chegou mais perto e me deu um tapinha na cabeça, como se eu fosse um cachorro. Depois deu outro tapinha na cabeça de Yngve e sentou-se enquanto a minha avó chegava da cozinha com a cafeteira na mão e meu pai e Kjartan desciam a escada.

Meu avô era pequeno, tinha o rosto arredondado e, a não ser por uma fina coroa de cabelos brancos ao redor da cabeça, era totalmente calvo. Com frequência tinha uma pequena mancha de sumo de tabaco nos cantos da boca. Os olhos por trás dos óculos reluziam, mas transformavam-se por completo quando ele tirava os óculos, e nessas ocasiões se pareciam com duas crianças que tivessem acabado de acordar.

— Parece que cheguei na hora certa — ele disse enquanto colocava uma fatia de pão no prato.

— Nós ouvimos você no porão — minha mãe disse. — Não foi nenhum acaso.

Ela olhou para mim.

— Você se lembra daquela vez que ouvimos você no corredor dez minutos *antes* de você chegar?

Acenei a cabeça. Meu pai e Kjartan sentaram-se em lados opostos da mesa. Minha avó começou a servir o café para todos.

Meu avô, que espalhava manteiga no pão com a faca, levantou os olhos.

— Vocês o ouviram *antes* que ele chegasse?

— É. Estranho, não? — disse minha mãe.

— Isso foi um espírito guardião — meu avô disse enquanto me encarava. — Você vai ter uma vida longa.

— É isso, então? — minha mãe disse com uma risada.

— É — meu avô respondeu.

— Você não acredita nessa história, certo? — meu pai perguntou.

— Vocês dois ouviram o filho de vocês quando ele não estava em casa — o meu avô disse. — É bem estranho, não? Mas será estranho a ponto de significar qualquer coisa?

— Nossa — disse Kjartan. — Você ficou supersticioso na velhice, Johannes.

Eu olhei para a minha avó. As mãos dela tremiam, e quando ela ia servir o café a cafeteira balançava tanto que somente com um grande esforço de vontade ela conseguia fazer o líquido escorrer pelo bico e encher a xícara sem derramar. Minha mãe também estava olhando para ela, prestes a se levantar, talvez para se encarregar daquilo, mas de repente se reclinou e estendeu a mão para pegar a cesta com as fatias de pão. Era um sofrimento ver aquela cena, porque tudo acontecia muito devagar até o café enfim acabar na xícara, porém ao mesmo tempo era inédito perceber que ela, uma mulher adulta, não conseguia fazer uma coisa tão simples como servir café sem derramar, e a estranheza de ver uma pessoa com mãos que tremiam o tempo inteiro, como que por vontade própria, me levava a acompanhar os movimentos dela com profundo interesse.

Minha mãe colocou a mão em cima da minha.

— Você não quer uma panqueca? — ela perguntou.

Acenei a cabeça. Ela pegou uma panqueca e a colocou no meu prato. Eu passei bastante manteiga e depois polvilhei açúcar em cima. Minha mãe pegou a jarra de leite e serviu o meu copo. O leite tinha vindo direto do galpão, estava morno e amarelado e tinha pedacinhos flutuando na superfície.

Eu olhei para a minha mãe. Por que ela tinha me servido? Eu não podia beber aquele leite, aquilo era nojento, tinha vindo direto de uma vaca, e não de uma vaca qualquer, mas de uma vaca que estava dentro do galpão e ainda por cima mijava e cagava.

Comi a panqueca e peguei mais uma enquanto meu pai fazia ao meu avô perguntas que ele levava um bom tempo para responder. Kjartan dava suspiros mais altos do que daria caso estivesse suspirando sozinho. Ou já tinha ouvido tudo aquilo antes ou não estava gostando do que estava ouvindo.

— Pensamos em ir a Lihesten este ano — o meu pai disse.

— É mesmo? — comentou o meu avô. — É uma boa ideia. Com certeza, uma boa ideia. Lá do alto você consegue ver sete paróquias.

— Estamos bem entusiasmados — meu pai disse, enquanto minha mãe e minha avó conversavam sobre um pé de carvalho e um pé de azevinho que haviam trazido de Tromøya no outro ano e plantado na fazenda.

Resolvi que eu queria vê-los.

O olhar do meu pai se fixou em mim.

— Karl Ove, você não vai beber o seu leite? — ele perguntou. — É leite fresco. Você não encontra leite melhor em nenhum outro lugar.

— Eu sei — respondi.

Como não fiz nenhuma menção de que fosse beber, meu pai continuou me olhando.

— Beba o leite, garoto — ele disse.

— Mas ele está morno — eu disse. — E também está cheio de pedacinhos.

— Não faça uma desfeita aos seus avós — ele disse. — É melhor você comer e beber o que lhe servirem. E não se fala mais nisso.

— O garoto está acostumado a tomar leite pasteurizado — Kjartan disse. — Em caixinhas que ficam na geladeira. Também vendem leite desse tipo por aqui. E é claro que podemos arranjar um pouco! Podemos comprar amanhã. Ele não está acostumado a tomar o leite direto das vacas.

— Me parece desnecessário — meu pai disse. — Esse leite aqui é tão bom quanto. Se não for melhor! Seria uma bobagem comprar mais leite só porque ele é mimado.

— Eu concordo com o seu filho — disse Kjartan. — Também prefiro leite pasteurizado.

— Veja só! — disse meu pai. — Você está tomando o partido dos fracos, como sempre. Mas essa é uma questão de educação, como você bem entende.

Kjartan sorriu e olhou para a mesa. Eu levei o copo com o leite até os meus lábios, parei de respirar com o nariz, tentei pensar em outra coisa que não aqueles pedacinhos brancos e bebi tudo em quatro goles longos.

— Muito bem — disse meu pai. — Não estava bom?

— Estava — eu disse.

Quando terminamos de comer, perguntamos se podíamos dar um passeio, mesmo que já fosse um pouco tarde. Nossos pais deixaram. Calçamos os sapatos, saímos para o pátio e avançamos pela estrada rumo ao galpão. O crepúsculo ainda estava claro e pairava como uma teia de aranha acima de nós. As formas continuavam preservadas, mas as cores haviam desaparecido ou se tornado cinzentas. Yngve soltou a tranca da porta do estábulo e a empurrou para dentro. A porta era pesada, e ele precisou empurrar com todo o peso do corpo para abri-la. Lá dentro estava muito escuro. A luz fraca que vinha das claraboias sujas logo acima das baias nos permitia ver apenas os contornos. As três vacas, que estavam cada uma em sua baia, se mexeram ao ouvir nossa aproximação. Uma delas virou a cabeça.

— Calminha, calminha — disse Yngve.

Era agradável e quente lá dentro. O pequeno bezerro, que estava sozinho numa espécie de chiqueiro do outro lado da calha de esterco, começou a correr de um lado para o outro. Nos inclinamos em direção a ele. Ele nos olhou com olhos assustados. Yngve afagou-lhe a cabeça.

— Calminha, calminha — ele disse.

Não era apenas a porta que estava coberta de vegetação, todas as paredes e janelas também estavam, como se o galpão houvesse afundado e estivesse submerso.

Yngve abriu a porta que dava para o galpão. Subimos no feno que estava lá, atravessamos a passarela e abrimos a porta do pequeno galinheiro. O chão estava repleto de serragem e penas. As galinhas estavam perfeitamente imóveis nos ninhos, olhando para a frente.

— Parece que não tem nenhum ovo — Yngve disse. — Vamos dar uma olhada nos visons também?

Acenei a cabeça. Quando ele fechou a porta alta do galpão, um pequeno gatinho branco correu depressa como uma flecha e se escondeu debaixo da passarela. Descemos e tentamos chamá-lo, porque sabíamos que estava por lá, mas ele se escondeu e por fim desistimos e começamos a andar em direção aos três viveiros dos visons, que ficavam no lado mais afastado da propriedade, junto à orla da floresta. O cheiro forte quando nos aproximamos era quase insuportável, e eu comecei a respirar pela boca.

Os visons fizeram barulho nas gaiolas quando paramos em frente ao viveiro.

Ah, era terrível.

Era mais escuro junto à orla da floresta. As unhas dos visons arranhavam o metal das gaiolas quando andavam de um lado para o outro. Chegamos bem perto de um deles. Aquele bicho preto correu o mais depressa que podia, virou a cabeça e bufou para nós. Os dentes brilharam. Os olhos eram escuros como duas pedras pretas, e quando vinte minutos mais tarde eu estava deitado em nosso quarto no segundo andar, de valete com Yngve, que tinha a cabeça apoiada no travesseiro do outro lado e lia uma revista de futebol, era neles que eu pensava. Que eles andavam de um lado para o outro dentro das gaiolas a noite inteira enquanto a gente dormia. De repente vozes se ergueram na sala abaixo do nosso quarto. Minha mãe e meu pai estavam discutindo com Kjartan. Que as vozes estivessem altas não era nenhum sinal de perigo, pelo contrário, para mim aquilo dava uma sensação de tranquilidade. Eles queriam alguma coisa, e queriam com tanta intensidade que não seria possível falar aos cochichos ou aos balbucios, mas somente aos gritos.

Na manhã seguinte o nosso avô entrou no quarto e perguntou se queríamos ajudá-lo a recolher as redes de pesca. Aceitamos o convite, e poucos minutos depois o acompanhávamos no caminho rumo ao fiorde, carregando uma tina branca vazia entre nós dois.

O barco estava amarrado a uma boia vermelha um pouco mais além. A neblina era tão espessa que o barco parecia estar flutuando. Nosso avô trouxe o barco até a terra, pulamos para dentro e, depois que ele empurrou o barco por um trecho apoiando o remo contra o fundo, Yngve sentou-se na bancada junto às forquetas e começou a remar. Nosso avô estava na ré e governava o barco quando era preciso, e eu estava na vante olhando para a neblina. Lihesten havia quase desaparecido no outro lado, e via-se apenas uma mancha cinza um pouco mais escura em meio à névoa difusa.

— Essa neblina não é comum por aqui — disse o meu avô. — Menos ainda nessa época do ano.

— Você já esteve no alto de Lihesten, vô? — Yngve perguntou.

— Claro — meu avô respondeu. — Muitas vezes. Mas já se passaram uns anos desde a última.

Ele inclinou o corpo para a frente e apoiou os braços em cima das pernas.

— Uma vez eu fui até lá com uma missão de salvamento. Foi o primeiro desastre aéreo de verdade na história da Noruega. Vocês conhecem essa história?

— Não — Yngve respondeu.

— Tinha uma neblina como a de hoje. O avião se espatifou contra Lihesten. Nós ouvimos o barulho. Mas não sabíamos o que podia ser aquilo. Depois avisaram que o avião tinha desaparecido, e o chefe de polícia estava recrutando homens para acompanhá-lo na busca. Então me ofereci para ajudar.

— E vocês encontraram o avião? — perguntei.

— Encontramos. Mas não tinha nenhum sobrevivente. Eu vi a cabeça do capitão, e essa é uma cena que nunca vou esquecer. O cabelo dele parecia recém-penteado! Penteado com todo cuidado para trás. Não havia um único fio fora do lugar. Ah, eu nunca vou esquecer.

— E onde foi que o avião bateu? Na encosta?

— Não, a gente não conseguia ver daqui. Mas tem uma montanha em cima do platô. Foi lá que o avião bateu. Tivemos que escalar para chegar aos destroços. Um pouco mais para bombordo!

Yngve apertou os olhos, provavelmente tentando descobrir para que lado seria bombordo.

— Veja só! — disse meu avô. — Você rema muito bem! Ah, esse acidente foi um acontecimento muito importante na época. Estava em todos os jornais. E se falou muito a respeito do assunto no rádio, também.

Logo à frente a boia vermelha da rede reluzia em meio ao cinza.

— Você pega a boia, Karl Ove? — meu avô pediu. Eu me estendi para a frente com o coração batendo forte e agarrei-a com as duas mãos. Mas a boia era lisa e escorregou no mesmo instante.

— Você tem que pegá-la por baixo — meu avô disse. — Tente mais uma vez! Yngve, reme um pouco mais para trás. Isso, assim.

Na segunda vez consegui pegar a boia e colocá-la dentro do barco. Yngve recolheu os remos. Nosso avô começou a recolher a rede. Os peixes surgiram primeiro como pequenas luzes cintilantes na escuridão da água e depois cresceram em tamanho e em nitidez até o momento em que foram puxados ainda se debatendo para dentro do barco. Eram brilhantes e limpos, tinham desenhos marrom-acinzentados e azulados no dorso, olhos amarelos e bocas vermelho-pálidas e nadadeiras e rabos afiados. Peguei um dos peixes na mão, porém ele se debateu com uma força que seria difícil imaginar na primeira vez em que o vi ainda imóvel no fundo do barco, junto aos meus pés.

Meu avô soltou-os com paciência da rede e jogou-os dentro da tina um a um. Eram vinte peixes no total. Na maior parte escamudos, mas também bacalhaus e polacas e dois carapaus.

Quando Yngve começou a remar de volta, eu ouvi de repente um ruído discreto, em parte farfalhante, em parte chapinhante, não muito diferente dos barulhos que faz um barco a vela, e virei a cabeça. A uns trinta metros percebi barbatanas escuras se mexendo na água.

Fiquei com medo.

— O que é aquilo? — Yngve perguntou, erguendo as pás dos remos. — Lá longe.

— Onde? — meu avô perguntou. — Ah! São toninhas. Elas apareceram já faz uns dias. É uma coisa rara, mas não totalmente fora do comum. Olhem bem para elas. Como vocês sabem, ver as toninhas é um bom presságio.

— É mesmo? — eu perguntei.

— Ah, com certeza — ele respondeu.

Meu avô limpou os peixes no tanque do porão, que mais parecia uma gruta do que o cômodo de uma casa. O piso de cimento muitas vezes estava úmido e escorregadio, o teto era tão baixo que meu pai não conseguia ficar de pé — o que irritava o meu avô, que era um tanto mais baixo — e as prateleiras nas paredes eram abarrotadas com todos os objetos e ferramentas imagináveis, que haviam se acumulado durante a longa vida dos meus avós naquela casa. Quando ele terminou e os peixes que havia pouco ainda se debatiam estavam embalados em plásticos e guardados no freezer, nós o ajudamos a limpar a rede e ficamos de pé na chuva em frente ao galpão de lenha até que minha mãe nos chamasse para o jantar.

Depois do jantar meus avós costumavam dormir. O meu pai, já irrequieto depois de um único dia, me chamou com o dedo no corredor.

— Vamos dar um passeio — ele disse.

Calcei as minhas botas, vesti a capa de chuva e o segui pelo terreno. Meu pai andava com passos largos e dava a impressão de percorrer o cenário com grandes lances de olhos. A floresta de espruces à nossa frente estava envolta em névoa. A água escura do lago reluzia por entre os troncos das árvores. Um trator descia a estrada pelo outro lado.

— Você gosta de estar aqui? — meu pai me perguntou.

— Go-osto — eu disse, sem entender onde ele queria chegar com a pergunta.

Meu pai deteve o passo.

— E você consegue se imaginar morando aqui?

— Consigo — eu disse.

— Talvez um dia a gente assuma o controle da fazenda. Você gosta dessa ideia?

— De morar aqui?

— É. Quando a hora chegar, vamos ter uma possibilidade real.

Eu achava que Kjartan assumiria a fazenda, mas não disse nada, porque esse comentário arruinaria o momento agradável do meu pai.

— Venha, vamos dar uma volta! — ele disse, e então voltou a caminhar.

Morar na fazenda?

Ah, era uma ideia estranha. Para mim era impossível imaginar meu pai naquela casa, rodeado por aquelas coisas. Meu pai, colocando o feno para secar? Meu pai, cortando grama e guardando tudo no silo? Meu pai, espalhando adubo pelo terreno? Meu pai na sala, ouvindo a previsão do tempo?

Mesmo que a história não existisse para mim quando eu era pequeno, e que tudo pertencesse ao instante, eu pressentia a chegada dela. Meu avô tinha morado naquele lugar durante a vida inteira, e tudo por lá estava de uma ou de outra forma impregnado da imagem que eu tinha a respeito dele.

Mas se havia uma imagem ou um conceito que representasse o meu avô, não seria a soma de tudo que houvesse feito ao longo da vida, a respeito do que eu pouco sabia, não, a imagem que representava o meu avô para mim era uma única coisa, a saber, o pequeno trator dele, que era usado para tudo que se pode imaginar. Esse trator era a essência do meu avô. Era vermelho e estava um pouco enferrujado, a partida era dada com o pé, e num dos lados o trator tinha uma pequena alavanca de mudança, uma haste com uma bola preta na ponta, enquanto no outro ficava o acelerador. Ele o usava para cortar a grama, caminhando atrás do trator enquanto a enorme ferramenta em formato de tesoura montada na frente para essas ocasiões fazia a grama tombar pelo caminho. E ele também o usava para transportar coisas pesadas; nesses casos usava uma cabine em cima do trator, com um assento verde, onde sentava-se para dirigir o veículo que de repente se transformava praticamente em um caminhão. Poucas coisas eram mais apreciadas por mim do que estar com o meu avô nesses momentos, sentado na caçamba e avançando em direção às duas lojas em Vågen, por exemplo, onde ele buscava latas de ácido fórmico ou sacos de forragem ou fertilizante artificial. O veículo avançava tão devagar que era possível acompanhá-lo a pé, mas não importava, a questão não era a velocidade, mas todo o restante; os ruídos do motor, a fumaça de cheiro maravilhoso que se espalhava pela estrada onde andávamos, a liberdade na caçamba e a chance de se inclinar para além da borda ora de um lado, ora do outro, tudo o que havia para ver, incluindo a pequena figura do meu avô com a boina de pala, e o fato de que estávamos a caminho da loja, onde o barco que fazia o trajeto até Bergen aportava e onde podíamos dar um passeio, de preferência com um sorvete na mão, enquanto o nosso avô encomendava o que tivesse que encomendar.

Havia também um carrinho de mão por lá, que era usado para transportar coisas pesadas em distâncias mais curtas, como por exemplo os tarros de leite que todas as manhãs eram levados até a casinha de leite na beira da estrada, onde o caminhão de leite os pegava. O carrinho era de metal, e as rodas eram grandes como as de uma bicicleta. Outras coisas que ninguém tinha em casa eram foices, tanto as três grandes, com cabos de madeira, como as pequenas, que era preciso usar de joelhos, e a grande pedra de amolar em frente ao galpão de lenha onde elas eram afiadas. Os tridentes de pontas longas e magras. As pás chatas e pesadas que eram usadas para transportar bosta de vaca até o porão de adubo, onde se chegava através de um alçapão no assoalho do estábulo. A cerca elétrica, onde Yngve me convenceu pela primeira e última vez naquele verão a mijar. As estacas de secar trigo, criaturas estranhas, compridas e tímidas que estavam em todas as fazendas à espera de esmolas quando não eram vistas de longe ou no escuro, quando mais pareciam as divisões de um exército a postos para o combate. A grande chapa redonda onde nossa avó assava as panquecas. O ferro de assar *krumkake*. Os filtros e os anéis achatados usados no leite, e os próprios tarros de leite, com os corpos atarracados e os pescoços curtos e sem cabeça, a forma como paravam com os balbucios e o falatório nervoso assim que se enchiam de leite e iam para o carrinho e eram levados em direção à casinha, lado a lado, subitamente dignos e graves, caso nenhum deles balançasse de um lado para o outro com uma alegria contida quando a roda acertava um buraco na estrada. E, ah, o meu avô, que todas as tardes parava ao lado do galpão e chamava as vacas cantando!

— Veeenham, va-cas! — ele cantava. — Veeenham, va-cas! Veeenham, va-cas!

Como eu poderia contar tudo aquilo para os meus amigos na volta para casa, quando me perguntassem para onde eu tinha ido e o que eu tinha feito durante as férias? Era impossível, e continuaria sendo impossível, havia uma separação absoluta entre aqueles dois universos, tanto no meu âmago quanto na superfície do mundo.

Nas duas semanas que passamos lá, tudo aquilo que era estranho havia se tornado familiar, enquanto aquilo que era familiar, e que reencontramos após quase um dia inteiro de viagem, havia se tornado estranho, ou então afundado no lago da estranheza, porque quando descemos a encosta depois de Tromøybroa e fizemos a última curva antes de subir até a nossa casa, que se erguia com as paredes marrons e as aberturas vermelhas, rodeada por um gramado marrom e seco, com as janelas pretas que olhavam um pouco tristes para nós, foi como se aquele cenário fosse ao mesmo tempo conhecido e desconhecido, pois mesmo que o meu olhar tivesse uma grande intimidade com tudo aquilo, havia uma certa resistência, mais ou menos como a resistência oferecida por um par de tênis novos, quando ainda brilham de tão novos e no entanto resistem a se dobrar ao novo ambiente em que se encontram, insistindo em permanecer como são, até que se desgastem ao longo das semanas e virem apenas mais um par de sapatos entre tantos outros. Um pouco dessa sensação de novidade tomou conta do loteamento quando chegamos de carro, como se tivesse sido levantada por um redemoinho, e levaria semanas até que tornasse a baixar uma vez mais.

Meu pai estacionou o carro e desligou o motor. No colo da minha mãe o pequeno gatinho branco dormia. Ele havia miado e gemido na casinha durante a manhã inteira, e quando finalmente pôde sair, correu de um lado para o outro no banco traseiro e também mais atrás, logo acima do porta-malas, até que minha mãe o pegasse outra vez e ele tornasse a dormir e a ficar em silêncio. O gato tinha olhos totalmente vermelhos, e mesmo que o pelo fosse comprido e lanoso, ele era minúsculo por baixo. Em especial a cabeça, eu pensei quando afaguei-o e senti o pequeno crânio sob os dedos, mas também o pescoço. Era fino, muito fino.

— Onde o Branquinho vai morar? — eu perguntei.

— Ah, que nome! — disse meu pai enquanto abria a porta e saía.

— Vamos arrumar um cantinho para ele no porão — minha mãe disse. Levantei o gato até o meu peito com uma das mãos e abri a porta com a outra.

Meu pai levantou o banco e eu desci na estradinha do pátio com as pernas bambas. Yngve desceu pelo outro lado, e juntos seguimos o nosso pai até a porta. Ele destrancou a porta e entrou na lavanderia, onde abriu a janela e enfiou uma ponta da mangueira para fora. Fixou a outra ponta na torneira e depois saiu ao pátio com o irrigador na mão, enquanto eu, minha mãe e Yngve entramos na despensa, onde o gatinho, que continuava dormindo, foi colocado em uma cesta forrada com um tapete e ganhou um pote de água e outro com pedacinhos de salsicha que pegamos da geladeira, e por fim uma tigela baixa com areia foi colocada no canto.

— Agora vamos fechar todas as portas, menos essa — minha mãe disse.
— Assim ele não vai poder fugir para lugar nenhum quando acordar.

Enquanto os finos jatos d'água que saíam do irrigador caíam de um lado e de outro no pátio e meu pai tirava a bagagem do carro, eu, minha mãe e Yngve jantávamos na cozinha. Era domingo e todas as lojas estavam fechadas, então minha mãe tinha comprado pão, manteiga e frios em Sørbøvåg. Também bebemos chá, eu coloquei leite e três colheres de açúcar no meu.

De repente o gatinho gemeu no corredor. Nos levantamos todos ao mesmo tempo e saímos. Ele estava no patamar da escada. Quando nos viu, desceu correndo outra vez. Fomos atrás. Minha mãe o chamou. De repente o gato atravessou o corredor numa corrida vertiginosa, bem na nossa frente, subiu a escada voando e entrou na sala, onde desapareceu. Passamos vários minutos andando pela casa e chamando, mas foi Yngve quem o encontrou. Ele estava no pequeno vão entre a estante de livros e a parede, num lugar impossível de alcançar, a não ser que a estante fosse arrastada.

Minha mãe desceu e pegou as tigelas com água e comida, deixou-as ao lado da estante e disse que ele podia sair quando quisesse. Quando entrei na sala na manhã seguinte o gato continuava no mesmo lugar. Só à noite ele saiu para comer um pouco, mas em seguida desapareceu outra vez. Por três dias ele morou naquele vão. Mas quando resolveu sair, foi de uma vez por todas. Ele ainda estava um pouco arisco, mas cada vez mais acostumado à nossa presença, e passada uma semana já estava correndo e brincando, pulando em nosso colo e ronronando quando o afagávamos. Toda noite o gato ficava em frente à televisão batendo com as patas em qualquer coisa que aparecesse na tela. Ele parecia ter um interesse especial por futebol. Ignorava todos os jogadores e preocupava-se apenas com a bola, e a seguia com atenção de um lado para o outro. De vez em quando ele ia para trás da TV ver se a encontrava.

Quando as aulas recomeçaram, o gato começou a tossir. Era cômico, os tossidos soavam quase como se fosse uma pessoa no porão. Aos poucos e de forma quase imperceptível as manhãs foram se tornando mais frias, até que um dia uma camada fina e transparente de gelo cobriu as poças d'água na estrada, e mesmo que tivesse desaparecido horas mais tarde, o outono estava próximo. As folhas nas árvores decíduas da gandra mais acima se amarelaram, se avermelharam e depois caíam rodopiando dos galhos quando o vento soprava. Minha mãe adoeceu e estava na cama quando eu saía para a escola de manhã e também quando voltava horas depois. Mal aguentava levantar a cabeça do travesseiro quando entrava no quarto dela para conversar. Ao mesmo tempo Branquinho adoeceu, ele passava quase o tempo inteiro tossindo na cesta. Muitas vezes eu pensava nele quando estava na escola, e todos os dias a primeira coisa que eu fazia depois de voltar era vê-lo na despensa. Como eu queria que ele melhorasse logo! Mas o que aconteceu foi o contrário, ele ficou ainda mais doente, um dia cheguei em casa e fui correndo até o porão e ele não estava mais na cesta, mas num canto, deitado no chão de concreto, se contorcendo de um lado para o outro enquanto arfava. Coloquei a mão nele, mas ele continuou a se contorcer.

— Mãe! Mãe! — eu gritei. — O Branquinho está morrendo! Ele está morrendo!

Subi a escada correndo e abri a porta do quarto da minha mãe com um movimento brusco. Ela me lançou um olhar sonolento e sorriu.

— Você tem que chamar um veterinário! — eu disse. — Agora! É uma emergência!

Minha mãe se endireitou na cama.

— O que houve? — ela perguntou.

— O Branquinho está morrendo! Está se contorcendo todo no porão. Ele está sofrendo muito! Você tem que chamar um veterinário! Agora!

— Mas não podemos fazer isso, Karl Ove — minha mãe disse. — Não vai adiantar. E eu também estou doente...

— Você tem que ligar agora! — eu gritei. — Mãe, mãe, ele está morrendo! Você não entende?

— Eu não posso, e tenho certeza que você entende. Eu lamento de verdade, mas não tenho como.

— Mas o Branquinho está MORRENDO!

Ela balançou a cabeça devagar.

— Mas, mãe!

Ela suspirou.

— Ele já devia estar doente quando o trouxemos para casa. O Branquinho também é albino. Quase sempre esses bichos são mais frágeis. Não há nada a fazer. Não podemos fazer nada.

Eu olhei para ela com os olhos cheios de lágrimas. Depois bati a porta e desci correndo até o porão. Ele estava de lado e arranhava o chão com as garras enquanto arfava. Aquele pequeno corpinho estava em convulsão. Eu me agachei para afagá-lo. Então saí correndo de casa, entrei na floresta e fui até o lago. Depois subi pela outra margem. Chorei durante todo o percurso. Quando tornei a ver nossa casa, corri o mais depressa que pude, eu tinha que tentar convencê-la mais uma vez. Afinal, minha mãe não era veterinária, então como poderia saber o que os veterinários sabem e o que não sabem? Abri a porta e parei. Estava tudo em silêncio lá dentro. Desci com todo cuidado até a despensa. Ele tinha voltado para a cesta. Estava totalmente imóvel, com a cabeça inclinada para trás.

— Mãe! — gritei. — Você tem que vir aqui!

Subi as escadas depressa e abri a porta do quarto dela mais uma vez.

— Ele não está se mexendo! — eu disse. — Você pode ver se ele morreu? Ou se ele está curado?

— Você acha que pode esperar o seu pai chegar do trabalho? — ela me perguntou. — Falta bem pouco.

— Não! — eu disse.

Minha mãe olhou para mim por um bom tempo.

— Tudo bem, acho que consigo — ela disse. Então afastou o edredom para o lado, colocou os pés no chão e se levantou, tudo muito devagar. Ela estava usando uma camisola branca. Os cabelos estavam desgrenhados, o rosto estava pálido e parecia mais macio do que quando ela estava bem. Ela se apoiou no armário com uma das mãos. Desci a escada correndo e a esperei em frente à despensa. De repente senti que não queria estar sozinho lá dentro.

Minha mãe se abaixou e colocou a mão no gato.

— É uma pena — ela disse. — Mas ele morreu.

Ela olhou para mim e se levantou. Eu a abracei com força.

— Agora ele não está mais sofrendo — ela disse.

— Não — eu respondi.

Não chorei.

— Vamos enterrá-lo agora? — eu perguntei.

— É melhor esperar até que o Yngve e o seu pai voltem para casa, você não acha?

— É — eu disse.

E assim foi. Enquanto minha mãe ficava de cama, meu pai levou o gato até o canto do jardim, comigo e com Yngve logo atrás, cavou um buraco no chão, largou o gato lá dentro e o cobriu de terra. Ele não quis saber de cruz.

*

Existem duas fotos desse gato. Numa ele está em frente à televisão, com a pata erguida, tentando pegar o nadador que aparece na tela. Na outra está no sofá comigo e com Yngve. O gato tem um laço azul no pescoço.

Quem pôs aquele laço?

Deve ter sido a minha mãe. Ela fazia essas coisas, eu sabia, mas durante os meses em que escrevi sobre elas, nessa enxurrada de memórias e acontecimentos e pessoas que despertaram, ela quase sempre permanece ausente, quase como se não estivesse lá, como se pertencesse a uma das falsas lembranças que as pessoas adquirem quando ouvem histórias e não através das próprias experiências.

Por que será?

Se tinha uma pessoa que estava sempre lá, como a água inesgotável no poço da minha infância, essa pessoa era ela, a minha mãe. Era ela quem preparava todas as refeições pra nós, e também quem todas as noites nos reunia na cozinha. Era ela quem fazia as compras, tricotava ou costurava nossas roupas, era ela quem fazia os remendos quando elas se rasgavam. Era ela quem aparecia com um curativo quando caíamos e ralávamos os joelhos, foi ela quem me levou ao hospital quando quebrei a clavícula e também quem me levou ao médico quando eu, de maneira um pouco menos heroica, peguei sarna. Foi ela quem ficou fora de si de tanta ansiedade quando uma menina morreu de meningite e eu ao mesmo tempo fiquei gripado e com o pescoço rígido, e então me colocou às pressas dentro do carro e pisou fundo até chegar a Kokkeplassen com a ansiedade brilhando nos olhos. Era ela quem lia para nós, era ela quem lavava os nossos cabelos quando tomávamos banho, era ela quem nos vestia o pijama depois. Era ela quem nos levava aos treinos de futebol à noite, era ela quem comparecia aos encontros de pais e que arranjava um lugar entre os outros pais nas cerimônias de encerramento de ano para tirar fotografias de nós. Era ela quem colava as fotografias no álbum depois. Era ela quem fazia os bolos para os nossos aniversários, e também quem preparava o bolo de Natal e os doces para a Terça-Feira Gorda.

Tudo que uma mãe pode fazer pelos filhos ela fazia por nós. Se eu ficava doente e ardia em febre, era ela quem aparecia com um pano frio para pôr na minha testa, era ela quem enfiava o termômetro na minha bunda para tirar minha temperatura, era ela quem aparecia com água, sucos, uvas, biscoitos, era ela quem se levantava à noite e entrava de camisola para ver como eu estava.

Eu sei que ela participou de cada momento, mas simplesmente não consigo lembrar.

Não tenho nenhuma lembrança dela lendo para mim, não consigo lembrar de uma única vez em que ela tenha posto um curativo nos meus joelhos ou estado presente numa única festa de encerramento na escola.

Por quê?

Ela me salvou, pois se não tivesse estado ao meu lado eu teria crescido sozinho ao lado do meu pai, e nesse caso teria acabado com a minha própria vida de um jeito ou de outro. Mas ela estava lá, assim a escuridão do meu pai era balanceada, eu estou vivo e, se não sinto nenhuma alegria com isso, não é por falta de equilíbrio na minha infância. Estou vivo, tenho meus próprios filhos e com eles tentei alcançar uma única coisa, a saber, que não tenham medo do próprio pai.

Eles não têm. Eu sei.

Quando entro no cômodo onde estão, eles não se encolhem, não desviam o olhar, não tentam escapulir na primeira chance, não, quando olham para mim é simplesmente para registrar a minha presença com uma certa indiferença, e se existem pessoas que me deixam feliz ao olhar para mim sem me dar muita importância, essas pessoas são os meus filhos. Se existem pessoas que me deixam feliz ao encarar minha presença como uma consequência natural, essas pessoas são os meus filhos. E mesmo que esquecerem que eu estava lá quando tiverem quarenta anos, eu vou reagir com receptividade, gratidão e reverência.

Meu pai sabia que entre nós dois as coisas se davam de outra maneira. A falta de autocrítica não era um dos defeitos dele. Uma noite no início dos anos 1980 ele disse a Prestbakmo que nossa mãe tinha sido a nossa salvação. A questão é saber se foi o suficiente. A questão é saber se não foi responsabilidade dela termos sido expostos por tantos anos ao nosso pai, um homem que nos fazia sentir um medo profundo, sempre, toda vez que o víamos. A questão é saber se basta equilibrar a escuridão.

Ela tomou uma decisão, ficou ao lado dele, deve ter havido uma razão. O mesmo vale para ele. Ele também tomou uma decisão, ele também permaneceu ao lado dela. Durante toda a década de 1970 e o começo da década de 1980 eles viveram assim, lado a lado na casa em Tybakken, com os dois filhos, os dois carros e os dois empregos. Tinham uma vida fora de casa, uma vida que viviam em casa um para o outro e uma vida em casa que viviam para nós. Nós, ainda crianças, nos sentíamos como cachorros no meio de uma multidão, só nos ocupávamos com outros cachorros ou outras coisas de cachorro, mas nunca compreendemos o que acontecia ao nosso redor. Eu tinha uma vaga ideia de quem nosso pai era fora de casa, certos detalhes chegavam até mim, mas nunca atribuí nenhum significado a isso. Ele andava sempre bem vestido, eu percebia, mas o que isso significava eu só fui entender mais tarde, quando cresci e conheci ex-alunos dele, e então pude vê-lo nesse papel. Um professor jovem, magro e bem vestido que dirigia um Ascona, andava com passos decididos até a sala dos professores, largava uma pasta cheia de papéis em cima da mesa, servia uma caneca de café, trocava umas breves palavras com os colegas, tomava o caminho da sala assim que o sinal batia, pendurava o casaco de veludo cotelê no espaldar da cadeira e olhava para os alunos da classe, que o encaravam em silêncio. Ele tinha uma barba preta e bem cuidada, olhos brilhantes e um rosto bonito. Os rapazes da classe tinham medo dele, porque era rígido e não tinha nenhuma tolerância. As garotas da classe eram apaixonadas por ele, porque era jovem, tinha uma aura forte e não se parecia com nenhum dos outros professores. Ele gostava de lecionar e era bom no que fazia, sabia como enfeitiçar a classe quando falava sobre os autores que o interessavam. Obstfelder era o favorito. Mas ele também gostava de Kinck e de Bjørneboe, o autor contemporâneo.

No trato com os colegas ele era cordial, mas sempre mantinha distância. Essa distância se manifestava nas roupas, muitos dos outros professores iam trabalhar de camisa folgada e calças de brim, ou usavam o mesmo uniforme meses a fio. Essa distância se manifestava no pragmatismo dele. Essa distância se manifestava na linguagem corporal, na atitude, na aura.

Ele sempre sabia mais a respeito dos outros do que os outros sabiam a respeito dele. Era uma regra na vida dele que valia para todos, até mesmo para os pais e os irmãos. Talvez valesse especialmente para eles.

Quando ele voltava da escola, ia para o escritório e preparava os encontros à noite; ele era representante do Venstrepartiet no conselho do município e fazia parte do poder executivo, além disso participava de vários comitês e, segundo dizia, tinha sido candidato ao Parlamento. Mas o que meu pai dizia nem sempre era verdade, era notório que manipulava a realidade do círculo que havia construído ao redor de si, porém não na escola e na política, nesses lugares ele era sempre muito correto. Ele também fazia parte do clube de filatelia de Grimstad e participava de várias exposições com as coleções que tinha. No semestre de verão ele se dedicava à jardinagem, uma atividade que executava de maneira ambiciosa e perfeccionista, se é que se pode imaginar uma coisa dessas ao redor de uma casa num loteamento em plena década de 1970. O interesse por todas as coisas que crescem tinha sido herdado da mãe, e era o assunto que discutiam com maior frequência, os diferentes tipos de plantas, arbustos e árvores e as experiências que haviam tido com cada um deles. O sol, a terra, a umidade, a acidez do solo. Os enxertos, a poda, a rega. Amigos ele não tinha, todo o contato social se dava na sala dos professores e na família. Com frequência ele visitava os irmãos, os tios e as tias, e também recebia visitas frequentes. Em relação a essas pessoas ele adotava um tom que parecia estranho para mim e para Yngve, e que portanto observávamos com desconfiança.

A vida de nossa mãe era muito diferente da vida dele. Ela tinha várias amigas, a maioria do trabalho, mas também de outros lugares, inclusive da própria vizinhança. Elas passavam um bom tempo juntas conversando, ou "tagarelando", como nosso pai às vezes dizia, fumando e comendo os bolos que haviam preparado, ou então tricotando na nuvem de fumaça de tabaco que envolvia tantas salas de estar na década de 1970. Ela gostava de política, defendia um Estado forte, uma política de saúde pública bem desenvolvida, igualdade de direitos para todos, tinha prováveis ligações com o movimento feminista e o movimento pacifista, era contra o capitalismo e o materialismo crescentes, simpatizava com o movimento Framtiden i våre hender, de Erik Dammann, e pertencia, em suma, à esquerda. Ela mesma disse que passou a época dos vinte anos num estupor, tudo na vida dela se resumia ao trabalho e aos filhos e a cuidar da própria vida, o dinheiro era curto, era preciso lutar bastante, mas no início dos trinta enfim percebeu a situação dela e da sociedade em que vivia. Enquanto meu pai raramente lia qualquer coisa além do que era obrigado a ler, minha mãe tinha um interesse genuíno pela literatura. Ela era uma idealista, ele era um pragmático, ela era uma sonhadora, ele era um realista.

Eles nos criaram juntos, mesmo que eu nunca tivesse essa impressão, para mim havia uma diferença marcante entre os dois e eu sempre os compreendi como duas criaturas totalmente independentes. Mas para eles deve ter sido diferente. À noite, depois que dormíamos, os dois ficavam conversando sobre os vizinhos, os colegas e nós, ou ainda falando sobre política ou literatura. Em ocasiões um tanto raras os dois tiravam férias sozinhos, em Londres, no Vale do Reno ou na montanha, e então eu e Yngve ficávamos na casa dos nossos avós paternos ou maternos. Meus pais dividiam os afazeres domésticos de uma forma bastante igualitária em relação aos pais dos meus colegas; meu pai lavava a louça e cozinhava, o que nenhum dos outros pais fazia, e além disso havia toda a comida que os dois arranjavam por volta daquela época, os peixes que meu pai pegava no litoral da ilha e as centenas de quilos de frutas silvestres que colhíamos quando íamos ao continente no fim do verão ou no outono, que mais tarde eles transformavam em sucos ou geleias que eram guardados em garrafas e vidros que passavam o inverno inteiro nas prateleiras do porão e cintilavam de leve com a luz que vinha da pequena clarabóia no alto da parede. Framboesas, amoras silvestres, mirtilos, arandos vermelhos e amoras árticas, que faziam nosso pai dar gritos de alegria quando as encontrava. Abrunho para fazer vinho. Eles pagavam para colher frutas nos jardins de Tromøya, e assim sempre tínhamos maçãs e peras e ameixas. E havia a cerejeira de Alf, o tio do meu pai que morava em Kristiansand, e também as árvores frutíferas na casa dos nossos avós paternos, claro. Nossos dias eram previsíveis e estruturados, aos domingos tínhamos direito a sobremesa após o jantar, nos dias da semana em geral comíamos vários tipos de peixe e outras variações. Sempre sabíamos que horas tínhamos que ir para a escola no dia seguinte, quantos períodos de cada matéria teríamos, e nem o que acontecia durante a tarde era livre, já que as tardes eram marcadas pela estação: quando a neve caía ou o gelo aparecia era hora de andar de esquis e patins. Se a temperatura da água passasse de quinze graus, tomávamos banho de mar, tanto na chuva como no sol. O único fator realmente imprevisível nessa vida, que passava do outono ao inverno, da primavera ao verão, de uma série a outra, era meu pai. Eu tinha tanto medo dele que nem com toda a minha força de vontade consigo reproduzir a sensação hoje; nunca mais voltei a ter os sentimentos que eu tinha por ele, e nem ao menos cheguei perto.

Os passos dele no corredor — será que estava vindo na minha direção?

A loucura nos olhos dele. O tremor na boca, os lábios que se abriam de maneira incontrolada. E também a voz dele.

Quase choro aqui sentado quando ouço aquela voz no meu pensamento.

A fúria dele vinha como uma onda, atravessava os cômodos, batia contra mim, batia e batia e batia contra mim, e então voltava com o repuxo. Depois ele era capaz de permanecer tranquilo por semanas a fio. Mas assim mesmo não se podia chamar aquilo de tranquilidade, porque tudo podia voltar em dois dias ou então dois minutos. Não havia nenhum aviso prévio. De repente ele era simplesmente tomado pela fúria. Pouco importava se me batia ou não, era igualmente ruim quando ele torcia a minha orelha ou apertava forte o meu braço ou me arrastava para um outro lugar onde eu tinha que ver o que havia feito, não era a dor que me deixava com medo, era ele, a voz dele, o rosto dele, o corpo dele, a fúria que saía de tudo aquilo, era disso que eu tinha medo, e esse medo nunca me deixou, ele me acompanhou durante todos os dias da minha infância.

Depois das confrontações a minha vontade era morrer. Era uma das fantasias que eu mais acalentava, a de morrer. Assim ele aprenderia. Assim ele teria oportunidade de pensar em tudo que havia feito. Assim ele poderia se arrepender. Ah, e como se arrependeria! Eu o via torcer as mãos desesperado, com o rosto apontado para o céu diante do pequeno caixão onde eu repousava com meus dentes saltados, sem nunca mais poder dizer "r".

Quanta doçura nessa cena! Eu chegava quase a recuperar o bom humor. E assim foi durante a minha infância, a distância entre o bem e o mal era muito mais curta do que durante a idade adulta. Bastava pôr a cabeça para fora da porta e eu era invadido por um sentimento incrível. Simplesmente ir até o B-Max e esperar o ônibus era um verdadeiro acontecimento, mesmo que fosse uma ação repetida quase todos os dias ao longo de vários anos. Por quê? Não tenho a menor ideia. Mas quando tudo brilhava com a umidade da neblina e as minhas botas ficavam molhadas por conta do barro no asfalto, e a neve na floresta estava branca e afundada, e nós estávamos numa turma conversando ou jogando, ou correndo atrás das meninas para derrubá-las, pegar as toucas delas ou simplesmente atirá-las num monte de neve, e eu sentia uma delas contra o meu corpo, e então as segurava pela cintura com toda a minha força, talvez Marianne, talvez Siv, talvez Marian, porque eu sempre gostava mais de uma delas e pensava mais numa delas do que nas outras, nessas horas um arrepio tomava conta de todos os meus nervos, nessas horas meu peito borbulhava de alegria — mas por quê? Ah, por causa da neve úmida. Por causa das nossas jaquetas úmidas. Por causa de todas aquelas meninas bonitas. Por causa do ônibus que chegava tilintando com correntes nas rodas. Por causa do orvalho nas janelas quando a gente entrava, por causa dos nossos gritos e da nossa bagunça, por causa de Anne Lisbet, que estava lá, alegre e bonita como sempre, com os mesmos cabelos escuros e a mesma boquinha vermelha de todos os dias. Todo dia era uma festa, no sentido de que tudo que acontecia era repleto de emoção, e nada se deixava prever. E essa sensação não acabava com a chegada do ônibus, pelo contrário, nessa hora mal havia começado, pois todo o dia na escola nos aguardava com a transformação que sofríamos quando nossas roupas úmidas eram penduradas nos ganchos e nós entrávamos na sala de aula apenas de meias, com as bochechas vermelhas e os cabelos desgrenhados, com os tufos de cabelo que haviam ficado para fora da touca molhados. O tremor no corpo à espera do recreio, quando subíamos correndo as escadas, atravessávamos os corredores, descíamos as escadas externas, cruzávamos o pátio, descíamos o barranco e chegávamos ao campo. E depois chegar em casa, ouvir música, ler, talvez calçar os esquis e descer a encosta íngreme até Ubekilen, onde os outros sempre estavam, e, com aquela intensidade que existe apenas na infância, descer, subir outra vez à moda espinha de peixe, descer, até que a escuridão fosse tão densa que não conseguíssemos mais ver um palmo à frente do nariz, quando nos inclinávamos para a frente com os bastões enfiados debaixo do braço e falávamos sobre tudo que se pode imaginar.

    A visão do gelo na baía, coberta por uma camada de dez centímetros de água. A luz das casas no loteamento, que parecia uma cúpula acima da floresta. Todos os sons que a escuridão amplificava sempre que um de nós trocava de posição e os pequenos esquis azuis se batiam um contra o outro, ou então cortavam a neve fofa. O carro que chegava pela estradinha de cascalho, era um Fusca que pertencia às pessoas que moravam lá, a luz se espalhava pelo pátio e revelava tudo numa luz fantasmagórica por um instante ou dois, e depois a escuridão se fechava uma vez mais ao nosso redor.

    Uma infinitude de momentos como esses, todos próximos uns dos outros, assim foi a minha infância. Alguns deles podiam me levar a alturas vertiginosas, como na tarde que passei com Tone, em parte correndo, em parte deslizando pela encosta, que tinha acabado de ter a neve limpa por um trator, a dizer pelo brilho da superfície, e eu, quando cheguei ao ponto escuro entre as estradas em frente à nossa casa, me deitei de costas na neve e olhei para a escuridão úmida e impenetrável acima de mim e senti uma felicidade completa.

Outros podiam se abrir como um buraco sob os meus pés, como na noite em que a minha mãe revelou que começaria a frequentar a escola no ano seguinte. Estávamos jantando quando ela me contou.

— A escola fica em Oslo — ela disse. — Mas é só por um ano. Eu pretendo voltar para casa todas as sextas-feiras e passar os fins de semana inteiros aqui. Depois volto a Oslo na segunda-feira. Assim passo três dias aqui e quatro dias lá.

— E nós vamos ficar aqui sozinhos com o pai? — Yngve perguntou.

— Isso mesmo. Mas vai dar tudo certo. Assim vocês podem se ver um pouco mais, também.

— Por que você quer ir à escola? — eu perguntei. — Você já é adulta!

— Se chama educação continuada — ela disse. — Quero aprender mais sobre o meu trabalho. Para mim é muito interessante, sabe?

— Eu não quero que você vá — eu disse.

— É só por um ano — ela repetiu. — E vou estar aqui com vocês três dias da semana. E durante as férias inteiras. Eu vou ter férias bem longas.

— Mesmo assim eu não quero — respondi.

— Eu entendo — a minha mãe disse. — Mas vai dar tudo certo. O pai de vocês também quer passar mais tempo com vocês. E no ano que vem vai ser o contrário. O pai de vocês vai fazer um curso de educação continuada e eu vou ficar com vocês em casa.

Bebi o último gole de chá com os lábios praticamente fechados, deixando o líquido escorrer por uma fresta minúscula para que as várias folhas escuras e úmidas que estavam no fundo da xícara não entrassem na minha boca.

Me levantei e aproximei a pesada chaleira da minha xícara com as duas mãos, me servi e coloquei-a de volta no lugar. O chá estava quase preto de tanto tempo que havia passado em infusão. Acrescentei uma dose generosa de leite e três grandes colheradas de açúcar.

— Açúcar com chá — disse Yngve.

— O que tem? — eu perguntei.

No mesmo instante os passos do meu pai soaram no corredor.

Ah, e eu tinha enchido a xícara até a borda! Nesse caso eu teria que ficar sentado junto à mesa até terminar de beber tudo. Mas Yngve não tinha esse tipo de preocupação, ele se levantou e saiu às pressas.

Meu pai avançou com passadas sombrias. Ligou a televisão e sentou na poltrona.

— Você não quer jantar? — minha mãe perguntou.

— Não — ele disse.

Servi um pouco mais de leite para esfriar o chá e o bebi em três goles longos.

— Obrigado pelo jantar! — eu disse enquanto me levantava.

— De nada — minha mãe respondeu.

A novidade foi chocante, mas não fiquei chocado quando entrei no meu quarto um pouco mais tarde, ainda era abril e minha mãe não começaria a escola antes de agosto. Ainda faltavam quatro meses, e na infância quatro meses são uma eternidade. A educação continuada da minha mãe pertencia ao futuro da mesma forma como o ginásio ou a confirmação ou o dia em que eu completaria dezoito anos. Estávamos no meio da infância, quando o tempo é suspenso. Ou melhor, os instantes passam em uma velocidade alucinante, enquanto os dias que os encerram arrastam-se de forma quase imperceptível. Mesmo quando o dia de encerramento das aulas passou e deixamos de ser alunos da terceira série, não pensei que minha mãe viajaria logo. Afinal, não havia ainda as longas férias de verão? Foi apenas quando ela começou a arrumar as roupas no quarto, com a mala aberta no chão, que eu entendi. Ao mesmo tempo havia uma série de coisas acontecendo, no dia seguinte as aulas recomeçariam, e nós, como alunos da quarta série, enfim seríamos parte do grupo de crianças mais velhas. Teríamos uma nova sala de aula e, o que era ainda mais importante, um novo professor. No meu quarto estava a minha nova mochila, e no armário estavam minhas novas roupas. Só de pensar em tudo isso sentia um frio na barriga, e mesmo que eu tenha ficado triste quando a vi fazendo a mala, não me senti mais triste do que eu costumava me sentir quando ela saía para o trabalho.

Minha mãe parou de arrumar a mala e olhou para mim.

— Vou estar de volta em casa já na quinta-feira — ela disse. — São só quatro dias.

— Eu sei — respondi. — Você lembrou de tudo?

— Olha, acho que lembrei — ela disse. — Você quer me ajudar a fazer a mala? Ponha o joelho ali em cima para que eu possa fechá-la direito.

Eu acenei a cabeça e fiz como ela pediu.

Meu pai subiu a escada.

— Você está pronta? — ele perguntou, olhando para a mala. — Eu me encarrego disso.

Minha mãe deu-me um abraço e desceu a escada com meu pai.

Fiquei olhando da janela do banheiro. Quando ela entrou no Fusca verde, tudo parecia igual a uma tarde qualquer em que ela estivesse saindo para trabalhar, a não ser pela bagagem no porta-malas. Eu acenei, ela me acenou de volta, deu a partida no motor, saiu de ré, em seguida trocou de marcha e o carro desceu o morro como um inseto e desapareceu.

O que aconteceria a partir daquele momento?

Como seriam os meus dias?

A minha mãe era quem nos mantinha unidos, ela era o centro da minha vida e o centro da vida de Yngve, nós sabíamos disso, nosso pai sabia disso, mas ela talvez não soubesse. E como ela podia simplesmente partir daquele jeito?

Facas e garfos se batendo contra os pratos, cotovelos se mexendo, cabeças imóveis, costas empertigadas. Nenhuma palavra. Esses éramos nós três, o pai e os dois filhos, fazendo uma refeição. Ao nosso redor tudo pertencia aos anos 1970.

O silêncio ficou cada vez maior. E nós três percebemos, o silêncio não é do tipo que se deixa quebrar, mas do tipo que dura por uma vida inteira. Claro, pode-se dizer qualquer coisa, pode-se conversar, mas nem por isso o silêncio cessa.

Meu pai largou um osso no prato com as cascas das batatas e pegou mais uma costeleta. Eu e Yngve ganhamos apenas uma cada.

Yngve havia terminado de comer.

— Obrigado — ele disse.

— Temos sobremesa — o meu pai disse.

— Obrigado, mas não vou querer — Yngve disse.

— Por que não? — meu pai quis saber. — É abacaxi com creme. Você gosta.

— Eu fico cheio de espinhas — Yngve explicou.

— Então tudo bem — meu pai disse. — Pode sair da mesa.

Ele olhou para mim como se Yngve não existisse quando se levantou.

— Você quer, Karl Ove?

— Quero, sim — respondi. — É a minha sobremesa favorita.

— Que bom — ele disse.

Fiquei olhando pela janela enquanto esperava que ele terminasse. Ouvi música no quarto de Yngve. Um grupo de crianças havia se reunido na estrada, eles tinham colocado duas pedras na encosta para marcar o gol e pouco depois eu ouvi o som grave de pés que chutavam uma bola bem cheia e os gritos que sempre aparecem numa partida de futebol, independente da forma como a partida é disputada.

Por fim meu pai se levantou, pegou os pratos e raspou as sobras para dentro da lixeira. Largou uma tigela com abacaxi e creme na minha frente e uma na frente dele.

Comemos tudo sem dizer uma única palavra.

— Obrigado — eu disse, me levantando. Meu pai não disse nada, mas também se levantou, encheu a cafeteira d'água e tirou o pacote de café do armário.

Então ele se virou.

— Karl Ove? — ele disse.

— Sim?

— Eu não quero que você jamais deboche das espinhas do Yngve. Entendido? Não quero ouvir uma palavra a respeito desse assunto. Jamais.

— Está bem — eu disse, mas continuei parado a fim de ver se ele teria mais coisas a dizer.

Meu pai se virou e cortou o canto do pacote de café, e eu entrei no quarto de Yngve, ele estava tocando a guitarra dele, uma cópia da Les Paul que tinha me impressionado muito quando a ouvi pela primeira vez, porque eu estava convencido de que uma guitarra não fazia som nenhum sem amplificador. Mas não era verdade, e ele estava tocando baixinho com o rosto cheio de espinhas.

— Você quer fazer alguma coisa? — perguntei.

— Já estou tocando guitarra — ele disse.

— Eu quis dizer se você não quer jogar um jogo, seu idiota.

— Junte 52? — ele perguntou.

— Ha ha — eu ri. — Só dá para jogar esse jogo uma vez. E eu já joguei. Você não pode me ensinar um acorde?

— Agora não. Outra hora.
— Por favor.
— Está bem, mas só um — ele disse. — Sente aqui.
Me sentei ao lado dele na cama. Ele colocou a guitarra no meu colo. Ajeitou três dedos no braço do instrumento.
— Esse é um mi — ele disse, afastando a mão.
Ajeitei os meus dedos como ele tinha feito.
— Muito bem — ele disse. — Agora é só tocar as cordas.
Eu toquei, mas nem todas as cordas soaram.
— Você tem que fazer mais força com os dedos — ele disse. — E tem que cuidar para que os outros dedos não abafem as cordas soltas.
— Tá — eu disse, e em seguida tentei outra vez.
— Muito bem — ele disse. — É assim mesmo. Agora você já sabe tocar o acorde de mi.
Eu devolvi a guitarra para ele e me levantei.
— Você lembra quais são as cordas da guitarra? — Yngve me perguntou.
— Mi si sol ré lá mi — eu disse.
— Certo! — ele disse. — Agora você só precisa arranjar uma banda.
— Mas aí eu vou ter que pegar a sua guitarra emprestada.
— Não mesmo.
Eu não disse nada, pois essas coisas podiam mudar de um minuto para o outro.
— A que horas você tem aula amanhã? — perguntei, mudando de assunto.
— Já no primeiro período — ele disse. — E você?
— Não, acho que a minha aula começa às onze.
— Você *acha*?
— Não, a minha aula começa às onze. Pai.
— A minha com certeza começa no primeiro período.
Aquela era uma boa notícia. Assim eu passaria umas horas sozinho.
Me virei e fui para o meu quarto. A mochila nova estava apoiada contra a perna da escrivaninha. A mochila azul e quadrada que eu tinha usado durante todos aqueles anos já estava pequena e infantil demais para mim. A nova era verde-escura e feita com um material sintético que tinha um cheiro maravilhoso.

Passei um tempo cheirando a mochila nova. Depois coloquei o *Sgt. Pepper's Lonely Hearts Club Band* para tocar, me deitei de costas na cama e fiquei olhando para o teto.

Getting so much better all the time!
It's getting better all the time!
Better, better, better!
It's getting better all the time!
Better, better, better!
Getting so much better all the time!

A música me animou na mesma hora, comecei a brandir uma das mãos no ar e a mexer a cabeça para a frente e para trás, feliz comigo mesmo. *Beta, beta, beta!*, eu cantava. *Beta, beta, beta!*

A escola se erguia preta e reluzia com as muitas janelas quando descemos do ônibus. A partir daquele momento estávamos entre os alunos mais velhos da escola, e por esse motivo sabíamos tanto como devíamos nos portar como também o que tínhamos à nossa espera. Enquanto os novos alunos da primeira série estavam junto com os pais ouvindo o discurso do diretor junto ao mastro da bandeira, com os cabelos recém-penteados e as roupas bem-arrumadas, vagávamos de um lado para o outro e cuspíamos ou então nos escorávamos contra a parede do galpão das roupas de chuva enquanto falávamos sobre o que tínhamos feito naquele verão. Três vacas numa fazenda já não eram mais o suficiente, mas ainda que a única viagem de férias tivesse sido para Sørbøvåg, onde eu tinha passado uma semana inteira sozinho com Jon Olav e os outros, eu tinha uma história interessante a oferecer, porque havia uma garota junto, Marethe, minha prima de segundo grau, e ela tinha cabelos loiros e morava nos arredores de Oslo. Eu disse que tinha passado um tempo com ela, e mesmo que o lugar não fosse tão impressionante quanto Liseberg em Gotemburgo, que era o maior parque de diversões em todo o Norte da Europa, aquilo era melhor que nada.

Algumas das garotas desenrolaram elásticos guardados em esconderijos desconhecidos e começaram a pular.

Não, a *dançar*.

Nós as convencemos a usar o elástico para salto em altura, porque assim podíamos estar com elas sem o risco de parecermos ridículos aos olhos dos outros garotos. Duas garotas seguravam o elástico entre si e nós corríamos um de cada vez, jogávamos as pernas para cima e aterrissávamos do outro lado.

Era uma alegria ver as garotas saltarem com as pernas estendidas à frente, em gestos elegantes e controlados.

Ouvia-se um *vupt* e no instante seguinte elas estavam do outro lado.

Então a altura era aumentada, até que restasse apenas um.

Eu tinha a esperança de que fosse eu, porque Anne Lisbet também estava na competição, mas, como já havia acontecido muitas vezes antes, a ganhadora foi Marianne.

Tap, tap, tap, soaram os passos dela, e então *vupt*, ela saltou e no instante seguinte estava de pé no outro lado.

Ela deu um sorriso tímido, ajeitou os cabelos loiros que davam pelos ombros com um dedo e eu me perguntei se ela seria minha paixão naquele ano.

Provavelmente não. Afinal, éramos colegas.

Talvez uma garota da turma A?

Ou, num futuro ainda mais atraente, talvez uma garota de *outra* escola?

Quando recebemos as grades de horários e alguns dos livros na primeira aula, tivemos a oportunidade de contar o que tínhamos feito durante o verão. Na segunda aula tivemos que eleger os novos representantes da classe. Eu e Siv tínhamos sido os representantes do ano anterior, e eu encarava minha reeleição como uma simples formalidade até o momento em que Eivind levantou a mão e disse que também queria se candidatar. No fim havia seis candidatos. O fato de que Eivind fosse um deles me levou a quebrar a regra não escrita de que nenhum candidato deve jamais, em nenhuma ocasião, votar em si mesmo. Achei que se eu deixasse a oportunidade passar, esse um voto poderia ser decisivo. Parecia-me totalmente impossível que alguém fosse descobrir que eu tinha votado em mim mesmo. Afinal de contas, tínhamos uma eleição secreta, e a única pessoa a ler as cédulas em que escrevíamos, e que portanto teria o poder de me desmascarar por conta da caligrafia, era a nossa professora, mas ela com certeza não tocaria no assunto.

Eu não podia estar mais errado.

Escrevi KARL OVE em letras maiúsculas, enrolei a cédula e entreguei-a para a professora quando ela passou recolhendo tudo em um chapéu. No quadro ela escreveu os nomes dos seis candidatos, e depois chamou justamente Sølvi para fazer a leitura dos votos. Para cada voto lido, a professora fazia um sinal junto a um dos nomes no quadro.

Demorou até que meus votos começassem a aparecer. No início, Eivind ganhou praticamente todos os votos dos meninos. Depois percebi, para meu desespero, que praticamente já não havia mais nenhuma cédula restante. Eu não tinha recebido nenhum voto! Como aquilo seria possível?

Mas a hora chegou. Finalmente.

— Karl Ove — Sølvi disse, e a professora fez uma marca junto ao meu nome.

— Eivind — Sølvi prosseguiu.

— Eivind.

— Eivind.

— As cédulas acabaram? Vamos ver. Os novos representantes de classe são Eivind e Marianne!

Virei o rosto para baixo e olhei para a minha classe.

Um voto.

Como aquilo era possível?

E ainda por cima era o meu próprio voto.

Mas eu era o melhor aluno da turma! Pelo menos em norueguês! E em ciências e estudos sociais! E em matemática eu era o segundo melhor, ou talvez o terceiro melhor. Mas no geral? Quem seria melhor que eu no geral?

Tudo bem que Eivind tivesse ganhado. Mas um voto? Como aquilo era possível?

Ninguém tinha votado em mim?

Devia haver um engano.

Ninguém?

Quando abri a porta de casa dei de cara com meu pai.
Tomei um susto.
Como ele tinha conseguido aquilo?
Será que estava plantado na porta me esperando?
— Quero que você vá até o B-Max para mim — ele disse. — Tome.
Ele me entregou uma lista de compras e uma nota de cem coroas.
— Quero que você me traga todo o troco de volta. Entendido?
— Entendido — eu disse, e então larguei minha mochila e desci a estrada correndo.

Se havia uma coisa com a qual eu tinha cuidado no mundo, essa coisa era o dinheiro do troco. Logo que o B-Max abriu, uma vez Yngve voltou para casa com troco a menos. Ele levou uma surra como nunca tinha levado antes. E no caso de Yngve, levar uma surra como nunca tinha levado antes não era pouca coisa. Eu tinha apanhado bem menos vezes. No geral, eu me safava mais fácil de praticamente tudo. Até o meu horário de ir para a cama era menos rígido que o dele.

Olhei para a lista.

1 kg de batata
1 pacote de almôndegas
2 cebolas
café (moído)
1 lata de abacaxi
250 ml de nata
1 kg de laranja

Abacaxi? Será que comeríamos sobremesa outra vez? Em plena segunda-feira?

Coloquei as compras numa cestinha, passei alguns minutos em pé folheando as revistas junto ao caixa, paguei, guardei o troco no bolso e corri de volta para casa com a sacola pesada balançando na mão.

Quando cheguei na cozinha entreguei tudo ao meu pai, junto com o troco, que ele enfiou no bolso enquanto eu continuava de pé esperando que ele me dispensasse. Mas não foi o que ele fez.

— Sente! — ele falou, apontando para a cadeira.

Eu sentei.

— Endireite as costas, garoto! — ele ordenou.

Endireitei as costas.

Ele pegou as batatas, que estavam cheias de terra, e começou a lavá-las.

O que poderia querer?

— E então? — ele disse, olhando para mim enquanto as mãos continuavam a trabalhar sob a água da torneira.

Encarei-o com um olhar de interrogação.

— O que a professora disse de bom?

— A professora?

— É. A *pgofessoga*. Ela não disse nada a vocês no primeiro dia de aula?

— Claro. Ela nos deu boas-vindas. Depois recebemos a grade de horários e uns livros.

— Como é a sua grade de horários? — ele perguntou enquanto tirava uma panela do armário ao lado do fogão.

— Você quer que eu vá buscar?

— Não, não. Você deve se lembrar pelo menos de uma parte, não? A grade está boa?

— Está — eu disse. — Muito boa.

— Que bom, então — ele disse.

Naquela tarde eu entendi quais seriam as consequências de não ter a minha mãe em casa. Os cômodos pareciam vazios.

Meu pai ficou no escritório, e a sala e a cozinha ficaram totalmente mortas.

Me esgueirei até lá, e naquele instante surgiu o mesmo sentimento que eu costumava ter quando estava sozinho na floresta e a floresta bastava-se a si mesma e não queria me incluir.

Os cômodos eram simples espaços vazios onde eu podia entrar.

Mas não o meu quarto, felizmente. O meu quarto continuou a se fechar ao meu redor, macio e amistoso como sempre tinha sido.

No dia seguinte Sverre e Geir Håkon foram comigo até o B-Max. Muitos de nossos colegas estavam ao nosso redor.

— Em quem você votou ontem, Karl Ove? — Geir Håkon me perguntou.

— É segredo — eu disse.

— Você votou em você mesmo. Você só teve um voto, e esse voto foi seu.

— Não — eu disse.

— Sim — Sverre retrucou. — Perguntamos a todo mundo na turma. Ninguém votou em você. Só faltava perguntar a você. E foi você quem votou em você mesmo.

— Não — eu disse. — Não é verdade. Eu não votei em mim.

— Quem foi, então?

— Não sei.

— Mas nós perguntamos para todo mundo. Ninguém votou em você. Você votou em você mesmo. Só falta admitir.

— Não — eu disse. — Não é verdade.

— Mas nós perguntamos para todo mundo. Só faltava perguntar a você.

— Então alguém deve ter mentido.

— Por que alguém mentiria?

— Eu é que não sei.

— Quem está mentindo é você. Você votou em você mesmo.

— Não. Não votei.

O boato se espalhou pela escola, mas eu continuava negando. Negava e negava. Todos sabiam o que tinha acontecido, mas enquanto eu não admitisse, não poderiam ter *certeza*. Achavam que aquele era um comportamento tipicamente meu. Eu achava que era alguém. Mas na verdade não era ninguém. Uma pessoa que vota em si mesma não é ninguém. O fato de que eu não usava gírias, nunca roubava nada das lojas, nunca atirava com estilingue nos passarinhos nem soprava caroços de cereja com uma zarabatana nos carros ou nas outras pessoas, nunca estava junto quando os outros trancavam o professor de educação física no depósito nem quando colocavam percevejos na cadeira dos professores substitutos ou molhavam a esponja de apagar o quadro, mas, pelo contrário, dizia que ninguém devia fazer aquelas coisas, evidentemente não ajudava a minha reputação em nada. Mas eu sabia que estava certo, e que o que os outros faziam era errado. Às vezes acontecia de eu pedir a Deus que os perdoasse. Quando praguejavam, por exemplo. Às vezes eu fazia uma oração silenciosa. *Deus, perdoe o Leif Tore por ter praguejado.*

Ele não fez de propósito. Mesmo por dentro eu dizia caramba, cacilda, droga, puxa, diacho, raios, porcaria, joça, josta, porqueira, putz, putz grila, minha nossa. Mas mesmo que fosse assim, que eu não praguejasse, não mentisse, a não ser para me defender, não roubasse nem fizesse bagunça ou infernizasse a vida dos professores, mesmo que me ocupasse com as minhas roupas e a minha aparência e que sempre quisesse ter razão e ser o melhor, para que a minha reputação fosse baixa e ninguém pudesse dizer que eu era parecido com os meus colegas, eu também não queria ser evitado nem excluído por Leif Tore ou Geir Håkon, por exemplo, mas quando eu era, sempre havia outros colegas a quem recorrer. Dag Lothar, por exemplo. Dag Magne. E quando as crianças se juntavam em grandes grupos, ninguém era excluído, a reunião era para todos, e também para mim.

Mas era mais fácil ficar em casa lendo, claro.

O fato de que era cristão também não fazia nada para melhorar minha reputação. Na verdade era culpa da minha mãe. No ano anterior ela tinha nos proibido de ler histórias em quadrinhos. Cheguei cedo da escola e subi as escadas correndo e alegre, porque meu pai ainda não tinha voltado do trabalho.

— Você está com fome? — ela me perguntou enquanto estava sentada na poltrona da sala com um livro no colo e olhava para mim.

— Estou — eu disse.

Ela se levantou e foi até a cozinha, pegou o pão e os acompanhamentos.

Na rua chovia a cântaros. Colegas do ônibus que haviam ficado para trás andavam cabisbaixos pela rua com os capuzes das capas de chuva.

— Hoje eu dei uma folheada em algumas das suas revistas — a minha mãe disse. — Que histórias são essas? Estou muito abalada.

— Abalada? — eu perguntei. — O que significa isso?

Ela largou o prato com o pão na minha frente, abriu a porta da geladeira e pegou o queijo e a margarina.

— Essas revistas são terríveis! Não mostram nada além de violência! As pessoas atiram umas nas outras e saem dando risada! Você é muito pequeno para ler essas coisas.

— Mas todos os meus colegas também leem — eu disse.

— Não importa — ela respondeu. — Você não precisa ler isso só porque os outros leem.

— Mas eu gosto! — eu disse enquanto passava a margarina no pão com a faca.

— O problema é justamente esse! — ela disse enquanto se sentava. — Essas revistas retratam as pessoas de uma forma horrível. Especialmente as mulheres. Você entende? Eu não quero que as suas atitudes sejam influenciadas por isso.

— Porque as pessoas matam umas às outras?

— É, por exemplo.

— Mas é divertido! — eu disse.

Minha mãe suspirou.

— Você sabia que a Ingunn está escrevendo um trabalho da universidade sobre violência nas histórias em quadrinhos?

— Não — respondi.

— Isso não é bom para você — ela disse. — É bem simples, e tenho certeza que você entende. Isso não é bom para você.

— Então estou proibido de ler gibis?

— Isso mesmo.

— Sério?

— É para o seu próprio bem — ela disse.

— Estou proibido? Mas, mãe, eu... Nunca?

— Você pode ler o Pato Donald.

— PATO DONALD? — eu gritei. — *Ninguém* lê PATO DONALD!

Comecei a chorar e corri para o meu quarto.

Minha mãe veio atrás, sentou na beira da cama e passou a mão nas minhas costas.

— Você pode ler livros — ela disse. — É muito melhor. Podemos ir até a biblioteca, eu, você e o Yngve. Na cidade, uma vez por semana. E você pode pegar quantos livros quiser.

— Mas eu não quero ler livros — eu disse. — Quero ler gibis!

— Karl Ove — ela disse. — Está decidido.

— Mas o *pai* lê histórias em quadrinhos!

— É diferente — ela me disse. — O seu pai é um adulto.

— Então eu *nunca mais* vou poder ler histórias em quadrinhos?

— Hoje de tarde eu vou trabalhar. Mas amanhã à tarde podemos ir à biblioteca — ela disse enquanto se levantava. — O que você acha?

Não respondi, e ela foi embora.

Provavelmente ela tinha encontrado um exemplar de *Kampserien* ou *Vi vinner*, revistas com histórias que se passavam durante a guerra e nas quais todos os alemães, ou Fritzes e Sauerkrauts, como os chamavam, eram mortos com um sorriso nos lábios, e também repletas de exclamações como *Donnerwetter!* e *Dummkopf!* ou qualquer outra coisa que gritassem uns para os outros no calor da batalha, ou então folheado um exemplar de *Agent X9* ou *Serie Spesial*, onde a maioria das mulheres andava de biquíni e muitas vezes sem nem ao menos isso. Afinal, era bom ver Modesty Blaise se despindo, mas apenas quando eu estava sozinho, porque em todos os outros momentos a nudez era muito dolorosa para mim. Toda vez que *Agaton Sax* passava na TV eu corava se a minha mãe e o meu pai estivessem perto, porque ele usava um binóculo para espiar uma mulher nua na vinheta de abertura. Às vezes acontecia de um personagem realmente transar em uma série ou um filme na TV, e ver uma cena dessas num dos programas que eu tinha permissão para assistir era completamente insuportável. Lá estávamos nós, a família inteira, o pai, a mãe e os dois filhos, e de repente aparecia alguém fodendo na TV, no meio da sala — o que fazer numa situação dessas?

Ah, era horrível.

Mas as histórias em quadrinhos eram uma coisa só minha, e a minha mãe nunca tinha sequer olhado para elas.

E de repente eu estava proibido de ler?

Isso por acaso não era totalmente injusto?

Chorei, me enfureci, voltei para falar com ela e disse que ela não tinha o direito de me boicotar, mas ao mesmo tempo eu sabia que tinha perdido a batalha, ela estava decidida, e se eu não parasse de protestar ela talvez contasse tudo para o meu pai, contra quem eu não tinha nenhuma defesa.

Devolvi as histórias em quadrinhos que eu tinha pegado emprestadas e as outras foram jogadas no lixo. No dia seguinte fomos para a biblioteca, fizemos nossos cartões e pronto, a partir daquele momento tudo se resumiria aos livros. Toda quarta-feira eu descia a escada da biblioteca de Arendal com uma sacola cheia de livros em cada mão. Eu andava junto com minha mãe e com Yngve, que também retiravam quantidades esdrúxulas de livros, ia até o carro, percorria o caminho até em casa, me deitava na cama e lia todas as tardes, o sábado inteiro e o domingo inteiro, interrompido apenas por um passeio mais ou menos curto, dependendo do que estava acontecendo na rua, e quando a semana chegava ao fim era hora de levar as duas sacolas cheias de livros já lidos de volta para a biblioteca e sair de lá com mais duas. Eu lia todas as séries disponíveis, e a minha favorita era a de Pocomoto, o garoto que havia crescido no Velho Oeste, mas também havia Jan e os Hardy Boys, claro, e também os gêmeos Bobbsey e a detetive Nancy Drew. Eu gostava dos Cinco Famosos, e também devorei a série que retratava a vida de pessoas reais, li sobre Henry Ford e Thomas Alva Edison, Benjamin Franklin e Franklin D. Roosevelt, Winston Churchill, John F. Kennedy, Livingstone e Louis Armstrong, sempre com lágrimas nos olhos ao chegar nas últimas páginas, porque todas essas pessoas tinham morrido. Li a série *Vi var med*, sobre expedições conhecidas e desconhecidas, li livros sobre barcos a vela e viagens ao espaço, Yngve me convenceu a ler os livros de Däniken, que afirmava que todas as grandes civilizações haviam surgido como resultado de um encontro com criaturas extraterrestres, e os livros sobre o projeto Apollo, que começavam falando sobre o histórico dos astronautas como pilotos de caça e as tentativas de quebrar os recordes de velocidade. Também li todos os antigos livros da série *Gyldendals gode guttebøker* que meu pai ainda tinha, e o que me causou maior impressão foi sem dúvida *Over kjølen i kano*, onde um pai e dois filhos saem para acampar e encontram um arau-gigante, que todos imaginavam extinto. Além disso, li um livro sobre um menino que foi capturado na Inglaterra por um zepelim no período entreguerras, li os muitos livros de Júlio Verne e os meus favoritos eram *Vinte mil léguas submarinas* e *Volta ao mundo em oitenta dias*, mas também um outro chamado *O bilhete de loteria*, que contava a história de uma família pobre em Telemark que ganhava um prêmio num grande sorteio. Li também *O conde de Monte Cristo* e *Os três mosqueteiros*, *Vinte anos depois* e *A tulipa negra*. Li *O pequeno lorde*, li *Oliver Twist* e *David Copperfield*, li *Sem família* e *A ilha do tesouro* e o livro do capitão Marryat, que eu adorava e reli inúmeras vezes, porque este livro era meu, e não retirado da biblioteca. Li *O grande motim*, os livros de Jack London e livros sobre filhos de beduínos e caçadores de tartarugas, passageiros clandestinos e pilotos de corrida, li uma série inteira sobre um menino sueco que esteve na Guerra Civil Americana como tamboreiro, li livros sobre jogadores de futebol e passei a acompanhá-los campeonato após campeonato, e li também os livros mais problemáticos que Yngve trazia da escola, que contavam histórias de meninas adolescentes que tinham engravidado e estavam prestes a ter um bebê, ou que acabavam marginalizadas e começavam a usar drogas, para mim não importava, eu lia tudo, absolutamente tudo. No mercado das pulgas que acontecia todo ano em Hove encontrei uma série de livros com as aventuras de Rocambole, que eu comprei e devorei. Li uma série em catorze volumes sobre uma menina chamada Ida. Li todos os exemplares da *Detektivmagasinet* que minha mãe e meu pai tinham, e comprava os livros de Knut Gribb sempre que eu tinha dinheiro. Li sobre Cristóvão Colombo e Fernão de Magalhães, sobre Vasco da Gama e Amundsen e Nansen. Li *As mil e uma noites* e o livro de contos tradicionais noruegueses que eu e Yngve tínhamos ganhado de Natal dos nossos avós. Li sobre o rei Artur e os cavaleiros da Távola Redonda. Li sobre Robin Hood, João Pequeno e Marian, li sobre Peter Pan e sobre meninos pobres que trocavam de vida com os filhos de homens ricos. Li sobre os meninos que ajudaram a sabotar os alemães na Dinamarca durante a guerra, e sobre meninos que tinham salvado pessoas de uma avalanche. Li sobre um homem estranho que morava numa praia e vivia com os destroços de naufrágios que encontrava, e sobre meninos ingleses que eram cadetes a bordo de navios de guerra e sobre as aventuras do italiano Marco Polo quando visitou Gêngis Khan. Livro após livro, sacola após sacola, semana após semana, mês após mês. Com tudo que eu li, aprendi que era preciso ser corajoso, que a coragem talvez fosse a maior de todas as virtudes, que era preciso ser honrado e justo em tudo o que se faz, e que jamais se deve trair os outros. Aprendi também que não se deve jamais abandonar a esperança nem desistir, porque a perseverança, a justiça, a coragem e a sinceridade, mesmo que possam ter como resultado a solidão, no fim sempre trazem uma recompensa. Eu pensava muito a respeito disso, era um dos pensamentos que ardiam dentro de mim quando eu estava sozinho, a ideia de que um dia eu voltaria e seria alguém. Voltaria e seria um grande homem, que todos os moradores de Tybakken, querendo ou não, seriam obrigados a admirar. Esse dia não chegaria amanhã, eu sabia muito bem, porque não ganhei nenhum tipo de respeito quando Asgeir fez um comentário desmerecedor sobre mim e uma menina de quem eu gostava e eu fui para cima dele, e ele simplesmente me derrubou no chão, sentou em cima de mim e começou a cutucar meu rosto e meu peito com o indicador enquanto ria e me humilhava, e tampouco quando eu, que por acaso estava com a boca cheia de Fox amarelo, tentei cuspir tudo na cara dele, o que todo mundo sabia que era um truque sujo, mas não consegui nem ao menos isso, e ainda por cima acabei com o rosto todo sujo de meleca amarela. Você fede a mijo, seu merda, eu disse para ele, e era verdade, ele fedia mesmo. E não era só isso, ele também tinha duas fileiras de dentes, exatamente como um tubarão, uma atrás da outra, e eu também chamei a atenção de todo mundo ao redor para esse detalhe repulsivo sem que adiantasse nada, eu continuava no chão, vencido, e não tinha nenhuma influência em coisa nenhuma. Seria difícil estar mais distante dos ideais que eu tinha adquirido através da leitura — que também existia entre as crianças, afinal muitos conceitos relacionados à honra também se aplicavam ao mundo infantil mesmo que não usássemos essa palavra, mas era disso que se tratava. Eu era fraco, lerdo e covarde; e não forte, rápido e corajoso. De que adiantava que eu, ao contrário dos outros, tivesse contato com aqueles ideais, que eu o conhecesse de trás para a frente, e melhor até do que alguns dos meus colegas haviam de conhecê-los ao longo da vida, quando não conseguia vivê-los? Quando eu chorava a troco de nada? Parecia injusto que eu, que tanto sabia a respeito do heroísmo, tivesse que carregar o fardo da minha própria covardia. Mas também havia livros a respeito dessas fraquezas, e um deles me levou em uma onda que durou vários meses.

Foi num inverno em que adoeci; eu passava os dias inteiros em casa me aborrecendo, e uma manhã, antes de sair para o trabalho, meu pai apareceu com uns livros. Ele os havia buscado no porão, eram os livros da infância dele, na década de 1950, e ele disse que eu podia pegá-los emprestados. Alguns dos livros tinham sido editados por editoras cristãs, e por um ou outro motivo foram esses os que causaram uma impressão mais profunda em mim. Um deles chegou a causar uma impressão indelével. Era sobre um garoto que morava em casa e cuidava da mãe doente, o pai dele já tinha morrido, os dois viviam na pobreza e dependiam totalmente do esforço do garoto para sustentar a casa. Contra ele havia uma turma, ou antes um bando, de garotos. Esses garotos não apenas o perseguiam e batiam nele por ser diferente, mas também praguejavam e roubavam, e o sentimento de injustiça despertado pelo contraste entre o sucesso desse bando de garotos e os constantes reveses sofridos pelo garoto sincero, amoroso e honrado era quase insuportável. Eu chorei por causa daquela injustiça, chorei por causa daquela maldade, e aquela dinâmica, onde o bem mantinha-se oculto e a pressão da injustiça aumentava quase até explodir, me comoveu até o fundo da alma, e fez com que eu me decidisse a ser uma pessoa boa. A partir de então eu faria boas ações, ajudaria quem eu pudesse e não faria nada de errado. Comecei a dizer que eu era cristão. Eu tinha nove anos de idade e ao meu redor não havia nenhuma outra pessoa que se dissesse cristã, nem meu pai nem minha mãe nem os pais dos meus amigos — a não ser os de Øyvind Sundt, que por esse motivo o ensinavam a evitar o cinema e a TV e a Coca-Cola e os doces —, e evidentemente nenhuma das outras crianças, e assim dei início à minha iniciativa solitária em Tybakken na década de 1970. Comecei a rezar a Deus quando eu acordava e antes de dormir. Quando os outros se juntavam para roubar maçãs em Gamle Tybakken no outono, eu pedia que parassem com aquilo, porque roubar não era certo. Eu nunca falava assim quando todos estavam juntos, porque não tinha coragem, eu percebia muito bem a diferença entre a reação de um grupo, onde todos provocam reações uns nos outros, e a reação individual, onde dois participantes eram obrigados a olhar nos olhos um do outro, sem um coletivo onde pudessem se esconder, e portanto era assim que eu agia, eu falava com os meninos que conhecia melhor, ou seja, os que tinham a minha idade, e dizia a cada um que era errado roubar, pense bem, você não precisa fazer uma coisa dessas. Mas eu também não queria estar sozinho, então eu os seguia, detinha o passo junto ao portão e observava-os enquanto se esgueiravam pelos terrenos ao entardecer, andava ao lado deles enquanto devoravam maçãs com as jaquetas estufadas de fruta no caminho de volta, e se um dos meninos me oferecesse qualquer coisa eu sempre agradecia e recusava, porque o receptador não era em nada melhor do que o ladrão.

Quando fiz um novo amigo durante uma Páscoa que passamos na casa dos meus avós em Sørbøvåg, comecei a pedir insistentemente que parasse de praguejar. Lembro-me do medo de que ele pudesse desobedecer minhas instruções quando me acompanhou certa tarde em uma visita ao meu avô e à minha avó, e também das inúmeras vezes que pedi a ele que repetisse a promessa de não mais praguejar. Lidei com o fato de que ele passou a me evitar após esse episódio dizendo a mim mesmo que eu tinha feito a coisa certa. Eu cedia o meu lugar para os idosos no ônibus, perguntava se gostariam que eu ajudasse a carregar as sacolas quando saíam de uma loja, nunca me segurava na parte de trás dos carros, nunca quebrava nada, tentava não matar os passarinhos com o meu estilingue, olhava ao redor enquanto caminhava para não pisotear formigas ou besouros e, mesmo quando colhia flores na primavera com Geir ou com outro amigo para levar de presente para a minha mãe ou para o meu pai, sentia meu coração pesado ao pensar nas vidas que eu estava tirando.

Quando a neve caía no inverno, eu tinha vontade de ajudar as pessoas mais velhas a tirá-la com uma pá. Certo dia, uma segunda-feira depois da escola em que a neve havia caído durante a noite inteira, tentei convencer Geir a me ajudar a limpar a estradinha no pátio de uma dessas pessoas. Só o convenci quando insinuei que o velho sem dúvida nos daria uns trocados pela ajuda. Meu pai tinha acabado de comprar uma nova pá de neve, um modelo com rodinhas chamado de "pá de Sørland", vermelho, reluzente e bonito, e como ele já tinha limpado a estrada do nosso próprio pátio naquela mesma manhã, imaginei que ele não fosse mais usar a pá durante o dia, e assim saí com ela, tendo ao meu lado Geir, que empurrava a pá de Sørland verde da família dele. A casa que eu tinha escolhido ficava na curva da estrada, e o rosto do velho que abriu a porta quando tocamos a campainha se iluminou quando ele compreendeu que não estávamos lá para atirar bolas de neve na casa dele, mas, pelo contrário, queríamos limpar a neve que havia se acumulado no pátio. Era um trabalho duro, mas também divertido; abrimos um caminho por onde transportávamos a neve até o barranco, onde virávamos as pás e a víamos cair em pequenas avalanches. O céu tinha um aspecto cinza e pesado, e a neve estava tão molhada que chegava a soltar água quando a apertávamos. Em Torungen o alarme de neblina soou. Crianças passavam em esquis ou em trenós, e carros serpenteavam montanha acima levando as pessoas do trabalho para casa. Levamos uma hora para terminar de limpar a estrada do pátio. Quando demos a notícia ao velho, ele fez muitos agradecimentos e depois fechou a porta. Geir me lançou um olhar acusatório.

— A gente não ia ganhar dinheiro? — ele perguntou.

— Ia. A gente devia ter ganhado. Mas não é culpa minha se ele não quis nos dar nada...

— Então a gente fez tudo isso a troco de nada?

— É o que parece — eu disse. — Mas não tem problema. Vamos embora.

Geir me seguiu, um pouco amuado. Quando chegamos à estrada em frente à nossa casa, vi que meu pai estava de pé em frente à porta. Senti como se o meu coração tivesse parado de bater. Meu estômago se embrulhou e eu mal conseguia respirar. Ele tinha o olhar de um louco.

— Venha já para cá! — ele gritou quando cheguei à estradinha do nosso pátio.

Enquanto dava os últimos passos eu tinha o olhar fixo no chão.

— Olhe para mim! — ele ordenou.

Levantei a cabeça.

Ele bateu no meu rosto de punho fechado.

Comecei a chorar.

Depois ele me agarrou pelo peito da jaqueta e me empurrou contra a parede.

— Você pegou a minha pá de Sørland! — ele gritou. — A minha pá novinha em folha! Essa pá é minha! Você não tem nada que mexer nas minhas coisas! Você entende? Muito menos sem avisar! Eu achei que ela tinha sido roubada!

Eu chorava e soluçava com tanta força que mal conseguia entender o que ele dizia. Ele me agarrou pela jaqueta mais uma vez, me empurrou porta adentro e me pôs contra a outra parede.

— Você nunca mais vai fazer uma coisa dessas! Nunca mais! Suba para o seu quarto e não saia de lá enquanto eu não mandar! Entendido?

— Entendido, pai — eu disse.

Ele bateu a porta do escritório e eu comecei a tirar as minhas roupas de inverno. Minhas mãos tremiam. Tirei as luvas e a touca, arranquei as botas, depois tirei as calças estofadas, depois a jaqueta estofada e por fim o grosso blusão. Quando cheguei ao meu quarto, me deitei. Eu me sentia todo vermelho por dentro. Chorei, e as lágrimas escorreram pelo travesseiro enquanto uma raiva poderosa e incontrolável me despedaçava. Eu odiava o meu pai e tinha que me vingar. Tinha que me vingar. Ele ainda pagaria por tudo aquilo. Eu ia esmagá-lo. Esmagá-lo.

E de repente me ocorreu: o que um bom garoto teria feito? O que um verdadeiro cristão teria feito?

Perdoado, claro.

Quando me dei conta disso uma grande ternura se espalhou dentro de mim.
Eu ia perdoá-lo.
Era um pensamento grandioso.
E portanto fazia de mim uma pessoa grandiosa.
Mas apenas quando eu estava sozinho. Quando eu estava junto com o meu pai ele engolia tudo que havia dentro de mim, não existia mais nada além dele, e eu não conseguia pensar em outra coisa.

O primeiro dia sozinho com o meu pai estabeleceu o padrão que se repetiria durante todos os outros dias do ano que veio a seguir. Café da manhã servido na mesa, merenda na geladeira, ir ao supermercado quando eu chegava em casa, responder perguntas enquanto ele preparava a comida, sempre em meio a pequenos cutucões de faca nas costas seguidos pelo constante *endireite essas costas, garoto* — às vezes eu tinha que continuar sentado à mesa até que ele terminasse, outras vezes ele simplesmente dizia, pode ir, como se realmente entendesse como aquela meia hora em que eu tinha de fazer companhia a ele era angustiante para mim —, depois jantávamos e passávamos o restante da noite sozinhos no andar de cima, ou na rua, enquanto ele frequentava reuniões ou trabalhava no escritório. Uma vez por semana íamos a Stoa depois da escola fazer um rancho. De noite às vezes ele aparecia para assistir à TV conosco. Nessas ocasiões não oferecíamos nada para ele, simplesmente ficávamos sentados com as costas empertigadas e permanecíamos imóveis, sem dizer nada. Se ele fizesse uma pergunta qualquer, dávamos respostas lacônicas.
Aos poucos ele se afastou de Yngve e passou a investir cada vez mais tempo em mim, já que eu nunca me atrevia a ser tão mal-humorado e monossilábico quanto meu irmão.
Mas nem sempre dava certo.
Os passos do meu pai na escada eram sempre um mau sinal. Se eu estivesse escutando música, tratava de baixar o volume. Se estivesse lendo deitado, tratava de me sentar para não parecer relaxado.
Será que ele ia entrar?
Claro.

A porta se abriu e lá estava ele.

Eram oito horas e meu pai não tinha subido desde o jantar às quatro.

O olhar dele percorreu o quarto. Deteve-se na escrivaninha.

— O que é aquilo? — ele perguntou. Entrou, pegou o baralho. — Vamos jogar cartas?

— Claro, vamos, sim — eu disse, largando o meu livro.

Ele sentou-se ao meu lado na cama.

— Vou ensinar um novo jogo para você — ele disse. Então ele pegou o baralho e atirou as cartas por todo o quarto.

— O jogo se chama Junte 52 — ele disse. — Faça o favor de juntar tudo!

Eu achei que ele realmente queria jogar cartas, e fiquei tão frustrado com a peça que havia me pregado e com a maneira como precisei engatinhar pelo quarto juntando todas as cartas enquanto ele ficava na cama rindo de mim que uma palavra escapou dos meus lábios.

Eu nunca teria dito nada parecido se tivesse pensado duas vezes.

Mas eu não pensei, a palavra simplesmente escapou.

— Diacho! — eu disse. — Por que você fez isso?

Notei que o corpo do meu pai enrijeceu. Ele me agarrou pela orelha e se levantou enquanto a torcia.

— Você está respondendo para mim? — perguntou enquanto torcia minha orelha com mais força até que eu começasse a chorar.

— Trate de juntar tudo, garoto! — ele disse, e continuou a segurar minha orelha quando eu me abaixei para juntar as cartas.

Quando terminei, ele me largou e saiu. Na hora do jantar ele estava no escritório, e quando entramos na cozinha estava tudo pronto.

No dia seguinte ele não me chamou na hora de preparar o jantar como de costume. Me chamou apenas quando a comida já estava pronta. Sentamos e nos servimos sem dizer uma única palavra, o cardápio era bife de baleia com molho, batatas e cebola, comemos em absoluto silêncio e deixamos a mesa. Meu pai lavou a louça, comeu uma laranja na sala, a dizer pelo cheiro, tomou uma xícara de café, a dizer pelo chiado da cafeteira, e desceu ao escritório, onde ouviu um pouco de música antes de vestir as roupas de inverno, pegar o carro e sair.

Assim que o barulho do carro desapareceu morro abaixo eu abri a porta e entrei na sala. Me atirei na poltrona de couro marrom e coloquei os pés em cima da mesa. Me levantei outra vez, entrei na cozinha, abri a porta da geladeira e olhei lá para dentro: havia dois pratos com sanduíches abertos prontos, aquele seria o nosso jantar. Abri a porta do armário ao lado, puxei a gaveta das passas, enchi a mão e enfiei tudo na boca com uma das mãos enquanto a outra alisava a camada de passas na caixa. Ainda mastigando, entrei na sala e liguei a televisão. Às seis e meia passaria a reprise de *Blindpassasjer*. Era um seriado muito assustador a respeito de uma nave espacial que passava sexta-feira à noite, e não tínhamos permissão para assistir, mas nem a nossa mãe nem o nosso pai sabiam da reprise, que por sorte passava quando nenhum deles estava em casa.

Yngve entrou e se deitou no sofá.

— O que você está comendo? — ele perguntou.

— Passas — eu disse.

— Eu também quero — ele disse.

— Não pegue muitas — eu pedi quando ele se levantou. — Senão o pai vai perceber.

— Pode deixar — Yngve respondeu. Em seguida abriu a porta do armário.

— Você quer umas amêndoas também? — ele gritou.

— Quero — eu respondi. — Mas não muitas.

A luz na estrada lá fora ardia com um brilho alaranjado no escuro. O asfalto mais abaixo reluzia com a mesma cor. E também o espruce mais atrás. Mas a floresta ainda mais atrás estava escura como um túmulo. Da parte mais íngreme do morro veio o ruído monótono de um *moped*.

— Aqui está — disse Yngve, largando um punhado de amêndoas na palma da minha mão. Eu senti distintamente o cheiro dele. Era um cheiro acre mas ao mesmo tempo discreto, quase metálico. Não era suor, era diferente, era o cheiro da pele. A pele dele tinha um cheiro metálico. Eu percebia aquele cheiro quando brigávamos, quando ele me fazia cócegas, e às vezes enquanto ele lia, por exemplo, eu chegava a colocar o nariz perto do braço dele para senti-lo melhor. Eu o amava, eu amava Yngve.

Cinco minutos antes de *Blindpassasjer* começar, Yngve se levantou.

— Vamos trancar a porta — ele disse. — E depois vamos apagar todas as luzes para ficar mais assustador.

— Não! — eu protestei. — Não faça isso!

Yngve riu.

— Você já está com medo?

Eu me levantei e parei na frente dele. Yngve pôs os braços ao redor do meu corpo, me levantou e me largou atrás dele, e então continuou andando em direção à escada.

— Não faça isso! — eu repeti. — Por favor!

Ele riu mais uma vez.

— Vou descer e trancar a porta — ele disse, já nos degraus.

Corri atrás.

— Yngve, é sério! — eu disse.

— Eu sei que é — ele respondeu. Em seguida trancou a porta e me encarou. — Mas sou eu que decido quando estamos sozinhos em casa.

Então ele apagou a luz.

Na penumbra, iluminados apenas pela luz do cômodo ao lado, o sorriso dele tinha uma aparência um pouco demoníaca. Corri e me sentei na poltrona. Ouvi enquanto ele andava pela casa desligando os interruptores um atrás do outro. O corredor, a luminária na mesa da sala e a cozinha se apagaram. Depois foi a vez das quatro lampadinhas acima do sofá, e por último a lâmpada em cima da televisão. A não ser pelo brilho tênue da luz da rua e do cintilar da tela, toda a casa estava às escuras quando o episódio começou. A própria abertura já era assustadora, um homem aparecia com uma foice e de repente se virava, e o rosto dele não era um rosto, mas uma máscara. Senti arrepios nos dedos dos pés e das mãos, e também um frio na barriga. Mas continuei olhando, eu tinha que olhar. Quando o episódio acabou meia hora mais tarde Yngve se levantou atrás de mim.

— Não diga nada — eu pedi. — Não faça nada!

— Quer saber de uma coisa, Karl Ove? — ele me perguntou.

— Não, não! — eu disse.

— Eu não sou quem você pensa que sou. — E então ele começou a andar em direção a mim.

— É, sim! — protestei.

— Eu não sou Yngve — ele disse. — Sou um outro.

— Não é verdade! — eu disse. — Você é o Yngve! Diga que você é o Yngve!

— Eu sou um ciborgue — ele disse. — E isso aqui... — Ele estendeu o braço e arregaçou a manga. — Isso não é feito de carne nem de sangue. Isso é feito de metal e fios. Parece carne e sangue, mas não é. Eu não sou um ser humano.

— É, sim! — eu repeti, começando a chorar. — Você é o Yngve! Yngve! Diga que você é o Yngve!

— Agora você vai descer comigo até o porão — ele disse. — He he he...

— YNGVE! — eu gritei.

Ele me olhou com um sorriso no rosto.

— Estou brincando — ele disse. — Você não achou que eu era mesmo um ciborgue?

— Você não pode fazer assim — eu disse. — Acenda a luz.

Yngve deu um passo à frente.

— NÃO! — eu gritei.

— Está bem, está bem! — ele disse, ainda rindo. — Vamos acender a luz então. Você quer jantar agora? Está com fome?

— Primeiro acenda a luz — eu disse.

Yngve acendeu as lampadinhas acima do sofá e a luz em cima da televisão, onde as notícias do *Dagsrevyen* já tinham começado. Depois fomos para a cozinha jantar. Yngve preparou chá para nós, aquilo não causaria nenhum problema se tivéssemos o cuidado de arrumar tudo depois que terminássemos, talvez porque fosse impensável para o nosso pai que pudéssemos realmente acender o fogão e colocar água para ferver quando ele não estava em casa. Depois levamos nosso jogo de futebol para a mesa da sala e deixamos a porta do quarto dele aberta enquanto o meu disco favorito do Queen, *A Night at the Opera*, tocava lá dentro.

Quando ouvimos o carro do nosso pai na rua, recolhemos tudo depressa e fomos cada um para o seu quarto. Às vezes ele chamava Yngve ao voltar nessas ocasiões em que ficávamos sozinhos em casa, perguntava o que tínhamos feito e como tinha sido, mas nessa noite simplesmente foi direto para a sala e sentou para assistir à televisão.

Era um alívio que se mantivesse longe de nós, mas isso não era tudo, eu sentia que ele também não desejava aquela situação, era como se o ar da casa ficasse impregnado daquele sentimento, de uma exigência que ninguém podia cumprir.

Quando mais tarde ele nos procurou foi de maneira violenta. Eu estava meio doente, gripado e com febre, minha temperatura havia subido depressa ao longo da última hora e eu estava sentado na cama de Yngve, escorado contra a parede, lendo uma das revistas dele. Yngve fazia os deveres de casa na escrivaninha, e no toca-discos ouvíamos Boomtown Rats.

A porta se abriu de repente e nosso pai ficou nos olhando.

Ele estava de bom humor e os olhos dele brilhavam de satisfação.

— Vocês estão ouvindo música — disse. — Isso é muito bom. Como se chama a banda?

— Boomtown Rats — Yngve disse.

— Os ratos da cidade fervilhante — disse meu pai. — Lembram de como vocês riram quando eu disse que Crystal Palace significava palácio de cristal? Vocês não acreditaram!

Ele sorriu e entrou no quarto.

— Você também gosta dessa música, Karl Ove? — ele me perguntou.

Fiz um gesto afirmativo com a cabeça.

— Então vamos dançar! — ele disse.

— Estou doente, pai. Acho que estou com febre. Não consigo dançar agora.

— Claro que consegue! — meu pai disse, e então pegou minhas mãos, me pôs de pé e começou a me balançar de um lado para o outro.

— Pare, pai! — eu disse. — Estou doente! Não consigo dançar agora!

Mas ele simplesmente continuou me balançando de um lado para o outro, cada vez mais rápido e com mais ímpeto. Era insuportável, eu estava prestes a vomitar.

— CHEGA, PAI! — eu gritei por fim. — CHEGA!

Ele parou tão de repente quanto havia começado, me atirou na cama e saiu do quarto.

Toda sexta-feira minha mãe voltava para casa, e nessas ocasiões eu estava sempre perto, para que pudesse ir até ela antes de todo mundo, porque se eu fosse o primeiro meu pai não podia mais me afugentar para o meu quarto, como fazia quando os dois sentavam-se para conversar. Quando ela ia embora no domingo à tarde ou na segunda-feira pela manhã, nosso pai dava a impressão de também estar um pouco mais próximo de nós, ou pelo menos de mim, porque voltava a me chamar para a cozinha e a pedir que eu contasse como tinha sido o meu dia enquanto ele preparava a comida. Fazíamos as refeições em silêncio, e depois de lavar a louça ele sempre desaparecia no escritório. Às vezes subia para assistir à televisão conosco, mas na maior parte das vezes ficava lá até a hora do jantar, e era quase como se eu e Yngve estivéssemos sozinhos em casa. Não que eu passasse o tempo de forma muito diferente do que eu teria feito se ele estivesse perto. Afinal, eu passava a maior parte do tempo lendo. Quando minha mãe parou de nos levar regularmente à biblioteca e eu terminei de ler todos os livros da biblioteca da escola, comecei a pegar os livros das estantes dos meus pais. Li Agatha Christie, e li Stendhal, *O vermelho e o negro*, li um livro de contos franceses, li um livro de Jon Michelet e li uma biografia de Tolstói. Comecei até mesmo a escrever um livro, era uma história sobre um navio a vela, mas quando terminei de escrever as dez primeiras páginas, que grosso modo eram uma lista de todas as coisas que se encontravam a bordo, com detalhes sobre o tipo de provisões que o navio levava, e também sobre o tipo de carga que transportava, Yngve me disse que ninguém mais escrevia livros sobre navios a vela, esses livros tinham sido escritos no tempo em que os navios a vela ainda existiam, e hoje em dia escreviam-se livros sobre como as coisas eram agora, e então desisti. Também editei um jornal naquele outono, com uma tiragem de três exemplares, que coloquei em três caixas postais, a de Karlsen, a de Gustavsen e a de Prestbakmo, mas nunca recebi nenhum comentário, era como se tivessem simplesmente desaparecido, sem jamais ter existido.

Eu tinha uma vida interior e uma outra exterior, afinal era assim que sempre tinha sido e assim que sempre seria para todos; em frente à televisão na tarde de domingo, rodeado pelos pais e pelos irmãos, todos eram diferentes, mais ternos e mais tolerantes do que quando eu os via na floresta, onde a liberdade era total e nada impedia ninguém de dar vazão a toda sorte de impulso. Essa diferença era ainda maior no outono. Na primavera e no verão boa parte da vida era vivida na rua, havia um outro nível de contato entre a vida das crianças e a vida dos adultos, mas quando o outono chegava com a escuridão era como se as amarras fossem cortadas e nos recolhêssemos a nosso próprio mundo pessoal assim que a porta de casa se fechava. As tardes curtas, escuras e frias eram repletas de emoções trazidas por tudo que é invisível e oculto. O outono era a escuridão, a terra, a água, os espaços vazios. Era a respiração, as gargalhadas, a luz dos postes de iluminação, as cabanas feitas com galhos de espruce, as fogueiras, o bando de crianças que ora ia para um lado, ora ia para o outro. E também os quartos. Mesmo que eu não tivesse permissão para levar os meus amigos para a nossa casa, e mesmo que nenhuma criança do loteamento jamais tivesse estado no meu quarto, eu sempre tinha permissão para ir à casa dos outros. Uns, de vez em quando; outros, quase sempre. Naquele outono foi Dag Lothar. Com o rosto vermelho depois de correr em meio à escuridão na rua, nós nos sentávamos no quarto dele e jogávamos Banco Imobiliário enquanto um dos dois álbuns dos Beatles que ele tinha, o vermelho ou o azul, rodava no toca-fitas. Eu gostava mais do álbum vermelho, com as primeiras canções deles, eram músicas simples e alegres, nos refrões chegávamos a cantar juntos, quase aos gritos, num inglês que não se preocupava com o aspecto semântico da língua, mas apenas com os sons, ao mesmo tempo que o álbum azul tocava com uma frequência cada vez maior à medida que começávamos a apreciar aquelas canções mais sombrias e menos convencionais.

 Essas foram algumas das noites mais felizes de toda a minha vida. É estranho, porque não havia nada de extraordinário a respeito delas, nós fazíamos o que todas as crianças faziam, ficávamos sentados jogando um jogo, ouvindo música e tagarelando sobre um assunto qualquer que nos interessasse.

 Mas eu gostava do cheiro daquela casa, gostava de estar lá. Gostava da escuridão de onde havíamos saído, que nos deixava repletos de um elemento estranho, em especial quando o tempo estava úmido e essa sensação, além de ser visível aos olhos, também se espalhava pelo nosso corpo. Eu gostava da luz dos postes de iluminação. Gostava da atmosfera que se instaurava quando estávamos juntos em grande número, das vozes na escuridão, dos corpos que se movimentavam ao meu redor. Eu gostava do som do alarme de neblina que vinha da imensidão do mar. O pensamento dessas noites: qualquer coisa pode acontecer. Eu gostava de simplesmente correr ao redor, esbarrar em coisas e em situações. As cabanas construídas na floresta acima dos trapiches ficavam vazias à noite, as janelas se acendiam, e nós parávamos para espiar lá para dentro. Eram revistas pornográficas que estávamos vendo? Sim, era. Ninguém se atreveria a quebrar uma janela para que pudéssemos entrar e pegá-las, mas de repente surgiu a possibilidade, e todos sentimos que logo alguém faria isso, talvez nós mesmos. Era uma época em que certas manhãs podiam trazer o pôster central de uma revista pornográfica até a estrada em frente à casa. Uma época em que era possível encontrar revistas pornográficas em valas, em riachos, debaixo das pontes. Não sabíamos quem podia tê-las deixado nesses lugares, era como se tivessem sido espalhadas pela mão de Deus, como se fossem parte da natureza, como as anêmonas, os pés-de-lebre, os riachos caudalosos e os escolhos polidos pela chuva. E os elementos também deixavam marcas nas revistas: ou estavam porosas em função da umidade ou então ressecadas e quebradiças depois de terem secado outra vez, e muitas vezes também desbotadas pelo sol, sujas de terra e manchadas.

Eu sentia um arrepio ao pensar naquelas revistas. Esse sentimento não tinha nenhuma relação com a maneira como falávamos a respeito delas, porque falávamos de um jeito durão, as revistas eram motivo de graça e de olhares cobiçosos, mas estava em outro lugar, um lugar tão profundo que meus pensamentos nunca o alcançavam.

No loteamento havia muitos garotos que talvez guardassem revistas pornográficas em casa, e eram sem exceção os mesmos garotos que talvez fossem comprar um *moped* quando a hora chegasse, que talvez começassem a fumar e que às vezes cabulavam as aulas — em suma, os garotos que matavam tempo no Fina. Os garotos maus. Para mim essas duas grandezas eram irreconciliáveis. As revistas pornográficas eram do mal, mas o sentimento que provocavam em mim, o calafrio que me fazia engolir em seco repetidas vezes, era ao mesmo tempo uma coisa que eu desejava com todas as minhas forças. Eu me derretia todo quando via aquelas mulheres nuas. Era terrível, era fantástico, era um mundo que se abria e um inferno que se revelava, uma luz que brilhava e uma escuridão que caía, não queríamos fazer mais nada além de folhear página após página, podíamos ficar lá para sempre, sob os pesados galhos dos espruces, com o cheiro de terra molhada e pedra úmida ao redor, olhando para aquelas fotografias. Era como se aquelas mulheres tivessem saído de um pântano, como se tivessem saído da grama amarela do outono, ou pelo menos como se tivessem uma relação muito próxima com essas coisas. Muitas vezes partes das fotografias estavam apagadas, mas vimos o suficiente das coisas leves e também das mais pesadas para que no fim a consciência de que aquele sentimento existia não nos deixasse mais, e assim todo e qualquer rumor sobre a existência das revistas era acompanhado de perto.

Geir era um dos mais exaltados em relação a esse assunto. Já na segunda série ele tinha levado um exemplar de *Vi Menn* que pertencia ao pai dele, e nós dois nos sentamos na floresta e ficamos olhando para aquelas mulheres de topless ao mesmo tempo que, para evitar qualquer suspeita, falávamos em voz alta a respeito do que o Pato Donald e a Margarida tinham feito, como se estivéssemos lendo uma história em quadrinhos.

Naquele instante a nossa preocupação eram as revistas pornográficas no interior das cabanas.

Demos a volta, mas as portas estavam trancadas, e não tínhamos coragem suficiente para quebrar os vidros, soltar os trincos das janelas e pegar as revistas.

Mas o desejo fora despertado, e assim começou a olhar em outras direções. Talvez as árvores ao redor do carro abandonado na floresta?

Ou a vala em frente ao ponto de ônibus do B-Max?

A floresta debaixo da ponte?

Ora, diacho, o lixão! Lá devia haver umas quantas, não? Centenas? Milhares?

Manhã de domingo, fim de setembro, meu pai tinha saído de casa para pescar, minha mãe estava na sala, Yngve andava de bicicleta em um lugar ou outro no leste da ilha e eu estava na rua, caminhando pelo cascalho molhado, usando minha jaqueta bege e minhas calças jeans, a caminho da casa de Geir com um frio na barriga, porque enfim iríamos juntos até o lixão. O sol brilhava no céu, mas havia chovido pela manhã e o asfalto estava ainda preto de umidade nos pontos onde não batia sol, como na sombra dos abetos em frente à nossa casa.

Geir estava pronto quando eu cheguei, e partimos sem mais demora. Subimos a encosta, chegamos à longa planície, onde vimos os barcos envoltos em lona em frente ao pátio das casas, eram na maioria barcos de plástico, mas também pequenos botes e um único iate, muito famoso na vizinhança. Os pátios estavam amarelados, as árvores por trás das casas tinham as folhas vermelhas e alaranjadas, o céu era azul. Havíamos tirado as jaquetas e as carregávamos amarradas na cintura. Passamos a casa de Ketil, pegamos a estrada de cascalho e atravessamos o portão que marcava o fim da estrada e o início do caminho. Do outro lado do terreno estava a nova casa paroquial, onde o Ten Sing, com várias garotas loiras, treinava e marcava encontros.

O córrego ao longo do caminho estava transbordando e derramava lentamente uma água verde-clara pela encosta suave. A cor vinha do urzal, da grama e das plantas por onde havia passado. Apenas diminutos tremores na superfície revelavam que estava em movimento. No ponto em que a encosta começava a descer de repente começamos a correr. As pedras brancas que recobriam o caminho eram foscas e cinzentas na sombra, mas brilhantes e amareladas no sol. Um pouco à frente vimos pessoas subindo a encosta e diminuímos a velocidade. Era um casal de idosos. Ela tinha cabelos grisalhos e usava um casaco de tricô, ele usava uma jaqueta de veludo com apliques de couro nos cotovelos e tinha uma bengala na mão. A boca dele estava aberta, e o maxilar tremia.

Nos viramos e olhamos para os dois.

— Aquele era o Thommesen — disse Geir.

Não o víamos desde que tinha sido nosso professor na segunda série.

— Eu achei que ele já tinha morrido! — eu disse.

Pegamos o velho atalho pelo meio da floresta e chegamos ao lixão pela orla. A montanha de sacolas brancas e sacos de lixo pretos reluzia sob o intenso brilho do sol. Umas dez gaivotas gritavam e esvoaçavam ao longe. Descemos o barranco e nos enfiamos no meio de todas aquelas coisas, que em certos pontos estavam empilhadas em enormes montes, com talvez quatro vezes a nossa altura, e em outros estavam simplesmente espalhadas sem nada em cima. Estávamos procurando sacos e caixas de papelão, e os encontramos em vastas quantidades, até mesmo com revistas dentro — revistas semanais que as pessoas mais velhas gostavam de ler, *Hjemmet* e *Allers* e *Norsk Ukeblad*, revistas de menina, *Starlet* e *Det Nye* e *Romantikk*, pilhas de jornais, na maior parte *Verdensgang* e *Agderposten*, mas também *Vårt Land* e *Aftenposten* e *Dagbladet*, encontramos *A-Magasinet* e *Kvinner og Klær*, revistas de equitação para meninas, gibis do Pato Donald e um grosso álbum do Fantasma do fim da década de 1960 que eu na mesma hora separei para mim, e também um álbum *Tempo*, umas revistas do Capitão Miki e um volume do Agente Secreto X-9 em formato de bolso, que quase me deixou satisfeito, mas nada disso mudou o fato de que as revistas que procurávamos, como *Alle Menn, Lek, Cocktail* e *Aktuell Rapport*, e talvez revistas estrangeiras também, pois havia certas revistas dinamarquesas em circulação, uma delas se chamava *Weekend Sex*, e também revistas suecas e inglesas, não estavam em lugar nenhum. Não encontramos uma única revista pornográfica! O que podia ter acontecido? Será que alguém havia chegado antes de nós? Tinha que haver revistas pornográficas no lixão!

Depois de uma hora nos atiramos no urzal para ler as revistas comuns que havíamos encontrado. Mas, talvez porque eu estivesse disposto a fazer outra coisa e tivesse sentido o arrepio da expectativa durante o dia inteiro, não me dei por satisfeito. Me faltava alguma coisa, e então me levantei, andei de um lado para o outro em meio às árvores e olhei para o riacho, talvez fosse bom molhar um pouco os pés?

— Vamos entrar no riacho? — gritei.

— Pode ser. Só vou terminar de ler — Geir disse sem desviar os olhos da revista.

Fui até os dois sacos cheios de garrafas que havíamos encontrado. Eram na maior parte garrafas marrons com rótulos amarelos da Arendals Bryggeri, mas também havia garrafas verdes, mais baixas e com vidro mais grosso de Heineken. Peguei uma delas. Havia um pouco de terra e de grama na lateral da garrafa, e pensei que ela sem dúvida tinha passado um bom tempo no canto de um jardim antes de ser recolhida quando o jardim foi preparado para o inverno.

Eu continuava sentindo aquele arrepio na barriga.

Girei a garrafa entre os meus dedos. O vidro verde-escuro reluzia ao sol.

— Você acha que dá para enfiar o pau numa garrafa dessas? — perguntei.

Geir largou a revista no colo.

— A-acho — ele respondeu. — Se o gargalo não for muito estreito. Você vai tentar?

— Vou — eu disse. — Você também?

Geir se levantou e chegou mais perto. Pegou uma garrafa.

— Você acha que alguém pode nos ver aqui? — ele perguntou.

— Não, você está louco? — eu disse. — Estamos no meio da floresta! Mas podemos ir um pouco mais para lá, para garantir.

Fomos até o tronco de um enorme pinheiro. Soltei o cinto e baixei as calças até a altura dos joelhos, peguei o meu pau com uma mão e segurei a garrafa com a outra. Apertei o pau contra o gargalo, que parecia frio e duro em contato com a pele macia e quente, e também pequeno demais, mas depois de mexer a bunda de um lado para o outro enquanto eu fazia um pouco de força para a frente ele entrou. Senti um calafrio nas costas, e ao mesmo tempo meu pau começou a pulsar e o gargalo deu a impressão de apertá-lo cada vez mais forte.

— Não consigo — disse Geir. — Não entra.

— Eu consegui! — disse. — Veja só!

Me virei em direção a ele.

— Mas não consigo meter — eu disse. — Está apertado demais para fazer qualquer coisa. Estou entalado!

Para mostrar o quanto eu estava preso, abri a mão e soltei a garrafa. Ela ficou pendurada entre as minhas pernas.

— Ha ha ha! — Geir riu.

Eu estava prestes a tirá-la quando senti uma pontada de dor no meu pau.

— Ai! Ai, diacho!

— O que houve? — Geir perguntou.

— Ai! Ai! AI, MERDA!

Doía como se estivessem me cortando com uma faca ou um caco de vidro. Puxei o quanto pude e consegui tirar meu pau de dentro da garrafa.

Bem na cabeça estava um besouro preto.

— Ah! MERDA! MERDA! MERDA! — gritei. Peguei o besouro ou o que quer que fosse aquilo, era um inseto preto com garras grandes, puxei-o e o joguei o mais longe que pude enquanto eu corria de um lado para o outro agitando os braços.

— O que foi? — Geir perguntou. — O que foi? Karl Ove, o que aconteceu?

— Um besouro! Um besouro picou o meu pau!

Primeiro Geir me encarou, boquiaberto. Depois começou a rir. Esse era o tipo de humor que o agradava. Geir caiu no urzal de tanto gargalhar.

— Não conte para ninguém! — eu pedi enquanto apertava o cinto. — Entendido?

— Nah-ha-ha-hah! — Geir respondeu. — Ha ha ha ha!

Por três vezes fiz Geir me prometer que não contaria nada para ninguém enquanto subíamos a encosta, cada um de nós levando uma sacola com o sol ardendo na nuca. Também fiz uma breve oração pedindo a Deus que me perdoasse por ter praguejado.

— O que você acha de vender essas garrafas no vasilhame do Fina? — Geir sugeriu.

— Eles compram garrafas de cerveja? — perguntei.

— Ah, é verdade — Geir disse. — Vamos ter que escondê-las.

Atravessamos o terreno mais uma vez, pulamos o riacho e, já no outro lado, no meio das árvores um pouco abaixo da capela, deixamos as sacolas com as garrafas. Arrancamos umas samambaias e uns tufos de grama e cobrimos tudo da melhor forma possível, olhamos ao redor para ver se alguém estava nos observando, depois saímos andando tranquilamente, porque sabíamos que correr chamava atenção, e tomamos a estrada que passava junto da capela.

Ketil estava em frente à porta do porão de casa, com a bicicleta virada de cabeça para baixo. Ele fazia a roda de trás rodar girando o pedal com uma das mãos e passava óleo na correia com a pequena bisnaga de plástico que segurava na outra. Os longos cabelos pretos e lisos tapavam o rosto dele.

— Oi — disse Ketil.

— Oi — respondemos.

— Onde vocês estavam?

— No lixão.

— Fazendo o quê?

— Procurando revistas pornográficas — Geir respondeu. Eu o encarei. O que estava fazendo? Aquilo era um segredo!

— E vocês encontraram? — Ketil perguntou, olhando-nos com um sorriso.

Geir balançou a cabeça.

— Eu tenho uma pilha dessas revistas no meu quarto — Ketil disse. — Vocês querem levar umas emprestadas?

— Claro! — Geir respondeu.

— É sério? — eu disse.

Ketil fez um gesto afirmativo com a cabeça.

— Vocês querem levá-las agora?

— Eu tenho que comer agora — eu disse.

— Eu também — disse Geir. — Mas a gente pode pegar as revistas e esconder tudo na floresta.

Ketil balançou a cabeça.

— De jeito nenhum. Estragaria as revistas. Vocês têm que levá-las para casa. Mas tudo bem. Eu posso ir até a casa de vocês de tarde.

— Claro. Mas temos que nos encontrar na rua. Você não pode tocar a campainha. Combinado?

— Como é? — ele perguntou sorrindo e apertando os olhos. — Você por acaso está com medo que eu mostre as revistas para o seu pai?

— Não, mas… ele faz muitas perguntas. E você nunca esteve na minha casa antes.

— Tudo bem, então — ele disse. — Me esperem por volta das cinco horas. Está bem?

— É bem na hora do jogo — eu disse.

— Às seis, então. E não me venham dizer que vocês vão estar assistindo os programas infantis!

— Está bem. Seis horas.

Minha mãe estava sentada na cozinha lendo um livro e escutando rádio enquanto o mingau cozinhava no fogão. Um lado inteiro da panela estava branco de leite, e nos espaços entre as bocas do fogão também havia grãos de leite e arroz, quase torrados pelo calor, então compreendi que o mingau tinha fervido e derramado.

— Olá — eu disse.

Minha mãe largou o livro.

— Olá — ela respondeu. — Por onde vocês andaram?

— Hm — eu disse. — Só demos umas voltas. Encontramos umas garrafas que a gente quer vender na segunda-feira.

— Que bom — ela disse.

— Você vai fazer pizza hoje à noite? — perguntei.

Ela sorriu.

— Era o que eu tinha pensado.
— Que bom! — emendei.
— Você já começou a ler o livro que ganhou?
Acenei a cabeça.
— Comecei ontem. Parece ser um ótimo livro. Na verdade estou agora mesmo indo para o quarto ler mais.
— Isso mesmo — ela disse. — A comida vai estar pronta daqui a quinze minutos.

Minha mãe sempre trazia alguma coisa quando voltava para casa às sextas-feiras, e daquela vez tinha sido um livro. Chamava-se *Trollmannen fra Jordsjø* e a autora era uma certa Ursula K. Le Guin, e já nas primeiras páginas eu soube que aquele livro seria absolutamente incrível. Mesmo assim, não pude me deitar com o livro sem uma certa hesitação, afinal minha mãe estava em casa, e eu gostaria de passar o maior tempo possível ao lado dela. Por outro lado ela estava em casa, e praticamente todas as qualidades que a presença dela acrescentava à minha vida, inclusive o fato de que meu pai nunca fazia nada quando ela estava por perto, nunca tinha um surto de fúria quando ela estava por perto e mantinha-se o tempo inteiro sob controle, faziam-se presentes mesmo quando eu estava deitado no meu quarto e ela sentada na cozinha.

Assisti à partida junto com Yngve e com o nosso pai. Ele tinha comprado caramelos ingleses, como de costume, e eu e Yngve tínhamos preenchido um volante de apostas com oito colunas cada. Acertei cinco e eles riram bastante, porque era menos da metade, e nesse caso eu podia simplesmente ter feito a minha aposta jogando um dado. Meu pai disse que acertar cinco era tão difícil quanto acertar dez. Mas enquanto os apostadores que acertavam dez ganhavam dinheiro da Norsk Tipping, os que acertavam cinco pagavam, ele disse. Yngve acertou sete, e meu pai acertou dez, mas infelizmente naquela rodada não houve prêmio para dez acertos.

Quando terminaram de transmitir os resultados faltavam dois minutos para as seis. Do lado de fora da casa Ketil descia a encosta correndo de bicicleta, com um volumoso saco plástico amarrado ao bagageiro. Me levantei e disse que ia sair para dar uma volta.

— O que você quer fazer na rua a essa hora? — meu pai quis saber. — É agora que começam os programas infantis!

— Não estou a fim de assistir — eu disse. — E além do mais, combinei de me encontrar com o Geir.

— Ora essa, um encontro — disse o meu pai. — Mas tudo bem. Desde que você esteja de volta em casa antes das oito.

— Você vai sair agora? — minha mãe perguntou. — Achei que você ia querer me ajudar com o preparo da pizza!

— Eu bem que gostaria, mas combinei de me encontrar com o Geir.

— Nosso filho começou a marcar encontros — disse o meu pai. — Tem certeza que esse encontro é com o Geir? E não com uma namoradinha?

— Tenho certeza — eu respondi.

— Esteja em casa às oito — minha mãe disse.

Meu pai se levantou.

— Logo vamos passar as noites sozinhos, Sissel — ele disse, puxando as calças pelas alças do cinto, e então passou uma das mãos pelo cabelo. Eu já estava no corredor e não ouvi o que a minha mãe respondeu. Eu estava com um nó na garganta por conta da expectativa, sentia arrepios por todo o corpo. No corredor, calcei os meus tênis — se déssemos sorte, a floresta já estaria seca —, vesti o blusão azul de tricô e o colete estofado azul que a minha mãe tinha acabado de costurar para mim, abri a porta e saí correndo para encontrar Ketil, que estava sentado na bicicleta com um pé no chão e outro no pedal, e Geir, que estava ao lado dele. Os dois olharam para mim.

— Vamos para o barco-casa — eu disse. — Lá ninguém vai nos ver.

— Tudo bem — Ketil respondeu. — Eu vou dar uma volta de bicicleta. Nos vemos lá.

Eu e Geir descemos o barranco correndo, pegamos o caminho, saltamos por cima do córrego e descemos o morro, que dava a impressão de tremer sob os nossos passos, atravessamos o terreno e a estrada de cascalho e só diminuímos a velocidade quando chegamos à encosta coberta de grama, no mesmo instante em que Ketil surgia no alto do morro, bem ao lado da velha casa branca.

Ketil era dois anos mais velho que nós e passava boa parte do tempo sozinho, ou pelo menos era o que nos parecia. As maçãs do rosto altas, os olhos estreitos e os cabelos longos e lustrosos conferiam-lhe uma aparência um pouco indígena e despertavam o interesse das garotas. Não fazia muito tempo que tinha começado. De um dia para o outro Ketil tornou-se um dos garotos que as garotas observavam e comentavam, de repente o nome dele começou a ser ouvido aqui e acolá, e o mais estranho talvez não fosse o fato de que subitamente tivesse começado a existir daquela forma, em contraste à existência anterior numa espécie de vale de sombras, mas o fato de que as garotas que o observavam e falavam a respeito dele pareciam ter um certo orgulho, de que elas próprias haviam se tornado mais interessantes por ter feito uma escolha tão inesperada, mais até do que ele. Porque Ketil simplesmente continuava a fazer tudo como antes, andando de bicicleta por aqui e por ali, na maioria das vezes sozinho, e sempre nos tratando de maneira amistosa.

Ele baixou o pezinho da bicicleta, uma DBS com pintura cor de laranja e guidom de corrida, de onde a fita havia se desprendido num dos lados e estava pendurada em frangalhos, soltou o prendedor do bagageiro, pegou o saco e veio em direção a nós, que já o esperávamos no gramado com um pedaço de capim na boca.

— Hora da pornografia! — ele disse, segurando o saco por baixo para que as revistas se espalhassem pela grama.

O sol pairava baixo acima do morro às nossas costas, e a sombra comprida de Ketil se estendia pelo chão. Da ilha na baía vinham os gritos das gaivotas. Sentindo o corpo inteiro fraquejar, peguei uma das revistas e me deitei de bruços. Mesmo que eu olhasse as fotos uma a uma, e apenas uma parte de cada vez, como por exemplo os seios, onde eu precisava simplesmente bater os olhos para que um choque de excitação atravessasse o meu corpo, como por exemplo as pernas e o arrepio quase insensato que a visão daquela brecha entre elas, mais ou menos aberta, mais ou menos avermelhada e reluzente, onde com frequência um ou dois dedos estavam pousados, despertava em mim, ou como por exemplo a boca, que muitas vezes estava aberta, muitas vezes contorcida em uma careta, ou como por exemplo as nádegas, por vezes tão redondas e deliciosas que eu não conseguia parar quieto, não se tratava dessas partes em si mesmas, aquilo era mais como um lugar onde eu me banhava, uma espécie de mar, sem começo nem fim, um mar onde eu, desde o primeiro instante, desde a primeira fotografia, sempre me encontrava.

— Geir, você encontrou algum capô de fusca? — perguntei.

Geir balançou a cabeça.

— Mas aqui tem uma com peitos enormes. Quer ver?

Acenei a cabeça, e Geir estendeu a revista para mim.

Ketil estava poucos metros acima de nós, com as pernas cruzadas e uma revista nas mãos. Mas em poucos minutos ele atirou a revista longe e olhou para nós.

— Eu já folheei essas revistas muitas e muitas vezes — disse. — Preciso conseguir outras novas.

— Como você as conseguiu? — perguntei, olhando para ele enquanto protegia os meus olhos do sol com a mão.

— Comprando, ora.

— COMPRANDO? — perguntei.

— É.

— Mas essas revistas são antigas!

— Eu as comprei já usadas, seu idiota. Tem um salão de cabeleireiro na cidade que vende revistas usadas. Eles têm um monte de revistas pornográficas.

— E *você* pode comprar?

— Óbvio — Ketil respondeu.

Encarei-o por alguns instantes. Será que estava zombando de mim?

Não era o que parecia.

Continuei folheando a revista. De repente encontrei a fotografia de duas garotas numa quadra de tênis. Estavam usando minissaias de tenista, uma azul-clara, a outra branca, camisas brancas de tenista, munhequeiras, meias brancas de tenista e sapatos brancos de tenista. Cada uma delas tinha uma raquete na mão. Será que fariam o que eu estava pensando?

Continuei a folhear as páginas.

Uma das garotas estava deitada na quadra com a camisa levantada e os seios à mostra. Ela tinha a cabeça inclinada para trás. Será que não estava usando calcinhas?

Não.

Logo as duas apareciam nuas, de quatro junto à rede, com a bunda empinada. Era incrível. Incrível. Incrível.

— Geir, veja só! — eu disse. — Duas tenistas!

Geir lançou um olhar breve para a revista e fez um gesto afirmativo com a cabeça, compenetrado demais no que fazia para desperdiçar um segundo que fosse.

Ketil tinha ido até o velho cais decrépito, onde fazia as pedras que devia ter encontrado na praia ao lado ricochetear na superfície d'água. A água estava como um espelho, e a cada ricocheteio das pedras espalhavam-se pequenas ondas circulares.

Eu já tinha folheado umas três ou quatro revistas quando ele parou à nossa frente. Olhei para cima.

— É bom ficar lendo essas revistas de bruços — eu disse.

— Ha ha ha! Então você gosta de ficar se roçando? — ele perguntou.

— Gosto — respondi.

— Bem que eu tinha imaginado — Ketil disse. — Mas agora eu tenho que ir. Podem ficar com as revistas, se vocês quiserem. Já cansei delas.

— Você está *dando* as revistas para a gente? — Geir perguntou.

— É isso mesmo.

Então Ketil chutou o pezinho da bicicleta, ergueu a mão e começou a subir o morro com uma das mãos no meio do guidom. Era quase como se estivesse conduzindo um animal.

Era tão claro para nós dois que caberia a Geir esconder as revistas que nem ao menos discutimos o assunto quando nos separamos em frente à minha casa uma hora mais tarde.

As pizzas da minha mãe eram feitas com uma massa grossa, que se avolumava nas bordas, e assim o recheio de carne moída, tomate, cebola, champignons, páprica e queijo lembrava uma planície rodeada em todos os lados por longas cordilheiras. A mesa estava posta na sala, como sempre acontecia nas noites de sábado. Mesmo assim, nunca comíamos em frente à televisão, porque isso pertencia ao reino das coisas impensáveis. Meu pai cortou uma fatia de pizza e colocou-a no meu prato enquanto eu me servia de Coca-Cola com a garrafa de um litro, onde cada uma das letras do logotipo tinha vindo impressa em branco no vidro levemente esverdeado, em vez de coladas em um rótulo vermelho, como às vezes também acontecia. Não vendiam Pepsi-Cola em Sørlandet, eu só tinha experimentado o refrigerante durante a Norway Cup, e junto com o metrô e o café da manhã em que podíamos nos servir de Corn Flakes quantas vezes quiséssemos, a Pepsi-Cola tinha sido um dos grandes atrativos do campeonato.

Quando terminamos de comer a pizza, meu pai perguntou se queríamos jogar um jogo novo.

Aceitamos o convite.

Minha mãe tirou a mesa e meu pai saiu para buscar um bloco de papel e quatro canetas no escritório.

— Você também quer jogar, Sissel? — ele gritou para minha mãe, que tinha começado a lavar a louça.

— Claro — ela disse, e então se juntou a nós. Minha mãe tinha espuma de sabão num dos braços e na fronte. — O que é que vamos jogar? Yatzy?

— Não — disse meu pai. — Cada um de nós vai ganhar uma folha de papel para escrever o nome de países, cidades, rios, mares, lagos e montanhas. Uma coluna para cada. Primeiro escolhemos uma letra, e depois tudo que temos a fazer é escrever o maior número possível de nomes que começam com aquela letra em três minutos.

Nunca tínhamos jogado aquele jogo antes. Mesmo assim, parecia divertido.

— Tem algum prêmio para o vencedor? — Yngve perguntou.

Meu pai sorriu.

— Só a honra de ter ganhado! Quem vencer é o campeão da família.

— Podem começar — disse a minha mãe. — Eu vou preparar um chá para nós.

— Podemos jogar uma rodada de teste. Começamos de verdade quando você voltar.

Ele olhou para nós.

— M — disse. — A primeira letra é M. Pode ser?

— Pode — Yngve respondeu, e na mesma hora começou a escrever, com uma das mãos formando uma barreira em frente à folha.

— Pode — eu disse.

Na coluna das montanhas escrevi Mont Blanc. Mandal, Morristown, Mjøndalen, Molde, Malmö, Metropolis e Munique na coluna das cidades. Mas não consegui pensar em mar nenhum, nem em rios. Restava ainda o país. Será que existia um país que começasse com M? Percorri mentalmente a lista com o nome de todos os países que eu conhecia. Não adiantou. Moelven. Será que era um rio? Mo i Rana, essa com certeza era uma cidade. Meio-Oeste? Ah, Mississippi!

— Acabou o tempo — meu pai disse.

Um rápido lance de olhos em direção às folhas deles foi o suficiente para eu saber que tinham ganhado de mim.

— Karl Ove, pode ler as suas respostas! — disse meu pai.

Quando cheguei em Morristown, tanto meu pai quanto Yngve começaram a rir.

— Não riam de mim! — eu disse.

— Morristown só existe nas histórias do Fantasma — Yngve disse. — Você achou que era um lugar de verdade?

— Achei. O que tem de mais? A Sala trabalha no prédio das Nações Unidas em Nova York, e esses lugares existem. Por que Morristown não poderia existir?

— Boa resposta, Karl Ove — meu pai disse. — Você vai ganhar meio ponto por ela.

Fiz uma careta para Yngve, que me respondeu com um sorriso irônico.

— Aqui está o chá — minha mãe disse. Fomos até a cozinha buscar nossas xícaras. Eu coloquei leite e açúcar na minha.

— Agora vamos jogar para valer — disse meu pai. — Vamos escolher três letras. Não vai sobrar tempo para mais do que isso antes da hora de ir para a cama.

Logo ficou claro que minha mãe sabia tão poucos nomes quanto eu. Ou então não conseguia se concentrar tanto quanto Yngve e meu pai. Mas para mim foi melhor assim, porque ficávamos nós dois contra eles dois.

Depois que meu pai contou os pontos da primeira rodada minha mãe anunciou que havia trocado de nome.

— Eu voltei a usar o meu nome de solteira. Agora me chamo Hatløy, e não mais Knausgård.

Senti meu corpo gelar.

— Você não se chama mais Knausgård? — eu perguntei, encarando-a de boca aberta. — Mas você é nossa mãe!

Ela sorriu.

— Claro que sou! E sempre vou ser!

— Mas por quê? Por que você não vai ter o mesmo sobrenome que nós?

— Você sabe que o meu nome de batismo era Sissel Hatløy. Esse é o meu verdadeiro nome. Knausgård é o nome do seu pai. E também o nome de vocês!

— Vocês vão se divorciar?

Minha mãe e meu pai sorriram.

— Não, não vamos nos divorciar — ela disse. — Simplesmente vamos usar nomes diferentes.

— Mas uma consequência idiota disso tudo é que não vamos mais ver o vô e a vó de vocês de agora em diante — meu pai disse. — Eles não gostaram nem um pouco de saber que a mãe de vocês não quis mais usar o nome da nossa família, e por isso não querem mais nos ver.

Eu olhei para ele.

— Mas e o Natal, como vai ficar? — perguntei.

Meu pai balançou a cabeça.

Comecei a chorar.

— Karl Ove, não há motivo para chorar — ele disse. — Com certeza isso vai passar. Eles não vão ficar chateados para sempre. Logo vai passar.

Empurrei minha cadeira para trás com um movimento brusco, me levantei e fui correndo para o meu quarto. Quando fechei a porta, ouvi que alguém vinha atrás de mim. Me deitei na cama e enfiei a cabeça no travesseiro enquanto soluçava de tristeza e as lágrimas corriam como nunca haviam corrido antes.

— Karl Ove, escute — meu pai disse às minhas costas. Ele tinha se sentado na beira da cama. — Você não pode ficar tão abalado. Você gosta tanto assim de estar com o vô e a vó?

— Gosto! — gritei com a cara ainda enfiada no travesseiro. Todo o meu corpo se convulsionava com o espasmo dos soluços.

— Mas eles não querem ver a sua mãe. Assim perde um pouco a graça, não? Você não acha? Eles não querem nos ver.

— Por que ela tem que trocar de nome? — eu gritei.

— Porque esse é o nome verdadeiro dela — o meu pai explicou. — É o nome que ela quer. E nem eu nem você nem o seu vô ou a sua vó podem negar esse direito a ela. Não é mesmo?

Ele colocou a mão no meu ombro por um breve instante. Depois se levantou e saiu do quarto.

Quando as lágrimas acabaram, peguei o livro que eu tinha ganhado da minha mãe e continuei a ler. Quase no meu inconsciente percebi que Yngve tinha se deitado, que a porta havia se fechado, que estava ouvindo música no quarto, mas sem que essas impressões ocupassem meus pensamentos, desde a primeira frase eu mergulhei na história que lia, cada vez mais fundo. O personagem principal se chamava Ged, era um garoto que morava numa ilha e tinha poderes especiais, e quando o descobriram ele foi mandado para uma escola de feiticeiros. Na escola descobriram que os poderes de Ged eram realmente extraordinários, e quando ele tentou se mostrar para os outros, num momento de extrema arrogância, abriu um portal para o outro mundo, o reino da morte, e uma sombra escapou de lá. Ged quase morreu, ele enfrentou vários anos de fraqueza depois desse episódio e ficou marcado para a vida inteira, e durante todo esse tempo a sombra o perseguia. Ele tentou fugir, se escondeu num lugar discreto qualquer, abandonou todas as ambições que tinha e sabia que aquilo com que havia mexido, a feitiçaria simples, não passava de gestos vazios e enganação, mas havia uma outra magia bem mais profunda, ligada a tudo que existia, e o dever de um feiticeiro de verdade era manter o equilíbrio entre todas elas. Todas as coisas e todas as criaturas tinham um nome que correspondia à essência, e era somente através do verdadeiro nome das coisas e das criaturas que elas podiam ser dominadas. Ged era capaz de fazer tudo isso, mas não demonstrava, porque cada magia, cada feitiço afetava esse equilíbrio, e as consequências eram sempre imprevisíveis. Por esse motivo os moradores do vilarejo onde ele havia se instalado achavam que Ged era um feiticeiro incompetente, já que se recusava a fazer até mesmo os truques mais simples que todos os feiticeiros do vilarejo dominavam. Ele era jovem, sério, tinha uma grande cicatriz no rosto e era especialmente sensível ao frio, mas quando era realmente importante, quando a situação realmente exigia o uso dos poderes, ele sempre recorria a eles. Certa vez foi um menino que estava morrendo. Ele o seguiu até o reino da morte e o trouxe de volta, mesmo que não devesse fazer aquilo, mesmo que fosse perigoso, porque se havia um equilíbrio que não devia ser perturbado, esse era o equilíbrio entre a vida e a morte. Mas o próprio Ged também estava morrendo aos poucos. Assim os moradores do vilarejo entenderam pela primeira vez quem ele era na verdade. E a sombra que tinha escapado do outro lado, que durante todo esse tempo havia percorrido o mundo à procura de Ged, finalmente descobriu onde ele estava, porque ela percebia quando ele usava os poderes e chegava cada vez mais perto. Ged teria de fugir mais uma vez. E foi o que ele fez, pegou um barco e fez-se ao mar em meio às ilhas e foi o mais longe que pôde. A sombra chegava cada vez mais perto. Depois de vários confrontos, nos quais Ged esteve à beira da morte, veio o grandioso confronto final. Durante todo esse tempo, Ged vinha tentando descobrir o nome da sombra. Tinha pesquisado em obras sobre criaturas das épocas mais remotas, perguntado a outras pessoas, a feiticeiros mais sábios, mas nunca descobriu nada, aquela criatura era desconhecida, não tinha nome. Mas no fim ele compreendeu. Em alto-mar, sozinho num barco, com a sombra cada vez mais próxima, ele compreendeu. O nome da sombra era Ged. A sombra tinha o nome dele. A sombra era ele.

Quando apaguei a luz depois de ler a última página já era quase meia-noite, e meus olhos estavam cheios de lágrimas.

A sombra era ele!

Pelo menos uma e em geral duas vezes por semana eu fiquei sozinho em casa durante todo aquele outono e todo aquele inverno. Meu pai frequentava reuniões enquanto Yngve participava dos ensaios com a banda da escola ou dos treinos com o time de vôlei e de futebol ou então fazia visitas aos amigos. Eu gostava de ficar sozinho em casa, era uma sensação maravilhosa saber que ninguém decidiria nada por mim nem me diria o que fazer, mas ao mesmo tempo eu não gostava tanto assim, porque a escuridão vinha cada vez mais cedo a cada dia que passava, e a luz dos cômodos nas janelas, onde o meu próprio vulto aparecia, era uma visão desagradável ao extremo, porque estava relacionada à morte e aos mortos.

Eu sabia que na verdade não era nada disso, mas de que adiantava saber?

Aquilo era particularmente assustador quando eu me deixava levar pelo que estava lendo, porque nessas horas era como se eu não estivesse ligado a *lugar nenhum* no momento em que eu erguia a cabeça do travesseiro e me levantava. Totalmente sozinho, o sentimento era este, o de uma solidão total e absoluta, isolado como eu me encontrava pela escuridão que se erguia como uma muralha do lado de fora.

Ah, eu sempre podia encher a banheira se houvesse tempo antes que meu pai chegasse em casa, porque ele não gostava que eu tomasse banho toda hora, dizia que uma vez por semana era o bastante e prestava muita atenção na frequência com que eu tomava banho, como acontecia com tudo o que eu fazia. Mas se eu tomasse essa liberdade e começasse a encher a banheira, me sentasse, ligasse o toca-fitas e deixasse a água quente escorrer pelo meu corpo, eu me via de fora, *com a boca aberta*, como se minha cabeça fosse uma caveira. Eu cantava, minha voz se voltava contra mim, eu mergulhava a cabeça na água e ficava apavorado: não conseguia ver nada! Alguém podia aparecer para me pegar! Tinha alguém lá dentro! Os dois ou três segundos que eu passava debaixo d'água representavam um buraco na malha do tempo, e alguém podia se esgueirar por esse buraco. Talvez não para dentro do banheiro, não, afinal não tinha ninguém lá dentro, mas talvez para dentro da casa.

A melhor coisa que eu tinha a fazer nessas horas era acender a luz da cozinha ou do meu quarto e olhar para a rua, pois lá fora, quando não havia reflexos nas janelas, lá fora estavam as outras casas, estavam as outras famílias, e às vezes também as crianças. Não havia nada mais reconfortante do que aquela visão.

Numa dessas noites eu estava ajoelhado no banco da cozinha olhando para a rua, estava nevando e ventando muito forte. O vento assoviava por toda a paisagem, ressoava nas calhas e sussurrava na chaminé. Na rua tudo estava às escuras e no brilho amarelo dos postes de iluminação não havia uma pessoa sequer, apenas a neve que soprava.

Um carro apareceu subindo a encosta. Pegou a Ringveien e veio em direção à nossa casa. Será que estava indo para lá?

Estava. O carro entrou no pátio e estacionou.

Quem seria?

Saí correndo da cozinha, desci a escada e fui até a entrada de casa.

Então parei.

Não estávamos esperando nenhuma visita.

Quem seria?

Tive medo.

Fui até a porta e apertei meu nariz contra o vidro martelado. Não era preciso abrir a porta, eu podia simplesmente ficar lá e ver se reconhecia aquelas pessoas.

A porta do carro se abriu e um vulto *caiu* para fora!

O vulto começou a andar *de quatro*!

Essa não! Essa não!

O vulto se aproximou, cambaleando como um urso. Parou junto à campainha e ficou de pé!

Me afastei da porta andando de costas.

Que tipo de criatura seria aquela?

Dim-dom, soou a campainha.

O vulto ficou mais uma vez de quatro.

Seria o abominável homem das neves? Lightfoot?

Mas na minha casa? Em Tybakken?

O vulto se ergueu mais uma vez, tocou a campainha e tornou a ficar de quatro.

Meu coração batia com força.

Mas de repente compreendi.

Ah, claro.

Era o paralítico que trabalhava no conselho do município.

Só podia ser.

Afinal, o abominável homem das neves não andava de carro, certo?

Abri a porta no exato momento em que o vulto havia começado a voltar. Ele se virou.

Era o homem em quem eu havia pensado.

— Olá — ele me cumprimentou. — O seu pai está em casa?

Balancei a cabeça.

— Não — respondi. — Ele está numa reunião.

O homem, que usava óculos e barba e sempre tinha um pouco de cuspe no canto da boca, e que muitas vezes levava as crianças para dar voltas no carro adaptado, soltou um suspiro.

— Por favor, diga a ele que estive aqui — ele pediu.

— Pode deixar — eu disse.

Ele se arrastou de volta ao carro com a ajuda dos braços, abriu a porta e ergueu o corpo até o assento. Eu observava tudo aquilo de olhos arregalados. No interior do carro o jeito lento e indefeso daqueles movimentos se transformou, o homem fez o motor roncar e saiu do nosso pátio de ré para em seguida desaparecer em alta velocidade morro abaixo.

Fechei a porta e subi para o meu quarto. Assim que me deitei na cama a porta se abriu no andar de baixo.

Pelo barulho entendi que era Yngve.

— Você está em casa? — ele gritou da escada. Me levantei e saí do quarto.

— Estou com fome — ele disse. — Vamos jantar?

— Mal passou das oito horas! — eu disse.

— Quanto antes, melhor — Yngve respondeu. — Assim posso fazer chá para nós. E além do mais estou morrendo de fome.

— Então me chame quando o chá estiver pronto — eu disse.

Quinze minutos depois estávamos comendo nossos sanduíches abertos com duas grandes canecas de chá à nossa frente.

— Algum carro apareceu por aqui agora à noite? — Yngve perguntou.

Fiz um gesto afirmativo com a cabeça.

— Aquele paralítico que trabalha no conselho do município.

— O que ele queria?

— Eu sei lá — respondi.

Yngve me encarou.

— Hoje me falaram a respeito de você — ele disse.

Eu gelei.

— É mesmo? — perguntei.

— É. Foi a Ellen.

— E o que ela disse?

— Disse que você anda de um jeito estranho.

— Não disse nada!

— Disse, sim. E é verdade, não? Você anda de um jeito meio estranho, não acha?

— NÃO MESMO! — respondi aos gritos.

— Claro que anda — Yngve disse. — O garotinho não sabe nem ao menos andar direito!

Ele se levantou e começou a andar pela cozinha, jogando o corpo para a frente a cada passo. Olhei para ele com lágrimas nos olhos.

— Eu ando como todo mundo — disse.

— Foi a Ellen que disse, não eu — Yngve respondeu enquanto sentava-se mais uma vez. — As meninas falam a seu respeito, sabia? Dizem que você é meio estranho.

— EU NÃO SOU ESTRANHO! — gritei, atirando meu pão com toda a força

305

contra o rosto dele. Yngve conseguiu desviar e o pão acertou o fogão com um pequeno ruído.

— O garotinho ficou brabo? — ele perguntou.

Me levantei com a caneca de chá na mão. Quando percebeu, Yngve também se levantou. Joguei o chá quente nele. O líquido o acertou na altura da barriga.

— Você é muito bonitinho quando está brabo, Karl Ove — ele disse. — Pobre garotinho! Quer que eu ensine você a andar? Eu sei andar normalmente!

Meus olhos estavam cheios de lágrimas, mas não era por isso que eu não estava vendo nada, era porque a raiva que havia tomado conta de mim enchia minha cabeça com uma espécie de névoa vermelha.

Corri para cima de Yngve e o acertei na barriga com toda a minha força. Ele pegou os meus braços e começou a me rodar de um lado para o outro, tentei me soltar, ele me segurou, tentei chutar, ele me apertou com ainda mais força, tentei morder-lhe a mão, ele me empurrou.

— Já chega, já chega — ele disse.

Corri para cima dele mais uma vez, tudo que eu queria era acertar o rosto dele, arrebentar a cara dele, e se houvesse uma faca por perto eu não teria pensado duas vezes antes de enfiá-la na barriga dele, mas Yngve sabia de tudo isso, aquilo já tinha acontecido muitas vezes, então ele fez o que sempre fazia, me segurou e me apertou contra o corpo dele enquanto dizia que eu era um garotinho e que eu era muito bonitinho quando ficava bravo até que eu começasse a morder, e então me empurrou para longe. Dessa vez não tentei investir contra ele depois que me soltei, mas saí correndo da cozinha. Na mesa da sala havia uma fruteira, eu peguei uma das laranjas que estavam lá e a joguei no chão com toda a força. A laranja se abriu e um filete de suco espirrou longe e caiu no papel de parede.

Yngve estava na porta, vendo tudo.

— O que você fez? — ele perguntou.

Olhei para ele. Olhei para a listra no papel de parede.

— Você é que vai lavar isso, seu idiota — eu disse.

— Não adianta lavar — ele disse. — A mancha só vai ficar maior. O pai vai ficar furioso quando descobrir. Por que você fez isso?

— Talvez ele não veja — eu disse.

Yngve não disse nada, simplesmente olhou para mim.

— Não custa ter esperança — ele disse. Então ele se abaixou, pegou a laranja e a levou para a cozinha. Pelo farfalhar que ouvi a seguir, imaginei que ele a tivesse posto no fundo da lixeira. Depois ele voltou para a sala com um pano e secou o chão.

Meu corpo tremia tanto que eu mal conseguia me aguentar de pé.

A listra era fina, mas comprida, e eu não conseguia imaginar como nosso pai deixaria de perceber aquilo quando chegasse em casa.

Yngve lavou a chaleira e as duas canecas. Jogou fora o meu sanduíche aberto, limpou os farelos. Eu fiquei sentado junto à mesa com a cabeça entre as mãos.

Yngve parou na minha frente.

— Me desculpe — ele disse. — Eu não queria fazer você chorar.

— Claro que queria.

— Mas é só porque você fica tão brabo! — ele disse. — Você não vê que é tentador? Enfim, eu *já pedi* desculpas.

— Não é isso — eu disse.

— Mas então o que é?

— Eu ando de um jeito estranho.

— Pare com isso — ele disse. — Todo mundo anda de um jeito diferente. O mais importante é seguir em frente. Eu estava apenas brincando, não é mesmo? Só queria deixar você brabo. E consegui. Você não anda de um jeito nem mais nem menos estranho do que as outras pessoas.

— Tem certeza?

— Absoluta.

Quando meu pai chegou em casa eu já tinha me deitado. Na escuridão eu seguia o barulho dos passos. Ele parou no corredor, como eu tinha esperado, mas depois entrou na cozinha. Ficou um tempo lá dentro antes de sair outra vez. Na volta também não houve paradas.

Ele não tinha percebido.

Estávamos salvos!

Na tarde seguinte fui para a aula de natação com Geir. Pegamos o ônibus de Holtet para a rodoviária da cidade e subimos os morros até Stintahallen com as nossas sacolas penduradas no ombro. Na minha sacola estava um calção de banho da Arena, uma touca de natação da Speedo com a bandeira da Noruega na lateral, óculos de natação da Speedo, um sabonete e uma toalha. Vínhamos nadando no Arendal Svømmeklubb desde o inverno anterior. Na época mal sabíamos nadar, simplesmente ir de um lado ao outro da piscina sem parar era um esforço enorme, praticamente impossível, mas como aquilo era o mínimo absoluto que se esperava de nós em um clube de natação, e além do mais o treinador, um homem que usava tamancos de madeira e tinha os braços tatuados, nos acompanhava aos gritos da borda, precisamos apenas de um tempo surpreendentemente curto para fazer a travessia sem nenhum problema. Não éramos bons, pelo menos não em comparação aos garotos mais velhos, que às vezes andavam de um lado para o outro com corpos esbeltos, longilíneos e musculosos, e *deslizavam* ao longo da piscina com a boca aberta e os óculos insectoides. Às vezes pensávamos que perto deles nós parecíamos girinos que se debatiam na água e acabavam deslizando para as laterais das raias enquanto se esforçavam na tentativa de nadar para a frente. Porém, mesmo que depois de um tempo nós tivéssemos melhorado e logo fôssemos capazes de nadar mil metros numa sessão de treino, eu não continuava a nadar por causa dos meus progressos, eu sabia que nunca seria um nadador de competição, porque quando chegava a hora da competição e eu tinha que dar tudo de mim, o meu tudo nunca era suficiente, não conseguia nem ao menos ultrapassar Geir — não, o que eu gostava era daquilo que começava no momento em que pegávamos o ônibus juntos, e que continuava através da escuridão do caminho de volta até Arendal, a cidade noturna e deserta que atravessávamos, as lojas em frente às quais parávamos no caminho até o clube de natação, e dentro do clube, aquela enorme construção pública com uma mistura de ambientes internos e externos, que atravessávamos como se fossem eclusas desde o momento em que chegávamos enrolados nas roupas de inverno até que, quinze minutos mais tarde, estivéssemos praticamente nus, usando apenas uma tira de pano na beira da piscina, depois de ter cumprido o pequeno ritual de tirar as roupas, tomar uma ducha e vestir as roupas de banho, para enfim nos atirar na água transparente e fria com cheiro de cloro. Era disso que eu gostava. Os sons eram como que jogados de um lado para o outro no ambiente da piscina, a escuridão no lado de fora das janelas, as divisões entre as raias, que pareciam joias de coral, as longas duchas de meia hora que tomávamos depois, quando o processo então se revertia, e deixávamos de ser garotos pálidos, magrelos, cabeçudos e praticamente nus para aparecer mais uma vez completamente vestidos no inverno que fazia do lado de fora, com os cabelos úmidos por sob a touca e o cheiro de cloro na pele, sentindo os braços e as pernas deliciosamente exaustos.

    Eu também gostava da sensação de estar fechado em mim mesmo quando vestia a touca e os óculos de natação, em especial nas competições, quando eu também tinha uma raia inteira à minha espera, mas quase sempre os pensamentos que me acompanhavam na solidão quase sideral da natação eram marcados pelo caos e às vezes também por um certo pânico. A água podia entrar nos óculos e ficar chapinhando contra os meus olhos, que ardiam e não conseguiam enxergar mais nada, o que obviamente perturbava a pureza dos meus pensamentos. Eu podia engolir água, podia errar a virada, e assim eu ficava ofegante e engolia ainda mais água. E eu podia ver que os competidores nas raias ao lado já estavam à minha frente, o que me era comunicado por uma voz preocupada em vencer e com a qual eu às vezes engatava uma conversa. Mas ainda que essa conversa interior, que se desenrolava com bastante tranquilidade ao mesmo tempo que eu nadava e me esforçava o quanto podia, e que por esse motivo tinha uma aura próxima ao pânico, mais ou menos como uma central militar nas profundezas de um bunker onde os oficiais discutem calmamente enquanto a guerra ruge logo acima, me levasse a aumentar a velocidade das braçadas, e assim eu realmente conseguisse dar o meu máximo durante uns poucos segundos, não adiantava nada, porque Geir continuava na minha frente, o que para mim era incompreensível, afinal eu era melhor do que ele, sabia muito mais coisas do que ele, inclusive sobre a vontade de vencer. Mesmo assim, Geir tocava a borda da piscina *nesse instante*, e eu..*nesse*.

    Quando o treinador soprava o apito e o treinamento acabava, não era sem um certo alívio que eu me segurava na borda da piscina e erguia o meu corpo para atravessar o piso antiderrapante correndo com Geir e me enfiar debaixo do chuveiro, e nesse instante era como se a velocidade diminuísse, ou pelo menos como se a nossa velocidade diminuísse quando tirávamos as toucas e os calções e entrávamos debaixo do chuveiro, para então, de olhos fechados, sentir o calor se espalhar pelo nosso corpo sem a necessidade de dizer ou fazer qualquer coisa, nem mesmo rir quando um dos homens que se preparavam para nadar nas horas em que a piscina estava aberta para todos começava a cantar sozinho. Aquele lugar ganhava uma atmosfera onírica graças aos corpos brancos que surgiam na porta e, com movimentos vagarosos e introvertidos, postavam-se debaixo do chuveiro, graças à maneira como a água chapinhava contra o piso antiderrapante e misturava-se ao leve ruído que chegava da rua, ao vapor que deixava o ar mais úmido, aos ecos das vozes cada vez que alguém falava.

Em geral ficávamos parados durante muito tempo após o fim do treino. Geir com o rosto voltado contra a parede, e eu, para esconder a minha bunda, com o rosto voltado para fora. Às vezes eu o espiava quando ele não estava olhando. Geir tinha braços mais finos que eu, mas assim mesmo era mais forte. Eu era um pouco mais alto que ele, mas ele era mais rápido. Mas não era por isso que nadava mais rápido que eu. Era porque a vontade dele era mais forte. Era diferente com os desenhos, que não passavam de uma coisa que ele sabia fazer, de uma coisa que estava e sempre havia estado dentro dele. A não ser pelas figuras humanas, Geir sabia desenhar tudo à perfeição. Casas, carros, barcos, árvores, tanques, aviões, foguetes. Era quase um mistério. Ele nunca copiava os desenhos, como eu fazia, e a mãe dele não o deixava usar régua nem borracha. Às vezes surgiam formulações estranhas nas frases dele, ele dizia por exemplo *fantisiar* e *quadrato*, em vez de dizer *a* alface ele dizia *o* alface, e mesmo que eu sempre o corrigisse, ele continuava a falar assim, como se esses toques fossem uma parte tão essencial dele como a cor dos olhos ou a disposição dos dentes.

De repente ele percebeu meu olhar e os nossos olhos se encontraram. Com um sorriso no rosto ele estendeu o corpo e apertou a mão contra o chuveiro, e assim o jato foi como que sufocado e a água deu a impressão de se avolumar sob os dedos dele. Ele riu e se virou na minha direção. Mostrei a palma das mãos para ele. As pontas dos meus dedos estavam vermelhas e murchas.

— Eles parecem passas de uva — eu disse.

Geir olhou para a mão dele.

— Os meus também — ele disse. — Imagine se todo o nosso corpo ficasse assim quando a gente nada!

— O saco já fica murcho o tempo inteiro — eu disse.

Nós dois nos inclinamos para ver. Corri o dedo ao longo daquelas dobras firmes e ao mesmo tempo sensíveis, e um arrepio se espalhou pelo meu corpo.

— É bom passar a mão aqui — eu disse.

Geir olhou ao redor. Ele desligou o chuveiro, foi até os ganchos onde as toalhas estavam penduradas e começou a se secar. Eu peguei o sabonete e o fiz deslizar por todo o chão. No fim ele bateu na parede do canto e parou no meio do piso antiderrapante. Desliguei o chuveiro e estava prestes a ir atrás de Geir, mas de repente a ideia de que o sabonete ficasse jogado no chão me pareceu insuportável. Eu o peguei e atirei numa lata de lixo que ficava perto da parede. Apertei o rosto contra a textura felpuda da toalha.

— Imagine quando a gente tiver o saco cheio de pentelho! — Geir disse, dando uns passos à frente com as pernas abertas.

Eu ri.

— Imagine quando nosso pau for bem comprido! — eu disse.

— Na altura do joelho!

— Vamos ter que nos pentear!

— Ou fazer um rabo de cavalo!

— Ou ir no cabeleireiro! Por favor, eu gostaria de cortar os cabelos do meu saco!

— Claro. Como você gostaria do corte?

— Estilo militar!

Na mesma hora a porta se abriu e nós paramos de rir. Um homem mais velho e mais gordo com olhos tristes entrou, e o vazio que as gargalhadas haviam deixado em nós logo foi preenchido por risadinhas depois que ele nos cumprimentou com um aceno de cabeça e se virou constrangido para a parede antes de tirar os calções de banho. Assim que pegamos nossos acessórios de natação e estávamos saindo das duchas, Geir disse em voz alta:

— Aposto que o daquele homem é enorme!

— Ou então minúsculo! — eu disse, no mesmo tom de voz, e em seguida batemos a porta e corremos até o vestiário. Passamos um tempo rindo e especulando se o homem teria ouvido a nossa conversa, mas por fim a atmosfera tranquila também nos contagiou e começamos a guardar nossas coisas e a nos vestir com movimentos satisfeitos. Lá dentro não se ouvia nenhum som além dos passos no piso de linóleo, o roçar das pernas que deslizavam para dentro de calças, dos braços que deslizavam para dentro de jaquetas, o distinto tilintar de um armário que era aberto ou fechado e um que outro suspiro, talvez exalado após um bom tempo no calor da sauna.

Peguei minha bolsa do armário e larguei os acessórios de natação em cima dela. Primeiro os óculos, para os quais olhei enquanto eu os segurava na mão, já que eram novos e faziam com que eu me sentisse feliz porque eram meus. Depois os calções, a touca e a toalha, e por fim a saboneteira. Com as linhas suaves e arredondadas, a cor verde e o leve cheiro de perfume, a saboneteira pertencia a uma outra esfera em relação ao restante do equipamento de natação, uma esfera intimamente ligada à minha mãe e às coisas que ela tinha no armário: brincos, anéis, flaconetes, fivelas, broches, cachecóis e véus. Ela não devia nem ao menos suspeitar da existência dessa esfera, porque de outra forma jamais teria comprado a touca de natação com desenho de menina para mim naquela outra vez. Porque a touca de natação com desenho de menina pertencia a essa mesma esfera. E se havia uma coisa que todo mundo sabia, era que uma esfera jamais devia ser misturada à outra.

Geir estava quase pronto ao meu lado. Me levantei, terminei de vestir as cuecas, peguei os cuecões e vesti primeiro uma perna e depois a outra. Depois os ajustei na minha cintura antes de me virar e começar a procurar as meias no meio das minhas roupas. Como só encontrei uma, em seguida procurei mais uma vez na pilha.

A meia não estava lá.

Procurei no armário.

Estava vazio.

Essa não!

Não, não, não.

Numa velocidade alucinante procurei mais uma vez entre as outras peças, sacudindo-as uma por uma no ar na esperança desesperada de que a meia de repente caísse no chão.

Mas ela não estava lá.

— O que foi? — Geir me perguntou. Ele me encarava do banco à minha frente, já totalmente vestido.

— Não consigo encontrar a minha outra meia — eu disse. — Ela não está por aí?

Geir se inclinou e olhou debaixo do banco.

— Não — ele respondeu.

Essa não!

— Então ela tem que estar em outro lugar — eu disse. — Você me ajuda a procurar? Por favor!

Notei que a minha voz estava um pouco trêmula. Mas Geir não prestou atenção naquilo, se é que havia notado. Ele se inclinou e olhou embaixo de todos os outros bancos enquanto eu voltava até as duchas, para o caso de a minha meia ter ficado enrolada na toalha e caído no meio do caminho. Também não estava lá. Talvez eu a tivesse enrolado junto com as roupas de banho sem me dar conta?

Voltei correndo e esvaziei a minha bolsa no chão.

Mas não adiantou. A meia não estava lá.

— Não estava aí? — eu perguntei.

— Não — Geir respondeu. — Mas, Karl Ove, temos que nos apressar. O ônibus sai daqui a pouco.

— Eu preciso encontrar a minha meia.

— Mas ela não está aqui. Já olhamos *por toda parte*. Você não pode voltar para casa sem ela?

Não respondi. Mais uma vez sacudi todas as minhas roupas, me abaixei e procurei embaixo dos bancos, mais uma vez fui até as duchas.

— Agora temos mesmo que ir — Geir disse. Ele me mostrou o relógio.

— Meus pais vão ficar furiosos se eu perder o ônibus.

— Você pode procurar enquanto eu termino de me vestir? — perguntei.

Geir olhou ao redor e começou a andar pelo vestiário com um pouco de má vontade enquanto corria os olhos pelo chão. Vesti a minha camiseta e o meu blusão.

Talvez a meia estivesse na prateleira mais alta?

Subi no banco para conferir.

Nada.

Vesti minhas calças e as calças estofadas por cima, fechei o zíper da jaqueta e me sentei para amarrar os cadarços das botas.

— Agora você tem *mesmo* que vir — disse Geir.

— Já estou indo — eu disse. — Me espere lá fora.

Depois que Geir saiu, corri mais uma vez até as duchas. Olhei dentro da lixeira, passei a mão pelo parapeito da janela e cheguei até a abrir a porta que dava para a piscina.

Mas não adiantou.

Geir estava perto do morro quando eu saí. Ele começou a correr antes que eu o tivesse alcançado.

— Me espere! — eu gritei. Mas ele não fez nenhuma menção de parar, nem ao menos se virou, e eu continuei correndo atrás. Em meio à escuridão, através das árvores cinzentas, por fim na luz da estrada mais além. A cada passo que eu dava o meu pé desprotegido se roçava contra o couro grosso da bota. *Eu perdi a minha meia*, disse uma voz dentro de mim. *Eu perdi a minha meia. Eu perdi a minha meia.* Ao mesmo tempo minha cabeça começou a latejar. Às vezes acontecia quando eu começava a correr, minha cabeça latejava um pouco atrás da fronte esquerda, eu ouvia um tique, mas ainda que aquilo fosse preocupante, já que o barulho sugeria que alguma coisa estivesse solta, ou talvez que estivesse se roçando contra outra coisa dentro da minha cabeça, eu não podia contar para ninguém, porque simplesmente iam dizer que eu tinha um parafuso solto e rir de mim.

Tique, tique, tique.

Tique, tique, tique.

Corri atrás de Geir durante todo o trajeto até a loja de doces, onde sempre entrávamos; o saquinho de doces que comprávamos por lá era o ponto alto desses passeios. Geir me esperou impaciente do lado de fora. Parei na frente dele. A camada de neve deixada para trás pelo caminhão de limpeza fazia com que estivéssemos cinquenta centímetros acima do lugar onde em geral ficávamos, e essa nova perspectiva fez com que a loja inteira se transformasse. O lugar tinha adquirido o ar de um porão, e essa característica mudava tudo, num simples relance eu percebi que as prateleiras eram apenas "prateleiras", que as mercadorias eram "mercadorias", colocadas em um cômodo normal numa construção, em suma, que a loja era uma "loja", sem que eu conseguisse formular esse pensamento por completo, foi apenas uma ideia que se insinuou e desapareceu tão de repente quanto havia surgido.

Geir abriu a porta e entrou.

Eu fui atrás.

— Hoje temos bem pouco tempo, né? — eu perguntei.

— É — ele disse. — O ônibus sai daqui a onze minutos.

A atendente que estava nos fundos largou o jornal, entrou na loja e postou-se atrás do balcão com uma expressão que revelava desinteresse e talvez um pouco de desprezo também. Ela era velha e repulsiva; de uma verruga no queixo cresciam três pelos compridos e grossos.

Uma parede inteira era coberta por cachimbos e limpadores de cachimbo, papéis e máquinas de enrolar cigarros, pacotes de tabaco, maços de cigarro, caixas de charuto e estojos de *snus* dos mais diferentes tipos e formatos, todos com diferentes logotipos e pequenas ilustrações estilizadas de cachorros, raposas, cavalos, navios a vela, carros de corrida, negros sorridentes, marinheiros fumando e mulheres em poses casuais. A prateleira de doces, que nós dois estávamos olhando, ocupava toda a outra parede. Ao contrário dos produtos de tabaco, os doces não tinham embalagem; os chocolates, as balas e as jujubas ficavam armazenados em potes de plástico transparente e representavam-se a si mesmos, sem nenhuma figura entre nós e eles: o que víamos era exatamente o que receberíamos. Os pretos tinham gosto de sal ou de alcaçuz, os amarelos de limão, os alaranjados de laranja, os vermelhos de morango e os marrons de chocolate. Os pequenos chocolates quadrados de superfície dura, chamados de *rekrutter*, eram recheados com caramelo duro, exatamente como a forma prometia; os chocolates em formato de coração, por outro lado, tinham um recheio macio e gelatinoso com gosto de damasco, mais uma vez como se podia imaginar. Esse código de cores valia tanto para as balas como para as jujubas, com umas poucas variações que tentávamos mapear durante aquelas noites. As balas pretas às vezes tinham um gosto verde-escuro, enquanto as balas verde-escuras tinham o gosto verde como o eucalipto das pastilhas para a garganta — portanto mais claro — e não verde-doce, como se poderia imaginar pela cor. E também havia as balas pretas que realmente tinham o gosto do "Rei da Dinamarca", e que portanto tinham uma cor laranja-amarronzada. O mais estranho é que nunca acontecia o contrário, não havia nenhuma bala "Rei da Dinamarca" laranja-amarronzada que tivesse gosto preto, e tampouco havíamos descoberto balas verde-eucalipto que tivessem gosto verde-doce ou preto.

— O que vai ser para você? — a atendente perguntou.

Geir tinha largado o dinheiro que pretendia gastar no balcão de vidro e inclinou o corpo para ver melhor a seleção de doces, sem dúvida confuso em função do tempo curto.

— Ehhh... — ele disse.
— Depressa! — eu disse.
Então ele conseguiu se decidir bem depressa.
— Três daqueles, três daqueles e três daqueles, e também quatro daqueles e um daquele e um daquele outro — ele disse enquanto apontava o dedo para as diferentes caixas.
— Três de qual...? — perguntou a atendente, abrindo um saco de papel e se virando em direção ao mostruário.
— Das balas verdes. Ou melhor, quatro. E depois três das vermelhas com branco. Sabe, aquelas com bolinhas... e *cinco* chupetas...
Quando saímos da loja cada um com um saquinho na mão faltavam apenas cinco minutos para que o ônibus partisse. Mas talvez ainda pudéssemos alcançá-lo, dissemos um para o outro, e então descemos a escada correndo. Os degraus estavam escorregadios por causa da neve compactada, então precisamos nos segurar no corrimão, o que era incompatível com a velocidade desejada. Abaixo de nós estava a cidade, as ruas brancas que pareciam quase amarelas sob a luz dos postes de iluminação, e também a rodoviária, por onde os ônibus chegavam e saíam como trenós na neve, e a grande igreja feita de tijolos vermelhos com um coruchéu verde. O céu escuro estendia a abóbada por cima de tudo aquilo, coalhado de estrelas cintilantes. Quando faltavam apenas dez ou quinze degraus, Geir largou o corrimão e começou a correr. Mas ele perdeu o controle após dois ou três passos, e a única chance de manter o equilíbrio seria continuar correndo o mais depressa possível. Geir desceu o morro numa velocidade alucinante. Em seguida mudou de tática e tentou deslizar, mas a parte superior do corpo manteve-se em alta velocidade, e assim ele foi jogado para a frente e caiu bem no ponto onde a neve estava empilhada na beira da estrada. Tudo aconteceu tão depressa que só fui começar a rir quando o vi estirado.
— Ha ha ha!
Geir não se mexeu.
Será que tinha se machucado?
Desci o último trecho o mais depressa possível e parei ao lado dele. Notei que ele tinha a respiração curta, e que aqueles movimentos vinham quase como espasmos. De repente veio um longo gemido oco.
— *Merda* — ele sussurrou com a mão no peito. — *Merda. Merda. Merda.*

— Eu preferia que você não praguejasse — eu disse.

Geir me lançou um olhar curto e escuro.

— Você se machucou? — perguntei.

Ele gemeu mais uma vez.

— Você está sem fôlego?

Ele fez um gesto afirmativo com a cabeça, se levantou e começou a respirar normalmente outra vez. Os olhos estavam cheios de lágrimas.

— Agora não vamos mais alcançar o ônibus — eu disse.

— Eu perdi o fôlego — Geir disse. — Não estou chorando.

Ele manteve a mão na lateral do corpo ao se levantar e contorceu o rosto em diferentes caretas.

— Você consegue andar? — perguntei.

— Consigo — ele disse.

Da entrada do centro comercial Arena nós vimos o nosso ônibus sair, pegar a estrada e desaparecer na esquina. O próximo sairia dentro de meia hora.

Nos sentamos na rodoviária, no banco ao lado da máquina de fotografias, para comer os nossos doces. Tinha pouca gente por lá. Dois rapazes que compravam hambúrgueres e batatas fritas enquanto o carro esperava com o motor ligado um pouco mais além, um bêbado sentado no chão, dormindo com a cabeça jogada para a frente, e a amiga de uma garota que trabalhava no quiosque.

Geir colocou uma das balas brancas com vermelho na boca.

— De que cor é esse sabor? — perguntei.

Ele me lançou um olhar interrogativo.

— Vermelho e branco, ora! — disse. — Afinal era uma bala vermelha e branca.

— Mas nada garante que o sabor seja realmente esse — expliquei. — Imagine por exemplo que eu poderia colocar essa bala na boca e descobrir que o sabor dela é verde!

— Do que você está falando? — ele perguntou.

— Imagine que a bala tivesse gosto de geleia, por exemplo — eu disse.

— Geleia?

— Será que você não entende nada mesmo? — eu disse. — Não temos como saber se as balas têm o gosto das cores!

Mas Geir não me entendeu. Eu mesmo não tinha certeza de ter entendido. Mas uma vez eu e Dag Lothar tínhamos colocado balas pretas em formato de porcas na boca, olhado um para o outro e dito, exatamente ao mesmo tempo, esse gosto é *verde*! E naquele mesmo outono tivemos uma festa em casa, os meus avós paternos, Gunnar, Alf, o irmão do nosso avô, e Sølvi, a esposa dele, tinham estado na nossa casa, comemos camarões, caranguejos e uma lagosta, que meu pai por acaso tinha pegado na rede uns dias antes, e enquanto comíamos Sølvi olhou para o meu pai e disse:

— E pensar que você mesmo pegou essa lagosta! Está *deliciosa*.

— Realmente deliciosa — disse a minha avó.

— Não existe nada melhor do que lagosta — meu pai disse. — Mas não temos como saber se elas têm o mesmo gosto para nós todos.

Sølvi olhou para ele.

— Como assim?

— Eu sei que gosto essa lagosta tem *para mim* — meu pai disse. — Mas não tenho a menor ideia de que gosto tem para você.

— Tem gosto de lagosta, ora! — Sølvi respondeu.

Todos riram.

Eu não entendi do que estavam rindo. Aquilo fazia sentido. Mas no fim eu também ri.

— Mas como eu posso saber que a lagosta tem para você o mesmo gosto que tem para mim? — meu pai perguntou. — Até onde você sabe, para mim a lagosta pode ter gosto de geleia.

Solveig esteve prestes a dizer alguma coisa, mas se conteve, olhou para a lagosta e depois mais uma vez para o meu pai. Então balançou a cabeça.

— Eu não consigo entender — ela disse. — A lagosta está aqui na nossa frente. E tem gosto de *lagosta*. Não de geleia!

Os outros começaram a rir outra vez. Eu sentia que meu pai tinha razão, mas não sabia dizer por quê. Passei muito tempo pensando sobre aquilo. O tempo inteiro era como se eu estivesse prestes a entender, mas de repente, no instante decisivo, tudo aquilo me escapava. Aquele pensamento era grande demais para mim.

Mas tinha sido ainda maior para Geir, pensei enquanto olhava para a porta, que naquele mesmo instante se abriu. Era Stig. Ele sorriu ao nos ver e foi até nós.

— Olá — ele disse.

— Olá — Geir disse.
— Olá — eu disse.
— Então vocês perderam o ônibus? — ele disse, sentando-se ao nosso lado.

Geir balançou a cabeça.

— Você quer? — ele disse, estendendo o saquinho. Stig sorriu e pegou uma chupeta. Depois eu teria que oferecer uma das minhas balas também. Por que Geir tinha feito aquilo? Não tínhamos muitos doces.

Stig estudava na classe acima da nossa, e treinava ginástica na cidade três vezes por semana. Ele participava de competições em nível nacional, mas não era nem um pouco convencido, ao contrário de Snorre, que participava de competições de natação em nível nacional e não queria saber de nós. Stig era gentil, na verdade uma das pessoas mais gentis que eu conhecia. Quando o ônibus chegou ele pegou o assento na nossa frente. Mais ou menos no fim de Landbrygga a conversa parou de fluir, e então Stig virou-se para a frente e assim permaneceu por todo o restante do trajeto. Eu e Geir também ficamos em silêncio, e assim o pensamento sobre a meia perdida retornou com forças renovadas.

Essa não, essa não.

O que ia acontecer?

O *que* ia acontecer?

Essa não, essa não, essa não.

Não, não, não!

O atraso de meia hora para chegar talvez levasse meu pai a prestar atenção em mim. Talvez estivesse me esperando. Por outro lado, talvez não, talvez estivesse ocupado com outra coisa, e nesse caso eu estaria salvo; se eu conseguisse ir do corredor até o quartinho do aquecedor sem que ele me visse tudo daria certo, porque lá eu conseguiria pegar outras meias.

O ônibus entrou na ponte e uma rajada de vento bateu contra a carroceria. As janelas estremeceram. Geir, que sempre queria ser o primeiro a fazer sinal, estendeu a mão e puxou a cordinha mesmo que fôssemos os únicos a descer naquele lugar. O ponto ficava no pé do morro, e eu me sentia culpado quando descia lá, porque o ônibus tinha que parar e pôr-se em marcha uma vez mais, e não atingia a velocidade anterior antes de alcançar o alto do morro, centenas de metros mais acima. Esse sentimento às vezes era tão forte que eu descia no ponto seguinte, perto do B-Max, em especial quando estava sozinho. Mesmo naquele instante, com o pensamento da meia perdida queimando na minha consciência, senti uma pontada quando Geir puxou a cordinha e o ônibus começou a frear irritado para nos deixar.

Ficamos parados junto ao monte de neve e esperamos até que o ônibus partisse mais uma vez. Stig despediu-se com um aceno. Depois atravessamos para o outro lado da estrada e pegamos o caminho que ia até o loteamento.

Em geral eu costumava bater minhas botas na entrada da porta para limpar a neve, e depois escovava as calças com a escova que ficava escorada na parede justamente para essas horas, mas dessa vez resolvi não bater os pés, meu pai poderia ouvir, então simplesmente escovei as calças de leve e abri a porta com todo cuidado, me esgueirei para dentro de casa e fechei a porta às minhas costas.

Mesmo assim foi o bastante. Ouvi a porta do escritório se abrir, e em seguida a porta do corredor.

Meu pai surgiu na minha frente.

— Você está atrasado — ele disse.

— Estou. Me desculpe — eu disse. — Mas é que o Geir caiu e se machucou no caminho, então a gente acabou perdendo o ônibus.

Comecei a soltar os cadarços da bota calçada no pé com meia.

Meu pai não fez nenhuma menção de se afastar.

Tirei a bota do pé e coloquei-a junto da parede.

Olhei para ele.

— O que houve? — ele me perguntou.

— Nada, nada — eu disse.

Meu coração martelava contra o peito. Me levantar e entrar em casa com uma das botas ainda no pé seria impensável. Simplesmente ficar parado esperando que meu pai fosse embora também era impensável, porque ele não sairia de lá.

Comecei a soltar os cadarços devagar. De repente tive uma ideia e soltei o cachecol, larguei-o ao lado da bota e, como os cadarços estavam amarrados, comecei a tirá-la enquanto eu segurava o cachecol, tentando assim esconder o meu pé descalço.

Me levantei assim, com o cachecol meio caído por cima do pé descalço.

— Onde está a sua meia? — perguntou meu pai.

Olhei para o meu pé. Lancei um olhar breve para o rosto do meu pai.

— Eu não encontrei — respondi, baixando o rosto.

— Você perdeu a sua meia? — ele tornou a perguntar.

— Perdi — eu disse.

No instante seguinte ele estava em cima de mim, segurando meus braços com punho de ferro e me apertando contra a parede.

— Você PERDEU a sua meia?

— Perdi! — respondi com um grito.

Ele me sacudiu. Depois me largou.

— Quantos anos você tem, afinal? E quanto dinheiro você acha que temos? Acha que temos dinheiro para você andar perdendo as roupas por aí?

— Não — eu disse, olhando para baixo com os olhos cheios de lágrimas.

Ele pegou a minha orelha e começou a torcê-la.

— Seu irresponsável! — ele disse. — Você tem que aprender a cuidar das suas coisas!

— Eu sei — respondi.

— Você não vai mais para os treinos de natação. Entendido?

— Como? — eu disse.

— VOCÊ NÃO VAI MAIS PARA OS TREINOS DE NATAÇÃO! — ele repetiu aos berros.

— Mas... — eu disse, soluçando.

— NADA DE MAS!

Então ele largou a minha orelha e foi em direção à porta. De repente se virou mais uma vez para mim.

— Você não é grande o suficiente. Foi o que você acabou de mostrar. Você está proibido de voltar para a piscina. Essa foi a última vez. Entendido?

— Entendido — eu disse.

— Muito bem. Suba para o seu quarto. Você não vai jantar hoje. Pode ir direto para a cama.

Na outra semana eu não fui à aula de natação, mas senti tanta falta daquilo que na semana seguinte fiz como se nada tivesse acontecido, arrumei minha bolsa e peguei o ônibus com Geir e Dag Lothar. De vez em quando eu sentia um pouco de medo, porém dentro de mim alguma coisa dizia que tudo ia dar certo, e deu mesmo, quando voltei para casa estava tudo normal e assim permaneceu, meu pai nunca mais disse que eu não devia mais ir aos treinos de natação.

No início de dezembro, três dias antes do meu aniversário e dois dias antes que a minha mãe voltasse para o final de semana, eu estava no banheiro cagando quando o barulho familiar do carro do meu pai entrando no pátio e estacionando não foi seguido pelo barulho igualmente familiar da porta se abrindo e então se fechando, mas pelo som da campainha.
O que seria aquilo?
Limpei a bunda depressa, puxei a cordinha do vaso, levantei as calças, abri a janela acima da banheira e coloquei a cabeça para fora.
Meu pai estava lá embaixo com um casaco de inverno novo. As pernas estavam vestidas com um par de calções e meias azuis, e nos pés ele tinha um par de sapatos de esqui azul e branco, tudo novo.
— Venha! — ele disse. — Vamos esquiar!
Me vesti o mais depressa que pude e desci enquanto ele já amarrava os meus esquis e os meus bastões no bagageiro do carro, ao lado de um par de esquis longos novinhos em folha da Splitkein.
— Comprou esquis para você? — perguntei.
— Comprei — ele disse. — Você não gostou? Assim podemos esquiar juntos.
— Claro que gostei — eu disse. — Para onde vamos?
— Vamos dar um passeio um pouco mais perto do mar — ele disse. — Em Hove.
— Lá tem pistas de esqui?
— Claro! — ele disse. — As melhores pistas ficam por lá.
Duvidei, mas não disse nada, simplesmente me sentei ao lado do meu pai, que parecia muito estranho com aquelas roupas novas, e assim partimos em direção a Hove. Não dissemos mais nada até o momento em que ele parou o carro e desceu.
— Chegamos! — ele disse.
Meu pai tinha atravessado todo o acampamento, que consistia em uma série de casas e cabanas vermelhas que remontavam à época da guerra, sem

dúvida construídas pelos alemães juntamente com a pista de tiro, que segundo me tinham dito havia funcionado como aeroporto, as casamatas de concreto que se erguiam acima dos escolhos e das praias repletas de pedras, mais ou menos junto à orla da floresta, e os fascinantes bunkers nas profundezas da floresta, onde costumávamos brincar quando saíamos nas tardes do Dezessete de Maio, tanto no telhado como no interior das peças, ele tinha atravessado tudo isso e continuado por uma estradinha pelo meio da floresta que acabava num pequeno areal, onde ele parou o carro e estacionou.

Após tirar os esquis do bagageiro, ele pegou uma pequena maleta cheia de acessórios para esquiar que também havia comprado e então enceramos os esquis com Swix azul, que meu pai imaginou ser a melhor cera depois de ler vários rótulos. Ele precisou de mais tempo para calçar os esquis do que eu e pareceu meio desacostumado a ajustar as presilhas. Depois enfiou a mão pela alça dos bastões. Mas ele não fez isso correndo a mão pelo lado de baixo, para que o bastão não escorregasse caso o deixasse escapar. Não, ele enfiou a mão reto.

Era daquele jeito que faziam as crianças pequenas, que ainda não entendiam nada a respeito de esquis!

Chegava a ser doloroso ver, mas eu não podia dizer nada. Em vez disso, tirei as minhas mãos e as enfiei mais uma vez por dentro das alças, para que, se prestasse atenção, meu pai também entendesse como aquilo devia ser feito.

Mas ele não olhou para mim, estava olhando para cima, em direção à pequena encosta que se erguia acima do areal.

— Lá vamos nós! — ele disse.

Mesmo sem nunca ter visto meu pai andar de esqui antes, nem nos meus sonhos mais loucos eu poderia imaginar que ele não soubesse. Mas ele não sabia. Não conseguia deslizar com os esquis, simplesmente fazia como se estivesse andando com os pés, dando passos curtos e pesados, que ainda por cima eram cambaleantes, porque de vez em quando ele parava os movimentos e precisava fincar os bastões no chão para não escorregar.

Pensei que aquilo fosse acontecer apenas no início, que ele não tardaria a pegar o jeito e sairia deslizando pelas pistas. Mas quando chegamos à encosta, de onde por entre as árvores se via o mar, cinzento com as cristas brancas das ondas, e começamos a seguir os caminhos, ele continuou daquele mesmo jeito.

De vez em quando ele se virava e sorria para mim.

Senti tanta pena dele que eu tinha vontade de gritar.

Coitado do meu pai. Coitado, coitado do meu pai.

Ao mesmo tempo eu também me sentia envergonhado, meu pai não sabia andar de esqui, e assim eu ficava o tempo inteiro um pouco atrás dele, para que possíveis transeuntes não me associassem a ele. Meu pai era simplesmente alguém que estava na minha frente, um turista, e eu estava esquiando sozinho, porque eu era daquele lugar e sabia esquiar.

A pista tornava a entrar na floresta, mas ainda que o mar sumisse de vista, o murmúrio da água continuava sendo audível em meio às árvores, e o cheiro de maresia e podridão estava por toda parte, misturado aos cheiros mais discretos que o inverno deixa na floresta, dentre os quais a mistura de podridão e suavidade provocada pela neve talvez fosse o mais acentuado.

Meu pai deteve o passo e se apoiou nos bastões. Postei-me ao lado dele. Um navio deslizava no horizonte. O céu estava cinza-claro. O espaço cinza-amarelado e pálido entre os dois faróis em Torungen revelava a localização do sol.

Meu pai olhou para mim.

— Tudo bem com os seus esquis? — ele me perguntou.

— Tudo — eu disse. — E com os seus?

— Também — ele disse. — Vamos continuar? Logo vai ser hora de voltar para casa. Ainda temos que fazer o jantar. Pode descer!

— Você não quer descer primeiro?

— Não, desça você. Eu vou depois.

Essa nova ordem embaralhou todas as minhas ideias. Se descesse atrás de mim, ele simplesmente veria como eu, que sabia fazer aquilo, andava de esqui, e assim perceberia como o estilo dele era inadequado. A cada movimento com o bastão eu tentava ver a pista com os olhos dele. Era como uma faca cortando a minha consciência. Reduzi a velocidade poucos metros adiante e comecei a esquiar um pouco mais staccato, mais ou menos como o meu pai, mas não com tanta falta de jeito, porque assim ele entenderia o que eu estava fazendo, mas talvez as coisas ficassem ainda piores. Mais abaixo as ondas quebravam devagar e brancas na praia de pedras. Em certos pontos o vento arrancava a neve de cima das pedras com as rajadas. Uma gaivota planava sem mexer as asas. Chegamos mais perto do carro e no último morro eu tive uma ideia, mudei o ritmo, acelerei o quanto pude durante alguns metros, fingi ter perdido o equilíbrio e me atirei na neve ao lado da pista. Me levantei o mais depressa possível e limpei a neve das minhas calças enquanto meu pai me ultrapassou.

— O importante é se manter de pé — ele disse.

Voltamos em silêncio no carro, e me senti aliviado quando por fim estacionamos em frente à nossa casa e o nosso passeio de esqui chegou ao fim.

Continuamos sem dizer nada também quando chegamos ao corredor e começamos a tirar as roupas de esqui. Mas, assim que abriu a porta que dava para a escada, meu pai se virou para mim.

— Venha me fazer companhia enquanto eu preparo o jantar — ele pediu. Acenei a cabeça e o segui.

Ele parou na sala e lançou um olhar em direção à parede.

— O que foi isso? — ele disse. — Você já tinha visto isso antes?

Eu tinha me esquecido da mancha deixada pelo suco da laranja. Minha surpresa ao balançar a cabeça deve ter parecido genuína, porque ele me ignorou assim que se inclinou para a frente e passou o dedo por cima da listra. Nem a fantasia dele poderia conceber que eu tinha atirado uma laranja no chão naquele ponto exato, no corredor que levava à cozinha.

Meu pai endireitou as costas e entrou na cozinha, eu me sentei no banco como de costume, tirei um pacote de polaca da geladeira, larguei-o em cima do balcão, peguei farinha, sal e pimenta no armário, coloquei tudo num prato e comecei a passar os filés de peixe macios e escorregadios naquela mistura.

— Amanhã depois da escola vamos à cidade comprar um presente de aniversário para você — ele disse sem olhar para mim.

— É para eu ir junto? Não vai ser uma surpresa? — perguntei.

— Você já sabe o que quer — meu pai respondeu. — Um uniforme de futebol, não?

— É.

— Então é melhor você já experimentar, porque assim não corremos o risco de comprar o tamanho errado — ele disse, empurrando um naco de manteiga da faca para a frigideira com o dedo.

Eu queria um uniforme do Liverpool. Mas quando chegamos à Intersport, a camiseta não estava no mostruário.

— Você não quer perguntar a um vendedor? Pode ser que tenham no estoque.

— Se não está aqui no mostruário é porque não têm — meu pai disse. — Escolha outro.

— Mas eu torço para o Liverpool!

— Então pegue uma camiseta do Everton — ele disse. — Os dois times são da mesma cidade.

Olhei para o uniforme do Everton. Azul com calções brancos. Umbro.

Olhei para o meu pai. Ele parecia impaciente e não parava de olhar ao redor.

Vesti a camiseta por cima do blusão e segurei os calções na minha frente.

— É esse tamanho mesmo — eu disse.

— Então está resolvido — meu pai disse, pegando o uniforme e seguindo em direção ao caixa. Os vendedores fizeram o pacote enquanto ele manuseava as cédulas na grossa carteira, jogava o cabelo para trás e olhava para a paisagem lá fora, já cheia de pessoas fazendo compras três semanas antes do Natal.

Quando acordei no dia do meu aniversário o sol mal tinha nascido. O pacote com o uniforme estava dentro do meu armário. Eu não via a hora de abri-lo. Rasguei o papel, peguei o uniforme, apertei-o contra o meu nariz... será que existia um cheiro melhor que o de roupas novas? Vesti os calções de material brilhoso, depois a camiseta, que era um pouco mais áspera, quase irregular, e as meias brancas. Depois fui ao banheiro para me ver no espelho.

Me virei de um lado para o outro.

O uniforme era bonito.

Não era o uniforme do Liverpool, mas era um uniforme bonito de um time da mesma cidade. De repente meu pai abriu a porta do banheiro.

— O que você está fazendo, garoto? — ele me perguntou.

Em seguida me encarou.

— Você abriu o presente? — ele gritou. — Sozinho?

Meu pai me agarrou pelo braço e me arrastou de volta para o quarto.

— Ponha esse presente DE VOLTA no pacote! — ele disse. — Agora!

Chorei e tirei todo o uniforme, tentei dobrá-lo da melhor forma possível, coloquei tudo de volta no pacote, dobrei o papel e prendi tudo com o pedacinho de fita que ainda colava.

Meu pai acompanhou tudo. Assim que terminei ele arrancou o pacote das minhas mãos e saiu.

— Eu devia tomar isso de você — disse. — Mas vou simplesmente esconder até que você ganhe os outros presentes. Afinal, é o seu aniversário.

Como já sabia o que ia ganhar e ainda por cima tinha provado o uniforme na loja, eu tinha certeza de que o importante era o *dia*, de que *naquele dia* eu poderia vestir o uniforme. Eu não tinha como imaginar que seria dado com os outros presentes que ganhei quando comemos bolo durante a tarde. Era impossível fazer com que meu pai entendesse. Mas era eu que tinha razão, não ele. Afinal, o uniforme era meu! Naquele dia ele passou a ser meu!

Me deitei na cama e chorei até que os outros se levantassem. Minha mãe estava feliz e me deu parabéns quando entrei na cozinha, na noite anterior ela tinha assado os pães que naquele instante reaquecia no forno e cozido ovos, mas eu estava indiferente, o ódio pelo meu pai obscurecia tudo.

À tarde comemos bolo e tomamos refrigerante. Eu nunca recebia convidados no meu aniversário, e esse não foi exceção. Eu estava azedo e contrariado, comi os pedaços de bolo sem dizer uma palavra, e quando meu pai colocou os presentes na minha frente, com um sorriso totalmente alheio ao que tinha acontecido pela manhã, como se de fato *pudéssemos* começar tudo outra vez, simplesmente olhei para baixo e abri o pacote com o uniforme do Evertou sem demonstrar nenhuma alegria.

— Que bonito! — minha mãe disse. — Você não vai experimentar?

— Não — eu disse. — Já experimentei na loja. Ficou bom.

— Vista o uniforme — meu pai disse. — Assim a sua mãe e o Yngve podem ver.

— Não — respondi.

Meu pai me encarou.

Fui até o banheiro com o uniforme, me troquei, voltei.

— Ficou muito bem — disse o meu pai. — Aposto que você vai ser o mais durão nos treinos de inverno.

— Posso tirar agora? — perguntei.

— Espere até que você tenha aberto todos os presentes — meu pai disse. — Aqui está o meu.

Ele me entregou um pacotinho quadrado que *só podia ser* uma fita cassete.

Abri.

Era a nova fita do Wings. *Back to the Egg.*

Olhei para meu pai. Ele estava olhando para a rua.

— Você gostou? — ele me perguntou.

— Gostei, claro — eu disse. — É a nova fita do Wings! Quero ouvir agora mesmo!

— Espere um pouco — ele disse. — Aqui tem mais um presente.

— E aqui tem uma lembrancinha minha — disse a minha mãe.

Era um pacote grande, porém leve. O que poderia ser?

— É uma coisa para você ter no quarto — ela disse.

Abri. Era um banco. Quatro pernas de madeira e um assento de um material que parecia uma rede estendida entre elas.

— Um banco que não vai trazer dinheiro nenhum para você — Yngve disse.

— Obrigado — eu disse. — Vou usar para ler!

— E aqui está o meu presente — disse Yngve.

— É mesmo? — perguntei. — O que foi que você inventou?

Era um livro sobre como tocar guitarra.

Olhei para ele com os olhos rasos de lágrimas.

— Muito obrigado — eu disse.

— Tem solos, escalas e tudo mais — ele disse. — Tudo explicado de um jeito bem simples. Com marcas indicando onde você tem que pôr os dedos e tudo mais. Até você pode entender.

Passei o resto da noite ouvindo *Back to the Egg*.

Yngve entrou e disse que John Bonham, o baterista do Led Zeppelin, tocava em uma das músicas. E que ele tinha lido no jornal que um padre norueguês falava no início de outra. Achamos que devia ser na abertura, e "Reception" começava com uma gravação de rádio.

— É essa! — Yngve disse. — Toque mais uma vez!

Na segunda vez eu também ouvi.

Men la oss nå prøve et øyeblikk å se dette i lys av Det nye testamentet, dizia a voz fraca e dissonante de um velho.

A ideia de que Paul McCartney, Linda McCartney, Denny Laine, Steve Holly e Laurence Juber não tinham a menor ideia do que era dito, mas eu e Yngve podíamos entender tudo, por sermos noruegueses, era alucinante.

Como sempre meu pai foi bondoso durante toda a semana de Natal. Quando nos aproximávamos da véspera de Ano-Novo e as lojas enfim abriram por umas horas, minha mãe foi à cidade comprar comida e fogos de artifício. Talvez houvesse dado a entender que não era necessário comprar foguetes que custavam centenas e mais centenas de coroas, como meu pai sempre fazia, mas a questão foi que ela assumiu a responsabilidade por comprar os fogos de artifício sem a participação do meu pai.

Não deu muito certo.

Meu pai costumava nos mostrar os foguetes que tinha comprado e dizer ah, este ano vamos ganhar do Gustavsen por vários corpos, por exemplo, ou então este ano vai ser do barulho! Quando a noite caía nós o víamos no pátio, que reluzia com a neve, preparando os fogos com atenção e cuidado. Com um tufo de cabelo caído por cima do rosto, que a barba quase fazia desaparecer na escuridão, ele podia deitar o varal portátil na neve e apoiar os foguetes maiores contra as laterais, para então colocar os foguetes restantes numa bateria de garrafas e outros objetos ocos que estivessem dispostos no pátio. Quando terminava os preparativos, restava ainda esperar a meia-noite. Meu pai nos chamava por volta das onze e meia e então o Ano-Novo chegava em meio ao foguetório. Ele começava devagar, em geral com um rojão ou um foguete que entregava para mim ou para Yngve, e depois aumentava a intensidade aos poucos, até que o maior fogo de artifício fosse disparado exatamente à meia-noite. Depois ele podia constatar que os fogos estavam todos muito bonitos naquela noite, mas que os nossos eram os mais bonitos de todos. Esse era um assunto que sempre podia ser discutido, porque não éramos os únicos a comprar fogos de artifício, Gustavsen e Karlsen também compravam.

Mas naquela véspera de Ano-Novo meu pai, rei dos fogos de artifício, tinha abdicado.

Tentei entender por que aquilo teria acontecido. Mas, independente da razão, pressenti que as consequências seriam grandes. Ou, melhor dizendo, eu não pressenti, mas tive a certeza.

Quando o relógio passou das onze e meia e minha mãe disse que talvez já fosse hora de sair e acender o foguete, fiquei boquiaberto.

— O foguete? — perguntei. — Nós só temos um? Um foguete?

— É — respondeu ela. — Com certeza é suficiente, não? É um foguete grande. Na loja me disseram que era o mais bonito que tinham.

Meu pai abriu um sorriso de escárnio. Veio atrás de mim e de Yngve e parou ao nosso lado nos fundos do pátio, onde ocorreria o disparo.

O foguete era realmente grande, nisso a minha mãe tinha razão.

Ela tentou colocá-lo numa garrafa, mas a garrafa era pequena demais, e tanto o foguete como a garrafa viraram. Ela se pôs de pé e olhou ao redor. Tinha o casaco de couro e o zíper das botas abertos, de maneira que pareciam se abrir quando ela se mexia, como duas plantas num estranho habitat. Ao redor do pescoço ela usava o grosso cachecol marrom-ferrugem.

— A gente vai ter que arranjar um apoio maior para soltar esse foguete — ela disse.

Meu pai não respondeu.

— O pai costuma usar o varal portátil — Yngve disse.

— É verdade! — minha mãe respondeu.

O varal, usado apenas no verão, era de madeira e estava apoiado contra a parede. Minha mãe pegou-o e o armou na neve. Apoiou o foguete contra a lateral, mas no instante seguinte percebeu que aquilo não daria certo e se levantou com o foguete na mão. Ao nosso redor ouvíamos estampidos de outros fogos de artifício, o céu se iluminava o tempo inteiro com as explosões, que eram mais um pressentimento do que uma visão real, já que fazia uma noite repleta de nuvens e neblina, e assim estrelas de todas as cores e em todos os padrões imagináveis não passavam de clarões de luz trêmula.

— Tente colocá-lo de lado — Yngve sugeriu. — É assim que o pai costuma fazer.

Minha mãe fez como ele havia sugerido.

— Já é meia-noite — disse meu pai. — Você não pretende soltar o foguete logo?

— Claro — minha mãe respondeu. Ela pegou um isqueiro do bolso, se agachou e protegeu a pequena chama com a mão enquanto virava o corpo inteiro para o outro lado, em posição de arrancada. No mesmo instante em que o pavio se acendeu ela correu em nossa direção.

— Feliz ano novo! — ela disse.

— Feliz ano novo — disse Yngve.

Eu não disse nada, porque o foguete, que a chama do pavio já tinha alcançado, deu chabu. O fogo se apagou e o barulho cessou.

— Essa não — eu disse. — Não funcionou! Deu chabu! E a gente só tem um foguete. Por que você comprou só um? Como você pôde fazer uma coisa dessas?

— Essa foi a nossa entrada de Ano-Novo — disse meu pai. — Não seria melhor se no ano que vem eu me encarregasse dos fogos?

Eu nunca tinha sentido tanta pena da minha mãe como senti no instante em que saímos do local do disparo e voltamos para o calor de dentro de casa, rodeados pelos gritos e pelos estampidos nos pátios de todos os nossos alegres vizinhos. O mais doloroso era saber que ela tinha feito o melhor que podia. Ela realmente não sabia como fazer melhor do que aquilo.

Numa tarde duas semanas depois eu estava no Tjenna morrendo de frio nas pernas. O Framlaget, a organização infantil do Arbeiderpartiet, frequentada por mim e por quase todas as crianças do loteamento, tinha organizado uma corrida de esqui. Havia números no peito e medalhas para todos, mas era complicado ficar parado naquele frio de rachar esperando. Quando chegou minha vez os meus esquis começaram a derrapar e eu não consegui ganhar velocidade, e portanto fiquei entre os últimos colocados. Assim que atravessei a linha de chegada e recebi a medalha peguei o caminho de casa. A escuridão pairava em meio aos galhos, o frio roía os meus pés, meus esquis não paravam de derrapar, na encosta mais íngreme não consegui subir nem à moda espinha de peixe e tive que andar de lado. Mas por fim cheguei à estrada, com os postes de iluminação pública como uma listra cintilante em pleno crepúsculo, e a nossa casa ficava do outro lado. Atravessei o pátio, tirei os esquis e os deixei apoiados na parede de casa, abri a porta e parei.

Que cheiro era aquele?

Minha avó?

Será que *minha avó* tinha ido nos visitar?

Não, não havia a menor chance, era impossível.

Será que meu pai tinha ido a Kristiansand e trazido o cheiro dela para casa?

Não, caramba, tinha uma voz falando na cozinha!

Tirei meus sapatos o mais rápido possível, registrei que as minhas meias estavam molhadas e que eu não poderia entrar em casa com elas, porque assim deixariam marcas, então atravessei o corredor quase correndo e entrei no quartinho do aquecedor, onde um novo par estava pendurado no varal, coloquei-as nos pés, subi as escadas e parei.

O cheiro estava mais forte no andar de cima. Não havia dúvida, minha avó estava na nossa casa.

— É você? — perguntou meu pai.

— Sou — respondi.

— Venha cá! — ele disse.

Entrei na cozinha.

Minha avó estava lá!

Corri e dei-lhe um abraço.

Ela riu e passou a mão nos meus cabelos.

— Como você está grande! — disse.

— O que você está fazendo aqui? — perguntei. — Onde está o carro? Onde está o vô?

— Eu vim de ônibus — ela disse.

— Ônibus? — repeti.

— É. Meu filho está sozinho com os filhos, pensei, e então resolvi fazer uma visita e ajudar um pouco com a casa. Já preparei o jantar de vocês, sabia?

— Até quando você vai ficar?

Ela riu.

— Ah, vou pegar o ônibus de volta amanhã mesmo, eu acho. Seu avô também precisa de mim. Não pode ficar sozinho em casa.

— Não! — eu disse, me abraçando a ela mais uma vez.

— Calma, calma — disse meu pai. — Vá para o seu quarto um pouco. Eu chamo você quando estiver na hora do jantar.

— Mas primeiro ele tem que ganhar o presente — disse a minha avó.

— Aliás, obrigado pelo presente de Natal — eu disse. — Gostei muito.

Minha avó pegou a bolsa e tirou de dentro um pacote pequeno, que em seguida me entregou.

Rasguei o papel.

Era uma caneca do Start.

Branca, com o brasão do time de um lado e um jogador de camisa amarela e calções pretos do outro.

— Ah, uma caneca do Start! — eu disse, abraçando-a mais uma vez.

Era estranho ter a minha avó em casa. Eu quase nunca a vira sem o meu avô, e quase nunca sozinha com meu pai. Os dois seguiram conversando na cozinha, eu conseguia ouvir pela porta do meu quarto, que havia deixado entreaberta. De vez em quando surgia uma pausa e um deles se levantava para fazer qualquer coisa. Depois voltavam a conversar, minha avó ria e contava uma história, meu pai respondia com um balbucio. Depois ele nos chamou, jantamos todos juntos, ele estava totalmente diferente, parecia aproximar-se e distanciar-se o tempo inteiro. Em certos momentos acompanhava com atenção tudo que a minha avó dizia para então olhar para outro lado ou se levantar de repente para ajeitar uma coisa qualquer, mas depois tornava a olhar para ela e sorrir, fazia um comentário que ela achava engraçado e por fim desviava os olhos mais uma vez.

Ela foi embora na noite seguinte. Se despediu de mim e de Yngve com um abraço e então meu pai a levou para a rodoviária da cidade. Coloquei uma fita com *Rubber Soul* para tocar e me deitei na cama com uma biografia de Madame Curie. Quando veio a música seguinte, "Norwegian Wood", tirei os olhos do livro e fiquei deitado olhando para o teto enquanto a voz da música fluía de maneira incompreensível para dentro de mim e me fazia flutuar até as alturas de onde vinha. Foi um sentimento incrível. Não apenas porque foi bonito, mas porque também foi mais do que isso, era como se aquilo não tivesse nada a ver com o quarto onde eu estava nem com o mundo que me rodeava.

I once had a girl, or should I say, she once had me...
She showed me her room, isn't it good, Norwegian wood?

Incrível, incrível.

Depois continuei lendo sobre Madame Curie até as dez horas e então apaguei a luz. Quando estava adormecendo, quando tudo que havia no quarto ao meu redor dava a impressão de se misturar com imagens vindas eu não sabia de onde, mas que eu assim mesmo aceitava, a porta se abriu de repente e a luz se acendeu.

Era meu pai.

— Quantas maçãs você pegou hoje? — ele perguntou.

— Uma — respondi.

— Tem certeza? Sua vó me disse que você deu uma para ela.

— E?

— Você comeu uma depois da janta. Está lembrado?

— Essa não! Eu tinha esquecido completamente! — respondi.

Meu pai apagou a luz e fechou a porta sem dizer mais nada.

No dia seguinte ele me chamou depois do jantar. Entrei na cozinha.

— Sente-se — ele disse. — Vou dar uma maçã para você.

— Obrigado — eu disse.

Ele me entregou uma maçã.

— Você vai ficar aqui mesmo e comer essa maçã — ele disse.

Olhei para o rosto dele. Ele encontrou meus olhos, os dele pareciam sérios e eu baixei a cabeça e comecei a comer a maçã. Quando terminei de comer, ele me deu mais uma.

De onde havia tirado aquilo? Será que tinha um saco nas costas ou algo do tipo?

— Aqui está mais uma — ele disse.

— Obrigado — eu disse. — Mas você sabe que eu só posso comer uma maçã por dia.

— Ontem você pegou duas, não é mesmo?

Fiz um gesto afirmativo com a cabeça, peguei a maçã, comi.

Ele me deu mais uma.

— Aqui está mais uma — ele disse. — Hoje é o seu dia de sorte.

— Já estou satisfeito — eu disse.

— Coma a sua maçã.

Comi a terceira maçã. Foi bem mais difícil do que as duas primeiras. Os pedaços davam a impressão de se depositar em cima do jantar, era como se eu pudesse sentir a polpa de maçã dentro de mim.

Meu pai me deu mais uma maçã.

— Não aguento mais — eu disse.

— Você não quis saber de limites ontem — ele disse. — Por acaso você esqueceu? Você pegou duas maçãs porque quis, não é mesmo? Hoje você pode comer quantas maçãs quiser. Coma.

Balancei a cabeça.

Ele se inclinou para a frente. Os olhos dele estavam gelados.

— Coma a sua maçã. Agora.

Comecei a comer. A cada pedaço engolido eu sentia um embrulho no estômago, e precisei engolir saliva muitas vezes para não vomitar.

Ele ficou atrás de mim, não havia como enganá-lo. Eu chorava e comia, comia e chorava. Chegou um ponto em que eu não aguentava mais.

— Estou cheio! — eu disse. — Não aguento mais!

— Termine de comer — meu pai disse. — Você gosta muito de maçãs, não?

Tentei comer mais uns pedaços, mas não consegui.

— Eu não aguento mais — repeti.

Ele me encarou. Em seguida pegou a maçã comida pela metade e a jogou na lixeira que ficava no armário debaixo da pia.

— Pode ir para o seu quarto — ele disse. — Espero que você tenha aprendido.

No meu quarto eu tinha somente um desejo, o desejo de crescer e me tornar adulto. Para decidir minha vida com total liberdade. Eu odiava o meu pai, mas estava nas mãos dele, não havia como escapar daquele poder. Era impossível me vingar. A não ser nos meus pensamentos e nos meus devaneios, sempre tão elogiados, neles eu o derrotava. Neles eu podia crescer, ficar maior do que meu pai, colocar a mão nas bochechas dele e apertar até que os lábios formassem aquela boca estúpida que ele sempre fazia para me imitar por causa dos meus dentes saltados. Neles eu podia bater nele de punho fechado até quebrar-lhe o nariz e o sangue começar a escorrer. Ou, melhor ainda, até que o osso do nariz afundasse para dentro do cérebro dele e o matasse. Eu podia jogá-lo contra a parede, empurrá-lo do alto da escada. Podia agarrá-lo pelo pescoço e esfregar o rosto dele na mesa. Todas essas coisas eu conseguia pensar, mas assim que me via no mesmo cômodo que ele, ele se transformava no meu pai, um homem adulto, um homem tão maior que eu que tudo precisava acontecer de acordo com a vontade dele. A minha vontade era despedaçada como se não fosse nada.

Deve ter sido por isso que, naturalmente sem perceber, eu transformava o interior do meu quarto numa enorme paisagem externa. Quando lia, e por um tempo não fiz praticamente nada além de ler, eu me encontrava sempre no mundo externo enquanto permanecia deitado na cama, e não apenas no mundo do aqui e do agora, repleto de países desconhecidos e pessoas desconhecidas, mas também no mundo que havia existido antes, desde os livros com o menino da Idade da Pedra Bjørneklo, e no mundo que ainda estava por vir, que se revelava por exemplo nos livros de Júlio Verne. E havia a música. E também o quarto aberto, cheio das atmosferas e sensações fortes que me fazia sentir, que não tinham nada a ver com as sensações que eu tinha em outros momentos da minha vida. Na maior parte do tempo eu ouvia Beatles e Wings, mas também ouvia as músicas de Yngve, que por um bom tempo foram bandas e artistas como Gary Glitter, Mud, Slade, Sweet, Rainbow, Status Quo, Rush, Led Zeppelin e Queen, embora durante o ginásio o gosto dele tivesse começado a mudar, porque em meio a esses velhos discos e cassetes começaram a aparecer outras músicas totalmente diferentes, como o single do The Jam e o single do The Stranglers, que se chamava *No More Heroes*, o LP do Boomtown Rats e do The Clash, o cassete do Sham 69 e do Kraftwerk, além das músicas que ele gravava do único programa de música que havia no rádio, o *Pop Spesial*. Yngve começou a fazer amigos que se interessavam pelo mesmo tipo de música e que também tocavam guitarra. Um desses amigos se chamava Bård Torstensen, e um dia no início de maio, enquanto meu pai estava no pátio e a casa estava portanto aberta, ele e Yngve entraram. Os dois sentaram-se e começaram a tocar guitarra e a ouvir discos. Passado um tempo os dois bateram na porta do meu quarto, Yngve queria me apresentar para Bård. Eu, que estava lendo deitado, me levantei para abrir.

— Veja — disse Yngve, indo até o pôster de Elvis que eu tinha na parede da escrivaninha. — Adivinhe o que tem do outro lado?

Bård sacudiu a cabeça.

Yngve soltou os percevejos, tirou o pôster do lugar e o virou.

— Veja — ele disse. — Johnny Rotten! E o Karl Ove pendurou o pôster com o Elvis para a frente!

Os dois riram.

— Você não quer me vender esse pôster? — Bård me perguntou.

Balancei a cabeça.

— É meu.

— Mas você o pendurou na parede do lado contrário! — disse Bård, e os dois riram mais uma vez.

— Não — respondi. — É o Elvis, poxa!

— O Elvis não é ninguém! — Bård respondeu.

— A não ser o Elvis Costello — Yngve completou.

— É verdade — concordou Bård.

Quando os dois foram embora, passei um tempo analisando os dois lados do pôster. O tal de Johnny Rotten era muito feio. Elvis era bonito. Por que eu penduraria o pôster com o feio para a frente e o bonito para trás?

Na rua fizemos o que fazíamos todos os outonos: podamos os galhos da bétula e amarramos garrafas nos tocos que sobravam, para no dia seguinte buscá-las, cheias de seiva clara e viscosa, que então bebíamos. Cortamos os galhos do salgueiro e fizemos flautas com a madeira. Colhemos grandes buquês de anêmonas e os demos para a nossa mãe. Na verdade já éramos um pouco crescidos demais para isso, mas era um gesto, um gesto de bondade, então numa manhã em que só tínhamos três aulas eu e Geir fomos para a floresta, eu conhecia um lugar onde as flores cresciam tão perto umas das outras que o morro dava a impressão de estar coberto de neve quando visto de longe. Não sem um certo peso na consciência, porque afinal de contas as flores também eram vivas e colhê-las era o mesmo que matá-las, porém a motivação era boa, graças a elas podíamos espalhar alegria. Os fachos de luz brilhavam por entre os galhos, o musgo verde brilhava e nós colhemos um buquê enorme cada um e fomos correndo para nossas casas.

Quando cheguei à minha encontrei meu pai. Ele estava na lavanderia quando entrei. Me olhou com fúria em cada movimento.

— Colhi essas flores para você — eu disse.

Ele estendeu a mão, pegou as flores e as jogou no tanque.

— Colher flores é coisa de menininha — ele disse.

Ele tinha razão. E pode ter se envergonhado um bocado. Certa vez os colegas dele nos fizeram uma visita e me viram na escada com meus cabelos loiros, um tanto compridos, porque era inverno, e usando cuecões vermelhos.

— Que bonita a sua filha — disse um deles.

— É um menino — meu pai respondeu. Ele sorriu, mas eu o conhecia bem o suficiente para saber que aquilo não tinha sido nenhuma alegria.

Eu, que tanto me interessava por roupas, que chorava se não ganhasse exatamente os sapatos que eu queria, que chorava porque estava frio demais quando fazíamos passeios de barco, enfim, eu, que chorava assim que ele erguia a voz, e ainda por cima em situações em que seria totalmente natural erguer a voz, seria mesmo estranho que ele se perguntasse que tipo de filho era aquele?

Eu era um filhinho de mamãe, e o meu pai volta e meia me dizia isso. Era verdade. Eu era muito apegado à minha mãe. E ninguém sentiu felicidade maior que a minha quando ela voltou para casa de uma vez por todas no final daquele mês.

Quando o verão chegou ao fim e eu estava prestes a começar a quinta série foi a vez do meu pai. Ele iria a Bergen para morar num lugar chamado Fantoft Studentby e fazer um curso de estudos nórdicos e virar professor acadêmico.

— Infelizmente não vou poder voltar para casa todos os fins de semana — ele disse durante um jantar pouco antes de partir. — Talvez eu não consiga vir mais do que uma vez por mês.

— Que pena — eu disse.

Acompanhei-o até o pátio para me despedir. Ele largou a mala no porta-malas e sentou-se no lado do passageiro, porque era nossa mãe que havia de levá-lo até o aeroporto.

Foi uma das coisas mais estranhas que eu já tinha visto.

Meu pai não combinava com um Fusca, isso era certo. E, caso fosse sentar em um, não devia ser no banco do passageiro, aquilo pareceu quase grotesco, em especial quando minha mãe sentou-se ao lado dele e deu a partida no motor, virou a cabeça para trás e começou a dar ré.

Meu pai não era passageiro nenhum, quanto a isso não restava dúvida.

Acenei, meu pai levantou a mão de leve e os dois foram embora.

O que eu podia fazer?

Entrar na oficina para serrar e pregar, partir e cortar tudo que eu pudesse?

Ir à cozinha preparar waffles? Fritar ovos? Preparar chá?

Sentar com os pés em cima da mesa da sala?

Não, eu já sabia o quê.

Ir até o quarto de Yngve, pôr um dos discos dele para tocar e ouvir música no volume máximo.

Escolhi o *Play*, do Magazine.

Aumentei o volume quase até o máximo, abri a porta e entrei na sala.

Os graves quase faziam as paredes balançar. A música vazava para fora daquele espaço. Fechei os olhos e comecei a me balançar para a frente e para trás no ritmo da música. Depois de um tempo entrei na cozinha, peguei o chocolate que estava por lá e o comi. A música ribombava ao meu redor, mas eu não estava imerso naquilo, era mais como se fosse uma parte da casa, a mesa da sala ou os quadros nas paredes. Em seguida comecei a me balançar para a frente e para trás mais uma vez, e então foi como se eu engolisse a música e assim a colocasse para dentro de mim. Especialmente quando eu fechava os olhos.

No andar de baixo ouvi um grito.

Abri meus olhos com um susto.

Será que meus pais tinham esquecido alguma coisa e voltado?

Entrei correndo no quarto e abaixei o som.

— O que você pensa que está fazendo? — Yngve gritou lá de baixo.

Ah. Que sorte.

— Nada — eu respondi. — Só estou ouvindo um dos seus discos.

Yngve subiu a escada. Atrás dele vinha um outro garoto. Eu nunca o tinha visto antes. Seria um colega do voleibol?

— Você ficou louco? — Yngve me perguntou. — Assim você pode *estourar* os alto-falantes! Com certeza já devem estar arruinados! Seu idiota!

— Eu não sabia — respondi. — Desculpa. Mil vezes desculpa.

O outro garoto sorriu.

— Esse é o Trond — Yngve disse. — E esse é o idiota do meu irmão mais novo.

— Oi, irmão mais novo — disse Trond.

— Olá — respondi.

Yngve entrou no quarto, aumentou um pouco o volume e encostou o ouvido nos alto-falantes.

— Por sorte não estouraram — ele disse, levantando-se em seguida. — Você deu sorte. Se tivessem estragado você ia ter que me comprar alto-falantes novos. Eu me ocuparia pessoalmente disso.

Yngve me olhou.

— Faz tempo que eles saíram?

Dei de ombros.

— Uma meia hora — respondi.

Yngve fechou a porta do quarto, mas eu fiquei mais um tempo na sala e vi Marianne e Solveig na rua, empurrando um carrinho de bebê. Saí e fui correndo atrás delas.

— Vamos caminhar juntos? — convidei-as.

— Claro — elas responderam. — Para onde você está indo?

— Vou subir o morro.

— Para ir aonde?

Dei de ombros.

— De quem é o bebê?

— Dos Leonardsen.

— Quanto estão pagando a vocês?

— Cinco coroas.

— E vocês pretendem guardar o dinheiro para comprar alguma coisa?

— Não para comprar nada de especial. Talvez uma jaqueta.

— Eu também quero comprar uma jaqueta nova — eu disse. — Uma Matinique preta. Vocês já viram?

— Não.

— As mangas são grandes e feitas de um material diferente do resto. Um material meio canelado. E a jaqueta também tem uma aba no meio para esconder o zíper. Que tipo de jaqueta você está pensando em comprar?

Marianne deu de ombros.

— Uma capa, eu acho.

— Uma capa? Uma capa de cor clara?

— Talvez. E curta.

— Você é um dos únicos meninos que gosta de falar sobre roupas — disse Solveig.

— Eu sei — respondi. Era uma coisa que eu tinha aprendido por volta daquela época. Era muito difícil falar com as meninas. Em geral, quando eu saía correndo com as toucas delas ou as xingava, a conversa logo chegava ao fim. Claro, sempre era possível falar sobre os deveres de casa. Mas nada mais funcionava. Então de repente eu percebi. As meninas se interessavam por roupas! Nesse caso não era preciso nada além de simplesmente falar.

Quando chegamos perto do B-Max, me despedi e desci correndo a encosta que levava até a pracinha, que estava vazia, olhei para a grama no barranco onde ficava o velho carro abandonado, que estava vazio, e a seguir olhei para a cerca de Prestbakmo e para a fachada da casa antes de tocar a campainha. Mas Geir estava jantando, e depois ia à casa de Vemund.

Muito bem.

A estrada também estava vazia. Era domingo, na hora do jantar, e todo mundo ou estava comendo ou então passeando com os pais.

De repente me ocorreu: Yngve tinha uma visita! Será que eu não podia ficar no quarto com eles?

Desci o morro correndo, mas a bicicleta havia desaparecido, os dois com certeza tinham ido embora.

O que eu podia inventar?

O céu estava encoberto e o dia não estava muito quente; eu não encontraria ninguém em Nabben.

Comecei a andar lentamente em direção aos trapiches. Com certeza lá também não haveria ninguém, mas pelo menos eu poderia ver os diferentes barcos e sentir o cheiro de fibra de vidro e madeira, gasolina e maresia que sempre havia por lá.

Mas não. Encontrei uma turma inteira por lá.

Me juntei a eles sem chamar atenção para mim. Uns tinham barcos, estavam sentados no deque cuspindo na água enquanto ouviam as pessoas que estavam no cais e não tinham barcos, mas queriam estar perto das que tinham. Eu estava no meio daquelas pessoas, mas nunca tinha sonhado com um barco próprio, era um pensamento tão irreal que seria como dormir sonhando em acordar na época dos vikings na manhã seguinte, como um menino havia feito num dos livros que eu tinha lido. Não, se eu sonhava com qualquer coisa, era com um par de tênis novos e brancos com o logo azul-claro da Nike, como os de Yngve, ou com um par de calças novas e azul-claras da Levi's, ou com uma jaqueta azul-clara da Catalina. Ou então com um par de chuteiras Puma novas, um uniforme da Admiral, calções da Umbro. Ou com um calção de banho da Speedo. Eu pensava muito nos tênis Olympia da Adidas, com detalhes em preto e branco. E além disso também havia um par de caneleiras que eu queria e uma bolsa da Puma, e para o inverno eu queria esquis de *slalom* da Atomic e botas de esqui da Dynastar. Eu também queria calças de *slalom* e uma jaqueta forrada com penas de pato. Esquis de fibra de vidro da Splitkein, presilhas vermelhas novas da Rotte. E botas claras de pele em estilo lapão, daquelas com a ponta comprida e pontuda. Eu também queria uma camisa branca e um abrigo vermelho. Eu tinha imaginado botas de borracha brancas em vez das azul-escuras que eu tinha. E também queria um colar de coral vermelho-claro que eu tinha visto, ou pelo menos um branco.

Barcos, *mopeds* e carros eram menos presentes na minha fantasia. Mas como, não podia contar para ninguém, eu também tinha marcas favoritas. Barcos: um With Dromedille de dez pés com motor Yamaha de cinco cavalos. *Moped*: Suzuki. Carro: BMW. A escolha desses modelos tinha muito a ver com as estranhas combinações de letras. Y, Z, W. Pelo mesmo motivo eu me sentia atraído pelos Wolverhampton Wanderers, foi o primeiro time de futebol para o qual eu torci, e mesmo que mais tarde o Liverpool tenha ocupado esse lugar, meu coração seguiu batendo forte pelos Wolves, e como poderia ser de outra forma, quando o estádio deles se chamava Molineux Ground e o brasão deles era um lobo preto com um fundo laranja?

Calças, jaquetas, blusas, sapatos e equipamentos esportivos eram as coisas nas quais eu pensava com muita frequência, porque eu queria estar elegante e queria vencer. Quando John McEnroe, que para mim era o maior esportista do mundo, quando ele tinha aquele perigoso brilho no olho após uma marcação do árbitro, quando dava a impressão de olhar de soslaio para o árbitro enquanto quicava a bola na quadra antes de sacar, eu pensava em absoluto desespero, não, não faça assim, não faça assim, não vai dar certo, você aguenta perder esse ponto, não faça assim — e eu mal aguentava olhar quando no fim ele acabava não resistindo e começava a xingar o juiz com toda a vontade, às vezes jogando a raquete no chão com toda a força, de um jeito que a fazia dar um pulo de vários metros de altura. Minha identificação com ele era tão grande que eu chorava toda vez que ele perdia, e não conseguia ficar dentro de casa, mas tinha que ir para a estrada me sentar na calçada e lamentar a derrota com o rosto banhado de lágrimas. A mesma coisa valia para o Liverpool. Uma derrota na final da Copa da Inglaterra me levava a sair para a rua às lágrimas. Nesse time era Emlyn Hughes que eu acompanhava, era a ele que eu me sentia mais apegado, mas também gostava dos outros, claro, por exemplo Ray Clemence e Kevin Keegan, antes que desaparecesse no Hamburgo e no Newcastle. Numa das revistas de Yngve sobre futebol eu tinha encontrado uma comparação entre Kevin Keegan e o substituto dele, Kenny Dalglish. Os dois foram comparados ponto a ponto, e mesmo que tivessem pontos fracos e fortes diferentes, o resultado era praticamente um empate. Mas um detalhe que constava nesse artigo ficou gravado na minha lembrança. Estava escrito que Kevin Keegan era extrovertido, ao passo que Kenny Dalglish era introvertido.

A simples visão da palavra "introvertido" me levou ao desespero.

Será que eu era introvertido?

Será?

Afinal, eu não chorava mais do que ria? Não passava o tempo inteiro lendo no meu quarto?

Essas eram características das pessoas introvertidas, não?

Introvertido, introvertido, eu não queria ser introvertido.

Para mim essa era a última coisa, a pior de todas.

Mas eu era introvertido mesmo assim, e essa consciência cresceu em mim como se fosse um câncer nos meus pensamentos.

Kenny Dalglish passava a maior parte do tempo sozinho.

Ah, eu também! Mas eu não queria! Eu queria ser extrovertido! Extrovertido!

Uma hora mais tarde, quando eu já havia pegado o caminho de volta pela floresta e subido numa árvore para ver até onde conseguia enxergar lá de cima, cheguei à estrada no exato momento em que o Fusca da minha mãe apareceu subindo o morro. Acenei, mas ela não me viu, então corri o quanto pude atrás do carro morro acima, alcancei a pequena planície e cheguei à frente de casa, onde no mesmo instante a minha mãe descia do carro, ajeitava a bolsa no ombro e fechava a porta.

— Olá! — ela me disse. — Você não quer me ajudar a assar pão?

Pode ter sido nesse ano que o meu pai nos perdeu.

Muitos anos depois ele diria que foi em Bergen que começou a beber.

— Eu não conseguia dormir — ele disse. — Então comecei a beber um pouco à noite antes de me deitar.

Depois ele também disse que tinha arranjado uma namorada em Bergen.

O assunto surgiu por acaso, quando fui visitá-lo no início da década de 1990, ele estava bêbado e eu disse que ia me mudar para a Islândia naquele inverno, e ele disse, eu já estive na Islândia uma vez, em Reykjavík.

— Não mesmo — eu disse. — Quando poderia ter sido?

— Foi quando eu estava morando em Bergen — ele disse. — Eu tinha uma namorada islandesa e nós fomos juntos para Reykjavík.

— Enquanto você estava casado com a mãe?

— É. Eu tinha trinta e cinco anos e morava num alojamento para estudantes.

— Não precisa se desculpar. Você faz o que você quiser.

— Obrigado, filho.

Não tínhamos a menor ideia a respeito disso na época, claro, e tampouco experiência para imaginar qualquer coisa parecida. Para mim, o importante era que meu pai não estava em casa. Porém mesmo que a casa tivesse se aberto para mim e que pela primeira vez na vida eu pudesse fazer o que bem entendesse lá dentro, era como se o meu pai continuasse presente, de repente uma lembrança dele me atingia como um raio quando eu entrava com os pés sujos dentro de casa, ou quando eu espalhava farelos em cima da mesa enquanto comia ou até mesmo quando o sumo escorria pelo meu queixo enquanto comia uma pera. Você não sabe nem comer uma pera sem fazer lambança, garoto, eu ouvia a voz dele dizer. E quando eu me saía bem numa prova ainda era para ele que eu tinha vontade de contar, e não para a minha mãe, porque não era a mesma coisa. Ao mesmo tempo o que acontecia no lado de fora mudou, o caráter tornou-se ao mesmo tempo pior e melhor, era como se o universo macio da infância, onde as pancadas eram abafadas e por assim dizer indefinidas, no sentido de que diziam respeito a tudo e a nada, tornaram-se mais fortes e mais nítidas, uma dúvida foi retirada do caminho, é de *você* e das coisas que *você* diz que não gostamos, e havia uma limitação, ao mesmo tempo que outra coisa se abria, e essa outra coisa não dizia respeito a mim como pessoa, mas talvez me afetasse num grau ainda mais elevado, porque eu era uma parte daquilo, e essa parte não tinha *nada a ver* com a minha família, mas *conosco*, com as pessoas que estavam do lado de fora. Eu sentia uma atração enorme por quase todas as meninas quando comecei a quinta série, mas não vivenciei nenhuma diferença radical, porque algo em mim permitia que eu me aproximasse delas. Nem passava pela minha cabeça que esse era um grande erro, o maior erro que um garoto pode cometer.

Ganhamos uma professora mais velha naquele ano, ela se chamava tia Høst, tínhamos várias matérias com ela e ela gostava de trabalhar com teatro. Com frequência dramatizava pequenos episódios, e eu sempre me oferecia como voluntário, aquilo era uma das melhores coisas que existiam para mim, não apenas porque todos olhavam para mim mas também porque eu interpretava um outro. Eu tinha um talento especial para fazer papéis de menina. Eu era bom. Eu colocava o cabelo para trás das orelhas, fazia um leve biquinho, andava com um rebolado discreto e falava com um pouco mais de afetação que o normal. Às vezes a tia Høst ria de mim até que as lágrimas corressem pelo rosto dela.

Certo dia ao entardecer eu estava com Sverre, que também gostava de fazer teatro, também era aplicado na escola e tinha uma aparência suficientemente parecida com a minha para que dois estagiários em situações distintas achassem que éramos irmãos gêmeos, quando sugeri que fôssemos à casa da tia Høst. Ela morava uns três quilômetros a leste do loteamento.

— Boa ideia — disse Sverre. — Mas o pneu da minha bicicleta está furado. E a casa dela é longe demais para a gente ir a pé.

— Podemos pegar uma carona — eu disse.

— Está bem.

Descemos até o cruzamento e paramos na beira da estrada. Eu tinha pegado umas quantas caronas no ano anterior, quase sempre com Dag Magne, até Hove ou até Roligheden ou às vezes para um dos outros lugares por onde andávamos, e nunca tínhamos esperado mais de uma hora sem conseguir carona.

Naquela tarde o primeiro carro parou.

Eram dois rapazes.

Sentamos no banco. Eles ouviam música alta, os vidros tremiam com os graves. O motorista se virou para trás.

— Para onde vocês vão?

Dissemos para onde, ele engatou a marcha e acelerou de um jeito que nos colou ao encosto do banco.

— Quem vocês estão indo visitar?

— A tia Høst — respondeu Sverre. — É a nossa professora da escola.

— Ah! — disse o rapaz no banco do passageiro. — Vocês querem aprontar, então? Nós também aprontávamos dessas quando éramos pequenos. Íamos até a casa dos nossos professores e infernizávamos a vida deles até que não aguentassem mais.

— Não, não é bem isso que a gente pretende — eu disse. — Queremos fazer uma visita.

Ele se virou e olhou nos meus olhos.

— Uma visita à professora? Por quê? Vocês têm lição de casa ou coisa do tipo?

— Nã-ão — respondi. — Simplesmente queremos fazer uma visita.

Ele tornou a se virar para a frente. Os dois permaneceram em silêncio pelo restante da viagem. Demos uma freada brusca no cruzamento.

— Garotos, podem descer — disse o motorista.

Eu tinha um certo peso na consciência, pois sabia que tínhamos decepcionado os garotos, mas também não poderia mentir. Em vez disso, agradeci a carona da maneira mais efusiva possível.

Os dois aceleraram com o carro ainda ribombando rumo à escuridão.

Eu e Sverre começamos a andar pela estrada de cascalho. Grandes árvores decíduas se erguiam com galhos pontudos nos dois lados. Nunca havíamos estado naquela casa, mas sabíamos bem onde ela ficava.

Dois carros estavam parados no pátio, e todas as janelas estavam acesas. Toquei a campainha.

— São *vocês*? — perguntou a tia Høst, surpresa ao abrir a porta.

— Achamos que a gente podia fazer uma visita — eu disse.

— Podemos entrar? — Sverre perguntou.

Ela hesitou.

— Escutem, eu tenho visitas. Na verdade não é uma boa hora. Mas vocês andaram toda essa distância só para me visitar?

— Sim.

— Então entrem! Vocês podem ficar uma meia hora, se quiserem. Eu fiz bolo. Vocês podem comer. E tomar suco também!

Entramos.

A sala estava cheia de adultos. A tia Høst nos apresentou a todos, nos sentamos em dois banquinhos na cozinha e ela largou um pratinho com três biscoitos e um copo de suco à nossa frente.

Disse que éramos os alunos favoritos dela, e também que nos saíamos muito bem nas peças de teatro.

— Vocês não podem fazer uma pequena apresentação agora? — uma das visitas perguntou.

A tia Høst olhou para nós.

— Claro que podemos — eu disse. — Você topa?

— Claro — respondeu Sverre.

Coloquei os cabelos atrás da orelha, fiz biquinho e então começamos, de maneira um pouco improvisada, mas conseguimos fazer todo mundo rir. Quando a cena terminou fizemos uma mesura com o rosto um pouco enrubescido, porém satisfeitos com nós mesmos e com os aplausos.

Repeti o sucesso na festa à fantasia pouco antes do Natal, quando eu e Dag Magne nos vestimos de mulher, com direito a maquiagem, saia e bolsa pendurada no ombro, e minha imitação foi tão perfeita que ninguém me reconheceu, nem mesmo Dag Lothar, e passei cinco minutos ao lado dele antes que percebesse quem na verdade era aquela menina desconhecida.

Mas embora fosse assim, embora não tivesse vergonha de me vestir de menina nem de falar com elas sobre assuntos de menina, eu também namorei algumas delas. A mais bonita era Mariann, o namoro durou duas semanas, patinamos juntos no gelo, depois ela sentou no meu colo e me beijou, eu fui o único menino convidado para a festa de aniversário dela, e nessa ocasião ela também sentou no meu colo e ficamos de mãos dadas enquanto ela falava com as amigas, nós também nos demos uns amassos, mas no fim eu não aguentava mais, porque mesmo gostando dela — já que sem dúvida era uma menina muito bonita, embora não a mais bonita da escola — e talvez sentindo um pouco de pena também, porque ela morava sozinha com a mãe e a irmã e as três eram bem pobres, ela não ganhava roupas novas praticamente nunca, por exemplo, e a mãe dela fazia o melhor que podia com as roupas velhas da filha e também com aquelas que herdava de outros parentes, eu não sentia nada além de um vazio quando estava no quarto dela e claustrofobia quando nos beijávamos, a coisa que eu mais queria nesses momentos era estar em outro lugar, e por fim pedi a Dag Magne que dissesse a ela que estava tudo acabado. No mesmo dia cometi um grande erro, ela passou correndo atrás de mim no galpão das roupas de chuva e por simples reflexo coloquei o pé para trás, ela tropeçou e deu de cara no chão, sangrou e começou a chorar, mas o pior não foi isso, o pior foi a fúria que ela despejou em cima de mim, com o apoio e a aprovação de todas as outras garotas que se reuniram ao redor dela para consolá-la. Lamentavelmente minha popularidade aumentou bastante nas semanas seguintes. Ninguém entendia que eu não tinha pretendido nada com aquilo, que eu tinha feito por simples diversão. Às vezes era como se as meninas realmente me odiassem, como se achassem que eu era escória, outras vezes era justamente o contrário, elas não apenas queriam falar comigo, mas nas festas da escola que havíamos começado a organizar, tanto nas casas uns dos outros como na própria escola, também queriam dançar comigo. Minha relação com elas era um tanto ambivalente, pelo menos no que dizia respeito às meninas da minha turma. Por um lado eu as conhecia tão bem depois de cinco anos na escola que me sentia indiferente, por outro lado elas tinham começado a mudar, o volume por baixo das blusas ficava cada vez maior, os quadris ficavam cada vez mais largos e aos poucos elas começaram a se comportar de maneira diferente, como se estivessem acima de nós, e de repente começaram a olhar duas ou três séries acima da nossa quando queriam ver os meninos. Nós, com nossas vozes finas, que mais ou menos às escondidas admirávamos tudo aquilo que de repente elas possuíam, não passávamos de um sopro de vento para elas. Mas ainda que elas fossem tão importantes, não sabiam nada a respeito do mundo que estavam adentrando. Afinal, o que poderiam saber a respeito dos homens, das mulheres e do desejo? Será que tinham lido Wilbur Smith, que tinha escrito um livro em que mulheres eram possuídas à força sob céus tempestuosos? Será que tinham lido Ken Follett, que tinha escrito um livro em que um homem depilava o meio das pernas de uma mulher enquanto ela relaxava numa banheira cheia de espuma? Será que tinham lido *Insektsommer*, de Knut Faldbakken, aquela passagem que eu sabia de cor, quando o personagem tira as calcinhas da mulher em cima de um monte de feno? Será que já tinham folheado uma revista pornográfica? E o que podiam entender de música? Elas só gostavam do que todo mundo gostava, The Kids e outros lixos da lista das mais pedidas, aquilo não significava nada para elas, pelo menos não de verdade, e elas não tinham a menor ideia sobre o que a música era ou podia ser. Mal sabiam se vestir, e por conta disso apareciam na escola com as combinações mais esquisitas sem nem ao menos se dar conta. E mesmo assim pretendiam me olhar com ares de superioridade? Eu tinha lido Wilbur Smith e Ken Follett e Knut Faldbakken, folheava revistas pornográficas fazia vários anos, ouvia as bandas realmente boas e sabia me vestir. E mesmo assim eu tinha que ser menos do que elas?

Para mostrar como as coisas realmente eram, preparei uma pequena surpresa na aula de música. Todas as sextas-feiras nós tínhamos uma atividade chamada "o melhor da classe". Seis alunos levavam uma música, e depois todos votavam na melhor. Minhas músicas ficavam sempre em último lugar, independente do que eu levasse. Led Zeppelin, Queen, Wings, The Beatles, Police, Jam, Skids — o resultado era sempre o mesmo, um ou dois votos e o último lugar. Eu sabia que aqueles votos eram contra mim, e não contra a música em si. Elas não sabiam ouvir música de verdade. Aquilo me irritava além da conta. Reclamei para Yngve, que não apenas entendeu como aquilo era irritante, porque tampouco gostava da lista das mais pedidas, mas também me sugeriu uma forma de enganar todo mundo. O segundo disco do The Kids ainda não tinha saído. Numa sexta-feira eu levei comigo o primeiro LP do The Aller Værste!, chamado *Materialtretthet*, que Yngve tinha arranjado poucos dias antes, e disse que era um pré-lançamento do novo disco do The Kids. O professor de música estava a par do meu plano e tocou a primeira música do disco, que estava guardado apenas no envelope de papel branco, já que, segundo eu havia dito, o disco era tão recente que a capa ainda não estava pronta. Para os meus colegas o The Aller Værste! era a pior coisa que podia existir, da outra vez que eu tinha levado uma música deles para a aula, o single *Rene hender*, muitos colegas passaram vários dias gritando *Rene hender, Rene hender* para mim, mas quando as primeiras notas do primeiro disco da banda começaram a soar na sala de aula, os cochichos e o entusiasmo aumentaram, e atingiram o ponto máximo quando chegamos ao fim da votação, quando o The Aller Værste!, sob o pseudônimo de The Kids, ganhou disparado. Ah, como o triunfo deve ter brilhado nos meus olhos quando enfim pude me levantar e dizer que *não tinham* votado no The Kids, mas no The Aller Værste! Eu disse que aquilo demonstrava que eles não se importavam com a música, que era outra coisa que ditava o gosto deles. Ah, e todos ficaram indignados! Mas eles não podiam dizer nada, claro. Eu os tinha enganado bem demais para que pudessem dizer qualquer coisa.

Mas claro que tive que ouvir poucas e boas. Disseram que eu era convencido, que eu me achava importante, que eu sempre tinha que gostar de coisas especiais, e não do que todo mundo gostava. Mas eu não era assim, na verdade eu simplesmente gostava de música boa e não de música ruim, e não era culpa minha — e aprendi cada vez mais a respeito, graças a Yngve e às revistas de música dele, que eu sempre lia, e às bandas que ele mostrava para mim. Magazine, The Cure, Stranglers, Simple Minds, Elvis Costello, Skids, Stiff Little Fingers, XTC, as bandas norueguesas Kjøtt, Blaupunkt, The Aller Værste!, The Cut, Stavangerensemblet, DePress, Betong Hysteria, Hærværk. Yngve também me ensinou vários outros acordes de guitarra, e quando ele não estava em casa eu tocava sozinho com a palheta preta da Gibson na mão e a cinta preta da Fender pendurada no ombro. Para me garantir eu também comprei um livro que ensinava a tocar bateria, fiz duas baquetas, espalhei uns livros no chão ao meu redor, o livro à esquerda era o chipô, o da lateral era a caixa e os três mais acima eram os tam-tans. O único que me acompanhava nessas coisas era Dag Magne, com quem eu passava cada vez mais tempo. Quase sempre íamos à casa dele escutar discos e aprender músicas no violão de doze cordas que ele tinha, mas ele também começou a me visitar em casa, porque a proibição da minha mãe não era mais absoluta, e então ouvíamos as minhas fitas e falávamos sobre as garotas ou sobre a banda que devíamos começar, e também sobre o nome que teria. Ele queria que a banda se chamasse Dag Magnes Navnløse Disipler, eu queria que se chamasse Blodpropp. Os dois eram nomes bons, nisso estávamos de acordo, e de qualquer forma não precisávamos chegar a nenhuma decisão final antes que a hora chegasse e realmente tivéssemos a chance de subir num palco.

Assim passou o inverno, que trouxe consigo também as primeiras festas da turma, onde brincávamos de salada de fruta e dançávamos músicas lentas de um lado para o outro abraçados às meninas que tinham sido nossas colegas por cinco anos e que por pouco não eram mais próximas de nós do que os nossos próprios irmãos, e a minha cabeça quase explodiu quando senti o corpo de Anne Lisbet perto do meu. O cheiro dos cabelos dela, os olhos cintilantes que continuavam a transbordar de vida como sempre. E, ah, os pequenos seios por baixo da blusa fina e branca!

Não era uma sensação INCRÍVEL?

Era uma sensação totalmente nova, que nunca tinha aparecido em todos os anos até então, mas depois que a conheci eu sempre queria voltar para aquele lugar.

O inverno passou e a primavera trouxe a luz, que a cada dia mantinha a passagem da noite aberta por um pouco mais de tempo, e a chuva fria que aos poucos fez a neve derreter e sumir. Numa dessas manhãs de março oprimidas pela escuridão e pela chuva entrei na cozinha para tomar café como eu sempre fazia. Minha mãe já tinha saído de casa, ela tinha plantão bem cedo. Mas ela tinha esquecido de desligar o rádio. Assim que entrei no meu quarto, entendi que alguma coisa tinha acontecido naquela noite, porque as vozes no rádio, embora eu não entendesse as palavras, mas apenas ouvisse o som, pareciam um tanto mais dramáticas do que o normal. Passei manteiga numa fatia de pão, coloquei uma fatia de salame em cima e servi um copo de leite. Tinha havido um acidente no mar do Norte, uma plataforma de petróleo tinha virado e estava debaixo d'água. Os pingos de chuva escorriam devagar no lado de fora da janela. O leve tamborilar da chuva que caía no teto recobria a casa como uma membrana. A água escorria pelas calhas. Na casa dos Gustavsen alguém deu a partida no carro, acendeu os faróis. Aquilo era uma catástrofe, uma quantidade enorme de pessoas estava desaparecida, ninguém sabia ao certo quantas. Quando cheguei ao B-Max meia hora depois, com as calças enfiadas dentro das botas e o capuz da jaqueta bem amarrado na cabeça, ninguém falava de outra coisa. Todos conheciam alguém que conhecia alguém que tinha um pai ou um irmão que trabalhava justamente naquela plataforma. A plataforma se chamava Alexander Kielland, e uma das colunas de sustentação parecia ter cedido. Teria sido uma onda gigante? Uma bomba? Uma falha na construção?

Já na primeira aula começaram a falar sobre o acidente, mesmo que na verdade fosse uma aula de matemática. Fiquei pensando o que o meu avô diria. Ele sempre nos dizia para trabalhar na indústria de petróleo. Que o futuro estava no petróleo. Mas vieram sinais de outros lugares: uma transmissão no *Dagsrevyen* tinha começado com uma previsão de que as reservas de petróleo logo estariam vazias, que estavam acabando mais depressa do que haviam previsto, e que em apenas vinte e cinco anos não restaria mais nada. Me senti fascinado pelo número que foi mencionado, 2004, porque era um futuro muito distante, e na verdade até irreal, mas estava sendo tratado como uma realidade sóbria e muito afastada de tudo o que eu encontrava nos livros e revistas de ficção científica, e assim parecia chocante: será que o ano de 2004 um dia chegaria *de verdade*? Durante a *nossa* vida? Ao mesmo tempo fiquei preocupado com o pessimismo na voz daquelas pessoas, que davam uma notícia terrível, e triste porque uma coisa ia acabar. Essa ideia não me agradava nem um pouco, eu queria que tudo continuasse a existir e a durar. Todas as interrupções eram assustadoras. Assim, eu torcia para que Jimmy Carter conseguisse um novo mandato e para que Odvar Nordli e o Arbeiderpartiet ganhassem a eleição seguinte. Eu gostava de Jimmy Carter. Gostava de Odvar Nordli, mesmo que sempre parecesse cansado e exausto. Eu não gostava de Mogens Glistrup nem de Olof Palme, que sempre tinham uma bajulação incômoda nos lábios e no olhar. Einar Førde e Reiulf Steen também, mas não tanto. Por outro lado eu gostava de Hanna Kvanmo. Não de Golda Meir, tampouco de Menachem Begin, apesar dos Acordos de Camp David. Anwar Sadat era um caso um pouco mais complicado. O mesmo valia para Brejnev, mesmo que o parâmetro fosse completamente outro. Quando eu o via usando um casaco grosso de pele e uma grande boina de pele, com enormes sobrancelhas acima dos estreitos olhos mongóis no rosto impassível, acenando com gestos mecânicos para o desfile mais abaixo, onde mísseis deslizavam um atrás do outro nas baterias, rodeado por milhares de soldados idênticos em marcha, ele não parecia ser um homem, mas outra coisa com a qual era impossível se identificar.

Se eu gostava de Per Kleppe?

De certa forma sim, eu torcia secretamente para que o pacote de medidas dele funcionasse.

Eu gostava de Hammond Hossbach, mas Trygve Bratteli me parecia estranho com a voz baixa e sussurrante e os estranhos "rr", os ombros estreitos e a grande cabeça que mais parecia uma figura da morte com as sobrancelhas pretas e grossas.

O acidente no mar do Norte ocupou quinze minutos e depois a aula prosseguiu normalmente, ou seja, fizemos várias contas nos nossos livros e os alunos que levantavam a mão recebiam ajuda, tudo enquanto a escuridão largava a manhã do lado de fora, que aos poucos clareava. Durante o recreio alguém disse que podia haver bolsas de ar na plataforma, e que seria possível sobreviver durante vários dias numa delas. Mais alguém disse que nenhum dos pais da escola estava a bordo, mas que o pai de um aluno de Roligheden estava desaparecido. Não seria fácil dizer de onde vinham todos esses boatos, nem se eram verdadeiros. No período seguinte teríamos aula de norueguês. Quando a professora sentou-se na cátedra eu levantei a mão.

— O que foi, Karl Ove?

— Você já corrigiu as nossas redações?

— Espere mais um pouco para descobrir — ela disse.

Mas ela tinha que ter corrigido, porque o que fez logo a seguir foi revisar palavras e regras no quadro-negro, que provavelmente estavam relacionadas aos erros que havíamos cometido nas redações entregues na quinta-feira da semana anterior.

Muito bem. Em seguida a grande pilha com os nossos cadernos saiu da bolsa dela.

— Dessa vez tivemos muitas redações boas — ela elogiou. — Eu poderia ler todas. Mas infelizmente o tempo é pouco. Assim, escolhi quatro para ler. Não quer dizer que sejam necessariamente as quatro melhores. Todos vocês escrevem bem.

Olhei para a pilha, tentando ver se eu conseguia reconhecer a minha redação. Com certeza não era a mais de cima.

Anne Lisbet ergueu a mão.

Estava usando um blusão branco. Ela ficava inacreditavelmente bonita com aquela roupa. Os cabelos pretos e os olhos pretos contrastavam com o branco, e os lábios vermelhos e o rubor do rosto, que sempre aparecia quando ela entrava numa sala com aquecimento, também combinavam.

— Pois não? — disse a professora.

— Podemos fazer tricô enquanto você lê? — Anne Lisbet perguntou.

— Claro, não tem problema — disse a professora.

Quatro meninas se abaixaram e tiraram da mochila os apetrechos de tricô.

— Podemos fazer as lições também? — perguntou Geir Håkon.

Alguns colegas riram um pouco.

— Geir Håkon, você tem que levantar a mão para falar como todos os outros — disse a professora. — Mas a resposta é não.

Geir Håkon sorriu, enrubesceu um pouco, não por ter sido repreendido, mas porque tinha juntado coragem para falar. Ele sempre enrubescia um pouco quando falava na aula.

Nossa professora começou a ler. A primeira redação não era a minha. Mas ainda restavam três, pensei, esticando as pernas embaixo da carteira. Eu gostava das primeiras aulas do dia, quando tudo continuava escuro na rua enquanto nós permanecíamos em uma cápsula de luz, todos com os cabelos desgrenhados e olhos sonolentos e movimentos suaves e indefinidos que o dia por assim dizer tornava cada vez mais nítidos, até que todos estivessem correndo de um lado para o outro gritando ao mesmo tempo com olhares atentos e corpos irrequietos.

A segunda redação também não era a minha. Nem a terceira.

Lancei um olhar apreensivo para nossa professora quando ela pegou o quarto caderno. Não era a minha redação?

Ah. Ela não ia ler a minha.

Senti como se eu estivesse afundando por dentro. Ao mesmo tempo me dei conta de outra coisa. Minha redação era a melhor de todas, eu sabia, e a professora também sabia. Mesmo assim ela não a tinha lido na vez anterior, e tampouco a leria dessa vez. Nesse caso, de que adiantava escrever bem? Decidi que na próxima vez eu escreveria da pior maneira possível.

Por fim ela largou a última redação.

Levantei a mão.

— Por que você não leu a minha redação? — perguntei. — Estava ruim?

Os olhos da professora se estreitaram por um segundo antes que ela tornasse a abri-los com um sorriso.

— Eu recebi vinte e cinco redações. Não posso ler todas, e com certeza você entende por quê. E eu já li as suas redações em muitas outras ocasiões. Hoje foi a vez de outros colegas.

Em seguida ela bateu palmas.

— E as redações estavam realmente ótimas dessa vez. Vocês têm uma imaginação e tanto! Realmente gostei muito de ler cada uma delas.

Ela acenou a cabeça para Geir B., que se levantou e foi até o quadro-negro. Ele era o monitor da turma e faria a entrega das redações. Folheei depressa. Uma média de um erro por página. No final a professora tinha escrito: "Bem escrito e repleto de fantasia, mas será que a história não acaba um pouco rápido demais? Você cometeu poucos erros, mas pode melhorar a escrita!".

Nossa tarefa era escrever sobre o futuro. Eu tinha escrito sobre uma viagem ao espaço. Ou melhor, precisei usar tantas linhas para descrever os vários treinamentos pelos quais os astronautas tinham de passar que eu já tinha dez páginas quando chegou a hora da partida, então depois de especular um pouco decidi que a viagem seria cancelada no último minuto por causa de um problema, e então os astronautas voltariam para casa sem ter cumprido a missão.

Em um determinado ponto eu tinha escrito "hotel". A professora corrigiu meu norueguês acrescentando mais um "l" em tinta vermelha. Levantei a mão e ela foi até a minha carteira.

— "Hotel" se escreve só com um "l". Tenho certeza. Eu vi escrito assim num livro.

Ela se abaixou para ver melhor. As mãos dela tinham cheiro de sabonete, e o pescoço tinha o cheiro suave de um perfume de verão.

— Ah, por um lado você está certo, mas por outro lado não. "Hotel" se escreve com um "l" em inglês. Mas em norueguês são dois.

— O Hotel Phønix tem só um "l" — eu disse. — E fica aqui na Noruega. Aqui mesmo, em Arendal!

— Você tem razão.

— Então não está errado?

— Não. Podemos dizer que não. E a sua redação estava boa, Karl Ove.

Ela se levantou e voltou para a cátedra. As palavras dela foram um consolo, mesmo que somente eu as tivesse ouvido.

Na rua estava chovendo e ventando. As árvores fora do terreno da escola balançavam e estalavam, e quando entramos no ginásio no final do recreio as rajadas sopravam com tanta força contra as paredes que às vezes eu tinha a impressão de que eram ondas quebrando. O sistema de ventilação assoviava e uivava, como se a construção fosse viva, como se fosse um bicho imenso cheio de salas, corredores e dutos que tivesse se instalado próximo à escola e, desconfiado, entoasse tristes lamentos para si mesmo. Ou talvez fossem os barulhos que pareciam vivos, pensei enquanto tirava minhas roupas no banco do vestiário. Eles surgiam e desapareciam, pareciam rodopiar por um tempo, soprar aqui e acolá, como se estivessem brincando. Me levantei pelado, com a toalha na mão, e entrei no chuveiro, que já estava cheio de vapor. Juntei-me ao bando de corpos brancos, quase como mármore, e deixei a água bater primeiro na minha cabeça para então correr em filetes pelo meu rosto e pelo meu peito, pelo meu pescoço e pelas minhas costas. Meus cabelos se grudaram contra a testa e eu fechei os olhos. De repente alguém gritou.

— O Tor está de pau duro! O Tor está de pau duro!

Abri os olhos e olhei para Sverre, que tinha gritado. Ele estava apontando para a sala estreita onde Tor estava de pé, com um sorriso no rosto, os braços soltos ao lado do corpo e o pau em riste.

Era Tor quem tinha o maior pau da nossa turma, e talvez em toda a escola. Aquilo ficava pendurado entre as pernas dele como se fosse uma salsicha, e isso não era nenhum segredo, porque ele sempre usava calças justas e o volume ficava sempre virado para cima, meio na diagonal, e todo mundo percebia. Era bem grande. Mas duro como estava era simplesmente enorme.

— Minha nossa! — gritou Geir Håkon.

Todo mundo olhou para ele e o lugar foi tomado pela empolgação, porque ficou claro para todos que alguma coisa tinha de ser feita. Não podíamos deixar passar uma chance tão extraordinária como aquela.

— Vamos levá-lo para a sra. Hensel! — Sverre gritou. — Vamos, rápido antes que amoleça!

A sra. Hensel era a nossa professora de educação física. Ela era alemã e falava um norueguês todo quebrado, era muito rígida, formal e recatada, e todas essas características eram realçadas pelos óculos pequenos e pelo cabelo sempre meticulosamente preso. Ela era muito detalhista, mas ao mesmo tempo distante — em suma, o que chamávamos de almofadinha. Como professora de educação física ela era um pesadelo, já que tinha verdadeira adoração pelos aparelhos de ginástica e quase nunca nos deixava jogar futebol. O momento escolhido por Sverre para sugerir que o levássemos à sra. Hensel, que estava arrumando o ginásio, ainda com o apito no pescoço, a malha azul e a meia-calça branca, parecia simplesmente perfeito.

— Não! — pediu Tor. — Não façam uma coisa dessas!

Sverre e Geir Håkon se aproximaram e agarraram-no pelos braços.

— Venham! — Sverre gritou. — Precisamos de mais dois!

Dag Magne se ofereceu, e junto com Geir B. ele segurou as pernas de Tor e o levantou. Tor protestou e se debateu um pouco enquanto o tiravam do chuveiro, mas não ofereceu grande resistência. Os outros meninos foram atrás. Foi uma visão e tanto. Tor, nu em pelo com aquele enorme pau duro em riste, carregado por quatro meninos pelados seguidos por uma procissão de vários outros meninos pelados, passou ao longo do vestiário e entrou no grande e frio ginásio, onde a sra. Hensel, que devia ter uns trinta anos e estava no outro lado, virou-se em nossa direção.

— O que vocês querem? — ela perguntou.

Os meninos que estavam carregando Tor se aproximaram *correndo*. Quando chegaram perto da sra. Hensel, seguraram-no de pé, como se fosse uma estátua que precisasse de apoio, mantiveram-no assim por cerca de cinco segundos e então tornaram a baixá-lo e voltaram correndo para dentro do vestiário.

A sra. Hensel disse *não, não, garotos, isso não é nem um pouco apropriado*, mas não fez mais nada. Nada de gritos ou berros, nada de boca aberta ou de olhos arregalados, como talvez esperássemos. Mas assim mesmo a ideia tinha sido um sucesso. Conseguimos mostrar para ela a ereção gigante de Tor.

Depois, no vestiário, começamos a discutir sobre o que poderia acontecer. Poucos esperavam qualquer tipo de represália, simplesmente porque seria difícil para a sra. Hensel abordar o assunto. Mas estávamos enganados. O que aconteceu foi levado muito a sério, o diretor foi à nossa turma, os quatro meninos que haviam carregado Tor pegaram detenção e os outros levaram um sermão daqueles. O único que escapou com a honra ilesa foi Tor, que saiu-se dessa ao mesmo tempo como vítima — tanto o diretor como o conselheiro de classe e a própria sra. Hensel trataram o episódio como um desrespeito — e também como vencedor, porque a partir de então todo mundo, inclusive as meninas, ficou a par desse incrível detalhe a respeito da anatomia dele, sem que precisasse mexer um dedo sequer.

Naquele entardecer passei um bom tempo me olhando pelado no espelho.

Era mais fácil dizer do que fazer. O único espelho de corpo inteiro que tínhamos em casa ficava no corredor da escada. Eu não podia simplesmente ficar lá pelado nem que a casa estivesse vazia, porque alguém podia chegar de repente e, mesmo que eu saísse depressa, ainda seria possível ver minha bunda numa fuga desesperada pela escada.

Não, eu teria que usar o espelho do banheiro.

Mas aquele era um espelho de rosto. Aproximando o rosto e afastando as pernas o máximo possível do espelho eu conseguia ter um vislumbre do meu corpo, mas aquele ângulo era estranho demais para que pudesse servir.

Assim, esperei até que minha mãe terminasse de lavar a louça naquela tarde e fosse sentar na sala com um jornal e uma xícara de café. Entrei na cozinha e peguei uma cadeira. Se ela perguntasse o que eu queria com aquilo, responderia que era para apoiar o toca-fitas enquanto eu tomava banho. Se ela perguntasse por que eu não podia colocar o toca-fitas no chão, como de costume, responderia que tinha ouvido que era perigoso ter equipamentos elétricos perto da água, e que muitas vezes eu molhava o chão enquanto tomava banho.

Mas ela não me perguntou nada.

Tranquei a porta, tirei a roupa, coloquei a cadeira perto do espelho e subi em cima.

Primeiro examinei a parte da frente.

O meu pau não era como o de Tor, não mesmo. Mais parecia uma pequena rolha. Ou então uma mola, porque tremia um pouco quando você batia de leve nele.

Segurei-o na palma da minha mão. Qual seria o tamanho?

Me virei um pouco para ver meu pau de lado. Por esse ângulo ele parecia um pouco maior.

Além do mais, aquele era o aspecto do pau de todos os meninos da minha turma, a não ser pelo de Tor, não?

O pior mesmo eram os meus braços. Eram finos demais. E meu peito também parecia fino. Eu tinha percebido numa fotografia da Norway Cup, o meu tórax parecia ficar cada vez mais fino à medida que se aproximava da cabeça. E não era assim que devia ser. Às vezes tínhamos que fazer apoios nos treinos, mas eu trapaceava, porque na verdade, e esse era um grande segredo, eu não conseguia fazer *um único* apoio.

Me abaixei, comecei a encher a banheira d'água e, enquanto ela escorria da pequena boca logo abaixo da pequena construção que parecia uma pequena viga de ferro com dois olhos, um azul e um vermelho, fui correndo até o meu quarto, peguei o toca-fitas, coloquei para tocar o *Outlandos d'Amour*, que para mim era música de tomar banho, coloquei tudo em cima da cadeira, apertei o *play* e entrei devagar na banheira. A água estava tão quente que era quase impossível sentar. Mas no fim consegui. Me sentei, me levantei, me sentei e me levantei até que a pele se acostumasse à temperatura e eu pudesse deixar a água escorrer pelo meu corpo enquanto a música saía do pequeno toca-fitas e eu cantava a plenos pulmões e sonhava em ser famoso, imaginando o que as meninas que eu conhecia iam dizer. *I feel lo lo lo*, cantei. *I feel lo lo lo, I feel lo lo lo. I feel lo lo lo, I feel lo lo lo, I feel lo lo lo. Lo, I feel lo. I feel lo. I feel so lonely. I feel so lonely. I feel so lonely lonely lonely lo. I feel so lonely lonely lonely lo. Lonely lone. Ah, I feel SO LONELY! So lonely. So lonely. So lonely. So lonely. So lonely. I feel so lonely. I feel so lonely. I feel so lonely.*

Eu reproduzia cada nuance na voz de Sting, inclusive a tristeza no final. No meu entusiasmo também batia os punhos contra as bordas da banheira. Quando a música acabou, sequei as mãos numa toalha, virei a fita e avancei até "Masoko Tanga", também uma das minhas favoritas.

Ah, "Masoko Tanga"!

Depois parei em frente ao armário do meu quarto para escolher que roupas vestir. A noite ainda duraria algumas horas.

Escolhi a camisa azul-clara com botões brancos e as Levi's azul-escuras.

— Quando vamos comprar roupas para o Dezessete de Maio? — perguntei à minha mãe assim que entrei na sala.

— Ainda estamos no fim de março — ela respondeu. — Temos bastante tempo.

— Mas será que as roupas não estão mais baratas agora?

— Temos que ver — ela disse. — Mas você sabe que agora que o seu pai voltou a estudar não sobra muito dinheiro.

— Mas sobra um pouco, não? — perguntei.

Ela sorriu.

— Você vai ganhar roupas novas para o Dezessete de Maio.

— E sapatos.

— E sapatos.

O Dezessete de Maio continuava a ser para nós o ponto alto do verão, assim como o Natal era o ponto alto do inverno. Na escola cantamos "Vi ere en nasjon vi med", "Norge i rødt, hvitt og blått" e "Ja vi elsker", e aprendemos sobre Henrik Wergeland e tudo que aconteceu em Eidsvoll em 1814. Em casa as faixas e as bandeiras foram tiradas do armário, junto com todos os apitos e instrumentos de sopro. No dia das comemorações, as bandeiras foram hasteadas em todos os mastros, e cedo pela manhã já era possível ver homens e mulheres em frente às casas, vestindo *bunader* com jaquetas e sobretudos por cima quando estava frio ou chovendo, crianças com bandeiras nas mãos e às vezes até com o estojo de um instrumento musical, porque não eram poucos os vizinhos que tocavam na banda marcial, e esses envergavam o uniforme em vez das roupas finas que vestiam apenas mais tarde. O uniforme da banda marcial da escola de Tromøya consistia em uma jaqueta amarelo-mostarda e calças pretas com uma listra branca nas laterais e em um chapéu preto similar ao da Legião Estrangeira. O peito dos uniformes vinha cheio das medalhas acumuladas nos diversos encontros de que participavam. Os carros deixavam o pátio das casas um atrás do outro, pegavam a estrada e seguiam rumo à cidade, onde era necessário estacionar bem longe do centro, porque as pessoas vinham de todos os cantos e as ruas ficavam apinhadas de gente ao longo de todo o percurso do desfile. E o desfile éramos nós. Nos reuníamos em Tyholmen, sob a bandeira da escola primária de Sandnes, que nos enchia de orgulho, em uma fila quase interminável formada não apenas por todas as escolas de Arendal, mas também por todas as escolas da região. Depois seguíamos em duas fileiras pelas ruas da cidade em meio a um mar de gente, sempre atentos, porque os nossos pais, que queriam nos ver acenar e tirar uma fotografia nossa, podiam estar em qualquer lugar.

Esse dia, 17 de maio de 1980, foi talvez a segunda celebração do Dezessete de Maio em que participei. Estava chovendo quando acordamos, e aquilo me entristeceu, porque eu teria que usar roupas de chuva por cima das minhas roupas novas. Eu tinha ganhado calças Levi's azul-claras, um par de tênis Tretorn brancos e uma jaqueta curta cinza-clara. Eu estava particularmente satisfeito com as calças. No lado de fora das casas ouviam-se os longos e lamuriosos sons dos instrumentos de sopro que as crianças carregavam de um lado para o outro. Portas de carro batiam, gritos soavam nos jardins, a atmosfera era de tensão, mas ao mesmo tempo parecia repleta de expectativa.

Quando chegamos ao ponto de encontro em Tyholmen, onde a chuva peneirava num ritmo constante, descobrimos que faríamos o desfile ao lado de uma turma de Roligheden. Eu jogava futebol com alguns deles, mas também havia rostos totalmente desconhecidos para mim.

Uma menina se virou.

Ela tinha cabelos loiros e grandes olhos azuis, e sorriu para mim.

Não devolvi o sorriso, mas assim mesmo ela continuou me olhando, e em seguida desviou os olhos.

O desfile começou. Num lugar mais à frente tocava uma banda marcial. Um dos nossos professores começou a cantar, e então começamos a cantar junto. Passados cerca de vinte minutos de marcha nossa paciência começou a acabar, especialmente entre os garotos, começamos a rir e a fazer bobagens, e quando alguém começou a levantar as saias das meninas com uma bandeira e a ideia pegou, eu fui em direção à menina de cabelos loiros, por sorte junto com Dag Magne, porque assim eu era parte de uma coisa maior e não estaria agindo sozinho. Enfiei a bandeira por baixo da saia dela e levantei, e ela se virou de repente, segurou a bandeira com uma das mãos e gritou *pare, pare*. Mas os olhos dela estavam sorrindo.

Fiz a mesma coisa também com outras meninas, para que não parecesse suspeito quando eu voltasse a levantar a saia dela.

— Não faça assim! — ela disse na segunda vez, dando uns passos apressados à frente. — Deixe de ser infantil!

Será que estaria brava de verdade?

Passaram-se uns segundos. Depois ela se virou mais uma vez e sorriu. Foi um sorriso breve, mas bastou, ela não estava brava, não me achava infantil.

Mas será que ela não tinha falado no dialeto de Østlandet?

Será que não vinha de lá? Estaria apenas visitando?

Nesse caso eu nunca mais a veria.

Não. Relaxe. Ninguém que está apenas visitando participa do desfile!

De repente notei a bandeira que estava na minha mão e a levantei. No Dezessete de Maio anterior meu pai tinha se irritado comigo porque eu tinha deixado a bandeira cair quando passei por eles.

Dag Magne abriu o melhor sorriso. Uma câmera disparou o flash. Os pais dele estavam na primeira fila. Eles nem pareciam ser eles mesmos, as roupas elegantes ficavam estranhas neles.

Olhei mais uma vez para a menina.

Ela era baixinha e estava usando uma jaqueta cor-de-rosa, uma saia azul-clara e meias brancas. Os cabelos loiros eram ondulados, o nariz era pequeno, a boca era grande e o queixo dela tinha uma covinha.

Senti um arrepio na barriga.

Quando ela se virou para evitar que eu levantasse a saia, percebi que os seios dela eram grandes, porque a jaqueta estava aberta e a blusa por baixo era fina.

Ah, Deus, por favor permita que eu a namore.

— Ei, Karl Ove! — minha mãe gritou de repente da multidão. Olhei ao redor. Meus pais estavam do outro lado da rua do Phønix Hotel. Minha mãe acenou e levantou a câmera fotográfica, meu pai me cumprimentou com um aceno de cabeça.

Quando estávamos voltando para o centro, a menina se virou e olhou para mim uma vez mais. Pouco depois o desfile se dispersou, e ela se afastou em meio à multidão.

Eu não sabia nem ao menos o nome dela.

Quando o desfile terminou na cidade todo mundo voltou ao loteamento para trocar de roupa e comer, e talvez assistir às transmissões de outros desfiles país afora antes de entrar mais uma vez nos carros, dessa vez com roupas menos formais, e dirigir até Hove, onde a celebração atingia o ponto máximo. Lá havia tendas que vendiam salsichas, sorvetes e refrigerantes, tendas onde era possível ganhar prêmios, brincadeiras organizadas e uma grande movimentação de crianças que, com notas de dez coroas nos bolsos, corriam para um lado e compravam uma salsicha e depois corriam para o outro e participavam de uma corrida do saco com as mangas sujas de ketchup, a boca suja de sorvete e uma garrafa de Coca-Cola na mão. Não tínhamos parado de fazer nenhuma dessas coisas, mas a velocidade com que as fazíamos talvez tivesse diminuído em relação ao ano anterior. Quanto a mim, passei a tarde inteira procurando a menina do desfile, e toda vez que uma jaqueta cor-de-rosa ou uma saia azul-clara aparecia meu coração quase parava de bater, mas nunca era ela, ela nunca estava lá. Mesmo que soubesse qual era a turma dela, e mesmo que jogasse futebol com os colegas dela, eu não podia simplesmente perguntar a eles, porque todos entenderiam o que estava acontecendo e não tardariam a espalhar a notícia. Mesmo assim, mais cedo ou mais tarde eu a veria mais uma vez, eu tinha certeza, afinal a ilha não era tão grande assim.

Meu pai se mudou duas semanas mais tarde, orgulhoso por ter passado meses estudando. Ele tinha vendido a coleção de selos, deixado para trás o entusiasmo com a política, o jardim estava perfeito, o trabalho como professor do ginásio era familiar a ponto de aborrecê-lo. O que ele fez então foi sair à procura de novos empregos. Se conseguisse um, simplesmente nos mudaríamos também. Por sorte o ano seguinte foi o último em que ele trabalhou num ginásio comum.

Ele tinha comprado um barco no início daquele verão, um Rana Fisk 17 com um motor de popa de vinte e cinco cavalos. Eu, minha mãe e Yngve estávamos no trapiche quando ele chegou ao estreito de Arendal pela primeira vez. No volante do barco estava meu pai, e mesmo que não tenha sorrido nem acenado para nós, pude notar que ele estava orgulhoso.

Ele reduziu a velocidade e o barco continuou a deslizar em direção à marina, mas não da forma como pretendia, o barco avançou demais e bateu no trapiche. Ele deu ré, engatou a marcha e voltou deslizando uma vez mais. Jogou o cabo para minha mãe, que não sabia direito o que fazer com aquilo.

— Tudo certo? — perguntei.

— Claro — meu pai respondeu. — Você mesmo viu.

Ele pisou em terra com o galão vermelho de gasolina na mão. Prendeu a lona e deteve-se por mais um instante examinando o barco antes que entrássemos no carro para ir embora, com meu pai ao volante mesmo que o carro fosse da minha mãe.

Quando o ano escolar começou precisei acompanhá-lo durante as tardes para armar as redes e depois acordar bem cedo na manhã seguinte para recolhê-las. Engolíamos duas fatias de pão, com uma expressão irritada de cansaço, e depois saíamos em meio à escuridão, ele dava a partida no carro e dirigia até os trapiches, que estavam silenciosos e vazios, soltava a lona verde que recobria o barco, colocava o galão vermelho no lugar, soltava os cabos, ligava o motor e saía de ré com todo cuidado. Eu ficava sentado na frente, atrás do para-brisa, inclinado para a frente com os braços junto ao corpo e as mãos enfiadas nos bolsos, porque fazia bastante frio, e mesmo que o barco fosse mais rápido que uma embarcação pesqueira, a viagem até o extremo da ilha levava mais de meia hora. Meu pai colocava as mãos no volante e manobrava concentrado enquanto saía da estreita passagem entre a costa e Gjerstadholmen, onde havia um escolho por onde ele já tinha andado naquele verão. Quando chegávamos ao estreito ele sentava-se e depois avançávamos em meio às ondas que batiam contra o casco e aos respingos que voavam pelo ar. Em geral armávamos as redes bem perto da costa, e a minha tarefa era ficar na proa e pegar as boias onde elas ficavam presas. Era difícil, as boias eram escorregadias, e se eu não conseguia de primeira meu pai dizia que eu tinha que fazer aquilo direito, era só pegar as boias, mas as minhas mãos já estavam duras de frio, porque a água obviamente estava gélida, e naquele ponto, em pleno mar, estava sempre ventando por aquela hora. Os cabelos do meu pai estavam sempre desgrenhados, os olhos brilhavam de irritação quando ele dava ré e se aproximava mais uma vez da boia, e se eu não conseguisse na segunda tentativa ele me xingava, e eu começava a chorar, e então ele ficava ainda mais furioso, às vezes ia até a proa batendo os pés no chão pegar a boia ele mesmo, e então me mandava assumir o volante, avance em direção à boia, ele podia dizer, *em direção à boia*, eu disse, seu idiota! Será que você não sabe fazer nada? Não é tão fácil dirigir, eu dizia, e então ele dizia, é *dirigir*, não *diguigir*! RRR. DIRIGIR! Eu chorava e morria de frio e o meu pai se debruçava para fora do barco e puxava a boia. Depois, enquanto balançávamos ao sabor das ondas com a luz da aurora a despontar no horizonte e o meu pai recolhia as redes ao mesmo tempo que a fúria aos poucos sumia daqueles olhos, ele eventualmente tentava amenizar o surto, mas era tarde demais, o frio que enrijecia minhas mãos também havia se instalado nas profundezas da minha alma, eu o odiava como só se pode odiar o próprio pai, e quando fazíamos o caminho de volta, com os peixes ainda pulando na tina branca, nunca trocávamos uma palavra sequer. Enquanto meu pai limpava os peixes na lavanderia eu arrumava minha mochila e saía rumo a um dia que para os meus colegas mal tinha começado, mas para mim já havia durado várias horas.

No mesmo outono nossa banda finalmente tornou-se uma realidade. O nome que eu tinha sugerido acabou prevalecendo, começamos a escrever Blodpropp em nossas jaquetas e em nossas mochilas e a ensaiar no porão da nova capela. Tudo graças a Dag Magne, porque a mãe dele fazia limpeza na casa de um médico que participava do conselho da congregação. Dag Magne também era o único que sabia tocar um instrumento e que demonstrava o que poderia ser interpretado como um talento musical. Ele tocava guitarra e cantava, eu tocava guitarra, Kent Arne tocava o baixo que a mãe tinha comprado para ele e Dag Lothar tocava bateria. Durante a festa de encerramento daquele ano faríamos uma apresentação no ginásio. Yngve tinha me ensinado os acordes de "Forelska i lærer'n", o grande hit do The Kids, e mesmo que aquilo fosse uma humilhação, ao menos para mim, era também a música mais fácil que Yngve conhecia, e provavelmente a única música conhecida simples o bastante para que conseguíssemos tocar. Mesmo que a banda tenha se perdido no meio da apresentação e que cada um tenha começado a tocar num ritmo diferente enquanto Kent Arne tentava afinar o baixo no meio de tudo aquilo, e mesmo que a maioria dos que estavam na plateia tenha nos criticado depois, inclusive alunos da quarta série, e com razão, porque afinal não sabíamos tocar, nada poderia ser maior do que o sentimento que veio depois, quando fomos para o pátio da escola com nossos jeans furados, nossas jaquetas de brim e cachecóis enrolados no pescoço. Estávamos na sexta série, logo começaríamos o ginásio e tocávamos em uma *banda*. Pouco depois a banda acabou, já que nem Dag Lothar nem Kent Arne queriam continuar tocando, e esse foi um golpe duro, mas eu e Dag Magne continuamos como uma dupla por mais um tempo, gravando músicas na casa dele, ouvindo música e sonhando com a fama, por exemplo no Saganatta, o festival de novas bandas que viria para nossa cidade durante o verão. Procurei Håvard, que era cinco anos mais velho, tocava na única banda punk da cidade e morava perto da ponte, e perguntei a ele se podia nos ajudar a participar. Ele disse que não tinha como nos prometer nada, mas se dispôs a falar com um dos organizadores.

Num evento de pais e alunos organizado pela escola naquela primavera tocamos duas músicas, Dag Magne na guitarra e eu na percussão, uma delas, "Tramp på en soss", tinha a primeira letra que eu escrevi, e a outra era "Ramp", de Åge Aleksandersen. Antes de começarmos fiz uma pequena apresentação do movimento punk para os pais que estavam presentes.

— Nesses últimos anos uma nova forma de música surgiu em meio à classe operária da Inglaterra — eu disse. — Talvez alguns de vocês já tenham ouvido falar a respeito. Chama-se punk. As pessoas que tocam punk não são músicos talentosos, mas agitadores que acima de tudo querem agitar a sociedade. Eles usam jaquetas de couro e cintos cheios de pregos e têm alfinetes espetados em todos os lugares que vocês podem imaginar. Os alfinetes são praticamente o símbolo do movimento punk.

Olhei entusiasmado para aquela plateia formada por cabeleireiras, secretárias, enfermeiras, empregadas domésticas e donas de casa. Eu tinha doze anos, e durante os últimos cinco anos eles tinham me visto falar antes do Natal e da chegada do verão, fosse no papel de prefeito da cidade ou como José em Belém, e naquele momento eu estava falando outra vez, porém como porta-voz do movimento punk e integrante da banda Blodpropp.

— Vamos agora oferecer uma palhinha dessa nova forma de música. A primeira é uma música nossa. Chama-se "Tramp på en soss".

Então Dag Magne, que durante todo o tempo estava ao meu lado com o violão de doze cordas pendurado no ombro, começou a tocar enquanto eu batia aleatoriamente na caixa e cantava.

Nossa apresentação seguinte foi durante uma aula. Tocamos as mesmas duas músicas. Quando terminamos, a maioria dos colegas assoviou, e Finsådal, o conselheiro de classe de barba vermelha, foi até Dag Magne e disse que ele realmente estava começando a pegar o jeito.

Foi doloroso.

Como resposta eu mandei em absoluto sigilo uma carta para a NRK, que tinha um programa no qual crianças participavam com seus ídolos, dizendo que eu gostaria de tocar "Ramp" com Åge Aleksandersen.

Por muito tempo acalentei esse sonho, mas a resposta não vinha nunca, e aos poucos a esperança de estourar como astro do pop desapareceu, ao mesmo tempo que surgiu uma nova esperança, porque Øyvind, o nosso treinador, nos chamou no final de um treino e disse que talvez fôssemos jogar na abertura do jogo do Start contra o Mjøndalen. Para alguém como eu, que no ano anterior tinha assistido à final no Kristiansand Stadion e visto o Start assegurar o ouro mais ou menos no último segundo da partida, invadido o campo junto com centenas de outros torcedores e parado embaixo da construção onde ficava o vestiário para cantar, vibrar e fazer homenagens aos jogadores, e até mesmo posto as mãos no uniforme de Svein Mathiesen, que evidentemente foi arrancado das minhas mãos por um homem adulto com olhos avaros no instante seguinte, para alguém como eu, que tinha comparecido ao estádio em domingos alternados durante anos para assistir a todas as partidas em casa, e que tinha um tio como Gunnar, que era conhecido de Svein Mathiesen, e conhecido o suficiente para conseguir um autógrafo para Yngve, para mim, jogar no Kristiansand Stadion, com a possibilidade de ser visto não apenas pelo enorme público, mas talvez até mesmo pelos próprios jogadores, tinha um significado enorme. O time em que eu jogava era um dos melhores da região, nós ganhávamos a maioria das partidas por uma diferença considerável e tínhamos ganhado a série em todos os anos em que eu tinha jogado, e o fato de que eu era um dos piores jogadores do time, ao mesmo tempo lerdo e com pouco domínio da técnica, era encarado por mim como um detalhe passageiro, eu pensava que *na verdade* eu jogava bem, que *na verdade* eu sabia fazer tudo que devia fazer tão bem quanto os outros, e que era apenas uma questão de tempo para que essa situação ficasse clara. Isso acontecia porque *nos meus pensamentos* eu podia não apenas marcar gols de todos os lugares possíveis e impossíveis, como John, mas também driblar quem quer que fosse jogando como ala, como Hans Christian. Bastaria apenas fazer com que os acontecimentos correspondessem às minhas ideias, fazer com que se reconciliassem, por assim dizer, e tudo estaria resolvido. E por que não poderia acontecer na abertura de um jogo no Stadion? Afinal, eu não jogava sempre *melhor* passadas as primeiras semanas do outono? Por que eu não poderia *de repente* sair driblando um adversário atrás do outro?

    Assim eram as coisas. Tudo estava na minha cabeça. E mesmo que eu ainda não tivesse mostrado nada do que gostaria de mostrar, eu tinha conseguido uma posição no meio de campo. No início da primavera jogamos a primeira partida de treinamento daquele ano na estrada de cascalho em frente ao novo Tromøyhallen, pouco depois da escola de Rolighcden, e quando saí do campo para ser substituído durante o segundo tempo os meus olhos se encheram de lágrimas. Mesmo que estivesse com os olhos fixos no chão, o treinador percebeu e saiu correndo atrás de mim enquanto eu seguia em direção ao vestiário. Eu devia ter ficado para ver o restante da partida, mas estava tão decepcionado com a substituição que simplesmente não aguentei, e além disso não queria que ninguém me visse chorando, claro.

— O que houve, Karl Ove?

— Nada — respondi.

— Você está chateado por causa da substituição? Todos precisam jogar um pouco. Não quer dizer que você saiu do time. De jeito nenhum. Foi só por hoje. É uma partida de treino.

Abri um sorriso em meio às lágrimas.

— Não foi nada — eu disse. — Está tudo bem.

— Mesmo?

— Mesmo — respondi, sentindo as lágrimas voltarem.

— Então está bem — ele disse.

Depois pensei que talvez eu pudesse jogar no time porque o nosso treinador tinha sentido pena de mim, ou então porque não queria ter aquela mesma experiência outra vez. Não era um pensamento agradável, e ao mesmo tempo o mais importante era que eu fazia parte do time, apesar dos meus defeitos.

Nós treinávamos e jogávamos nossas partidas em casa no Kjenna, um campo que ficava um pouco abaixo do loteamento grande em Brattekleiv, e a maioria dos meninos no time morava por lá.

E foi lá que de repente a encontrei mais uma vez.

Foi no início de junho, o céu estava azul e limpo. Jogávamos em meio a cones espalhados pela metade do campo, porque na pequena área e próximo ao meio de campo a grama estava muito pisoteada e a superfície bastante irregular, e mesmo que o sol estivesse baixo e as sombras das árvores se espalhassem por cima do campo, o calor era tão forte que o suor escorria por nossas testas e nucas enquanto corríamos atrás da bola. Os pássaros cantavam nas árvores ao longo das laterais, as gaivotas gritavam e às vezes um carro passava fazendo barulho, de um lugar um pouco mais afastado vinha o ruído intermitente de um cortador de grama, e em outro ponto mais abaixo, nos vestiários provisórios, ouviam-se gritos e risadas, um grupo de crianças brincava na água marrom e quente do Tjenna, tudo enquanto ofegávamos e arquejávamos e tocávamos a bola com chutes curtos e baixos. Eu estava no melhor time da temporada, jogava com meninos um ano mais velhos do que eu enquanto, por conta da minha data de nascimento, no ano seguinte eu estaria fazendo a mesma coisa que no ano anterior, ou seja, jogando com meninos um ano mais novos. Éramos os líderes indiscutíveis da série, e em um mês estaríamos na Norway Cup, com a esperança de chegar até o fim e jogar a final no Ullevaal. Eu tinha calções brancos da Umbro e um par de chuteiras da Le Coq Sportif que eu engraxava depois de cada sessão de treino e ainda conseguia manusear e admirar com uma alegria enorme e pulsante.

Naquela tarde quatro meninas desceram das bicicletas junto à linha de fundo, deixaram-nas lá e subiram a montanha que ficava próxima à lateral, onde sentaram-se para nos olhar enquanto conversavam e riam. Às vezes as meninas apareciam para nos ver daquele jeito, mas eu nunca a tinha visto antes. Porque era ela, não havia dúvida. Dessa vez estava usando um jeans azul e uma camiseta branca.

Não me esqueci daquela presença por um instante sequer durante o resto do treinamento. Tudo que eu fazia, fazia por ela. Quando terminamos, nos alongamos e as garrafas de XL1 foram jogadas para nós, me sentei na grama logo abaixo das meninas com Lars e Hans Christian. Eles gritaram xingamentos para elas e receberam risadas e mais xingamentos como resposta.

— Você as conhece? — perguntei com o maior cuidado possível.

— Conheço — disse Lars, sem demonstrar nenhum interesse.

— São colegas suas?

— São. Kajsa e Sunnva. As outras duas são colegas do HC.

Então ela se chamava Kajsa ou Sunnva.

Me inclinei para trás com as mãos apoiadas na grama e as pálpebras semicerradas para proteger os olhos contra a luz alaranjada do sol. Um dos meninos enfiou a cabeça no balde d'água junto à linha lateral. Depois endireitou o corpo e fez um movimento brusco com a cabeça. Os pingos d'água desenharam um arco cintilante no ar durante um breve momento e então desapareceram. Usando os dedos como um arado, ele passou as duas mãos pelos cabelos úmidos.

— Eu já vi uma delas antes — eu disse. — Aquela mais da direita. Como é o nome dela?

— A Kajsa?

— É esse o nome?

Lars olhou para mim. Ele tinha cabelos crespos, sardas e uma aparência um pouco abusada, mas os olhos eram cheios de ternura e estavam sempre brilhando.

— Nós somos vizinhos — ele disse. — Eu a conheço desde que aprendi a andar. Você está interessado?

— Nã-ão — respondi.

Lars bateu com o dedo em riste no meu peito.

— Está, sim — ele disse. — Quer que eu apresente você para ela?

— Me apresentar? — repeti, sentindo a boca seca.

— Não é assim que se diz, você que sabe tudo?

— É assim mesmo. Mas não. Agora não. Ou melhor, nem agora nem nunca. Enfim, não estou interessado. Eu só estava curioso. Acho que eu já a vi antes.

— A Kajsa é legal — Lars disse. E em seguida cochichou: — E ela tem peitos grandes.

— É — concordei. Depois me virei sem pensar nesse último comentário e olhei para ela. Lars riu e se levantou. Ela olhou para mim.

Ela olhou para mim!

Também me levantei e segui com Lars em direção ao vestiário.

— Posso tomar um pouco? — perguntei.

Lars me atirou a garrafa de XL1, inclinei a cabeça para trás e fiz o líquido esverdeado escorrer pelo canudo comprido e estreito e cair na minha garganta.

— Você também vai tomar um banho de mar? — ele me perguntou.

— Não, tenho que ir para casa — respondi.

— Talvez a Kajsa venha junto — ele acrescentou.

— Ah, é mesmo? — eu disse. Lars me encarou. Balancei a cabeça. Ele abriu um sorriso. Os outros estavam vindo logo atrás. No vestiário eu simplesmente troquei a camiseta e os sapatos, vesti minha jaqueta de física, larguei a bolsa em cima do bagageiro e saí pedalando rumo à minha casa pelo velho caminho de cascalho no meio da floresta, onde a temperatura caía de repente nos pontos em que o sol não havia batido por um tempo, e nessas horas era preciso fechar a boca, porque os recantos à sombra estavam sempre cheios de grandes revoadas de insetos. No morro ao lado, que tinha a encosta nua desde o incêndio no ano anterior, o sol brilhava antes de sumir de vez assim que o terreno ficava mais acidentado e os grandes espruces começavam a se erguer como se fossem muros nos dois lados da estrada. Minha bicicleta era a mesma desde que eu era menino, uma DBS Kombi que tinha o guidom e o banco regulados na máxima altura possível, o que a fazia parecer uma espécie de mutante, a primeira e desajeitada metamorfose de uma bicicleta. Eu cantava em voz alta enquanto desviava em alta velocidade dos buracos e elevações do terreno, derrapando às vezes com a roda de trás.

Chuta!
Tralalalalalá
Chuta!
Tralalalalalá
Chuta!
Tralalalalalá

You come all flattarp he come
Groovin ut slowly he got
Ju ju eyeball he won
Holy roller he got
Here down to his knees
Got to be a joker he just do what he pleases

Chuta!
Tralalalalalá
Chuta!
Tralalalalalá
Chuta!
Tralalalalalá

Essa era "Come Together", a faixa de abertura do *Abbey Road*, que nos meus ouvidos soava assim. Ou seja, eu sabia que a letra não era exatamente assim, mas o que importava enquanto eu descia a encosta correndo em meio à floresta, tomado pela alegria? Quando cheguei ao cruzamento da estrada asfaltada, parei e dei passagem a um carro antes de ganhar velocidade mais uma vez e corri o quanto pude ao subir a estrada de cascalho no outro lado. Engoli um ou dois mosquitos e tentei sem sucesso colocá-los para fora tossindo, atravessei a estrada principal no alto de Speedmannsbakken e segui a faixa de bicicleta até o Fina, onde a turma estava sentada nas mesas ao ar livre, e não dentro do café, como acontecia no inverno. As bicicletas e os *mopeds* de todos estavam estacionados um pouco mais além. Eu já não tinha medo de entrar, porque o pior que podia acontecer era que alguém fizesse um comentário qualquer, mas eu também não gostava disso, então segui pelo lado oposto da rua. Três colegas meus estavam lá naquela tarde, além de John eu vi Tor e Unni, e também Mariann, que estudava na classe paralela e tinha sido minha namorada. Ninguém prestou atenção em mim, e talvez nem ao menos tivessem me visto.

O jeito mais rápido de chegar à minha casa de bicicleta era seguir pela estrada principal, mas assim mesmo desci da bicicleta ao chegar na encosta que subia e comecei a empurrá-la ao meu lado. De repente as árvores encobriram a visão da estrada principal às minhas costas, o cenário tornou-se mais pastoril, e eu gostava o suficiente dessa mudança para justificar os minutos extras de caminhada.

Depois era tudo floresta, não havia mais uma casa ou uma estrada sequer à vista, somente árvores por toda parte, árvores decíduas com copas exuberantes, repletas de folhas verdes e cheias de passarinhos. O caminho, que consistia apenas em terra batida e uma ou outra rocha, era atravessado por enormes raízes que mais pareciam bichos pré-históricos. A grama que crescia ao longo do córrego era densa e exuberante, e no panorama verde havia também árvores caídas com troncos lisos cheios de outras plantas entre os galhos secos e mortos, que tinham estado lá desde as minhas primeiras lembranças, e ainda mais atrás havia uma fileira de morros baixos entre a grama alta e as novas árvores que haviam brotado. Ao caminhar algumas centenas de metros por esse caminho podia-se imaginar que aquela floresta era profunda, infinitamente profunda e repleta de mistérios. Não era difícil esquecer que no outono e no inverno podia-se ter um vislumbre da longa e pedregosa encosta que descia a partir do caminho que dava a volta no loteamento, nem que o telhado laranja de umas casas se deixava entrever. Afinal de contas, o problema não é que o mundo estabelece limites para a fantasia, mas que a fantasia estabelece limites para o mundo. Mas dessa vez eu não estava na rua para brincar, apenas para me deixar levar por um sentimento agradável e para cultivar a liberdade que me fora concedida pelo olhar de Kajsa.

Kajsa, o nome dela era Kajsa!

Me arrastei encosta acima empurrando a bicicleta aos solavancos até chegar na estrada, próximo à casa paroquial. Em frente à casa de Ketil a estrada estava cheia de crianças que jogavam futebol. O pai dele estava sentado em uma cadeira de camping no pátio, usando bermudas e com a barriga saindo para fora da camisa aberta. Logo ao lado uma grelha soltava fumaça.

Ah, aquele cheiro!

Do outro lado estava Tom, lavando o carro. Ele usava grandes óculos de piloto e uma bermuda de brim com a bainha desfiada, mais nada. Reconheci a música que saía das portas abertas que faziam com que o carro mais parecesse um pequeno avião atarracado, era Dr. Hook. Por fim cheguei ao morro e vi o estreito reluzir azul em meio às árvores mais além, e também os tanques de gás brancos na margem oposta. O vento encheu meus olhos de lágrimas quando subi na bicicleta e parti. Uma outra turma de crianças estava jogando futebol na estrada em frente à nossa casa. O irmão mais novo de Marianne, o irmão mais novo de Geir Håkon, o irmão mais novo de Bente e o irmão mais novo de Jan Atle. Eles me cumprimentaram e eu os cumprimentei de volta, mas em seguida desci da bicicleta e a empurrei para dentro do pátio, onde estavam dois carros. Eram o grande Citroën de Anne Mai e o 2cv de Dagny. Eu tinha esquecido completamente que teríamos visitas, e um pequeno tremor de alegria varou meu corpo quando os vi.

Quando cheguei em casa, estavam na sala com minha mãe. Ela tinha assado bolo, talvez ainda houvesse um terço, e passado café. Estavam todas envoltas em nuvens de fumaça enquanto conversavam. Cumprimentei-as, elas perguntaram como eu estava, respondi que estava tudo bem e que eu estava voltando do treino de futebol, elas perguntaram se as férias já tinham começado, eu respondi que sim e que estava aproveitando bastante. Anne Mai pegou um pacote de bombons de chocolate ao leite Freia.

— Será que você já está crescido demais para essas coisas?

— Para comer bombons? — perguntei. — Não vou perder a vontade nem depois que eu envelhecer!

Peguei o pacote e me virei para ir à cozinha quando Anne Mai disse:

— O que está escrito nas suas costas? Trauma?

Ela riu.

— O time de futebol em que o Karl Ove joga se chama Trauma — minha mãe explicou.

— Trauma! — repetiu Dagny. As três riram.
— O que tem de errado? — perguntei.
— Nós trabalhamos com isso, sabia? Trauma é quando uma coisa terrível acontece. É assim que as pessoas têm traumas. Foi um pouco estranho ver a palavra escrita nas suas costas.
— Ah — eu disse. — Mas não é isso que o nome do nosso time significa. O nome vem de Thruma, que era o antigo nome de Tromøya. Era assim que se chamava na época dos vikings.

As três continuaram rindo quando fui para o meu quarto. Coloquei a fita do The Specials para tocar e me deitei para ler enquanto os últimos raios de sol brilhavam na parede do outro lado, e o loteamento lá fora aos poucos silenciou.

Kajsa foi um pensamento constante durante as semanas que vieram a seguir. Duas imagens eram recorrentes. Numa ela se virava em minha direção, com os cabelos loiros e os olhos azuis, usando a mesma roupa do Dezessete de Maio. Na outra ela aparecia nua ao meu lado em um campo. Essa imagem surgia praticamente todos os dias antes que eu pegasse no sono. Eu sofria de pensar naqueles seios grandes e alvos com mamilos cor-de-rosa. Me revirava na cama enquanto imaginava diversas coisas vagas mas intensas que eu fazia com ela. A outra imagem que eu tinha despertava outros sentimentos em outros momentos: no meio de um salto a partir dos escolhos, enquanto flutuava no ar com o sol batendo no meu rosto, eu tinha um vislumbre dela, e num júbilo quase desvairado sentia uma explosão no meu âmago, mais ou menos ao mesmo tempo que meus pés atravessavam o espelho d'água e o meu corpo mergulhava no mar verde-azulado, que parava minha queda após alguns metros, e então eu, rodeado de bolhas e com o gosto de sal nos lábios, impelia o corpo mais uma vez rumo à superfície com movimentos vagarosos e um arrepio de felicidade no peito. Quando eu estava sentado à mesa para o jantar, tirando a pele de um bacalhau, por exemplo, ou mastigando um bocado de *lungemos*, que tinha uma consistência desagradável, a refeição podia ocupar os meus pensamentos e sobrepor-se a todos os demais, mas quando eu mastigava e os meus dentes cortavam aquela massa, que oferecia resistência apenas no fim, quando se prendia às minhas gengivas, a imagem dela podia surgir de repente, e assim tudo aquilo que me rodeava era empurrado para a sombra. Mas eu não a via de verdade. A distância geográfica entre os dois loteamentos devia ser de poucos quilômetros, mas a distância social era maior, e não se deixava vencer com um ônibus ou uma bicicleta. Kajsa era um sonho, uma imagem na minha cabeça, uma estrela no céu.

Depois aconteceu uma coisa.

Jogamos a partida no Kjenna, a temporada da primavera tinha acabado, mas uma partida tinha sido adiada, e estávamos correndo pelo gramado no calor, com os dez ou quinze espectadores habituais, quando percebi com o rabo do olho três figuras andando junto à linha lateral e tive a certeza de que era ela. Durante todo o restante da partida, dividi minha atenção entre os espectadores e a bola.

Quando o jogo terminou uma menina se aproximou.

— Posso falar com você um pouco? — ela perguntou.

— Claro que pode — respondi.

Senti uma expectativa louca se acender dentro de mim e sorri.

— Você sabe quem é a Kajsa? — a menina perguntou.

Enrubesci e desviei os olhos para baixo.

— Sei — eu disse.

— Ela pediu que eu perguntasse uma coisa a você — ela disse.

— Como é? — perguntei.

Senti uma onda de calor dentro de mim, como se o meu peito de repente se enchesse de sangue.

— A Kajsa pediu para eu perguntar se você quer ser o namorado dela — ela disse. — Você quer?

— Quero — eu disse.

— Que bom! — ela respondeu. — Vou dar o recado agora mesmo.

A menina começou a se afastar.

— Onde ela está? — perguntei.

A menina se virou.

— Esperando no vestiário — ela respondeu. — Você aparece por lá mais tarde?

— Pode ser — eu disse. — Apareço.

Quando ela voltou a caminhar, olhei para o chão durante um breve instante.

— Obrigado, Deus — disse uma voz dentro de mim. Porque naquele momento tinha acontecido. Eu estava namorando Kajsa!

Podia mesmo ser verdade?

Será que eu estava mesmo namorando Kajsa?

Namorando *Kajsa*?

Caminhei ainda um tanto confuso pela lateral do campo. De repente me ocorreu que eu também tinha arranjado um grande problema. Kajsa estava à minha espera. Eu teria que dizer alguma coisa para ela, convidá-la para fazer alguma coisa. Mas o que poderia ser?

No caminho até o vestiário eu podia fingir que não a tinha visto ou então sorrir discretamente quando a visse, porque eu ainda tinha que entrar e trocar de roupa. Mas quando eu saísse outra vez...

Era uma tarde fresca, o ar tinha cheiro de grama e estava cheio de borboletas, nós tínhamos vencido e as vozes que vinham do vestiário estavam cheias de alegria e entusiasmo. Kajsa estava na estrada logo à frente, com duas outras meninas. Enquanto segurava a bicicleta com as mãos ela lançou um breve olhar na minha direção quando olhei para ela. E então sorriu para mim. Eu sorri de volta.

— Oi — eu disse.

— Oi — ela respondeu.

— Eu só vou trocar de roupa — expliquei. — Já venho.

Ela fez um gesto afirmativo com a cabeça.

No vestiário improvisado troquei de roupa o mais devagar que pude enquanto tentava desesperadamente encontrar uma forma de fugir sem manchar a minha honra. Me encontrar com Kajsa sem estar preparado era impossível, nunca daria certo. O mais importante seria encontrar uma desculpa convincente.

Lições de casa?, pensei enquanto eu soltava uma das caneleiras, que estavam molhadas de suor por dentro. Não, eu passaria uma má impressão.

Guardei a caneleira na minha bolsa e tirei a outra enquanto olhava para o lago através da pequena janela. Tirei a bandagem do meu pé e a enrolei. Os primeiros já tinham ido embora. John disse, Caramba, você está louco?, para Jostein, que tinha dado um tapa na cara dele com as luvas de goleiro. Pare com isso, seu bosta!, gritou John. A Kajsa é minha namorada!, tive vontade de dizer, mas obviamente me contive. Em vez disso, me levantei e vesti minhas calças de brim claras.

— Que calça de almofadinha — disse Jostein.

— Quem tem calça de almofadinha é você — respondi.

— Essas aqui? — ele perguntou, apontando com o rosto para as calças pretas com listras vermelhas que estava usando.

— É — eu disse.

— São calças punk, idiota! — ele retrucou.

— Não são nada — eu disse. — Você comprou na Intermezzo, que é uma loja de almofadinha.

— E o meu cinto também é de almofadinha? — ele perguntou.

— Não — respondi. — É um cinto punk.

— Ótimo — ele disse. — Mesmo assim, a sua calça é de almofadinha pra caramba.

— Eu não sou almofadinha droga nenhuma — respondi.

— Mas você é bem femi — disse John, entrando na discussão.

Femi? O que significava aquilo?

— Ha ha ha! — riu Jostein. — Vamos lá, femi!

— E você, seu filhinho de papai? — retruquei.

— O que posso fazer se o meu pai tem dinheiro? — ele perguntou.

— Nada — respondi, fechando o zíper do meu casaco azul e branco da Puma.

— Até mais — eu disse.

— Até mais — eles responderam, e assim saí sem ter me preparado.

— Olá — eu disse, parando em frente às meninas com a mão no guidom da bicicleta.

— Vocês jogaram muito bem — disse Kajsa.

Ela estava usando uma camiseta branca. Os seios se avolumavam por baixo do tecido. Uma calça Levi's 501 com um cinto de plástico vermelho. Meias brancas. Tênis brancos da Nike com o logotipo em azul-claro.

Engoli em seco.

— Você acha mesmo? — perguntei.

Ela fez um gesto afirmativo com a cabeça.
— Você vem com a gente?
— Na verdade hoje eu não posso.
— É mesmo?
— É. Tenho que ir para casa agora mesmo.
— Ah, que pena — ela disse, encontrando os meus olhos em seguida. — O que você vai fazer?
— Prometi ajudar o meu pai. Ele está construindo um muro. Mas será que podemos nos encontrar amanhã?
— Claro.
— Onde?
— Eu posso encontrar você em casa depois da escola.
— Você sabe onde eu moro?
— Em Tybakken, não?
— Isso mesmo.
Passei a perna por cima da bicicleta.
— Até mais, então! — eu disse.
— Até mais! — Kajsa respondeu. — Nos vemos amanhã!

Saí pedalando despreocupadamente até sumir de vista, e então fiquei de pé em cima dos pedais, inclinei o corpo para a frente e comecei a acelerar como um louco. Era uma sensação ao mesmo tempo maravilhosa e terrível. Posso encontrar você em casa, Kajsa tinha dito. Ela sabia onde eu morava. E queria ser minha namorada. Não somente queria. Nós éramos namorados. Eu era o namorado de Kajsa! Ah, todos os meus sonhos estavam ao meu alcance! Mas ao mesmo tempo não era bem assim. O que eu teria para conversar com ela? O que faríamos juntos?

Quando fiz a curva para entrar em casa meia hora mais tarde, minha mãe estava nos fundos do pátio lendo jornal na mesa de camping com uma xícara de café logo à frente. Fui até lá e me sentei com ela.
— Onde está o pai? — perguntei.
— Saiu para pescar — ela respondeu. — Como foi a partida?
— Boa — eu respondi. — Nós ganhamos.
Ficamos um tempo em silêncio.
— Aconteceu alguma coisa? — minha mãe perguntou, olhando para mim.

— Não — respondi.

— Por acaso você quer me perguntar alguma coisa, então?

— Não, na verdade não — eu disse.

Ela sorriu para mim e continuou a ler o jornal. Da casa dos Prestbakmo vinha o som de um rádio. Olhei para lá. Martha estava sentada exatamente como a minha mãe, numa cadeira de camping com um jornal aberto. Um pouco mais além, próximo à mureta de pedra na orla da floresta, Prestbakmo debruçava-se por cima de um canteiro da horta com uma enxada na mão. Um movimento súbito na estrada de chão fez com que eu virasse a cabeça. Vi no mesmo instante que era Freddie, ele era albino e aqueles cabelos brancos como giz eram inconfundíveis. Freddie estava na quarta série e tinha uma corcunda nas costas.

Olhei mais uma vez para a minha mãe.

— Mãe, você sabe o que quer dizer "femi"? — eu perguntei.

Minha mãe baixou o jornal.

— Femi? — ela repetiu.

— É.

— Na verdade não sei. Mas com certeza deve ser uma abreviação para "feminino".

— Feminino? Como uma mulher?

— Isso mesmo. Por quê? Alguém chamou você disso?

— Não. Não. Mas eu ouvi essa palavra hoje depois da partida. Chamaram um outro menino disso. E eu nunca tinha ouvido antes.

Minha mãe olhou para mim, notei que ela tinha pensado em dizer alguma coisa e me levantei.

— Bom, é melhor eu levar o meu uniforme para dentro — eu disse.

Depois do jantar fui para o quarto de Yngve e contei para ele o que tinha acontecido.

— Eu e a Kajsa começamos a namorar agora à tarde — eu disse.

Ele tirou os olhos dos livros escolares que estavam abertos em cima da escrivaninha e sorriu.

— Kajsa? Eu ainda não tinha ouvido falar dela. Quem é?

— Uma menina de Roligheden. Aluna da sexta série. Ela é muito bonita.

— Não tenho dúvida — Yngve respondeu. — Meus parabéns!

— Obrigado — eu disse. — Mas tem uma coisa... Talvez eu precise de uns conselhos...

— Claro.

— Eu não sei... Ah, a gente nem se conhece. E eu não sei... O que a gente vai fazer? Amanhã ela vem aqui para casa. E eu não sei nem o que vou dizer!

— Vai dar tudo certo — disse Yngve. — É só você não pensar muito e vai dar tudo certo. E além do mais vocês sempre podem dar uns amassos!

— Ha ha!

— Vai dar tudo certo, Karl Ove. Relaxe.

— Você acha mesmo?

— Claro.

— Está bem, então — eu disse. — O que você está fazendo?

— Minhas lições de casa. Química. E depois geografia.

— Não vejo a hora de começar o colegial — eu disse.

— Você vai ter bastante coisa para ler — Yngve respondeu.

— É — respondi. — Mas assim mesmo...

Yngve fixou o olhar nos livros mais uma vez, e então fui para o meu quarto. Yngve tinha acabado o primeiro ano do colegial e pelo que eu tinha entendido ele queria seguir pela linha de estudos sociais, mas o nosso pai quis que ele se especializasse em ciências, e assim foi. Aquilo parecia um pouco estranho, já que o nosso pai era professor de norueguês e inglês.

Coloquei *McCartney II* no toca-fitas e me deitei na cama para especular sobre o que eu diria e faria no dia seguinte. De vez em quando eu sentia calafrios pelo corpo. Eu e Kajsa, juntos! Será que ela estaria em casa pensando em mim naquele mesmo instante? Será que estaria deitada na cama, talvez apenas de calcinha? Me deitei de bruços e comecei a esfregar minha virilha no colchão enquanto cantava "Temporary Secretary" e pensava em tudo que estava à minha espera.

Kajsa chegou uma hora depois do jantar. Eu tinha passado o tempo inteiro andando de um lado para o outro e espiando pelas janelas que davam para a rua, e havia me preparado tanto quanto era possível. Mesmo assim, foi um choque vê-la subir o morro de bicicleta. Mas em poucos segundos voltei a respirar normalmente. Kent Arne, Geir Håkon, Leif Tore e Øyvind estavam lá fora, montados nas bicicletas, e quando todos se viraram para ver Kajsa eu me enchi de orgulho. Jamais uma menina tão bonita tinha colocado os pés em Tybakken. E ela estava lá para me ver.

Calcei os sapatos, vesti a jaqueta e saí.

Ela parou em frente aos meninos e começou a conversar.

Peguei a minha bicicleta e fui até onde todos estavam.

— Karl Ove, ela quer saber onde você mora! — disse Geir Håkon.

— É mesmo? — perguntei. Encontrei os olhos de Kajsa. — Olá — eu disse. — Foi fácil achar o caminho?

— Não tive nenhum problema — ela disse. — Eu não sabia exatamente onde ficava a sua casa, mas...

— Vamos lá? — eu disse.

— Pode ser — ela respondeu.

Montei na minha bicicleta. Kajsa fez a mesma coisa.

— Até mais! — eu disse para os quatro que haviam ficado para trás. Me virei em direção a ela. — Podemos subir o morro pedalando.

— Está bem — disse Kajsa.

Eu sabia que todos estavam olhando para nós, e que todos estavam com mais inveja do que o normal. Como foi que ele conseguiu isso?, deviam estar se perguntando. Onde foi que a conheceu? E como foi que a convenceu a engatar um namoro?

Percorremos um trecho curto e Kajsa desceu da bicicleta. Fiz a mesma coisa. Uma brisa atravessava a floresta, as folhas ao nosso lado farfalhavam e de repente tudo ficou em silêncio. O barulho dos pneus deslizando sobre o asfalto. As pernas das calças roçando-se uma na outra. Os saltos de cortiça nas sandálias dela se batendo na estrada.

Esperei até que ela estivesse do meu lado.

— Que bonita a sua jaqueta — eu disse. — Onde foi que você comprou?

— Obrigada — ela disse. — Comprei na Bajazzo, em Kristiansand.

— Ah — respondi.

Chegamos até o cruzamento com Elgstien. Os seios dela balançavam, e de tempos em tempos o meu olhar era atraído naquela direção. Será que ela percebia?

— Podemos ir até a loja ver se encontramos alguém por lá — eu sugeri.

— Aham — ela disse.

Será que já estava arrependida?

Será que eu devia beijá-la naquele instante? Seria essa a coisa certa a fazer?

Tínhamos chegado ao alto do morro, e então montei na bicicleta. Esperei até que os pés dela estivessem firmes nos pedais e comecei a acelerar. Mais uma brisa soprou. Eu guiava com uma única mão e tinha o corpo meio voltado para ela.

— Você conhece o Lars? — perguntei.

— Conheço, sim — ela respondeu. — Ele é meu vizinho. E além disso somos colegas de classe. Você também o conhece? Ah, claro que conhece. Vocês jogam juntos no mesmo time.

— É — eu disse. — Você assistiu à partida inteira ontem?

— Assisti. Vocês jogaram muito bem!

Eu não disse mais nada. Simplesmente coloquei a outra mão no guidom e desci a encosta depressa em direção à loja. O lugar estava fechado, e não havia ninguém por lá.

— Pelo visto não tem ninguém aqui — eu disse. — O que você acha de a gente pedalar até a sua casa?

— Pode ser — ela disse.

Eu tinha me decidido a beijá-la na primeira oportunidade. Ou pelo menos pegar na mão dela. Alguma coisa tinha que acontecer, porque éramos namorados, afinal de contas.

A Kajsa era minha namorada!

Mas não apareceu oportunidade nenhuma. Pedalamos em meio à floresta ao longo da velha estrada de cascalho para chegar ao Kjenna, que estava vazio, depois subimos o morro e paramos em frente à casa dela. Não havíamos trocado muitas frases durante o percurso, mas assim mesmo tínhamos conversado o suficiente para que nosso encontro não fosse uma catástrofe.

— A minha mãe e o meu pai estão em casa — disse Kajsa. — Não vai dar para você entrar comigo.

Será que aquilo significava que eu poderia entrar quando os pais dela não estivessem?

— Tudo bem — eu disse. — Já está ficando tarde. Talvez seja melhor eu voltar para casa.

— É, o caminho é bem longo! — ela disse.

— Nos vemos amanhã? — perguntei.

— Não posso — ela respondeu. — Nós vamos passear de barco.
— Então na quinta-feira?
— Sim. Você aparece aqui?
— Pode ser.

O tempo inteiro tínhamos nossas bicicletas entre nós. Eu não tinha a menor chance de me inclinar para a frente e beijá-la. E talvez eu também nem quisesse, justo em frente à casa dela.

Me sentei na bicicleta.

— Estou indo, então — eu disse. — Até mais!
— Até mais — ela se despediu.

Saí pedalando o mais depressa que eu podia.

Até que eu não tinha me saído tão mal. Verdade que não tinha avançado muito, mas por outro lado também não tinha arruinado nada. Eu compreendia que não podíamos continuar daquele jeito, não podíamos simplesmente conversar, porque assim tudo acabaria. Eu tinha que beijá-la, tínhamos que ser namorados de verdade. Mas como? Eu já tinha dado uns amassos em Mariann, mas não estava muito a fim dela, então aquilo não foi nenhum problema, eu simplesmente a abracei, puxei-a de encontro ao meu corpo e a beijei. Depois simplesmente comecei a dar a mão para ela quando caminhávamos juntos. Mas eu não conseguia fazer a mesma coisa com Kajsa, não podia simplesmente abraçá-la sem motivo, imagine se ela não quisesse? Imagine se eu não conseguisse? Mas tinha que acontecer, e tinha que acontecer em nosso próximo encontro, para mim estava claro. E num lugar apropriado, onde ninguém pudesse nos ver.

Bendito passeio de barco! Assim tive dois dias para me planejar.

Pouco antes de adormecer me ocorreu que tínhamos treino na quinta-feira. Eu teria que ligar para ela e dar notícias. Durante todo o dia seguinte eu me angustiei com esse pensamento. O telefone ficava no corredor, todos poderiam me ouvir se eu não fechasse a porta de correr, mas se a fechasse com certeza chamaria atenção, então o melhor seria ligar de uma cabine telefônica. Tinha uma em frente ao ponto de ônibus perto do posto Fina, e assim pedalei até lá o mais tarde que eu podia, ou seja, pouco depois das oito. Em dias normais eu podia estar em casa até oito e meia, porque durante a semana tinha que estar na cama às nove e meia, essa era uma regra inegociável, mesmo que todos os meus amigos pudessem ficar acordados até bem mais tarde.

Depois de estacionar a bicicleta, procurei o telefone de Kajsa na lista telefônica. Eu tinha pensado muitas e muitas vezes no que dizer.

Disquei o número depressa, a não ser pelo último dígito. Esperei uns segundos, respirei fundo e completei a ligação.

— Casa dos Pedersen — disse uma voz de mulher.
— Eu gostaria de falar com a Kajsa — respondi depressa.
— Quem está falando?
— É o Karl Ove — eu disse.
— Um momento.

Fez-se uma pausa. Ouvi passos distantes, vozes. Um ônibus desceu o morro e avançou devagar até o ponto. Apertei o fone com mais força contra a minha orelha.

— Alô? — disse Kajsa.
— Kajsa? — eu perguntei.
— Sou eu — ela disse.
— Aqui é o Karl Ove.
— Isso eu já sabia! — ela disse.
— Tudo bem?
— Tudo bem.
— Eu tenho treino amanhã — expliquei. — Não vou poder aparecer como a gente tinha combinado.
— Então eu posso ir para o seu lado. O seu treino é no Kjenna, não?
— É.

Pausa.

— Estava bom? — perguntei.
— O quê?
— O passeio de barco. Estava bom?
— Estava.

Pausa.

— Nos vemos amanhã, então! — eu disse.
— Combinado. Até mais — ela disse.
— Até mais.

Desliguei e encontrei os olhos de um velho professor na casa dos quarenta anos que trabalhava com meu pai, ele estava sentado no ônibus e desviou o olhar assim que o vi. Abri a porta empoeirada da cabine e saí. No lado de fora o ar estava quente e cheio de fumaça de escapamento. Em frente ao Fina, uma família com duas crianças tomava sorvete. No mesmo instante em que passei de bicicleta, John abriu a porta e saiu. Ele tinha um capacete na mão. Estava sem camisa e usava tamancos de madeira.

— Oi, Karl Ove! — ele gritou.

— Oi! — gritei de volta.

John colocou o capacete, era um capacete preto com viseira preta, e em seguida sentou na garupa de uma motocicleta. O motorista deu a partida com um movimento brusco do pé. Pouco depois eles começaram a subir o morro. John acenou quando me passaram. Minha testa estava úmida de suor. Passei a mão pelos cabelos. Minha mão também estava suada. Mas com os cabelos estava tudo certo, eu os tinha lavado para que estivessem perfeitos durante o meu encontro com Kajsa no dia seguinte. Parei no ponto mais alto do morro, em frente ao B-Max. Apoiei o pé no meio-fio.

De repente eu soube o que fazer.

Poucas semanas antes eu tinha estado naquele mesmo lugar com uma turma grande, que tinha todas as atenções voltadas para Tor. Ele havia construído a própria bicicleta dele, com um assento de motocicleta e uma enorme roda dentada na frente. Estava fazendo manobras, empinando de um lado para o outro e soltando enormes cuspes pelo asfalto. Junto estava Merethe, a namorada dele. Eu não tinha nada de especial a fazer naquele lugar, simplesmente encontrei aquela turma com Dag Magne e fiquei por lá. Tor se aproximou de Merethe com a bicicleta e a beijou. Depois ele pegou o relógio de corrente que guardava no bolso interno, olhou para o mostrador e disse, vamos ver quanto tempo a gente aguenta ficar se amassando? Merethe fez um gesto afirmativo com a cabeça e os dois chegaram mais perto um do outro e começaram a dar uns amassos. Dava para ver aquelas duas línguas trabalhando dentro das bocas. Ela tinha os olhos fechados e os braços em volta do corpo dele, Tor ficou com as mãos nos bolsos e tinha os olhos abertos. Todo mundo ficou olhando para os dois. Passados dez minutos ele levantou o relógio e endireitou o corpo. Enxugou a boca com as costas das mãos.

— Dez minutos — ele disse.

Aquele era o jeito de resolver o assunto. Eu pegaria o meu relógio e perguntaria se ela não queria ver quanto tempo a gente conseguia passar dando uns amassos. Depois era só partir para a ação.

Dei um empurrão com o pé e pedalei até Holtet. Eu ainda tinha que encontrar um lugar adequado. Na floresta, claro, mas onde? Perto da casa dela? Não, eu não conhecia direito aquela região. Tinha que ser num lugar mais perto.

Mas talvez não muito perto da minha casa.

Tínhamos combinado de nos encontrar na casa dela.

Ah. Claro! Na floresta, à beira do caminho que saía do Fina e subia. Debaixo das árvores. Era um lugar perfeito. Não haveria ninguém por perto. O chão da floresta era macio. E a luz filtrada pela copa das árvores era muito bonita.

Para não ser o primeiro a chegar no treino do dia seguinte, empurrei a bicicleta ao meu lado na hora de subir todos os morros, embora não tenha feito muita diferença, porque quando cheguei mais perto vi que o campo estava vazio, ocupado apenas por regadores barulhentos que borrifavam água num ritmo próprio. Christian e Hans Christian estavam sentados no portão, me olhando com os olhos apertados por causa do sol forte.

— Ninguém trouxe uma bola? — perguntei.

Os dois balançaram a cabeça.

— É verdade que você e a Kajsa estão namorando? — Christian me perguntou.

— É — eu disse, mordendo o lábio para não sorrir.

— Ela é bonita — ele disse.

Christian nunca tinha arranjado uma namorada, ele não era desse tipo. Mas quando voltamos da Norway Cup no verão anterior ele tinha comprado uma revista pornô no quiosque em frente à escola. Infelizmente o pai dele, que era treinador dos garotos mais novos, encontrou-o deitado no saco de dormir olhando para aquelas fotografias hipnóticas. Sob o olhar de todos, Christian teve que jogar a revista no lixo e pedir desculpas ao pai.

— É-é — eu respondi.

Pouco depois Øyvind apareceu com bolas e chaves, e corremos pelo meio dos borrifadores até o gol mais distante para começar a chutar enquanto Øyvind desligava a água e tirava os borrifadores do campo. Quando todos haviam chegado, corremos em volta do campo, nos alongamos e ensaiamos umas jogadas antes de jogar sete contra sete atravessados na metade do campo. Kajsa chegou quando o treino já estava quase no fim, junto com as três outras meninas que estavam com ela na vez anterior. Ela acenou para mim, eu acenei de volta.

— Karl Ove, concentre-se! — gritou Øyvind. — Primeiro o treino, depois as garotas!

Depois do treino enfiei a cabeça no balde d'água junto à lateral e tentei fazer de conta que nada tinha acontecido. Mas não foi muito fácil, porque a ideia de que Kajsa estava sentada lá no alto, e que não apenas ela, mas também as amigas olhavam o tempo inteiro para mim, não saía da minha cabeça.

Em seguida ela desceu.

— Você vai sair daqui para trocar de roupa? — ela me perguntou.

Fiz um gesto afirmativo com a cabeça.

— Vou junto. Depois tenho uma coisa para contar para você.

Uma coisa para me contar? Será que ela queria terminar comigo?

Comecei a me afastar. Kajsa estendeu a mão. Aqueles dedos roçaram nos meus. Será que tinha sido um acidente? Ou será que podíamos andar de mãos dadas?

Olhei para Kajsa.

Ela sorriu para mim.

Peguei a mão dela com um movimento rápido.

Ouvi assovios logo atrás de nós. Me virei. Eram Lars e John. Estavam revirando os olhos. Eu sorri. Kajsa apertou de leve a minha mão.

O campo nunca tinha parecido tão longo como naquela tarde. Meu sentimento ao andar de mãos dadas com Kajsa era quase insuportável, e o tempo inteiro eu tinha vontade de puxar a mão e dar um fim àquela felicidade insuportável.

— Não demore — ela disse assim que chegamos.

— Está bem — eu disse.

Sentado no banco do vestiário, apoiei a cabeça na parede. Senti meu coração bater forte. Depois me recompus, vesti minhas roupas às pressas e saí. As meninas estavam esperando com as bicicletas junto ao campo. Me aproximei delas e parei ao lado de Kajsa. Ela parecia feliz. Afastou um cacho de cabelos que estava caído por cima do rosto com a mãozinha dela. As unhas estavam pintadas com um esmalte quase transparente. As amigas dela se ajeitaram nas bicicletas como se tivessem recebido um sinal e começaram a se afastar pedalando.

— Vou estar sozinha no sábado — ela disse. — Eu disse para a minha mãe que a Sunnva vai me visitar. Então a minha mãe vai assar pizza e comprar Coca-Cola para a gente. Mas a Sunnva não vai me visitar. Você está a fim?

Engoli em seco.

— Estou — eu disse.

Do vestiário improvisado, outros meninos gritavam para nos encorajar. Kajsa ficou com uma das mãos no guidom da bicicleta, e a outra solta ao lado do corpo.

— Vamos embora? — eu sugeri.

— Pode ser — ela disse.

— Você quer descer? — perguntei.

Ela respondeu com um aceno de cabeça, e então montamos nas bicicletas. Pedalamos à sombra pela estrada de cascalho, eu na frente, Kajsa logo atrás. No alto do morro reduzi a velocidade para que pudéssemos continuar lado a lado. O sol brilhava na colina mais além. Os insetos que enxameavam pelo ar pareciam glitter que alguém tivesse espalhado. No meio da descida havia um antigo caminho pelo meio da floresta que subia pela direita, de repente eu pensei que podia nos levar a um lugar apropriado e, com o vento soprando nos meus cabelos, sugeri a Kajsa que seguíssemos por lá, ela fez um gesto afirmativo com a cabeça, fizemos a curva e subimos pelo menos uns dez metros antes de perdermos o embalo e termos que desmontar das bicicletas. Ela não disse nada e eu não disse nada, simplesmente avançamos pelo caminho recoberto de grama onde de vez em quando encontrávamos cascas e outros pedaços de árvores. Quando chegamos ao topo e eu pude ver melhor, constatei que não daria certo, o chão era cheio de tocos, e onde não havia tocos os esprúces se erguiam lado a lado, como uma parede.

— Não — eu disse. — Aqui não vai dar certo. Vamos continuar.

Kajsa continuou sem dizer nada, apenas se ajeitou na bicicleta junto comigo e desceu a encosta, de pé em cima dos pedais e freando com mais vontade do que eu.

Não, o jeito seria usar o caminho acima do Fina.

Esse pensamento me fez sentir um calafrio de medo. Era como estar no alto de uma montanha olhando para a superfície d'água e saber que ou você enfrentava o medo e mergulhava ou você se acovardava.

Será que ela sabia o que estava prestes a acontecer?

Olhei-a com o canto do olho.

Ah, o balanço dos seios!

Ah, ah, ah!

Mas a expressão dela era séria. O que podia significar aquilo?

Descemos das bicicletas e subimos o morro em direção à estrada principal, sob a densa sombra das árvores cujas folhagens estendiam-se acima das nossas cabeças. Não havíamos trocado uma única palavra desde o Kjenna. Se eu fosse dizer qualquer coisa, teria que ser importante, e não apenas uma insignificância qualquer.

As calças dela eram de algodão, verde pastel e amarradas com um cordão na cintura. Eram soltas na altura das coxas, mas ficavam mais justas na virilha e na parte de trás. Na parte de cima ela estava usando uma camiseta e um casaco fino de tricô branco com detalhes em amarelo. Os pés dela estavam nus por baixo das sandálias. As unhas dos pés estavam pintadas com o mesmo esmalte das mãos. Havia uma tornozeleira numa das pernas.

Ela tinha uma aparência simplesmente incrível.

Quando chegamos à estrada principal e apenas uma longa descida e uma longa subida nos separavam daquilo que estava por acontecer, o que eu mais queria era fugir para longe. Simplesmente pedalar o mais depressa possível e sumir da vida dela. E se eu desse esse primeiro passo, não haveria motivo para me segurar. Não, eu também poderia fugir para longe da minha casa. Tybakken, Tromøya, Aust-Agder, Noruega, Europa, eu deixaria tudo para trás. Eu seria chamado de "o holandês pedalador". Condenado a pedalar mundo afora por toda a eternidade, com um fantasmagórico farol no guidom iluminando as estradas do campo.

— Para onde estamos indo? — ela perguntou enquanto descíamos o morro.

— Eu conheço um lugar legal aqui perto — eu disse. — Já estamos quase chegando.

Kajsa não disse mais nada. Passamos pelo Fina, apontei para o morro em meio às árvores e ela mais uma vez desceu da bicicleta assim que a subida começou a ficar mais íngreme. Uma película de suor reluzia na testa dela. Passamos pela velha casa branca e pelo velho galpão vermelho. O céu estava claro e azul. O sol pairava em um silêncio abrasador sobre os morros a oeste. A luz fazia as folhas das copas reluzirem com um brilho intenso. O ar estava cheio da música dos pássaros. Eu estava prestes a vomitar. Pegamos o caminho. A luz filtrava pelas copas exatamente como eu tinha imaginado. Quebrava-se mais ou menos como acontece debaixo d'água. As colunas de luz caíam enviesadas sobre o chão.

Então parei.

— Podemos deixar as bicicletas aqui — eu disse.

Fizemos como eu tinha sugerido. Baixamos os pezinhos, apoiamos as bicicletas. Comecei a andar. Kajsa veio atrás de mim. Comecei a procurar um bom lugar onde pudéssemos nos acomodar. Um lugar coberto de grama ou de musgo. Nossos passos faziam um barulho e tanto naquele lugar. Eu não tinha coragem de olhar para ela. Mas ela estava bem atrás de mim. Ali. Ali era um bom lugar.

— Podemos ficar aqui — eu disse. Evitei o olhar dela enquanto me sentava. Kajsa sentou-se ao meu lado, um pouco hesitante. Enfiei a mão no bolso e peguei o meu relógio. Segurei o mostrador voltado para ela na palma da minha mão.

— Vamos ver quanto tempo a gente consegue se beijar? — eu disse.

— Como? — ela perguntou.

— Eu tenho um relógio — expliquei. — O Tor aguentou por dez minutos. Acho que a gente consegue aguentar mais tempo.

Larguei o relógio no chão, vi que eram sete e quarenta e dois, então coloquei as mãos nos ombros de Kajsa e a reclinei para trás enquanto aproximava minha boca dos lábios dela. Quando terminamos de nos deitar no chão enfiei minha língua dentro da boca dela, encontrei a língua dela, comprida e macia como um bichinho, e comecei a girar minha língua de um lado para o outro lá dentro. Mantive as mãos junto do corpo, eu não a toquei com nada a não ser a boca e a língua. Nossos corpos pareciam dois barcos atracados sob a copa das árvores. Me concentrei em fazer a língua rodar com a menor resistência possível enquanto o pensamento a respeito daqueles seios dela tão próximos, e daquelas coxas tão próximas, e daquilo que havia entre as coxas, por baixo das calças e das calcinhas, ardia dentro de mim. Mas não tive coragem de tocar nela. Kajsa ficou deitada com os olhos fechados, girando a língua contra a minha, eu tinha os olhos abertos, estendi a mão, peguei o relógio e o trouxe para mais perto do meu campo de visão. Três minutos até aquele ponto. Um pouco de saliva escorreu pelo canto da boca de Kajsa. Ela se virou um pouco. Esfreguei minha virilha contra o chão enquanto deixava minha língua girar e girar, girar e girar. Não era tão bom quanto eu tinha imaginado, e na verdade era bastante exaustivo. Folhas secas quebraram-se contra a cabeça dela quando ela se mexeu. Nossas bocas estavam cheias de saliva grossa. Sete minutos até aquele ponto. Ainda faltavam outros quatro. Mmm, ela disse, mas aquele não era um som de prazer, tinha algo errado, ela tentou ajeitar o corpo mas eu não desisti, simplesmente mudei a posição da cabeça enquanto continuava a girar minha língua. Kajsa abriu os olhos mas não olhou para mim, simplesmente fixou o olhar no céu acima de nós. Nove minutos. A base da minha língua começou a doer. Cada vez mais saliva escorria pelo canto das nossas bocas. De vez em quando meu aparelho batia contra os dentes dela. Na verdade não precisávamos aguentar por mais do que dez minutos e um segundo para quebrar o recorde de Tor. E essa era a marca exata naquele instante. Tínhamos quebrado o recorde de Tor. Mas podíamos levar o recorde a um novo patamar. Quinze minutos, devia ser possível. Nesse caso faltavam outros cinco. Mas minha língua já estava doendo, era como se estivesse aumentando de tamanho, e a saliva, que quase não chamava atenção quando ainda estava quente, dava uma sensação quase repugnante quando escorria gelada pelo queixo. Doze minutos. Talvez já bastasse? Será que já bastava? Não, mais um pouco. Mais um pouco, mais um pouco.

    Exatamente às três para as oito eu afastei minha cabeça. Ela se levantou e enxugou a boca com a mão sem olhar para mim.

    — Nós aguentamos quinze minutos! — eu disse enquanto me levantava. — Quebramos o recorde deles por cinco minutos!

    Nossas bicicletas reluziam mais além no caminho que atravessava a floresta. Fomos em direção a elas, Kajsa limpou as folhas e os gravetos que haviam se prendido às calças e ao casaco.

    — Espere um pouco — eu disse. — Ainda tem um pouco nas costas.

    Ela parou e eu tirei as sujeiras que tinham se prendido ao casaco de tricô.

— Pronto — eu disse.

— Tenho que ir para casa agora — ela disse quando chegamos às bicicletas.

— Eu também — respondi, apontando para cima. — E posso usar um atalho pelo meio da floresta.

— Tchau — ela disse enquanto montava na bicicleta e descia pelo caminho irregular.

— Tchau — eu disse, firmando as mãos no guidom enquanto começava a subir a encosta.

Naquela mesma noite fantasiei até adormecer a respeito dos seios de Kajsa, grandes e brancos como leite, e de tudo que podíamos ter feito no chão da floresta. Eu tinha que ligar para ela, afinal não tínhamos combinado uma hora para a minha visita de sábado, mas evitei fazer a ligação durante todo o dia seguinte e também durante uma parte do sábado até que não houvesse mais jeito e eu ao meio-dia tivesse que pegar a bicicleta e pedalar mais uma vez até a cabine telefônica. Esse era um outro problema, porque eu precisava estar em casa no máximo às oito e meia, uma exigência totalmente incompatível com a vida que eu levaria a partir de então. Eu não podia ir embora às oito dizendo que já estava quase na hora de ir para a cama, pois nesse caso o que ela pensaria de mim? Para a minha mãe eu dei a entender que tinha um compromisso importante naquela noite e perguntei se eu não podia voltar para casa às nove e meia, ou até mesmo às dez. Ela perguntou onde eu estaria, eu disse que não podia dizer. Se você não pode dizer, então não pode, ela respondeu. Temos que saber por onde você anda e o que está fazendo. Assim talvez você possa. Você entende, não? Eu entendia, claro, e estava quase disposto a voltar atrás e contar tudo a respeito de Kajsa. Mas primeiro eu teria que falar com ela.

O céu estava encoberto, e o tapete de nuvens cinzentas e opacas dava a impressão de engolir as cores do panorama. A estrada estava cinza, as pedras na vala estavam cinza, até as folhas nas árvores tinham uma insinuação cinza-opaca em meio ao verde. O calor do dia também havia desaparecido. Não estava frio, talvez fizesse por volta de quinze ou dezesseis graus, mas foi o suficiente para que eu fechasse minha jaqueta até o pescoço enquanto descia o morro de bicicleta. A jaqueta se inflou como um pequeno balão graças ao deslocamento de ar. Dois ônibus estavam parados no ponto, que funcionava como uma minirrodoviária, onde às vezes outros ônibus passavam a noite inteira estacionados. Naquele momento os dois estavam com os motores ligados, cada um partiria rumo a um lugar, um seguiria para o outro lado da ilha, o outro iria à cidade, e os dois motoristas tinham estacionado de maneira que pudessem conversar pelas janelas abertas.

Deixei a bicicleta atrás da cabine verde construída em fibra de vidro com formato de chapéu. Um riacho corria por lá, em meio a gravetos e arbustos e um monte de lixo, na maior parte embalagens de chocolate, provavelmente saídas do Fina; vi embalagens de Caramello, Hobby, Nero, Bravo e uma embalagem azul de Hubba Bubba, mas também garrafas vazias e sem rótulo, jornais e uma caixa de papelão cheia de outras tralhas. Tirei as moedas do bolso, entrei na cabine e as deixei prontas em cima do telefone. Disquei o número que constava na lista telefônica enquanto me lembrava da charada que pergunta qual é a diferença entre a lagoa e o forno, seguida por qual é a diferença entre a mulher e o leão, e você sabe quem é o rei da horta? Com o indicador sob o número e o fone na mão, passei um bom tempo olhando para o outro lado do vidro opaco e empoeirado, sem registrar o que eu via, antes de juntar coragem, ajeitar o fone na minha cabeça e discar o número.

— Alô? — disse uma voz.

Era Kajsa!

— Olá — eu disse. — É o Karl Ove. É a Kajsa que está falando?

— É — ela respondeu. — Olá.

— Esquecemos de combinar uma hora para eu aparecer hoje — eu disse. — Quando fica melhor para você? Para mim fica bom em qualquer horário.

— Aaah — ela disse. — Na verdade vamos ter que cancelar.

— Cancelar? — eu perguntei. — Você não pode? Os seus pais não vão mais sair?

— Não é bem isso — ela explicou. — É que... hmmm... bem... eu não posso... não posso mais namorar você.

Como?

Então Kajsa estava terminando comigo?

Mas... tínhamos passado apenas cinco dias juntos!

— Alô? — ela disse.
— Então acabou? — eu perguntei.
— É — ela respondeu. — Acabou.

Eu não disse nada. Simplesmente fiquei ouvindo a respiração dela no outro lado da linha. As lágrimas corriam pelo meu rosto. Passou-se um longo tempo.

— Tchau — ela falou de repente.
— Tchau — respondi, e então desliguei e fui até o ponto de ônibus. Meus olhos estavam velados pelas lágrimas. Sequei-os com as costas das mãos, funguei, me ajeitei na bicicleta e comecei a pedalar rumo à minha casa. Eu mal via o caminho à minha frente. Por que ela tinha feito aquilo? Por quê? Justo quando as coisas haviam começado a dar certo? Justo no dia em que ficaríamos a sós na casa dela? Poucos dias atrás ela gostava de mim, então por que não gostava mais naquele instante? Seria porque não tínhamos conversado muito?

E ela era tão bonita! Tão incrivelmente bonita!

Puta que pariu!

Puta que pariu, caralho!

Merda de boceta do caralho!

Quando cheguei ao B-Max, enxuguei as lágrimas com a manga da jaqueta, era um sábado e a loja estava quase fechando, o estacionamento estava cheio de carros e de pessoas com sacolas de compras e crianças, montes de crianças. Mas se vissem minhas lágrimas, não poderiam ter a impressão de que eram causadas pelo vento? Afinal, eu estava pedalando.

Subi o pequeno morro pouco antes da planície. Um vazio neutro começou a tomar conta de mim, podiam se passar dez segundos sem que eu pensasse em absolutamente nada, sem que nem ao menos percebesse que existia, e de repente eu via a imagem de Kajsa, tudo estava acabado, e então começava a chorar e a soluçar, e não havia jeito de conter aquilo.

Passei a tranca na bicicleta e a guardei no pátio de casa, parei em frente à porta para localizar os outros, eu não queria topar com ninguém e tive a impressão de que o caminho estava livre, então subi a escada e entrei no banheiro, onde lavei o rosto antes de entrar no meu quarto e me deitar na cama.

Passado um tempo me levantei e fui até o quarto de Yngve. Ele estava sentado na cama, tocando guitarra, e me encarou quando entrei.

— O que houve? Você estava chorando? — ele perguntou. — É por causa da Kajsa? Ela terminou o namoro com você?

Eu respondi com um aceno de cabeça e comecei a chorar outra vez.

— Mas, Karl Ove! — ele disse. — Essas coisas logo passam. Existem várias outras garotas. O mundo está cheio de garotas por toda parte! Basta você esquecer a Kajsa. Não é tão grave assim.

— É, sim — eu disse. — O nosso namoro só durou cinco dias. E ela é muito bonita. Eu só quero namorar com ela e com mais nenhuma menina. E justo hoje! Justo hoje, quando a gente ia ficar a sós na casa dela!

— Espere um pouco — ele disse enquanto se levantava. — Eu vou colocar uma música para você. Talvez ajude.

— Que música? — perguntei, enquanto me sentava na cadeira.

— Espere um pouco — ele disse, procurando um disco no meio dos compactos que ficavam na prateleira. — Esta! — ele disse, mostrando-me um disquinho do The Aller Værste! — "Ingen vei tilbake".

— Ah, essa.

— Preste atenção na letra — ele disse enquanto fazia o disquinho escorregar para fora do envelope, colocava o adaptador redondo no meio do toca-discos, ajeitava o compacto no lugar, erguia o braço e colocava a agulha no primeiro sulco, que já havia começado a rodar. Passados uns poucos segundos de chiado a bateria começou, cheia de ritmo e energia, e depois o baixo, a guitarra e o órgão Farfisa entraram junto com o restante do acompanhamento, seguidos pelo riff estridente e cativante e pela voz que cantava com sotaque de Stavanger:

Overdriver ikke når jeg sier at jeg visste
At forholdet vårt var ikke intakt
Så du forsøkte å holde det tilbake
Inntil følsomhetskondomet sprakk
Evighetsplaner og perspektiver
Tilintetgjort på ett minutt
Du ga meg en klem, jeg ville gi deg litt mere
Men da var det allerede forbudt

— Agora preste bem atenção! — Yngve disse.

Alle ting går over — alle ting må ta slutt
Du legger deg ned og sover, våkner opp til noe nytt
Ingen vei tilbake nå, ingenting å takke for
Ingenting å snakke om, ta på deg frakken og gå

— É — eu disse.

Vi var en centimeter fra det helt banale
Jeg hørte hva jeg sa og ble irritert
Vi drakk oss fulle og ble sentimentale
Men samtalen ble likefullt infisert
Du knuste mitt hjerte men ga meg en sur en
Jeg er ennå ikke ferdig med penicillinkuren
Hvorfor må vi stange mot den samme gamle muren
Når vi innser at vi ikke er interessert

Alle ting går over, alle ting må ta slutt
Du legger deg ned og sover, våkner opp til noe nytt
Ingen vei tilbake nå, ingenting å takke for
Ingenting å snakke om, ta på deg frakken og gå

— "Tudo passa" — disse Yngve quando a música acabou e a agulha voltou para a posição de repouso. — "Tudo chega ao fim." "Você se deita para dormir e acorda para coisas novas."
— Eu entendo o que você quer dizer — eu disse.
— Ajudou?
— Um pouco. Será que podemos ouvir mais uma vez?

Por sorte, na hora do jantar minha mãe e meu pai não perceberam que eu havia chorado. Depois eu saí, estava me sentindo inquieto dentro de casa, e como encontrei a estrada vazia e os meus amigos mais próximos estavam de férias, resolvi caminhar até os trapiches. Lá encontrei um grande grupo ao redor do barco novo de Jørn. Muitos tinham ganhado um barco naquela primavera, como por exemplo Geir Håkon e Kent Arne, respectivamente um

GH10 e um With Dromedille, também de dez pés, e os dois com um motor de popa Yamaha de cinco cavalos.

Me aproximei.

— Chegou o femi! — disse Jørn assim que eu parei.

Aquela palavra tinha retornado.

Todos riram, e assim pude entender que aquele não era um comentário bem-intencionado.

— Olá — eu disse.

Jørn deu a partida no motor com uns puxões na corda.

— Venha, Karl Ove — ele disse.

— Não — eu disse. — É melhor não.

— Eu quero mostrar uma coisa para você — ele disse, olhando para o irmão mais novo. — Dê ré quando eu mandar.

O irmão mais novo fez um gesto afirmativo com a cabeça.

— Vamos — ele disse, dando uns passos à frente na proa do barco.

Eu também dei uns passos hesitantes à frente. Quando parei na borda do trapiche, Jørn se agarrou às minhas pernas.

— Dê ré! — ele gritou para o irmão.

O barco começou a andar para trás, eu me agachei, minhas pernas foram arrastadas, eu caí e meu corpo foi puxado para além da borda, porque Jørn não largou as minhas pernas e o barco não parou de dar ré. Me segurei ao trapiche com toda a força dos meus dedos. O irmão mais novo acelerava cada vez mais, o motor roncava e eu continuava pendurado com as pernas no barco, o corpo estendido acima d'água e as mãos no trapiche. Gritei pedindo que parassem com aquilo. Comecei a chorar. Os outros ficaram parados, assistindo com um sorriso no rosto, porém mantendo uma atitude neutra em relação ao que estava acontecendo.

— Já chega! — Jørn gritou.

Todo esse interlúdio não deve ter durado mais do que um minuto. O irmão avançou um pouco com o barco, Jørn largou as minhas pernas e eu fui embora correndo o mais depressa que podia enquanto chorava. O choro me abandonou somente quando cheguei ao alto do precipício, onde me sentei um pouco naquela atmosfera quente e estagnada que parecia estar saturada de cheiros, de rocha aquecida pelo sol, grama seca e flores silvestres.

Pensei se eu devia ligar para Kajsa e perguntar por que havia terminado comigo, porque assim eu poderia aprender para a próxima vez, mas seria muito complicado, imaginei a hesitação dela e a minha insegurança, e tudo aquilo para quê, afinal ela tinha terminado comigo, simplesmente não queria mais ficar comigo.

Ainda sentindo o corpo mole e trêmulo eu me levantei e fui para casa. Lavei demoradamente o rosto com água fria enquanto tomava banho, abri a cortina da janela, eu queria deixar entrar as coisas que estavam lá fora, coloquei Motörhead para tocar, *Ace of Spades*, mas não deu certo, então tirei aquilo e coloquei o álbum solo do Paul McCartney e comecei a ler um livro de Bagley que eu tinha comprado com o meu próprio dinheiro, chamava-se *Gullberget*, eu já o tinha lido antes, mas a história girava em torno das pirâmides na América do Sul, onde o personagem principal mergulhava em busca de um tesouro que também era procurado por outras pessoas...

Quando me sentei para o jantar, minha mãe olhou para mim e sorriu.

— Karl Ove, acho que está na hora de você começar a usar desodorante — ela disse. — Posso comprar um para você amanhã.

— Desodorante? — perguntei como um idiota.

— É, você não acha? Logo você vai entrar para o ginásio e tudo mais.

— Você está fedendo mesmo — disse Yngve. — Não existe garota que goste disso, sabia?

Seria *aquele* o motivo?

Quando mais tarde fui ao quarto de Yngve perguntar, ele sorriu e disse que as coisas não eram tão simples.

Na manhã seguinte meu pai chegou e disse que eu não podia passar o verão lendo na cama, que eu tinha que sair e quem sabe até tomar uns banhos de mar.

Fechei o meu livro sem dizer uma palavra e saí sem nem ao menos olhar para ele.

Passei uns minutos sentado no meio-fio atirando pedrinhas na estrada. Mas eu não podia ficar sentado lá, todo mundo podia ver que eu não estava fazendo nada e não tinha ninguém para me fazer companhia, então comecei a arrastar os pés em direção à grande cerejeira que ficava na floresta à beira da estrada, onde começava o pátio da casa de Kristen, para ver se as cerejas já estavam maduras o bastante para comer. A propriedade daquela árvore não era muito bem estabelecida, uns diziam que era uma árvore silvestre, outros diziam que pertencia a Kristen, mas de um jeito ou de outro vínhamos acabando com as cerejas em todos os verões desde que tínhamos aprendido a subir em árvores, e até então ninguém havia reclamado. Eu conhecia cada galho, então subi quase até o topo e andei em direção à ponta até que o galho começasse a se abaular. As cerejas ainda não estavam maduras, a casca estava dura e verde de um lado, mas o outro lado já tinha uma leve coloração vermelha, e aquilo foi o bastante para que eu arrancasse a casca com os dentes, mastigasse e engolisse, para em seguida cuspir os caroços o mais longe que eu podia.

Enquanto eu estava lá em cima, Jørn desceu o morro de bicicleta. Com uma das mãos ele firmava o galão de gasolina que estava em cima do bagageiro, e com a outra dirigia. Quando me viu, ele reduziu a velocidade e parou.

— Karl Ove! — gritou.

Desci o mais depressa que podia. Para descer levei praticamente o mesmo tempo que ele levou para caminhar do lugar onde tinha deixado a bicicleta até a árvore, porque quando firmei os pés no chão ele estava a poucos metros de mim. Nossos olhares se roçaram e comecei a correr para dentro da floresta.

— Eu só queria pedir desculpas a você! — ele disse. — Por ontem! Notei que depois você estava chorando!

Não me virei.

— Não tive a intenção de magoar você! — ele disse. — Venha cá, vamos apertar as mãos!

Ha ha, pensei, e continuei tropeçando em meio a moitas e arbustos até chegar ao topo do morro e vê-lo caminhar de volta até a bicicleta, ajeitar-se no assento e continuar a cambaleante viagem rumo aos barcos. Depois tornei a descer. Mas a essa altura as cerejas duras e amargas tinham perdido o encanto, então deixei a cerejeira de lado e subi o morro, na esperança de que alguém surgisse na estrada. De vez em quando as pessoas saíam quando viam alguém na rua, então dei uma volta pelo morro enquanto olhava para os jardins nos dois lados da estrada. Tudo estava vazio. As pessoas estavam nos barcos, ou então nos balneários, ou então no trabalho. O marido de Tove Karlsen estava deitado numa espreguiçadeira no meio do gramado queimado pelo sol com um rádio ao lado. A sra. Jacobsen, mãe de Geir e Trond e Wenche, estava sentada debaixo do guarda-sol da varanda com um cigarro na mão. Na cabeça ela tinha um chapéu branco de pescador. O restante do corpo estava coberto por roupas brancas e leves. Por entre as barras do berço, vi que o filho de dois anos estava ao lado da mãe. Atrás de mim alguém gritou o meu nome. Me virei. Era Geir, ele subiu correndo com as mãos espalmadas.

Parou na minha frente.

— Onde está o Vemund? — perguntei.

— De férias — ele respondeu. — Eles viajaram hoje. Você quer pegar o barco comigo?

— Pode ser — eu disse. — Para onde vamos?

Geir deu de ombros.

— Gjerstadholmen? Ou uma das pequenas ilhas ao lado?

— Está bem.

Geir tinha um barco a remo, então o raio de ação dele era muito menor que o dos outros donos de barco. Mesmo assim, o barco serviu para nos levar às outras ilhotas, e às vezes remávamos vários quilômetros ao redor da ilha. Mas os pais dele o proibiam de navegar no estreito.

Subimos a bordo, eu empurrei o barco, Geir encaixou os remos nas forquetas, apoiou os pés contra o fundo e começou a remar com tanta força que uma careta distorceu todo o rosto dele.

— Uh — ele gemia a cada remada. — Uh. Uh.

Deslizamos pela superfície azul do mar, que de vez em quando era perturbada pelas rajadas que sopravam em direção à ilha. Mais além, no estreito, podíamos ver a espuma branca das ondas.

Geir se virou e apontou o barco em direção à pequena ilha, ajustou o curso com um dos remos e depois voltou a gemer, enquanto eu deixei minha mão correr pela água ao mesmo tempo que descansava os olhos fixando-os na esteira quase imperceptível.

Quando nos aproximamos, me levantei, saltei para terra e puxei o barco para dentro de uma baía minúscula. Eu não sabia dar nós, então foi Geir quem amarrou o cabo a uma das pequenas hastes de metal que pareciam existir em cada rocha do arquipélago.

— Vamos tomar um banho? — ele perguntou.

— Pode ser — eu disse.

No lado que dava para o estreito, o escolho se erguia talvez a dez metros de altura, e foi lá de cima que saltamos e mergulhamos. O vento estava frio, mas a água estava quente, então passamos quase o tempo inteiro no mar antes de nos deitarmos na montanha para secar o corpo.

Depois que nos vestimos, Geir tirou um isqueiro do bolso e o mostrou para mim.

— Onde você conseguiu? — perguntei.

— Estava na cabana — ele disse.

— Vamos tocar fogo em alguma coisa?

— Era a minha ideia — ele respondeu.

A grama crescia em todas as frestas na montanha, e no meio da ilha havia um pequeno gramado.

Geir se agachou e, protegendo a chama com a mão, tocou fogo em um pequeno tufo. A grama começou a queimar com uma chama clara e quase translúcida.

— Você pode me emprestar? — perguntei.

Geir se levantou, afastou a franja do rosto e me entregou o isqueiro.

— Ei! — eu disse. — Cuidado! O fogo está se espalhando!

Geir começou a pisotear o fogo enquanto ria. Tinha quase terminado de apagar as chamas quando o fogo se reacendeu no ponto onde ele o tinha apagado.

— Você viu? — ele disse. — O fogo começou sozinho!

Ele pisoteou as chamas mais uma vez e depois foi tocar fogo no pequeno gramado. No mesmo instante uma forte rajada soprou. O fogo se espalhou como um pequeno tapete.

— Me ajude — eu disse. — Temos muito a apagar.

Pulamos e pisoteamos o quanto podíamos, e assim controlamos o fogo.

— Me dê o isqueiro — disse Geir.

Fiz como ele havia me pedido.

— Vamos tocar fogo em vários lugares ao mesmo tempo — ele sugeriu.

— Está bem — eu disse.

Ele acendeu mais uma chama, me entregou o isqueiro, eu corri até o outro lado e acendi mais uma chama, corri de volta até o outro lugar para onde ele tinha ido e acendi uma chama lá.

— Ouça como o fogo crepita! — ele disse.

E era verdade. O fogo estalava e crepitava pela grama enquanto aos poucos se espalhava. No lugar onde eu tinha acendido a chama o fogo mais parecia uma serpente.

Mais uma rajada soprou.

— Epa, epa, epa! — disse Geir quando as chamas de repente se espalharam depressa e cresceram vários centímetros.

Ele começou a pisotear o fogo como um louco. Mas de repente não adiantava mais.

— Me ajude! — ele disse.

Ouvi um pânico crescente na voz dele.

Também comecei a pisotear. Uma nova rajada soprou, e nesse ponto as chamas já batiam em nossos joelhos.

— Essa não! — eu gritei. — Lá o fogo também está queimando com força!

— Tire a blusa, vamos apagar com as nossas blusas! Eu já vi isso num filme!

Tiramos nossas blusas e começamos a batê-las contra o chão. O vento continuava a alimentar as chamas, que se espalhavam cada vez mais longe.

A essa altura estavam queimando de verdade.

Continuamos a bater nossas blusas e a pisotear, mas não adiantou.

— Não dá mais! — Geir gritou. — Não vamos conseguir apagar.

— Não! — concordei. — Está cada vez pior!

— O que vamos fazer?

— Não sei. Você acha que podemos usar o bartedouro? — perguntei.

— O bartedouro? Você por acaso é idiota?

— Não, não sou idiota — eu disse. — Foi apenas uma sugestão.

Epa, epa, epa! A essa altura o fogo estava queimando de verdade. Eu sentia o calor mesmo a vários metros de distância.

— Vamos sair daqui! — Geir disse. — Venha!

E assim, enquanto as chamas dançavam e crepitavam na grama, cada vez mais descontroladas, empurramos o barco em direção ao mar. Geir sentou-se e começou a remar, com ainda mais empenho do que na viagem de ida.

— Puta merda! — ele disse. — Que fogaréu! Que fogaréu!

— É — eu disse. — Quem teria imaginado?

— Eu, pelo menos, não.

— Nem eu. Tomara que ninguém veja.

— Não se preocupe — Geir disse. — O mais importante é que ninguém nos viu.

Quando chegamos de volta a terra, levamos o barco para dentro da floresta a fim de esconder todas as pistas. Nossas camisetas estavam sujas de fuligem, tivemos que mergulhá-las na água e torcê-las, e fizemos o mesmo com nossos calções; se alguém nos perguntasse qualquer coisa, responderíamos que tínhamos tomado banho com os nossos calções e perdido as nossas camisetas na água. Depois mergulhamos para tirar o cheiro de fumaça do corpo, e então fomos para casa.

De longe pude ver que não havia ninguém na frente do jardim. Parei no corredor: não havia um ruído sequer. Me esgueirei até o quartinho do aquecedor, pendurei minha camiseta e fui para o meu quarto sem camisa, peguei uma camiseta limpa no armário e troquei os meus calções.

Da janela do quarto de Yngve vi que meu pai estava deitado numa espreguiçadeira do lado de fora. Ele às vezes passava horas ao sol completamente imóvel, como um lagarto. Depois ficava com a pele bronzeada. Ouvi o ruído de um rádio ligado; minha mãe devia estar sentada no pátio sob a janela da sala.

Uma hora mais tarde ela entrou no meu quarto e me entregou um frasco de desodorante. MUM for Men. Era um frasco azul de vidro, e o desodorante tinha um cheiro doce e agradável. Pensei: para homens. Eu era um homem. Ou pelo menos um rapaz. Eu começaria o ginásio em poucas semanas e usava desodorante.

Minha mãe explicou que eu tinha que esfregar aquilo no sovaco depois de me lavar. Mas só depois de me lavar, senão o cheiro ficava ainda pior.

Quando foi embora, fiz como ela havia dito, passei um tempo sentindo o novo cheiro do meu corpo e depois abri o livro que eu estava lendo, era *Drácula*, o meu romance favorito, eu o estava lendo pela segunda vez, mas a história continuava tão emocionante como na primeira.

— O jantar está servido! — minha mãe gritou da cozinha, e então larguei o livro e fui comer.

Meu pai estava sentado no lugar de sempre, com a pele e os olhos escurecidos. Minha mãe colocou água quente na chaleira e a largou na mesa entre nós dois.

— A Martha nos convidou para fazer uma visita à cabana deles hoje — ela disse.

— Fora de cogitação — disse meu pai. — Ela disse mais alguma coisa?

Minha mãe balançou a cabeça.

— Nada de especial.

Olhei para a mesa e comi o mais depressa que pude sem que eu desse a impressão de querer ir embora da mesa o quanto antes.

Um motor foi ligado em um lugar próximo, tossiu duas vezes e morreu em seguida. Meu pai se levantou e olhou para fora.

— Os Gustavsen não estão de férias? — ele perguntou.

Ninguém respondeu, ele olhou para mim.

— Estão — eu disse. — Mas o Rolf e o Leif Tore não. Eles estão sozinhos em casa.

O motor do carro soou mais uma vez. Dessa vez o ronco foi poderoso. Depois o carro foi posto em marcha e o barulho começou a aumentar e a diminuir de maneira brusca e entrecortada.

— Tem alguém mexendo no carro deles — meu pai disse.

Me levantei para ver.

— Sente! — disse o meu pai.

Me sentei.

— O que está acontecendo? — minha mãe perguntou.

— Essas pestes estão pegando o carro dos pais sem autorização.

Em seguida meu pai se virou para minha mãe.

— Não é inacreditável? — ele perguntou.

O barulho se afastou aos trancos e barrancos pelo morro.

— Será que eles não têm *nenhum* controle sobre os próprios filhos? — ele perguntou. — O Leif Tore é *colega* do Karl Ove! E nessa idade já está roubando o *carro* dos pais?

Engoli o último pedaço do meu sanduíche aberto e coloquei mais leite no chá para esfriá-lo antes que eu pudesse tomar um gole. Me levantei.

— Obrigado pelo jantar — eu disse.

— De nada — respondeu minha mãe. — Você está indo para a cama?

— Acho que estou — respondi.

— Boa noite, então.

— Boa noite.

* * *

Meu pai entrou antes que eu apagasse a luz.
— Sente-se — ele disse.
Me sentei.
Ele me encarou por um longo tempo.
— Ouvi dizer que você andou fumando, Karl Ove — ele disse.
— Como? — eu disse. — Eu não fumei! Juro, é a mais pura verdade.
— Não foi o que ouvi dizer. Ouvi dizer que você andou fumando.
Olhei de relance para cima antes de encontrar os olhos do meu pai.
— Você fumou? — ele me perguntou.
Olhei para baixo.
— Não — respondi.
Na mesma hora senti a mão na minha orelha.
— Você fumou! — ele disse enquanto a torcia. — Não é verdade?
— Nã-ão! — eu gritei.
Ele me soltou.
— Foi o Rolf que me contou — ele disse. — Você está dizendo que o Rolf mentiu para mim?
— Sim, ele *só pode* estar mentindo — insisti. — Porque eu não fumei.
— E por que o Rolf mentiria para mim?
— Não sei — eu disse.
— E por que você está chorando? Não tem a consciência limpa? Eu conheço você, Karl Ove. Sei que você andou fumando. Mas você não vai fumar de novo. Então dessa vez passa.
Ele se virou e saiu do quarto, tão sombrio quanto havia chegado.
Sequei os olhos com a capa do edredom e passei um tempo deitado enquanto olhava para o teto, completamente acordado. Eu nunca tinha fumado.
Mas meu pai tinha percebido que eu havia feito alguma coisa.
Como ele sabia daquilo?
Como poderia saber?

No dia seguinte não aguentamos e fomos remando de volta até a ilha.
— Está tudo preto! — Geir disse, escorado nos remos. Rimos quase até despencar na água.

Mesmo que por fora aquele verão desse a impressão de ser como todos os outros verões — demos um passeio a Sørbøvåg, demos um passeio à cabana do meu avô e da minha avó e passei o resto do tempo no loteamento com um amigo ou outro, quando eu não estava sozinho lendo —, por dentro apresentava uma natureza totalmente outra, porque o que me esperava no fim não era apenas um novo ano escolar como todos os outros novos anos escolares, não; no encerramento em junho o diretor tinha feito um discurso para nós, e isso porque tínhamos acabado os nossos estudos na escola primária de Sandnes, aquela fase tinha acabado, e depois das férias de verão começaríamos a sétima série no ginásio de Roligheden. Já não éramos mais crianças, mas jovens.

Eu trabalhei com um jardineiro durante todo o mês de julho, de manhã cedo eu já estava nos campos sob o sol escaldante e colhia ou empacotava morangos, cuidava das cenouras, me sentava numa rocha nua e comia o meu sanduíche depressa para então pegar a bicicleta e pedalar até o Gjerstadsvannet para dar um mergulho antes de voltar ao trabalho. Todo o dinheiro que eu ganhava seria gasto durante a Norway Cup. Na semana da competição minha mãe e meu pai foram para a montanha. Tivemos uma onda de calor naquele verão, jogamos uma das partidas no cascalho, estava tão quente que desmaiei e fui levado para uma espécie de hospital de campanha no meio da planície, onde recobrei os sentidos ao longo da noite, em algum lugar alguém estava ouvindo "More Than This" do Roxy Music, eu olhei para o teto de lona e senti a maior felicidade que eu já tinha sentido até então, não compreendi o que estava acontecendo, mas assim mesmo aceitei.

Seria porque eu tinha passado aqueles dias com Kjell, cantado as músicas do The Police no metrô até as paredes reverberarem, conversado com meninas diferentes, comprado um monte de buttons de um vendedor de rua, entre os quais estava um button dos Specials e outro do The Clash, e também por causa dos óculos escuros que eu usava o tempo inteiro?

É, podia mesmo ser por isso. Kjell era um ano mais velho, e também o garoto mais procurado pelas meninas em toda a escola. A mãe dele era brasileira, mas ele não apenas tinha olhos e cabelos escuros e era bonito, ele também era durão e respeitado. O fato de que não parecia ter nada contra mim foi um grande incentivo, aquilo de repente me elevou acima de Tybakken e das pessoas de Tybakken. Lá ninguém queria saber de mim, mas Kjell queria, então o que importava? Também passei um bom tempo com Lars durante a minha viagem a Oslo, o que também superou todas as minhas expectativas.

Talvez por isso eu tivesse encontrado aquela improvável felicidade na minha situação. Mas também podia ser graças àquela música do Roxy Music, "More Than This". Era uma música cativante demais e bonita demais, e ao meu redor naquela escuridão pálida e azulada das noites de verão estava uma cidade grande, não apenas cheia de pessoas a respeito das quais eu nada sabia, mas também de lojas de discos com centenas, talvez milhares de excelentes bandas nas prateleiras. Cheia de palcos onde as bandas sobre as quais eu até então tinha apenas lido tocavam de verdade. Eu ouvia o barulho do tráfego ao longe, por toda parte havia vozes e risadas, e Bryan Ferry cantava *More than this — there is nothing. More than this — there is nothing.*

Um fim de tarde em agosto fomos todos juntos a Torungen pescar caranguejos. Meu pai tinha comprado uma lanterna submarina potente e tinha levado um ancinho, além de uma máscara de mergulho, pés de pato e uma tina branca e vazia. Uma colônia inteira de gaivotas levantou voo quando chegamos a terra, elas começaram a gritar ao nosso redor, dando mergulhos tão rasantes que por pouco não nos acertavam, era um ambiente violento e assustador, mas tudo aquilo parou quando chegamos à margem e a escuridão do mar noturno se estendeu à nossa frente. Minha mãe acendeu uma fogueira, meu pai tirou a roupa, colocou os pés de pato e entrou na água com a lanterna submarina na mão, pôs a máscara de mergulho e desapareceu. A água escorreu pelo snorkel como uma pequena cascata quando ele retornou à superfície.

— Não vi nenhum caranguejo — ele disse. — Vamos tentar um pouco mais para lá.

Eu e Yngve caminhamos devagar pelo escolho. As gaivotas continuavam gritando às nossas costas. Minha mãe preparou comida para nós.

De repente meu pai apareceu de novo, dessa vez com um caranguejo enorme na mão.

— Tragam a tina! — ele disse, e Yngve foi até a borda, meu pai largou o caranguejo lá dentro e saiu nadando outra vez.

Fiquei um pouco envergonhado, aquele não era o jeito certo de pescar caranguejos, o certo era ficar na terra apontando o facho da lanterna para dentro d'água e então pegá-los com o ancinho. Por outro lado, não havia mais ninguém na ilha além de nós.

Depois, quando o barco estava abarrotado de crustáceos rastejantes, meu pai sentou-se junto à fogueira para se aquecer enquanto grelhávamos salsichas e tomávamos refrigerante. No caminho de volta ao barco, quando ele apagou o fogo com um balde de água do mar, encontrei uma gaivota morta em um pequeno buraco na montanha. Coloquei a mão nela. Ainda estava quente. Um calafrio desceu pelas minhas pernas e eu tive um sobressalto. Será que não estava morta? Me abaixei mais uma vez e encostei o dedo no peito branco. Nenhuma reação. Me levantei. Era assustador que a gaivota estivesse naquele lugar. Não apenas porque estava morta, mas porque toda aquela cena parecia exibir uma precisão quase obscena nas cores e nas linhas. O bico alaranjado, os olhos amarelos e pretos, as grandes asas. E os pés escamosos e reptilianos.

— O que foi que você encontrou? — perguntou meu pai atrás de mim.

Me virei, ele iluminou meu rosto com a lanterna. Levantei a mão para proteger os olhos.

— Uma gaivota morta — eu disse.

Ele baixou o facho.

— Vejamos — ele disse. — Onde está?

— Lá — respondi apontando o dedo.

No instante seguinte a gaivota estava banhada pela luz da lanterna, como em uma mesa de cirurgia. Os olhos dela brilhavam com o reflexo.

— Aqui por perto talvez haja um ninho com filhotes que não devem estar nada satisfeitos — ele disse.

— Você acha mesmo? — perguntei.

— Claro, as gaivotas ainda estão com os filhotes nos ninhos. Por isso estavam tão furiosas quando chegamos. Mas agora venha.

Atravessamos o estreito em direção às luzes da cidade e chegamos ao cais, sempre com os cliques e os estalos fantasmagóricos dos caranguejos nos dois baldes lotados. Meu pai os cozinhou assim que chegamos em casa, e descobri um elemento libertador ao presenciar a impiedade da operação: ainda vivos os caranguejos eram retirados dos baldes, ainda vivos eram postos na água fervente, e por fim mortos flutuavam de cabeça para baixo no interior das carapaças brancas como ossos e marrons como folhas.

* * *

Dois dias após essa excursão noturna meu pai se mudou para Kristiansand. Ele tinha conseguido emprego num colégio em Vennesla, era longe demais para ir e voltar todos os dias, e no fim ele alugou um apartamento num bloco em Slettheia. Levou tudo o que precisava para lá, foram necessárias três viagens com um reboque que ele tinha alugado, e a partir de então ele aparecia em casa somente nos fins de semana, e passado um certo tempo com frequência ainda menor. A ideia era que procurasse uma casa nos arredores de Kristiansand para que nos mudássemos todos no verão seguinte.

A partida dele foi um grande alívio. Que tivesse mudado de emprego justamente no outono em que eu começaria a estudar na escola onde ele havia trabalhado durante treze anos também era uma coincidência quase inacreditável. Se ele ainda trabalhasse lá, o olhar dele me assombraria o tempo inteiro e eu praticamente não teria coragem de levantar a mão sem primeiro analisar todas as consequências. Para Yngve tinha sido assim. Mas para mim não foi.

Os primeiros dias no ginásio me fizeram lembrar dos meus primeiros dias na escola, seis anos atrás. Todos os professores eram novos e desconhecidos, todos os prédios eram novos e desconhecidos, e a não ser pelos meus colegas de classe, todos os alunos também eram novos e desconhecidos. Naquele lugar havia outras regras e outros códigos, outros boatos e outras histórias, e a atmosfera era totalmente outra. Ninguém brincava no ginásio. Ninguém pulava elástico, ninguém pulava corda, ninguém brincava de bola, ninguém brincava de pega-pega nem de ciranda. A única exceção era o futebol, que era jogado como na escola primária. Não, no ginásio os intervalos eram a hora de procurar a sua turma. Os fumantes iam para um canto próximo ao galpão das roupas de chuva e lá ficavam conversando e rindo em meio a isqueiros e cigarros, uns com jaquetas de couro, outros com jaquetas de brim, quase todos com um *moped*, porque as motocicletas tinham muitas afinidades com a vida que levavam. Circulavam boatos a respeito de alguns, diziam por exemplo que tinham participado de arrombamentos, que tinham chegado bêbados à escola, que tinham experimentado drogas, o que obviamente não negavam, mas tampouco confirmavam, eles viviam envolvidos em uma aura de misticismo e maldade, e quem senão John foi para aquele mesmo canto já no primeiro dia de aula dar as risadas roucas dele? Os alunos que ficavam naquele canto desprezavam a sabedoria dos livros, detestavam a escola, a maioria deles tinha habilidades manuais e queria trabalhar já a partir da oitava série, e era o que faziam mesmo, todos os casos perdidos tomavam essa decisão, e para a escola era uma alegria ver-se livre deles. Mas além do cigarro no canto da boca eles não se comportavam de maneira diferente em relação aos demais alunos, que também se reuniam em grupos para conversar e rir. As garotas de um lado, os garotos do outro. De vez em quando uns rapazes provocavam certas garotas, nessas horas podia haver gritos e correrias, e em ocasiões um tanto raras começava uma briga entre os garotos, nessas horas todos eram sugados em direção ao pátio da escola como nadadores diante de uma onda gigante, era simplesmente impossível resistir.

Levamos várias semanas até nos ajustar à nova vida escolar. Tudo tinha que ser experimentado. Tínhamos que mapear os limites e as preferências de cada professor. Descobrir onde estávamos pisando. O que valia entre as paredes da escola e o que valia fora delas.

Nas aulas de ciências tínhamos Larsen, o professor que tinha aparecido bêbado na escola, ele sempre dava a impressão de que estava dormindo no sofá de roupa e tudo minutos antes de entrar na sala de aula, independente do horário, sempre parecia letárgico e desconcentrado, mas por outro lado adorava experimentos, fumaça e barulho, então gostávamos das aulas dele. Nas aulas de música tínhamos Konrad, ele coordenava o clube de lazer, andava com camisas que mais pareciam blusas com um colete preto por cima, tinha o rosto redondo, bigode e era um pouco calmo, mas tinha um comportamento jovial e alegre, nós o chamávamos pelo primeiro nome, nas aulas de matemática tínhamos Vestad, o antigo conselheiro de classe de Yngve, um homem calvo e de rosto vermelho que usava óculos e tinha olhos penetrantes, nas aulas de afazeres domésticos tínhamos Hansen, uma professora grisalha e rígida, quase uma missionária, que parecia ter um interesse genuíno em nos ensinar a preparar bolinhos de peixe e a cozinhar batatas, nas aulas de inglês, norueguês, religião e ciências e estudos sociais tínhamos Kolloen, o nosso conselheiro de classe, um homem alto e magro que tinha quase trinta anos com um rosto marcante e pavio curto que na maior parte do tempo se mantinha longe de nós, mas de vez em quando tinha lampejos súbitos e surpreendentes de entrega e confraternização.

Esses professores não ofereciam apenas comentários genéricos e observações como os professores da escola primária, não, na nova escola tudo o que fazíamos era avaliado à base de notas. Isso criava um novo tipo de tensão na classe, porque de repente passamos a ter uma ideia bastante clara sobre os pontos fracos e fortes uns dos outros. Era impossível manter as notas escondidas, ou melhor, era possível, mas um tanto malvisto. Em geral eu tirava B ou B+, às vezes conseguia um MB, às vezes caía um pouco e tirava um S, porém, mesmo que eu não escondesse esses conceitos dentro da sala de aula, comecei a moderar os meus comentários em outras situações, já que nos últimos meses eu aos poucos tinha começado a perceber os sinais de que não era bom ser um aluno esforçado, de que um MB, ao contrário do que se podia esperar, era a marca de uma deficiência, de uma falta de caráter, e não o contrário, como o conceito originalmente pretendia expressar. Meu status vinha piorando fazia tempo, e naquele momento tentei reverter o processo e restabelecer uma boa reputação, obviamente sem pensar de maneira tão concreta e objetiva a esse respeito, pois tudo era baseado em impressões e intuições baseadas nas correções sociais que encontramos por toda parte. Nessa tarefa eu tinha uma grande vantagem, a saber, o futebol, onde eu era conhecido por muitos alunos do oitavo e do nono ano, e por uns quatro ou cinco dos que eram realmente admirados, tanto pelos garotos quanto pelas garotas. Eu era o único aluno da nossa classe que podia ir até o grupo onde estava Ronny, por exemplo, ou Geir Helge ou Kjell ou então todos juntos, sem que me olhassem com um olhar inquisitório ou começassem a me importunar. Eles não se importavam com a minha presença, na verdade eu também não tinha nenhum grande retorno, mas isso não era o mais importante, o mais importante era que eu podia ir até onde eles estavam e ser visto na companhia deles. Da noite para o dia Geir, Geir Håkon e Leif Tore tinham deixado de ser pequenos reis para se transformarem em pequenos bobos da corte, na nova escola eles não eram ninguém, teriam de se reconstruir desde a estaca zero, e só Deus sabe se obtiveram sucesso nos três anos que passaram lá. Eu nem olhava mais para eles a não ser em nossa classe, que já não contava mais.

 Durante as primeiras semanas Lars virou o meu novo melhor amigo. Ele tinha aulas na classe paralela e assim representava uma novidade, porque morava em Brattekleiv, onde nós de Tybakken poucas vezes aparecíamos, e jogava futebol. Era uma pessoa social, conhecia um monte de gente e se dava bem com todo mundo. Tinha cabelos ruivos e crespos, estava sempre de bom humor, dava risadas altas e claras e seguras de si e aprontava com todo mundo, pouquíssimas vezes com má intenção. O pai dele era ex-campeão europeu de patinação, tinha participado de vários campeonatos mundiais e Olimpíadas, inclusive no Squaw Valley, e o porão deles era cheio de taças, medalhas, diplomas e uma grande coroa de louros seca e murcha. Era um homem receptivo e amistoso, mas também decidido, casado com uma dinamarquesa que não sabia o que mais podia fazer.

Graças à amizade de Lars, tudo que dizia respeito a Tybakken deixou de me afetar. Ao mesmo tempo eu também havia mudado, acontecia principalmente à noite, eu já não me preocupava mais em praticar boas ações, pelo contrário, comecei a praguejar, comecei a roubar frutas, jogar pedras para quebrar as lâmpadas e janelas, responder com ares de superioridade e parei de rezar a Deus. Quanta liberdade! Eu adorava roubar frutas, e quanto maior fosse o risco, tanto melhor. Parar a bicicleta à beira da estrada ainda pela manhã no caminho para a escola, correr para dentro de um jardim e pegar cinco ou dez maçãs em plena luz do dia para depois me sentar na bicicleta e continuar pedalando rumo à escola, como se nada tivesse acontecido, me dava um sentimento que eu não tinha conhecido até então e nem ao menos sabia que existia. Um dos jardins por onde eu passava era novo, e no meio dele havia uma única macieira, ainda pequena, com uma única maçã, e não seria necessária uma grande experiência de vida para compreender que aquela maçã era importante para o pai da família, que havia plantado a árvore naquela mesma primavera, e para os dois filhos dele, que não aguentavam mais esperar até que a maçã, que para eles devia ser A Maçã, amadurecesse. Aquela era a maçã deles, que eu via no galho da macieira todos os dias a caminho da escola e que por fim roubei.

Não à tarde, quando já estava escuro e a chance de fazer aquilo sem que ninguém me visse era grande, não, eu a roubei de manhã, a caminho da escola, simplesmente desci da bicicleta, pulei a cerca, atravessei o pátio, arranquei a maçã do pé e finquei meus dentes na casca no caminho de volta para a estrada. Um novo mundo havia se revelado para mim. Eu ainda não roubava nada em lojas, mas já estava pensando a respeito, avaliando as possibilidades. Em casa meu comportamento não sofreu grandes mudanças, eu simplesmente agia de maneira um pouco mais livre, me sentia mais alegre e falava mais, o que não deve ter chamado a atenção da minha mãe, já que a ausência de liberdade estava intimamente ligada à presença do meu pai, e já que a fúria dele só se manifestava em toda a magnitude quando ela não estava por perto. Quando estava apenas com a minha mãe e com Yngve eu sempre tinha sido assim. Mas eu sempre tinha falado sobre tudo com minha mãe, ou melhor, minhas conversas raramente diziam respeito ao mundo exterior, em geral eram conversas a respeito das coisas que eu estava pensando em um momento ou outro, que saíam da minha boca, toda sorte de ideias e impressões, e por volta dessa época eu comecei a ter uma consciência maior sobre as coisas que eu dizia e que não dizia para ela, porque eu entendi que era uma diferença importante, que um desses mundos devia ser puro e claro e que não devia conter nenhuma das inúmeras sombras compridas que havia no outro.

Naquele outono esses dois mundos se abriram, mas não foi como a abertura de uma porta automática de garagem, o processo era vivo e orgânico, como se fosse ativado por um músculo: todas as sextas-feiras, quando meu pai voltava para casa, o mundo se fechava ao meu redor, os velhos padrões se repetiam e eu tentava ficar naquele lugar o menor tempo possível. Mas enquanto o mundo do lar era bem conhecido e sempre idêntico na própria previsibilidade, o mundo exterior era completamente imprevisível, ou, melhor dizendo, tudo que acontecia surgia de uma forma clara e distinta e indubitável, mas as causas dos acontecimentos permaneciam envoltas numa obscuridade crepuscular.

Todas as sextas-feiras o clube de lazer organizava atividades no antigo ginásio da escola. As atividades eram oferecidas para todos os alunos. Por anos aquele tinha sido um lugar quase mitológico para mim, atraente e inalcançável. Eu tinha visto Yngve se vestir com esmero antes de ir para lá, uma vez ele tinha até colocado um lenço no pescoço, eu sabia que lá havia dança, torneios de pingue-pongue e de *couronne*, venda de Coca-Cola e de salsichas e até mesmo exibições de filmes, concertos e outros eventos especiais. A chance de ter acesso a esse lugar maravilhoso foi um assunto bastante discutido, principalmente entre as garotas, por um motivo ou outro elas tinham uma ligação mais forte com o clube de lazer, como se fosse um lugar pensado acima de tudo para elas, mas nós também conversávamos a respeito de vez em quando.

Na tarde em que peguei a bicicleta para ir até lá pela primeira vez eu me senti como se estivesse prestes a ser iniciado em um novo ritual. O ar estava fresco, ao subir o morro em direção à escola eu passei por várias garotas do sétimo ano, todas haviam caprichado no visual, nenhuma delas tinha a aparência de sempre. Estacionei a bicicleta do lado de fora, passei pela turma de fumantes, paguei meu bilhete e entrei no ginásio escuro e rodeado por holofotes coloridos e globos de espelho, onde a música que saía de dois enormes alto-falantes reverberava. Olhei ao meu redor. Havia muitas garotas do oitavo e do nono ano, nenhuma delas se dignou a olhar para mim, claro, mas a maioria dos que estavam lá eram alunos do sétimo ano como eu. Nós éramos os únicos para quem o clube ainda tinha o interesse da novidade.

A pista de dança estava completamente vazia. A maioria das garotas estava sentada nas mesas junto às paredes e a maioria dos garotos estava nas outras salas, onde ficavam as mesas de pingue-pongue e de *couronne*, ou então fora do ginásio, onde ao longo da noite sempre se reunia uma turma com *mopeds*. Muitos eram garotos que tinham saído da escola, mas não há tempo suficiente para que tivessem esquecido de ficar de olho nas garotas.

Mas eu não estava lá para jogar pingue-pongue ou para ficar no estacionamento com uma Coca-Cola na mão. Eu gostava de música, gostava de garotas e gostava de dançar.

Não me atreveria a ir para a pista vazia sozinho. Mas, quando duas amigas começaram a dançar, ainda um pouco tímidas, e logo foram seguidas por outras duas meninas, eu também fui para lá.

Envolvido pelo ritmo e pelo sentimento de estar sendo visto, não perdi tempo e comecei a dançar. Uma música, duas músicas, e então saí para ver se eu encontrava algum conhecido. Comprei uma Coca-Cola e me sentei com Lars e Erik.

Todo o meu ser, com meu interesse por roupas, meus cílios longos e minha pele macia, minha atitude de sabe-tudo e meu bom desempenho escolar, criava as circunstâncias ideais para uma verdadeira catástrofe pré-púbere. Meu comportamento naquelas noites não fez muito para melhorar a minha situação. Mas eu não tinha a menor ideia a respeito dessas coisas. Eu não via nada de fora, mas sentia tudo por dentro, onde o ritmo marcado e cativante de "Funkytown", a estranha música em falsete dos Bee Gees, a memorável "Hungry Heart" de Springsteen, a escuridão repleta de brilhos, as garotas que se movimentavam dentro do ginásio com seios e coxas, bocas e olhos e os cheiros quentes de perfume e suor eram tudo que existia. Às vezes eu voltava para casa completamente zonzo dessas noites de sexta-feira, quando todas as coisas do dia a dia eram enfeitiçadas por uma força mística e de repente surgiam como vultos negros e indefinidos, quase como sombras, que no entanto pareciam infinitamente atraentes e exuberantes, repletas de esperança e de possibilidades. Afinal de contas, estávamos falando do ginásio! Lá estavam Sølvi, Hege, Unni e Marianne! Geir Håkon, Leif Tore, Trond e Sverre! E lá vendiam salsichas com ketchup e mostarda! As mesas e as cadeiras eram as mesmas que durante a semana ficavam nas salas de aula. As barras nas paredes eram as mesmas que usávamos durante as aulas de educação física. Mas nada disso importava quando a escuridão caía e o lugar se enchia de brilhos fugidios, porque então tudo era tragado para o interior daquele círculo mágico repleto de promessas e tudo se resumia a olhos velados, corpos jovens, corações palpitantes e nervos à flor da pele. Saí do clube de lazer confuso na primeira sexta-feira, e voltei cheio de ansiedade e de expectativa na sexta-feira seguinte.

O mais incrível a respeito daquele lugar era que lá era mais fácil se aproximar das garotas. Em geral as garotas estavam fora do nosso alcance, a maioria delas tinha adotado uma atitude blasée e entediada nos últimos meses, quase tudo que nós garotos fazíamos era infantil, durante os recreios elas sentavam juntas com toca-fitas e ficavam conversando ou fazendo tricô e era impossível participar daquilo. Mesmo que eu tentasse, porque afinal de contas eu ainda falava a mesma língua que elas, a tentativa nunca dava em nada, saíamos cada um para um lado assim que o sinal tocava.

Mas no clube de lazer era diferente, lá era possível simplesmente ir até uma garota e perguntar se ela queria dançar. E desde que você não fizesse uma aposta alta demais e procurasse a garota mais bonita e mais cobiçada do nono ano, sempre dava certo, elas aceitavam o convite, e então bastava ir até a pista de dança, estreitar aquele corpo macio e quente nos braços e balançar de um lado para o outro até que a música terminasse. A esperança era que aquilo levasse a outras coisas, que talvez a dança fosse seguida por olhares roubados e sorrisos travessos, mas ainda que nada acontecesse, esses momentos tinham valor por si mesmos, em parte devido às promessas que faziam a respeito de um paraíso futuro de nudez completa. Todas as meninas com quem eu tinha namorado até então, Anne Lisbet, Tone, Mariann e

Kajsa, eram colegas de escola e frequentavam o clube de lazer, porém mesmo que eu ainda sentisse uma pontada no coração quando eu as via com outros garotos, elas haviam morrido para mim, eram apenas passado, eu não queria mais nada delas a não ser que não contassem aos outros sobre quem eu tinha sido. Esse temor dizia respeito a Kajsa em especial. Eu entendi que nosso encontro na floresta tinha sido ridículo, eu havia me portado como um idiota completo, sentia uma profunda vergonha daquele episódio e tinha me decidido a nunca contar aquilo para ninguém, nem mesmo para Lars. Acima de tudo, era importante que Lars não soubesse. Mas Kajsa não tinha razão nenhuma para se envergonhar, e eu ficava de olho nela quando estava ao meu redor para ver se não cochichava e se de repente todos não olhavam para mim. Mas não foi o que aconteceu. As dificuldades vieram de lugares mais inesperados. Desde a quarta série eu estava de olho em Lise, da classe paralela, ela era bonita e eu gostava de olhar para ela, de prestar atenção no jeito como sorria, nas roupas que estava vestindo, na força do caráter, ela era uma das garotas que não ficava quieta quando achava que alguma coisa não estava certa, era destemida, mas os traços do rosto dela eram suaves, e quando começamos o sétimo ano ela tinha formas arredondadas e maravilhosas. Cada vez mais eu tinha Lise na mira. Ela era a melhor amiga de Mariann, e quando acabaram as controvérsias relativas ao término do nosso namoro, às vezes sentávamos juntos para conversar, ou então voltávamos juntos para casa, e foi numa dessas ocasiões que ela repetiu um comentário a meu respeito feito naquele mesmo dia por Lise.

Eu tinha entrado no velho ginásio, que durante o dia funcionava como refeitório e era também o lugar onde comíamos nossos lanches durante o recreio. Eu tinha entrado e de repente Lise, que estava sentada numa mesa cheia de gente, me viu chegar e disse: Ai, que nojo! Chego a sentir arrepios quando eu vejo o Karl Ove!

— Mas eu não acho — disse Mariann quando terminou de me contar.
— E também não acho que você é femi.
— Femi? — perguntei.
— É, é o que todo mundo anda dizendo.
— Como?
— Você não sabia?
— Não!

E, como se houvesse um acordo secreto para não me chamar abertamente por esse nome antes que eu fosse discretamente informado, logo após minha conversa com Mariann a palavra começou a ser usada contra mim e a se espalhar com a velocidade da luz. De repente eu era o femi. Todo mundo me chamava assim. As garotas da nossa classe, garotas das outras classes, alguns garotos da nossa classe, garotos das outras classes e até mesmo meus colegas do time de futebol. Durante um treino John se virou de repente para mim e disse, porra, você é um femi mesmo. Alunos mais novos, que frequentavam a quarta série no loteamento, também haviam aprendido a palavra e de vez em quando gritavam-na para mim. Femi, femi, femi, eu ouvia por toda parte. Aquilo era uma condenação, e não podia ter sido uma condenação pior. Se eu começava uma discussão com alguém, por exemplo Kristin Tamara, ela podia derrubar todos os meus argumentos e ainda por cima me arrasar simplesmente dizendo, você é um femi mesmo. Seu femi! Ei, femi! Femi, venha cá. Isso me oprimia, eu praticamente não conseguia pensar em mais nada, era como uma muralha preta na minha consciência da qual eu não conseguia me afastar. Era a pior coisa que já tinha acontecido comigo e não havia nada que eu pudesse fazer.

E não era como se eu pudesse me comportar de maneira um pouco menos feminina durante uns dias e de repente todos fossem dizer, ah, você não é um femi afinal de contas! Não, era bem mais profundo, e continuaria a ser assim por todo o meu futuro. Eles tinham encontrado uma coisa que podiam usar contra mim, e usavam-na tanto quanto era possível. A não ser por Lars, que disse para eu não me preocupar, o que para mim foi um alívio, já que uma das primeiras coisas que pensei quando aquilo começou foi que Lars não ia mais querer andar comigo, afinal ele de repente teria muito a perder. Mas não foi o que aconteceu. Geir, Dag Magne e Dag Lothar também não usavam aquela palavra. E obviamente nenhum dos meus professores nem os meus pais. Mas todos os outros a usavam. Aquela expressão derrubava com um único golpe todas as minhas outras características, não importava o que eu fazia nem o que eu sabia, eu era simplesmente um femi.

Numa aula de biologia em que aprenderíamos sobre reprodução com a sra. Sørsdal, Jostein, que era aluno da classe paralela e goleiro do time de futebol, entrou na nossa sala e sentou-se ao meu lado numa carteira vazia. No início ninguém percebeu, nossa aula começou, a sra. Sørsdal estava falando sobre homossexualidade e Jostein disse, o Karl Ove sabe tudo a respeito disso! Ele é homossexual! Peçam para ele explicar como é! As risadas não se espalharam muito, a maioria da turma percebeu que Jostein tinha ido longe demais e em seguida ele foi retirado da sala, mas assim mesmo uma semente fora lançada. Será que eu era homossexual? O que havia de errado comigo? Eu mesmo comecei a pensar sobre aquilo. Eu era um femi e talvez fosse também homossexual, e nesse caso não me restaria esperança. Não haveria razão para viver. Eu nunca tinha me sentido num lugar tão escuro quanto aquele.

Não disse nada para minha mãe, claro, mas passadas algumas semanas tomei coragem e contei a Yngve o que tinha acontecido. Ele estava subindo o morro em direção à loja quando eu o alcancei.

— Você está com pressa? — perguntei.
— Mais ou menos — ele respondeu. — Por quê?
— Eu estou com um problema — expliquei.
— É mesmo? — ele disse.
— Estão me chamando de uma coisa — eu disse.

Yngve olhou depressa para mim, como se na verdade não quisesse saber.

— Do quê? — ele perguntou.
— Ah... — eu disse. — De...

Yngve parou.

— *Do que* estão chamando você? Vamos, diga!
— Estão me chamando de femi — eu respondi. — Dizendo que sou um femi.

Yngve riu.

Como ele podia *rir* daquilo?

— Não é tão grave assim, Karl Ove — ele me tranquilizou.
— Meu Deus! — eu retruquei. — Claro que é! Será que você não entende?
— Pense no David Bowie — ele disse. — O David Bowie é andrógino. No mundo do rock essa é uma vantagem. Com o David Sylvian é a mesma coisa.
— Andrógino? — eu repeti, totalmente decepcionado ao ver que Yngve não tinha entendido nada.
— É, uma mistura dos dois sexos. Meio homem, meio mulher.

Yngve me encarou.

— Karl Ove, isso vai passar.
— Não é o que parece — eu respondi, e então me virei e voltei para casa enquanto ele continuou subindo o morro.

Eu tinha razão, aquilo não passava nunca, mas de certa forma eu já tinha me acostumado, as coisas tinham passado a ser daquele jeito, eu era o femi, e mesmo que esse pensamento me incomodasse de uma maneira para mim desconhecida até então e projetasse sombras compridas, muitas outras coisas aconteciam ao meu redor, e a maioria delas tinha intensidade suficiente para que eu me esquecesse de tudo enquanto duravam.

Passávamos boa parte do nosso tempo andando de um lado para o outro. De certa forma eu já tinha feito aquilo, mas enquanto com Geir o meu objetivo durante todos aqueles anos tinha sido o de encontrar lugares secretos, lugares só nossos, com Lars acontecia o contrário, nós procurávamos lugares onde coisas pudessem acontecer. Pegávamos carona por toda parte, até Hove se estivesse acontecendo alguma coisa por lá, até Skilsø, íamos para a frente do B-Max na esperança de que alguma coisa acontecesse, íamos ao Fina, andávamos pela cidade, pedalávamos até o novo ginásio de esportes mesmo quando não tínhamos treino, até a casa paroquial onde o Ten Sing ensaiava, afinal no ginásio de esportes havia garotas, no Ten Sing havia garotas, e esse era o único assunto a respeito do qual falávamos e pensávamos. Garotas, garotas, garotas. Quem tinha seios grandes e quem tinha seios pequenos. Quem ainda podia ficar linda e quem já era linda. Quem tinha a bunda mais bonita. Quem tinha as pernas mais bonitas. Quem tinha os olhos mais bonitos. Quem poderia nos dar uma chance. Quem era totalmente inatingível.

Numa tarde escura de inverno pegamos o ônibus até Hastensund, onde morava uma garota que frequentava o Ten Sing, ela tinha cabelos loiros, era um pouco cheiinha, mas tinha uma beleza impressionante, era nela que estávamos interessados, mesmo que fosse um ano mais velha, batemos na casa dela e ficamos por lá mesmo, no quarto, tendo uma conversa meio desengonçada sobre isso e aquilo enquanto ardíamos de desejo, e no ônibus de volta estávamos tão repletos de sentimentos que mal conseguimos falar.

Num fim de semana em que a minha mãe foi visitar meu pai em Kristiansand, Lars dormiu na minha casa, comemos batatas chips, bebemos Coca-Cola, tomamos sorvete e assistimos televisão, era primavera, véspera de Primeiro de Maio, e a emissora transmitiria um concerto de rock para manter em casa os jovens de Oslo que de outra forma sairiam à rua para jogar pedras. Não tínhamos nenhuma revista pornográfica, eu não me atrevia a levar nenhuma para casa nem que estivéssemos sozinhos, então tivemos que nos contentar com *Insektsommer*, de Knut Faldbakken, lendo a passagem que eu tinha lido tantas vezes que o livro já se abria sozinho nela. Chegamos à conclusão de que não podíamos ficar sozinhos em casa, precisávamos convidar umas garotas, e Lars sugeriu que chamássemos Bente.

— Bente? — perguntei. — Que Bente?
— A que mora aqui, ora — Lars respondeu. — Ela é bonita.
— A *Bente*? — repeti quase aos gritos. — Mas ela é *mais nova* que nós!

Eu a tinha visto durante toda a minha vida, mas ela sempre tinha sido mais nova, e portanto eu nunca havia contado com ela. Mas ela tinha crescido, e Lars me disse que tinha visto que ela tinha seios e tudo mais. E que era bonita! Bonita de verdade!

Eu não tinha percebido, mas já que ele estava dizendo, bem...

Nos vestimos, corremos morro acima e tocamos a campainha da casa dela. Ela ficou surpresa com a nossa visita, mas disse que não, não poderia ir à minha casa, não naquela noite.

Tudo bem, fica para uma próxima, então!, dissemos.

É, para uma próxima.

Então nos sentamos em frente à TV e ficamos vendo uma banda atrás da outra enquanto conversávamos a respeito do que víamos e de todas as garotas com quem gostaríamos de ter assistido à transmissão. Siv, da minha classe, com quem eu tampouco havia contado, de repente também havia se tornado interessante, e assim resolvemos tocar a campainha da casa dela. Não tínhamos a menor ideia do que podia acontecer depois.

Era assim que fazíamos, era assim que andávamos de um lado para o outro, incansáveis e cheios de um desejo impossível. Líamos revistas pornográficas, chegava a doer ver aquelas fotografias, eram muito próximas e ao mesmo tempo muito distantes, mas assim mesmo elas conseguiam despertar sentimentos poderosos em nós. Toda vez que eu via uma garota eu tinha uma vontade louca de gritar com toda a minha força, derrubá-la no chão e arrancar as roupas dela. Esse pensamento fazia com que minha garganta se fechasse e meu coração disparasse. A ideia de que estavam todas nuas por baixo das roupas quando ficavam ao nosso lado, e que *podiam* tirar aquelas roupas se quisessem, mesmo que em um nível puramente teórico, era simplesmente inacreditável. Era um pensamento impossível.

Como todos podiam andar pelo mundo sabendo disso sem perder totalmente o controle?

Será que se reprimiam? Será que faziam de conta que não sabiam?

Eu, pelo menos, não conseguia fazer nada disso. E não pensava em mais nada, esse era o meu único pensamento, desde a hora em que eu acordava de manhã até a hora em que ia me deitar à noite.

Sim, nós líamos revistas pornográficas. Também jogávamos cartas, sacávamos o baralho em todos os lugares e em todas as circunstâncias, íamos para a casa uns dos outros, frequentávamos o clube de lazer, ouvíamos música, jogávamos futebol, tomávamos banho de mar sempre que dava, roubávamos frutas e saíamos para caminhar, parando aqui e acolá enquanto falávamos o tempo inteiro.

Kjersti?
Marianne?
Tove?
Bente-Lill?
Kristin?
Lise?
Anne Lisbet?
Kajsa?
Marian?
Lene?
A irmã de Lene?
A *mãe* de Lene?

Nunca na minha vida como adulto eu tive tanta certeza de qualquer outra coisa como naquela época tive em relação às garotas que nos rodeavam. Na minha vida como adulto tive dificuldade em decidir se *En Australiareise* é um romance bom ou ruim, ou se Hermann Broch é ou não é um escritor melhor do que Robert Musil, mas nunca, jamais tive a menor dúvida de que Lene era uma garota bonita, e que estava em um nível totalmente superior em relação a Siv.

* * *

    Lars tinha muitas outras atividades, ele navegava com a mãe e o pai e também sozinho, no barco *Europa*. Era bom esquiador, infinitamente melhor do que eu, e às vezes ia com o pai a Åmli ou a Hovden, onde tinha os velhos amigos Erik e Sveinung. Quando Lars estava ocupado eu ficava no meu quarto ouvindo música, lia ou então conversava com Yngve ou com minha mãe. Nunca mais fui à floresta ou à montanha, aos trapiches ou a Gamle Tybakken.
    Num domingo, já no fim do inverno, peguei a bicicleta e fui à casa de Lars. Ele estava se aprontando para ir a Åmli com Sveinung e o pai dele para andar na pista de *slalom*. Eu não poderia ir junto, fazia muito tempo que vinham planejando aquele passeio. Fiquei tão frustrado e aquele desfecho foi tão inesperado que meus olhos se encheram de lágrimas. Lars percebeu, então me afastei, peguei a bicicleta e fui embora. Lágrimas, essa não, isso era de última.
    Ele me ligou assim que cheguei em casa. Tinha um lugar para mim. Eles podiam me pegar em casa. Eu devia ter recusado, para mostrar que não me importava e para deixar claro que as lágrimas, que o haviam desconcertado, claro, não eram lágrimas, mas apenas um cisco no meu olho, um sopro de vento na córnea. Mas não consegui, Åmli tinha uma pista enorme de *slalom* com teleféricos e tudo mais, eu nunca tinha esquiado lá, e portanto tratei de engolir o meu orgulho e ir com eles.
    O pai de Lars esquiava com uma elegância dos anos 1950 que eu nunca tinha visto antes.
    Mas as lágrimas tinham frustrado Lars, e tinham frustrado também a mim. Por que elas não se afastavam de mim quando eu já tinha completado treze anos e tudo mais? Quando haviam se tornado completamente indesculpáveis?
    Numa aula de carpintaria John começou a me provocar, fiquei tão bravo que bati com uma tigela na cabeça dele com toda a minha força enquanto as lágrimas escorriam, deve ter doído, e eu fui expulso da aula, mas ele simplesmente riu e depois veio me pedir desculpas, eu não sabia que você ia chorar, disse. Não era a minha intenção. Todos tinham visto o quanto eu era fraco e digno de pena, e de repente todos os meus esforços para ser durão, para ser

um dos garotos mais durões, foram jogados no lixo. John, que tinha mostrado a bunda para um dos nossos professores já no primeiro dia de aula na nova escola e que outro dia apareceu com as sobrancelhas raspadas, estava cabulando as aulas, e todos estavam convencidos de que ele seria um dos alunos que começavam a trabalhar já no oitavo ano. Ele precisava que o salvassem. Tentei salvar a mim mesmo. Lars tinha pesos na garagem, eram do pai dele, mas ele também se exercitava, e uma tarde eu pedi para experimentar.

— Claro — ele disse.
— Quanto você levanta? — perguntei.
Ele respondeu.
— Você ajeita os pesos para mim? — pedi.
— Você não consegue ajeitá-los sozinho?
— Eu não sei como se faz.
— Está bem. Venha, então.

Eu o segui. Lars ajeitou os pesos e colocou a barra no suporte. Então me encarou.

— Eu prefiro ficar sozinho — eu disse.
— Você está brincando? — ele perguntou.
— Não. Saia daqui. Eu já subo.
— Está bem.

Quando ele subiu a escada, me deitei no banco. Não consegui nem tirar a barra do lugar. Não a levantei sequer um centímetro. Tirei a metade dos pesos. Nem assim consegui levantar a barra. Com muito esforço eu a ergui talvez dois ou três centímetros do apoio.

Eu sabia que o jeito certo de fazer aquilo era colocar a barra na altura do peito e depois levantá-la com os braços totalmente estendidos.

Tirei mais dois pesos.

Mas nem assim consegui.

No fim tirei os pesos todos e consegui fazer uns movimentos usando somente a barra.

— E então? — Lars me perguntou quando eu subi. — Quanto você conseguiu levantar?
— Não tanto quanto você — eu disse. — Tive que tirar dois pesos.
— Nada mau! — disse Lars.
— Você acha mesmo? — perguntei.

* * *

Ao longo de todos aqueles anos, desde a época em que comecei a namorar Anne Lisbet na primeira série, eu achava que ia aprender mais a cada vez. Achava que me sairia cada vez melhor com cada nova garota. Que Kajsa tinha sido minha última frustração. Depois dela tudo daria certo, porque eu já sabia como as coisas funcionavam e como podia evitar os erros.

Mas não foi bem assim.

Eu me apaixonei por Lene. Ela era aluna da classe paralela. Era também a garota mais bonita de toda a escola. Não havia concorrência. Ela era mais bonita do que todas as outras, mas também era tímida, e essa era uma combinação que eu nunca tinha visto. Aquela fragilidade exercia uma forte atração e um estranho fascínio.

Ela tinha uma irmã no nono ano, ela se chamava Tove e era o oposto de Lene, também era muito bonita, mas de um jeito animado, desafiador e peralta. As duas eram muito cobiçadas pelos garotos.

Mas Lene era cobiçada de maneira indireta, era o tipo de garota desejada em segredo. Pelo menos no meu caso era assim. Ela tinha os olhos pequenos, as maçãs do rosto altas, as bochechas macias e pálidas, muitas vezes com um discreto rubor, e além do mais era alta e magra, tinha a cabeça sempre meio enviesada e deixava as mãos enlaçadas enquanto caminhava. Mas Lene também tinha coisas em comum com a irmã, dava para ver quando ela ria, na expressão que tomava conta dos olhos verde-azulados nessas horas, e também na teimosia e na obstinação que se revelavam de vez em quando, tão incompatíveis com a impressão dominante de fragilidade sonhadora. Lene era uma rosa. Bastava que eu a visse para andar com a cabeça meio enviesada como ela. Assim eu estabelecia contato, assim surgia uma relação entre nós dois. Mas eu não podia esperar por mais nada, porque eu a estimava demais para me aproximar de qualquer maneira que fosse. A ideia de tirá-la para dançar, por exemplo, era completamente absurda. Falar com ela era impensável. Eu me dava por satisfeito em vê-la e em sonhar com ela.

Então comecei a namorar Hilde. Ela me pediu em namoro, eu aceitei, ela era colega de Lene, tinha um corpo largo e forte, quase másculo, era mais alta do que eu, tinha feições bonitas e um jeito simpático e amistoso e terminou nosso namoro dois dias depois porque, nas palavras dela, você não está nem um pouco apaixonado por mim. Para você só existe a Lene. Não, eu disse, você está enganada, mas obviamente ela tinha razão. Todo mundo sabia, eu não pensava em mais nada, e quando saíamos ao pátio durante os recreios eu sempre sabia onde Lene estava e com quem estava, e essa atenção não passou despercebida.

Um dia Lars me disse que alguém tinha ouvido Lene dizer que não tinha nada contra mim. Mesmo que eu fosse femi. Mesmo que eu tivesse chorado na aula de carpintaria. Mesmo que eu fosse lerdo no futebol e mal conseguisse levantar uma barra sem nenhum peso no supino.

Eu olhei para ela no pátio da escola, nossos olhares se encontraram e ela sorriu, em seguida desviou os olhos com um leve rubor nas bochechas.

Pensei que eu não podia deixar aquela chance passar. Pensei, é agora ou nunca. Pensei que não tinha nada a perder. Se ela dissesse não, nada mudaria.

Já se ela dissesse sim...

Numa sexta-feira pedi que Lars fizesse uma pergunta a ela. Os dois eram colegas havia seis anos, ele a conhecia bem. E ele voltou com um sorriso no rosto.

— Ela disse que sim! — ele me disse.

— Sério?

— Claro. Você e a Lene são namorados!

Então tudo havia começado outra vez.

Será que eu já podia me aproximar?

Olhei para ela. Lene sorriu para mim.

O que eu diria quando chegasse lá?

— Vá falar com ela — Lars disse. — E mande um beijo meu.

Ele não chegou a me empurrar no pátio da escola, mas não esteve muito longe disso.

— Olá — eu disse.

— Olá — Lene disse.

Ela olhou para baixo, notei que um dos pés mal tocava o asfalto.

Meu Deus, como ela era linda!

Ai, ai, ai.

— Obrigado por ter dito sim — eu disse sem nem ao menos me dar conta do que estava dizendo.

Ela riu.

— Não tem de quê — ela respondeu. — O que você tem no próximo período?

— No próximo período?

— É.

— Eh... norueguês?

— Não pergunte para mim — ela disse.

O sinal tocou.

— Nos vemos depois? — eu perguntei. — Depois da escola, quero dizer?

— Pode ser — ela disse. — Eu tenho treino no ginásio. Podemos nos ver depois.

A questão não era o que ia acontecer, a questão era quantos dias levaria até que ela não aguentasse mais e terminasse o namoro. Eu sabia disso, mas assim mesmo estava decidido a tentar, eu tinha que lutar, não havia como saber, e eu tinha Lene nos meus pensamentos o tempo inteiro, em parte como um sentimento livre, uma empolgação constante, em parte como um pressentimento nebuloso da essência e do caráter dela. Sim, eu tinha que lutar, mesmo que não tivesse nada com que lutar. Eu nem ao menos sabia no que consistia a batalha. Em mantê-la ao meu lado, claro, mas como? Simplesmente sendo eu mesmo? Não tente me fazer de bobo. Não, eu tinha que contar com os outros, para mim estava claro, e durante aqueles dias procurei outros grupos na companhia dela para que a responsabilidade pela conversa não ficasse toda nos meus ombros. Fui ao ginásio com Lene, fui ao Kjenna com Lene, fui ao ferry de Skilsø com Lene. Tinham nos dado uma Bíblia na escola, no outono seguinte começariam os preparativos para a confirmação, e descobri que podia perguntar a ela o que tinha feito com a Bíblia, porque assim eu poderia responder que tinha jogado a minha no lixo e dar início a uma conversa, eu poderia perguntar às pessoas que encontrava o que elas tinham feito com a Bíblia. Lene me ouviu, Lene me acompanhou, Lene começou a se aborrecer. Ela era uma rosa, nós trocávamos beijos no cruzamento e andávamos de mãos dadas no pátio da escola, mas eu era apenas um garoto, e mesmo que tivesse dentes brancos e alinhados depois de tirar o aparelho não estava dando certo, Lene estava se aborrecendo comigo, e numa noite em que foi comigo até o treino de futebol vi que ela foi até a arquibancada e depois foi embora, ela passou uma hora inteira sumida, eu entrei no vestiário para me trocar com os outros, percebi que havia alguma coisa errada, parei junto à máquina de Coca-Cola na recepção e vi: lá estavam Lene Rasmussen e Vidar Eiker, os dois conversavam e riam, e pela maneira como ela ria eu entendi que estava tudo acabado. Vidar Eiker tinha saído do nono ano no ano anterior, ele fazia parte do grupo que se encontrava no Fina e tinha um *moped*, onde estava apoiado naquele exato momento.

Eu fui até a arquibancada e me sentei.

Meia hora depois Hilde apareceu. Ela sentou-se ao meu lado.

— Karl Ove, tenho más notícias — ela disse. — A Lene terminou o namoro com você.

— Eu sei — respondi, virando a cabeça para que ela não visse as lágrimas que escorriam pelo meu rosto. Mas ela viu, porque se levantou depressa, como se tivesse se queimado.

— Você está chorando? — ela perguntou.

— Não — eu disse.

— Então você ama a Lene de verdade? — ela me perguntou, surpresa.

Não respondi.

— Mas, Karl Ove — ela disse.

Enxuguei as lágrimas com uma das mãos, funguei e suspirei cheio de trepidação.

— Ela está lá fora? — perguntei.

Hilde fez um gesto afirmativo com a cabeça.

— Quer que eu vá com você?

— Não. Não. Eu quero ficar sozinho.

Assim que Hilde atravessou a porta do outro lado da arquibancada eu me levantei, pus minha bolsa nas costas e saí. Enxuguei as lágrimas mais uma vez, atravessei o corredor depressa e abri a porta da entrada, onde os dois ainda estavam.

Passei de cabeça baixa.

— Karl Ove! — Lene exclamou.

Não respondi, e assim que os dois sumiram do meu campo de visão comecei a correr.

Lene engatou um namoro com Vidar, passei meses arrasado, mas depois a primavera chegou e fez com que tudo passasse. Houve uma semana em que os alunos do oitavo e do nono ano foram juntos para um acampamento, somente os alunos do sétimo ano ficaram na escola, e entre nós se espalhou uma espécie de mania, começamos a atacar as meninas, um chegava por trás e levantava as blusas, o outro corria e tocava os seios expostos com as mãos enquanto elas tentavam se soltar e gritavam, mas nunca alto o suficiente para que os professores escutassem. Fazíamos isso nos corredores entre as classes, no pátio da escola e nas partes desabitadas do caminho até a escola. Corriam boatos de que Mini, Øystein e outros da turma do Fina tinham passado a mão em Kjersti, abaixado as calças dela e até enfiado um dedo dentro dela, então um fim de tarde eu e Lars fomos à casa dela, talvez pensando em fazer a mesma coisa, mas quando tocamos a campainha foi o pai dela que atendeu, e quando Kjersti apareceu e perguntamos se podíamos entrar a resposta imediata foi não, nunca poderíamos entrar, o que estávamos pensando?

Mas o brilho no olhar dela era ainda mais atrevido que o nosso, e ela entendeu direitinho o que nós queríamos. Semanas mais tarde nos encontramos na feira de barcos em Hove, onde eu e Lars estávamos na banca do Trauma vendendo bilhetes de um grande sorteio, entre os quais estava um bilhete premiado que levamos conosco quando fomos liberados e começamos a andar de um lado para outro e a olhar para os barcos e as pessoas, sempre evitando parecer suspeitos, porque havíamos planejado uma pequena falcatrua, para depois pararmos como quem não queria nada em frente à banca, comprar um bilhete cada e abri-los para que, enquanto eu mostrava o meu e perguntava se por acaso não tinha ganhado o prêmio, Lars pudesse trocar o bilhete dele pelo bilhete premiado. Eram Christian e John que estavam tomando conta da banca, e os dois se recusaram a acreditar em Lars quando ele mostrou o bilhete premiado. Disseram que aquele era um bilhete velho. Insistimos com tanta veemência que no fim eles concordaram em nos dar metade do prêmio. Aceitamos e saímos de lá com uma enorme caixa de chocolate debaixo do braço, cheios de riso e de medo pelo que tínhamos feito. Um pouco adiante encontramos Kjersti.

— Você não quer dar uma volta? — Lars perguntou.

— Claro — respondeu Kjersti, e tive uma sensação estranha por todo o meu corpo quando ela aceitou o convite.

Atravessamos a floresta até a praia de pedras, onde nos sentamos e começamos a comer chocolate.

Kjersti estava usando calças vermelhas e uma jaqueta estofada azul e não disse nada quando rocei a mão de leve na coxa dela. Nem quando rocei a mão na parte de dentro da coxa. Lars estava fazendo a mesma coisa na outra perna.

— Eu sei o que vocês querem — ela disse. — Mas vocês não vão conseguir.

— Não queremos nada — eu disse engolindo em seco, com a garganta apertada de desejo.

— Nada mesmo — Lars repetiu.

Deslizei os dedos para o meio das pernas e apalpei-a com a mão inteira, naquele instante eu podia ter gritado de felicidade e de frustração. Lars correu a mão em direção ao zíper da jaqueta e o abriu, deslizou a mão por baixo da blusa. Fiz a mesma coisa. Kjersti tinha a pele quente e branca, e pude sentir os seios debaixo da minha mão. Os mamilos estavam duros e os seios eram firmes. Depois voltei a acariciar a perna dela e mais uma vez a apalpei no meio das pernas, mas nesse instante, enquanto eu continuava engolindo em seco, cometi o erro de abrir o zíper das calças.

— Não — ela disse. — O que você está pensando?

— Nada — eu disse.

Kjersti se levantou, endireitou a blusa.

— Ainda tem chocolate? — ela perguntou.

— Claro — disse Lars, e então ficamos lá sentados comendo chocolate como se nada tivesse acontecido. As ondas pareciam cornijas de neve no instante em que se quebravam contra os escolhos baixos e lisos. As gaivotas deslizavam pelo céu batendo as asas. Quando a caixa acabou, nos levantamos e atravessamos a floresta para retornar à feira de barcos. Kjersti se despediu de nós e resolvemos voltar para casa. Mas para voltar para casa teríamos de passar pela banca, onde estavam as nossas bicicletas. Øyvind, nosso treinador, estava lá, e não pareceu nem um pouco contente quando nos viu. Negamos tudo. Ele disse que não tinha como provar nada, mas sabia o que havíamos feito. De outra forma, por que teríamos aceitado metade do prêmio? Negamos tudo. Øyvind disse que estava decepcionado, que não queria mais nos ver naquele dia, e então voltamos pedalando.

Na segunda-feira, antes que a escola começasse, Lars levantou a blusa de Siv e eu apertei as duas mãos contra os seios dela. Ela berrou e disse que éramos infantis, mas no instante seguinte foi embora na mais absoluta calma.

No primeiro período, quando tínhamos aula de norueguês, tínhamos que retirar livros na biblioteca, lê-los durante a semana e por fim escrever uma redação. Eu disse que já tinha lido todos os livros da biblioteca. Kolloen não acreditou em mim. Mas era verdade. Eu sabia dizer qual era a história de cada um dos livros que ele começou a tirar das prateleiras. No fim ele me deixou escrever a redação sobre um outro livro. O resultado foi que eu não tinha nada para fazer durante aquele período. Peguei um livro de história e me sentei na carteira ao lado da janela. O dia estava enevoado, mas quente. Não havia ninguém no pátio da escola. Comecei a folhear o livro e a olhar as ilustrações.

De repente encontrei uma com uma mulher nua. Era tão magra que as ancas mais pareciam tigelas vazias. Todas as costelas eram claramente visíveis. No meio das pernas ela tinha um pequeno tufo preto. Mais atrás via-se uma fileira de camas, onde pude notar os vultos de outras mulheres.

Estremeci por dentro.

Não porque ela fosse tão magra, mas porque não havia absolutamente nada de atraente naquela fotografia, mesmo que ela estivesse nua, e também porque na página seguinte havia a fotografia de uma enorme pilha de cadáveres em frente a uma profunda cova onde vários outros cadáveres estavam jogados. Me dei conta do seguinte: pernas eram apenas pernas, mãos eram apenas mãos, narizes eram apenas narizes, bocas eram apenas bocas. Coisas que haviam crescido em outros lugares e acabaram jogadas na terra. Em seguida me levantei, eu estava nauseado e confuso. Como não tinha nada a fazer, saí da sala e me sentei junto ao muro. O sol estava quente, mesmo envolto em névoa. A grama que crescia nas rachaduras e depressões da rocha que ficava no meio da pracinha, rodeada por muros e asfalto, estava alta e balançava de um lado para o outro com a brisa suave. A náusea não passou, porque também estava ligada às coisas que eu estava vendo, tudo era parte do mesmo todo. A grama verde, os dentes-de-leão amarelos, os seios nus de Siv, as coxas grossas de Kjersti, a mulher esquelética no livro.

Me levantei, voltei para a sala e chamei Geir, ele saiu e me lançou um olhar interrogativo.

— Eu encontrei uma fotografia de uma mulher pelada — eu disse. — Você quer ver?

— Claro — ele respondeu, e eu abri o livro e apontei para a mulher esquelética.

— Aqui está ela — eu disse.

— Puta merda — ele disse. — Caramba.

— O que foi? — eu perguntei. — Ela está pelada, não?

— Putz — disse Geir. — Ela parece um cadáver!

Era a mais pura verdade. A mulher parecia uma morta-viva. Ou a morte como vida.

No fim de semana seguinte eu e minha mãe fomos visitar meu pai. Foi estranho vê-lo no outro apartamento. Ele morava no alto de um bloco totalmente branco, o sol entrava pelas janelas, se derramava por cima de tudo e os móveis eram tão poucos que era quase como se ninguém morasse naquele lugar.

O que o meu pai fazia lá?

Ele nos levou de carro até a casa dos meus avós, almoçamos lá e depois ele nos deixou em casa. Ninguém sabia ao certo quando seria a nossa mudança, dependia de muita coisa, era preciso vender a casa, comprar uma nova, minha mãe tinha que arranjar um emprego e nós tínhamos que trocar de escola, então eu não pensava muito no assunto. Mas eu não teria nada contra deixar para trás o loteamento e a escola. Eu tinha a impressão de já ter jogado todas as minhas cartas. Cometia um erro atrás do outro. Um dia depois da aula de educação física, por exemplo, quando eu estava no corredor em frente à nossa classe, Kjersti veio falar comigo.

— Karl Ove, você quer saber de uma coisa? — ela me perguntou.

— Não — respondi, mas eu já pressentia o pior, ela tinha uma expressão zombeteira.

— Agora mesmo estávamos falando sobre você no vestiário — ela disse. — E descobrimos que nenhuma garota da nossa classe gosta de você.

Não respondi nada, simplesmente a encarei, tomado por uma raiva súbita e enorme.

— Você ouviu? — ela me perguntou. — Nenhuma garota da nossa classe gosta de você!

Dei um tapa no rosto dela com toda a minha força. O movimento súbito e o estalo a seguir, que deixou uma grande marca vermelha no rosto dela, fez com que todos ao redor se virassem.

— Seu demônio! — ela gritou, e bateu na minha boca com a mão fechada. Peguei os cabelos dela e puxei. Ela me deu um soco na barriga, um chute na perna e também começou a puxar os meus cabelos, era um redemoinho de pancadas e chutes e puxões, e eu, um coitado, um fracote, um merdinha, comecei a chorar, de repente aquilo pareceu ser demais para mim, um choro doentio escapou da minha boca; e em poucos segundos veio um grito em meio a todos os que haviam se juntado ao nosso redor, o Karl Ove está chorando, eu ouvi, mas não havia nada que eu pudesse fazer, e de repente senti um punho enorme na minha gola, era Kolloen, ele segurou Kjersti da mesma forma e perguntou o que era aquilo, por que estávamos *brigando* daquele jeito? Eu disse que não era nada, Kjersti disse que não era nada e depois voltamos para as nossas salas, com as mãos do professor em nossas costas, eu humilhado e ridicularizado, porque tinha quebrado não apenas a regra de não chorar jamais, mas também a de jamais bater numa menina, Kjersti como heroína, porque tinha apanhado e revidado, e ainda por cima sem derramar nenhuma lágrima.

Quanto era possível afundar?

Kolloen nos mandou apertar as mãos. Fizemos como ele pediu, Kjersti pediu desculpas e sorriu para mim. O sorriso não era zombeteiro, era um sorriso oculto, como se tivéssemos um segredo em comum.

O que poderia significar aquilo?

Na última semana de maio veio o calor, toda a nossa classe foi a Bukkevika tomar banho de mar, a areia estava branca, o mar estava azul e no céu acima das nossas cabeças ardia o sol.

Anne Lisbet saiu do mar.

Estava usando a parte de baixo de um biquíni e uma camiseta branca. A camiseta estava molhada, e era possível ver os seios redondos dela. Os cabelos pretos e molhados reluziam ao sol. Ela abriu um sorriso enorme. Olhei para ela, não havia como evitar, mas notei um movimento ao meu lado e virei o rosto, era Kolloen, ele também estava olhando para ela.

Percebi na mesma hora que não havia diferença nenhuma entre os nossos olhares, ele estava olhando para ela e pensando a mesma coisa que eu.

A respeito de *Anne Lisbet*.

Ela tinha treze anos.

Aquele olhar não deve ter durado mais do que um segundo, Kolloen baixou o rosto assim que eu o vi, mas foi o suficiente, e eu entendi uma coisa que pouco tempo atrás nem ao menos sabia que existia.

Três dias mais tarde meu pai me buscou na escola porque íamos todos juntos ver uma casa que ficava a vinte quilômetros de Kristiansand, à beira de um rio, talvez aquela viesse a ser nossa nova casa, então tínhamos que dar nossa opinião sincera a respeito. Pela forma como meu pai falou, dizendo que a casa tinha um galpão, que era velha, do século xix, que o pátio era grande, com espaço para um jardim e uma horta, que havia grandes árvores frutíferas e talvez até mesmo espaço para criar galinhas, sem contar a chance de cultivar batatas, cenouras e temperos, eu já tinha me decidido, diria que tinha gostado, independente de gostar ou não.

Quando chegamos naquela tarde de céu azul e vimos o pátio de grama viçosa e o rio cintilando um pouco mais adiante, corri de janela em janela olhando para dentro da casa para que meu pai visse o meu entusiasmo, que não era totalmente inautêntico, apenas um pouco exagerado, e assim o assunto foi decidido. Se pudéssemos, compraríamos a casa. Minha mãe procurou emprego na escola de enfermeiras, meu pai continuaria no colegial e eu começaria a estudar em uma nova escola. Mas o que aconteceria com Yngve não estava tão claro. Ele simplesmente se negou. Pela primeira vez na vida enfrentou o nosso pai. Os dois brigaram, e isso nunca tinha acontecido antes. Nunca tínhamos brigado com nosso pai. Era ele que nos xingava, e nós que ficávamos quietos.

Mas daquela vez Yngve não cedeu e disse que não.

Meu pai ficou furioso.

Mas Yngve disse que não.

— Não quero cursar o último ano em Kristiansand — ele disse. — Para quê? Todos os meus amigos estão aqui. E só falta mais um ano para eu terminar a escola. Não faz nenhum sentido começar tudo de novo em outro lugar a essa altura.

Os dois estavam na sala. Yngve tinha a mesma altura do meu pai.

Eu nunca tinha percebido.

— Talvez você ache que já é adulto, mas não é bem assim — disse meu pai. — Você tem que ficar com a nossa família.

— Não — Yngve respondeu.

— Muito bem — disse meu pai. — Você pode me dizer como você pretende se virar? De mim você não vai ganhar um centavo que seja.

— Eu vou fazer um empréstimo — disse Yngve.

— E quem você acha que vai oferecer um empréstimo para você? — o meu pai perguntou.

— Eu tenho crédito estudantil — Yngve disse. — Já conferi.

— E você quer usar o crédito estudantil antes de começar a estudar? — perguntou o meu pai. — Que ótima ideia!

— É o jeito — disse Yngve.

— E onde você vai morar? — meu pai perguntou. — A casa vai ser vendida, como você sabe.

— Vou alugar um quarto — disse Yngve.

— Muito bem, então — disse meu pai. — Mas você não vai ter nenhuma ajuda nossa. Nem um centavo. Entendido? Se você quer morar aqui, dê um jeito de morar aqui, mas depois não venha pedir ajuda. Você tem que se virar sozinho.

— Tudo bem — disse Yngve. — Vai dar certo.

E deu mesmo.

Quando chegou o meu último dia na sétima série todos já sabiam que eu ia me mudar, e meus colegas ao longo dos últimos sete anos tinham comprado presentes de despedida para mim. Primeiro ganhei uma cabeça de repolho, já que o meu nome, Karl, como alguns colegas me chamavam, era pronunciado no dialeto local como "Kål", e depois de um tempo esse passou a ser o meu apelido. Depois ganhei um macaco de tecido porque eu parecia um macaco.

Então acabou.

Saímos por aquelas portas e nunca mais nos vimos. Mas não acabou de vez. Naquela tarde haveria uma festa da nossa turma na casa de Unni.

Algumas das garotas se encontraram cedo naquela tarde para preparar tudo, e às seis horas todo mundo começou a chegar de bicicleta. A festa aconteceu em parte no jardim, em parte no porão da casa, e enquanto a escuridão de verão caía pela gandra que enxergávamos mais além e os telhados vermelhos das casas no loteamento reluziam na luz do sol cada vez mais fraco, a festa começou a se degenerar, mesmo que ninguém estivesse bebendo. Um ano inteiro de pensamentos e desejos ocultos começou a procurar uma via de escape. Estava no ar. Mãos enfiaram-se por baixo das blusas, não durante um ataque ou qualquer outro tipo de brutalidade, mas de maneira íntima e com a respiração quente em meio aos arbustos de lilases no jardim, lábios se tocaram e além disso algumas das garotas tiraram a parte de cima da roupa e ficaram andando de um lado para o outro com os seios balançando, era uma espécie de orgia pré-púbere que aos poucos havia ganhado força, e as mesmas garotas que um mês atrás tinham dito que não gostavam de mim ofereciam-se para mim uma atrás da outra, sentavam no meu colo, me beijavam, esfregavam os seios no meu rosto. A classificação das garotas, onde umas haviam lentamente subido durante o outono e outras haviam caído, não tinha nenhuma importância nessa hora, era indiferente saber quem era a próxima, eu simplesmente apertava o rosto contra aqueles seios brancos e macios, beijava aqueles mamilos escuros e firmes, passava a mão naquelas coxas e no meio daquelas pernas, e elas nunca diziam não, durante aquela noite não existia não para aquelas bocas, pelo contrário, as garotas se aproximavam de mim e me beijavam com olhares quentes e obscuros, mas também surpresos, como o meu próprio também devia estar, será que somos nós mesmos que estamos fazendo isso?

Não vi nenhuma das garotas depois daquele verão, e se hoje procuro os nomes delas na internet para ver que aparência têm ou o que aconteceu na vida delas, não encontro nenhum resultado. Não pertencem a essa classe, mas à classe de pais trabalhadores ou assalariados que cresceram fora do centro e que devem ter permanecido longe do centro de qualquer outra coisa que não o centro da própria vida. Não faço ideia de quem posso ser hoje para elas, provavelmente apenas uma lembrança vaga de um conhecido da época da escola, porque já fizeram tanta coisa na vida desde então, tanta coisa aconteceu, e com tanta força, que os pequenos episódios da infância não devem ter mais peso do que o pó levantado por um pedestre que passa, ou então do que as plumas de um dente-de-leão espalhadas pela boca que as sopra. E, ah, essa não é uma imagem bonita, a maneira como os acontecimentos se espalham pelo ar, pairam sobre o pequeno gramado da nossa própria história, caem em meio às folhas de grama e desaparecem?

Quando o caminhão de mudança foi embora e nos sentamos no carro, minha mãe, meu pai e eu, para então descer o morro e deixar a ponte para trás, pensei com enorme alívio que nunca mais voltaria, e que tudo que eu via, eu via pela última vez. Que as casas e os lugares que desapareciam atrás de mim também estavam desaparecendo da minha vida para sempre. Mal sabia eu que todos os detalhes daquela paisagem e todas as pessoas que moravam por lá estariam para sempre gravadas na minha lembrança de maneira exata e precisa, como uma espécie de ouvido absoluto da memória.

1ª EDIÇÃO [2015] 1 reimpressão

ESTA OBRA FOI COMPOSTA POR ACOMTE EM ELECTRA E
IMPRESSA PELA RR DONNELLEY EM OFSETE SOBRE PAPEL PÓLEN
SOFT DA SUZANO PAPEL E CELULOSE PARA A
EDITORA SCHWARCZ EM MARÇO DE 2016